HEYNE <

J. R. Ward

BLACK DAGGER LEGACY

SCHWUR DES KRIEGERS

Roman

WILHELM HEYNE VERLAG
MÜNCHEN

Titel der amerikanischen Originalausgabe
BLOOD TRUTH – BLACK DAGGER LEGACY
Deutsche Übersetzung von Corinna Vierkant

FSC
www.fsc.org
MIX
Papier aus verantwortungsvollen Quellen
FSC® C014496

Verlagsgruppe Random House FSC® N001967

Deutsche Erstausgabe 07/2020
Redaktion: Bettina Spangler

Wilhelm Heyne Verlag, München,
in der Verlagsgruppe Random House GmbH,
Neumarkter Straße 28, 81673 München
Printed in Germany
Umschlaggestaltung: Animagic GmbH, Bielefeld
Satz: Buch-Werkstatt GmbH, Bad Aibling
Druck und Bindung: GGP Media GmbH, Pößneck
ISBN 978-3-453-32079-6

www.heyne.de

Für Jennifer Lynn Armentrout,
in Liebe und Respekt.
»Ich mag dich, wirklich.«

Danksagung

Ein riesengroßes Dankeschön an die Leser der Black-Dagger-Romane! Es war eine lange, aufregende Reise bis hierher, und ich kann es kaum erwarten zu sehen, was in dieser Welt, die wir alle so lieben, als Nächstes geschieht. Darüber hinaus danke ich Meg Ruley, Rebecca Scherer und allen bei JRA sowie Lauren McKenna, Jennifer Bergstrom und allen bei Gallery Books und Simon & Schuster.

Danke auch dem Team Waud, ihr seid unschlagbar. Und wie immer tue ich alles, was ich tue, aus Liebe und Bewunderung für meine Familie, sowohl die blutsverwandte als auch die frei gewählte.

Ach ja, und danke an Naamah, meinen WriterAssistant Nummer zwei. Sie arbeitet genauso hart an meinen Büchern wie ich!

Glossar der Begriffe und Eigennamen

Ahstrux nohtrum – Persönlicher Leibwächter mit Lizenz zum Töten, der vom König ernannt wird.

Die Auserwählten – Vampirinnen, deren Aufgabe es ist, der Jungfrau der Schrift zu dienen. Sie werden als Angehörige der Aristokratie betrachtet, obwohl sie eher spirituell als weltlich orientiert sind. Nachdem sie aus dem Heiligtum befreit wurden, gehen sie zunehmend eigene Wege und lösen sich von den kultartigen Einschränkungen ihrer traditionellen Rolle. In der Vergangenheit dienten sie alleinstehenden Brüdern zum Stillen ihres Blutbedürfnisses. Diese Praxis wurde von den Brüdern wiederaufgenommen.

Bannung – Status, der einer Vampirin der Aristokratie auf Gesuch ihrer Familie durch den König auferlegt werden kann. Unterstellt die Vampirin der alleinigen Aufsicht ihres *Hüters*, üblicherweise der älteste Mann des Haushalts. Ihr *Hüter* besitzt damit das gesetzlich verbriefte Recht, sämtliche Aspekte ihres Lebens zu bestimmen und nach eigenem Gutdünken jeglichen Umgang zwischen ihr und der Außenwelt zu regulieren.

Die Bruderschaft der Black Dagger – Die Brüder des Schwarzen Dolches. Speziell ausgebildete Vampirkrieger, die ihre Spezies vor der Gesellschaft der *Lesser* beschützen. Infolge selektiver Züchtung innerhalb der Rasse besitzen die Brüder ungeheure physische und mentale Stärke sowie die Fähigkeit zur extrem raschen Heilung. Die meisten von ihnen sind keine leiblichen Geschwister; neue Anwärter werden von den anderen Brüdern vorgeschlagen und daraufhin in die Bruderschaft aufgenommen. Die Mitglieder der Bruderschaft sind Einzelgänger, aggressiv und verschlossen. Sie pflegen wenig Kontakt zu Menschen und anderen Vampiren, außer um Blut zu trinken. Viele Legenden ranken sich um diese Krieger, und sie werden von ihresgleichen mit höchster Ehrfurcht behandelt. Sie können getötet werden, aber nur durch sehr schwere Wunden wie zum Beispiel eine Kugel oder einen Messerstich ins Herz.

Blutsklave – Männlicher oder weiblicher Vampir, der unterworfen wurde, um das Blutbedürfnis eines anderen zu stillen. Die Haltung von Blutsklaven wurde vor Kurzem gesetzlich verboten.

Chrih – Symbol des ehrenhaften Todes in der alten Sprache.

Dhunhd – Hölle.

Doggen – Angehörige(r) der Dienerklasse innerhalb der Vampirwelt. *Doggen* pflegen im Dienst an ihrer Herrschaft altertümliche, konservative Sitten und folgen einem formellen Bekleidungs- und Verhaltenskodex. Sie können tagsüber aus dem Haus gehen, altern aber relativ rasch. Die Lebenserwartung liegt bei etwa fünfhundert Jahren.

Ehros – Eine Auserwählte, die speziell in der Liebeskunst ausgebildet wurde.

Exhile Dhoble – Der böse oder verfluchte Zwilling, derjenige, der als Zweiter geboren wird.

Gesellschaft der *Lesser* – Orden von Vampirjägern, der von Omega zum Zwecke der Auslöschung der Vampirspezies gegründet wurde.

Glymera – Das soziale Herzstück der Aristokratie, sozusagen die »oberen Zehntausend« unter den Vampiren.

Gruft – Heiliges Gewölbe der Bruderschaft der Black Dagger. Sowohl Ort für zeremonielle Handlungen als auch Aufbewahrungsort für die erbeuteten Kanopen der *Lesser*. Hier werden unter anderem Aufnahmerituale, Begräbnisse und Disziplinarmaßnahmen gegen Brüder durchgeführt. Niemand außer Angehörigen der Bruderschaft, der Jungfrau der Schrift und Aspiranten hat Zutritt zur Gruft.

Hellren – Männlicher Vampir, der eine Partnerschaft mit einer Vampirin eingegangen ist. Männliche Vampire können mehr als eine Vampirin als Partnerin nehmen.

Hohe Familie – König und Königin der Vampire sowie all ihre Kinder.

Hüter – Vormund eines Vampirs oder einer Vampirin. Hüter können unterschiedlich viel Autorität besitzen, die größte Macht übt der Hüter einer gebannten Vampirin aus.

Jungfrau der Schrift – Mystische Macht, die dem König als Beraterin diente sowie die Vampirarchive hütete und Privilegien erteilte. Existierte in einer jenseitigen Sphäre und besaß umfangreiche Kräfte. Gab ihre Stellung zugunsten einer Nachfolge auf. Hatte die Befähigung zu einem einzigen Schöpfungsakt, den sie zur Erschaffung der Vampire nutzte.

Leahdyre – Eine mächtige und einflussreiche Person.

Lesser – Ein seiner Seele beraubter Mensch, der als Mitglied der Gesellschaft der *Lesser* Jagd auf Vampire macht, um sie auszurotten. Die *Lesser* müssen durch einen Stich in die Brust getötet werden. Sie altern nicht, essen und trinken nicht und sind impotent. Im Laufe der Jahre verlieren ihre Haare, Haut und Iris ihre Pigmentierung, bis sie blond, bleich und weißäugig sind. Sie riechen nach Talkum. Aufgenommen in die Gesellschaft werden sie durch Omega. Daraufhin erhalten sie ihre Kanope, ein Keramikgefäß, in dem sie ihr aus der Brust entferntes Herz aufbewahren.

Lewlhen – Geschenk.

Lheage – Respektsbezeichnung einer sexuell devoten Person gegenüber einem dominanten Partner.

Lhenihan – Ein mystisches Biest bekannt für seine sexuelle Leistungsfähigkeit. In modernem Slang bezieht es sich auf einen Vampir von übermäßiger Größe und Ausdauer.

Lielan – Ein Kosewort, frei übersetzt in etwa »mein Liebstes«.

Lys – Folterwerkzeug zur Entnahme von Augen.

Mahmen – Mutter. Dient sowohl als Bezeichnung als auch als Anrede und Kosewort.

Mhis – Die Verhüllung eines Ortes oder einer Gegend; die Schaffung einer Illusion.

Nalla oder **Nallum** – Kosewort. In etwa »Geliebte(r)«.

Novizin – Eine Jungfrau.

Omega – Unheilvolle mystische Gestalt, die sich aus Groll gegen die Jungfrau der Schrift die Ausrottung der Vampire zum Ziel gesetzt hat. Existiert in einer jenseitigen Sphäre und hat weitreichende Kräfte, wenn auch nicht die Kraft zur Schöpfung.

Phearsom – Begriff, der sich auf die Funktionstüchtigkeit der männlichen Geschlechtsorgane bezieht. Die wörtliche Übersetzung lautet in etwa »würdig, in eine Frau einzudringen«.

Princeps – Höchste Stufe der Vampiraristokratie, untergeben nur den Mitgliedern der Hohen Familie und den Auserwählten der Jungfrau der Schrift. Dieser Titel wird vererbt; er kann nicht verliehen werden.

Pyrokant – Bezeichnet die entscheidende Schwachstelle eines Individuums, sozusagen seine Achillesferse. Diese Schwachstelle kann innerlich sein, wie zum Beispiel eine Sucht, oder äußerlich, wie ein geliebter Mensch.

Rahlman – Retter.

Rythos – Rituelle Prozedur, um verlorene Ehre wiederherzustellen. Der Rythos wird von dem Vampir gewährt, der einen anderen beleidigt hat. Wird er angenommen, wählt der Gekränkte eine Waffe und tritt damit dem unbewaffneten Beleidiger entgegen.

Schleier – Jenseitige Sphäre, in der die Toten wieder mit ihrer Familie und ihren Freunden zusammentreffen und die Ewigkeit verbringen.

Shellan – Vampirin, die eine Partnerschaft mit einem Vampir eingegangen ist. Vampirinnen nehmen sich in der Regel nicht mehr als einen Partner, da gebundene männliche Vampire ein ausgeprägtes Revierverhalten zeigen.

Symphath – Eigene Spezies innerhalb der Vampirrasse, deren Merkmale die Fähigkeit und das Verlangen sind, Gefühle in anderen zu manipulieren (zum Zwecke eines Energieaustauschs). Historisch wurden die Symphathen oft mit Misstrauen betrachtet und in bestimmten Epochen auch von den anderen Vampiren gejagt. Sind heute nahezu ausgestorben.

Talhman – Die dunkle Seite eines Individuums. Eine Verunreinigung der Seele, die nach Ausdruck verlangt, solange sie nicht beseitigt wird.

Trahyner – Respekts- und Zuneigungsbezeichnung unter männlichen Vampiren. Bedeutet ungefähr »geliebter Freund«.

Transition – Entscheidender Moment im Leben eines Vampirs, wenn er oder sie ins Erwachsenenleben eintritt. Ab diesem Punkt müssen sie das Blut des jeweils anderen Geschlechts trinken, um zu überleben, und vertragen kein Sonnenlicht mehr. Findet normalerweise mit etwa Mitte zwanzig statt. Manche Vampire überleben ihre Transition nicht, vor allem männliche Vampire. Vor ihrer Transition sind Vampire von schwächlicher Konstitution und sexuell unreif und desinteressiert. Außerdem können sie sich noch nicht dematerialisieren.

Triebigkeit – Fruchtbare Phase einer Vampirin. Üblicherweise dauert sie zwei Tage und wird von heftigem sexuellem Verlangen begleitet. Zum ersten Mal tritt sie etwa fünf Jahre nach der Transition eines weiblichen Vampirs auf, danach im Abstand von etwa zehn Jahren. Alle männlichen Vampire reagieren bis zu einem gewissen Grad auf eine triebige Vampirin, deshalb ist dies eine gefährliche Zeit. Zwischen konkurrierenden männlichen Vampiren können Konflikte und Kämpfe ausbrechen, besonders wenn die Vampirin keinen Partner hat.

Vampir – Angehöriger einer gesonderten Spezies neben dem Homo sapiens. Vampire sind darauf angewiesen, das Blut des jeweils anderen Geschlechts zu trinken. Menschliches Blut kann ihnen zwar auch das Überleben sichern, aber die daraus gewonnene Kraft hält nicht lange vor. Nach ihrer Transition, die üblicherweise etwa mit Mitte zwanzig stattfindet, dürfen sie sich nicht mehr dem Sonnenlicht aussetzen und müssen sich in regelmäßigen Abständen aus der Vene ernähren. Entgegen einer weit verbreiteten Annahme können Vampire Menschen nicht durch einen Biss oder eine Blutübertragung »verwandeln«; in seltenen Fällen aber können sich die beiden Spezies zusammen fortpflanzen. Vampire können sich nach Belieben dematerialisieren, dazu müssen sie aber ganz ruhig werden und sich konzentrieren; außerdem dürfen sie nichts Schweres bei sich tragen. Sie können Menschen ihre Erinnerung nehmen, allerdings nur, solange diese Erinnerungen im Kurzzeitgedächtnis abgespeichert sind. Manche Vampire können auch Gedanken lesen. Die Lebenserwartung liegt bei über eintausend Jahren, in manchen Fällen auch höher.

Vergeltung – Akt tödlicher Rache, typischerweise ausgeführt von einem Mann im Dienste seiner Liebe.

Wanderer – Ein Verstorbener, der aus dem Schleier zu den Lebenden zurückgekehrt ist. Wanderern wird großer Respekt entgegengebracht, und sie werden für das, was sie durchmachen mussten, verehrt.

Whard – Entspricht einem Patenonkel oder einer Patentante.

Zwiestreit – Konflikt zwischen zwei männlichen Vampiren, die Rivalen um die Gunst einer Vampirin sind.

Prolog

Ein Jahr zuvor …

Rexboone, Sohn des Altamere, konnte eine Seidenkrawatte mit verbundenen Augen binden.

Es war eine Fertigkeit, die er nicht bewusst kultiviert, sondern vielmehr durch seine Lebensumstände erworben hatte, auf dieselbe Weise wie seine Kenntnis von

Domaine-Coche-Dury Wein, den Dramen von Shakespeare und Uhren von Audemars Piguet. Ohne sich recht zu entsinnen, wie oder wo er sich das Wissen angeeignet hatte, war er in der Lage, einen John Frederick Kensett von einem Frederic Edwin Church zu unterscheiden, wusste er, wann Bentley von Rolls Royce übernommen wurde (im November 1931) und wann sich die beiden wieder trennten (am 31. Dezember 2002). Er verstand es, eine Dame beim Walzer zu führen, und ihm war bekannt, wo man in der Savile Row den besten Anzug bekam.

Natürlich bei Henry Poole & Co.

»Verdammt.«

Er zog die Krawatte, die sich am hochgestellten Kragen seines mit Monogramm bestickten Hemds verfangen hatte, herunter und nahm einen zweiten Anlauf. Vielleicht sollte er es blind probieren. Hinzusehen war jedenfalls keine Hilfe.

Also schloss er die Augen.

Leider bekam er kaum Luft, und seine Hände waren schweißnass, also schien es absurd, sich den Hals abzuschnüren, und sei es mit feinster Seide von Hermès.

Das Problem waren seine Gefühle. Was für eine Überraschung.

Einem Angehörigen der *Glymera*, der Aristokratie der Vampire, standen eigentlich nur zwei Möglichkeiten zur Auswahl: Entweder trug man eine blasierte Zustimmung zu Schau, oder man verlieh seiner Missbilligung durch eine gewölbte Braue Ausdruck.

Wahrlich eine grandiose Bandbreite, gleich der Wahl zwischen einer Wachsfigur und einer Schaufensterpuppe.

Okay, wenn einen *wirklich* etwas oder jemand verstimmte – zum Beispiel ein Gärtner durch das falsche Beschneiden der Efeubeete oder ein Konzertflügel (ein Steinway, natürlich), der einem auf den Fuß fiel –, konnte man den betreffenden Gärtner oder Konzertflügelbesitzer mit einem eisigen Tadel vernichten, den dieser zum Anlass nahm, sich im Dienste an der Allgemeinheit zu entleiben.

Im Moment erschien Rexboone keine der Optionen reizvoll. Nicht, dass sie es je getan hätten.

Er schob den Knoten hoch, strich die beiden Enden glatt und öffnete die Augen.

Ein Windsor. Er hatte es geschafft.

Er klappte den Hemdkragen nach unten, nahm seine maßgeschneiderte Anzugjacke von dem stummen Diener aus Mahagoniholz, zog sie über und vervollständigte seinen Aufputz, indem er ein Einstecktuch aus korallenroter und blauer Seide in die Brusttasche stopfte.

»Zeit zu gehen«, erklärte er seinem Spiegelbild.

Und doch bewegte er sich nicht. Er betrachtete den dunkelhaarigen Mann, der ihm aus dem mannshohen Spiegel entgegenblickte, und erkannte ihn nicht. Nicht die ebenmäßigen Gesichtszüge, die so typisch für Aristokraten waren, nicht die breiten Schultern, die dem Ideal widersprachen. Nicht die langen Beine oder die Hände mit den hervortretenden Adern.

Man sollte in der Lage sein, sich selbst klar zu sehen. Erst recht, wenn man in der Ankleide des eigenen Schlafzimmers stand, das Licht brannte und es keine Ablenkung gab.

Besonders verstörend war, wie genau er sich an die Herkunft der einzelnen Bestandteile seiner Ausstattung erinnerte: Wer das Hemd, die Jacke, die Hose geschneidert hatte, an die Auswahl, das Maßnehmen. Das Gleiche galt für die Kleidung im Hintergrund, reihenweise Anzüge an Messingstangen, sortiert nach Jahreszeiten und Schattierungen, bunte Hemden angeordnet gleich Fischschwärmen, eine Armee aus säuberlich aufgereihten, auf Hochglanz polierten, handgefertigten Anzugschuhen … und jedes einzelne Stück hatte er ausgesucht.

Wo zum Henker war er selbst inmitten dieser eindrucksvollen Garderobe?

Da keine Antwort zu erwarten war, verließ er den begehbaren Schrank, durchschritt das Schlafzimmer und den angrenzenden Sitzbereich und trat auf den Gang. Auf seinem Weg zur Treppe passierte er Blumenarrangements auf Demi-Lune-Tischen, eine Galerie aus Ölgemälden und schließlich die geschlossenen Türen zu den ehemaligen Räumlichkeiten seiner leiblichen *Mahmen.* Soweit er wusste, waren sie unverändert geblieben, seit sie vor zwanzig Jahren gestorben war und man die Türen ein letztes Mal verriegelt hatte.

Allerdings weniger, weil sein Vater trauerte.

Für ihn hatte sich der Fall schnell erledigt. Keine sechs Monate später war eine neue Vampirin ins Haus gekommen, gleich einem Gemälde, ausgestattet mit allen Rechten und Privilegien, die einer *Shellan* zustanden. Sie sollte fortan als Boones *Mahmen* bezeichnet werden.

Dass die Betreffende kein Interesse an der Rolle der *Mahmen* zeigte, auch nicht der Stief*mahmen*, fand keinerlei Beachtung, genauso wenig wie die Gefühle von Boone bezüglich der Verstorbenen, die ihn zur Welt gebracht hatte. Altamere hielt nun einmal nichts von Gefühlen, auch nicht gegenüber seiner neuen *Shellan*. Nach der Vereinigungszeremonie sah Boone die beiden nie zusammen, es sei denn, sie gingen gesellschaftlichen Verpflichtungen nach.

Die Vampirin schien sich nicht an der kalten Distanz zu stören. Tatsächlich wirkte sie kaum mehr begeistert von ihrem *Hellren* als Altamere von ihr, obgleich sich das Arrangement vorteilhaft auf ihre Garderobe auswirkte, den regelmäßigen Lieferungen von Chanel, Dior und Hermès nach zu urteilen.

Ihre Zimmer lagen gleich hinter denen von Boones leiblicher *Mahmen*, und sollte auch sie einmal in den Schleier eintreten, so war sich Boone gewiss, würde eine der beiden Suiten leer geräumt, frisch gestrichen und der nächsten Vampirin zur Verfügung gestellt werden. So, wie man eine frische Batterie einlegte. Offensichtlich benötigte sein Vater für gewisse Bereiche dieses Hauses und seines Lebens eine *Shellan* – und glücklicherweise konnte man sie problemlos über Amazon Prime nachbestellen, sollte mal einer der Saft ausgehen.

Doch dann fiel Boone ein, was ihn im Erdgeschoss erwartete, und er beschloss, nicht vorschnell zu urteilen.

Als Nächstes passierte er die Zimmer seines Vaters.

Boone hatte sie nie betreten dürfen und konnte daher nichts über ihre Einrichtung sagen. Aber er hätte zwei Drittel seiner Leber und eine Niere gewettet, dass dort alles säuberlich geordnet und überwiegend in Dunkelblau gehalten war.

Altamere war vermutlich in einem marineblauen Sakko, grauer Flanellhose und mit einer Krawatte um den Hals zur Welt gekommen.

Boone erreichte die große geschwungene Treppe. Das leise Knarzen der Stufen unter dem luxuriösen roten Läufer war so vertraut, dass er sich kaum vorstellen konnte, in einem anderen Haus zu wohnen. Sein Heim – das Heim seines *Vaters* – war nie ein Hort des Glücks gewesen, aber vergleichbar mit seinem Wissen um den »guten Geschmack« und seinem zwanghaften Bedürfnis, das Richtige zu tun, kannte er es einfach nicht anders.

Die Einschränkungen hatten ihn geprägt, ob es ihm gefiel oder nicht.

So, wie es mit der arrangierten Vereinigung sein würde, die ihm nun bevorstand.

Im Erdgeschoss wandte er sich nach rechts und ging auf den Salon zu. Wo ihn die Vampirin hinter geschlossener Tür erwartete.

»Kann ich behilflich sein?«

Boone blieb stehen. Theoretisch handelte es sich um eine Frage, doch aus dem Mund des obersten Hausangestellten klang sie wie ein Vorwurf.

Er drehte sich um. Marquist war Vampir, kein *Doggen*,

abgesehen von dieser Besonderheit allerdings war er ein Butler par excellence: eine steife Uniform wie aus dem Buckingham Palast, nach hinten gelacktes graues Haar, argwöhnische Augen und eine schmale Oberlippe, an der man sich schneiden konnte.

Außerdem hatte er die unangenehme Eigenart, immer dort zu erscheinen, wo man ihn am wenigsten brauchte.

Boone prüfte den Sitz seiner Krawatte. »Ich empfange Besuch.«

»Ja. Ich war es, der sie einließ und nach Ihnen rief.«

Boone erwiderte den tadelnden Blick. »Und?«

»Ihr Vater ist nicht hier.«

»Das ist mir bekannt.«

»Dann werden Sie mit ihr allein sein.«

»Unser Empfangssalon wird von Kameras überwacht. Ich bin mir sicher, Sie werden die Begegnung mitverfolgen. Man kann also kaum von Alleinsein sprechen.«

»Ich werde Ihren Vater rufen.«

»Das tun Sie immer.«

Boone kehrte Marquist den Rücken zu, um in den Salon zu gehen, doch als er die Messinggriffe der Flügeltür umfasste, konnte er sich nicht mehr bewegen. Hinter ihm hüstelte der Butler und zog sich mit empörtem Absatzgeklapper in seine Welt aus Poliertüchern, Tafelsilber und Missbilligung zurück.

Boone hatte nicht seinetwegen gezögert, doch er war froh, Marquist los zu sein.

»Scheiße«, flüsterte er.

Sein Körper verweigerte ihm aus irgendeinem unerfindlichen Grund den Dienst. Es standen zu viele mögliche Ursachen zur Auswahl. Letztlich schloss er die Augen und holte tief Luft. Auf diese Weise gelang es. Ganz ähnlich wie beim Binden der Krawatte funktionierte er, solange er nicht hinsah.

Er öffnete die Flügeltür und schlug die Augen auf.

Sie stand mit dem Rücken zu ihm an einem der raumhohen Fenster. Ihr blondes Haar und das rot-schwarze Chanel-Kostüm hoben sich von den himbeerroten Damastvorhängen ab. In der Scheibe spiegelte sich das Porträt einer ernsten Schönheit aus der Vergangenheit, das Profil einer unnahbaren Frau, die nicht mehr unter den Lebenden weilte.

Rochelle, Tochter des Urdeme, sah sich über die Schulter um, als er die Türen schloss – und sobald sich ihre Blicke trafen, wusste er, warum sie gekommen war.

Erleichterung durchströmte ihn.

»Boone«, sagte sie mit belegter Stimme.

Er atmete aus und stellte fest, dass er gleichsam einen Monat lang die Luft angehalten hatte. »Es ist alles gut. Ich weiß, warum du hier bist.«

»Du weißt es?«

»Als du direkt bei mir angerufen hast, statt den üblichen Weg zu gehen, war mir sofort klar, dass du das Arrangement lösen möchtest. Und wie gesagt, es ist in Ordnung.«

Sie schien überrascht, als hätte sie erwartet, sich ausführlich erklären zu müssen. Als hätte sie sich auf ein anstrengendes Gespräch eingestellt. Als hätte sie sich gegen Wut und Empörung gewappnet.

»Aber es ist nicht in Ordnung.«

»Doch. Komm her.«

Er streckte ihr die Hand entgegen, und sie kam zu ihm, doch bevor sie sich berührten, ließ er bewusst den Arm sinken und wies auf die Couch, um sie dorthin zu geleiten. Schließlich saßen sie gemeinsam auf den weichen

Polstern. Unwillkürlich ging ihm durch den Kopf, dass sie so etwas wie Abziehbilder ihrer Eltern waren. Sie waren beide vor gerade mal fünfzig Jahren durch den Wandel gegangen, und doch konnte man meinen, sie wären drei-, vierhundert Jahre alt: sie im Kostüm, er im Anzug. Dezenter Schmuck auf ihrer Seite, Einstecktuch auf seiner. Tadellose Manieren.

Tief im Herzen wusste er, dass es falsch war. Nichts von alldem hier war richtig, und das nicht nur in Bezug auf die arrangierte Vereinigung. Dieses Haus, diese Familie, in die er hineingeboren worden war, nichts davon passte zu ihm, und doch war er bereit gewesen, eine lebenslange Verpflichtung einzugehen, um den Ansprüchen dieser Welt zu genügen. Mit einem Schlag wurde er wütend.

Glücklicherweise war sie mutiger als er.

»Es tut mir so leid«, schniefte sie.

Er zog ein Taschentuch aus seiner Sakkotasche. »Hier, nimm.«

»Was habe ich nur angerichtet.« Sie nahm das Taschentuch und tupfte sich die Augen. »Was für ein Elend.«

Neue Tränen stiegen in ihr auf, und er wünschte, er hätte ihr tröstend einen Arm um die Schultern legen können. Doch er hatte sie noch nie berührt, und jetzt war nicht der richtige Zeitpunkt, um damit anzufangen.

»Wir müssen es nicht tun.«

»Aber ich möchte. Ich möchte es wirklich.« Sie presste sich das Taschentuch seitlich an die Nase und sah ihn an. »Du bist ein wundervoller Mann. Du bist alles, was man sich wünschen kann, aber ich … gütige Jungfrau der Schrift, ich sollte das nicht sagen.«

Boone lächelte. »Ich nehme es als Kompliment.«

»Ich meine es ernst. Ich wünschte, ich könnte dich lieben.«

»Das weiß ich.«

Sie begann den Kopf zu schütteln, und ihr blondes Haar fiel ihr in Wellen über die Schultern. »Nein, nein, wir müssen uns fügen. Ich weiß nicht, warum ich hergekommen bin. Es gibt keinen Ausweg, Boone. Eine solche Vereinbarung kann man nicht brechen.«

»Selbstverständlich kann man das. Erzähl ihnen, ich wäre für dich inakzeptabel. Das ist dein gutes Recht. So wirst du … werden wir … die Sache regeln.«

»Aber das ist nicht fair dir gegenüber.« Tränen glitzerten in ihren Augen. »Man wird schlecht von dir denken und …«

»Damit komme ich zurecht.«

»Wie?«

Darauf wusste er keine Antwort. Aber eins war sicher: Lieber stand er bei der *Glymera* im Ruf, als *Hellren* ungeeignet für eine andere Angehörige der Oberschicht zu sein, als diese Vereinigung zu erzwingen. Dabei hatte er nichts gegen Rochelle einzuwenden. Sie war intelligent und geistreich und eine klassische Schönheit. Es war durchaus möglich, dass sich im Laufe der Zeit etwas zwischen ihnen entwickelte, aber im Grunde waren sie Fremde.

Und während er hier zum ersten Mal mit ihr allein zusammensaß, wurde ihm endlich klar, was ihn von der ersten Nacht an beschäftigte: Der einzige Grund, warum er sich dem Arrangement bislang gefügt hatte, war seine Hoffnung, es vielleicht besser machen zu können als sein Vater. Erfolg zu haben, wo sein Vater versagte. Den Erwartungen der *Glymera* zu genügen und dennoch ein authentisches Leben zu führen.

Doch am Ziel winkte eine wertlose Trophäe – die Vereinigung mit einer Vampirin, die er nicht liebte. Und das nur, um es einem Mann zu beweisen, der nicht einmal etwas Besonderes darin sehen würde.

»Es wird alles gut«, wiederholte er.

Rochelle atmete tief durch. »Bitte glaube nicht, ich hätte dich aus einem Impuls heraus kontaktiert. Meine Entscheidung war wohlüberlegt.«

Kopflos, dachte er, *was für ein Hohn.* Was konnte kopfloser sein, als sich zu verpflichten, für siebenhundert Jahre zusammenzubleiben, eventuell Nachwuchs miteinander großzuziehen und sich im Tod beizustehen, wenn man einander gerade zweimal beim Tee, einmal bei dem obligatorischen Essen mit den Eltern und einmal bei dem Cocktailempfang gesehen hatte, bei dem man ihre Vereinigung offiziell angekündigt hatte? Alles in allem hatte er fünf Stunden in Rochelles Gegenwart verbracht, und bis zum gegenwärtigen Treffen immer unter Aufsicht.

»Boone, ich möchte es dir erklären. Ich … liebe jemand anderes.«

Boone lächelte und fragte sich, wie sich das anfühlen mochte. »Das freut mich für dich. Liebe ist ein Segen.«

Rochelle wandte den Blick ab, ihr Gesicht mit einem Mal gefasst und maskenhaft. »Danke.«

Boone hätte gern mehr über diesen anderen Vampir erfahren, doch so verrückt es war, es blieb dabei: Obgleich sie einander versprochen waren, kannten sie sich kaum.

Es war so viel einfacher, eine Vereinbarung zu brechen, als sich zu trennen, wenn man erst einmal vereinigt war.

»Behaupte einfach, ich sei unwürdig«, sagte er beharrlich. »Danach kannst du dich mit deinem Geliebten vereinigen.«

Rochelle sah ihn an, mit Augen, die vom gleichen Blau waren wie die seinen, und aus irgendeinem Grund irritierte ihn das. Natürlich gab es nichts an ihr auszusetzen, es war nur … all das Gehabe um die achtbare Blutlinie. Abgesehen von seinem dunklen Haar ähnelten sie einander so stark, sie hätten Geschwister sein können. Es war nahezu unheimlich.

Rochelle strich das Taschentuch glatt, das er ihr gegeben hatte und nun in ihrem Schoß lag, und fuhr das Monogramm in der Mitte nach.

»Dann … dann willst du dich auch nicht mit mir vereinigen?«

»Jedenfalls fände ich es besser, wenn wir uns kennen würden« – wenigstens ansatzweise – »und uns selbst dazu entschließen könnten. Ich weiß, dass es in unseren Kreisen unüblich ist, aber warum? Mein Vater und meine leibliche *Mahmen* waren nie glücklich miteinander, auch ihre Vereinigung war arrangiert. Nach ihrem Tod vereinigte sich mein Vater aufs Neue, mit dem gleichen Ergebnis. Ich dachte, vielleicht könnte ich ihm zeigen, wie man es richtig angeht, aber wem mache ich etwas vor. Noch dazu, wo dein Herz bereits vergeben ist. Es ist unwahrscheinlich, dass wir miteinander glücklich werden, warum sollten wir uns also vereinigen?«

»Ich kann nicht zulassen, dass du geächtet wirst. Das wäre nicht fair.«

»Mach dir nichts vor. Wenn wir einen anderen Grund nennen als meine Untauglichkeit, trifft dich die Schande mit voller Wucht. Dann darf sich auch der Mann, den du liebst, nicht mit dir vereinigen. Es wäre dein gesellschaftliches Ende, du würdest für keinen anständigen

Hellren mehr infrage kommen. Außerdem würdest du Schmach und Schande über deine Familie bringen, und sie würde dir allein die Schuld daran geben. Wäre dir das etwa lieber?«

Rochelle ließ die Schultern hängen. »Aber auch dich wird man ächten.«

»Das ist nichts im Vergleich zu dem, was dir blühen würde. Lieber bin ich ein Jahr lang Gesprächsthema auf Festen und lasse mich zehn Jahre lang schräg ansehen, als dein Glück und das deines Geliebten auf dem Gewissen zu haben.«

Rochelle schüttelte abermals den Kopf. »Du trägst den Schaden. Warum solltest du das tun?«

»Ich weiß nicht. Ich schätze ... die Liebe ist ein Opfer wert. Selbst wenn es einen nicht persönlich betrifft.«

»Du bist wahrlich ein Mann von Wert«, flüsterte sie. »Und so mutig.«

War er das wirklich? Vielleicht in Bezug auf die *Glymera,* doch er war Realist und wusste, dass wahrer Mut nicht darin bestand, überheblichen Blicken und abfälligen Bemerkungen zu trotzen. Nach den Plünderungen durch die Gesellschaft der *Lesser,* bei denen so viele Unschuldige in ihren Häusern getötet wurden, konnte doch niemand ernsthaft behaupten, dass es kein schlimmeres Übel gab als gesellschaftliche Zwänge. Oder dass man eine Medaille verdiente, wenn man sich ihnen aus gutem Grund widersetzte.

Rochelle blickte forschend in sein Gesicht, wie um abzuschätzen, ob er dem Druck gewachsen wäre. »Dich kümmert es wirklich nicht, was sie von dir denken, oder?«

Boone zuckte die Schultern. »Ich war noch nie ein großer Freund von gesellschaftlichen Anlässen. Viele wissen gar nicht, dass Altamere einen Sohn hat, und es hat mich nie gestört. Mein Vater wird schrecklich aufgebracht sein, aber ich versichere dir, damit komme ich zurecht. Nachdem er mich mein Leben lang abgewiesen hat, werde ich mir wegen seiner Probleme nicht den Kopf zerbrechen. Und bitte fühle dich nicht schuldig. Es ist für uns beide das Beste.«

Rochelle tupfte frische Tränen fort. »Ich wünschte, ich wäre wie du. Ich bin feige.«

»Machst du Witze? Du hast großen Mut bewiesen. Und erklär mich nicht zum Helden.« Er lächelte verbittert. »Ich habe viele Mängel. Frag meinen Vater. Er nennt dir eine Liste, die länger als deine Auffahrt ist.«

Sie verstummte und sah schon wieder so traurig aus, dass er sie in den Arm nehmen wollte. Aber Marquist hatte über die Überwaschungskameras ein Auge auf sie – und vor allem stand es ihm nicht zu, Rochelle zu trösten.

Das Arrangement aufzulösen war wirklich das einzig Wahre …

»Nein«, sagte sie mit neu erstarkter Stimme. »Ich werde die Verantwortung selbst übernehmen. Ich lasse nicht zu, dass du …«

»Rochelle. Ich weiß nicht, wem dein Herz gehört, aber wenn er aus der *Glymera* kommt, darf unsere Vereinigung nicht an dir scheitern. Wenn du dich den Erwartungen widersetzt, wird seine Familie einer Verbindung zwischen euch *niemals* zustimmen. Das weißt du selbst. Dein Ruf ist ruiniert, und das für den Rest deines Lebens. Lass mich die Schuld auf mich nehmen.«

»Ich weiß noch immer nicht, warum du das für mich tun solltest.«

»Wäre ich verliebt, würde ich auch mit der Betreffenden zusammen sein wollen. Aber das bin ich nicht.« Er runzelte die Stirn und dachte an die Vampirinnen, die er kannte oder getroffen hatte. Es waren alles Aristokratinnen. »Und mal ehrlich, ich wüsste nicht, in wen ich mich verlieben sollte. Also möchte ich euch beiden helfen.«

Rochelle tupfte sich erneut das Gesicht. »Ich wünschte wirklich, ich könnte dich lieben. Du bist ein Mann von wahrem Wert. Doch nein, ich kann nicht zulassen …«

Ein Poltern war zu hören. Marquist stieß die Flügeltür auf, und Boones Vater Altamere kam in den Salon. Seine Budapester klapperten auf dem Marmorboden, bis er den Teppich erreichte, der alle Geräusche schluckte. Er hatte ein fein geschnittenes Gesicht, dunkles, zurückgekämmtes Haar, und seine hellen Augen hatten in seiner Wut die Farbe von Stahl angenommen. Gedankenverloren registrierte Boone, dass der Anzug seines Vaters aus dem gleichen Stoff war wie sein eigener. Schiefergrau, durchwirkt mit Fäden in Violett und Hellgrau, so dezent, dass man die Nase an die Aufschläge pressen musste, um sie zu erkennen.

Doch im Schnitt unterschieden sich die Anzüge von Vater und Sohn. Boone kam nach der Familie seiner *Mahmen* und hatte breite Schultern, kräftige Arme und lange, muskulöse Beine. Er hatte immer gewusst, dass dieser Körperbau seinem Vater missfiel, und erinnerte sich, dass er nach Boones Transition geflüstert hatte, er hätte die Statur eines Arbeiters. Als ob es ein angeborener Makel wäre.

Oder Anlass dazu, an der Treue seiner *Shellan* zu zweifeln.

Was das betraf, hatte Boone immer so seinen Verdacht gehabt.

»Was tust du hier?«, herrschte Altamere ihn an.

Er fasste seinen Sohn scharf ins Auge, ohne Rochelle Beachtung zu schenken. Es wunderte Boone nicht. Für Altamere existierten Frauen nur im Hintergrund, sie waren mehr schmückendes Beiwerk als aktive Teilhaber an seinem Leben.

Boone erhob sich. »Rochelle ist gekommen, um mir zu sagen, dass ich unwürdig bin und sie sich nicht mit mir vereinigen kann. Sie weist mich ab, und da sie eine ehrbare Frau ist, hat sie es mir persönlich mitgeteilt. Sie wollte gerade gehen.«

Er spürte Rochelles erschrockenen Blick und machte sich bereit, jeden Versuch ihrerseits, ihm in die Flanke zu fallen, abzuwürgen. Über Altameres Schulter hinweg sah er, wie Marquist die Szene beobachtete, ein lebendiger Camcorder, der alles aufzeichnete.

»Wage es nicht, mich auf diese Weise zu beschämen«, zischte Altamere. »Das lasse ich nicht zu.«

Als witterte er, dass mehr dahintersteckte.

Die Wut, die in Boones Brust gebrodelt hatte, ergriff nun Besitz von seiner Seele. »Diese Entscheidung liegt nicht bei dir.«

»Du bist mein *Sohn*. Niemand sonst hat das Recht …«

»Schwachsinn.« Als sein Vater angesichts des rohen Tons erbleichte, wurde Boones Stimme tiefer und lauter. »Ich habe lang genug versucht, deinen Vorstellungen gerecht zu werden. Darin habe ich ohnehin versagt – zumindest wenn es nach dir geht. Es ist höchste Zeit, dass ich für mich selbst einstehe.«

In seinem Hinterkopf wurde die Liste der Versäumnisse seines Vaters immer länger und wand sich in schwindelerregende Höhen: Altameres Abneigung gegen Boones Körperbau und dass er lieber las, als sich auf dem gesellschaftlichen Parkett zu tummeln. Dass er den Tod von Boones *Mahmen* ignoriert hatte. Dass seine Stief*mahmen* wie ein kalter Windhauch im Haus Einzug gehalten hatte. Dass er es ihm nie recht machen konnte.

Altamere deutete mit dem Finger auf ihn. »Ich gebe dir eine letzte Chance. Ich weiß nicht, was ihr beide mit diesem Unsinn bezweckt, aber jetzt ist Schluss damit. Die Vereinigung wird vollzogen, oder du kannst was erleben. Die Schmähung durch die *Glymera* ist nichts im Vergleich dazu, wie ich dich ausschließen werde.«

Rochelle sprang auf. »Ich bin es, die seiner nicht wert ist ...«

»Ich habe keine Angst vor dir«, unterbrach Boone laut vernehmbar. »Du hast recht, Vater, hier wird sich einiges ändern.«

Altamere sah ihn aus schmalen Augen an. »Was ist in dich gefahren?«

Boone schüttelte den Kopf. »Es war längst überfällig. Wie sagt der Ökonom, den du so gern zitierst? ›Wenn etwas nicht ewig weitergehen kann, wird es aufhören.‹ Ich habe genug von dieser verlogenen Existenz.«

Damit sah er Altamere in die Augen, als forderte er ihn heraus. Sollte er ihn weiter reizen, so teilte Boone ihm telepathisch mit, dann würde er das Unaussprechliche aussprechen.

Namentlich die Zweifel bezüglich seiner Vaterschaft.

Vor Zeugen.

Denn Ächtung war in der *Glymera* im Allgemeinen für Frauen reserviert, aber ein gehörnter Mann? Daran durfte man nicht einmal denken. Der Punkt war so heikel, dass Altamere nie die Möglichkeit eines Vaterschaftstests erwähnt hatte. Das gesellschaftliche Risiko war einfach zu hoch. Stattdessen hing der Verdacht, dass Boone einen anderen Vater haben könnte, unausgesprochen über dem Haus und folgte dem »Sohn« wie ein Geist.

Belastete ihn mit einem Vergehen, das nicht seines war.

Aber dieser Spuk fand heute sein Ende.

Nach langem, angespanntem Schweigen wandte sich Boones Vater schließlich an Rochelle. »Ich verstehe Ihre Entscheidung und mache Ihnen keinen Vorwurf.«

Damit wandte er sich ab und ging, gefolgt von Marquist. Zusammen verschwanden sie ins Arbeitszimmer.

Als sie fort waren, fasste sich Boone an den Hals und löste den Krawattenknoten. Es war ein herrliches Gefühl, wieder frei zu atmen.

»Warum hast du das getan?«, ereiferte sich Rochelle.

Boone dachte an all das, was sein Vater über ihn gesagt hatte. »Ich bin unwürdig. Es ist nicht gelogen.«

»Das alles ist meine Schuld«, stöhnte Rochelle und ließ sich zurück auf die Couch fallen.

Boone löste die Krawatte nun ganz und dachte daran, wie er sie mit geschlossenen Augen gebunden hatte. Wie er den Salon mit geschlossenen Lidern betreten hatte. Wie er sein ganzes Leben in Blindheit verbracht hatte, frei gewählt, aber eben auch als Überlebensstrategie.

Instinktiv hatte er stets geahnt, dass er, wenn er zu genau hinsähe – oder auch nur ein Auge öffnete –, nicht in der Lage sein würde fortzufahren. Er hatte so vieles absorbiert, ohne es zu merken, als wäre das Gift der Aristokratie tatsächlich ein Gas, das er eingeatmet hatte. Doch damit war jetzt Schluss.

Wenn Rochelle für ihre Liebe einstehen konnte, dann konnte auch er sein Leben in die Hand nehmen und darüber entscheiden, wer er sein wollte. Wohin es mit ihm gehen sollte. Was er lernen wollte. Ohne sich rechtfertigen zu müssen.

Ihr Mut hatte ihn inspiriert.

»Es tut mir so leid«, sagte Rochelle niedergeschlagen.

Boone schüttelte den Kopf. »Ganz gleich, was kommt, mir nicht.«

1

29. Ecke Market Street,
Caldwell, New York

Boones Springerstiefel zermalmten die gefrorenen Reifenspuren in der Gasse, als er sich mit kraftvollen Schritten durch den schmutzigen Schnee pflügte, eisige Luft strömte in seine Lungen und schoss als heißer Dampf wieder daraus hervor wie aus dem Schornstein einer Lokomotive. In der Rechten hielt er ein dreißig Zentimeter langes Jagdmesser mit gezahnter Klinge. In der Linken eine Kette.

Vor ihm, ungefähr zehn Meter voraus, lief ein *Lesser* um sein untotes Leben. Der verräterische süßliche Gestank des Feindes hing schwer in der Luft, ein Hinweis, den seine sensible Nase bereits vor sieben Blocks aufgeschnappt hatte. Der Jäger rannte stolpernd und mit rudernden Armen, und der starke Geruch, den er verbreitete, ließ vermuten, dass er bereits verletzt war.

Tohrment, Sohn des Hharm, Kommandant der Bruderschaft der Black Dagger, bestimmte die nächtlichen Areale für die Brüder und Kämpfer, unterteilte die Innenstadt in Quadranten, die nach dem Feind durchkämmt werden sollten. Trainees wie Boone wurden mit erfahreneren Kämpfern losgeschickt, entweder mit Brüdern oder Angehörigen von Xcors Bande, im Interesse der Sicherheit – zumal eine neue Bedrohung in den Straßen erschienen war.

Schatten. Schatten, die unschuldige Vampirzivilisten töteten.

Boone blickte über die Schulter. Heute war er mit Zypher unterwegs, einem Kämpfer aus Xcors Bande. Er war ein toller Partner, ein großer, brutaler Kerl, der nichtsdestotrotz die Geduld eines Lehrers hatte und ein Auge für stetige Verbesserung.

Eigentlich hätte es Syn sein sollen. Dass es sich doch nicht so ergeben hatte, erleichterte ihn.

Syn war … anders.

Am liebsten war Boone mit Bruder Rhage unterwegs. Aber in dieser Nacht war die Bruderschaft anderweitig beschäftigt. Bis zum letzten Mann.

Boone selbst hatte sie auf eine Mission geschickt, und nun hoffte er, dass sie niemandem das Leben kostete.

Namentlich seinem Vater.

In den zwölf Monaten seit ihrem Zerwürfnis anlässlich des aufgelösten Arrangements waren er und Altamere zu einem angespannten Waffenstillstand gekommen. Wie das eben so war, wenn man einen Tyrannen zur Ordnung rief. Äußerlich wahrten sie den Schein, was nicht schwer war, da ihre Beziehung schon immer steif und gespielt gewesen war, doch die angedrohten Konsequenzen waren ausgeblieben. Boone hatte eine Grenze gezogen, und Altamere hatte grollend den Rückzug angetreten.

Vermutlich hätte Boone ausziehen sollen, aber so erbärmlich es war, genoss er es, die Oberhand errungen zu haben und zu halten. Besonders nachdem er dem Trainingsprogramm der Bruderschaft beigetreten war, wohl wissend, wie sehr es seinem Vater missfiel. Altameres »Sohn« ein Soldat? Bewaffneter Kampf? Wie animalisch. Im Vergleich dazu mussten ihm Boones Jahre als Bücherwurm nahezu musterhaft erscheinen.

Aber er liebte die Herausforderung und meisterte seine Aufgaben verdammt gut. Ein neues Leben hatte begonnen, mit einem neuen Rhythmus, durch den er und sein Vater sich kaum mehr begegneten.

Doch dann kam die Einladung: Sein Vater und seine Stief*mahmen* wurden gebeten, an diesem Abend einen aristokratischen Gastgeber mit ihrer Anwesenheit zu beehren. Allein das Volumen der Einladungskarte verriet, dass auch andere Angehörige der *Glymera* auf der Gästeliste standen.

Ein geselliges Beisammensein? Vielleicht. Ein Verstoß gegen Wraths Verbot von Ratszusammenkünften? Schon eher wahrscheinlich.

Zum ersten Mal seit einem Jahr hatte Boone mit seinem Vater etwas von Bedeutung besprochen. Es blieb ihm nichts übrig, er musste ihn drängen, zu Hause zu bleiben. Das Schlangennest von Aristokraten hatte schon einmal versucht, Wrath vom Thron zu stürzen. Ein zweiter Versuch hätte fatale Folgen.

Im Trainingszentrum hatte Boone detaillierte Kenntnisse darüber erworben, wozu die Brüder fähig waren, wenn man ihnen blöd kam. Natürlich konnte er seinen Vater nicht leiden, doch eben darin lag die Krux. Die Sache roch zu offensichtlich nach Verrat; wenn er Altamere nicht wenigstens warnte, würde er das Gefühl haben, ihn eigenhändig umgebracht zu haben.

Das kam zu nah an die Mordgelüste heran, die er ab und an gehegt hatte, und wer wollte mit so einer Schuld leben?

Wie vorhergesehen, lehnte es sein Vater ab, auf den

klugen Rat seines Sohnes zu hören. Also hatte Boone die Bruderschaft informiert, und das war der Grund, warum er an diesem eisigen, kristallklaren Winterabend mit einem Angehörigen von Xcors Bande zusammenarbeitete.

Er wandte seine Aufmerksamkeit wieder der Beute zu und rannte schneller, bis seine Oberschenkel brannten, die Waden fest wurden und sein verletzter Knöchel erste Proteste anmeldete, denen eine Endlosliste von Beschwerden folgen würde. Doch all das kam einem Hintergrundrauschen gleich, das sich ignorieren ließ.

Einfach atmen, dachte er. Je mehr Sauerstoff er in die Lunge sog, desto mehr gelangte in sein Blut, Treibstoff für die Muskeln, mehr Tempo für seinen Körper.

Kraft.

Und tatsächlich holte er auf. Das Problem war nur, dass er sich dabei immer weiter von Zypher entfernte, der selbst mit einem *Lesser* rang, drei – mittlerweile vier – Blocks hinter ihm.

Es war an der Zeit, zur Sache zu kommen.

Wie vorgeschrieben, drückte er den Positionsmelder an der Schulter, um den anderen Mannschaften mitzuteilen, dass er sich nun in den Kampf begab. Dann schloss er die Augen.

Für gewöhnlich mussten sich Vampire konzentrieren und zur Ruhe kommen, um sich zu dematerialisieren. Doch Boone hatte sich antrainiert, diese innere Ausgeglichenheit selbst dann zu finden, wenn er im vollen Lauf hinter dem Gegner herjagte. Und dank unermüdlicher Übung löste sich seine physische Erscheinung in eine Wolke aus Molekülen auf, und er schoss voraus, vorbei an dem *Lesser.*

Direkt vor dem Feind nahm er wieder Gestalt an, die

Stiefel fest auf dem Boden, Messer und Kette gezückt, bereit für die Party.

Der Jäger gab sich alle Mühe, seinen Schwung zu stoppen. Er fuchtelte mit den Armen, stemmte die Absätze in den Schnee und versuchte auf dem Eis schlitternd zum Stehen zu kommen.

Seine Masse arbeitete gegen ihn. Anders als ein paar der hageren neuen Rekruten hatte dieser *Lesser* den Stiernacken und die breite Brust eines Footballspielers, und dieses Gewicht verwandelte ihn in einen Felsklotz, der einen Berghang hinabkullerte. Er war nicht aufzuhalten.

Und wie man es ihm beigebracht hatte, prägte sich Boone über die periphere Sicht Konturen und Deckungsmöglichkeiten der Gasse ein. Außerdem nahm sein Gehirn eine blitzschnelle Risikoeinschätzung vor, katalogisierte Feuertreppen, Dachlinien und Fenster, fütterte Informationen in die Berechnung der eigenen Sicherheit. Körperlich stählte er sich für die Konfrontation.

Schon begann die Kette zu schwingen.

Boone hatte Hand und Arm nicht bewusst den Befehl dazu gegeben, doch das war in den vergangenen Monaten öfter vorgekommen. Laut Bruder Vishous vollzog sich die Entwicklung von Kampfgeschick in vier Etappen: unbewusst unausgebildet, solange man nichts von der eigenen Unfähigkeit wusste, bewusst unausgebildet, wenn man begriff, wie viel man zu lernen hatte, bewusst ausgebildet, wenn man begann, die erworbenen Fähigkeiten einzusetzen, und schließlich unbewusst ausgebildet.

Das war der Punkt, an dem die Bewegungen automatisch abliefen, ohne dass man detaillierte Befehle dazu erteilen musste. Wenn man das Training so weit verinnerlicht hatte, dass es Teil von einem war, und man über ein Repertoire an Reaktionen verfügte, die ohne großes Zutun erfolgten. Wenn man in die »Zone« eintrat, wie Bruder Rhage es nannte.

An diesem schönen Punkt war Boone angelangt.

Die Kettenglieder surrten leise und bedrohlich neben ihm, wie das ruhige Atmen eines großen Tiers – und Boone merkte sofort, als der *Lesser* angreifen wollte, weil sich eine seiner Schultern hob und er die Hüften kaum merklich vorschob.

Das Messer, das er Boone entgegenschleuderte, bewies, dass Boones Unterbewusstsein doch nicht alles registriert hatte. Doch seine Reflexe waren gut. Boone duckte sich seitlich weg, und die aggressive Kraft, die ihn durchströmte, war so intensiv, so lustvoll, dass es an Erotik grenzte.

Sein Gegenangriff begann mit der Kette. Sie schnellte nach außen und schlang sich um den Hals des *Lessers*, eine metallene Schlange, die einen Bogen beschrieb und sich in den Schwanz biss. Dann wickelte er sich das andere Ende um die Hand und zog mit seinem ganzen Gewicht.

Der Jäger stürzte Gesicht voraus in den Schnee.

Und das war der Moment, in dem Boone mit dem Jagdmesser ausholte.

Pyre's Revyval Club,
33. Ecke Market Street

Ein Vampir unter Menschen, die sich als Vampire verkleideten.

Und er war nicht der einzige.

Unter den gut zweihundert Clubbesuchern, die sich in der düsteren, von Laserstrahlen durchzuckten Halle einer alten T-Shirt-Fabrik tummelten, gab es nur vier oder fünf echte Vertreter der Spezies, die sich biologisch von den Nacheiferern erfundener Charaktere einer wirren Mythologie unterschieden.

Aber anders als die kostümierten und maskierten Männer und Frauen, die sich mit so viel Mühe verstellten, sahen der Vampir und seine Artgenossen davon ab, ihren DNA-Status in irgendeiner Weise zur Schau zu tragen. Sie hatten sich unter die Menge gemischt, tauchten unter, beobachteten … nahmen gelegentlich teil.

Der Vampir war um eine Kopf- und Schulterlänge größer als die Männer der menschlichen Spezies, die sich in schwarzen Umhängen im Zentrum des leer stehenden Gebäudes drängten, und mit der Kraft in seinem Körper und den rasiermesserscharfen Fängen, die bei Bedarf aus seinem Oberkiefer ausfuhren, war er stets angriffsbereit. Auch ohne konventionelle Waffen.

So stand er abseits und musterte die Menge bewusst hinter einer dunklen Sonnenbrille hervor, auch wenn es ihn ermüdete. Er war seine dunkle Seite leid. Aber wenn er seinen *Talhman* nicht wenigstens ein bisschen drillte, wäre der Besuch in diesem Club verschwendete Zeit. Als würde man einem eingesperrten Raubtier außerhalb der Gitterstäbe seines Käfigs einen unerreichbaren Fleischbrocken hinhalten.

Eben darum ging es. Er musste sicherstellen, dass er Kontrolle über sich besaß. Über lange Zeit hinweg war es nicht nötig gewesen, sich zu beherrschen, lange waren die Folgen seiner schlechten Impulskontrolle kaum von Bedeutung gewesen. Doch die Lage hatte sich geändert.

Er war jetzt in der Neuen Welt.

Er stand im Bund mit dem König.

Also prüfte er sich in diesem Club. Denn sollte er austicken, sollten ihm die Zügel seines inneren Monsters entgleiten und … Dinge geschehen, dann traf es hier zumindest nur Menschen oder zufällig anwesende Vampire. Wen kümmerte es, wenn ein paar davon die volle Schlagkraft seiner bösen Seite abbekamen? Wichtiger war die Gewissheit, dass er sich unter diesen wehrlosen Opfern aufhalten und den Gedanken widerstehen konnte, die ihn plagten. Die Versuchung durch Willenskraft besiegen. Den Killerinstinkt unterdrücken.

Und wenn es misslang? Nun, manchmal musste eben jemand Federn lassen, damit der Rest in Frieden leben konnte. Und lieber hier in diesem Club als sonst irgendwo in Caldwell …

Rechter Hand von ihm verdichtete sich ein Teil der Menge wie zu einem Tumor in ansonsten gesundem Gewebe. Es war zu einer Auseinandersetzung gekommen, doch das schwache Licht, die schwarzen Kostüme und das Geschiebe und Gedränge machten es unmöglich, den Angreifer zu orten oder zu erkennen, worum es ging. Wurden Schläge ausgeteilt, oder ging es nur um das übliche Posen von Menschen vor Publikum?

Wenigstens war das die Information, die sein Hirn registrierte. Sein *Talhman* dagegen witterte die Aggression und Wut, gierte nach Blut und triefenden Wunden, lechzte nach der Jagd und dem Erlegen der Beute.

»Nicht für uns«, murmelte der Vampir.

Dann zog er seine schwarze Mütze tiefer ins Gesicht.

Er tat es aus einem Reflex heraus und merkte erst danach, was er damit bezweckte.

Er machte sich bereit, sich einzumischen. Sich etwas zu holen. Und dabei unerkannt zu bleiben.

Doch wie sich herausstellte, kam sein Testobjekt zu ihm.

Aus dem Gewühl löste sich eine Frau, die er als Vampirin erkannte, und sein erster Gedanke war: Was zum Donner hatte sie inmitten all dieser schwanzlosen Ratten zu suchen? Doch während er ihre äußere Erscheinung betrachtete, trat diese Überlegung in den Hintergrund.

Gehetzt sah sie sich um. Ihr schwarzes Haar hatte sich an der Maske verfangen, die ihre Augen und die obere Gesichtshälfte verdeckte, ihr Lippenstift war verschmiert, ihr Bustier verrutscht, und eine Brust drohte herauszuspringen.

Ihre Orientierungslosigkeit verflog augenblicklich, als sich ihre Blicke trafen. Ihre Beine, eben noch unstet, fanden festen Stand. Ihre Atmung stockte und setzte in ruhigerem Rhythmus wieder ein. Mit den Händen zog sie ihr Oberteil zurecht.

Er hätte gewettet, dass unter ihrer Schädeldecke das Gleiche vorging: Ihre zerstreuten Gedanken kamen zur Ruhe.

Ihr Fokus richtete sich auf ihn.

Sie ließ das Handgemenge hinter sich und kam auf ihn zu, warf das wogende Haar über die Schultern und hob das Kinn.

Ob sie es tat, um ihm in die Augen blicken zu können oder um Unabhängigkeit und Angriffslust zu signalisieren, konnte er nicht sagen. Aber es war im Grunde unerheblich.

»Ich bin Nightingale«, erklärte sie.

Als würde mich das interessieren, dachte er.

Zur Antwort ließ er den hinter den dunklen Gläsern verborgenen Blick über ihre Kurven streifen. Ihr schwarzes Haar war lang, sehr lang und ergoss sich in Kaskaden über ihre Schultern bis zu den Hüften, ein sprudelnder Strom aus Korkenzieherlocken, in dem sich das blaue Blinken der Laser verfing. Das schwarze Bustier betonte ihre Taille und schob ihre Brüste nach oben, schuf milchig weiße Kugeln, die sie mit etwas Schimmerndem bestäubt hatte. Ihre Lippen waren blutrot … ihr Hals blass und zierlich.

»Wie heißt du?«, fragte sie gedehnt.

Der Vampir sog Luft durch die Nase ein und erforschte ihren Duft. Ihre sexuelle Erregung war offensichtlich und galt ihm. Sie baute auf ihn, um Befriedigung zu finden, hatte ihn auserkoren, um ihre Fantasie zu erfüllen.

Sein Blut geriet in Wallung. Und unter seiner eigenen Erregung trieb sich der *Talhman* umher. Hätte sie gewusst, mit wem sie es zu tun hatte, hätte sie nicht ausgerechnet ihn ausgewählt. Aber darin lagen das Risiko und die Faszination von Orten wie diesem. Anonymer Sex gestattete es den Teilhabenden, den anderen nach den eigenen Wunschvorstellungen auszuschmücken und Bedürfnisse zu stillen, ohne sie offen ansprechen zu müssen. Dass man dabei nicht wusste, an wen man wirklich geriet, war der Reiz dabei.

Ein Reiz, der das Fehlen echter Zuneigung übertünchte, ein schöner Schein, der blind machte für die Mängel, die in der Realität herrschten.

Rache, entschied er. Er sah das wilde Feuer in ihren Augen und den wütenden Blick zurück zur Menge, als hätte sie dort jemand verärgert, und er wäre jede Wette eingegangen, dass ihre Suche nach heißem Sex die Vergeltung für eine Schmähung war.

Auch sie hatte offensichtlich Dampf abzulassen.

Er streckte die Hand aus und legte den Zeigefinger auf die weiche Stelle in der Mitte ihres Schlüsselbeins, die Einbuchtung im Fleisch, die nicht von Knochen geschützt war, diesen verletzlichen, weichen Punkt an ihrem Hals. Als er drückte und ihre Luftzufuhr ein klein wenig eindämmte, keuchte sie auf.

Und dann stöhnte sie, als fühlte sie ein köstliches Ziehen zwischen den Beinen.

Wieder drückte er, diesmal fester … sodass er spürte, wie ihr Hals gegen den Druck anarbeitete.

Dieser Kampf war es, der ihn endgültig hart machte, seine Erektion verdickte sich hinter der Knopfleiste seiner Hose.

Er wusste, was als Nächstes passieren würde. Sie würden sich eine dunkle Ecke suchen oder vielleicht sogar hier im Gedränge der maskierten Leute bleiben. Seine Hände würden ihre Hüften umfassen und sich auf ihren Hintern legen. Er würde sie an sich ziehen und das Becken vorschieben, sodass sich seine Erektion an sie presste – und da sie so viel kleiner war als er, wäre das knapp unter ihren hochgedrückten Brüsten.

Sie würde erbeben und sich ihm darbieten, schwach und willig und zu allem bereit.

Er würde ebenfalls zittern, weil der *Talhman* erwachte, aber sie würde es als Erregung deuten.

Und wenn er sich unter ihren langen Rock schob und mit seinem dicken, harten Geschlecht in sie eindrang, würde sie einen Orgasmus haben, ohne zu ahnen, wie nah sie bei diesem kleinen Tod, wie ihn die Franzosen nannten, ihrem wahren Ableben war.

Er selbst würde nicht zum Höhepunkt kommen.

Das tat er nie.

Und wenn er sich im Zaum halten konnte, würde sie nie erfahren, welch Fehler es gewesen war, ausgerechnet ihn auszuwählen. Doch wenn er die Beherrschung verlor? Nun, dann würde er ihr eine wichtige Lektion erteilen – allerdings zu spät. Denn die Toten erzählten nicht nur keine Geschichten, sie konnten auch nicht mehr aus ihren Fehlern lernen.

»Sag mir deinen Namen«, hauchte sie.

Die Silben vibrierten unter seiner Fingerkuppe, und sein erhitztes Blut, sein Killerinstinkt, ließen ihren Anblick in der Maske wie unter dem Vergrößerungsglas erscheinen, bis er jedes einzelne Haar auf ihrem Kopf und jedes Pulsieren ihrer Halsschlagader wahrnahm.

Sein Blick senkte sich auf ihre Lippen.

Er legte seine riesige Hand in ihren Nacken und zog ihr Gesicht an sich, während der Rest ihres Körpers folgte wie Wasser, das man aus einer Vase goss. Doch er küsste sie nicht. Selbst als sie den Kopf in den Nacken legte und den Unterleib an ihn schmiegte, ihm die Lippen darbot, hielt er inne, bevor es zur Berührung kam.

Mit der freien Hand umfasste er ihr Handgelenk und führte es an die Lippen. Ohne den Blickkontakt zu lösen, fauchte er und bleckte die Fänge.

Es war nur ein Kratzer, den er ihr verpasste, doch er saß an der richtigen Stelle. Blut quoll daraus hervor und rann an der Innenseite ihres blassen Arms herab.

Ihre Brüste hoben und senkten sich in dem engen Bustier und schimmerten im Licht. »Und jetzt?«, hauchte sie.

Er hob ihre Hand höher und leckte das rote Rinnsal von ihrer Haut, den dunklen Wein aus ihrer Ader. Sie schmeckte akzeptabel, nicht dass er sonderlich hohe Ansprüche gehabt hätte, und als er bei der Wunde ankam, die er ihr zugefügt hatte, verschloss er sie mit dem Mund und formte ein warmes Siegel darum.

Saugte.

Leckte.

Er merkte genau, wann sie kam. Sie kniff die Augen zu und biss sich auf die Unterlippe, ihre harten, weißen Eckzähne ließen das weiche, rot bemalte Fleisch prall hervortreten. Ihre Hüften pressten sich an ihn und begannen zu rotieren, und er nahm an, das ziehende Pulsieren in ihrem Kern war eher quälend als erlösend.

»Bring mich fort von hier«, stöhnte sie.

So abgeschieden unten im Keller. Keine neugierigen Blicke. Nur wenige verirrten sich dorthin, und die standen unter Drogen und waren mit sich selbst beschäftigt.

Eine größere Herausforderung.

Er hob sie hoch, legte ihre Schenkel um seine Hüften, und ihre Brüste pressten sich an ihn. Er brauchte nur einen Arm, um sie zu halten, so leicht war sie.

Sie blickte nicht zurück zur Menge, als sie gingen. Im Moment beschäftigte sie nur noch er.

Die Tür zum Keller war unschwer zu finden, und während er sich in die entsprechende Richtung durchs Gedränge schob, schmiegte sie sich an seinen Hals und rieb ihr Geschlecht an seiner Hüfte. Er erreichte die Stahltür und stieß sie auf. Die Treppe dahinter war aus Beton und roch nach modriger Erde und kaltem Schimmel, und die Temperatur fiel jäh ab, als sie sich von der beheizten Halle mit den erhitzten Leibern entfernten.

»Wie heißt du?«, flüsterte ihm die Vampirin ins Ohr.

Immer weiter ging es nach unten, und seine schweren Schritte hallten von den Wänden wider. Am Fuß der Treppe entriegelte er kraft seines Willens eine zweite Stahltür und ließ sie aufschwingen. Der Gang dahinter war in das flackernde Licht altersschwacher Neonröhren in rostigen Deckenhalterungen getaucht, und der zuckende Schein ließ Schatten in einem unheilvollen Walzer tanzen. Die Gerüche in der kalten, abgestandenen Luft ließen vermuten, dass diesen Gang schon viele vor ihnen für den gleichen Zweck genutzt hatten, den die Vampirin im Sinn hatte …

Unter seiner Haut streckte der *Talhman* die Klauen aus und erwachte zu neuer Kraft. Frische Aggression durchströmte ihn und ließ ihn daran zweifeln, ob er in dieser Nacht die Kontrolle behalten würde …

Seine Blackouts bemerkte er immer erst, wenn sie vorbei waren. Dann kehrte die Welt in einem Ansturm von Wahrnehmungen zurück, denn während der Aussetzer konnte er weder sehen noch hören, fühlen oder schmecken.

Doch die Vampirin war noch immer bei ihm – und sie lebte.

Er hatte sie gegen eine Tür gedrückt, und seine Hände suchten nach einem Weg unter ihren Rock …

Oder besser gesagt, eine Hand. Mit der anderen tastete er nach der Klinke, um die Tür zu öffnen.

Aus Erfahrung wusste er, dass sich hinter den alten Holztüren Lagerräume mit ausrangierten Gerätschaften befanden, alte Paletten und Kolonien von Ratten, die sich in den dunklen, feuchten Höhlen häuslich eingerichtet hatten.

Dort drin … konnte er noch mehr mit ihr anstellen.

Als ihm der Gedanke durch den Kopf schoss, wusste er nicht, welcher Teil von ihm dahintersteckte. Sein Sexualtrieb … oder das Monster. Sie waren nicht ein und dasselbe, doch manchmal fiel es ihm schwer, sie auseinanderzuhalten.

»Dein Name«, drängte sie und rieb sich an ihm. »Wie heißt du …«

»Syn«, knurrte er an ihrem Mund. »Ich bin Syn.«

2

In der Gasse ungefähr fünfzehn Blocks westlich des Pyre's Revyval griff Boone mit dem Jagdmesser an und warf sich mit der geballten Wucht aus Schwerkraft und Körpermasse auf den *Lesser*. Die Stahlklinge sank in die Augenhöhle des Untoten, und während sie durch Pupille und Sklera schnitt und über den Sehnerv ins Gehirn drang, machte er sich eine geistige Notiz.

Das hier war ein Regelverstoß.

Ganz gleich, ob Trainingsschüler paarweise oder allein unterwegs waren – aber insbesondere, wenn Letzteres der Fall war –, lautete die Weisung, den Gegner zurück zu Omega schicken, sobald sich eine Gelegenheit bot, ihm ein Messer in die Brust zu stoßen. *Lesser,* diese stinkenden, entseelten Menschen, die auf nichts anderes aus waren, als Vampire auszuradieren, waren unsterblich ähnlich wie in *Der Tod steht ihr gut*: Ganz gleich, wie viel Schaden man ihren Körpern zufügte, sie hörten nicht auf, wahrzunehmen und sich zu bewegen. Man konnte ihnen die Köpfe abschlagen, Glieder abtrennen, sie ausweiden, zerstören, sezieren – sie bewegten sich weiter wie eine Klapperschlange.

Es gab nur eine Möglichkeit, sie zu »töten«: mit einem Stich in die leere Brusthöhle mit Stahl. Dann gab es einen Knall und einen Lichtblitz, und die Sache war erledigt.

Sie kehrten zurück zu ihrem widerwärtigen Schöpfer.

Als Auszubildender hatte Boone nicht den Erfahrungsreichtum anderer Kämpfer und Brüder, deshalb sollte er kein Risiko eingehen. Den Jäger mit einem schnellen Stich zurück zu Omega zu schicken, war die sicherste Methode – und in seinen ersten Wochen draußen im Einsatz hatte er sich strikt an diese Anweisung gehalten. Doch nach einer Weile …

Er fing an, den Todesstoß etwas hinauszuzögern, wenn sich die Gelegenheit dazu ergab.

Er konnte sich noch an das erste Mal erinnern, als er von der üblichen Vorgehensweise abgewichen war. Er hatte dem Jäger in die Brust stechen wollen, doch dieser hatte sich unerwartet zur Seite gerollt, und Boone hatte ihm die Brust aufgeschlitzt. Als sich der Untote wieder aufsetzen wollte, hatte Boone in Panik begonnen, wild auf ihn einzustechen.

Schwarzes Blut war gespritzt, gesprudelt, geflossen. Der *Lesser* hatte vor Schmerz geschrien. Boones Arm war zu einem Presslufthammer mutiert, der in verschwommenen Bewegungen auf und ab gefahren war.

Es war eine Offenbarung gewesen.

In seinem Gehirn waren ganz neue Bereiche erwacht, die zuvor im Dunklen geschlummert hatten, Areale hatten aufgeleuchtet und Glücksgefühle und asexuelle Lust ausgelöst. Der Rausch war so intensiv gewesen und so unerwartet aufgetreten, dass Boone ihn erst für eine Anomalie gehalten hatte.

Diese Annahme erwies sich als falsch.

Beim zweiten Mal, als er den letzten Stoß hinausgezögert hatte, war es genauso gewesen: eine sinnliche Erfahrung, die alle Empfindungen verstärkte, sodass jede Nuance hervortrat, die Reaktion des *Lessers,*

Anfang, Mitte und Ende, alles brannte sich in sein Gedächtnis. Ein drittes Mal bestätigte das Prinzip als eine Art von Gesetz.

Seitdem hatte er diese Momente gesucht, stets darauf bedacht, sich nicht dabei erwischen zu lassen.

All die ermordeten Vampire, die ihr unschuldiges Leben an diese seelenlosen Monster verloren hatten. All die zerstörten Familien. All das Leid, dass seine Spezies durch die Hände dieser Killer erfahren hatte.

Verfluchtes *Lesser*pack.

Boone schob die Gedanken beiseite, fasste den Untoten bei der Kehle und blickte in das teigig weiße Gesicht. Sein Messer steckte noch immer im Auge des *Lessers* und stand daraus hervor, der Griff geneigt im Winkel seines Stoßes. Schwarzes Blut, schimmernd und stinkend, lief wie Tränen seitlich aus der Einstichstelle, rann über die Schläfe, sammelte sich im Ohr.

Unwillkürlich musste Boone daran denken, wie er sich als Kind einmal in der Badewanne zurückgelehnt hatte und dabei Wasser in sein Ohr eingedrungen war, das alle Geräusche dämpfte. Ging es dem *Lesser* nun genauso?

Als der Mund des Jägers wie ein Fischmaul aufklappte und seine Arme ruderten, als wollte er einen Engel in den Schnee zeichnen, in einem äußerst ungeeigneten Moment, drückte Boone fester zu und zerquetschte ihm die Luftröhre.

Das Gurgeln, das aus dem Mund des *Lessers* drang, weckte in ihm den Wunsch, noch mehr anzustellen. Die Sache stundenlang hinauszuzögern. Den Torso aufzuschneiden …

In seinem Hinterkopf schrillte eine Alarmglocke. Sich für einen kleinen Teil des Leids der Spezies an diesem

Jäger zu rächen war das eine. Was Boones jetzt durch den Kopf ging … etwas ganz anderes. Das war Folter. Doch er ignorierte die Warnung und fragte sich, wie es wohl wäre, die Fänge zum Töten einzusetzen. Obgleich es nicht einfach wäre, es den Brüdern zu erklären, stellte er sich vor, wie gut sich das anfühlen musste. Wie befriedigend. Wie stimmig.

Seine Kiefer begannen zu prickeln, sein Mund öffnete sich, die Eckzähne fuhren aus.

Alles, was er wollte, war, diesem Arschloch wehzutun. Wieder und wieder. Er packte das Messer beim Griff und drehte es langsam hin und her, spürte, wie die Klinge den Knochen abschabte, während er drehte und drehte …

»Was tust du da?«

Erschrocken blickte Boone auf. Zypher stand vor ihm, die lederne Kampfkluft besprenkelt mit dem schwarzen Blut des *Lessers*, gegen den er gekämpft hatte, die Pistole am Schenkel, den silbernen Dolch erhoben, bereit zum Einsatz.

»Ich bringe das hier nur zu Ende«, sagte Boone und zog die Klinge aus dem Auge des *Lessers.*

Dann lehnte er sich zurück, stieß ihm das Jagdmesser in die Brust und riss den Arm hoch, um seine Augen vor dem grellen Blitz zu schützen. Der Knall hallte wie ein Pistolenschuss durch die Gasse, und als das Licht verblasste, kam Boone auf die Füße. Er konnte Zypher nicht ansehen. Stattdessen blickte er auf die geschmolzene Stelle im Schnee. Der schwarze Rand um den Brandfleck war teils der Explosion, teils dem schwarzen Blut des Feindes geschuldet.

Sag was, dachte Boone.

»Ich melde seinen Tod.« Er griff nach dem Mikro am

Revers seiner Lederjacke. »Dann können wir unsere Patrouille fortsetzen …«

»Einen Dreck können wir. Du bist verletzt.«

Boone sah an sich herab, verdrehte den Oberkörper. »Wo? Ach, da.«

Das Messer, das der *Lesser* nach ihm geworfen hatte, steckte in seiner Schulter und ragte auf die gleiche Weise aus Boone hervor wie seines vorhin aus dem Auge des *Lessers.* Wobei, nicht ganz. Dieses Messer steckte gerade. Seines war um dreißig, vielleicht vierzig Grad geneigt gewesen.

Eigentlich merkwürdig, dass er dieses Detail registrierte, dachte er benommen. Andererseits fühlte sich im Moment so ziemlich alles eigenartig an. Von dem Moment an, als er die Gegenwart von Zypher bemerkt hatte, war es, als hätte er sich in zwei Einheiten gespalten. Jene, die zugestochen hatte und nun aufrecht neben dem Brandmahl im Schnee stand … und eine zweite, die ihn von der anderen Seite der Gasse aus beobachtete, unbeteiligt und leidenschaftslos.

Wie das Bild in einem Spiegel, identisch und doch nicht real.

Aus unerfindlichem Grund musste er an Rochelle denken. Seltsam, ausgerechnet jetzt, nach so langer Zeit.

Er unterdrückte einen Fluch, griff nach dem Messer in seiner Schulter und zog es heraus. Die Klinge löste sich aus seinem Fleisch, und eigentlich hätte er etwas fühlen sollen, oder?

Ein Brennen. Schmerz. Ein Aufflammen von …

Doch da war nichts als ein kleines warmes Rinnsal unter der Lederjacke. Sein Blut, das in sein Funktionsshirt sickerte.

Zypher sprach in sein Mikro. »Ich brauche einen Sani. Sofort.«

Boone schüttelte den Kopf. »Es ist nicht der Rede wert. Ich kann weitermachen …«

»Nicht unter meiner Aufsicht.«

415 Summit Lane,
Villenviertel von Caldwell

Tohrment, Sohn des Hharm, trat in einen eleganten Salon, der zertrümmert war wie eine Kneipe nach einer Schlägerei. Antike Möbel und seidenbezogene Sofas waren umgestürzt, verrückt, zerfetzt. Porzellan war zerbrochen. Lampen lagen auf dem Orientteppich, die Schirme verbogen, die Birnen geplatzt, die Füße zerbrochen.

Tohr passte auf, wo er hintrat. Er wollte nicht unnötig noch mehr Schaden anrichten.

Der Geruch von frischem Vampirblut lag schwer in der Luft. Und das war nicht alles.

Tohrment blieb vor einem imposanten Ölgemälde stehen. Eine Blumenvase. Holländischer Meister. Achtzehntes Jahrhundert. Das Stillleben mit überdeutlich dargestelltem Tau auf Blütenblättern, achtsam herausgearbeiteten Details der großen Vase und einem bunten Papagei mit geneigtem Kopf daneben war ein exzellentes Beispiel des berühmten Stils.

Doch vom Geschick des Malers war kaum noch etwas zu sehen. Schwarze Spritzer überzogen die Leinwand, bedeckten die alte Farbe und das zeitlose Talent. Eine eklige, glänzende Substanz – doch sie roch nicht wie eine Mülltonne in den heißen Sommermonaten.

Sie stammte also nicht von einem *Lesser*. Doch das wussten sie bereits.

Es waren die Überreste eines Schattens. Allerdings keinem wie Trez und iAm, sondern eines Schattens ganz anderer Art: Wesen, die in Caldwell aus dem Nichts erschienen waren und nicht den Anschein machten, als stünden sie in Zusammenhang mit Omega und der Gesellschaft der *Lesser*. Und in diesem Fall hatten sie eine Versammlung von Angehörigen der *Glymera* angegriffen.

Mit tödlichen Konsequenzen.

Die Bruderschaft hatte versucht, die Gäste zu retten. Doch es war ihnen nicht ganz gelungen.

Tohrment stieg über einen mit Einschusslöchern durchsiebten Sessel hinweg und trat vor die Leiche eines Vampirs von ungefähr dreihundert Jahren.

Das Smokingjackett des Verstorbenen war offen, darunter kam eine schmale Weste aus Satin zum Vorschein, ein Smokinghemd mit gefältelter Brust und Perlmuttknöpfen und eine Fliege, die noch immer mit Uhrmacherpräzision gebunden war.

Ein Blutfleck hatte sich auf dem blendend weißen Hemd ausgebreitet, doch er wuchs nicht weiter. Sein Herz hatte aufgehört zu schlagen.

Doch damit endeten Logik und übliches Prozedere. Trotz Wunde und Blutfleck war die Kleidung nicht verrutscht oder zerrissen. Im Gegensatz zu dem Sessel wiesen Jackett, Weste und Hemd keine Einschusslöcher auf. Auch keine Risse oder Schlitze verursacht durch eine Klinge.

»Es ergibt einfach keinen Sinn«, fluchte Tohr.

Wenn er die Weste öffnete, die Perlmuttknöpfe löste und das Hemd aufschlug, würde er die Verletzung sehen, die das Fleisch auf irgendeine Art befallen hatte, ohne der Kleidung darüber zu schaden. Die Brüder hatten keine Ahnung, wie so etwas möglich war. Dieser neue Feind, der mit erbarmungsloser Effizienz zuschlug, war ihnen ein Rätsel. Er besaß Mächte, denen sie noch nie begegnet waren, hatte einen Ursprung, den sie nicht ergründen konnten, und eine Agenda, die mit der von Omega verwandt zu sein schien, sich aber nicht als solche verifizieren ließ.

Als Tohr in die Hocke ging, knackten seine Knie.

Das Gesicht des Leichnams war von einem fahlen Grau und wurde von Minute zu Minute wächserner. Seine Züge waren ebenmäßig und fein, typisch für einen Aristokraten, nicht auffallend, aber attraktiv, wenn vielleicht auch nur, weil keiner der einzelnen Bestandteile einen Makel aufwies: Die Nase war wohlproportioniert, das Kinn entschieden. Die Brauen schienen von Natur aus einen hochmütigen Bogen zu beschreiben.

Die Lippen waren geschürzt, als hieße der Vampir die Art, wie er zu Tode gekommen war, nicht gut.

Wer konnte es ihm verdenken?

Dabei war die merkwürdige Brustverletzung nicht die Ursache für seinen Tod.

Das kleine Einschussloch in der Mitte seiner Stirn wirkte deplatziert in jeder Hinsicht. Es war sauber und rund mit verschmortem Rand – wie er eben entstand, wenn man den Lauf direkt am Kopf ansetzte. Vishous hatte den Abzugshahn gedrückt – und zwar nach dem tödlichen Angriff der Schatten, nachdem John Matthew und Murhder zwei der neuen Feinde zum Explodieren gebracht hatten, was in der Jackson-Pollock-Spritzglasur des alten Ölgemäldes und einiger anderer teurer Antiquitäten resultiert hatte.

Anschließend war Chaos ausgebrochen, daher war es unmöglich, Details zu bestimmen, aber Tohr würde in den nächsten Stunden den Tatort untersuchen und die Abfolge der Ereignisse rekonstruieren.

Inklusive des Teils, als V dem Leichnam ins Frontalhirn schoss, um ihn davon abzuhalten, wieder zum Leben zu erwachen und selbst anzugreifen.

Was, wie sie mittlerweile alle wussten, eine Begleiterscheinung eines tödlichen Schattenangriffs war.

Tohr sah sich noch einmal in dem Salon um und erinnerte sich, wie die Aristokraten auseinandergestoben waren, als die Schatten von irgendwo innerhalb des Hauses eingedrungen waren. Die Bruderschaft hatte von dem Treffen erfahren und war durch die Fenster hereingekommen, um die Gäste zu retten.

Sie waren vor Ort gewesen, um ein verräterisches Treffen aufzudecken. Aber wie so oft waren der Krieg und der Umgang mit der *Glymera* eine Tombola mit unerwartetem Hauptgewinn.

Leider nicht im positiven Sinne.

»Hält er still?«, fragte Vishous trocken.

Tohr blickte über die Schulter. Sein Bruder sah aus wie immer: schwarze Lederkleidung, jede Menge Waffen in Holstern und ein Gesicht, als hätte mal wieder irgendein Idiot etwas furchtbar Dummes getan.

Gegen Vs lakonische Visage war jedes Resting Bitch Face Material für ein Motivationsplakat.

»Lass uns respektvoll mit der Situation umgehen, okay?«, meinte Tohr.

»Wozu, der Kerl ist ein Verräter.« V strich über sein Ziegenbärtchen. »Es tut mir nicht leid, dass er tot ist, und ich bin froh, dass er es bleibt. Diese verdammten Schatten und ihre Stehaufleichen.«

Zumindest in diesem Punkt waren sie einer Meinung. Die einzige Möglichkeit, ein Schattenopfer davon abzuhalten, aufzuwachen und auf seine Umgebung loszugehen, war ein Kopfschuss mit einer Kugel, die mit Wasser aus dem Brunnen der Jungfrau der Schrift gefüllt war.

Das Ganze verstieß gegen alle Regeln der Natur.

Tohr erhob sich und betrachtete die Bar, die man seitlich auf einem Tisch aufgebaut hatte. Auf einem Leinentischtuch standen Kristallgläser, edle Schnäpse und ein Silbereimer mit Eis, das vor sich hinschmolz, außerdem eine Kolonie aus Zitronen- und Limettenschnitzen. Da das Ganze abseits des Geschehens gestanden hatte, war der Aufbau einigermaßen ungeschoren davongekommen, nur ein paar Weingläser waren umgefallen, eine Flasche Chardonnay lag auf der Seite, und zwei Zitronen lugten unter dem Saum der Tischdecke hervor, als hätten sie dort Schutz gesucht.

Eine Bar, an der man sich selbst bediente, war äußerst ungewöhnlich in einem so feinen Haus, aber nach den Ereignissen der Nacht gab es Dringlicheres als die Frage, was sich in den Kreisen der *Glymera* schickte. Vierundzwanzig Gäste hatten sich hier eingefunden, ausnahmslos ehemalige Ratsmitglieder, eingeladen von Throe, Xcors ehemaligem engstem Vertrauten, der es auf den Thron von Wrath abgesehen hatte.

V hatte also wie immer recht. Alle Gäste konnten als Verräter gelten, und das Treffen war nicht geselliger Natur – und damit ein Gesetzesverstoß. Außerdem hätte die Bruderschaft nie davon erfahren und wäre nicht vor Ort gewesen, um rettend einzugreifen … wäre da nicht einer aus ihrem Kreis gewesen. Dank eines tapferen Trainingsschülers waren sie in der Lage gewesen, auf der Stelle zu reagieren, als die Schatten erschienen waren.

»Wie viele Verletzte?«, fragte Tohr.

Ein Plastikfeuerzeug flammte auf, dann wehte der Geruch von türkischem Tabak heran.

»Wir haben eine Frau in der Chirurgie«, berichtete V. »Wir dachten, wir wären mit einem blauen Auge davongekommen, doch dann brach sie zusammen. Innere Blutungen. Schätze, sie wurde auch Opfer der Schatten.«

»Wer ist sie?«

»Die *Shellan* von dem hier, wie sich herausgestellt hat.«

»Besteht die Chance, dass die beiden bewusst zum Ziel des Angriffs wurden?«

»Das ist im Moment noch schwer zu sagen. Alles erschien zufällig, als es losging.«

»Und von Throe keine Spur?«

»Nein. Der wundervolle Gastgeber ist noch nicht aufgetaucht.«

Tohr schüttelte den Kopf. »Woher wussten die Schatten von dieser Versammlung?«

»Vielleicht waren sie eingeladen.« Als Tohr ihm einen verächtlichen Blick zuwarf, antwortete V mit einem Schulterzucken. »Findest du es nicht ein wenig seltsam, dass all diese Aristokraten herumstanden, als die Schatten kamen? Genauso seltsam wie der Umstand, dass alle ihre Angriffe in den Straßen Angehörige der *Glymera* treffen.«

Der Impuls zu widersprechen war beinahe überwältigend. Aber das rührte daher, dass Tohr hungrig und müde war, nicht so sehr an einem Fehler in Vs Logik. Der Bruder hatte recht. Die Schatten schienen es auf die *Glymera* abgesehen zu haben, aber die Lage war schwer zu beurteilen, denn niemand wusste, wer hinter der neuen Bedrohung steckte und was er damit bezweckte.

Wieder betrachtete Tohr den Toten. »Ich muss mit

der Familie sprechen«, sagte er. »Wie stehen die Überlebenschancen der Verletzten?«

»Schwer zu sagen. Ihre Vitalzeichen waren schwach, als man sie in den OP gerollt hat.« V stieß über die Schulter eine Wolke aus blauem Rauch aus. »Ich begleite dich.«

»Nicht gerade typisch für dich.«

»Der Sohn dieses unwürdigen Kerls ist es wert.«

Tohr sah den Toten an und schüttelte den Kopf. »Wenigstens in diesem Punkt sind wir uns *alle* einig.«

3

Helania, Tochter des Eyrn, sorgte dafür, dass ihre schwarze Kapuze oben blieb, während sie sich durch die Menge von Live-Rollenspielern schlängelte. Es waren zum überwiegenden Teil Menschen, die sich in diesem Club tummelten, wenn auch nicht ausschließlich. Neben ihr gab es mindestens drei weitere Vampire unter den zwei-, dreihundert Besuchern im Dracula-Look, die diverse Drogen eingenommen hatten und auf unverfänglichen Sex aus waren, alles unter dem Vorwand, Charaktere aus der Welt von Pyre's Revyval zu spielen.

Der Geruch von frischem Blut war sehr schwach, und sie war sich nicht sicher, ob ihr ihre Nase einen Streich spielte.

Doch sie musste Gewissheit haben.

Auf ihrem Weg durch das Gedränge strichen immer wieder fremde Hände über ihre Arme und Schultern. Es war abstoßend, doch im Laufe der letzten Monate hatte sie sich an die körperlichen Übergriffe gewöhnt. Die Menschen, die hier in andere Rollen schlüpften, kannten selbst keine Grenzen, die sie schützen mussten. Sicher vermuteten sie hinter ihren Masken, Helania wäre aus den gleichen Gründen in dieser zugigen alten T-Shirt-Fabrik wie sie.

Weit gefehlt.

Durch das Dickicht aus roten Laserstrahlen und sich

aneinander reibenden Leibern blickte sie auf ihr Ziel, eine robuste Stahltür, und mit jedem Schritt darauf zu zog sich ihr Magen weiter zusammen. Der Geruch nach Blut wurde stärker – nicht stark genug, um von den Menschen bemerkt zu werden, aber für ihre Vampirnase war er wie ein Schrei, der durch den Lärm schnitt.

Unverkennbar. Dringlich. Beängstigend.

Sie zog die schwere Stahltür auf und zuckte zusammen, als sie in den Angeln quietschte. Dahinter lag die Kellertreppe, schlecht beleuchtet, die Luft kalt und feucht, von Schimmel durchsetzt. All das ignorierte sie. Für sie zählte nur der Kupfergeruch von Blut.

Sie schlüpfte durch die Tür und lief möglichst lautlos die staubigen Betonstufen hinunter. Die Temperatur fiel spürbar, je tiefer sie kam, und am Fuß der Treppe erwartete sie eine zweite Stahltür. Diese hatte ein härteres Leben hinter sich als die obere, jemand hatte auf sie eingetreten, und nun hing sie schief in den Angeln und schloss nicht mehr richtig.

Helania legte ihre heiße Hand auf die kalte Klinke, was eine Schockwelle auslöste, die ihr Nervensystem durchzuckte, und schob sie auf.

Beim Anblick dahinter setzte ihr Herzschlag einen Moment lang aus. Ein niedriger, gewölbter Gang, breit wie eine Straße, fleckig wie das Innere eines alten Abflussrohrs. Neonröhren aus den Sechzigerjahren hingen an der Decke und versetzten durch ihr flackerndes Licht die Türen in spastische Zuckungen, die sich in einer scheinbar endlosen Reihe an den Wänden dahinzogen.

Der Blutgeruch war jetzt überdeutlich.

Unter ihrem Umhang, unter ihrer Kapuze, zitterte Helania so stark, dass ihre Zähne klapperten, doch sie spürte keine Kälte, obwohl der Atem in weißen Wölkchen aus ihrem Mund trat.

Hastig suchte sie zwischen den Falten ihres Capes nach der Pistole, die an ihrem Gürtel steckte. Vor acht Monaten hatte sie gelernt, wie man damit schoss, doch sie konnte nicht behaupten, dass es ihr behagte, eine Waffe bei sich zu tragen. Sie war sich nicht mal sicher, ob sie den Mut aufbringen würde, sie einzusetzen, aber sie wollte nicht unvernünftig sein. Ungeschützt. Ein Opfer.

Wie es ihre Schwester gewesen war.

Sie lief in den Gang und hielt sich seitlich, ohne die modrigen Wände zu berühren, von denen der Putz abbröckelte. Doch so leise sie zu schleichen versuchte, erschienen ihr die eigenen Schritte wie Donnerhall, und ihre Angst hämmerte so laut in ihren Ohren, dass man es vermutlich noch oben über die Musik hinweg hörte.

Helanias Beine blieben stehen, bevor sie ihnen den Befehl dazu gab.

Die Tür, vor der sie stand, unterschied sich nicht von all den anderen. Ein paar grobe Holzlatten, die man auf Querbalken genagelt hatte, oben abgerundet entsprechend der gewölbten Decke, als hätte man auf einen gewissen Stil achten wollen.

Sie sah sich um. Allem Anschein nach war sie allein, aber man konnte nie wissen, wie lange das anhielt. Oder ob es überhaupt zutraf, angesichts all der geschlossenen Türen.

Langsam krümmte sie die Hand um die kalte Klinke, in der Erwartung, dass abgesperrt war. Als sie ihrem Druck bereitwillig nachgab, stockte ihr der Atem. Sie lehnte sich mit der Schulter gegen die Tür, traf auf Widerstand und drückte fester. Etwas auf dem Boden wurde aus dem Weg geschoben. Sie hielt inne. Aus der Dunkelheit hinter der Tür strich der Geruch von frischem Blut hervor und streifte ihr Gesicht wie ein schwerer Vorhang.

Mit einem Mal wurde sie acht Monate zurückversetzt, als eine ihr unbekannte Vampirin in Tränen aufgelöst vor ihrer Wohnungstür erschienen war und etwas sagte, das sie nicht verstand. Einen Satz aus vier Worten.

Deine Schwester ist tot.

Helania drückte fester. Der Lagerraum war stockdunkel, und das flackernde Licht aus dem Gang reichte nicht weit hinein.

Sie holte ihr Handy hervor. Ihre Hand zitterte so stark, dass mehrere Versuche nötig waren, um die Taschenlampe zu aktivieren …

Das Stöhnen, das ihr entfuhr, war der Laut eines Tiers, das Entsetzen zu groß, als dass sie es fassen konnte. Ihre Sinne waren überwältigt, ihre Sicht verschwamm, und die Welt begann sich zu drehen.

Die Bruderschaft der Black Dagger verfügte über Mittel, die selbst einen Sohn aus aristokratischem Hause in Staunen versetzte. Alles, was mit den Kriegern in Verbindung stand, ob Räumlichkeiten oder Waffen, Spielzeuge oder Ausrüstung für den Ernstfall, alles war vom Feinsten und auf dem neuesten Stand der Technik.

Zum Beispiel dieses mobile Feldlazarett. Wirklich erstaunlich, wie man das Wohnmobil zu einem Operationssaal mit allen Finessen umgewandelt hatte, inklusive tragbarem Röntgengerät und Ultraschall.

Schade nur, dass all das Equipment sowie Zeit und Expertise des Arztes an ihm verschwendet waren.

Kopfschüttelnd kletterte Boone in den hinteren Behandlungsbereich. »Dr. Manello, das ist nicht nötig.«

Der Mann im weißen Kittel lächelte und präsentierte dabei ein perlweißes Gebiss mit den verräterisch kurzen Eckzähnen eines Menschen. Er war ein gut aussehender Kerl mit dunklem Haar und rehbraunen Augen, die an Krankenhausserien aus den Achtzigerjahren erinnerten. Der Lebensgefährte von Payne war als Chirurg hoch angesehen, und das nicht nur, weil er ein Meister im Kitten aller möglichen Schnitte und Risse war, innerer wie äußerer. Abgesehen von seinem fachlichen Geschick musste man jeden Kerl bewundern, der so eng mit Vishous' Schwester zusammenleben konnte, ohne Schaden an seiner Männlichkeit zu nehmen.

Dr. Manello schloss die Hecktür und verschränkte die Arme. »Wie wäre es, wenn du mich entscheiden lässt, was es mit dieser Verletzung auf sich hat?«

»Ich sage nur, dass es mir gutgeht, und ...«

»Kann ich dir etwas zeigen?« Dr. Manello beugte sich vor und tippte auf das Namensschild an seinem Kittel. »Siehst du das?«

Boone betrachtete den Namenszug in schwarzen kursiven Lettern. »Ihr Name.«

»Nein, das da.«

»›Dr. Med.‹«

»Führst du irgendwelche Kürzel vor dem Namen? Nein! Gut, dann lass den Doktor machen. Wenn es dir so blendend geht, wie du sagst, bist du in einer Minute wieder draußen.«

Dr. Manellos Lächeln war offen und unvoreingenommen wie stets. Andererseits war davon auszugehen, dass er schon viele Sprüche gehört hatte, schließlich behandelte er nicht nur die Trainingsschüler. Er gehörte zum persönlichen medizinischen Personal der Bruderschaft, hatte also mit Fällen wie einem verwundeten Zsadist zu tun, beim Henker.

Allein der Gedanke ließ einem das Blut in den Adern gefrieren.

»Es ist nur eine Stichwunde«, brummte Boone und ging zum Behandlungstisch.

Doch als er sich draufsetzte und versuchte, sich die Jacke auszuziehen, fing prompt seine Schulter an aufzubegehren. Schmerz, ein wohlbekannter Gast in seinem Hause, ließ ihn zusammenzucken. Was mehr als peinlich war.

»Lass mich mal.«

Vorsichtig half Dr. Manello ihm beim Abstreifen der Lederjacke, dabei wäre es Boone lieber gewesen, er hätte sie ihm schnell vom Leib gerissen. Ohne eine wirkliche Aufgabe kamen ihm all die Dinge in den Sinn, die er den ganzen Abend über verdrängt hatte, wie eine aufgebrachte Menge, die eine Barriere durchbrach und nun wütend in seinem Schädel meuterte.

»Hat das eben wehgetan?«

Boone sah den Arzt an. »Was?«

»Du hast die Luft angehalten.«

Nicht wegen der Verletzung. »Alles gut.«

Die Jacke war weg, und Boone blickte an sich herab. Blut war in das dünne Gewebe seines schwarzen Funktionsshirts gesickert, ein rotbrauner Fleck unterhalb der Schulter.

Feuchtigkeitsabsorbierend, wie es die Werbung versprach.

Mithilfe des Arztes legte Boone das Brustholster mit den Dolchen ab, dann wurde das Nylonshirt aufgeschnitten. Und wie vorhergesagt: Die Wunde war nicht schlimm. Ein kleiner Einschnitt von vier Zentimetern, dünn wie ein Bleistiftstrich. Und weil Boone so gut genährt war, verheilte er bereits, und die Haut schloss sich.

»Ich habe es Ihnen gesagt«, meinte Boone.

Doch Dr. Manello antwortete nicht, und Boone blickte auf. Der Chirurg lehnte am Regal und starrte auf Boones nackten Oberkörper.

»Was ist?«, fragte Boone. »Mir geht es gut.«

»Ich stimme zu, die Wunde ist nicht weiter schlimm.«

»Und wo liegt das Problem, wenn ich fragen darf?«

»Wo ist deine kugelsichere Weste?«

Boone öffnete den Mund und schloss ihn wieder. Er hatte sagen wollen, dass seine Kevlar-Weste, verpflichtend für Trainingsschüler im Einsatz, gleich da drüben bei seiner Lederjacke war. Er hob sogar den Arm auf der unverletzten Seite, um auf das kleine Waschbecken zu deuten, wo Weste und Jacke lagen.

Nur dass dort nichts war, was eine Kugel aufhalten konnte.

Offensichtlich hatte er sie vergessen, als er sich zu Hause angezogen hatte. Und als er sich zur Bereitschaft gemeldet hatte, hatte er die Jacke getragen, sodass es auch sonst keinem aufgefallen war.

Plötzlich hallte die Stimme von Bruder Phury in seinem Kopf wider: *Ablenkung bei der Vorbereitung ist tödlich.*

»Hör mal«, sagte Dr. Manello, »ich will nicht die Spaßbremse oder Petze sein, aber ich muss das melden.«

Boone lag es auf der Zunge zu sagen, dass es ein »einmaliges Versehen« war und nicht wieder vorkommen würde. Aber wenn er sich jetzt verteidigte, würde er nur wie ein unprofessioneller Idiot dastehen.

Und seine Inkompetenz hatte er bereits durch diese

Nachlässigkeit bewiesen – weil er zu sehr damit beschäftigt gewesen war, was sein Vater wohl auf dieser Party wollte.

»Eine Sekunde, wir bekommen Besuch.« Dr. Manello ging zur Hecktür und wartete. Als es klopfte, öffnete er. »Hallo Jungs. Willkommen in meinem bescheidenen Reich.«

Boone beugte sich vor, um aus seiner Nische zu sehen. Im roten Schein der Rücklichter, umwölkt von heißem Qualm aus dem Auspuff wie in einer Steven-Seagal-Filmkulisse, standen Tohrment, Sohn des Hharm, und Vishous, Sohn des Bloodletter, seine großen Vorbilder: Experten im Kampf und eiskalte Killer, wenn es drauf ankam, aber auch verlässliche Kerle, die zu ihren Leuten standen und bereit waren, sich für ihre Mitstreiter zu opfern.

Ob nun Bruder oder Soldat. Oder irgendein idiotischer Trainingsschüler, der einen Fehler gemacht hatte, der den Tod bedeuten konnte.

Eine Sekunde lang dachte Boone, sie wären vielleicht auch verletzt. Doch als sie ihn unverwandt ansahen … wusste er, warum sie gekommen waren.

»Ist er tot?«, hörte er sich fragen. »Ist mein Vater … tot.«

Tohrment stieg in das mobile Feldlazarett, das sich unter seinem Gewicht senkte. Als ihm Bruder Vishous folgte, hätte sich Boone am liebsten übergeben. Selbst der Krieger mit den diamantenen Augen, bekannt für seine spezielle Fähigkeit, Leute allein durch Worte in den Boden zu stampfen, wirkte niedergeschlagen.

Das Schließen der Hecktür war laut wie ein Knall – zumindest kam es ihm so vor. Boone bemerkte, wie sich sein Gehör auf schmerzhafte Weise schärfte, das Knistern der sterilen Verpackungen, als Dr. Manello Tupfer für die Reinigung seiner Wunde auspackte, hallte wie Schüsse in einer Schlucht.

Tohrs Hand legte sich auf Boones Schulter, schwer wie ein Amboss. »Es tut mir wirklich leid, mein Sohn. Dein Vater …«

Boone schloss die Augen. Er wusste, dass der Bruder fortfuhr, doch er konnte ihm nicht folgen.

»Dann hatte ich recht, oder?«, unterbrach er. Als niemand antwortete, öffnete er die Augen und sah Tohrment an. »Ich hatte recht, dass sie sich gegen Wrath verbündet haben.«

Der Bruder umfasste seine Schulter etwas fester. »Warum setzt du dich nicht.«

»Aber ich sitze doch.« Boone blickte zu Boden und stellte zu seiner Überraschung fest, dass er auf den Füßen war. »Offensichtlich nicht.«

Mit einem Schlag begann sich die Welt um ihn herum zu drehen – oder vielleicht flog er am Rande des Universums entlang und blickte von außen hinein –, dann wurde alles schwarz und still …

Doch das war nicht von Dauer. Als Nächstes lag er auf dem Untersuchungstisch, und die anderen standen um ihn herum und unterhielten sich über ihn hinweg.

Toll. So fühlte man sich also als Leiche.

Er sah zu ihnen auf, registrierte, wie sich ihre Münder bewegten und ihre Augen wanderten, während die Unterhaltung an- und abschwoll. Ein, zwei Mal wurde genickt. Ein Kopf wurde geschüttelt. Und wieder versagte Boones Gehör. Aber wenn man gerade erfahren hatte, dass man den Tod des Vaters verschuldet hatte, wenn auch indirekt, durfte man sich schon mal in die Welt der eigenen Gedanken zurückziehen.

Besonders, wenn man sich aus gutem Grund schon ab und an nach eben diesem Moment gesehnt hatte.

Auftrag ausgeführt, dachte er traurig.

Doch was hätte er tun sollen? Er hatte seinen Vater gewarnt, doch der wollte nicht auf ihn hören. Altamere interessierte Boones Meinung nicht einmal bezüglich eines Desserts, viel weniger noch in politischen Angelegenheiten. Also hatte Boone gewusst, was zu tun war. Er musste die Bruderschaft informieren. Als Zivilist, ganz gleich ob adelig oder nicht, hatte er die Pflicht, verräterische Umtriebe gegen den König zu melden. Dennoch hatte er drei schlaflose Tage gebraucht, um sich zu überwinden, denn er hatte sichergehen müssen, dass er es aus den richtigen Beweggründen tat, nicht als Vergeltungsakt gegen Altamere …

»Wie ist es passiert?«, brach es aus ihm hervor.

Die drei Männer blickten auf ihn hinab. Dann sahen Dr. Manello und Vishous Bruder Tohr an und schoben ihm den Schwarzen Peter zu.

Es war also schlimm.

»Er wurde von Schatten angegriffen.« Als sich Boone aufrichten wollte, legte der Bruder ihm erneut die Hand auf die Schulter. »Nein, bleib liegen, mein Sohn. Du bist noch immer ganz weiß …«

»Was ist passiert?«

Tohr musste es ihm zweimal erzählen – und dann ein drittes Mal –, bevor Boone verstand, dass nicht nur sein Vater, sondern auch seine Stief*mahmen* tot war.

Letzteres kam auch für Dr. Manello überraschend. Nicht, dass seine Patientin bei der Operation an einem Blutgerinnsel gestorben war – daran erinnerte er sich natürlich –, sondern dass die Vampirin aufgrund ihrer Vereinigung mit Boone verwandt war.

»Es tut mir leid«, sagte der Arzt. »Ich habe alles getan, um sie zu retten.«

Boone schüttelte den Kopf. »Dessen bin ich mir sicher. Aber uns hat keine echte Beziehung verbunden. Natürlich habe ich ihr nichts Böses gewünscht, aber … Moment, wie war das mit meinem Vater?«

Endlich kam die Geschichte vollends bei ihm an: Sein Vater hatte im Kreise der anderen Aristokraten im Salon gestanden, als Schatten in den Raum geglitten waren und die Gäste angegriffen hatten. Die Brüder hatten eingegriffen, doch Altamere war bereits tödlich verletzt gewesen.

Boone rieb sich das Gesicht. Es gab da eine Frage, die ihm unter den Nägeln brannte, aber sie wollte ihm einfach nicht über die Lippen gehen. Hilflos sah er in Tohrs blaue Augen.

Es dauerte einen Moment, bis der Bruder antwortete. »Wir haben dafür gesorgt, dass der Leichnam deines Vaters erhalten bleibt, bevor es zu einer Wiederbelebung kam.«

»Dem Schleier sei Dank«, hauchte Boone.

Dass er ihm »nahegestanden« hatte, galt in Bezug auf seinen Vater allein in räumlicher, nicht in emotionaler Hinsicht. Ihre Nähe hatte darin bestanden, dass sie im selben Haus gewohnt, in eleganten Sälen aneinander vorbeigelaufen, gelegentlich im selben Raum gespeist hatten. Und doch, ganz gleich, wie fremd ihm der Vater erschien … sein Tod zog ihm den Boden unter den Füßen weg – obwohl er lag.

»Wir bringen dich nach Hause«, sagte Tohr. »Wenn Manny hier fertig ist und du dich genährt hast.«

Boone blickte auf seine Schulter und stellte überrascht fest, dass die Stichwunde zur Hälfte genäht war.

»Ich muss mich nicht nähren«, murmelte er. »Ich habe mich erst letzte Woche genährt.«

»Keine Widerrede«, sagte Dr. Manello. »Die Auserwählte ist schon auf dem Weg.«

Als ein Handy klingelte, runzelte Vishous die Stirn und zog es aus der Tasche. »Ja.« Er verzog das Gesicht, sodass sich die Tätowierungen an seiner Schläfe bewegten. »Wo?«

Vishous wandte sich ab und senkte die Stimme. Er sprach so leise, dass Boone ihn nicht verstehen konnte.

»Hör zu«, sagte Tohr, »bei all dem Stress und der Verletzung musst du dich nähren. Danach bringe ich dich heim.«

Boone blickte in das finstere Gesicht des Bruders. »Du hast das schon öfter getan, habe ich recht?«

»Was?«

»Schlechte Nachrichten überbracht.«

»Allerdings«, sagte Tohr und stieß langsam die Luft aus. »Und selbst welche erhalten.«

4

Letztlich war es vielleicht besser, dass er abberufen wurde.

Als V zehn Blocks vom mobilen Feldlazarett entfernt wieder Gestalt annahm, musste er erst einmal tief durchatmen, und das nicht, weil er außer Atem gewesen wäre. Eigentlich sollte er sich beeilen, um an sein Ziel zu kommen, aber, Scheiße, zuzusehen, wie dieser Junge erfuhr, wie und warum sein Vater und seine Stief*mahmen* zu Tode gekommen waren, nachdem er die Versammlung selbst bei der Bruderschaft gemeldet hatte, war hart.

Boone fühlte sich verantwortlich. Man sah es in seinem Gesicht.

Es brach Vishous das Herz. Auch wenn er sich sonst damit brüstete, dass seine Pumpe ein Eisschrank war.

Er zog eine selbst gedrehte Zigarette aus der Tasche, steckte sie an und lief über den verschneiten Gehweg. Als er ausatmete, schwebte der Rauch als hellweiße Wolke in der Kälte vor ihm her, getrieben vom Wind, der ihm in den Rücken blies. Nach weiteren zwei Zügen ging es ihm schon wieder etwas besser. Und das war gut, denn sein Ziel lag nur noch dreihundert Meter entfernt, und bei all den Menschen, die davor Schlange standen, war es ein Dienst an der Allgemeinheit, wenn er für einen ausgeglichenen Nikotinpegel sorgte.

Trotzdem war ihm dieser Auftrag um einiges lieber, als Boone nach Hause zu bringen. Mitgefühl war nicht Vs Stärke. Wie hieß es so schön? Man findet es zwischen Mist und Mittelfinger im Wörterbuch.

Okay, so schlimm war es dann doch nicht.

Jedenfalls tat Boone ihm leid. Und mal abgesehen davon, dass der Trainingsschüler seine Loyalität gegenüber Wrath bewiesen hatte, kannte sich V mit beschissenen Vätern aus. Man musste sich den Bloodletter doch nur mal ansehen.

Egal, Zeit, sich unter Menschen zu mischen, dachte V, löschte das brennende Ende der Selbstgedrehten mit der Zunge und steckte den Stummel in die Gesäßtasche seiner Hose.

Sein Erscheinen rief die unterschiedlichsten Reaktionen bei den bibbernden, hüstelnden Menschen hervor. Augenpaare hinter Masken hefteten sich auf ihn, Frauen erwärmten sich voll Erregung, Männer zogen sich zurück, um keine Aufmerksamkeit auf sich zu ziehen. Trotz Mänteln und Jacken sah V genug von ihren Kostümen. Neoviktorianisch. Schwarz, als wären sie allergisch gegen Farbe. Viele hohe Absätze, auch bei den Kerlen.

Der kräftige Türsteher schob die Brust raus, als freute er sich schon darauf, Vishous zu erklären, dass er hier nicht einfach reinspazieren konnte. Dass er sich anstellen musste wie alle anderen. Dass er nichts Besonderes …

V drang in sein Erbsenhirn ein und überbrückte ein paar Verbindungen.

Wie durch Zauberei gab der Türsteher seine »Ich bin hier der Boss«-Attitüde auf und beugte sich zur Seite, um V die Tür aufzuhalten. »Einfach hier durch.«

Danke, Arschloch.

V ging an ihm vorbei in den Vorraum. Wow, hier gab es sogar eine Garderobe. Und die vollbusige Garderobiere mit den aufgespritzten Lippen starrte ihn an, als wollte sie ihm am liebsten die Hose abnehmen und nicht die Jacke.

Der Club war eine ehemalige T-Shirt-Fabrik, die man mit einfachsten Mitteln für die abendlichen Events umgewandelt hatte, alles in Handarbeit, von der zusammengestöpselten Soundanlage mit Subwoofern und Hochtönern bis hin zu den Lampen, die an Bungeeseilen und Stricken von der Decke hingen. Dazwischen ein paar Laserleuchten, die Strahlen mit der Koordination von freien Radikalen durch das Halbdunkel der Halle schossen.

Nachdem er das Treiben der Menschen seit Jahren im Internet verfolgte, war er bestens vertraut mit den Rollen, in die man hier schlüpfte. Pyre's Revyval war ein beliebtes Tabletop-Spiel, das sich längst aus den Seiten der Regelbücher gelöst und von dem achtseitigen Würfel befreit hatte, mit dem man Motivation und Stärke der Charaktere bestimmte.

Als er sich auf der Suche nach einer Tür zur Kellertreppe durch die Menge schob, hätte er die Leute am liebsten aus dem Weg gestoßen. Vor gut einem Jahr hatte er einen Notruf für Vampire eingerichtet, eine Nummer, an die man sich in allen Krisen wenden konnte, ganz gleich ob Verbrechen oder medizinischer Notfall. Ehrenamtliche nahmen die Anrufe entgegen und teilten Hilfe zu. Der Vorfall, dem er aktuell nachging, war vor zwanzig Minuten gemeldet worden. Eine Vampirin hatte angerufen und eine Leiche im Keller unter diesem Club gemeldet. Ihren Namen hatte sie nicht nennen wollen, aber die Fundstelle hatte sie sehr genau beschrieben …

Da war sie. Eine Stahltür an der gegenüberliegenden Wand.

Mit wenigen Schritten war er da und riss sie auf. Kalte, modrige Luft schlug ihm entgegen, und er lief eilig die Stufen hinunter. Die Treppe mündete in einen Gang, und jetzt roch er das Blut. Frisch. Weiblich.

Vampirin.

»Verdammt.«

Er eilte den Gang hinunter und erforschte mit der Nase, ob außer ihm noch jemand da war. Nein, im Moment nicht, doch im Laufe der Nacht hatte hier unten reger Verkehr geherrscht: Er nahm alle möglichen verblassenden Gerüche wahr, von Menschen und Vampiren, männlichen wie weiblichen. Sie hingen in der Luft wie Schatten, zweidimensionale Abbildungen der Partygäste, die zum Vögeln in den Keller gekommen und wieder nach oben zurückgekehrt waren.

Die Anruferin war offensichtlich nicht geblieben, und es war unmöglich zu sagen, welcher der Gerüche zu ihr gehörte.

Aber er wusste genau, wo er hinmusste.

Vor einer der vielen Türen blieb er stehen.

Der Geruch nach frischem Blut war hier überwältigend stark.

Bevor er die Tür öffnete, runzelte er die Stirn und ging in die Hocke. Ein einzelner Schuhabdruck schimmerte rot auf dem Betonboden, die Spitze von der Tür abgewandt. V sah sich in beide Richtungen auf dem Boden um. Ja … da. Ein zweiter Abdruck. Kaum zu erkennen. Dahinter noch ein letzter, so schwach, dass er ihn nur bemerkte, weil er danach suchte.

Der Mörder?, fragte er sich. Oder die Anruferin, die den Fund einer Leiche gemeldet hatte.

Vielleicht war es ein und dieselbe Person.

Er richtete sich wieder auf, griff nach der Klinke und öffnete die Tür. Dahinter war es dunkel, und das spärliche Licht der flackernden Neonröhren an der Decke des Flurs reichte nicht hinein. Doch das war gar nicht nötig. V wusste auch so, wo sich die Leiche befand, und das nicht nur wegen des überwältigenden Blutgeruchs. Als sich seine Augen an die Dunkelheit gewöhnten, machte er etwas aus, das direkt vor ihm von der Decke hing, und wie der Fußabdruck schimmerte es feucht, als das zuckende Licht aus dem Gang über seine Schultern fiel und glänzende Konturen streifte.

V zog den bleigefütterten Handschuh von seiner verfluchten Rechten und befreite sie aus dem Gefängnis, das die Welt vor ihrer zerstörerischen Kraft bewahrte. Ihr Strahlen war so hell, dass er blinzeln musste. Als er sie vor sich hielt, biss er die Zähne zusammen.

Eine maskierte Vampirin hing von der Decke, an einem Fleischerhaken, der ihren Hinterkopf von unten durchbohrte, aus ihrem Mund hervorragte und ihre Nasenspitze berührte. Ihr Hals war aufgeschlitzt, das Blut aus ihren Adern hatte sich über die Vorderseite ihres nackten Körpers ergossen, ein transparentes Leichentuch, das ihr blasses Fleisch signalrot einfärbte.

Die offenen Augen hinter der Maske starrten V ins Gesicht.

»Scheiße«, sagte er.

Genau wie beim letzten Mal.

Boone öffnete die Tür zum Haus seines Vaters und trat über die Schwelle. Die vertrauten Gerüche von Bohnerwachs, frisch gebackenem Brot und Rosen aus dem Damensalon gaben ihm das Gefühl, in einen verzerrten Traum geraten zu sein.

Eigentlich müsste es anders sein, dachte er, während er sich in dem eleganten Foyer umsah. *Alles sollte anders sein.*

Sein Vater lebte nicht mehr. Müsste sich diese monumentale Veränderung nicht in seinem Wohnsitz widerspiegeln? Dem herrschaftlichen Haus, das Altamere definiert hatte wie sein gesellschaftlicher Rang, sein Vermögen und seine Blutlinie, das den Kurs seines Lebens bestimmt und ihm ein Fundament gegeben hatte.

»Die Tür steht offen.«

Boone wandte sich nach der Stimme um. Marquist stand im Bogendurchgang zum Speisezimmer. Er hielt ein Poliertuch in der Hand, das Jackett hatte er abgelegt, die gestärkten weißen Hemdsärmel waren hochgerafft und wurden von zwei elastischen Bändern gehalten.

Die Tür steht offen.

Als wäre der Butler Teil der Alarmanlage des Hauses.

»Mein Vater ist tot«, sagte Boone.

Marquist blinzelte. Dann begann das Poliertuch in seiner Hand kaum merklich zu zittern. Abgesehen davon zeigte er keine Reaktion.

»Ehrmine ist auch tot«, fuhr Boone fort. »Sie sind beide … tot.«

Der Butler blinzelte mehrfach. Und Boone wusste genau, dass seine Trauer nicht der *Shellan* galt. Ehrmine hatte für Marquists allnächtliche Existenz kaum mehr Bedeutung gehabt als für Altamere.

Ohne ein weiteres Wort machte der Butler auf dem Absatz kehrt und ging. Die freie Hand, die ohne Poliertuch, streckte er von sich, als würde er sich in Gedanken an einer Wand abstützen.

Schließlich verschwand er durch die Schwingtür zum Küchentrakt, die sich hinter ihm schloss.

Boone wandte sich dem kalten Luftzug zu, der in das warme Haus strich. Er trat vor die Tür, stand auf den Stufen und ließ den Blick über die gewundene Auffahrt hinweg und über das Grundstück schweifen. Im Schein der Außenlampen, die unter der Dachkante des Hauses angebracht waren, lag eine unberührte Schneedecke auf dem Rasen und verwischte die ohnehin schon sanften Konturen bis hinunter zu den steinernen Pfeilern an der Straße. Behäbige Eichen und Gruppen von Birken, in der kalten Jahreszeit entlaubt, standen in unregelmäßigen Abständen über das Grundstück verteilt wie höfliche Gäste auf einem Gartenfest, und es gab Beete, die mit bunten Blumen gefüllt sein würden, wenn es wieder wärmer wurde.

Der kalte Wind blies gegen seine Kampfkleidung, und Boone dachte an seine leibliche *Mahmen.*

Er hatte nie erfahren, was Illumina zugestoßen war, als sie damals in den Schleier eingetreten war. Es war ein plötzlicher und unerwarteter Tod gewesen, zumindest aus seiner Sicht, denn sie war jung und gesund gewesen und hatte kaum Laster gehabt. Doch eines Abends war Boone zum Ersten Mahl ins Erdgeschoss gekommen, und sein Vater hatte ihn bei Scones und Egg Benedict darüber informiert, dass man am folgenden Donnerstag ihre Schleierzeremonie abhalten würde.

Und damit hatte sich die Sache gehabt.

Altamere hatte sich vom Kopf der Tafel erhoben, sein *Wall Street Journal* genommen und war gegangen.

Boone erinnerte sich, wie er zu dem Platz gesehen hatte, wo seine *Mahmen* immer saß. Er war mit Porzellangeschirr und Silberbesteck für sie gedeckt gewesen, als hätte man sie am Tisch erwartet.

Sich selbst überlassen, war er in sein Zimmer gegangen und hatte sich an den Schreibtisch gesetzt. Sein Gedanke war, Illumina einen Brief zu schreiben, die Fragen zu Papier zu bringen, die ihn beschäftigten. Doch er war nicht weit gekommen. Er hatte sie zu Lebzeiten nie so recht etwas fragen können – und wie er nun feststellte, hatte sich daran durch ihren Tod nichts geändert.

Im nächsten Moment war schon wieder Zeit für das Letzte Mahl gewesen. Wie es sich gehörte, hatte Boone einen anderen Anzug angelegt als jenen, den er zum Ersten Mahl getragen hatte, und sich einmal mehr zu seinem Vater an den Esstisch gesellt. Marquist hatte ihnen aufgetragen, wie immer, wenn sie keine Gäste hatten.

Diesmal hatte es kein Gedeck für Boones *Mahmen* gegeben.

Boones Blick hatte an ihrem leeren Stuhl gehangen, während sein Vater mit dem Butler redete. Die Themen waren die gleichen gewesen wie immer: gesellschaftlicher Klatsch, Aufgaben im Haus, Belange der Belegschaft. Boone hatte geschwiegen. Doch schon zu Illuminas Lebzeiten hatte Altamere bei den Mahlzeiten mit der Familie ausschließlich mit dem Butler gesprochen, wobei die üblichen Grenzen zwischen Herrn und Diener verschwammen.

Damals war es Boone nicht weiter seltsam vorgekommen, dass niemand über den Tod seiner *Mahmen* sprach, schließlich war es in allem so gewesen: Je emotionaler ein Thema war, desto weniger wurde darüber geredet.

Aber vielleicht hatte es auch daran gelegen, dass man ihrem Tod keinerlei Bedeutung beimaß.

Und jetzt, zwanzig Jahre später, stand er hier im eisigen Wind, mit einer frischen Naht an der Schulter, die noch pulsierte, mit schmerzendem Kopf und leerem Magen … und wieder war da niemand, mit dem er hätte reden können. Typisch für diese Familie. In der *Glymera* hatte man schon immer ein Talent dafür gehabt, den Schein zu wahren, pompöse Samtvorhänge vor Bühnen zu schließen, auf denen letztlich Leere herrschte …

Die erste der Gestalten erschien zu seiner Rechten. Wie aus dem Nichts materialisierte sich ein großer Vampir im Schatten des Hauses und nahm feste Konturen an.

Tränen brannten in Boones Augen, als er sah, wer es war. Doch bevor er ihn begrüßen konnte, erschien bereits die zweite Gestalt, diesmal eine Frau.

Craeg und Paradise.

In schneller Folge trafen drei weitere ein. Axe. Novo. Peyton.

Seine Trainingsklasse.

Als sie zu fünft die Auffahrt hochkamen, spürte Boone, wie sich in seiner Brust etwas löste, obwohl er mit dem Gefühl nicht so recht etwas anfangen konnte. Trauer war in seinen Augen Zeitverschwendung. Sie konnte nicht rückgängig machen, was bei dem Treffen der *Glymera* geschehen war, aber vor allem wünschte er sich seinen Vater gar nicht zurück. Genauso wenig seine Stief*mahmen*.

Craeg nahm seine Syracuse-Baseballkappe ab. »Hallo Boone.«

Seine Umarmung sagte mehr als alle Worte: *Wir sind für dich da. Du bist nicht allein. Was du auch brauchst, wir helfen dir.*

Als Nächstes kam Paradise, Craegs Partnerin, und als sie die Arme um Boone schloss, entspannte er sich.

»Ich weiß, wie schwer das ist«, sagte sie. »Es tut mir so leid.«

Als Angehörige der *Glymera* und entfernte Cousine wusste sie genau, wie es in aristokratischen Familien zuging. Dass Trauer zu den Dingen gehörte, die man unter den Orientteppich kehrte, im Safe wegsperrte, im Silberbesteckkasten verschwinden ließ.

Zum Schluss kamen Axe und Novo und Peyton, und dann stand Boone einfach nur da wie ein Idiot.

»Gehen wir rein«, meinte Paradise sanft.

»Oh, okay. Natürlich. Es ist kalt hier draußen.«

Wenig später saßen sie im Damensalon auf den vornehmen Sofas und sahen einander an. Boone rechnete jeden Moment damit, dass Marquist hereinstürmen würde, doch nichts dergleichen geschah. Schließlich holte er tief Luft.

»Ich bin froh, dass ihr gekommen seid.«

»Möchtest du, dass wir den Tag über bei dir bleiben?«, fragte Paradise.

»Offen gestanden weiß ich selbst nicht, was ich will.« Er richtete den Blick auf die Blumenvase auf dem Couchtisch vor ihnen allen. »Ich will nur …«

Als er verstummte, ergriff Axe das Wort. »Ich weiß, es ist schwer zu erklären …«

»Mein Vater war ein Verräter.«

Noch während Boone die Worte aussprach, wurde ihm bewusst, dass er sie an seinen Mitschülern testete. Dass er ihr Gewicht erprobte. Dass er zum ersten Mal die Last der Schande schulterte, aber zweifellos nicht zum letzten Mal.

»Mein Vater … war ein Verräter.« Er blickte in die Runde seiner Freunde. »Er war schon in die letzten Umsturzpläne gegen Wrath verwickelt gewesen, und es ist nicht unwahrscheinlich, dass er sich heute Nacht daran beteiligen wollte, die Pläne neu aufleben zu lassen.«

Craeg fluchte und fingerte rastlos an der Kappe in seinen Händen herum. Paradise legte Boone eine Hand auf die Schulter. Axe tat, als würde er auf den Boden spucken.

»Ich habe ihn gebeten, nicht zu dem Treffen zu gehen. Aber er wollte nicht auf mich hören.«

»Du und dein Vater, ihr seid nicht dieselbe Person«, sagte Paradise. »Du bist nicht für seine Taten verantwortlich.«

»Ich weiß.« Boone räusperte sich. »Jedenfalls will ich einfach nur zurück an die Arbeit.«

Er ignorierte die besorgten Blicke, die seine Freunde wechselten. Wo lag das Problem, solange seine Schulter in Ordnung war?

»Wann wirst du die Schleierzeremonie abhalten?«, erkundigte sich Novo. »Wir wollen dabei sein.«

»So weit habe ich noch nicht gedacht.« Und wo er schon dabei war, wo war eigentlich der Leichnam seines Vaters? Und der seiner Stief*mahmen*? »Aber ich gebe euch Bescheid.«

Er hatte keine Geschwister, keine Großeltern, keine Tanten oder Onkel, alle seine engeren Verwandten waren bei den Plünderungen ums Leben gekommen. Aber es gab da zwei Dutzend Cousins in der *Glymera*, die er kaum kannte, weil er selten an gesellschaftlichen Anlässen teilgenommen hatte. Doch auch wenn sie kaum etwas verband, war er sich sicher, dass sie zu Altameres Zeremonie erscheinen würden.

Das würden sie sich nicht entgehen lassen, und sei es nur, um zu gaffen – vorausgesetzt, die Umstände seines Todes hatten sich bis dahin herumgesprochen. Aber wie hätte man das verhindern können? Sein Vater war in Anwesenheit von über zwanzig Angehörigen der *Glymera* angegriffen worden, die alle offensichtlich überlebt hatten.

Was dagegen seine Stief*mahmen* betraf, so musste Boone davon ausgehen, dass sich ihre Familie um ihre sterblichen Überreste kümmern und einen würdevollen Abschied arrangieren würde. Schließlich kam sie aus einer hochrangigen Familie mit eigenem stolzen Erbe.

Mit etwas Geringerem hätte sich sein Vater niemals vereinigt.

»Ich werde eine Zeremonie im engsten Kreis abhalten«, hörte Boone sich sagen. »Ihr seid alle eingeladen, aber ich verstehe es, wenn ihr …«

Der Klang einer Glocke hallte durchs Foyer und brachte Boone aus dem Konzept. Einen Moment lang war sein Kopf so blockiert, dass er nicht verstand, was die Unterbrechung verursachte.

»Das ist die Tür«, murmelte er dann.

Beim Aufstehen merkte er, wie er unwillkürlich die Schultern anspannte, obwohl es nicht an dem unerwarteten Besuch lag: Er hatte keine Lust auf eine Konfrontation mit dem Butler.

Glücklicherweise ließ sich Marquist nirgends blicken.

Boone öffnete die schwere Tür und atmete überrascht und erleichtert zugleich auf. »Ach, du bist es. Du hättest nicht kommen müssen, aber ich freue mich, dich zu sehen.«

»Ich habe es eben erst erfahren.« Rochelles helle Augen waren noch genauso warm und schön wie vor einem Jahr. »Es tut mir so leid.«

Einen Moment lang schwiegen sie, dann bewegten sie sich im selben Moment aufeinander zu.

Obwohl er Rochelle seit der Nacht, in der es zum Bruch gekommen war, nicht mehr gesehen hatte, und obwohl es absolut ungehörig war, breitete Boone die Arme aus, und gleichermaßen unschicklich ließ sich Rochelle darauf ein. Erst war es eine vorsichtige Berührung, dann hielten sie einander eng umschlungen. So wie das Haus seines Vaters, so roch auch sie noch genau wie früher. Nach Cristalle von Chanel und der teuren französischen Seife, die sie verwendete. Sie war auch entsprechend gekleidet, in ein Escada-Kostüm, das ihre gute Figur geschmackvoll unterstrich.

Es war schwarz. Als Zeichen der Trauer. Angehörige der *Glymera* trugen eigentlich fast immer Farbe, daher wusste Boone, dass sie sich eigens für ihren Besuch umgezogen hatte.

Als sie sich voneinander lösten, fiel ihm auf, dass frische Schneeflocken auf ihrem blonden Chignon gelandet waren.

»Oh«, sagte sie bestürzt. »Du hast Gäste.«

Boone blickte über die Schulter. Die anderen Trainingsschüler beugten sich auf ihren diversen Sitzgelegenheiten nach vorn und sahen durch die offene Tür zu ihm und Rochelle herüber – mit großen, interessierten Augen.

»Komm«, sagte er. »Ich stelle dich meinen Freunden vor. Peyton und Paradise kennst du natürlich.«

Auf dem Weg zum Salon bewegte er sich völlig ungezwungen Seite an Seite mit ihr. Doch die Waffen, die er noch immer am Leib trug, und seine Mitschüler auf den Polstermöbeln erinnerten ihn daran, wie sehr sich sein Leben seit der Auflösung ihres Versprechens gewandelt hatte.

Rochelle verkehrte noch immer in den alten Kreisen,

doch ihm war nie zu Ohren gekommen, dass sie sich vereinigt hätte. Allerdings bekam er vieles gar nicht mit.

Im Moment war er einfach froh, sie zu sehen.

»Darf ich euch vorstellen«, verkündete er, »das ist Rochelle.«

5

»Du musst mir keinen Tee machen«, sagte Boone zu Rochelle.

Sie stand vor dem großen Küchenherd mit seinen sechzehn Kochstellen und stellte einen Kessel auf eine offene Flamme. Er saß in der Essnische am Belegschaftstisch, umgeben von Fenstern. Außer ihnen war niemand da. Marquist hatte das Personal offenbar über den Tod des Hausherrn informiert, und die *Doggen* hatten sich zur Trauer zurückgezogen, wie es sich gehörte.

Während der Butler vermutlich gerade Altameres Schuhe mit seinen eigenen Tränen polierte.

Die beiden hatten wirklich eine merkwürdige Beziehung gepflegt.

»Wasser ist das Einzige, das ich kochen kann«, sagte sie.

Die anderen Schüler hatten sich kurz nach Rochelles Erscheinen verabschiedet, als hofften sie darauf, dass Boone mit ihr allein sein wollte. Dieses Missverständnis würde er nach Sonnenuntergang aus der Welt schaffen müssen. Wenn er zurück an die Arbeit ging.

Er würde ihnen erklären, dass nichts zwischen ihnen war.

»Und selbst dabei«, murmelte sie, »besteht die Gefahr, dass ich den Kessel verkokle.«

»Mach dir nichts draus, ich bin auch kein guter Koch«,

brummte Boone und ließ die Schulter kreisen, um sie auf ihre Beweglichkeit hin zu prüfen.

»Wo finde ich Tassen?« Rochelle drehte sich um und blickte an endlosen Reihen von Schranktüren entlang. »Ich weiß gar nicht, wo ich mit Suchen anfangen soll.«

Boone zuckte die Schultern. »Lass mich dir helfen. Zusammen werden wir sie schon finden.«

Als er Anstalten machte, sich zu erheben, schüttelte sie energisch den Kopf. »Bleib sitzen. Ich erledige die Detektivarbeit.«

Sie arbeitete sich an den Schränken entlang, öffnete Tür um Tür, fand alle möglichen Gewürze, Rührschüsseln, Küchengeräte. Schließlich entdeckte sie einige Becher über einer der drei Geschirrspülmaschinen. Sie waren aus zartem Porzellan und handbemalt in Gold und Weinrot. Doch sie wurden selten benutzt. Boones Vater hatten sie nicht gefallen, er hatte sie als unzumutbar bezeichnet. Viel zu gewöhnlich.

»Was hältst du von denen?«, fragte Rochelle. »Es gibt keine Untertassen dazu, aber etwas anderes finde ich nicht.«

»Sie sind perfekt.«

»Und ich habe auch schon den Tee entdeckt.« Lächelnd kehrte sie zum Herd zurück. »Nimmst du Honig oder Zucker?«

Wenigstens war das Zubehör leicht zu finden. Es stand alles auf einem Silbertablett auf der Arbeitsfläche, bereit, auf die Art und Weise verteilt zu werden, wie es der Herr des Hauses bevorzugte …

Moment, sie hatte ihn etwas gefragt, oder nicht?

»Ich erinnere mich nicht«, sagte er. »Es ist so lange her.«

Er hatte keine Ahnung, was er da sagte. Aber sie beließ es dabei, und im nächsten Moment merkte Boone, wie etwas Duftendes, Dampfendes vor ihn hingestellt wurde, während sich Rochelle ihm gegenüber an den Tisch setzte.

»Und, wie ist es dir ergangen?«, fragte er und nahm einen vorsichtigen Schluck. »Wie läuft es mit deinem Freund?«

Er hatte es auf eine unverfängliche Unterhaltung abgesehen, doch plötzlich schillerten Tränen in ihren Augen.

»Oh nein, Rochelle!« Sich innerlich verfluchend, schüttelte er den Kopf. »Was ist passiert?«

»Es wurde nichts daraus. Obwohl du dich so heldenhaft für uns eingesetzt hast.«

Sie tupfte sich mit dem kleinen Finger Tränen aus den Augenwinkeln, und er berührte sie sanft am Arm.

»Das tut mir leid«, sagte er.

»Ist schon gut.« Sie atmete tief durch. »Es ... es sollte einfach nicht sein.«

Der Schmerz auf ihren Zügen war schwer zu ertragen, und in diesem Moment flammte sein Hass gegen die *Glymera* aufs Neue auf. Sicher hatte der Betreffende von dem gelösten Arrangement erfahren und sie deshalb verschmäht.

»Es ist nicht leicht in unseren Kreisen«, murmelte er.

»Das mit deinem Vater tut mir aufrichtig leid«, presste sie heiser hervor.

Er öffnete den Mund, um ihr höflich beizupflichten, doch er brachte es nicht über sich. Es wäre nur geheuchelt. »Danke. Das alles kam ziemlich unerwartet.«

»Das Leben ist unerwartet.«

»Das ist wohl wahr.«

Hätte ihm vor einem Jahr jemand erzählt, dass sie zusammen in der Küche sitzen würden, unbeaufsichtigt, nach dem Tod seines Vaters, er Soldat, sie noch immer unvereinigt, hätte er denjenigen für verrückt erklärt.

Das Schweigen zog sich in die Länge. Er hätte gern mehr über diesen Mann erfahren, der sie so unglücklich machte, und er hatte so das Gefühl, dass auch sie mehr darüber hören wollte, was seinem Vater widerfahren war. Aber sie waren beide in ihrem eigenen Kummer gefangen, die Trauer wie eine dritte Präsenz in der Küche, die jede Unterhaltung unmöglich machte.

Also saßen sie einander gegenüber, und der Tee, den sie bereitet hatte, blieb unberührt vor ihnen stehen und gab nach und nach seine Wärme ab.

Bis er eiskalt war.

Die Morgendämmerung breitete sich langsam über Caldwell aus, die ersten Sonnenstrahlen kündeten den Beginn des Arbeitstags für die menschliche Bevölkerung an und das Ende der Arbeitsnacht der Vampire. Dass der glühende Ball morgens so lang auf sich warten ließ, war das einzig Gute am Winter, wenn es nach Vishous ging.

Er kehrte gerade noch rechtzeitig aus dem Club der Rollenspieler zurück zum Anwesen der Bruderschaft, und als er Gestalt annahm vor dem Portal, das einer Kathedrale zur Ehre gereicht hätte, brannten seine Augen, und seine Haut prickelte unter der Lederbekleidung. Der Himmel über ihm war wolkenverhangen, doch um sich darauf zu verlassen, stand zu viel auf dem Spiel. Wer sich als Vampir draußen aufhielt, wenn auch nur ein Streifen Blau zwischen den Wolken aufblitzte, brauchte nur noch Grillsoße und eine Urne für die Asche, die von ihm zurückblieb.

Er zog die schwere Eingangstür auf, trat in den Vorraum und hielt das Gesicht in die Überwachungskamera. Fritz öffnete ihm die innere Tür und begrüßte ihn mit einem strahlenden Lächeln in seinem faltigen Gesicht.

»Willkommen, Sire!«

Okay, V hatte nichts dafür übrig, wenn Leute allzu überschwänglich waren. Vergnügt. Wenn man sie mit »lustig«, »heiter«, »munter« und/oder »fidel« beschreiben musste.

Am schlimmsten war eindeutig »fidel«.

Doch bei Fritz, dem Butler, der dem königlichen Haushalt vorstand, war es anders. Der alte *Doggen* war schlicht und ergreifend begeistert von den Leuten um ihn herum und ging vollkommen darin auf, den Bedürfnissen seiner Herren und Herrinnen gerecht zu werden. Man musste ihn einfach lieben. Selbst wenn man ein weltverachtender Zyniker wie Vishous war. Dass in diesem Haus neunundneunzig Prozent der Bewohner keine Sonne vertrugen, hieß schließlich nicht, dass man nicht auch hier ein wenig Sonnenschein gebrauchen konnte. Und Fritz musste einen Raum nur betreten, schon war er von Wärme und Optimismus erfüllt.

»Wie läuft es, Mann?«, fragte V und schloss die Tür zur Vorhalle hinter sich.

»Darf ich Euch einen Grey Goose servieren, Sire?«

»Nein, ist schon okay, ich …«

Als sich tiefster, kläglicher Kummer im Gesicht des *Doggen* abzeichnete, verstummte V. Beim Schleier, es war, als hätte man einen Welpen getreten.

»Wobei, das wäre großartig. Danke, ich nehme gleich einen Doppelten.«

Und schon kehrte das strahlende Lächeln zurück, und der Gang des *Doggen* federte wieder. »Ich bringe Euch den perfekten Drink! Bin sofort zurück.«

Damit eilte Fritz in Richtung Billardzimmer, als wäre dort ein Gewinnlos auf dem Tresen liegen geblieben. V schüttelte den Kopf. Er mochte es überhaupt nicht, bedient zu werden, doch die enttäuschte Miene des *Doggen* war trotz profunder S&M-Erfahrungen seinerseits einfach zu schwer zu ertragen.

Der Butler war wie Kryptonit.

Am anderen Ende der prachtvollen Eingangshalle lag das Esszimmer. Dort saß die Hausgemeinschaft an einer langen Tafel beim Letzten Mahl zusammen. *Doggen* servierten Speisen und Getränke, laute Stimmen und raues Gelächter hallten durch das Erdgeschoss und bis in die letzten Winkel des Hauses. Normalerweise hätte sich Vishous dazugesetzt, doch heute holte er sein Handy hervor und prüfte die Nachrichten. Ganz genau, Jane machte gerade in der Klinik unten im Trainingszentrum Schluss, sie würden in der Höhle essen. Zu zweit.

Ganz privat.

Lecker.

Und damit meinte er nicht das vorzügliche Essen oder den köstlichen Wein. Auch nicht den Pfirsich-Cobbler, den er zum Dessert bestellt hatte.

Nein. Er dachte an eine andere Art von … Gaumenkitzler.

Und weil er von Natur aus ungeduldig war – und, ganz toll, jetzt auch noch angestachelt durch ein drängendes sexuelles Verlangen –, wandte sich V der geschwungenen Treppe in den ersten Stock zu. Er wünschte, er wäre bereits wieder auf dem Weg nach unten. Er wollte die Sache mit dem König hinter sich bringen, damit er in die Höhle konnte, wo er seiner *Shellan* die Kleidung vom Leib reißen würde.

»Hier, bitte schön, Sire!«

Fritz war mit einem Silbertablett vor ihm erschienen. Darauf lag wie ein kleiner Läufer eine Cocktailserviette mit Monogramm, und auf dieser wiederum stand ein hohes Glas mit Eis und fünfzehn Zentimetern Grey Goose. Außerdem steckte ein Zitronenschnitz auf dem Rand.

»Danke, Fritz.«

V nahm Drink und Serviette. Mit behandschuhtem Finger stupste er die Zitrone ins Glas und trank … und das langgezogene Seufzen, das sich ihm entrang, war nicht einmal gestellt. Der Wodka war perfekt, genau, wie er ihn mochte. Er würde zwar nie verstehen, wie man so viel Liebe und Hingabe auf die Zubereitung eines Drinks verwenden konnte, aber mittlerweile wusste er es definitiv zu schätzen.

Nicht, dass er es jemandem erzählen würde.

»Sensationell.«

Fritz strahlte wie ein Kind, das ein Sternchen für besonders gute Leistungen bekommen hatte. Es war herzerwärmend, das musste V zugeben. Aber selbst wenn V zu den Leuten gehört hätte, die andere umarmten – was nicht der Fall war, außer von hinten im Würgegriff –, hätte er es nie gewagt, dem Butler zum Dank auch nur die Hand zu schütteln. Wenn die Geschichte stimmte, war Beth dem *Doggen* einmal um den Hals gefallen, bevor die Bruderschaft in dieses Haus gezogen war und sie die Gepflogenheiten kannte. Fritz hatte einen solchen Schreck bekommen, dass man ihn beinahe wiederbeleben musste. Ja, er freute sich über Wertschätzung, aber wenn man sie durch zu viele Worte oder, der Schleier bewahre, körperliche Gesten zum Ausdruck brachte, verfiel er in Schockstarre.

»Nochmals danke«, murmelte V.

Fritz verbeugte sich so tief, dass seine Hängebacken beinahe den Teppich streiften. »Es ist mir ein äußerstes Vergnügen, Euch zu dienen.«

V stieg die Stufen hoch und hatte seinen Grey Goose schon fast ausgetrunken, bevor er oben ankam. Die Flügeltür zum Arbeitszimmer stand offen, und der blinde König Wrath, Sohn des Wrath, Vater des Wrath, saß auf dem Thron, auf dem schon sein Vater gesessen hatte. Hinter einem antiken Tisch so groß wie ein SUV.

»Noch mehr tolle Neuigkeiten, was?« Wrath ließ die Schultern kreisen, und es knackte wie ein brechender Ast. »Ich kann es kaum erwarten, sie zu hören.«

Tja, Wrath mochte blind sein hinter seiner Panoramasonnenbrille, doch sein Gehör und sein Geruchssinn funktionierten einwandfrei.

»Was soll ich machen, schlechte Nachrichten sind gerade total angesagt«, meinte V, trat ins Arbeitszimmer und schloss die Tür hinter sich. »Du weißt, dass ich keinen Trend auslasse.«

Dieser vornehme Raum mit den hellblauen Tapeten und dem filigranen französischen Mobiliar passte so gar nicht zum letzten reinrassigen Vampir der Erde. Trotzdem trafen sich hier die Bruderschaft und die Kämpfer des Königs nach der Arbeit, zwanzig Tonnen Kampfgewicht, immer nur mit einer Pobacke auf den zarten Louis-XIV-Bergère-Sesseln und -Polsterbänken. Längst hatte sich die Absurdität des Ganzen abgenutzt und war zur Normalität geworden. Sich anderswo zu versammeln, wäre allen merkwürdig erschienen.

»Dann war die Tote also keine Falschmeldung?«, sagte Wrath, als V zu ihm kam und sich an den Kamin setzte.

»Nein.« Er schwenkte das schmelzende Eis in seinem Glas und nahm noch einen Schluck. »Sie war da.«

»Konntest du sie identifizieren?«

»Nein. Sie war nackt, am Tatort keine Spur von ihrer Kleidung.«

Unter dem Tisch wedelte George, der Golden Retriever des Königs, zur Begrüßung mit dem Schwanz, wich aber nicht von Herrchens Seite.

»Schlimm zugerichtet?«, erkundigte sich Wrath.

»Sehr schlimm. Ich habe Zypher und Balthazar dazugeholt. Wir haben den Raum gesichert und die Leiche zu Havers über den Hudson gebracht. Jetzt müssen wir abwarten, ob jemand eine Vermisstenanzeige aufgibt oder etwas in den sozialen Medien postet. In der Klinik war sie eine Fremde, aber irgendjemand muss sie ja kennen und vermissen.«

»Was für eine Tragödie. Suchen wir nach einem menschlichen Täter?«

»Schwer zu sagen. Es gab alle möglichen Gerüche da unten, von beiden Spezies. Auch in dem Lagerraum, in dem sie hing.«

»Das ist die dritte Leiche im Pyre.« Wrath ließ nacheinander die Fingerknöchel knacken. »Habe ich recht?«

»Ja. Aber die erste war eine Menschenfrau. Soweit ich das beurteilen kann, war es dieselbe Vorgehensweise. Derselbe Club, erst Sex, Kleidung restlos entfernt, Leiche zum Ausbluten zurückgelassen. Ich glaube, wir haben es mit einem Serienkiller zu tun. Außerdem glaube ich, dass wir einen Profi einschalten sollten.«

»Da stimme ich dir zu. Ich will das Arschloch finden, das mit Messern spielt. Und ich möchte, dass du über Social Media eine Warnung rausgibst. Ich überlege sogar, ob ich diesen Club auf die altmodische Weise dichtmachen soll.«

V wusste verdammt genau, dass Wrath damit keinen Antrag an den Bürgermeister von Caldwell meinte, ein Schloss vor die Tür der beschissenen T-Shirt-Fabrik zu hängen. Die altmodische Weise bestand eher in drei Kilo C4, einer Tankladung Brandbeschleuniger, zwei Streichhölzern und etwas Popcorn.

Vielleicht konnte man bei der Gelegenheit sogar noch ein paar Marshmallows rösten.

»Ich poste die Warnung«, sagte V. »Und wir sollten Flyer im Audienzhaus auslegen. Die Geschichte wird sich schnell herumsprechen.«

»Ich will, dass dieser Club beschattet wird. Wenn es wirklich ein Serienmörder ist, wird er zu seinem Jagdgrund zurückkehren. So könnten wir ihn schnappen, auch wenn er bisher keine Hinweise auf seine Identität hinterlassen hat.«

»Oder ihre.«

»Es kann unmöglich eine Frau sein.«

»Wer sagt das?«

»Guter Punkt.«

V dachte an die Personalsituation und unterdrückte einen Fluch. Sie waren ohnehin unterbesetzt, und nach dem erneuten Angriff der Schatten war es besonders eng, weil sie herausfinden mussten, was bei dieser *Glymera*-Zusammenkunft geschehen war.

Aber egal, dann musste sich eben jemand, der eigentlich frei hatte, unter falsche Vampire mischen, denn der König hatte recht: Sie brauchten jemanden vor Ort, um das Arschloch zu fangen.

»Wir kümmern uns darum«, brummte er.

Der König senkte das Kinn und blickte über den Rand seiner Brille hinweg, und in den hellgrünen Pupillen funkelte ein unheilvolles Licht. Seine Augen mochten blind sein, aber sie konnten noch immer unmissverständliche Botschaften aussenden.

»Finde diesen Mörder«, knurrte Wrath, »und erledige die Angelegenheit, haben wir uns verstanden.«

Vishous nickte. »Ich kümmere mich persönlich um einen ordentlichen Abschluss.«

Menschen bauten für Fälle dieser Art Gefängnisse. Vampire dagegen glaubten an das Prinzip Auge um Auge. Und ob der Täter Sonnenlicht vertrug oder nicht, die Sache würde auf die »altmodische Weise« geregelt werden.

Wer sich an Angehörigen der Spezies verging, ganz gleich ob unwissentlich oder nicht, der klopfte an eine Tür, die sich unweigerlich öffnen würde.

»Ich halte dich auf dem Laufenden.«

»Tu das«, knurrte Wrath.

6

Am nächsten Abend dematerialisierte sich Boone hinter das königliche Audienzhaus und nahm neben der Garage Gestalt an. Von dort folgte er einem geräumten Pfad zur Rückseite des Gebäudes und betrat es durch eine solide Hintertür. Mehrere *Doggen* arbeiteten in der Küche und bereiteten frische Leckereien für den Wartebereich zu. Boone hob die Hand zum Gruß, als er sie durchquerte. Der Geruch nach süßem Gebäck im Ofen und selbst gemachtem Kirsch- und Erdbeerkompott erinnerte ihn daran, dass er noch nichts gegessen hatte. Aber kaum hatte er die Schwingtür passiert und die verlockenden Düfte hinter sich gelassen, war sein Hunger wieder vergessen.

Mit langen Schritten durchmaß er das Foyer und hielt unbeirrt auf die tiefen Stimmen zu, die aus den geöffneten Türen des Esszimmers drangen. Auf dem Weg dorthin übte er seine Rede ein: Erstens war seine Schulter geheilt, was Dr. Manello gerne überprüfen konnte. Zweitens hatte er den ganzen Tag über Zeit gehabt, den Tod seines Vaters und seiner Stief*mahmen* zu verarbeiten. Drittens konnte die Schleierzeremonie warten, bis er in zwei Tagen frei hatte. Viertens gab es keine Vorschrift für Trainingsschüler, sich nach dem Tod eines Familienangehörigen eine Auszeit zu nehmen.

Auf halber Strecke blieb er stehen und glättete sein

Haar. Eine idiotische Angewohnheit aus seiner Jugend. Als würde es die Brüder kümmern, ob sein Scheitel gerade saß.

Er gab sich einen Ruck, schritt auf den Durchgang zu und klopfte an den Rahmen.

Am anderen Ende des ehemaligen Speiseraums, in dem Wrath Zivilisten zu Privataudienzen empfing, saßen zwei Brüder am Kamin. Es waren Rhage, der größte und blondeste der Bruderschaft, und Butch, der ehemalige Mensch mit dem Bostoner Akzent. Ersterer aß mit einem Silberlöffel Mint-Chocolate-Chip-Eis aus einer Zweiliterwanne, die mit einem Geschirrtuch umwickelt war, um die Kälte zu halten. Letzterer hielt ein Handy in der Hand und schien sich Bilder anzusehen. Sein Finger strich über das Display, seine Brauen waren nach unten gezogen.

»Hallo Boone, wie geht es dir?«, begrüßte Rhage ihn mit vollem Mund. »Tut mir wirklich leid, das mit deinem Dad und deiner Stief*mahmen.*«

Butch blickte auf. »Mir auch. Das ist ein harter Schlag.«

Boone nahm die Beileidsbekundungen mit einem wortlosen Nicken entgegen. Er wollte nicht unhöflich sein, aber wenn es nach ihm ging, mussten sein Vater und dessen zweite *Shellan* nie mehr erwähnt werden.

»Ich wollte eigentlich zu Tohrment«, sagte er.

»Der muss jede Minute hier sein.« Rhage winkte mit dem Löffel. »Komm rein.«

»Ich kann auch draußen warten.«

»Nein, ist schon okay«, sagte Rhage. »Willst du Eis? Ich habe noch Chocolate-Chip und Rocky Road in der Gefriertruhe. Du kannst einen eigenen Löffel haben.«

Boone schüttelte den Kopf, weil sich seine Kehle zusammenzog. Kondolenzwünsche waren leichter zu ertragen als freundliche Gesten. Erstere war er aus der *Glymera* gewöhnt – wobei man merkte, dass sie im Fall von Rhage und Butch von Herzen kamen. Doch Eis aus Rhages persönlichem Vorrat angeboten zu bekommen, das war eine ganz neue Erfahrung für ihn.

Er hatte immer für sich selbst gesorgt, weil er dazu gezwungen war.

»Danke, aber ich habe schon gegessen.« Er hasste es zu lügen, doch in diesem Fall schien es ihm besser, als über einer Schale Rocky-Road-Eis in Tränen auszubrechen.

»Gib Bescheid, wenn du es dir anders überlegst.« Rhage wandte sich wieder Butch zu. »Und was hat V dann gemacht?«

Butch antwortete nicht gleich. Er blickte wieder auf sein Handy und ging noch einige Bilder durch, ehe er erneut aufsah.

»V hat die Leiche abgenommen und eingewickelt.« Er steckte das Handy in die Tasche seiner eleganten Hose. »Dann hat er sie mit einem Lieferwagen rüber zu Havers gebracht, und jetzt hoffen wir, dass sich jemand meldet und nach ihr sucht, denn im Moment haben wir nicht die leiseste Ahnung, wer sie ist. V hat mich gebeten, den Fall zu übernehmen und Nachforschungen anzustellen.«

»Wie in alten Zeiten, was? Mr. Detective von der Mordkommission.« Rhage fuhr mit dem Löffel an der Innenseite der Schale entlang, wo das Eis schon leicht geschmolzen war. »Wie gehst du es an?«

Boone versuchte sich den Anschein zu geben, als würde er nicht lauschen, indem er eine teilnahmslose Miene aufsetzte und eine Runde über den großen Orientteppich in der Mitte des Raums drehte. Doch seine Ohren brannten – und schließlich konnte er seine Neugierde nicht länger verbergen. Er hatte Saxtons Tisch erreicht, an dem der königliche Rechtsberater während der Audienzen saß, und einen Stoß leuchtend gelber Handzettel entdeckt. Als er die Warnung darauf las, griff er unwillkürlich danach und wandte sich den Brüdern zu.

»Was ist letzte Nacht passiert?«, fragte er.

»Ein weiterer Mord«, sagte Butch. »Im Pyre's Revyval.«

»Dem Rollenspieler-Club?« Boone legte den Flyer zurück. »In der ehemaligen T-Shirt-Fabrik?«

»Ganz genau. Kennst du ihn?«

»Ein Cousin und eine Cousine von mir waren mal dort. Ich weiß nicht, ob sie noch immer hingehen.«

»Kannst du mich mit ihnen in Kontakt bringen? Ich möchte mit allen reden, die sich in der Szene auskennen.«

»Klar.« Boone zückte sein Handy. »Ich schreibe ihnen.«

Er trat von dem Schreibpult zurück und schickte Nachrichten an einen Cousin dritten Grades und eine Großcousine auf der Seite seiner *Mahmen.* In der letzten Nacht hatte also noch jemand einen Angehörigen verloren, ging es ihm durch den Kopf, während er tippte.

Ob der- oder diejenige wohl auf konventionelle Weise trauerte?, fragte er sich. Das musste schmerzlich sein, aber vermutlich war es ein Trost, den Kummer auf »normale« Weise zu empfinden.

Nicht so wie er in Bezug auf seinen Vater. Nämlich gar nicht.

Wenig später kam Tohrment durch die Haustür ins Audienzhaus. Er strich sich Schnee aus dem schwarzen Haar mit der verräterischen weißen Strähne vorne, dann zog er den Reißverschluss seiner Lederjacke auf. Die Waffen darunter glänzten matt im Licht des Foyers und bestärkten Boone in seinem Entschluss.

»Hallo, mein Sohn«, sagte Tohrment, als er ins Esszimmer trat. »Wie geht es dir?«

Boone räusperte sich und dachte an seine vier Punkte. »Ich hatte gehofft, dass ich dich kurz sprechen kann …«

»Nein, du gehst nicht in den Einsatz.« Tohr legte die Jacke ab. »Ich weiß, du fürchtest, dir fällt die Decke auf den Kopf, wenn du untätig herumsitzt, aber ich habe dir erklärt, was passieren muss, bevor du wieder in den Einsatz gehst: Du sprichst mit Mary und wartest ab, ob sie dir grünes Licht gibt. Dann nimmst du dir ein paar Nächte frei bis zur Schleierzeremonie. Danach werden wir sehen.«

Boone senkte die Stimme, weil er nicht allzu aufmüpfig erscheinen wollte. »Nirgends steht geschrieben, dass …«

»Das muss es auch nicht.« Tohrment wandte seinen Brüdern den Rücken zu und sprach nun seinerseits leiser. »Ich habe schon einmal einen Fehler bei dir gemacht, ich mache keinen zweiten.«

»Was für einen Fehler?«

»Du hättest gestern Nacht auf keinen Fall im Einsatz sein dürfen. Du warst aus gutem Grund abgelenkt, weil dein Vater bei diesem Treffen war, und ich wusste es, aber es ist mir durchgerutscht.«

»Ich habe einen *Lesser* getötet.«

Tohrment beugte sich zu ihm herüber, und seine dunkelblauen Augen wirkten beinahe schwarz. »Du hättest umkommen können, weil du deine Weste vergessen hast. Hätte er dir ein Messer ins Herz gestoßen und du wärst verblutet, oder wärst du durch eine Kugel gestorben, hätte ich es für den Rest meines Lebens mit mir herumschleppen müssen – und nimm es mir nicht übel, aber mein Kofferraum ist vollgepackt. Ich weiß nicht, wo ich noch eine Tasche mit deinem Namen drauf unterbringen könnte.«

Boone öffnete den Mund. Schloss ihn. Öffnete ihn erneut.

Aber verdammt, was konnte er sagen?

»Du verstehst nicht«, murmelte er. »Ich verliere den Verstand, wenn ich in diesem Haus herumsitze und darüber nachdenke …«

»Du kannst mir helfen«, kam es von Butch.

Boone sah sich um. »Mit der Toten im Pyre?«

»Ja. Bring mich zu deinem Cousin und deiner Cousine, und dann sehen wir uns den Club an.« Der Bruder hob die Hand, als Tohr etwas einwenden wollte. »Er wird die ganze Zeit bei mir sein. Ich passe auf ihn auf und übernehme die Verantwortung für sein Wohl.«

Tohr sah immer noch aus, als wollte er widersprechen, doch Butch redete einfach weiter. »Komm schon, wir sind nicht draußen im Einsatz. Wir werden nicht nach dem Feind Ausschau halten, und bevor du jetzt mit Risiken anfängst: Natürlich könnten wir über etwas stolpern, das der Behandlung bedarf, aber solange du ihn nicht unter Hausarrest stellst, kann er überall in der Stadt einem *Lesser* oder einem dieser Schatten begegnen – so wie jeder andere. Ich passe auf, dass ihm nichts zustößt. Hab ein wenig Mitleid mit dem Jungen. Du wärst in seiner Lage auch nicht gern ohne jede Beschäftigung eingesperrt.«

»Ich gehe keine Risiken ein«, beeilte sich Boone zu sagen. »Ich richte mich streng nach seinen Anweisungen.«

»Außerdem ist das eine gute Gelegenheit, um ihm die

Grundzüge der Ermittlungsarbeit zu erläutern.« Butch zuckte mit den Schultern. »Eine Fertigkeit, die die Schüler erlernen sollten, für den Fall, dass sie es mit einem Verbrechen zu tun bekommen. Zum Beispiel, wie man sich an einem Tatort verhält. Worauf man achten muss. Wie man einen Fall dokumentiert. Das ist sinnvolles Training.«

Tohr verschränkte die Arme und fluchte. Da wusste Boone, dass er die Erlaubnis hatte, sich nützlich zu machen.

In diesem Moment meldete sein Handy den Eingang einer Nachricht. Boone zeigte sie den Brüdern, nachdem er sie gelesen hatte.

»Mein Cousin. Er kann sich erst später mit uns treffen.«

»Dann gehen wir zuerst ins Pyre.« Butch schnappte sich sein Handy, wählte eine Nummer und hielt es Boone hin. »Das ist der Anruf von gestern Nacht. Hör ihn dir an und versuch noch mal zurückzurufen, während ich fahre. Ich habe schon auf die Mailbox gesprochen, aber bislang hat sich niemand gemeldet.«

Mit einem Seitenblick zu Tohr nahm Boone das Handy entgegen. Dann drückte er es sich ans Ohr und lächelte versöhnlich in seine Richtung.

Tohr drohte ihm mit dem Zeigefinger. »Wenn du bei der Sache draufgehst, bring ich dich um, ganz gleich, ob du schon tot bist oder nicht, ist das klar?«

»Ja, Sir«, sagte Boone. »Glasklar …« Doch dann trat alles andere in den Hintergrund, als die verzweifelte Stimme einer Frau in sein Ohr drang.

… Hallo? Hallo … ich brauche Hilfe … Gütige Jungfrau, sie ist tot. Sie ist … genau wie beim letzten Mal …

Zwanzig Minuten später parkte Butch den Wagen seines besten Freundes am Randstein. Sie waren mit dem R8 V10 Performance Plus von V in die Stadt gefahren, schwarze Lackierung, schwarz getönte Scheiben und Scheinwerfer, ein Spaceshuttle, schnell wie der Millennium Falke, obwohl er nicht viel mehr wog als Rhage. Das Ding war ein echter Dinosaurier, eine Rückbesinnung auf Autos mit großen Motoren, die sich anhörten wie Profi-Wrestler und Benzin verbrauchten wie ein Sprinter Sauerstoff.

Mit anderen Worten, ganz nach Vs Geschmack.

Und »am Randstein« bedeutete »verdammt nah an einem riesigen Schneehaufen, der groß genug war, um darauf Ski zu laufen«. Ach ja, Winter in Caldwell, New York. Das weiße Zeug machte sich breit, als hätte es seine eigene Singularität entdeckt und wollte nun die Weltherrschaft übernehmen.

Die meteorologische Variante künstlicher Intelligenz sozusagen.

»Ich wusste nicht, dass diese Autos gut auf Schnee sind«, murmelte Boone und beäugte das Skigebiet neben seinem Fenster, als fragte er sich, wie er die Tür aufbekommen sollte.

»Dematerialisier dich einfach auf meiner Seite raus.«

»Gute Idee. Danke.«

Butch stieg aus und hielt ihm die Tür auf. »Und was den R8 betrifft, den kann man rund ums Jahr fahren, solange man die richtigen Reifen hat. Nur der Frontspoiler kann zum Problem werden. Fünf Zentimeter, wenn es hochkommt, mehr ist nicht drin.«

Von den Schülern mochte Butch Boone am liebsten. Vielleicht lag es daran, dass er einer dieser verlässlichen, unkomplizierten Kerle war, die anpacken konnten und oftmals das Rückgrat eines guten Teams bildeten. Genau die Art von Kerl, die Butch als Mensch immer hatte sein wollen – woran er kläglich gescheitert war. Doch nachdem er über dreißig Jahre lang versucht hatte, seine Gefühle in Alkohol zu ertränken, war er diesem Ziel allmählich näher gekommen. Dazu hatte er nur der Frau seiner Träume begegnen, seine Zugehörigkeit zu einer anderen Spezies erkennen und sich endlich anständig kleiden müssen.

Doch seit letzter Nacht gab es noch einen weiteren Grund, warum ihm der Junge so am Herzen lag. Es berührte ihn jedes Mal aufs Neue, wenn jemand auf gewaltsame Weise einen Familienangehörigen verlor. Er wusste nur zu genau, wie sich das anfühlte.

Boone dematerialisierte sich vor den R8 und blickte sich zwischen den leer stehenden Gebäuden mit den zerbrochenen Fensterscheiben um. »Können wir Vs Wagen hier stehen lassen? Was, wenn er geklaut wird?«

»Diebstahlversichert.« Butch schloss die Tür. »Aber vor allem werden alle glauben, dass er einem Drogendealer gehört. Er steht garantiert noch da, wenn wir zurückkommen.«

Butch schloss das Auto ab, und sie liefen los. »Auf der Straße kann man niemandem trauen, aber man kann sich immer auf die Gesetze der Straße verlassen.«

Nachdem man auf den unter Tonnen von Schnee begrabenen Gehwegen nicht laufen konnte, gingen sie in der Mitte der geräumten Fahrbahn. Obwohl die einzigen Geschäfte in diesem Stadtteil die Drogendeals an der Ecke und die Prostitution auf den geraden Abschnitten waren, gab es genug Durchgangsverkehr, der die Schlaglöcher im Asphalt mit gepresstem Schnee auffüllte.

»Darf ich etwas fragen?«, sagte Boone.

»Natürlich.«

»Dieser Anruf, der über die Notrufnummer einging – konnte V herausfinden, woher er kam? Ich meine, er ist doch Experte in diesen Dingen, oder?«

»Er meint, es war ein Wegwerfhandy. Wenn das stimmt, werden wir nie erfahren, wem es gehört oder wer es benutzt hat, es sei denn, die Person geht irgendwann ran und ist bereit zu reden.«

»Und sie hat keinen Namen genannt?« Boone lachte auf. »Okay, dumme Frage. Ich habe ja gehört, dass sie keinen Namen gesagt hat.«

»Sag mir, was du gehört hast.«

»Sie war verängstigt. Sehr verängstigt.«

»Was noch?« Als Boone die Nachricht Wort für Wort wiederholte, nickte Butch. »Ganz genau, alles richtig. Aber was ist außerdem interessant an dem Anruf?«

»Du meinst, wann er einging und so?«

»Nein, an dem Anruf selbst.« Butch musterte ihn von der Seite. »Was hast du gehört?«

Boone machte ein nachdenkliches Gesicht. »Nichts …« Seine Brauen schossen nach oben. »Ach so! Sie hat nicht vom Club aus angerufen. Sonst hätten wir Musik und Stimmen um sie herum gehört.«

»Genau. Und V erzählte mir, dass er im Keller der alten Fabrik keinen Empfang hatte – es ist also wahrscheinlich, dass es der Anruferin genauso ging.«

»Dann muss sie von draußen angerufen haben.«

»Oder vielleicht war sie auch gar nicht da.«

»Wie meinst du das?«

Butch sah sich in beide Richtungen um, als sie die Straße überquerten, obwohl keine Fahrzeuge zu sehen waren. »Confirmation Bias – Bestätigungstendenz, tückisch bei Ermittlungen, besonders in der Anfangsphase. Die Wahrheit braucht Zeit und Raum, damit sie sich offenbaren kann. Um ihr diese Möglichkeit zu geben, muss man mit dem Verstand und allen Sinnen jedes Detail erfassen, aber gleichzeitig dem Impuls widerstehen, voreilige Schlüsse zu ziehen. Es gibt eine Lösung zu dem Fall, das verspreche ich dir. Aber das Recht zur Erkenntnis muss man sich verdienen, und das erwerben wir, indem wir unsere Mutmaßungen auf dem Altar von intuitiven Überzeugungen nach dem Motto ›Aha, ich weiß genau, was passiert ist‹ opfern.«

»Aber ein paar Entscheidungen muss man treffen, oder? Zum Beispiel, mit wem man redet und welche Fragen man stellt.«

»Die Wahrheit wird dir verraten, wen du befragen, welche Fragen du stellen und an welche Orte du gehen musst. Man selbst entscheidet gar nichts.« Butch schüttelte den Kopf. »Ich sage es noch einmal: Hüte dich vor Bestätigungstendenzen. Sie schleichen sich ein und verleiten den Ermittler dazu, Fakten absichtlich oder unbewusst zu leugnen, wenn sie seine zusammenfantasierte Vermutung nicht bestätigen. Die Wahrheit ist absolut, aber sie ist wie die Existenz von Gott. Ungreifbar, bis man sie erkennt.«

»Hast du je einen Fall aufgegeben?«

»Meine Erfolgsrate lag bei zweiundneunzig Prozent. Ein Wunder, wenn man bedenkt, wie viel ich als Detective beim CPD getrunken habe.«

»Wow. Du musst wirklich gut sein.«

Butch dachte an das letzte Bild, das er von seiner fünfzehn Jahre alten Schwester Janie hatte. Sie winkte ihm aus einem Auto voller Teenager zu, mit dem sie in den Tod fuhr.

Er schüttelte den Kopf. »Nein. Ich war nur nie bereit

aufzugeben. Nicht mal, wenn es mich umgebracht hätte, und das wäre beinahe geschehen. Ich habe nicht lockergelassen, bis ich noch den letzten Mörder gefasst hatte.« Er sah seinen Schüler an. »Auch das solltest du im Kopf behalten. Deine Chancen, den Verbrecher zu finden, erhöhen sich exponentiell, wenn es dir gelingt, dafür zu sorgen, dass er dir nicht mehr einen Schritt voraus ist. Früher oder später macht jeder Täter einen Fehler, und sei er noch so gerissen. Man muss sich Murphys Gesetz zunutze machen.«

»Ich werde es mir merken. Versprochen.«

Genau das war es, was Butch an dem Jungen so mochte. Boone hörte zu, nahm Rat und Kritik an und versuchte stets, sein Bestes zu geben.

Butch drückte ihm die Schulter. »Das weiß ich, mein Sohn.«

7

Es tat gut, sich mit etwas anderem zu befassen als mit sich selbst, dachte Boone, während er neben Butch herlief. Schade nur, dass es auch hier um Gewalt und Tod ging, aber das war nun mal sein Job. Außerdem stand er auf der richtigen Seite. Er war einer von den Guten.

Darauf kam es an.

»Also, was ist dir bei dem Anruf noch aufgefallen?«, fragte Butch.

Sie waren nur noch drei Blocks von dem Club entfernt, man sah bereits die Schlange von Menschen, die vor dem Eingang warteten und in der Kälte von einem Bein aufs andere traten. Ihre ausgefallenen Perücken und das wilde Make-up waren alles, was man von ihren Kostümen sah, der Rest war unter dicken Parkas und langen Mänteln verborgen. In den wärmeren Monaten wirkten sie vermutlich wie eine Gruppe von Pfauen, die ihre Extravaganz in einem Balzritual zur Schau trugen, mit dem man nur unter Rollenspielern punkten konnte.

Befindet sich der Mörder in diesem Moment unter ihnen?, fragte sich Boone und dachte an die angsterfüllte Stimme der Anruferin.

»Welche Informationen konntest du noch aus dem Anruf ziehen?«, hakte Butch nach.

Boone ließ den Blick von Mensch zu Mensch gleiten

und prägte sich die einzelnen Gesichter ein. Den Körperbau. Die Frisuren.

Wut kochte in seinen Eingeweiden. Und um Butchs Frage zu beantworten: Das Einzige, was ihm dieser Anruf sonst noch verraten hatte, war, dass dieses Arschloch, das dieser Frau solche Angst eingejagt hatte, das dieses letzte Opfer getötet hatte, auf die gleiche schreckliche Art sterben musste.

Irgendwie erschien es ihm unklug, das laut auszusprechen …

Ruckartig sah er Butch an. »›Wie beim letzten Mal.‹ Die Anruferin sagte: ›Genau wie beim letzten Mal.‹«

»Richtig. Und was verrät uns das?«

Boone kniff die Augen zusammen und musterte erneut die Schlange von Wartenden, während seine Fänge ausfuhren. »Es wird ein nächstes Mal geben, wenn wir den Mörder nicht aufhalten.«

»Exakt. Das ist die einzige Schlussfolgerung, die ich mir zu diesem Zeitpunkt gestatte.«

Damit knöpfte Butch seinen edlen Kaschmirmantel auf. Das war Vorschrift, wenn man sich unter Menschen begab. Nur für den Fall, dass man schnell an seine Waffe gelangen musste. Als Boone es ihm gleichtat und seine Lederjacke öffnete, spürte er, wie die Wut in ihm arbeitete. Er hoffte, sie fanden den Kerl, der es getan hatte, noch in dieser Nacht …

Butch blieb mitten auf der Straße stehen. »Nicht ›Kerl‹.«

Auch Boone blieb stehen und sah sich um. »Was?«

»Du sagtest, du hoffst, wir würden den ›Kerl‹ noch heute Nacht finden.« Butch schüttelte den Kopf. »Wir wissen nicht, ob der Mörder männlich oder weiblich ist. Denk daran, keine voreiligen Schlüsse zu diesem Zeitpunkt. Wenn wir da sind, einfach beobachten. Ich übernehme den Großteil der Arbeit.«

Hilfe, dachte Boone. Er hatte gar nicht mitbekommen, dass er das laut ausgesprochen hatte.

»Ja, Sir.«

Butch klopfte ihm auf die Schulter und lief weiter. »Das machst du schon.«

Als sie auf den Eingang der ehemaligen Fabrik zusteuerten und an den Wartenden vorbeiliefen, spannten die beiden Türsteher die Muskeln an, doch letztlich kam es nicht zur Konfrontation. Stattdessen winkten sie Butch und Boone durch, als hätten diese ihnen VIP-Ausweise vor die Nasen gehalten.

Menschenhirne zu manipulieren war einfach grandios. Und es überraschte Boone nicht, dass Butch Meister darin zu sein schien.

»Du warst auch schon mal hier?«, erkundigte sich der Bruder, als sie das Gebäude betraten und an der Garderobe vorbeikamen.

Boone nahm sich vor, mit der Garderobiere zu sprechen, doch dann überlegte er, wie dieses Gespräch verlaufen würde.

Entschuldige, du hast nicht zufällig irgendwelche Vampire hier reingehen sehen?

Doch, hab ich. Ungefähr dreihundert jede Nacht. Suchst du einen bestimmten?

Er schob die Gedanken von sich. »Äh, nur einmal, und das ist schon eine Weile her. Aber mein Cousin und meine Cousine kommen öfter her.«

»Tja, es sieht auch kein bisschen so aus, als wäre das deine Szene.«

Boone sah eine halbnackte Frau in einer dunklen Ecke in eine Tüte kotzen. »Nein.«

In der großen Halle drängten sich die Leute, die tanzten, sich unterhielten oder auf einen schnellen Aufriss aus waren. Die Musik war laut, sodass man eng zusammenrücken musste, um sich zu verständigen, und die Dunkelheit trug ihr Übriges dazu bei. Mit ihren unterentwickelten Sinnesorganen mussten sich die Menschen nahe kommen, um einander zu hören und zu sehen. Doch es waren nicht nur Homo sapiens, die sich hier tummelten. Boone witterte Vampire, die sich unter die Leute gemischt hatten, wenn auch nur drei oder vier – und sie hielten sich bedeckt. Verständlich. Es war eine ungeschriebene Regel, dass man nicht mit schwanzlosen Ratten verkehrte, also würde sich kein Angehöriger der Spezies in dieser Umgebung zu erkennen geben, wenn es nicht unbedingt sein musste.

»Gehen wir in den Keller«, sagte Butch über den Lärm hinweg. »V meinte, die Tür läge irgendwo im hinteren Teil der Halle.«

Boone folgte dem Bruder durch das Gedränge und hielt den Blick stur geradeaus gerichtet. Doch aus dem Augenwinkel registrierte er Masken, Umhänge und Kleidung, Körpergröße und Umfang der Gäste im Pyre. Ganz wie man es ihm beigebracht hatte.

Die Tür zum Keller war tatsächlich nicht schwer zu finden. Über einige kalte, feuchte Stufen stiegen sie in einen Gang hinunter, der mindestens so lang war wie ein Footballfeld und durch flimmernde Neonröhren an der Decke beleuchtet war.

»Vierte Tür rechts«, meinte Butch. »Lagerraum.«

Boone sah den Gang mit den Türen hinunter. »Sind das hier alles Lagerräume?«

»Ich vermute es.«

Ein Schnalzen schreckte Boone auf, und er wandte

sich Butch zu, der ein Paar hellblaue Nitrilhandschuhe aus der Manteltasche gezogen hatte und überstreifte.

»Ist zwar ein bisschen spät dafür« – der Bruder hielt die Hände hoch wie ein Chirurg –, »aber alte Gewohnheiten wird man nicht so einfach los.«

»Warum ist es zu spät?«

»Weil sie die Leiche nicht rausholen konnten, ohne den Tatort zu verändern. Selbst wenn sie noch so vorsichtig waren.«

Aus einer anderen Tasche holte Butch eine kleine Stirnlampe. Er setzte sie sich auf wie eine Krone, dann knipste er sie an und blieb vor der vierten Tür stehen. »Du bleibst draußen, aber beuge dich gern hinein und sieh dich um. Wie gesagt, ist der Tatort bereits verunreinigt, aber wir müssen die Sache nicht noch schlimmer machen, indem wir da drinnen über alles hinwegtrampeln.«

Als der Bruder die schwere Tür öffnete, war ein Knarzen wie aus einem Horrorfilm zu hören – und im nächsten Moment schlug Boone der dazu passende Geruch entgegen.

Blut. Nicht gerade frisch, dafür in großen Mengen …

Gütige Jungfrau der Schrift, dachte er.

Auf dem schmutzigen Betonboden, direkt im Lichtkegel von Butchs Stirnlampe, war eine eingetrocknete Blutlache von erschreckender Größe zu erkennen.

Als Butch durch die Tür trat und sich umsah, schimmerten die Wände des leer stehenden Lagers im kalten Licht seiner Lampe. Doch diese Feuchtigkeit schien wenigstens von leckendem Grundwasser zu rühren und nicht von irgendwelchen Körperflüssigkeiten.

Der Strahl wanderte zur Decke und beschrieb einen langsamen Kreis, bevor er in der Mitte verharrte, direkt über der eingetrockneten Pfütze. »Hier hing sie. An einem von denen.«

Eine Reihe eiserner Ösen, breit wie der Daumen eines Mannes, war in die schweren Balken der Decke eingelassen. Es war schwer zu sagen, wozu sie ursprünglich gedient hatten. Vielleicht als Teil einer Konstruktion zum Färben von Stoff?

»Mit einem Seil?«, fragte Boone. »Oder wie wurde sie aufgehängt?«

»An einem Fleischerhaken.« Butch ging in die Hocke und sah sich um. Der Strahl seiner Lampe streifte das geleeartige Blut etwas zu oft für Boones Geschmack. »Junge … wenn sie nicht schon tot war, als er sie aufgehängt hat, hat sie es nicht lang überlebt.«

»Er?« Boone hüstelte gegen seine zugeschnürte Kehle an. »Sagtest du nicht, wir sollen keine voreiligen Schlüsse ziehen?«

»Du hast recht, eiskalt erwischt. Und du solltest meinen Rat von vorhin stets beherzigen. Aber statistisch gesehen ist die überwältigende Mehrheit der Serienkiller tatsächlich männlich. Und diese rituelle Vorgehensweise, bei der Frauen aufgeknüpft und ihnen die Kehlen aufgeschlitzt werden, sodass sie ausbluten, immer im selben Club – das ist ein deutliches Muster. Der Killer sucht sich sein Opfer und bringt es hier runter, um seinem Schema zu folgen.«

Erneut hustete Boone in die Faust. »Was genau hat er mit ihr getan?«

»Habe ich dir die Bilder noch nicht gezeigt?« Butch reichte Boone sein Handy. »Du findest sie in der Galerie.«

Boone schluckte, nahm das Handy und ging auf das entsprechende Symbol. Als er das erste Foto aufrief …

»Ach du … Scheiße«, hauchte er.

Ein schreckliches Bild nach dem anderen tat sich vor ihm auf … und immer mehr. Es schienen endlos viele zu sein – und auf einen Schlag sorgten der Geruch nach modriger Erde und erkaltetem Blut sowie die Vorstellung, dass jemand genau an der Stelle, an der er nun stand, ums Leben gekommen war, dafür, dass ihm schwindlig wurde.

»Entschuldige mich kurz.«

Eilig presste Boone den Satz hervor und wartete gar nicht erst eine Antwort ab. Ohne sein Zutun setzte sich sein Körper in Bewegung und wich zurück. Als er gegen die Tür auf der gegenüberliegenden Seite stieß, hustete er noch ein paarmal und drückte das Handy mit dem Display nach unten an seinen Oberschenkel. Mit hängendem Kopf atmete er durch den Mund ein und aus und fühlte, wie sich die Welt um ihn herum drehte …

Ein Hauch von Frühling drang an seine Nase, von frischer Luft und Sonnenschein, von zarten Blumen. Er hob den Kopf.

Am Fuß der Treppe stand eine Gestalt, reglos wie eine Statue, den Blick in seine Richtung gewandt. Und obwohl sie von Kopf bis Fuß in einen bodenlangen schwarzen Umhang mit Kapuze gehüllt war, wusste Boone, dass es eine Vampirin war.

Und dieser *Duft*, den sie verströmte. Er erfüllte seine Nase, doch das allein war es nicht. Irgendwo auf dem Weg über die Neuronenpfade seines Geistes oder vielleicht auch durch seine Adern wurde aus dem Geruch eine ganzkörperliche Erfahrung.

Wie eine Berührung.

Eine … Liebkosung.

Boone richtete sich auf und trat einen Schritt auf sie

zu. Und noch einen. Als würde sie seinen Namen rufen, und er wäre machtlos, ihrem Locken zu widerstehen. Doch bevor er sich ihr weiter nähern konnte, drehte sie sich plötzlich um und verschwand durch die Tür.

In heller Panik, sie aus den Augen zu verlieren, setzte er ihr nach, mit großen, langen Schritten. Als er die Stelle erreichte, an der sie gestanden hatte, fiel die verbeulte Stahltür gerade zurück in ihre schiefe Position in den Angeln. Boone riss sie auf, folgte dem Frühlingsduft und sprang drei Stufen auf einmal nehmend hinauf und stürzte hinaus in die Halle.

Sie musste gerannt sein, dachte er. Sonst wäre sie nicht so schnell die Treppe hochgekommen.

Boone sah sich um. Hatte sie den Club verlassen, oder versuchte sie, in der Menge unterzutauchen? Sollte sie Letzteres beabsichtigt haben, war es ihr gelungen. Zu viele Leute trugen Schwarz, zu viele waren von Kopf bis Fuß in Umhänge gehüllt …

Halt, da war sie. Sie schlängelte sich zum Ausgang durch. Schnell hinterher.

Boone stieß achtlos Menschen beiseite und kümmerte sich nicht darum, wie viel Tumult er verursachte – anders als sie war er nämlich zu groß, um sich elegant durch das Gedränge zu fädeln. Als er an der Garderobe vorbeilief, war sie bereits zur Tür hinausgeschlüpft, und ihr Duft begann sich zu verflüchtigen.

Draußen in der Kälte stürzte er an den Türstehern vorbei und blickte nach links und rechts …

Da, gerade verschwand sie um die Ecke des Gebäudes. Der Saum ihres Umhangs flatterte hinter ihr.

Boone schloss die Augen und wollte seine Nummer mit dem Dematerialisieren im Lauf abziehen, als ihm klar wurde, dass er von den wartenden Menschen beobachtet wurde. Das war nicht die Art von PR-Stunt, den die Spezies der Vampire gebrauchen konnte: *Überraschung! Uns gibt es wirklich!*

Fluchend setzte er ihr nach und versuchte, ihren Spuren zu folgen. Doch es war unmöglich, ihre Abdrücke im Schnee zwischen all den anderen auszumachen, und ihr Duft verlor sich bereits in der Nacht.

Sicher rannte sie zu einem abgelegenen Ort, um sich zu dematerialisieren. Wenn ihr das gelang, würde er sie niemals fangen.

Boone bog um die Ecke und wurde langsamer … bis er schließlich stehen blieb. Das Gebäude war von außen nicht beleuchtet. Ebenso wenig die Lagerhalle daneben. Und das Licht der fernen Straßenlaternen erhellte nur einen schmalen Streifen, der zwischen die Gebäude ragte. Selbst mithilfe der reflektierenden Eigenschaft des Schnees und mit seinen superscharfen Vampiraugen konnte er nicht viel erkennen.

»Verflucht …«

Das leise Klicken, mit dem eine Pistole entsichert wurde, veranlasste ihn dazu, den Kopf herumzureißen.

Angestrengt starrte er in den dunklen Schatten, und seine Nasenflügel weiteten sich, als er ihren Duft im kalten Wind aufschnappte.

Ja …, dachte er. *Da bist du.*

»Du kannst mir vertrauen«, sagte er in die Dunkelheit hinein. »Ich will dir nicht wehtun, versprochen.«

Ich werde dir auch keine Gelegenheit dazu geben, dachte Helania, während sie ihre Neunmillimeter auf den Vampir gerichtet hielt, der ihr aus dem Club gefolgt war.

Der dunkelhaarige Kerl stand im schwachen Schein der fernen Straßenlaternen, was reichte, um einen ersten Eindruck von ihm zu bekommen. Verdammt, er war einfach riesig: kräftige Schultern, eine breite Brust und lange, muskulöse Beine. Er war von Kopf bis Fuß in schwarzes Leder gehüllt, die Jacke stand trotz der Kälte offen, und er trug keine Handschuhe.

Seine tiefliegenden, hellen Augen waren in die Dunkelheit gerichtet, direkt auf den Punkt, an dem sie stand.

Du bist zu hübsch, um ein Mörder zu sein, ging es ihr durch den Kopf.

Was für ein Unfug, als würden nur hässliche, entstellte Männer töten.

Dennoch erschrak sie darüber, wie gut er aussah. Seine Züge waren ausgeprägt und ebenmäßig, seine Lippen verleiteten zu Gedanken, die unter den Umständen ihrer Begegnung ganz am Ende ihrer kognitiven Liste stehen sollten.

»Ich möchte dir nur ein paar Fragen stellen.« Langsam hob er die Arme und zeigte ihr seine leeren Handflächen wie in einer Polizeiserie. »Ich heiße Boone. Du kannst die Waffe runternehmen.«

Vielleicht konnte er sie sehen, überlegte sie, obwohl sie es bezweifelte. Sie stand zu tief im Schatten. Wie hatte er sie entdeckt? Wobei, vermutlich hatte er mitbekommen, wie sie die Waffe entsichert hatte.

Und hörte sie da tatsächlich einen aristokratischen Einschlag in seiner Stimme?

»Kannst du mir verraten, was du da unten in diesem Keller zu suchen hattest?«, fragte er.

»Der Zutritt zum Untergeschoss ist nicht verboten. Jeder kann dort hingehen.«

Es folgte eine Pause, dann sagte er: »Das warst du. Du hast uns angerufen.«

Helania spürte, wie sich ihre Herzfrequenz verdoppelte. Was etwas heißen wollte, nachdem ihr Puls ohnehin schon raste. Es stimmte, sie hatte den Notruf der Bruderschaft angerufen. Ja, sie hatte gemeldet, was sie in der letzten Nacht entdeckt hatte. Und ja, sie war dort hinuntergegangen, um herauszufinden, was er und der andere Kerl, mit dem er unterwegs war, vorhatten.

Zwei gut gebaute Vampire kommen in den Club, ignorieren sämtliche Gelegenheiten für schnellen Sex und gehen schnurstracks zur Kellertür.

Wer hätten sie sonst sein sollen.

»Du bist ein Bruder?«, fragte sie.

»Ich bin noch in der Ausbildung. Aber ich bin mit einem Bruder gekommen und helfe ihm bei den Ermittlungen.« Er ließ die Hände sinken. »Ich verspreche dir, ich will nur wissen, was du gestern Nacht gesehen hast. Das ist der einzige Grund, warum ich dir nachgelaufen bin. Du bist nicht ans Handy gegangen, als wir bei dir angerufen haben, und ich hatte Angst, ich würde dich verlieren.«

Helania blickte auf den Lauf ihrer Waffe, der auf seine Brust gerichtet war. Für einen flüchtigen Moment zog das Bild ihrer Schwester vor ihrem geistigen Auge vorüber, und Tränen stiegen in ihr auf. War das der Fehler, den Isobel begangen hatte? War sie in der Gegenwart eines Mannes, bei dem sie sich sicher fühlte, unvorsichtig geworden … nur um diesen Schnitzer mit dem Leben zu bezahlen?

»Du kannst mir vertrauen«, sagte er noch einmal sanft.

Nein, das konnte sie nicht. Aber als ihr abermals das Bild der Vampirin vor Augen stand, die an der Decke hing, wurde ihr bewusst, dass sie ihn vielleicht brauchte. Vorausgesetzt, er war wirklich der, für den er sich ausgab.

Wofür sie keine Garantie hatte.

»Was möchtest du mich fragen«, lenkte sie schließlich ein. »Ich habe am Telefon schon alles gesagt, was ich weiß.«

»Wie heißt du?«

»Helania.«

»Ich bin Boone«, sagte er noch einmal. »Es tut mir leid, dass wir uns unter solchen Umständen kennenlernen.«

Sie hatte den Eindruck, er hätte ihr die Hand entgegengestreckt, hätten sie nicht drei Meter – und eine vorgehaltene Waffe – voneinander getrennt, und sie war froh, dass er das nicht konnte. Sie wollte ihn nicht berühren. Aber nicht, weil sie ihn abstoßend fand.

Eher im Gegenteil. Und genau das war das Problem.

»Also, was ist gestern Nacht passiert?«, hakte er nach.

Helania räusperte sich. Als könnte sie dadurch ihre Gedanken zur Ordnung rufen. »Ich sah einen Vampir mit einer Vampirin in den Keller gehen. Sie kamen ziemlich lang nicht mehr hoch, also ging ich nachsehen, ob alles in Ordnung ist.«

»Bist du öfter in dem Club?«

»In den letzten Monaten, ja.«

Und zwar in den letzten acht, ergänzte sie gedanklich. Seit Isobel getötet worden war.

»Und diese Vampirin war eine Freundin von dir? Du kanntest sie.«

»Nein, ich habe mir nur Sorgen um sie gemacht.«

»Hattest du sie davor schon mal im Club gesehen?«

»Das weiß ich nicht. Sie trug nach wie vor ihre Maske, als ich …« Helania schluckte, als die entsetzlichen Bilder aufs Neue auf sie einstürmten. »Jedenfalls ist es bei all den Kostümen unmöglich zu sagen, ob ich sie schon mal gesehen habe.«

»Und du hast dir Sorgen um sie gemacht?« Boone hob die Hände, wie um sie zu beschwichtigen und sie nicht in die Defensive zu drängen. »Ich meine, immerhin kommen viele Besucher in diesen Club, weil sie auf der Suche nach Sex sind, und den haben sie ziemlich häufig dort unten, wie ich vermute. Das gehört dazu, oder nicht? Ich frage mich nur, was dich veranlasst hat, nach ihr zu sehen.«

»Vampirinnen ist es nicht verboten, aufeinander aufzupassen.«

»Zweifelsohne. Aber ich versuche zu verstehen, woher du wusstest, dass sie in der Klemme steckte …«

»Ich habe sie nicht umgebracht.«

Der Kerl – Boone – wich zurück. »Das wollte ich damit nicht andeuten. Warum hättest du es melden sollen, wenn du sie selbst umgebracht hättest?«

»Ich muss jetzt gehen …«

»Trug der Mann, der bei ihr war, eine Maske? Kannst du mir sagen, wie er aussah?«

Sie schüttelte den Kopf. Doch dann fiel ihr ein, dass er das vermutlich nicht wahrnahm. »Keine Maske, aber eine Sonnenbrille. Seine Augen waren nicht zu sehen. Außerdem hatte er eine schwarze Mütze auf, tief in die Stirn gezogen. Und er war groß, größer als du.« Es erschien ihr fast anzüglich, seinen Körper zu einem Vergleich heranzuziehen, als hätte sie dadurch die Grenzen des Anstands überschritten. »Sie haben sich geküsst, während er sie nach unten trug. Mehr weiß ich auch nicht.«

»Wie lang hast du gewartet, bis du nach ihnen gesehen hast?«

Unwillkürlich hatte Helania die Waffe gesenkt. Eben war sie noch auf seine Brust gerichtet gewesen, nun berührte sie ihren Oberschenkel.

»Ich hätte früher nachsehen sollen.« Sie spürte, wie ihre Schultern unter dem Umhang herabsackten. »Ich habe zu lange gewartet.«

»Wie lang?«

»Ich weiß es nicht.« Sie war abgelenkt gewesen, weil sie im Club nach anderen Zeichen von Unruhe oder Gefahr Ausschau gehalten hatte. »Ich habe die Leute beobachtet. Ich wollte … ich hätte früher nachsehen sollen.«

»Kannst du mir eine ungefähre Vorstellung davon geben, wie lange das war?«

»Wahrscheinlich über eine Stunde, möglicherweise länger. Ich dachte, ich hätte Blut gerochen.« In Gedanken ging Helania noch einmal die Stufen in den Keller hinunter. »Ich habe den Geruch aufgeschnappt, der aus dem Keller drang, und musste ihm nachgehen.«

»Warst du in Begleitung im Club?«

»Nein, ich komme immer allein.«

Boone verschränkte die Arme vor der Brust und wirkte dadurch gleich noch größer und bedrohlicher. Zumal er jetzt die Augenbrauen zusammenzog. »Hast du irgendein spezielles Training absolviert?«

»Wie meinst du das?«

»Zum Beispiel einen Selbstverteidigungskurs? Du hast am Telefon angedeutet, es hätte noch ein anderes Opfer gegeben. Trotzdem bist du allein in den Keller gegangen, um dem Geruch von Blut zu folgen. Hattest du keine Angst, dass dir etwas zustoßen könnte?«

Sie dachte an Isobel. »Nicht zu dem Zeitpunkt, nein. Ich war einzig um sie besorgt.«

8

Diese Vampirin war entweder mit blindem Heldenmut gesegnet … oder mit sträflichem Leichtsinn, dachte Boone, während er in den Schatten des alten Gebäudes blickte. Langsam gewöhnten sich seine Augen an die Dunkelheit, und er konnte ihre Gestalt erahnen, ihren Umhang als noch tieferes Schwarz inmitten ihrer Umgebung erkennen. Sie hatte die Waffe sinken lassen, doch sie schien fluchtbereit, das Gewicht auf den nach hinten versetzten Fuß verlagert und leicht zur Seite geneigt. Es war ein wenig bedenklich, wie sehr er sich wünschte, ihr Gesicht sehen zu können, aber sie hatte noch immer die Kapuze auf – und völlig grundlos fragte er sich, warum sie ihr auf der Flucht nicht heruntergerutscht war.

Er wollte noch einmal ihren Duft einatmen, aber die Gebäude um sie herum schirmten sie vom Wind ab. Nachdem selbst von bekleideten Körpern Wärme aufstieg, verlor sich also all dies köstliche natürliche Parfüm im Himmel über ihnen …

Wow. Wann hatte er eigentlich seine romantische Ader entdeckt?

Bevor er sich diese Frage beantworten konnte, kam Butch um die Ecke des Clubs geschossen und blieb stehen, als er Boone sah.

»Was ist hier los«, fragte er streng »Und mein Handy nehme ich wieder an mich, wenn es dir recht ist.«

»Das ist Helania«, sagte Boone entschuldigend. »Sie hat gestern angerufen und den Mord gemeldet.«

Augenblicklich änderte sich Butchs Haltung. Er stellte sich neben Boone in den Schnee, und als dieser ihm sein Handy hinhielt, nahm er es mit einem Nicken entgegen.

Dann sprach er Helania im Schatten an, seine Stimme jetzt leise und sehr ernst.

»Danke, dass Sie uns informiert haben. Es tut mir wirklich leid, dass Sie das sehen mussten, aber Sie haben das Richtige getan. Wir sind Ihnen sehr dankbar für Ihre Hilfe und werden den Mörder finden.«

Die Vampirin – Helania – hörte schweigend zu, doch wenigstens schien sie zu nicken. Und die Waffe blieb gesenkt am Oberschenkel, wie Boone feststellte.

»Wir würden uns gern mit Ihnen unterhalten«, sagte Butch. »Wir wollen herausfinden, wer dieser Vampirin das angetan hat, und darum haben Sie doch bei der Bruderschaft angerufen, nicht wahr? Um ihr zu helfen.«

»Ich habe ihm schon alles erzählt. Mehr weiß ich nicht.«

»Dann könnten Sie es vielleicht noch einmal für mich wiederholen?«

Eine lange Pause entstand, in der die wummernde Musik aus dem Club und die Stimmen der Menschen vor dem Eingang im Hintergrund lauter zu werden schienen. Wenn sie sich sammelte, um sich zu dematerialisieren, dachte Boone, würden sie diese Vampirin nie wiedersehen. Natürlich hatte er ihren Namen, aber nachdem sie unter Menschen leben mussten, waren die Angehörigen der Spezies äußerst geschickt darin, sich zu verstecken – auch vor Artgenossen.

Wenn sie sich verdrückte, würde er sie nie mehr wiedersehen.

Und warum schien das so ein Drama zu sein?

»Wir könnten zurück in den Club gehen, dort ist es warm«, schlug Butch vor. »Wir könnten uns eine ruhige Ecke suchen. Ich verspreche Ihnen, es dauert nicht lang. Wir versuchen nur, so viele Informationen wie möglich zusammenzutragen, damit wir den Täter schnappen können …«

»Woher weiß ich, ob ihr wirklich die seid, für die ihr euch ausgebt?«, wollte sie wissen.

Butch hob die Hände ans Revers seines Kaschmirmantels, ganz langsam. »Bitte nicht schießen. Ich trage keine kugelsichere Weste.«

Sofort war die Waffe wieder oben, und die schnelle Bewegung weckte in Boone den Verdacht, dass Helania ein wenig Übung im Umgang mit Pistolen hatte. Eine wertvolle Information. Und beruhigend, wo sie doch allein unterwegs war.

»Nur zu«, sagte sie.

Vorsichtig öffnete Butch den Mantel.

Ein Keuchen kam aus dem Schatten. Vermutlich war es das erste Mal, dass sie die berühmten schwarzen Dolche sah, die mit den Griffen nach unten an die Brust eines Kriegers geschnallt waren: Nach Altem Gesetz war es ausschließlich Brüdern erlaubt, einen schwarzen Dolch zu besitzen und auf die traditionelle Art zu tragen. Bei jedem anderen galt es als Verstoß, der mit Verbannung oder sogar dem Tod bestraft wurde.

Helania senkte die Pistole und ließ sie in ihrem Umhang verschwinden. Dann trat sie aus dem Schatten. Boone versuchte, unter ihre Kapuze zu spähen, doch er konnte nichts von ihrem Gesicht erkennen.

»Bei uns sind Sie sicher«, sagte Butch.

»Ich fühle mich nirgends sicher.«

»Kommen Sie, suchen wir uns einen wärmeren Platz.«

Die Türsteher ließen sie wieder rein, und Butch organisierte drei Klappstühle aus einer Ecke der Garderobe und stellte sie hinter einem halblangen Vorhang im Kreis auf. Einen Moment lang standen sie alle verlegen herum, dann machte Butch den Anfang und setzte sich.

Boone nahm gegenüber der Vampirin Platz und versuchte den Eindruck zu erwecken, sie rein aus beruflichem, nicht persönlichem Interesse anzusehen. Und das stimmte ja auch. Er betrachtete sie als Zeugin, die vielleicht mehr Informationen besaß, als sie bisher preisgegeben hatte.

Doch da war noch etwas, das er nicht leugnen konnte.

»Wie gesagt«, begann Butch und holte einen kleinen Spiralblock aus der Tasche, »es wird nicht lang dauern. Ich bin Detective O'Neal – ich meine, Bruder Butch. Ich bin Butch. Und Sie sind?«

»Helania.« Sie schüttelte unter der Kapuze den Kopf. »Aber ich habe ihm schon alles erzählt, und es ist ohnehin nicht viel.«

Butch schlug die Beine übereinander und sah sie verständnisvoll aus rehbraunen Augen an. »Ich wette, Sie konnten kaum schlafen oder essen, seit Sie sie gefunden haben.«

Es entstand eine längere Pause. Dann schüttelte Helania erneut den Kopf. »Nein, nicht so richtig.«

»Es tut mir wirklich leid, dass Sie das sehen mussten.« Butch ließ sie nicht aus den Augen, obgleich er etwas notierte. »Ich weiß, dass es Sie innerlich zerreißt. Das Opfer muss ziemlich gelitten haben. Können Sie mir sagen, wie sie heißt?«

»Ich kenne sie nicht«, antwortete Helania traurig.

»Ich … ich habe mir nur Sorgen gemacht, weil sie so lang mit dem Kerl verschwunden war.«

»Natürlich haben Sie das. Frauen sollten aufeinander aufpassen.«

Die Kapuze des Umhangs bewegte sich. Ein Nicken. »Das finde ich auch. Es hätte mich treffen können.«

»Ich weiß. Es ist gefährlich hier. Überall lauern Gefahren.« Der Bruder lehnte sich vor und sprach in ernstem Ton weiter: »Ich weiß, es ist nicht leicht, uns zu vertrauen. Wir könnten wer weiß was sein, trotz der schwarzen Dolche. Ich möchte Ihnen nur versichern, dass ich mich von nun an um das Opfer kümmere. Ich werde mich ihrer annehmen, indem ich aufdecke, was ihr zugestoßen ist, und indem ich dafür sorge, dass ihr Mörder seine gerechte Strafe erhält. Sie können ihr helfen, indem Sie mir alles sagen, was Sie wissen. Ganz gleich, wie trivial oder unbedeutend es Ihnen erscheinen mag. Und je früher Sie es tun, desto besser ist es für sie.«

Wieder folgte ein langes Schweigen, und das Wummern der Musik im Hintergrund schwoll an, als wollte es die Leere füllen. Boone hatte Mühe, sich zurückzuhalten. Nicht herumzuzappeln. Sich nicht zum Idioten zu machen.

»Sie können sich darauf verlassen, dass wir uns um sie kümmern«, wiederholte Butch. »Wir sind im selben Team.«

»Und was passiert mit dem Mörder, falls ihr ihn findet?«, fragte Helania leise.

»Dass wir ihn finden, steht außer Frage«, korrigierte Butch. »Ich *werde* ihn finden. Und ob er nun Mensch oder ein Vampir ist, er wird bekommen, was er verdient, das verspreche ich.«

Nach kurzem Zögern hoben sich ihre Hände zitternd an den Rand der Kapuze und schoben sie zurück. Boone keuchte auf, bevor er sich fassen konnte. Helanias Gesicht war so fein geschnitten, dass sie beinahe zerbrechlich wirkte, ihre Augen waren gelb und rund, ihre Brauen gewölbt, die Lippen zart geschwungen, die zierliche Nase saß perfekt positioniert in dem ovalen Gesicht. Ihr Haar war lang und gewellt, rot und von blonden Strähnen durchzogen, ihre Haut war dunkler als seine.

Sie war … verblüffend.

»Ich bekomme ihr Bild nicht aus dem Kopf«, flüsterte sie. »Wenn ich die Augen schließe … sehe ich sie an der Decke hängen. An diesem Haken …«

»Ich weiß.« Butch legte ihr väterlich eine Hand aufs Knie. »Es ist schrecklich. Aber zusammen können wir etwas dagegen tun.«

Sie hob den Blick und sah den Bruder an. »Ihr lasst nicht zu, dass er davonkommt?«

»Nein.«

»Ich habe nach ihm gesucht, wisst ihr.« Sie wies mit dem Kopf in Richtung der Halle, wo sich die Clubbesucher drängten. »Ich weiß, dass er hierher zurückkommen wird.«

»Weil er schon einmal hier getötet hat.«

Der gelbe Blick senkte sich. »Ja.«

»Woher wussten Sie von den anderen?«

»Es gab mehr als eine?«, fragte sie überrascht.

»Ja.«

»Gütige Jungfrau der Schrift. Ich wusste nur von einer.« Sie schloss die Augen. »Ihr Tod war Thema in den sozialen Netzwerken. Alle hatten Angst.«

Boone mischte sich ein. »Deswegen hast du gestern Abend nach dem Opfer gesehen, obwohl du sie nicht kanntest.«

»Alle sind nervös«, sagte Helania. »Alle Vampirinnen, meine ich.«

»Verständlich«, murmelte Butch. »Hatten Sie den Mann oder Vampir, der mit dem Opfer verschwand, vorher schon einmal im Club gesehen?«

»Ich glaube ja, aber ich bin mir nicht sicher. Es war dunkel, und es waren sehr viele Leute da.«

»Wie sah er aus?«

»Er ist riesig. Schwarze Sonnenbrille. Schwarze Mütze, tief in die Stirn gezogen. Schwarze Lederkleidung – obwohl das nicht viel heißt.«

»Würden Sie ihn wiedererkennen?«

»Vielleicht. Aber ich habe sein Gesicht nicht gesehen. Die Mütze und die Sonnenbrille haben es zum Großteil verdeckt, und das spärliche Licht hat sein Übriges getan.«

»Wie steht es mit dem Geruch? Würden Sie den wiedererkennen?«

»Ich weiß nicht.« Helania tippte sich seitlich an die Nase. »Ich bin dem Blut gefolgt, nicht ihm oder ihr.«

»Dann haben Sie den Mann mit dem Opfer gesehen. Was haben die beiden gemacht?«

Ihre Wangen röteten sich. »Was man hier eben so tut. Sie haben geknutscht.«

Boones Blick fiel auf ihren Mund und wollte sich einfach nicht mehr davon lösen. Er konnte sich nicht erinnern, je in seinem Leben so gebannt von einer Vertreterin des anderen Geschlechts gewesen zu sein. Er würde noch vergessen, warum sie hier zusammensaßen, und das wäre unverzeihlich.

Also riss er sich zusammen, verlagerte sein Gewicht auf dem Klappstuhl und dachte an die Tote, die er auf Butchs Handy gesehen hatte.

Der Bruder nickte. »Erinnern Sie sich, wie spät es war, als die beiden in den Keller gegangen sind?«

»Leider nein.« Helanias Blick richtete sich auf Boone – der das Gefühl hatte, von einer Wärmelampe bestrahlt zu werden. »Ich habe es ihm schon erzählt, ich sah, wie der Mann sie nach unten trug. Ich blieb oben, bis ich Blut roch. Erst war der Geruch so schwach, dass ich mir nicht sicher war, ob ich es mir nur einbildete. Doch dann dachte ich an die Frau, die allein mit dem Mann war, und fing an, mir Sorgen zu machen. Also habe ich nach ihr gesucht.«

»Wie lange war es zu diesem Zeitpunkt her, dass sie in den Keller gegangen waren?«

»Eine Stunde, vielleicht mehr. Ich bin mir nicht sicher.«

Butch machte sich ein paar weitere Notizen, größtenteils, ohne auf seinen Block zu blicken. »Haben Sie sonst noch jemanden dort unten gesehen? Als Sie die Tote gefunden haben?«

»Niemanden.«

»Sie waren ganz allein?«

»Ja.«

»Irgendeine Vorstellung, wie spät es da war?«

»Das ist schwer zu sagen. Ich habe nicht darauf geachtet. Ich war schon seit ein paar Stunden im Club, als ich die beiden sah.«

»Waren Sie gestern Nacht in Begleitung hier?« Als sie den Kopf schüttelte, sagte Butch: »Können Sie uns die Namen von ein paar Leuten nennen, mit denen Sie gestern Abend gesprochen haben? Vielleicht kann uns jemand einen Hinweis geben, wann Sie gekommen und gegangen sind.«

Ihre Kiefermuskeln spannten sich kaum merklich an. »Was wollen Sie damit andeuten?«

»Gar nichts. Aber es könnte doch jemand auf die Uhr oder aufs Handy geschaut haben, als er mit Ihnen geredet hat. Dann hätten wir einen Zeitrahmen.«

»Ich habe mit niemandem gesprochen. Das tue ich nie.«

»Warum waren Sie dann hier?«

Helanias Augen blitzten wütend. »Ich bin volljährig und stehe nicht unter *Bannung*. Ich kann tun und lassen, was ich will.«

»Es tut mir leid.« Butch fasste sich an die Brust. »Ich habe mich ungeschickt ausgedrückt. Und ich wollte auch nicht andeuten, dass Sie in das Martyrium des Opfers verwickelt waren.«

»Sind wir dann fertig?«

»Klar, wann immer Sie wollen.« Der Bruder blätterte um und schrieb etwas auf die nächste Seite. Dann riss er das Blatt heraus und reichte es Helania. »Das ist meine Nummer. Ich werde mit Ihnen in Verbindung bleiben und möchte, dass Sie das Gleiche tun. Ich nehme an, die Nummer, von der aus Sie angerufen haben, ist Ihre? Können wir Sie unter der erreichen?«

Helania beugte sich vor und nahm das Blatt entgegen, wobei ihr schmales Handgelenk unter dem voluminösen Ärmel ihres Umhangs hervorblitzte. »Ja, das können Sie.«

»Ich habe es heute mehrfach versucht.«

»Ich war hier und hatte auf stumm gestellt.«

Butch nickte. »Geben Sie Bescheid, wenn Ihnen sonst noch etwas einfällt.«

Helania ließ den Zettel in ihrem Umhang verschwinden. Dann stand sie auf, und Butch tat es ihr gleich. Die beiden wechselten ein paar Worte. Schließlich stand auch Boone auf, doch er achtete nicht darauf, was gesagt wurde. Er war zu sehr damit beschäftigt, die Frau durch Willenskraft dazu zu bewegen, ein letztes Mal in seine Richtung zu blicken.

Und dann sah sie ihn an.

Zitrin. Ihre Augen hatten die Farbe des Sonnensteins, tief und geheimnisvoll … verlockend. Es war sehr leicht, sich darin zu verlieren.

»Mein Name ist Boone«, brach es aus ihm hervor. Völlig idiotisch. Schließlich hatte er sich ihr bereits vorgestellt. Zweimal. Oder war es dreimal gewesen? Verdammt.

Sie nickte nur. Oder zumindest kam es ihm so vor. Dann hob sie die Kapuze über ihr spektakuläres Haar und ging in den Club zurück, wo ihre schlanke Gestalt bald in der Menge verschwand.

Sie sollte heimgehen, dachte Boone. *Nicht wieder dort hinein.*

»Komm«, sagte Butch. »Als Nächstes müssen wir zu Havers.«

Es dauerte einen Moment, bevor sich Boone abwenden konnte, und als er auf die Straße trat, hatte er das Gefühl, etwas zurückzulassen, das entscheidend für sein Wohlbefinden war. Der Drang umzudrehen war fast überwältigend.

Er tröstete sich mit dem Wissen, dass Helania zumindest mit einer Waffe umgehen konnte.

Sie waren auf halbem Weg zurück zum Wagen – und Butch hatte recht, er stand noch da –, als der Bruder mitten auf der Straße stehen blieb. Boone lief noch ein paar Schritte weiter, ehe er sich nach ihm umdrehte. Er erwartete, dass Butch auf sein Handy schaute, weil er einen Anruf oder eine Nachricht bekommen hatte.

Fehlanzeige.

Der Blick aus seinen braunen Augen bohrte sich in Boone.

»Sei vorsichtig, Junge. Sie könnte in die Sache verwickelt sein. Im Kleinen, im Großen. Du weißt es nicht.«

»Was?« Boone runzelte die Stirn. »Sie hat angerufen und den Leichenfund gemeldet. Und du hast selbst zu ihr gesagt, sie stünde nicht unter Verdacht.«

»Was ich da drin gesagt habe, sollte sie zum Reden bringen. Bei Verhören geht es selten offen und aufrichtig zu, selbst wenn man der verhörten Person den Eindruck vermitteln mag. Regel Nummer eins einer jeden Mordermittlung: Traue keinem Zeugen, keinem Verdächtigen und keiner Person von Interesse, bis ihre Aussagen belegt sind. Ganz gleich, wie jemand aussieht.«

»Aber warum hätte sie anrufen sollen, wenn sie in den Mord verwickelt war?«

»Das spielt im Moment keine Rolle. Wir müssen uns strikt an die Fakten halten.« Butch deutete über die Schulter. »Diese Frau hat gestern Nacht den Notruf gewählt, nachdem unser Opfer am Hinterkopf aufgehängt wurde wie eine Rinderhälfte, vermutlich an einem Fleischerhaken. Das ist alles, was wir zu diesem Zeitpunkt mit Gewissheit sagen können …«

»Sie war es nicht.«

Butch sah ihn mitleidig an. »Woher willst du das wissen? Wegen ihrer Haarfarbe? Oder wegen dieser Augen, deren Blick du unbedingt auf dich lenken wolltest?«

Als Boone im Schnee aufstampfte und fluchte, schüttelte Butch den Kopf. »Sieh mal, ich will dich nicht aufziehen. Du warst das erste Mal in so einer Situation, natürlich fehlt dir noch die nötige Übung. Ich muss mich nur darauf verlassen können, dass du einen klaren Kopf behältst. Ich habe in dieser Hinsicht deutlich mehr gesehen als du und rate dir dringend, auf mich zu hören. Wenn du das nicht kannst, kein Problem, dann ist nichts verloren. Aber dann bist du nicht mehr teil dieser Ermittlung. Hast du verstanden?«

Boone öffnete den Mund und wollte argumentieren, wie erschüttert Helania gewirkt hatte. Dass sie offensichtlich traumatisiert war. Dass sie …

… wunderschöne zitringelbe Augen hatte und Haar, in das er die Finger vergraben wollte.

Also presste er die Lippen aufeinander und verkniff sich eine Reihe von Flüchen.

»Hey«, sagte Butch, »jeder lässt sich mal ablenken. Erst recht beim ersten Mal. Aber ich brauche einen Partner mit klarem Kopf, okay?«

Boone nickte, und sie gingen weiter. Während Boone die kalten Hände in die Taschen seiner Lederjacke schob, wusste er zumindest eines sicher über Helania. Abgesehen davon natürlich, dass sie auf keinen Fall die Mörderin war.

Er würde sie wiedersehen.

Irgendwie.

Havers' Klinik lag auf der anderen Seite des Hudson, ein ausgedehntes Labyrinth aus verschiedenen Behandlungsbereichen, verborgen unter den Ländereien einer Farm. Es gab vier Eingänge zu der Einrichtung. Einen im alten Farmhaus – das als Tarnung vor der Menschenwelt diente – und drei in Scheunen, die verteilt über das Ackerland zwischen den Kiefern standen.

Boone materialisierte sich vor der westlichen Scheune. Er besuchte das medizinische Zentrum zum ersten Mal. Bevor er sich dem Trainingsprogramm der Bruderschaft angeschlossen hatte, war er es als Aristokrat gewöhnt gewesen, dass Havers ins Haus kam, wenn jemand einen Heiler brauchte. Jetzt, als Trainingsschüler, wurde er von dem privaten medizinischen Personal der Brüder in ihrer eigenen Klinik behandelt. Außerdem war das hier, wenn er sich recht entsann, die neue, verbesserte Einrichtung, die erst nach den Plünderungen gebaut worden war.

Butch folgte ihm zu Fuß, nachdem er den Wagen in der Nähe geparkt hatte, und gab auf einem Tastenfeld neben einer soliden Stahltür einen Code ein. Das Schloss öffnete sich mit einem Klicken, und sie betraten einen schmalen Raum, an dessen Ende die geschlossenen Türen eines Aufzugs lagen.

»Bist du bereit?«, fragte Butch.

»Ja«, antwortete Boone, obwohl er sich nicht sicher war, ob es stimmte.

Butch drückte den einzigen Knopf an der Wand, um den Lift anzufordern. Die Türen glitten auf, sie stiegen ein, und alles, was fehlte, war Fahrstuhlmusik auf ihrer Fahrt in die Tiefe. Schließlich kamen sie in einem makellos sauberen Gang heraus. Boone sah sich in beide Richtungen um und entdeckte alle möglichen Hinweisschilder, aber keines davon wies den Weg zu ihrem Ziel.

»Hier lang«, brummte Butch. »Es ist ein Stück zu laufen.«

Boone hastete neben dem Bruder her. Schweigend durchschritten sie lange Korridore und bogen mehrfach ab. Die Frage, woher Butch wusste, wo die Leichenhalle war, erübrigte sich, und dass sie eher abseits lag, war auch nur logisch. Schließlich arbeiteten Havers und seine Belegschaft in erster Linie daran, Leben zu erhalten. Im Gegensatz zu Radiologie, Ambulanz, Notaufnahme und dergleichen war der Ort, an den man die Toten brachte, nicht ausgeschildert.

Sicher war diese Diskretion beabsichtigt. Es gab keinen Grund, Patienten und ihre Familien daran zu erinnern, dass manche die Klinik nicht mehr durch den Vorderausgang verließen.

Auch die sterblichen Überreste seines Vaters hatte man hierhergebracht.

Und eingeäschert. Auf Boones Wunsch hin, den er als engster Angehöriger geäußert hatte. Nach weiteren fünf Minuten bogen sie ein letztes Mal links ab, und von dort an lag der süßliche Geruch von Formaldehyd in der Luft. Vor ihnen erschien eine Flügeltür ohne Aufschrift, und Boone wusste, dass sie ihr Ziel erreicht hatten.

Butch ging darauf zu und hielt sie für Boone auf. Doch der war stehen geblieben. Und konnte plötzlich nicht weitergehen.

»Was gibt's?«, fragte der Bruder leise. »Alles okay?«

Es war schwer, die Worte laut auszusprechen. Besonders einem Mann gegenüber, vor dem er Respekt hatte. »War es … war es falsch, dass ich nicht darum gebeten habe, seine Leiche zu sehen?«

Es war unnötig zu erklären, wen er meinte.

»Nein, Boone. Das war nicht falsch. Manchmal ist es besser, etwas nicht zu sehen.«

»Ich habe ihn einäschern lassen.« Er sah den Bruder an. »Ich wollte nicht, dass er wieder zum Leben erwacht. Ich wollte … das nicht. Obwohl es Unsinn ist, oder? Bis jetzt ist keiner wiedererwacht, nachdem …«

Nachdem man ihm aus nächster Nähe eine Kugel mit Wasser aus dem heiligen Brunnen der Jungfrau der Schrift in die Stirn gejagt hatte.

Irgendwie war er nicht in der Lage, diese Gedanken in

Worte zu fassen. Glücklicherweise schien das dem Bruder gegenüber nicht nötig zu sein.

»Du hast das Richtige getan«, sagte Butch leise. »Was immer es dir erleichtert, ist das Richtige.«

»Nichts ist leicht, wie sich herausstellt. Nicht zu Lebzeiten meines Vaters und auch nicht, nach seinem Tod, der so ganz anders ist als in meinen Träumen aus der Zeit, als ich jung und rachsüchtig war.«

»Komplizierte Beziehungen sind oft schwerer zu betrauern als funktionierende. Möchtest du draußen warten, während ich …«

»Nein, ich komme mit.« Boone atmete tief durch und wappnete sich. »Ich werde mich professionell verhalten.«

Damit trat er durch die Tür und sah sich in dem mit Teppich ausgelegten Raum um, der eigentlich mehr nach Büro aussah als nach klinischem Umfeld und »ach du Scheiße, eine Leiche«. Es gab Schreibtische mit Laptops, Wandregale voller Ordner mit Buchstabenkürzeln sowie einen Konferenztisch, auf dem einige Fotos lagen. Boone wollte sie sich lieber nicht allzu genau ansehen.

An der gegenüberliegenden Wand befand sich eine zweite Flügeltür – und nachdem keine Fenster in sie eingelassen waren, wurden dahinter vermutlich die Leichen aufbewahrt.

»Nimmt Havers die Autopsien eigentlich selbst vor?«, fragte er.

»Ja, das tue ich.«

Boone drehte sich um. Der Heiler der Spezies kam herein. Mit Schildpattbrille, Fliege und weißem Kittel sah er aus wie aus der medizinischen Fakultät einer Elite-Uni. Vielleicht so um die letzte Jahrhundertwende herum.

»Rexboone.« Havers kam auf ihn zu und streckte ihm die Hand entgegen. »Mein tiefstes Mitgefühl zum Tod Ihres Vaters. Ich kannte Altamere gut und habe ihn immer sehr geschätzt. Wir werden ihn schmerzlich vermissen.«

Boone schüttelte die Hand und murmelte ein paar, wie er hoffte, angemessene Worte des Danks. Dass Havers eine hohe Meinung von seinem Vater hatte, überraschte Boone nicht. Auch Havers gehörte zur *Glymera* und war ganz nach Altameres Geschmack: reich, wohlerzogen, aus gutem Haus. Kein Wunder, dass sich die beiden gemocht hatten.

»Wenn Sie einverstanden sind, die Urne an sich zu nehmen«, sagte Havers. »Sie steht für Sie bereit.«

Boone blinzelte. »Äh … ja. Danke. Ich nehme sie mit.«

»Sehr gut. Nachdem wir diese traurige Angelegenheit hinter uns gebracht haben.«

Havers wandte sich an Butch. Sie sprachen kurz über das Opfer, dann unterzeichnete der Bruder ein Formular. Währenddessen registrierte Boone, wie trocken sein Mund war und wie schnell sein Herz raste – aber es hatte nichts mit dem Mordfall zu tun.

Glaubte er allen Ernstes, der Geist von Altamere könnte den Deckel seiner Blechdose öffnen, aus dem Regal klettern, auf das sie ihn gestellt hatten, und zu ihm kommen, um sich über seine Einäscherung zu beschweren?

Asche war um einiges besser als eine Leiche im Smoking, die zum Letzten Mahl erschien und nach einem Scotch verlangte …

Mit einem stummen Fluch ermahnte sich Boone, bei der Sache zu bleiben, als Havers die zweite Flügeltür öffnete. Augenblicklich verfünffachte sich der Formaldehyd-Geruch. Als Butch in den Seziersaal trat, zwang sich Boone, ihnen zu folgen. Doch er kam nicht weiter als bis kurz über die Schwelle.

Der bis zur Decke geflieste Raum bestand aus vier Arbeitsplätzen, jeweils beherrscht von einem hüfthohen Edelstahltisch mit einem Waschbecken an der einen, einem Abflussloch auf der anderen Seite und einem System von Metallrohren und Kabeln darunter. Rolltische standen parat, für Instrumente und Gewebeproben, wie er vermutete, es gab Hängewaagen für Organe und Lichtkästen an den Wänden für Röntgenbilder und Testergebnisse, sodass man alles vor Ort erledigen konnte.

Hier hatte man offensichtlich keine Kosten gescheut. An alles war gedacht.

Auf den Tischen lagen keine Leichen. Dem Schleier sei Dank. »Sie ist hier drüben«, murmelte Havers.

»Hier drüben« erwies sich als Kühlung, die eine ganze Wand einnahm, eine Stahlfläche mit zwei Dutzend Türen, die in zwei Reihen übereinanderlagen. Und während Butch darauf zuging, ließ sich Boone ein gutes Stück zurückfallen, als Havers ein Fach in der oberen Reihe öffnete und eine stählerne Schublade aufzog.

Boone hielt die Luft an.

Die nackte Frau lag auf dem Rücken, ihr Kopf ruhte auf einem Block, den man ihr unter den Nacken geschoben hatte, die Arme waren seitlich angelegt, die Beine ausgestreckt, wobei die Fußspitzen nach außen zeigten. Ihr Haar war dunkel und klebte platt am Kopf, ihre Haut war von einem fleckigen Grau mit Blutergüssen. Blut, getrocknet und verkrustet, bedeckte einen großen Teil ihres Torsos, und der Fleischerhaken, der Boone beim Anblick der Bilder auf Butchs Handy solche Übelkeit verursacht hatte, war noch immer da, gestützt durch den Block.

Als wäre er schon immer Teil ihres Schädels gewesen.

Aus Respekt senkte Boone den Blick. Und auch, weil er gegen den Brechreiz ankämpfte.

»Wir haben die Perücke und die Maske, die sie trug«, sagte Havers leise.

»Ja, wir haben Bilder von ihr am Tatort gesehen.« Butch beugte sich über sie und stieß ein nachdenkliches »Hm« aus. »Komm her, Boone. Hier sieht man, wo ihr die Kehle aufgeschlitzt wurde. Und die aufgeschnittenen Pulsadern. Sie muss noch gelebt haben, als sie aufgehängt wurde, bei all dem Blut auf dem Boden unter ihr.«

»Dieser Einschätzung stimme ich zu«, sagte Havers. »Ich habe sie noch keiner gründlichen Untersuchung unterzogen, aber der Einstich dieses Hakens ist sehr sauber – was darauf hinweist, dass sie vermutlich nicht bei Bewusstsein war oder unter Schock stand, als man sie aufgehängt hat. Sie hat sich nicht gewehrt. Aber du hast recht. Ihr Herz muss noch eine Weile geschlagen haben, sonst hätte sie nicht so viel Blut vergossen.«

»Hier drüben«, kommentierte Butch und trat einen Schritt zur Seite, »sieht man, wo sie über den Boden geschleift wurde.« Der Bruder richtete sich auf. »Er schneidet ihr also die Pulsadern auf. Zerrt sie durch den Raum. Führt den Fleischerhaken ein und packt sie hier … und hier …« Butch tat, als würde er sie bei den Oberarmen nehmen, wo man links und rechts die Abdrücke von Fingern sah, »um sie hochzuheben. Danach verblutet sie.«

Als Boone die blauen Flecken betrachtete, erwachte die Wut aufs Neue, die ihn beim Abhören von Helanias Nachricht gepackt hatte. Die Vorstellung, dass jemand diese Frau derart misshandelt … sie so grausam verletzt … auf so schreckliche Weise *getötet* hatte … machte ihn rasend.

»Weißt du, ob sie Geschlechtsverkehr hatte?«, erkundigte sich Butch.

Havers neigte den Kopf. »Ich glaube ja, aber ich kann zu diesem Zeitpunkt noch nicht sagen, ob vor oder nach ihrem Tod. Wie gesagt, habe ich bislang nur eine oberflächliche Untersuchung vorgenommen.«

»Diese Information muss ich haben.«

»Tut mir leid, aber bis wir die Familie finden, ist mir nicht wohl dabei, eine Autopsie vorzunehmen.«

»Dann musst du dir vielleicht einen Ruck geben.« Butch sah den Arzt über die Leiche hinweg an. »Wir können nicht lange warten, denn die Spur zu ihrem Mörder erkaltet, noch während wir uns hier unterhalten.«

Boone hatte gehüstelt, als die Sprache auf Sex gekommen war … aber als sich der Arzt und der Bruder nun unterhielten, begann er, die Leiche auf andere Weise anzusehen und die blauen Flecken, die Wunden, die Schwellungen als Informationsquellen zu betrachten, anstatt als …

»Was ist das da unter ihrer Haut?«, fragte er und deutete auf den Oberarm der Frau.

Dort schimmerte ein dunkler Splitter unter der fahlen Haut. Er war kaum einen Zentimeter lang und dünn wie eine Bleistiftmine – und er steckte in schrägem Winkel im Fleisch.

»Ich weiß nicht«, sagte Butch und beugte sich hinunter. »Havers, können wir das rausholen?«

»Aber selbstverständlich. Einen Moment.«

Butch nahm sein Handy und schoss eine Reihe von Fotos, nicht nur von dem Splitter, sondern auch von dem Fleischerhaken, den blauen Flecken an den Oberarmen, den Schürfungen an ihrer Seite, den Knien, den Schienbeinen. In der Zwischenzeit hatte Havers Handschuhe angelegt und kehrte mit einem Skalpell und einem Behälter für eine Gewebeprobe zurück. Er setzte einen Schnitt in die Haut und pulte das Objekt mit der Spitze des Instruments heraus.

»Es scheint ein kleiner Nagel zu sein«, bemerkte er und ließ ihn in den Plastikbehälter fallen.

Es klapperte leise.

»Sieht ganz so aus«, meinte Butch und blickte in den Behälter. »Vielleicht hat sie sich den zugezogen, als er sie über den Boden geschleift hat. In dem Lagerraum war jede Menge Müll.«

»Möchtest du ihn behalten?«, fragte Havers und schraubte einen blauen Deckel auf den Behälter. »Ich muss ihn erst beschriften, aber du sammelst die Beweisstücke, nehme ich an.«

»So ist es. Und ich nehme ihn mit, ja. Ich werde im Trainingszentrum einen Ermittlungsraum für den Fall einrichten.«

»Sehr gut.«

Nachdem Havers das Skalpell abgelegt und ein Etikett mit einem goldenen Füllfederhalter beschriftet hatte, wechselte der Behälter den Besitzer, und Boone registrierte das verlegene Schweigen, das sich ausbreitete.

»Wie geht es meiner Schwester?«, fragte Havers leise.

»Bestens in jeder Hinsicht.«

»Gut. Das ist … sehr gut.«

Der Bruder deutete mit dem Kinn auf die Leiche, als wollte er das Thema wechseln. »Gib uns Bescheid, wenn sich jemand nach ihr erkundigt und sie identifiziert.«

»Mach ich.«

»Wenn sich in den nächsten vierundzwanzig Stunden

niemand meldet, zwinge ich dich, eine Autopsie vorzunehmen. Und selbst wenn. Wir werden sie mit oder ohne Einverständnis der Familie sezieren.«

»Dazu benötige ich die Unterschrift des Königs. In jedem Fall.«

»Die bekommst du.«

»Danke.« Havers wandte sich an Boone. »Wenn Sie jetzt für die Urne Ihres Vaters unterschreiben wollen?«

Boone verbiss sich eine ehrliche Antwort – denn am liebsten hätte er die Überreste einfach hiergelassen. Für immer. Wenn er sie mitnahm, kam er nicht um eine Schleierzeremonie herum, und das Letzte, was er jetzt brauchte, war eine Abendgesellschaft mit einer Horde von *Glymera*-Gaffern. Oder anders gesagt, der erweiterten Familie.

Mittlerweile hatten sicher alle erfahren, wie sein Vater zu Tode gekommen war. Und alle wollten ihre kalten Herzen an einem Feuerwerk aus Tratsch aufwärmen.

»Ja«, zwang er sich zu antworten. »Ich nehme die Urne mit nach Hause.«

9

Im Osten kündete sich bedrohlich der Sonnenaufgang an, als Boone ins Haus seines Vaters zurückkehrte und die schwere Haustür hinter sich schloss. Ringsum fuhren die Jalousien vor den Fenstern hinunter und erfüllten die steifen Räume mit einem vertrauten Surren, das in einem leisen Klicken gipfelte, als sie sich vollends schlossen, kaum hörbar über dem Rauschen des warmen Gebläses, das aus den alten, in den Boden eingelassenen Rosten drang.

Dass er eine Messingurne mit der Asche seines Vaters unter dem Arm trug – wie eine Zeitung, die er draußen vor der Tür aufgelesen hatte –, war eine weitere bizarre Verzerrung der Wirklichkeit, wie er sie kannte.

Nicht, dass es je ein Vergnügen gewesen war, nach einer langen Nacht im Einsatz heimzukommen und seinem Vater zu begegnen. Aber Vertrautheit schuf eben nicht nur Abneigung. Manchmal bildete sie den Rahmen für das Leben, ähnlich wie Buchstützen, die Romane und Sachbücher gleichermaßen hielten, damit sie gerade standen und nicht aus dem Regal kippten.

Wurden die Beschränkungen plötzlich und unerwartet entfernt, verlor man, selbst wenn sie unerfreulich gewesen waren, erst einmal jeden Halt.

Boone riss sich zusammen und richtete den Blick auf

die offen stehende Tür jenseits des Foyers. Die Walnussvertäfelung im Arbeitszimmer seines Vaters glänzte im freundlich hellen Schein, der vom Feuer im marmornen Kamin ausging. Boone durchquerte die Eingangshalle und blieb dann an den Rahmen gelehnt in der Tür stehen. Vor dort aus ließ er den Blick über die ledergebundenen Bücher in den Regalen wandern. Über die Ölgemälde, die Pferde darstellten, die Altamere im alten Land besessen hatte. Über die Wandleuchter aus Messing und die beiden Lüster, die den Schein vom Kamin mit ihrem Licht ergänzten.

»Wollten Sie etwas.«

Und wieder gelang es Marquist, eine höfliche Frage wie einen Vorwurf klingen zu lassen.

Boone blickte über die Schulter. Der Butler war wie aus dem Nichts erschienen, doch sein punktgenaues Timing war angesichts der Überwachungskameras in diesem Haus keine Kunst. Außerdem hatte er sich offensichtlich von dem Schock erholt. Nach vergangener Nacht, als ihn die Neuigkeiten aus der Bahn geworfen hatten, war er nun wieder ganz der Alte, der gebügelte Anzug zugeknöpft, das gestärkte Hemd weiß wie frisch gefallener Schnee, der Krawattenknoten so eng, dass Boone sich fragte, wie er noch atmen konnte.

Kein Zittern mehr. Das ewige Poliertuch lag fest in seiner Hand.

»Nein«, sagte Boone. »Ich wollte nichts.«

Er ging ins väterliche Arbeitszimmer und zog die Tür hinter sich zu, direkt vor Marquists Nase, was, wie er wusste, einer Kriegserklärung gleichkam. Aber sie hatten einander noch nie ausstehen können, und manches konnte auch der Tod nicht ändern.

Manches wurde nur schlimmer.

Boone schritt über den Perserteppich und stellte die Urne auf die Ecke des Schreibtisches, einem Möbel im jakobinischen Stil, gleich neben eine Tiffany-Libellenlampe und einen aufsteigenden Hengst aus Bergkristall. Vielleicht konnte die Asche eine Weile hier stehen wie all der andere Zierrat. Der Inhalt der Urne war schließlich nicht verderblich.

Anders als die gekühlte Leiche dieser Frau.

Mit einem schweren Gefühl in den Knochen ging Boone um den Tisch herum und setzte sich auf den lederbezogenen Stuhl seines Vaters. Dann legte er die Hände auf die Schreibtischunterlage und blickte ins Leere.

Wo war das Testament?

Diese Frage spukte ihm seit vierundzwanzig Stunden im Kopf herum – wobei, eigentlich tat sie das seit über zehn Jahren, und besonders in den letzten zwölf Monaten. Seit er die Drohung bezüglich seiner Herkunft ausgesprochen hatte, fragte er sich, ob sein Vater ihn enterben wollte. Ob er Geld, Haus und persönliche Besitztümer einem anderen vermachen würde.

Oder einer Katze. Nicht dass sie irgendwelche Haustiere besessen hätten.

Aber Altamere war immer ein großer Fan von Karl Lagerfeld gewesen.

Boone neigte sich nach links und versuchte, die obere Schreibtischschublade aufzuziehen. Verschlossen. Genau wie die anderen. Er richtete sich auf und fragte sich, was seinem Vater posthum wichtiger war, die Wahrung des Anstands oder Rache für den möglichen Fehltritt seiner ersten *Shellan* …

Das Klopfen an der Tür ließ ihn aufschrecken.

Wenn man vom Teufel sprach.

Boone erwog, einfach nicht zu reagieren, nur um zu

sehen, wie weit Marquist gehen würde. Aber verdammt, er war müde. »Herein.«

Der Butler riss die Tür auf, und als er Boone am Schreibtisch seines Vaters sitzen sah, flammte Wut in ihm auf, die seine Züge nicht verbergen konnten.

»Verraten Sie mir eines«, sagte Boone, lehnte sich demonstrativ zurück und schlug die Beine übereinander. »Wo ist der Schlüssel zu diesem Tisch?«

Eine Maske der Professionalität legte sich auf das feindselige Gesicht des Butlers und verbarg alle Gefühle. »Ich weiß es nicht.«

»Wie lange sind Sie schon für dieses Haus zuständig? Sie waren die rechte Hand meines Vaters – und wissen nicht, wo ich den Schlüssel finde?« Boone deutete über die Schulter auf ein Pferdegemälde, das mit *Bespoke Beauty von Grand Champion Altamere* betitelt war. »Wie steht es mit dem Safe hinter dem Bild?«

Als er die Überraschung des Butlers bemerkte, lächelte Boone kalt. »Ja, ich weiß, dass er da ist. Wollen Sie mir erzählen, Sie kennen die Kombination nicht?«

»Das hier ist der Privatbereich Ihres Vaters …«

»Mein Vater ist tot. All das gehört nun mir. Das ganze Haus gehört mir.«

Das entsprach möglicherweise nicht der Wahrheit, doch es war eine gute Gelegenheit, dem Butler auf den Zahn zu fühlen. Vielleicht verriet er, was er wusste.

Marquists Augen wurden schmal. »Es ist noch immer das Haus meines Herrn.«

Boone umklammerte die Armlehnen des Stuhls. Er war kurz davor, aufzustehen und den Butler rauszuschmeißen, doch er hielt sich zurück. Bis er das Testament fand, musste er Marquist in seiner Nähe behalten – und es gab noch einen wichtigeren Grund, warum er ihm ein falsches Gefühl von Sicherheit vermitteln musste: Boone hatte das Verhältnis zwischen seinem Vater und dem Butler nie verstanden. Die beiden hatten einander nähergestanden, als es sich für Herr und Diener schickte. Nachdem Altamere fort war, gab es endlich eine Möglichkeit, den Grund zu erfahren. Und sollte es ungerechtfertigte Übergaben von Besitztümern an Marquist gegeben haben? Geschenke? Vergünstigungen?

Dann war Boone in der Position, es herauszufinden und den Kram zurückzubekommen. Nicht, weil es ihm um den Geldwert ging, sondern ums Prinzip.

Außerdem hegte er die Hoffnung, der Butler könnte etwas wirklich Dummes tun.

Er lehnte sich wieder zurück und trommelte mit den Fingerkuppen auf der Schreibtischunterlage. »Ich werde die Schleierzeremonie morgen früh zwei Stunden vor Sonnenaufgang abhalten.«

Marquists Brauen schossen nach oben. »Aber wie soll das gehen? Die Post arbeitet nicht so schnell, und die Gäste werden nicht …«

»Die Einladungen werden per E-Mail versandt. Mit einem Klick landen sie in den Postfächern der Gäste. Wie durch Zauberei.«

Das sichtliche Entsetzen des Butlers erinnerte Boone daran, wie er in der Leichenhalle vor dem geschundenen Leib der Ermordeten gestanden hatte. *Das* war entsetzlich. *Nicht* die Art und Weise, wie die Gäste ihre Einladungen bekamen. Selbst wenn es um eine Schleierzeremonie ging.

Aber versuch das mal, jemandem zu erklären, der Freude daran hatte, gesellschaftliche Konventionen als Keule zu verwenden.

»Das kann nicht Ihr Ernst sein«, stammelte Marquist.

»Es gibt keinen Anlass, die Zeremonie hinauszuzögern.«

»Wo ist der Leichnam jetzt?«

»Asche.«

»Was?«

»Ich habe seine sterblichen Überreste kremieren lassen. Seine Asche ist hier.« Er beugte sich über den Tisch und stupste mit dem Zeigefinger gegen die Urne, was ein blechernes Geräusch erzeugte. »Damit werden wir die Zeremonie durchführen.«

Marquist starrte die Urne fassungslos an. Als sich sein Blick schließlich wieder auf Boone richtete, traf diesen der unbändige Zorn darin wie ein Schock. Einen derartigen Hass hätte Boone ihm nie zugetraut.

»Ihr Vater war *nie* mit Ihnen zufrieden.«

Boone schnaubte übertrieben empört und legte sich die Hand auf die Brust. »Ach, was Sie nicht sagen. Gütige Jungfrau der Schrift, das bricht mir das Herz. Dabei hatte ich all die Jahre gedacht, ich wäre ein Vorzeigesohn.« Dann ließ er das Schauspiel sein und erwiderte den Blick des Butlers. »Glauben Sie, die Meinung meines Vaters wäre jetzt noch von Bedeutung?«

»Er hat Sie nicht verdient.«

»Ich ihn auch nicht. Wir waren ein Fluch füreinander, aber das ist jetzt vorbei.« Boone winkte ab. »Gehen Sie. Dieses Gespräch ist für mich beendet.«

»Sie sind *nicht* Ihr Vater.«

»Und Sie können jederzeit verschwinden. Jederzeit. Wenn Sie Ihre Einstellung nicht ändern, fliegen Sie schneller aus diesem Haus, als Sie schauen können.«

Am anderen Ende der Stadt, in einem Vorort voller Mehrfamilienhäuser aus den Siebzigerjahren, saß

Helania allein in ihrer Kellerwohnung. Über ihr begannen die Menschen ihren Tag. Gedämpfte Schritte bewegten sich zwischen, wie sie vermutete, Bad, Schlafzimmer und Küche.

Ihre Zweizimmerwohnung hatte den gleichen Grundriss wie die darüber. Nur dass eines ihrer Schlafzimmer seit acht Monaten unbewohnt war.

Das Sofa, auf dem sie saß, war alt und abgenutzt. Um die Verschleißerscheinungen zu kaschieren, hatten sie und Isobel eine große Decke darüber drapiert. Die Sitzfläche war mit Kissen übersäht, liebevoll von Hand mit Blumen und Pflanzen bestickt, doch sie würden nicht lange hier sein. Ihr Etsy-Shop lief ziemlich gut, also herrschte ein gewisser Durchlauf in ihrer Wohnung. Außerdem standen überall ganze Ballen Samt, Kisten mit Füllmaterial und Schalen voller Quasten herum.

Aber das Nebengeschäft zu ihrem Online-Redaktionsjob war nicht nur ein nettes Zusatzeinkommen. Nach dem Mord an ihrer Schwester hatte es ihr geholfen, nicht den Verstand zu verlieren.

Manchmal war das Ausfüllen von Kästchen mit farbigem Garn das Einzige, das sie tagsüber davon abhielt, durchzudrehen, wenn die Monotonie des Kreuzstichs sie dazu zwang, sich auf etwas anderes zu konzentrieren als den gewaltsamen Tod ihrer Schwester, die gleichzeitig ihre Mitbewohnerin und beste Freundin gewesen war.

Ihre einzige Freundin.

Sie wandte den Kopf auf die geschlossene Tür links vom Bad. Dahinter standen zwölf Pappkartons in unterschiedlichen Größen, gefüllt mit Isobels Kleidung, ihren Toilettenartikeln, Andenken, Büchern und, und, und …

Helania hatte Isobels Sachen von den Wänden genommen, aus den Regalen, aus der Kommode. Sie hatte den Schrank ausgeräumt, die Schubladen geleert, den Kasten unter dem Bett. Sie hatte das Bett abgezogen, die Laken eingepackt, die Decken gefaltet. Aber weiter war sie nicht gekommen. Eigentlich hatte sie vorgehabt, alles für wohltätige Zwecke zu spenden.

Sie hatte es noch immer vor.

Aber sie war noch nicht so weit.

Vielleicht würde sie es nie sein.

Es war schwer, sich von den unbelebten Objekten zu trennen, die ihre Schwester ausgesucht und getragen hatte, gesammelt und aufbewahrt. Sooft sie sich sagte, dass nichts davon Isobel selbst war, sosehr ihre vernünftige Seite es glaubte, ihr Herz wehrte sich dagegen.

Es war, als sollte sie Teile ihres Körpers weggeben.

Helania rieb ihre müden Augen, lehnte sich zurück und schloss die Lider. Es dauerte nicht lang, bis dieser Mann vor ihrem geistigen Auge erschien, der mit dem dunklen Haar und der schwarzen Kleidung und dem aristokratischen Tonfall.

Sein Bild hatte sie hartnäckig verfolgt, wie er von hinten angeleuchtet zwischen den Gebäuden stand, in angespannter Haltung, während er Atemluft in weißen Wölkchen ausstieß und in die Dunkelheit blickte.

Direkt auf sie.

Als sie zusammen mit dem Bruder im Club auf Klappstühlen gesessen hatten, hatte er sie die ganze Zeit über angesehen. Ein Teil von ihr wollte glauben – musste glauben –, dass es zu der Befragung gehörte, zur Ermittlung, zur Arbeit, die ihm die Bruderschaft aufgetragen hatte.

Aus rein beruflichem Interesse.

Doch ein anderer, tieferer, beunruhigender Teil von ihr … dachte über Dinge nach, die sie nicht beschäftigen sollten.

Zum Beispiel, ob er sie vielleicht aus einem anderen Grund angesehen hatte.

»Schluss damit«, sagte sie laut.

Über ihr schlug eine Wohnungstür zu, was gut war. Die Menschen waren aufgebrochen. Von nun an würde es ruhiger werden.

Ein anderes Bild von ihm erschien in ihrem Kopf. Wie sie ihn unten im Kellergang gesehen hatte. Er war zurückgewichen von der offenen Tür zum Lagerraum, in dem die Frau getötet worden war, ein Handy in der Hand, das Gesicht davon abgewandt, die Augen zugekniffen, als versuchte er, ein Bild zu verscheuchen.

Vielleicht das Bild der ermordeten Frau.

Du kannst mir vertrauen. Ich will dir nicht wehtun.

Ihr Handy meldete den Eingang einer Nachricht, und sie blickte verwundert zu ihrem Umhang. Er hing an einem Haken an der Tür, neben ihrem Parka und ihrer gelben Regenjacke. Sie stand auf und fragte sich, wer das sein konnte. Vermutlich jemand, der sich verwählt hatte.

Sie bekam nämlich nie Anrufe.

Ihre Eltern waren tot. Ihre Schwester … tot. Andere Verwandte hatte sie nicht. Und was Freunde betraf – Isobel war die Gesellige gewesen. Nach ihrem Tod waren sämtliche Leute, die ihre charismatische Schwester angezogen hatte, davongetrieben auf der Suche nach einer neuen Sonne, um die sie kreisen konnten.

Vielleicht war es die Bruderschaft.

Helania wühlte in der versteckten Innentasche des Umhangs nach ihrem Wegwerftelefon. Sie hatte eine Nachricht von einer unbekannten Nummer erhalten.

Ich wollte mich dafür entschuldigen, dass ich heute so ungeschickt mit der Situation umgegangen bin. Ich fürchte, ich habe dir Angst gemacht, als ich dir nachgelaufen bin. Das tut mir leid. Bitte lass dich nicht davon abhalten, Butch mitzuteilen, was du weißt. Entscheidend ist, dass wir den Mörder dieser Frauen finden. Danke, dass du diese Nachricht liest, Boone.

Helania stand wie angewurzelt da.

Dann sah sie sich nach dem Platz um, an dem sie eben noch gesessen hatte, und fragte sich, ob er irgendwie gespürt haben könnte, dass sie an ihn gedacht hatte.

Zurück auf dem Sofa las sie die Nachricht noch zweimal durch und merkte, dass sie anders als die Texte von Isobel keine Abkürzungen enthielt. Keine Emojis. Keine verkürzte Grammatik. Sie glich eher einer E-Mail. Oder einem handgeschriebenen Brief.

Sie ertappte sich dabei, dass sie sich vorgelehnt hatte und das Handy in der Hand umfasst hielt.

Als hätte sie etwas damit vor.

Als wollte sie ihm antworten.

Ihr Herz sprang in einen höheren Gang, Hitze schoss ihr ins Gesicht. Ihre Finger schwebten über den Tasten des Handys, während sie sich wie aus weiter Ferne selbst zu beobachten schien.

Keine Textnachricht. Nein.

Es tutete.

Sie hielt sich das Handy ans Ohr, fassungslos darüber, dass sie ihn tatsächlich anrief. Sie hatte keine Ahnung, warum sie das tat oder was sie sagen sollte. Besonders, da sie nur eine einfache Zivilistin war und er ein Aristokrat, der obendrein mit der Bruderschaft der Black Dagger zu tun …

»Hallo?«, meldete sich eine männliche Stimme. »… hallo?«

Helania räusperte sich. »Hi.«

Am anderen Ende wurde scharf eingeatmet. »Helania?«

»Ich habe deine Nachricht bekommen.« Als ob er das nicht wüsste. »Und ich, äh …« Sie sah sich in ihrer Wohnung um, als könnte ihr die billige Einrichtung oder die Küchenzeile eine Eingebung vermitteln, was sie sagen sollte. »Ich wollte dir nur versichern, dass ich … also, es war eine blöde Situation. Aber es lag nicht an dir. Ich war nur … es ist einfach schwierig. Die ganze Sache ist schwierig.«

»Natürlich.« Es raschelte, als würde er sich aufsetzen und gegen ein Kissen lehnen – und sie fragte sich, ob er im Bett war. »Ich dachte nur, dass ich die Situation durch mein Verhalten nicht verbessert habe, und das wollte ich irgendwie wieder hinbiegen.«

Wieder raschelte es. Er war definitiv im Bett – und verdammt, plötzlich fragte sie sich, wie er wohl aussehen mochte ohne die ganze Ledermontur. Natürlich nicht *nackt.* Sondern einfach in Straßenkleidung. Jeans … T-Shirt …

Ach Blödsinn. Sie fragte sich, was er zum Schlafen trug. Und ob es vielleicht das Adamskostüm war.

»Hallo?«, sagte er.

»Entschuldige.« Helania schüttelte den Kopf. »Es ist schon okay. Alles ist gut.«

Ja, ganz genau, dachte sie. Nichts war gut. Weder der Grund ihrer Begegnung, noch was ihr bei der Gelegenheit an ihm aufgefallen war oder das, was ihr jetzt so durch den Kopf ging.

»Ich habe so etwas noch nie getan«, gestand er.

Tja, ich sag dir was, ich habe auch noch nie einen Mann einfach so angerufen und mich mit ihm unterhalten. Erst recht nicht, nachdem ich ihn am Schauplatz eines Verbrechens getroffen habe.

»In welcher Verbindung stehst du zur Bruderschaft?«, platzte es aus ihr heraus. »Ich glaube, du hast es erwähnt, aber ich kann mich nicht erinnern.«

»Ich absolviere ihr Trainingsprogramm.«

»Eine Ausbildung zum Krieger?«

»Ja, ich bin Soldat.«

»Dann kämpfst du?« Okay, diese Frage war so was von überflüssig. Aber wow. »Gegen die *Lesser*?«

»Unter anderem«, sagte er trocken. »Ich bin zurzeit nicht im Dienst.«

»Wegen einer Verwundung?« Aus irgendeinem Grund war sie plötzlich besorgt. Obwohl es bescheuert war, schließlich kannten sie sich gar nicht. Was kümmerte es sie, ob er verletzt war? »Entschuldige, das geht mich nichts an.«

»Nein, mir fehlt nichts.« Es entstand eine Pause. »Mein Vater ist vor Kurzem gestorben.«

»Oh nein.« Helania vergaß alle Gedanken an Betten und Adamskostüme. »Das tut mir leid.«

Sie schloss die Augen und wollte die Umstände dieses Todes mit der gleichen Dringlichkeit erfahren, wie sie um seine Unversehrtheit gebangt hatte.

Was ist los mit mir?, fragte sie sich.

Und beim Schleier, es war wirklich, als wären drei Personen an diesem Telefongespräch beteiligt: er, sie und diese innere Stimme, die sich ständig in ihre Gedanken einmischte.

»Er wurde letzte Nacht getötet.« Boone stieß die Luft aus. »Es ist also noch ziemlich frisch.«

Helania lehnte sich gegen einen Haufen bestickter Kissen. »Es ist gerade erst geschehen.«

»Richtig.«

Unglaublich, wie gut er sich hielt. Sie selbst wäre in den ersten beiden Nächten nach Isobels Tod zu nichts zu gebrauchen gewesen. Zur Hölle, die ganze erste Woche nicht. Vielleicht sogar einen Monat.

»Was ist passiert?«, hörte sie sich fragen.

10

Boones Suite ging nach vorne raus und nahm gut ein Viertel des großen Hauses ein. Sie verfügte über einen Sitzbereich, einen fensterlosen Rückzugsraum im Inneren zum Schlafen, eine begehbare Ankleide und ein Badezimmer, überwiegend aus Achat, das ihm immer einer der liebsten Orte der Welt gewesen war. Außerdem gab es eine kleine Küchenzeile mit Kühlschrank, Mikrowelle, Kaffeemaschine und dergleichen mehr.

Es war eine kleine Welt für sich im größeren Universum des Haushalts, und als er unter der Decke die Beine ausstreckte und sein Blick auf das Bücherregal mit den Werken von Nietzsche, Hegel, Sartre und den großen Griechen fiel, wurde ihm bewusst, dass er noch nie jemanden hierher eingeladen hatte.

Bis jetzt.

Ja, ihm war klar, dass Helania nicht körperlich anwesend war. Aber als er sich das Telefon ans Ohr hielt, hatte er das Gefühl, mit seinem Inseldasein gebrochen zu haben.

Ebenso gut hätte sie leibhaftig hier sein können … und der Gedanke gefiel ihm.

Wobei …

»Entschuldigst du mich einen Moment?«, sagte er.

»Wenn es gerade nicht passt …«

»Nein!« Er setzte sich so ruckartig auf, dass ein Kissen auf den Nachttisch fiel und er die Lampe auffangen musste. »Ich meine, nein, es passt gut. Nur eine Sekunde.«

Er wollte das Handy mit dem Display nach unten auf den Nachttisch legen, überlegte es sich aber anders und stopfte es unter die verbliebenen Kissen. Dann schlug er die Decke zurück und sprang nackt aus dem Bett. Die kalte Luft war unangenehm, aber das war nicht der Grund, warum er so hektisch zur Garderobe stürzte. Er hatte das Gefühl, wie ein Flitzer vor der Frau herumzuhüpfen, mit hochrotem Kopf, während er alles zur Schau trug, was ihm von Natur aus gegeben war.

In der Garderobe knipste er das Licht an und betrachtete mit nachdenklicher Miene seine Sammlung maßgeschneiderter Anzüge. Aber hey, das hier war kein Date. Es war ein verdammtes Telefonat, beim Schleier, und das nicht mal über Facetime.

Er wandte sich der Freizeitkleidung zu, zog eine Schublade auf und entnahm ihr eine Trainingshose und das Syracuse-Sweatshirt, das Craeg ihm vor einer Weile geliehen hatte. Zurück im Schlafzimmer sprang er aufs Bett und tastete hektisch nach dem Handy unter den Kissen, als könnte es sich selbst zerstören, wenn er es nicht bald fand.

»Helania? Hallo?«

»Hallo. Ich bin noch da.«

Boone spürte, wie er errötete, und war sehr froh, dass sie ihn nicht sehen konnte. Er wollte zurück unter die Decke schlüpfen – doch plötzlich erschien es ihm unangemessen. Also hüpfte er erneut aus dem Bett, landete auf dem herausgefallenen Kissen, verlor das Gleichgewicht, ruderte mit dem freien Arm – und stützte sich an der Wand ab, während er mit dem Fuß gegen den Nachttisch prallte.

»Boone? Ist alles in Ordnung?«

»Ja … bestens, alles gut.« *Fuck. Fuck. Fuckfuckfuck.* »Hab mir nur …« – *die komplette rechte Körperhälfte, verdammt* – »den Zeh angestoßen.«

Scheiß auf ein ordentlich gemachtes Bett, entschied er. Wenn er sich nicht bald setzte, endete er noch an der Beatmungsmaschine, mit Gehirnerschütterung und gebrochener Hüfte.

»Ich wollte dir nicht zu nahetreten.«

»Nein, schon in Ordnung.«

Er ließ sich auf der Decke nieder und hob den Fuß aufs Bett, um ihn zu inspizieren. Großartig. Das hätte man auch mit der Brechstange kaum besser hinbekommen.

Er räusperte sich. »Es ist nur neu für mich, über den Tod meines Vaters zu reden. Das Ganze erscheint mir so unwirklich. Ich bin heute heimgekommen und saß zum ersten Mal in meinem Leben an seinem Schreibtisch. Ich denke immer, ich wache auf und finde ihn dort sitzend vor.«

»Er muss dir schrecklich fehlen.«

Er öffnete den Mund, um ehrlich darauf zu antworten, doch dann beschloss er, ihren Satz unkommentiert zu lassen. Irgendwie hatte er das Gefühl, als würde er mit einem *Scheiße, nein, ich bin froh, dass er die Radieschen von unten betrachtet – ups, ich meine natürlich, eine Urne füllt* keinen guten ersten Eindruck machen.

Oder besser gesagt, einen zweiten. Bei ihrem ersten Zusammentreffen hatte er sie ja wie ein Perverser im Dunkeln verfolgt.

Er musste sich von seinen Mitschülern aus dem Trainingsprogramm wirklich dringend ein paar Tipps zum Thema Dating holen.

Boone schob die Gedanken beiseite. »Man sagte mir, es wäre schnell gegangen. Er musste nicht leiden. Das ist ein Trost.«

»Dann warst du nicht … dabei.«

»Nicht als er starb, nein.«

»Kann ich dich etwas fragen?«

»Nur zu.«

»Fühlst du dich für seinen Tod verantwortlich? Weil du nicht bei ihm warst, meine ich. Auch wenn … du vielleicht nichts hättest tun können?«

Ein dumpfer Schmerz bohrte sich Boone in die Brust, und er rieb mit der Hand darüber. Langsam wurde ihm dieses Gefühl vertraut, und vielleicht musste er sich auf die Dauer daran gewöhnen. Schuldgefühle hatten in der Regel eine ähnliche Halbwertszeit wie radioaktive Stoffe. Und sie schnitten einem ins Fleisch wie ein Messer.

»Ich bin für seinen Tod verantwortlich«, presste er heiser hervor.

»Ich weiß, dass es sich so anfühlt.«

»Wen hast du verloren?«

Als sie nicht gleich antwortete, hatte er das Gefühl, dass er es vielleicht nie erfahren würde. Und als ihm diese Erkenntnis kam, erinnerte er sich an Butchs Warnung: Er kannte diese Frau eigentlich überhaupt nicht, und sie waren einander unter ungewöhnlichen und traumatischen Umständen begegnet. Eine Mischung aus männlicher Begierde und der Tragik der Ereignisse gaukelte ihm vermutlich vor, auf tiefere Weise mit ihr verbunden zu sein, als es in Wirklichkeit der Fall war.

Nicht nur vermutlich.

Nach einer gefühlten Ewigkeit flüsterte sie: »Meine Schwester.«

Boone beugte sich vor. Jetzt ergab alles einen Sinn. »Erzähl mir davon.«

Doch das war nicht nötig. Er *wusste* es – und er empfand erschreckenderweise sogar Erleichterung. Es würde erklären, warum sie in dem Club gewesen war und ein wachsames Auge auf andere Frauen gehabt hatte.

»Sie wurde vor acht Monaten ermordet«, flüsterte Helania.

»Im Pyre«, hakte er nach und nahm sich gleichzeitig vor, sie in ihrem eigenen Tempo erzählen zu lassen. »Sie wurde auch im Club getötet, habe ich recht?«

»Ja.«

Boone schloss die Augen und umklammerte sein Handy.

»Das ist schrecklich«, sagte er. »Du musst Entsetzliches durchgemacht haben. Was deine Familie ...«

»Ich bin allein. Isobel war alles, was ich hatte. Unsere Eltern sind in den Fünfzigerjahren gestorben.«

»Kannst du mir erzählen, was mit ihr passiert ist? Und das frage ich als Freund, nicht in meiner Rolle als Ermittler, das verspreche ich ...«

»Ich muss Schluss machen.«

Boone fluchte innerlich – und musste sich beherrschen, um sie nicht weiter zu bedrängen. »Das verstehe ich. Ich will nur ... solltest du je darüber sprechen wollen, weißt du, wie du mich erreichst.«

Als sie nicht antwortete, erkannte er, dass sie bereits aufgelegt hatte.

Was Butch am meisten an der Höhle schätzte, waren ihre Bewohner.

Er setzte sich auf sein schwarzes Ledersofa, ein Whiskyglas mit Eis in der Hand, den Rest der Flasche Lagavulin auf dem Couchtisch vor sich, und lächelte in Richtung seines Mitbewohners. Vishous saß an seinen vier Kisten, einer Reihe von Computern und Monitoren, mit denen man zur Not eine Raumstation inmitten eines Hurrikans auf einem Stecknadelkopf landen lassen konnte.

Nur, wenn einem ernsthaft langweilig war oder so. Und man nichts Besseres zu tun hatte, als die Menschheit zu retten.

Er hatte sich mit V im ehemaligen Kutschenhaus eingerichtet, als die Bruderschaft das große Haus auf der anderen Seite des Hofs bezogen hatte. Und nachdem er sich mit Marissa vereinigt und V mit Doc Jane zusammengekommen war, lebten sie nun zu viert hier und hatten alle genug Platz.

Inklusive Butchs umfangreicher Garderobe.

Okay, fein, die Lebensformen auf Kohlenstoffbasis kamen gut mit den ihnen zugeteilten vier Wänden aus. Seine Kleidung dagegen war nach und nach aus dem Schrank gequollen und hatte Teile des Flurs eingenommen. Aber niemand beschwerte sich über die extrem teure und stilvolle Brandgefahr. Noch nicht.

»Warum grinst du so?«, brummte V hinter seinen Rechnern.

»Ich bin einfach gut gelaunt.« Butch schwenkte den Whisky in seinem Glas. »Weißt du, ich bin mir sicher, das ist dir auch schon mal passiert. Aber vermutlich hat es dir einen Schreck eingejagt.«

»Nein, das habe ich in der Fastenzeit aufgegeben.«

»Du bist nicht katholisch.«

»Ich habe mich bei dir angesteckt.« V lehnte sich zurück und ließ den Blick über die Monitore streifen. »Mit He-Papst-itis.«

»Das ist Blasphemie, aber schlimmer noch, es ist nicht mal sonderlich witzig.«

»Tja, wenigstens kann ich mir denken, warum du so gut gelaunt bist. Liegt Marissa noch im Bett und erholt sich?«

»Warte, warte, ich kann im Moment nicht sprechen.« Butch zog sein schweres Goldkreuz aus dem Seidenhemd und kniff die Augen zu. »Ich bete für deine unsterbliche Seele.«

»Spar dir die Mühe.«

»Komm schon, willst du etwa nicht in den Himmel?«

»Da kenne ich doch keinen. Und übertreib es mal nicht mit dem religiösen Quatsch, ja? Ich will die Ewigkeit nicht ohne dich verbringen, also musst du mit mir in den *Dhunhd* kommen.«

»Haben die da unten Milk Duds?«

»Ja, aber sie verschmelzen alle zu einem Klumpen. Und wir werden von Yankee-Fans und Fernsehpredigern umgeben sein, und es gibt keinen Schnaps.«

»Uns fällt schon etwas ein, wie wir uns die Zeit vertreiben.«

»So wie immer.«

Butch nahm einen weiteren tiefen Schluck aus seinem Glas und badete in seinem Glücksgefühl. Und ja, tatsächlich schlief seine wunderschöne *Shellan* nach einer ausgedehnten Session, die sie vom Letzten Mahl abgehalten und Marissa so befriedigt hatte, dass sie danach kein Essen mehr brauchte. Und wenn ihm das nicht das Gefühl gab, ein guter Ehemann zu sein – oder *Hellren,* wie die Vampire sagten …

Er griff nach der Fernbedienung und richtete sie über

den Kickertisch hinweg auf den Flachbildfernseher. Es gab keinen Grund, den Sender zu wechseln. ESPN lief so regelmäßig, dass es fast den Eindruck machte, als hätte der Sportsender alle anderen Programme in einer Rauferei K.O. geschlagen.

V räusperte sich hinter seinen Computern. »Okay, ich habe einen Fehler gemacht.«

Butch verschluckte sich fast an seinem Whisky.

Er beugte sich vor, um V direkt anzusehen. »Was hast du gesagt?«

»Du hast mich schon richtig verstanden.«

»Du hast das F-Wort verwendet. Dann muss es ernst sein. Was ist passiert? Hast du versucht, Pi bis auf die zwölftausendste Stelle hinter dem Komma auszurechnen, und dich bei der elftausendneunhundertneunundneunzigsten vertan?«

Ein bohrender Diamantblick traf ihn. »Ich meine es ernst.«

Butch hörte auf zu scherzen. »Dann lass mal hören.«

V tippte etwas auf der Tastatur, während sich seine Augen hin und her bewegten, als würde er auf den Bildschirmen mitlesen. Das Schweigen zog sich in die Länge, doch Butch wartete geduldig. Vishous redete nicht viel, wenn er nicht gerade von seinem Geburtsrecht Gebrauch machte, sarkastisch zu sein. Dann konnte er regelrecht ins Plaudern kommen. Aber sobald es auch nur im Entferntesten mit Gefühlen zu tun hatte, fehlten ihm die Worte.

»Ich habe den Tatort im Club verunreinigt«, brummte V. »Darf doch nicht wahr sein.«

Butch blinzelte verdutzt. »Du hattest alles fotografiert.«

»Aber danach habe ich nicht aufgepasst.« Bevor

Butch antworten konnte, fuhr V fort: »Ich war so darauf fixiert, die Leiche vor Sonnenaufgang dort raus und zu Havers zu schaffen, dass ich alles zerstört habe. Erst als du heute Nacht hingefahren bist, wurde mir bewusst, was ich angerichtet habe … ich bin über alles drübergetrampelt, habe Gegenstände aus dem Weg geschoben, habe Zypher und Balthazar mit ihren Quadratlatschen dazugerufen.«

»Das hat sich aus der Situation ergeben. Es musste schnell gehen.«

»Das ist keine Entschuldigung.« Wieder sah V ihn an. »Ich habe dir die Ermittlungen erschwert. Am Ende entwischt der Täter wegen mir. Das ist unverzeihlich.«

Butch dachte an den Lagerraum. Es ließ sich nicht leugnen, dass der Tatort stark verändert worden war, indem man die Leiche entfernt hatte. Aber so gerne er alle Spuren anständig gesichert und untersucht hätte, hatten sie doch nie darüber geredet, welche Vorschriften galten, wenn man es mit einem Mord zu tun hatte. Außerdem war es unter erschwerten Umständen geschehen.

»Die Sache ist die«, sagte er, »für uns gelten Prioritäten, die keine Rolle spielten, als ich noch unter Menschen lebte. Das Wichtigste war, die Leiche dort herauszuschaffen. Ich weiß nicht, ob du recht viel vorsichtiger vorgehen hättest können. Der Club war größtenteils leer, soweit du mir erzählt hast, aber es waren noch immer ein paar Leute unterwegs. Das war alles andere als eine sichere Bergung. Du hast getan, was nötig war. Du wirst immer als Erster angerufen.«

»Sollte noch einmal etwas Vergleichbares vorkommen, rufe ich dich an. Alle sollen sofort dich informieren.«

»Gute Idee.« Butch verzog das Gesicht, als er an den Fall dachte. »Weißt du, ich habe ein ganz mieses Gefühl bei der Sache.«

»Warum?«

Er leerte sein Glas und ließ die Eiswürfel darin kreisen, Runde um Runde. »Ich weiß auch nicht, vielleicht bin ich einfach aus der Übung, was diese Art von Arbeit betrifft.«

»Ich habe die Hosen runtergelassen. Jetzt bist du dran.«

Butch deutete ein Lächeln an und sah ein, dass es nur fair war. »Nun, ich glaube zumindest, dass der Mörder einer von uns ist. Vampirinnen sind stark. Es bräuchte einen echt kräftigen Menschen, um eine Vampirin zu überwältigen.«

»Moment, aber hast du nicht ohnehin gesagt, eure Zeugin hätte sie an dem Abend mit einem Vampir gesehen?«

»Ich versuche, keine voreiligen Schlüsse zu ziehen.«

»Clever. Okay, wie sähe es aus, wenn das Opfer betäubt wurde. Das könnte auch ein Mensch einfädeln.«

»Es ist eine Möglichkeit. Havers wird im Rahmen der Autopsie auch eine toxikologische Untersuchung vornehmen. Trotzdem, dieser Fleischerhaken? Es erfordert viel Kraft, so etwas von unten durch einen Schädel zu stoßen.«

»Vielleicht hatte der Mörder Hilfe. Was, wenn sie zu zweit waren?«

»Auch das wäre möglich.« Butch zuckte die Schultern. »Es hat kein großer Kampf stattgefunden, soviel kann ich sagen. Das Opfer hat sich nicht gegen ihren Angreifer gewehrt. Entweder kannte sie den Mörder oder sie war nicht in der Lage, sich zu wehren. Ich habe ihre Fingernägel und Hände überprüft – da war nichts zu sehen. Und es gab auch keine Abschürfungen außen an den Unterarmen oder an den Fußknöcheln.«

»Was, wenn sie erst scharf auf ihn war, und die Sache dann aus dem Ruder lief?«

»So könnte es definitiv abgelaufen sein.«

»Du meinst, wir haben es mit einem Serienkiller zu tun?«, murmelte V, während er wieder etwas tippte und auf seinen Bildschirm blickte.

»Drei Morde am selben Ort in anderthalb Jahren. Ich würde sagen, das ist ein deutliches Muster. Weißt du, wie das mit unserem ersten oder zweiten Opfer war?«

»Ich weiß vom zweiten. In der Nacht nach der Tat haben wir einen Anruf bekommen, und ich bin in den Keller gegangen. Die Leiche hatte schon jemand fortgebracht, der Tatort war kalt, der Notruf war von einem Prepaidhandy ausgegangen, das wir nicht orten konnten. Wir hatten keine Leiche, keinen Namen der Anruferin, niemand wurde als vermisst gemeldet.«

»Die Spur hat sich verlaufen.«

»Ich habe mich sogar gefragt, ob es ein Streich war. Jetzt glaube ich das nicht mehr.«

»Und was war mit dem ersten Opfer?«

»Eine Menschenfrau. Hab den Artikel vor einer Stunde im *Caldwell Courier Journal* gefunden. Ich schick ihn dir, wenn ich hier fertig bin.«

Butch starrte auf den Couchtisch, ohne den Laptop darauf zu sehen, die Sportmagazine, die Nachos, die er zusammen mit dem Scotch aus der kleinen Küche mitgebracht hatte. Wenn es im Keller des Pyre drei Leichen gegeben hatte, dann hatten sie es vermutlich wirklich mit einem Serienkiller zu tun, aber wieder achtete er darauf, nicht in die Falle zu tappen, vor der er Boone gewarnt hatte. Keine voreiligen Schlüsse. In diesem frühen Stadium durfte man nichts ausschließen.

»Dass in diesem Club eine Menschenfrau und zwei Vampirinnen gestorben sind«, sagte er laut, »heißt nicht, dass sie von derselben Person getötet wurden. Es könnte sein, muss aber nicht. Ich brauche Informationen zu den beiden anderen Toten …«

»Ich hab's.«

Butch beugte sich vor, um sich einen frischen Lagavulin einzugießen. »Was hast du?«

»Die Meldung des zweiten Opfers vor acht Monaten.«

Butch setzte die Flasche ab. »Moment, du hast den Anruf gefunden?«

Ohne den Blick vom Monitor abzuwenden, zog V die Augenbraue neben seiner tätowierten Schläfe hoch. »Eine Sekunde, ich muss kurz zwischenspeichern.«

Butch stieß einen leisen Pfiff aus. »Du bist ein Genie.«

»Ich weiß.«

Einen Moment später vibrierte Butchs Handy auf dem Couchtisch. Er stellte die Flasche beiseite, schnappte sich das Handy und betrachtete die Nachricht auf dem Display.

Vishous hatte ihm eine Audiodatei geschickt.

»Ich vergebe dir, dass du den Tatort verändert hast«, murmelte Butch seinem Mitbewohner zu.

V zündete sich eine selbstgedrehte Zigarette an und lehnte sich auf seinem Lederstuhl zurück. »Wenn es noch einmal zu so einer Situation kommt, werden wir anders damit umgehen. Du hast mein Wort.«

»Ich hoffe, es kommt nicht wieder vor, aber ich habe kein gutes Gefühl.« Butch stellte sein Handy auf laut und rief die Aufzeichnung auf. Dann gab er einen Nummerncode ein, um Zugriff zu erlangen, und wartete ab, während die Anwendung hochfuhr. »Ich weiß nicht, wie du den Anruf unter all den Aufzeichnungen finden konntest. Es müssen Hunderte sein.«

»Als Nächstes suche ich Material zu dem ersten Opfer, der Menschenfrau. Der Mörder könnte mit ihr angefangen und sich dann auf uns verlegt haben.«

Butch öffnete den Mund, um noch etwas zu sagen, doch im nächsten Moment drang die Stimme einer Frau aus seinem Handy: *Ich … ich möchte einen Tod melden. Einen Mord … In der Stadt im Pyre's Revyval. Vor zwei Nächten. Eine Frau. Sie … sie wurde von Freundinnen im Keller gefunden. Sie haben sie … aus dem Club gebracht … sie war tot …*

»Sieh an, sieh an«, murmelte Butch.

»Was?«, fragte V.

»Es ist dieselbe Frau. Die Frau, die auch letzte Nacht den Fund der Toten gemeldet hat.«

11

Am nächsten Abend verließ Boone das Haus gegen einundzwanzig Uhr. Ihm blieben gute sieben Stunden bis zur Schleierzeremonie seines Vaters, und er hatte sein Ziel klar vor Augen. Er dematerialisierte sich in die Innenstadt und nahm an der Stelle Gestalt an, wo Butch in der letzten Nacht den R8 geparkt hatte. Von dort aus machte er sich mit leichtem Hinken in Richtung Pyre's Revyval auf und stampfte mit seinen Springerstiefeln ein Muster in den frischen Schnee, der tagsüber gefallen war.

Er wäre gerannt. Aber das hätte ausgesehen, als könnte er es nicht erwarten.

Okay, er *wusste*, dass er es nicht erwarten konnte – aber das würde er schön für sich behalten.

Außerdem war da sein Knöchel. Mittlerweile stand fest, dass er sich nicht nur den Zeh gestoßen hatte, als er aus dem Bett gesprungen und auf dem Kissen ausgerutscht war. Doch das bisschen Schmerz konnte ihn nicht aufhalten.

Er musterte die Warteschlange vor dem Eingang und fragte sich, wie viele Gäste sich wohl drinnen schon drängten. Maskiert und kostümiert. Im Halbdunklen. Wenigstens konnte er versuchen, Helanias Duft zu folgen. Dabei war die eigentliche Frage, ob sie ihn überhaupt sehen wollte. Glücklicherweise gab es einen offiziellen Grund für seine Anwesenheit in diesem Club – er hatte Butch gesagt, dass er zur Überwachung vor Ort sein würde.

Er würde es sich nie verzeihen, sollte diese Vampirin das nächste Opfer werden.

Gütige Jungfrau, Helania ging ihm einfach nicht aus dem Kopf. Im Laufe des Tages, als er schlaflos im Bett gelegen hatte – und sich keinen runterholen wollte, weil es schlicht geschmacklos gewesen wäre –, war er in Gedanken wieder und wieder das Telefongespräch mit ihr durchgegangen, von vorn bis hinten und umgekehrt. Und während er über ihren Wortwechsel nachgesonnen hatte, war ihm aufgefallen, dass sie etwas verband: Sie hatte die Schwester verloren, er den Vater. Sie beide waren gelähmt durch Kummer. Selbstzweifel. Reue.

Zwar hatten auch Boones Mitschüler, die Brüder und die Kämpfer ihr Beileid bekundet, doch dieser Beistand drang wie ein Echo aus der Ferne zu ihm, ein Ruf vom anderen Ende des Tals, des Gebirges, des Grand Canyon. So dankbar er auch für ihre Text- und Sprachnachrichten, für ihre Zusagen, zur Schleierzeremonie zu kommen, war.

Die übrigens per E-Mail eingegangen waren.

Weil die elektronische Post bestens funktioniert, Marquist, du Vollpfosten.

Ja, Boone empfand tiefe Dankbarkeit für all die freundlichen Worte und den Zuspruch aus den Reihen der Black Dagger Aber bei seinem Gespräch mit Helania hatte er das Gefühl gehabt, nichts erklären zu müssen. Sie schien ihn auch so zu verstehen. Und im Moment brauchte er genau diese Art intuitiver Verbindung, weil er so vieles an seinem Zustand selbst nicht fassen konnte.

Wann immer er an Altamere dachte, überkam ihn ein

trauriges Gefühl der Leere, das er nicht richtig einzuordnen wusste – und vielleicht konnte Helania ihm dabei helfen. Auch wenn sie ein enges Verhältnis zu ihrer Schwester gehabt hatte, gab es vielleicht auch in ihrer Trauer widersprüchliche Aspekte. Sie konnten sich darüber austauschen. Bei Kaffee. Am Telefon. Über E-Mails, Briefe … Rauchsignale oder Brieftauben.

Es war ihm einerlei.

Und wenn sie nichts mit ihm zu tun haben wollte? Nun, dann würde er sich in dunklen Nischen herumdrücken und dafür sorgen, dass ihr nichts zustieß.

Hach, wie romantisch.

Endlich erreichte er den Kopf der Schlange und bereitete sich darauf vor, in das Gehirn des Türstehers einzudringen, doch das erübrigte sich.

»Da bist du ja wieder«, begrüßte der Mann Boone und hielt ihm die Tür auf. »Geh einfach rein.«

Großartig, diese Gedankenkontrolle, dachte Boone. Besonders, wenn sie so lange vorhielt.

Er lief an der Garderobe vorbei in den Club und ließ den Blick über die Menge gleiten. Auf seiner Suche nach Helania filterte er die Männer heraus, streifte über Menschenfrauen hinweg, hielt nach Vampiren Ausschau.

So viele Leute. So viele Gerüche. Die große, dunkle Halle, Parfüms und Rasierwasser, Kostüme und Masken, die Sache war schwerer als gedacht …

Er konnte nicht sagen, wann er begann, etwas Vertrautes zu wittern, und inmitten all der visuellen und olfaktorischen Reize konnte er nicht lokalisieren, was seine Aufmerksamkeit erregt hatte. Doch es war nicht Helania, nein.

Da war noch jemand anderes in diesem Club.

Boone ließ den Blick frei schweifen. Und während er

nach dem auslösenden Reiz suchte, begann sein Handy in der Westentasche zu vibrieren. Zunächst ignorierte er es und schob sich weiter durch das Gedränge. Doch als es aufhörte, nur um gleich darauf von Neuem loszulegen, fluchte er und zog das Samsung aus der Tasche.

Es war Butch. Mist.

»Hallo?«, meldete sich Boone.

Der Bruder kam direkt zum Punkt.

Genau wie Boone: »Scheiße.«

Helania materialisierte sich auf dem Gehweg vor einem wunderschönen alten Haus in einer vornehmen Gegend. Auch die Nachbarhäuser waren groß und standen weit zurückgesetzt von schmalen Straßen auf hügeligen, schneebedeckten Rasenflächen, umgeben von stattlichen Bäumen, die in den wärmeren Monaten eine Pracht sein mussten.

Wahnsinn, die Garagen hier waren größer als jede Wohnung, in der Helania je gelebt hatte.

Sie schlug den Weg zu einer imposanten Eingangstür ein und dachte wehmütig an ihren Umhang. Das Gute am Pyre war, dass sie sich dort unter schwarzem Stoff verstecken konnte. In ihrer Straßenkleidung – Jeans, Sweatshirt und Parka – fühlte sie sich ausgeliefert.

Die große, schwarz glänzende Tür ging auf, und sie machte einen Satz zurück.

»Kommen Sie rein«, rief ihr Bruder Butch mit seinem Bostoner Akzent zu. »Ist scheißkalt heute.«

Er trug ein dunkelblaues Sakko über einem rosa Hemd mit offenem Kragen, seine Slacks waren dezent gemustert. Eigentlich sah er eher nach dem Herrn des Hauses als nach einem Krieger zur Verteidigung der

Spezies aus, aber Helania ließ sich nicht täuschen. Sie hatte in seine Augen geblickt.

Unter dem feinen Stoff verbarg sich eine Seele, die für Vergeltung brannte.

Sie zog sich noch tiefer in ihren bauschigen Parka zurück und ging auf ihn zu. Obwohl der Weg geräumt und gestreut war, achtete sie genau darauf, wohin sie ihre Füße setzte, als bewegte sie sich durch unwegsames Gelände.

Das war einfacher, als dem Mann in die Augen zu sehen, der in der Tür auf sie wartete.

Die Eingangsstufen knarzten unter ihren Füßen, und im nächsten Moment stand sie in einem prachtvollen Foyer, umgeben von warmem Lichterglanz, freundlicher Einrichtung und dem Duft von frischem Gebäck.

Schon eigenartig, welche Details einem vor Augen führten, dass man alleine lebte.

»Danke, dass Sie gekommen sind«, sagte der Bruder und deutete über die Schulter. »Ich denke, wir sollten uns im Salon unterhalten. Oder wie immer die das nennen. Kann ich Ihnen etwas zu trinken bringen? Kaffee? Es gibt frische Plunderteilchen – probieren Sie die mit Kirsch, die räumen sämtliche Zweifel an Gott aus der Welt, das garantiere ich Ihnen.«

Angst schnürte Helania die Kehle zu, und in ihrem Brustkorb bildete sich ein Knoten. »Ich habe zu Hause gegessen. Danke«, schwindelte sie, und einen flüchtigen Moment sah sie den Bruder an und fragte sich, ob er womöglich hellsichtig war und sie durchschaute. Aber im Augenblick war an Essen oder Trinken nicht zu denken.

In ihrem Magen rumorte es wie in einem Betonmischer.

Schnell zog sie ihren Parka aus, bevor sie ihre höfliche Ablehnung noch bekräftigte, indem sie sich auf den edlen Teppich erbrach.

»Okay, sagen Sie Bescheid, wenn Sie Ihre Meinung ändern.«

Der Bruder führte sie vorbei an einer Art Wartezimmer auf der einen und einem offensichtlich größeren Raum hinter geschlossenen getäfelten Flügeltüren auf der anderen Seite.

»Das ist also das Audienzhaus«, murmelte sie.

»Ganz genau. Ich dachte, hier würden Sie sich sicher fühlen.«

Hinter den verschlossenen Türen vernahm sie tiefe Männerstimmen und fragte sich, ob es wohl weitere Mitglieder der Bruderschaft waren. Die Vorstellung, unter einem Dach mit auch nur einem dieser imposanten Männer zu sein, erfüllte sie mit Ehrfurcht. Sie war mit den Geschichten über die berühmten Krieger aufgewachsen, die den König und die Vampire beschützten, aber niemand aus ihrem Bekanntenkreis war je einem von ihnen begegnet.

Butch hatte recht. Sie fühlte sich hier wirklich sicher, und das war nicht unerheblich.

»Da sind wir.«

Er hatte sie in einen museumsartigen Raum geführt. An der hinteren Wand hing ein riesiges Ölgemälde, das einen Mann von Adel darstellte, das Mobiliar war antik und prächtig, der marmorne Kamin ein wahres Schmuckstück. Der ganze Reichtum überraschte sie nicht. Seit Wrath, Sohn des Wrath, Vater des Wrath begonnen hatte, Zivilisten zu empfangen, um sich von ihren Sorgen und Nöten erzählen zu lassen, hatten Geschichten über sein prunkvolles Haus die Runde gemacht.

Wo sonst sollte der König residieren?

»Wollen Sie sich setzen?«, fragte Bruder Butch und deutete auf einen Sessel mit Seidenbezug.

Helania musterte das Feuer, das nicht nur anheimelnd knackte und flackerte, sondern auch Hitze verstrahlte. Große Hitze. Was sich nicht gut mit einem nervösen Magen vertrug.

Sie wischte sich die feuchte Stirn. »Ich würde lieber etwas weiter weg vom Kamin sitzen.«

»Selbstverständlich.«

Sie nahm auf einem Sessel jenseits des Sofas Platz, und ein kühler Luftzug streifte sie. Es war perfekt. »Danke.«

Während sich Butch auf der Couch niederließ, sah sie sich unauffällig nach möglichen Ausgängen um. Es gab eine Flügeltür seitlich, die Tür, durch die sie gekommen waren gegenüber und zwei Balkontüren hinter ihr, die vermutlich die beste Option waren, wenn man sich dematerialisieren wollte – oder im Notfall für den guten alten Hollywood-Stunt mit dem Sprung durch die Scheibe.

Seit Isobels gewaltsamem Tod hatte sie sich angewöhnt, stets nach Fluchtwegen Ausschau zu halten.

»Ich habe die Tür geschlossen, damit uns niemand stört«, sagte der Bruder, dem ihr Unwohlsein nicht entging. »Außerdem weise ich Sie auf die Kameras hin, die hier … hier … und dort drüben hängen. Wir zeichnen alles auf, aber nicht aus Misstrauen Ihnen gegenüber, sondern als Teil der Sicherheitsvorkehrungen in diesem Haus.«

Wo steckt Boone?, fragte sie sich.

Obwohl es ihr lächerlich schien, sich um ihn Gedanken zu machen, wenn man bedachte, worüber sie mit dem Bruder sprechen wollte. Aber sie hatte viel über ihn nachgedacht. Darüber, wie seine Stimme in ihrem Ohr geklungen hatte. Wie er letzte Nacht ausgesehen hatte.

Ob sie ihn wiedersehen würde.

Sie konnte noch immer nicht glauben, dass sie praktisch mitten im Gespräch aufgelegt hatte. Wie unhöflich. Aber sie war zu aufgewühlt gewesen. Sie hatte noch nie über den Tod ihrer Schwester gesprochen, weil sie niemanden zum Reden hatte.

Ihre Gefühle waren mit ihr durchgegangen, als hätte man die Luke zu einem Sturm der Emotionen geöffnet.

Und keine davon war angenehm.

»Ist es für Sie okay, bei laufender Kamera zu sprechen?«

»Entschuldigung, ja.« Sie räusperte sich. »Haben Sie etwas herausgefunden?«

Der Bruder lehnte sich auf dem luxuriösen Polstermöbel vor, die Ellbogen auf die Knie gestützt. Er sah ihr ins Gesicht, aber sein Blick war entspannt. Ob er sie damit beruhigen wollte?

Das würde ihm jedenfalls nicht gelingen.

»Tatsächlich«, sagte er, »hätte ich noch ein paar Fragen an …«

Schwere Schritte hallten durch den Gang und schnitten ihm das Wort ab. Sein Blick wanderte zur Tür.

Im nächsten Moment flog sie auf, und Boone polterte in den Raum, als müsste er ein Unfallopfer wiederbeleben, ein Kind zur Welt bringen und einen Wurf Welpen retten. Sein Gesicht war gerötet, sein Schwung kaum zu bremsen, obwohl er sein Ziel erreicht hatte. Er holte tief Luft. Und noch einmal.

»EntschuldigtdieVerspätung.« Alles in einem Wort. Dann holte er erneut Luft. »Stau auf allen Straßen.«

Helania versuchte, sich das Lachen zu verbeißen,

doch es wollte ihr nicht gelingen. In ihrer Kehle stieg ein Kichern empor und drang aus ihrem Mund. Natürlich war klar, dass er sich dematerialisiert hatte, und sein überstürztes Erscheinen hieß vielleicht, dass er ihr das abrupte Beenden des Telefonats doch nicht allzu übel nahm …

Okay, wow. Er lächelte sie an.

Sie senkte den Kopf und versuchte, ihr Erröten zu verbergen. Anschließend betrachtete sie ihn unauffällig von der Seite. Okay. Das dunkle Haar, die schwarze Kleidung, Körperbau … alles war wie in ihrer Erinnerung. Vielleicht sogar besser. Vielleicht sogar … noch attraktiver.

Ach, wem machte sie etwas vor? Er sah definitiv besser aus als in ihrer Erinnerung.

Dabei hatte sie ihn keineswegs mit Buckel und Klumpfuß gespeichert.

Apropos Klumpfuß, sollte er …

»Ist etwas mit deinem Bein?«, fragte der Bruder.

»Nein.« Boone schloss die Tür. »Alles gut.«

Hinkend kam er auf sie zu, und Helania fragte sich besorgt, wie schlimm es um ihn stand. Sie fing sogar an, in ihrem Parka nach dem Handy zu suchen, obwohl das Unsinn war. Der einzige Notdienst, den sie rufen konnte, war der der Brüder, und einer von ihnen saß bereits vor ihr.

Außerdem ging sie Boones Gesundheit nichts an.

Sie musste sich ins Gedächtnis rufen, dass ihre Fixierung auf diesen Kerl ein Symptom ihrer Einsamkeit war – und ein Warnsignal. So oft, wie sie ihr Telefongespräch Wort für Wort in Gedanken abgespielt hatte, waren die Rillen der Erinnerung vermutlich abgenutzt, und ihr Geist hatte die beschädigten Stellen aufgefüllt.

Vermutlich hatte sie ihm bei der Gelegenheit alles Mögliche angedichtet, was eher ihrem Wunschdenken als der Wirklichkeit entsprach. War es nicht so, wenn es zwischen zwei Leuten funkte? Das elektrisierende Knistern galt oftmals dem, was man suchte, nicht dem, was man fand.

Obwohl ... jetzt, wo er im selben Raum mit ihr war? Statt ihre Erwartung zu enttäuschen – etwa durch eine Unregelmäßigkeit in einer sonst perfekten Adlernase, einen ungünstigen Wirbel, der ihm eine seltsame Kopfform verlieh, weniger breite Schultern oder eine flachere Brust als in der Projektion ihrer Fantasie –, musste sie sich zurückhalten, um ihn nicht wie gebannt anzustarren.

Glücklicherweise unterhielt er sich gerade mit dem Bruder und entschuldigte sich für die Verspätung. Und der Bruder vergab ihm, wenngleich in strengem Tonfall.

Reiß dich zusammen, dachte sie. *Und zwar auf der Stelle.*

Sie konzentrierte sich auf den niedrigen Couchtisch vor ihr, auf dem Tiere aus Kristallglas standen. Es waren Bären, Kaninchen, Hirsche und Eichhörnchen mit dicken Bäuchen und runden Gesichtern, in denen das Licht vom Kamin zu schmelzen schien und das Glas in Wasser verwandelte.

In jedem der Tiere spiegelte sich Boone wie in einem Kaleidoskop, nur verzerrt, teils ausgedehnt, teils komprimiert.

War sie einfach nur einsam und projizierte ihre Wünsche auf ihn? Vielleicht sollte sie sich vergewissern ...

Helania wollte ihn nicht schon wieder ansehen.

Doch sie kam nicht dagegen an.

Wogegen würde sie sonst noch machtlos sein in seiner Gegenwart?

12

Erstaunlich, wie gut man die Stimmungen anderer einschätzen konnte, wenn man sie kannte.

Zum Beispiel bemerkte Boone auf den ersten Blick, dass Butch sauer war. Dabei war es weniger das Gesicht als die Ausstrahlung des Bruders, die wie ein unangenehmer Geruch von ihm ausging, wie er da so auf der Couch saß. Lag es daran, dass Boone zu spät gekommen war? Oder an den verpassten Nachrichten und Anrufen, die sich auf seinem Handy angesammelt hatten, während er im Club war?

Aber wie dem auch sei, ganz bestimmt lag es nicht daran, dass Boone glücklich war, die gleiche Luft zu atmen wie Helania, und es dem Bruder aufgefallen wäre.

Nicht doch, woher denn. Boone war supercool. Total entspannt.

Er hüstelte.

»Möchtest du dich vielleicht setzen?«, fragte Butch trocken. »Hier zu mir. Auf die Couch.«

Das war kein Vorschlag. Kein unverbindliches *Na, wie wär's.* Eher ein *Tu, was ich sage, oder ich breche dir beide Beine.*

Aber wenigstens schmiss der Bruder ihn nicht raus. Zum Glück.

Also stolperte Boone durch den Raum und warf sich auf das Polster, als wollte er ein Buschfeuer unter seinem

Hintern ersticken. Er schlug die Beine übereinander. Stellte sie wieder nebeneinander. Spielte *Ich gucke hin, ich gucke weg* mit Helania. Er war sich ziemlich sicher, dass sie zur Tür gesehen hatte, als er reingekommen war, wenngleich nicht lang.

Aber auf jeden Fall hatte sie über seinen dummen Witz geschmunzelt. Sie hatte sogar ein bisschen gelacht.

Und weil er verrückt war, bewies ihm das, dass sie füreinander bestimmt waren und für immer zusammenbleiben würden.

Denn zuckende Mundwinkel und ein verlegenes Kichern waren eindeutig Vorboten ewiger Leidenschaft und Glückseligkeit.

Ja, er musste dringend seine Fantasie zügeln.

Sie saß auf einem Sessel, in normaler Straßenkleidung, das Haar zu einem Zopf geflochten, die zitringelben Augen auf ein paar Baccarat-Kristallfiguren gerichtet. Boone hatte keine Ahnung, ob ihr seine Anwesenheit etwas bedeutete. Ob sie auch nur einmal über ihre Unterhaltung am frühen Morgen nachgedacht hatte. Ob sie aus Nervosität gelächelt hatte oder weil sie ihn sah. Er konnte sie nicht einschätzen. Er musste sich ins Gedächtnis rufen, dass es für sie noch lange nicht das Gleiche bedeutet haben musste wie für ihn, dass sie sich vier Minuten lang am Telefon unterhalten hatten, auch wenn es für ihn einen Wendepunkt markiert hatte.

»Wir sind heute hier«, wandte sich Butch in ruhigem Ton an sie, »weil ich Ihnen einen älteren Anruf vorspielen möchte, der unter unserer Notrufnummer eingegangen ist. Darf ich?«

Helania rutschte unruhig auf ihrem Sessel umher und schob den Parka in ihrem Schoß zurecht. »In Ordnung.«

Der Bruder rückte ein Kristallkaninchen zur Seite

und legte sein Handy direkt neben dessen Vorderpfoten. Im nächsten Moment drang eine vertraute Stimme aus dem Lautsprecher.

Ich … ich möchte einen Todesfall melden. Einen Mord … im Pyre's Revyval. Vor zwei Nächten. Eine Frau. Sie wurde gefunden … von Freunden im Keller. Sie … sie haben sie aus dem Club gebracht … tot … undefinierbare Geräusche. *Sie wurde aufgehängt … am Hals … in einem Lagerraum …*

Boones Hand schnellte vor und schaltete die Aufnahme ab. »Das reicht.«

Butch sah ihn an, doch Boone schüttelte den Kopf. »Sie kennt diese Nachricht. Sie muss sie nicht noch einmal hören.«

Helania hatte die Arme um den Oberkörper geschlungen und die Augen zugepresst, ihr Gesicht war kreidebleich.

Butch zog seinen Spiralblock raus. »Waren Sie das?«

Boone musste sich zurückhalten, um den Bruder nicht zurechtzuweisen. Natürlich war sie es, verdammt – das wusste Butch genau.

»Ja«, flüsterte sie. »Das war ich.«

Butchs Handy klingelte, doch er drückte den Anruf weg und machte sich eine Notiz. »Können Sie uns erzählen, was in jener Nacht passiert ist?«

Als Helania nicht gleich antwortete, sagte Butch: »Sie sind im Moment unser einziger Anhaltspunkt. Im Zusammenhang mit zwei der drei Morde im Keller dieses Clubs.«

Sie öffnete die Augen. »Dann waren es insgesamt drei?«

»Ja. Das erste Opfer war eine Menschenfrau, vor ungefähr eineinhalb Jahren. Wir tun unser Möglichstes, um mehr darüber zu erfahren.« Wieder klingelte Butchs

Handy, und wieder wies er den Anruf ab und steckte das Handy in die Brusttasche seines Sakkos. »Ich weiß, es ist schwer, Helania. Ich weiß …«

»Nein«, unterbrach sie ihn heiser. »Sie wissen es nicht.«

»Dann erklären Sie es mir.« Butch faltete die Hände wie zum Gebet. »Bitte.«

Schweigen breitete sich aus und schien sich endlos in die Länge zu ziehen. Doch dann öffnete Helania den Mund, und …

Es klopfte an der Tür, laut und fordernd.

Fluchend stand Butch auf. »Entschuldigung. Ich sorge dafür, dass wir nicht weiter gestört werden.«

Wer immer vor der Tür stand, konnte einem leidtun, aber das war nicht Boones Problem.

Nun, da er allein mit Helania war, konzentrierte er sich voll und ganz auf sie. »Es tut mir leid, dass du diese Aufnahme hören musstest.«

Er wollte sie in die Arme nehmen. Sie beschützen vor allem Übel der Welt. Aber sie waren Fremde.

Butch kehrte zurück in den Salon. »Boone? Kommst du kurz?«

Mit einem Nicken stand Boone auf und ging zu Butch. »Was gibt's?«

Der Bruder senkte die Stimme. »Havers möchte, dass ich zur Klinik komme. Es hat sich eine Familie gemeldet, die ihre Tochter vermisst. Die Beschreibung passt auf unser Opfer. Er möchte, dass ich die Identifizierung übernehme. Wir müssen unser Gespräch mit Helania verschieben …«

»Das kann ich doch übernehmen.« Boone beeilte sich, weiterzusprechen, bevor Butch etwas einwenden konnte. »Ich zeichne das Gespräch mit dem Handy auf.

Hör zu, sie hat genug durchgemacht. Sie sollte nicht noch ein zweites Mal hier antanzen müssen, nur weil du mir nicht zutraust, die Sache professionell zu behandeln.«

Butch spähte an Boone vorbei. »Okay. Aber halte dich an die Fakten.«

»Ich verspreche es. Ich werde dich nicht enttäuschen.«

Butch nickte und ging zu Helania, um sich zu verabschieden. Als er fort war, schloss Boone die Tür.

Dann holte er tief Luft und setzte sich aufs Sofa, wo der Bruder gesessen hatte. »Ist es okay für dich, mit mir allein darüber zu sprechen?«

Es dauerte eine Weile, bis sie antwortete, und in dieser Zeit erstellte Boone eine Multiple-Choice-Liste der möglichen Antworten: A) *Wie bitte, ich will nicht mit dir allein sein*; B) *Bist du verrückt, ich muss gehen*; C) *Verstehst du überhaupt etwas von der Sache oder mogelst du dich irgendwie durch*?; und D) …

»Offen gestanden, spreche ich lieber mit dir.«

Okay. Wow. Sein D) war eher in Richtung *Ich bin kein Star, hol mich hier raus* gegangen.

»Wenn du erlaubst, zeichne ich unser Gespräch jetzt auf.« Ganz genau, total professionell. »Dann kann Butch sich später alles anhören, und du hast es hinter dir.«

»Ich dachte, in diesem Haus wird ohnehin alles aufgezeichnet?«

Boone sah sich um und entdeckte überall Überwachungskameras. »Nun, dann eben, um auf Nummer sicher zu gehen.«

»In Ordnung.«

Boone legte sein Handy auf den Couchtisch, stellte sicher, dass die Aufnahme lief, und lehnte sich zurück.

»Kannst du mir sagen, was passiert ist? Ganz in Ruhe. Ich habe die ganze Nacht Zeit.«

Helania richtete den Blick auf das Handy, weil es einfacher war. Sie sah, dass es aufzeichnete, weil oben auf dem Display ein kleiner Zähler lief, der die Sekunden anzeigte, die zu Minuten werden würden.

Vermutlich ist es Zeitverschwendung, dachte sie, nachdem sie offensichtlich ihre Stimme verloren hatte. Sie hatte wirklich keinerlei Bedürfnis, über den Albtraum zu sprechen, der vor acht Monaten begonnen hatte und sie bis heute nicht losließ. Aber sie hatte bei der Bruderschaft angerufen und um Hilfe gebeten. Was hatte sie erwartet?

Vor allem wollte sie den Mörder davon abhalten, noch mehr Frauen zu töten …

»Meine Schwester Isobel …«

Als sie den Namen aussprach, schwemmte eine Woge der Trauer über sie hinweg, und sie verstummte aufs Neue, während Erinnerungen in ihr hochkamen.

Sie räusperte sich. »Isobel war nicht wie ich. Sie war aufgeschlossen. Sie war gern unter Leuten und beliebt. Sie hatte einen Freund, und mit dem ging sie oft ins Pyre.«

Boone zog die Stirn kraus. »Erzähl mir von diesem Freund.«

»Sie war so glücklich wie noch nie. Sie hatte schon öfter Partner gehabt, aber mit ihm war es anders. Ihre Augen leuchteten, wenn sie von ihm erzählte.«

»Und wie hieß er?«

Helania zögerte. »Ich weiß es nicht.« Sie zuckte mit den Schultern. »Mir ist bewusst, wie unglaublich das klingt, aber ich bin ihm nie begegnet.«

Als Boones Gesicht zur Maske erstarrte, schüttelte sie den Kopf. »Ich weiß, was du jetzt denkst, aber er war nicht ihr Mörder. Dafür kenne ich Isobel zu gut, sie hätte sich niemals auf einen potenziell gewalttätigen Kerl eingelassen. Außerdem war sie immer überglücklich, wenn sie von ihm sprach. Sie konnte es jedes Mal kaum erwarten, ihn wiederzusehen.«

»War er einer von uns?«

»Ja.«

»Wie lang waren sie zusammen?«

»Sie erzählte mir erst kurz vor ihrem Tod von ihm, aber ich hatte das Gefühl, dass sie ihn schon ein wenig länger kannte.«

»Wie lang ist ›ein wenig länger‹?«

Helania nahm den Parka vom Schoß und legte ihn neben dem Sessel auf den Boden. »Lass mich nachdenken … sie hat ihn zum ersten Mal im Mai letzten Jahres erwähnt. Aber ihre Stimmung hatte sich irgendwann um die Zeit herum, die die Menschen Weihnachten nennen, zusehends verbessert. Ich glaube deshalb, dass sie sich im Dezember kennengelernt haben. Aber sicher bin ich mir nicht. Sie war immer viel mit ihren Freundinnen unterwegs. Aber um diese Zeit herum hat sie sich verändert. Sie wirkte anders. Glücklicher.«

»Hast du mit ihren Freundinnen zu tun?«

»Nein, eigentlich nicht.« Helania schüttelte den Kopf. »Ich bin normalerweise zu Hause geblieben.«

Wie langweilig das selbst in ihren eigenen Ohren klang.

»Meinst du, eine von Isobels Freundinnen würde sich vielleicht bereit erklären, mit uns zu sprechen? Über den Freund?«

»Noch mal, ich hatte nie viel mit ihnen zu tun, aber

Isobels Profile in den sozialen Medien existieren nach wie vor, weil ich es nicht übers Herz gebracht habe, ihren Instagram- oder Facebook-Account zu löschen. Auf diese Weise könnte ich sie möglicherweise kontaktieren.«

»Das wäre super.«

Boone lächelte, und die Bewegung lenkte ihren Blick auf seine Lippen. Sie waren hübsch, die untere voll, die obere hübsch geschwungen. Sie sahen weich aus …

»Isobel hatte also diesen Freund«, sagte er, »und soweit du weißt, führten sie eine glückliche Beziehung.«

Okay, sie musste sich auf der Stelle von seinem Mund losreißen. »Ja.«

»Und sie haben sich im Pyre getroffen. Gab es noch andere Orte, an denen sie waren? Ist sie über Tag bei ihm geblieben?«

»Nein. Ich glaube nicht. Meistens war sie tagsüber in unserer Wohnung.« Helania blickte auf ihre Hände. »Ich nehme an, sie hatte das Gefühl, sich um mich kümmern zu müssen. Genau wie in unserer Jugendzeit.«

Damals, als Helania anders gewesen war als andere und im Nachteil. Und Isobel ihre Heldin.

»Das klingt, als wäre deine Schwester eine Frau von Wert gewesen«, sagte Boone leise.

»Sie war die beste Schwester, die man haben kann.«

Und während sie das sagte, ging ihr auf, wie ungerecht es war, dass Isobel nun tot war, während sie noch lebte. Diese Erkenntnis verstärkte ihre Schuldgefühle.

»Erzähl mir von der Nacht, in der sie gestorben ist …«

»Umgebracht wurde«, korrigierte Helania ihn. »Sie wurde umgebracht.«

Boone nickte ernst. »Erzähl mir, was passiert ist. Und wie gesagt, lass dir alle Zeit der Welt. Es ist mir gleich, wie lang du brauchst. Wenn nötig, sitze ich bis zur Dämmerung mit dir hier.«

»Es wirft mich zurück, daran zu denken.« Auf einmal hatte Helania das Gefühl, keine Luft mehr zu bekommen, und sie setzte sich auf, um ihrer Lunge Raum zu geben. »Alles … kommt wieder hoch.«

Während sie mit sich rang, saß Boone da, mit festem Blick und stiller Haltung. Letztlich war es seine beruhigende Gegenwart, die es ihr ermöglichte fortzufahren.

Sie holte tief Luft und atmete die Worte aus. »Es war vier Uhr morgens, als ich es erfuhr. Aber wenigstens hatte ich noch Zeit, zu ihr zu kommen.«

»Ins Pyre?«

»Nein, in das Haus, in das sie sie gebracht hatten. Nachdem man sie im Pyre gefunden hatte.« Helania verschränkte die Finger ineinander, knetete sie und löste sie dann gewaltsam voneinander. »Sie traf sich regelmäßig mit zwei Freundinnen. Eine kannte sie aus der Krankenpflegeschule, die andere hatte sie in der Szene kennengelernt. Diese beiden haben in jener Nacht nach ihr gesucht – eine mit Erfolg.«

Tränen stiegen in ihren Augen auf, und Boone streckte ihr etwas entgegen. Ein Taschentuch. Natürlich aus Stoff mit Monogramm, wie es seinem Stand gebührte. Sie wollte dankend ablehnen, ertrug aber die Tränen nicht. Verflixt, wenn sie nicht einmal über Isobels Tod sprechen konnte, ohne zu weinen, wie zur Hölle sollte sie dann stark genug sein, ihren Mörder zu finden?

Sie nahm das Taschentuch an und drückte es sich an die Wangen. »Danke.«

»Möchtest du einen Schluck Wasser?«

»Nein, ich möchte es nur hinter mich bringen.« Sie

holte noch einmal tief Luft, dann dachte sie an jene Nacht, und die Bilder purzelten in ihrem Kopf durcheinander, Worte blieben in ihrer Kehle stecken. »In dieser Nacht waren Isobel … Isobel und ihre Freundinnen im Pyre. Sie hatten sich im Gedränge wohl verloren. Als ihre beiden Freundinnen schließlich gehen wollten, konnten sie Isobel nirgends finden und versuchten es auf ihrem Handy. Sie erzählten, sie wären sogar in den Keller gegangen, hätten aber nichts Ungewöhnliches bemerkt, auch keine auffälligen Gerüche. Sie gingen heim, weil sie glaubten, Isobel dort anzutreffen, doch da war sie auch nicht. Da fingen sie an, sich Sorgen zu machen.«

»Und wie haben sie Isobel gefunden?«

»Eine der beiden kehrte in den Club zurück. Sie brach in einen Lagerraum nach dem anderen ein, bis sie Isobel fand …« Helania presste sich das Taschentuch auf die brennenden Augen. »Sie hing an einem Haken von der Decke. Ihre Kehle war … aufgeschlitzt. Sie war steif, erzählte man mir. Kalt. Diese Freundin rief die andere Freundin an, und zusammen haben sie Isobel aus dem Keller geholt. Du weißt, wie viele Menschen sich in diesem Club tummeln. Sie konnten sie nicht dort zurücklassen, zumal die Dämmerung nahte.«

»Natürlich.«

Helania senkte den Blick auf sein Handy und beobachtete eine Weile den Zähler. »Ich werde nie vergessen, wie es bei mir an der Wohnungstür klopfte. Um vier Uhr morgens. Ich wusste, dass etwas Schlimmes passiert war, denn sonst kam nie jemand bei uns vorbei. Isobel ging immer aus. Jedenfalls trat ich zum Türspion … vor der Tür stand eine weinende Frau. Ich machte auf, und sie fiel mir praktisch in die Arme. Sie brauchte drei Anläufe, um es mir zu erzählen, und ich weiß nicht, ob es daran lag, dass ich nicht richtig verstand oder sie nicht richtig sprechen konnte. Als Nächstes fuhren wir durch die Stadt. Ich weiß noch nicht einmal, was für ein Auto es war, aber es war gut, dass sie eines hatte, denn wir waren beide viel zu aufgewühlt, um uns zu dematerialisieren.«

Helania löste den Blick vom Zähler und sah Boone ins Gesicht. »Ich roch das Blut meiner Schwester im Auto. Sie hatten es für den Transport benutzt.«

Boone kniff die Augen zu und fluchte. »Das muss schrecklich gewesen sein.«

»Ich dachte die ganze Zeit, sie kann nicht tot sein, sie kann nicht tot sein ... sie kann nicht tot sein. Es war unvorstellbar ... Isobel war immer das blühende Leben gewesen. Wie war es möglich, dass sie nicht mehr atmen sollte.«

Helania faltete das Taschentuch und tupfte sich das Gesicht. Als sie einatmete, drang ein zarter Duft in ihre Nase, als wäre dieses Stück Stoff aus feinster Baumwolle in kostbarer Seifenlauge handgewaschen worden.

Sie fuhr fort: »Wir kamen zu einem Haus. Es war sehr schön, lange nicht so schick wie dieses hier, aber von der Straße zurückversetzt mit vielen Büschen und einer frei stehenden Garage.« Sie blinzelte und sah das Grundstück vor sich, klar wie Mondlicht. »Drinnen war alles sauber und neu. Isobel ... lag auf dem Boden im Wohnzimmer, eingehüllt in ein weißes Laken. Wie eine Mumie. Sie hatten sie auf das Parkett gelegt. Der Geruch ihres Blutes war noch intensiver, und selbst eingewickelt sah ich den roten Fleck, der sich hinten in ihrem Genick ausgebreitet hatte.« Helanias Blick ging ins Leere. »Eine ihrer Freundinnen und ich wuschen sie für die Schleierzeremonie. Die andere hielt sich im Hintergrund und sah zu. Als es wieder dunkel wurde, haben wir sie zu dritt in einen Staatspark gefahren, wo es viele abgelegene Flecken im Wald gibt. Es war Anfang Juni, der Boden war locker. Die Freundin, die sie gefunden hatte, und ich hatten Schaufeln mitgebracht. Wir haben zusammen ein drei Meter tiefes Loch gegraben. Es hat Stunden gedauert. Dort haben wir sie hineingelegt. Ich weiß nicht, wer mehr Tränen vergossen hat.« Helania hob die Hände. »Meine Haut war aufgerissen.«

Boone beugte sich vor. »Du hast Narben.«

»Ein letztes Andenken an Isobel.« Helania atmete langsam ein und starrte auf ihre rechte Hand. »Zu Hause habe ich meine Hand in Salzwasser gehalten. Zum Gedenken an sie.«

Sie fuhr das Netz aus Furchen nach, die ihre Lebenslinie kreuzten, die Überreste der aufgeplatzten Blasen. Bei Vampiren heilten Wunden nicht nur viel schneller als bei Menschen, in der Regel regenerierte sich die Haut komplett, und es blieben keine Narben.

Nur wenn man Wunden mit Salz behandelte, blieben die Spuren ein Leben lang erhalten.

»Ich wollte auf irgendeine Weise ihr Andenken bewahren.«

»Natürlich. Das verstehe ich gut.«

Helania sah ihn an. »Deshalb gehe ich in diesen Club. Deshalb habe ich vorgestern Nacht nach der Vampirin gesucht. Ich muss herausfinden, wer Isobel getötet hat. Und ich will um jeden Preis verhindern, dass es noch andere trifft. Einmal habe ich bereits versagt, sonst würden wir uns hier nicht unterhalten.«

Boone runzelte die Stirn. »Hör zu, Helania. Ich will nicht behaupten, du könntest nicht selbst auf dich aufpassen – ich habe in die Mündung deiner Pistole geblickt, falls du dich erinnerst. Aber bitte spiel nicht die

Heldin und unternimm etwas auf Kosten deiner Sicherheit.«

»Ihr könnt mich nicht davon abhalten, ins Pyre zu gehen«, entgegnete sie scharf.

»Das verlange ich auch nicht. Aber bitte ruf an, wenn dir etwas auffällt. Ganz gleich, wann. Zögere nicht, wenn du das Gefühl hast, in Gefahr zu sein. Ich bin in Sekundenschnelle bei dir.«

Ein merkwürdiges Gefühl beschlich sie, und es dauerte einen Moment, bis sie es einordnen konnte. Isobel war immer für sie da gewesen, vor und nach ihrer Transition. Ihre Schwester hatte sie beschützt. Jetzt schien Boone diese Rolle übernehmen zu wollen, die aus tragischem Grund frei geworden war, und die Vorstellung, dass es vielleicht wieder jemanden geben könnte, an den sie sich wenden konnte, war eine tiefe Erleichterung.

»Versprich mir anzurufen«, bat er.

»Ich verspreche es«, hörte sie sich sagen. »Ist das alles? Sind wir dann fertig mit der Befragung?«

Boone rieb sich die Augen, als hätte er mit Müdigkeit zu kämpfen, doch in Wirklichkeit schien er sich nur zu sammeln. »Tatsächlich würde ich gern noch mehr über diesen Freund erfahren. Hast du nach Isobels Tod je wieder von ihm gehört? Hat er sich auf ihrem Handy gemeldet oder über die sozialen Netzwerke, hat er es bei dir oder ihren Freundinnen versucht?«

»Von ihren Freundinnen weiß ich nichts. Ich nehme an, dass er versucht hat, Isobel auf dem Handy zu erreichen, aber ich weiß nicht, wo es abgeblieben ist.«

»Ihr Handy ist verschwunden?«

»Es ging in jener Nacht verloren.« Als Boone die Stirn in Falten zog und sich zurücklehnte, regte sich erneut Protest in ihr. »Es war nicht ihr Freund, glaub mir. Sie hat voller Begeisterung von ihm erzählt. Ich habe sie nie so glücklich erlebt wie in dieser letzten Zeit.«

»Ich glaube dir. Es ist nur … du weißt nicht, wie er heißt, du hast ihn nie getroffen, er hat sich nie bei dir gemeldet, nachdem sie tot war. Erscheint dir das nicht merkwürdig?«

Helania wollte widersprechen, doch insgeheim hatte sie sich das auch schon gefragt. Allerdings wäre sie sich treulos vorgekommen, hätte sie Isobels große Liebe infrage gestellt.

»Ich hatte nichts mit diesen Leuten zu tun.« Helania atmete tief durch. »Und wenn er sie über das Handy erreichen wollte, hätte ich es nie erfahren, nicht wahr?«

»Was war mit Isobels Kleidung? Ist irgendetwas davon übrig?«

»Ihre Freundin meinte, sie hätten alles weggeworfen, weil sie nicht mehr zu gebrauchen waren, völlig ruiniert.«

»Wir müssen unbedingt mit diesen zwei Freundinnen sprechen. Wie heißen sie?«

»Ihre richtigen Namen kenne ich nicht. Aber ich könnte sie über Facebook ausfindig machen. Ihre Gesichter werde ich nie vergessen.«

»Das wäre gut.«

Helania ließ sich in den Sessel zurückfallen und schloss die Augen, doch das war keine gute Idee. Alles begann sich zu drehen.

»Alles in Ordnung?«, erkundigte sich Boone.

»Mir ist nur ein bisschen schwindlig.«

»Wann hast du das letzte Mal gegessen?«

Helania zwang sich, die Augen zu öffnen, und begann zu rechnen. Und als sich die Stunden summierten, zog sie die Stirn kraus.

»Du musst etwas essen.« Boone griff nach dem Handy und schaltete es aus. »Ich im Übrigen auch. Machen wir eine Pause und nehmen das Erste Mahl zusammen ein.«

Ihr erster Reflex war es, Nein zu sagen und das Treffen zu beenden. Sie würde heimgehen, sich umziehen und sich ins Pyre begeben, denn bis zur Dämmerung blieb noch genug Zeit. Sie wollte nach dem Mörder suchen. Da durfte sie keine Nähe zulassen.

Doch dann musste sie plötzlich an ihre Schwester denken.

Isobel hatte ihr Haar immer kurz und strubbelig getragen, wodurch es noch röter gewirkt hatte. Außerdem war ihres nicht mit blonden Strähnen durchsetzt gewesen wie das von Helania. Dazu Augen im leuchtenden Blau eines Rotkehlchen-Eis und ein breites, strahlend weißes Lächeln.

Selbst ihre Gesichtsfarbe war lebendig gewesen.

Und was ihr Lachen betraf? Die Leute waren gefesselt von Isobel gewesen. Ein paarmal war Helania mit ihr zusammen ausgegangen und hatte aus dem Hintergrund beobachtet, wie ihre Schwester Freunde und Fremde gleichermaßen verzauberte. Helania hatte gestaunt über die Strahlkraft ihrer Schwester. So wie alle.

In den vergangenen acht Monaten hatte Helania nicht selten Reue verspürt, dass sie die Überlebende war. Isobel war immer besser mit dem Leben zurechtgekommen als sie. Warum hatte ausgerechnet sie, die Einsiedlerin, überlebt? Nur mal zur Veranschaulichung: Wäre Isobel hungrig gewesen, und ein netter Kerl hätte ihr angeboten, mit ihr Essen zu gehen, hätte sie natürlich begeistert angenommen – und jede Speise durch ihre wundervolle Gesellschaft übertroffen.

Helania sah Boone in die Augen. Es waren … schöne Augen. Umrahmt von dichten Wimpern. Tiefliegend.

Sie dachte an die Tote, die sie vor zwei Nächten gefunden hatte. Hätte diese Frau gewusst, dass sie an jenem Abend sterben würde, hätte sie den Zeitpunkt ihres Ablebens gekannt, was hätte sie anders gemacht?

Ich lebe, dachte Helania. *Ich erlebe diesen Moment und bin nicht tot.*

Vielleicht war es an der Zeit, mit dem Leben anzufangen.

»Ja«, hörte sie sich sagen. »Ich esse gern mit dir. Aber wo? Hier?«

Boones Brauen hoben sich, als hätte er nicht mit ihrer Zustimmung gerechnet. Doch dann beeilte er sich zu sagen: »Die *Doggen* in der Küche sind mit dem Bewirten der Leute hier beschäftigt. Aber ich kenne da etwas. Es wird dir gefallen.«

13

Das Remington Hotel war eine feste Instanz in Caldwell, ein Überbleibsel aus den Goldenen Zwanzigern, dem es gelungen war, die Modernisierung der Innenstadt zu überleben. So stand es nun inmitten von Wolkenkratzern wie eine Grande Dame in Gesellschaft von Robotern, mit dreißig Stockwerken und zwei Flügeln, die einen malerischen Innenhof umschlossen, der in jeder Reisebroschüre abgedruckt wurde. Hier zogen sich die Gäste noch fein an, um sonntags Kaffee zu trinken, der elegante Speisesaal diente als Rahmen für Verlobungsfeiern, und neben den Türen der Suiten prangten Plaketten, die auf prominente Übernachtungsgäste wie Präsident Taft im Jahre 1911, Hemingway im Jahre 1956 und Präsident Clinton im Jahre 1994 hinwiesen.

Boone nahm in der Gasse neben dem Hotel Gestalt an und fragte sich einen kurzen Moment, während er alleine in der Kälte stand, ob es sich Helania vielleicht noch einmal anders überlegt hatte.

Doch dann erschien sie neben ihm.

»Ich bin nicht passend angezogen«, sagte sie und deutete auf ihren Parka und die Jeans.

Boone zeigte auf seine Lederbekleidung. »Ich auch nicht. Deswegen gehen wir ins Remi's.«

Er führte sie auf das Ende der Gasse zu, wo der Verkehr auf der East Main Street vorbeifuhr.

Sag was, dachte er. *Einfach nur … irgendetwas …*

Offenbar war er langsamer geworden, denn jetzt fragte sie: »Alles in Ordnung mit dir? Hast du Schmerzen? Du humpelst nämlich wirklich.«

Tatsächlich? Er konnte sein Gesicht nicht spüren, geschweige denn die Beine.

»Wie hast du dich verletzt?«, fragte sie. »In einem Kampf?«

»Ja.« Mit einem Daunenkissen, das sich als höllisch angriffslustig erwiesen hatte. »Der Gegner hätte mich fast zu Boden gezwungen.«

Helania blieb stehen. »Gütige Jungfrau der Schrift. Ist das dein Ernst? Warst du beim Arzt …«

»Tut mir leid, nein.« Er hob die Hand. »Sieh mal, ich wollte dich nur beeindrucken. Und wenn ich dir erzähle, wie es wirklich passiert ist, hältst du mich für den größten Honk aller Zeiten.«

»Ich weiß nicht mal, was ein Honk ist.«

Als sie zu ihm aufsah, mit diesen großen gelben Augen, die ihr Gesicht dominierten, dem rot und blond gesträhnten Haar, in dem der Wind spielte, und den vor Kälte geröteten Wangen … war sie das Schönste, was er je gesehen hatte.

Keine der Vampirinnen aus der *Glymera* in allen Ballkleidern der Welt konnte ihr das Wasser reichen.

»Meinst du ›Trottel‹?«, fragte sie.

»Das Wort habe ich seit einer Million Jahren nicht gehört.«

»Nun, um fair zu sein, hast du damit angefangen.« Wieder umspielte dieses leichte Lächeln ihre Lippen, das er so liebte. »Sag mir, wie du dir die Verletzung zugezogen hast. Ich verspreche, ich werde nicht enttäuscht sein. Wie käme ich dazu? Es gibt keinen, der im Umgang mit anderen so unerfahren ist wie ich. Meine Lebenserfahrung habe ich aus Filmen, die ich mir angesehen habe. Ich kann tausend Szenen aus romantischen Komödien zitieren, aber wenn ich mit einem Fremden reden soll, bin ich wie gelähmt. Wie käme ich also dazu, über dich zu urteilen?«

Ich will dich küssen, dachte er. *Auf der Stelle.*

»AlsdugesternangerufenhastwarichnacktundeswarmirpeinlichalsobinichzumSchrankundhabmichangezogenundaufdemRückwegbinichübereinKissengestolpertundhabmirdenZehgestoßenunddenKnöchelverstaucht.«

Helania blinzelte. Dann lachte sie. »Entschuldige, kannst du das bitte wiederholen?«

»Nackt, als du angerufen hast. Zum Schrank gelaufen, angezogen. Zurück zum Bett, über Kissen gestolpert. Zeh gestoßen, Knöchel verstaucht. Mannesstolz irreparabel zerstört.«

Wieder lachte sie, und er beschloss, einen Kurs für Stand-up-Comedy zu belegen, nur um diesen Klang öfter zu hören.

»Du warst nackt?«, hakte sie nach.

»Ja.« Okay, jetzt war es an ihm zu erröten. »Es erschien mir respektlos.«

»Aber wir haben uns doch nicht über Facetime unterhalten. Ich konnte nichts sehen.«

»Aber ich wusste, dass ich keine Kleidung trug.«

Er hatte bei dem albernen, unbeschwerten Ton bleiben wollen, aber etwas in seiner Stimme änderte sich, und sie musste es sofort registriert haben – denn ihr wundervolles kleines Lächeln erstarb.

»Ich weiß nicht, ob ich das kann«, sagte sie heiser.

»Diese Gasse runtergehen, meinst du?« Er versuchte,

die unbeschwerte Stimmung wiederherzustellen. »Dafür bist du im Moment besser qualifiziert als ich …«

»Nein.« Sie deutete auf sich und ihn. »Das hier.«

Augenblicklich wurde Boone ernst. »Dann fühlst du es auch.«

Ihre Augen wanderten zum Ende der Gasse, wo der Verkehr beinahe zum Erliegen gekommen war, die Fahrzeuge standen Stoßstange an Stoßstange. Anscheinend hatte irgendwo ein Basketballspiel geendet, dachte Boone. Oder ein Konzert. Eine Show.

Vielleicht war es ein Fehler gewesen, sie in die Menschenwelt zu zerren.

»Ich will dir nichts vormachen.« Sie schüttelte den Kopf. »Isobel wäre ausgegangen. Nicht ich …«

»Aber ich will mit dir essen gehen und mit niemandem sonst.«

»Ich fürchte, du könntest zu hohe Erwartungen haben. Ich habe mich in Gesellschaft selten wohlgefühlt, schon bevor ich Isobel verloren habe. Es ist nicht mein Ding. Aber du sollst nicht denken, es würde an dir liegen. Ich bin nur ein wenig anders …«

Boone nahm ihre Hand. Sobald er sie berührte, verstummte sie.

»Ich erwarte nicht mehr, als mit dir zu essen«, sagte er. »Ehrlich.«

Es entstand eine Pause. Dann kehrte das Lächeln zurück, breiter als zuvor, und diesmal kam es in Begleitung: Ein niedliches Grübchen bildete sich auf einer Seite ihres Mundes.

Er hob den Ellbogen und grinste: »Darf ich dir meinen Arm anbieten?«

Sie senkte den Kopf und hakte sich bei ihm ein, dann schritten sie gemeinsam die Gasse hinunter.

»Du bist auf einem Kissen ausgerutscht?«, fragte sie jetzt.

»Zum Glück erst, nachdem ich angezogen war. Wer weiß, was ich mir sonst am Nachtkästchen gestoßen hätte.«

Sie lachte, und mit einem Mal fühlte er sich größer und stärker, obgleich er sich körperlich nicht verändert hatte.

Und Helania lächelte noch immer, als sie von der Main Street in den berühmten Innenhof des Remington bogen. Eingerahmt von den zwei Flügeln tat sich ein wunderschöner Platz vor ihnen auf, der auf den majestätischen, mit hängenden Flaggen und Art-Deco-Details verzierten Haupteingang zulief. Altmodische Gaslampen beleuchteten den Hof, Bäume, geschmückt mit Tausenden und Abertausenden kleinen Lämpchen, liefen in Reihen auf die Stirnseite zu. Es war ein märchenhafter Ort im Herzen einer Innenstadt aus Stahl und Asphalt.

»Wie schön«, seufzte sie und sah sich um.

»Ja«, sagte er und blickte ihr Gesicht an. »Das bist du.«

Sie war so überwältigt von dem Spektakel, dass sie ihn nicht zu hören schien. Aber vermutlich war es besser so. Boones Empfindungen waren von einer Intensität, die er ihr nicht offenbaren wollte. Noch nicht.

»Zauberhaft.« Sie streckte die Hand nach einem der beleuchteten Zweige aus und berührte ihn beinahe. »Wie aus dem Bilderbuch.«

»Das Hotel ist berühmt für diesen Hof.«

»Ich kannte bisher nur Fotos.« Sie blieb stehen und drehte sich langsam im Kreis. »Der Glanz erinnert mich an das Sonnenlicht, damals vor meiner Transition.«

Sie hatte recht, dachte er, als auch er sich umsah. Die kleinen Lämpchen verstrahlten einen sanften Schein ähnlich einem sommerlichen Sonnenuntergang.

»Hast du dich auch aus dem Haus geschlichen, um die Sonne zu sehen?«, fragte er.

»Isobel hat mich dazu gedrängt.« Helania lächelte. »Sie meinte, ich müsste vor meinem Wandel unbedingt noch die Sonne sehen. Sie war die Ältere von uns und hatte ihre Transition schon hinter sich. Sie zeigte mir den Weg durch unseren Keller nach draußen. Man musste sich durch einen Kriechkeller kämpfen und kam durch eine Bodenluke wieder heraus.«

»Es hat sich immer wie etwas Verbotenes angefühlt, wenn wir uns rausschlichen, um die Sonne zu bewundern.«

»Genau.« Helania schüttelte den Kopf. »Ich bin nicht lang geblieben. Es war Juli und … ja, daran erinnert mich die Farbe dieses Lichts. Die Sonne ging gerade unter, als ich nach draußen kam. Meine Eltern bereiteten gerade das Erste Mahl zu, und Isobel lenkte sie in der Küche ab. Ich werde nie vergessen, wie sich die Wärme auf meinem Gesicht angefühlt hat.«

Boone dachte daran, wie er und seine Cousins sich rausgeschlichen hatten, um die Sonne auf- und untergehen zu sehen. Sie hatten es so oft getan. Bis kurz vor ihrer Transition. Danach war alles anders gewesen. Keine Sonne mehr.

»Isobel war so stolz auf mich. Sie umarmte mich und sagte, ich müsste es ganz oft tun. Aber ich war anders als sie. Für mich blieb es bei dem einen Mal.«

»Sie fehlt dir.«

»Jede Nacht.« Helania sah ihn an. »Dein Vater fehlt dir sicher auch.«

Boone zuckte mit den Schultern. »Ich merke, dass er nicht mehr da ist, so viel steht fest.«

Sie liefen weiter und näherten sich dem imposanten Eingang, einer Reihe von Glastüren, umrahmt von Silber- und Messingornamenten. Darüber prangten die amerikanische Flagge sowie die Fahnen von New York State, Großbritannien und Spanien.

»Willkommen im Remington«, begrüßte sie ein livrierter Portier mit einer knappen Verbeugung.

»Danke«, antwortete Boone, während der Mann die Drehtür anstieß und er Helania den Vortritt ließ.

Sie betraten eine große Lobby aus schwarzem Marmor und glänzendem Metall, mit goldenen und silbernen Teppichen. Sitzgruppen drängten sich um die Sockel breiter, eckiger Säulen wie Geschenke um Weihnachtsbäume, und dezent gekleidete Hotelangestellte eilten umher, um die Wünsche der Hotelgäste zu erfüllen.

»Oh … wow.« Wieder wurde Helania langsamer, und ihre Augen strahlten. »Das ist ja ein wahrer Palast.«

»Hier entlang«, sagte Boone und ergriff ihre Hand. Als er die Narben darauf spürte, wünschte er, er hätte ihr helfen können, ihre Schwester zu begraben. »Zum Remi's geht es da hinten runter.«

Am Ende der Lobby hing ein schwerer Samtvorhang mit goldenen Quasten wie vor einer Theaterbühne, und als er sie hindurchzog, drangen die ersten Jazzklänge an ihre Ohren. Eine enge Marmortreppe führte nach unten, ausgetreten durch die Besucher eines Jahrhunderts. An den glänzenden, schwarz gestrichenen Wänden hingen Hunderte gerahmter Fotografien von Flappern und Dandys aus den Zwanziger- und Dreißigerjahren, so dicht an dicht, dass sie ein Mosaik aus schwarzweißen Kacheln ergaben.

Am Fuß der Treppe wurde die Musik lauter, und als sie zum Empfangspult kamen, steckte Boone dem Gentleman dahinter einen Hundertdollarschein zu und wurde mit einem der besten Tische belohnt, direkt an der kleinen Bühne. Er setzte sich mit dem Rücken zu dem Trio, das dort spielte, um Helania den besseren Blick zu überlassen.

Als sie voll Staunen zu Pianist, Klarinettist und Bassist aufsah, spürte er, wie etwas Warmes in seiner Brust erblühte.

Er konnte sich keinen besseren Ort auf der Welt vorstellen. Und das Glücksgefühl, das ihn durchströmte, die Freude über das Zusammensein mit ihr führten ihm mit erschreckender Klarheit vor Augen, wie einsam er war.

So lange schon.

Helania hatte das Gefühl, unter einer Wärmelampe zu sitzen. Und sie genoss es in vollen Zügen.

Während sie Boone gegenübersaß, hüllte sie die sinnliche Musik ein und schuf eine Vertrautheit zwischen ihnen, die in Wirklichkeit gar nicht bestand. Das schummrige Licht und die aufmerksamen Kellner boten kaum Ablenkung, und selbst der kleine Tisch mit den schräg aufgestellten Stühlen schien die Intimität noch zu fördern.

Ehe sie sichs versah, standen Teller mit Käse und Obst auf dem Tisch, gefolgt von herzhafteren Speisen, unter anderem einem Gemüseeintopf mit Fleisch, möglicherweise das Beste, was sie je gegessen hatte. Aber vielleicht lag es auch an Boones Gesellschaft, vielleicht war ihr Beisammensein die Würze, die ein schlichtes Gericht in eine Gaumenfreude verwandelte. Und während sie in Gegenwart anderer oft keinen Ton herausbrachte, war das mit Boone ganz anders. Es schien unendlich viele Themen zu geben, über die man sich unterhalten konnte, ob Lieblingsbücher, Lieblingsmusik oder das aktuelle Zeitgeschehen, oder glückliche Kindheitserinnerungen, die sie teilten wie das Brot im Korb.

Es war bemerkenswert. Schließlich war auch das Dessert abgeräumt, und sie plauderten noch immer miteinander.

Sie fuhr mit den Fingern über die Wölbung ihres Weinglases, blickte in den Chardonnay, der schon eine ganze Weile vor ihr stand, und fragte sich, wie diese Nacht wohl enden würde.

»Woran denkst du?«, sagte Boone leise.

Sie schüttelte den Kopf und fragte sich, ob er erraten hatte, dass sie schon einmal mit einem Mann zusammen gewesen war – und ob das ein Problem für ihn war. Er entstammte der *Glymera*, das war offensichtlich, und für die Angehörigen der Aristokratie gab es jede Menge Regeln. Nun, das galt auch für Zivilisten, aber Isobel hatte sie genötigt, sich aus der Deckung zu wagen und sich einen Freund zu suchen, und das hatte sie vor gut zehn Jahren auch getan. Die Beziehung hatte ein Jahr gehalten, dann war sie im Sand verlaufen, ein gesellschaftliches Experiment, fehlgeschlagen im Labor.

»Sprich«, murmelte er. »Was immer es ist, erzähl es mir.«

Erschrocken stellte sie fest, dass sie ihm tatsächlich alles erzählen wollte. Aber sie fand nicht die richtigen Worte.

Sie rief sich Isobels Gesicht ins Gedächtnis und holte tief Luft.

»Ich kam mit einem Gehörschaden zur Welt.« Sie fasste sich ans Ohr. »Ich war nicht vollkommen taub, nahm Geräusche aber nur extrem leise wahr. Sprechen fiel mir schwer, deswegen hatte ich Probleme zu kommunizieren. Damals in den Sechzigern lernte ich die Zeichensprache, und ich bin noch immer gut im Lippenlesen, aber … früher war es einfach noch anders. Körperlich beeinträchtigte Kinder wurden oft nicht respektiert. Es war schwer für mich. Schwer für meine ganze Familie.«

Sie sah zu ihm auf und stellte erleichtert fest, dass er nicht angewidert vor ihr zurückwich, wie sie es schon oft erlebt hatte. Insbesondere der Adel war bekannt für seine Vorurteile.

Doch Boone beugte sich interessiert vor, und sein Ausdruck war offen und alles andere als ablehnend.

Sie holte noch einmal Luft und fuhr fort: »Viele Kinder waren grausam zu mir, aber Isobel war immer für mich da. Ich erinnere mich an den ersten Faustkampf, auf den sie sich meinetwegen einließ.« Helania musste lächeln. »Sie hat einen kleinen Jungen vermöbelt, der sich über mich lustig machte. Ich war zu sehr damit beschäftigt, mich in der Welt zurechtzufinden, um mir Sorgen darüber zu machen, wie Leute über meine Taubheit dachten, aber ihr war es wichtig, und sie kannte kein Pardon, was das betraf.«

»Glaubst du deswegen, du würdest nicht mit anderen Leuten zurechtkommen?«

»Es sind gewiss die Nachwirkungen all dieser Jahre.« Wieder berührte sie ihr Ohr. »Jedenfalls sagte man mir, meine Transition könnte das Problem mit den Gehörgängen vielleicht beheben, doch ich glaubte nicht daran. Als ich durch den Wandel ging, traf es mich wie ein Schock, wie klar ich plötzlich hören konnte. Anfangs fand ich es entsetzlich. Alles war so überlaut, besonders hohe Töne wie quietschende Türen, klingelnde Telefone, Pfeifgeräusche. Die Umstellung fiel mir schwer.«

»Das muss wie eine neue Welt für dich gewesen sein«, sagte er.

»Völlig neu. Ich war schon vorher eine Einzelgängerin gewesen, aber als mein Gehör plötzlich funktionierte, habe ich mich ein Jahr lang komplett zurückgezogen. Da bestand Isobel darauf, dass wir zusammen in eine gemeinsame Wohnung zogen. Sie schien zu merken, dass ich Platz für mich brauchte, und unsere Eltern waren … sie waren sehr besorgt und meinten es gut, und sie versuchten unentwegt, mich herauszulocken, aber ihr Drängen bewirkte genau das Gegenteil. Als ich mit Isobel zusammenwohnte, wurde es besser. Das Fernsehen war meine Rettung. Während Isobel mit ihren Freundinnen unterwegs war, schaute ich Filme. Erst auf Super 8, erinnerst du dich?«

Boone lachte. »Ja, natürlich … lang ist's her.«

»Ja, nicht? Dann kamen Betamax und VHS. Dann DVDs und Blu-rays. Jetzt haben wir Netflix und Sky.« Sie trank einen Schluck von ihrem Wein. »Während Isobel unterwegs war, saß ich allein zu Hause und sah mir Filme an, erst ganz leise, später immer lauter.« Sie zuckte die Schultern. »Auf diese Weise habe ich mich daran gewöhnt. Mittlerweile ertrage ich sogar Gedränge, ohne dass mich die vielen Geräusche überwältigen. Aber es hat Jahre gedauert. Ich habe mal in einem Artikel gelesen, dass die Anpassung darin besteht, Nervenbahnen zu entwickeln. Mit anderen Worten, mein Gehirn musste sich komplett neu strukturieren.«

»Aber du fühlst dich noch immer nicht ganz wohl unter Leuten.«

»Nein. Ich weiß nicht, ob meine Scheu angeboren ist

oder ob sie sich im Laufe von zweieinhalb Jahrzehnten durch meine Taubheit und den Spott von Kindern und auch manchen Eltern entwickelt hat. Aber im Grunde spielt es keine Rolle. Ich bin, wie ich bin.«

Ihr Ton hatte etwas Entschuldigendes, aber sie hatte eben schon immer das Gefühl gehabt, dass sie etwas gutzumachen hatte, sich erklären musste, Einschränkungen rechtfertigen sollte …

Boone streckte die Hand über den Tisch und griff nach ihrer, die mit der vernarbten Handfläche. »Ich wüsste nicht, was ich an dir ändern wollte.«

»Nun, dann habe ich Glück«, flüsterte sie, »denn es ist mir nie gelungen, mich zu ändern.«

Als das Jazz-Trio das Tempo wechselte, strich er mit dem Daumen über ihre Hand. »Tanzt du mit mir?«

Ein warmes Gefühl flammte in ihrer Brust auf, genau da, wo ihr Herz saß. Es war wie ein Feuer, das in einem kalten, zugigen Raum entfacht wird: eine ebenso erschreckende wie angenehme Veränderung.

Isobel hätte das hier gefallen, dachte sie schlagartig. *Das alles hier.*

Boone. Der Jazz. Die gemütliche Atmosphäre. Dass sich Helania auf jemanden einließ.

Und in diesem Moment fühlte es sich an, als wagte sie nicht so sehr etwas in Bezug auf Boone … sondern auf sich selbst.

»Ja«, sagte sie, während sich langsam ein Lächeln auf ihre Lippen stahl. »Das würde ich gern.«

Sie erhoben sich gleichzeitig, und da ihr Tisch direkt an der Bühne platziert war, waren es nur zwei Schritte, bis sie sich auf der Tanzfläche gegenüberstanden.

Beim Schleier, er war groß. Sie ging ihm gerade bis zur Brust, und seine Arme erschienen ihr riesenhaft, als sie sich um sie schlossen. Aber seine Berührung war sanft, und er überließ ihr die Entscheidung, wie eng sie mit ihm tanzen wollte.

Sehr eng, wie sich herausstellte.

Doch das war nicht einfach. Er trug noch immer seine Lederjacke, und als sie die Hand darunterschob und gegen eine geholsterte Waffe stieß, verstand sie warum.

»Entschuldige«, sagte er verlegen.

»Schon okay.« Sie sah zu ihm auf. »Wenigstens weiß ich jetzt, dass ich bei dir in Sicherheit bin.«

Sein Gesicht nahm einen ernsten Ausdruck an. »Immer. Ich lasse nicht zu, dass dir etwas zustößt.«

Tränen brannten in ihren Augenwinkeln, und sie ließ den Kopf an seine Brust sinken. Sie wollte die Stimmung nicht verderben, aber seine Worte schmerzten.

Sie erinnerten Helania zu sehr an die Vergangenheit. Zu sehr an Isobel.

Gewaltsam riss sie sich von den Gedanken los und konzentrierte sich auf die Gegenwart. Auf die Art, wie er sich wiegte. Auf diesen kräftigen Körper, der Verheißung barg.

Nackte Verheißung. Verheißung von Lust.

Beim Schleier, er roch gut. Ein wenig nach Leder, ein wenig nach Waffen … aber vor allem nach männlichem Körper.

Helania hatte keine Ahnung, wo diese Sache hinführen würde oder was zwischen ihnen geschah. Aber sie hoffte, dass es im Bett endete.

Bald …

Boones Hand strich über ihre Schulter und an ihrem Rücken hinab, folgte ihren Konturen. Die Wärme, der sanfte Druck der Berührung, die Spanne seiner großen Handfläche und der kräftigen Finger … all das rief eine

Schwingung in ihr hervor, als wäre sie eine Stimmgabel, die exklusiv für ihn bestimmt war. Sie legte den Kopf in den Nacken und blickte zu ihm auf.

Sein Gesicht glich einer hungrigen Maske, und seine Augen glühten, als er zu ihr hinabsah.

Aber sie brauchte seine angespannte Miene nicht zu sehen, um zu wissen, dass er sie wollte.

Sie spürte seine Erektion.

14

»Ich werde es tun.«

Es war eine tonlose Stimme, die das angespannte Gemurmel im kleinen Versammlungsraum der Klinik durchschnitt und einschlug wie eine Bombe. Danach herrschte Stille, und Butch betrachtete die Vampirin, die das Wort erhoben hatte. Sie saß auf einem Stuhl etwas abseits, eine Frau mittleren Alters, was man ihr natürlich nicht ansah. Wie es bei Vertreterinnen ihrer Spezies üblich war, sah sie aus wie mit fünfundzwanzig zum Zeitpunkt ihrer Transition, auch wenn diese sicher dreihundert Jahre zurücklag.

Allein in ihren Augen spiegelte sich die Erfahrung der Jahrhunderte.

Und in ihrem Ton.

Bestimmt hatte sie im Laufe ihres Lebens viel gesehen. Doch das hier … zum Leichenschauhaus zu kommen, um zu prüfen, ob es sich bei der Toten um ihre Tochter handelte, war zweifellos das Schlimmste, das sie durchmachen musste. Und die Männer um sie herum, der *Hellren*, der Sohn, der Onkel und der Großvater, sie alle verstummten und senkten hochachtungsvoll die Blicke.

Sicher schwiegen sie auch deshalb, weil ihr keiner dieses Recht absprechen konnte, doch viel mehr hatte Butch den Eindruck, dass außer ihr niemand die Kraft für diesen schweren Gang besessen hätte.

Und es überraschte ihn nicht, dass es die *Mahmen* war, die ihre Frau stand. Nach vielen Jahren in der Mordkommission kannte er den Unterschied zwischen den Geschlechtern. Männer waren körperlich stärker, so viel stand fest. Aber die Frauen waren die Kämpferinnen. Die Männer, die mit ihr gekommen waren, wären in ein brennendes Haus gerannt, um sie vor den Flammen zu retten, aber keiner von ihnen hatte das nötige Zeug, um bei dieser traurigen Pflicht mit ihr zu tauschen.

Weil sie es nicht ertrugen.

»In Ordnung«, gab Butch zurück. »Sagen Sie mir, wenn Sie so weit …«

Die Frau erhob sich. »Ich bin bereit.«

Der kleine Versammlungsraum, in dem sie sich getroffen hatten, lag neben dem Besucherzimmer mit dem Sichtfenster zur Leichenhalle, und als Butch ihr die Tür aufhielt, sah sie sich nicht einmal nach ihrer Familie um. Erhobenen Hauptes trat sie hinaus, die kleine Tasche fest mit beiden Händen umklammert. Sie trug noch immer ihren schlichten braunen Wollmantel.

Butch dachte darüber nach, ob er ihr vorschlagen sollte, ihn abzulegen. Aber sie machte nicht den Eindruck, als gehörte sie zu den Leuten, die leicht in Ohnmacht fielen.

Nein, sie war gefasst, obwohl er die Angst spüren konnte, die aus ihren Poren quoll.

Butch hielt ihr die Tür nebenan auf, und sie betraten einen kleinen gekachelten Raum, in dem seitlich drei Stühle und ein Wasserspender standen. An der gegenüberliegenden Wand war eine Scheibe, eins achtzig breit, eins zwanzig hoch, durch die man auf einen zugezogenen Vorhang blickte.

»Nein«, sagte sie, als sie das Fenster sah. »Nicht so.«

»Auf diese Weise ist es leichter für …«

»Wenn es meine Tochter ist, will ich sie nicht durch eine Glasscheibe hindurch identifizieren.«

Butch blieb nichts weiter übrig, als zu nicken. »Einen Moment bitte.«

Er trat auf die schmale Tür neben der Scheibe zu und klopfte an. Als Havers öffnete, sprach Butch mit gesenkter Stimme.

»Wir kommen rein.«

»Aber so ist es nicht …«

»Wir kommen rein«, wiederholte Butch. »Es ist ihr Wunsch.«

Havers blickte an Butchs Schulter vorbei und verbeugte sich dann. »Selbstverständlich. Wir werden uns ihren Wünschen fügen.«

Damit trat er zur Seite, und Butch wandte sich nach der Vampirin um. »Wann immer Sie so weit sind.«

Die Frau atmete mehrfach tief durch, und die Tasche begann in ihren Händen zu zittern.

»Madam«, sagte er, »ich schlage vor, dass Sie Ihren Mantel und die Tasche ablegen.«

Sie blickte auf den Stuhl, auf den er zeigte, als hätte sie noch nie in ihrem Leben einen gesehen. Langsam ging sie darauf zu und stellte ihre Tasche ab, dann streifte sie den Mantel ab, faltete ihn sorgfältig und legte ihn dazu. Als sie sich aufrichtete, schob sie die Bluse tiefer in den Bund ihrer Hose. Sie war nicht schick gekleidet, aber auch nicht leger, etwa so wie eine Chefsekretärin im Büro.

Butch verstand gut, warum sie das Bedürfnis hatte, sich auf die Begegnung vorzubereiten. Manchmal war äußerlich zur Schau getragene Fassung alles, was man verlangen konnte.

Als sie zu ihm kam, bot er ihr die Hand an, eine Geste, die ihr signalisieren sollte, dass sie nicht allein war. »Ich begleite Sie.«

Die Frau betrachtete seine Hand, ohne sie zu ergreifen. »Es ist nicht Ihre Angehörige.«

»Sie wurde es in dem Moment, als ich ihren Fall übernahm.«

»Sie haben das schon öfter getan.«

»Hundertfach.«

Nach einer Weile nickte sie und legte ihre Hand in seine, und als er spürte, wie kalt und klamm sie war, überkam ihn tiefe Trauer.

»Was riecht hier so?«, wollte sie wissen, bevor sie durch die Tür trat.

»Das ist das Desinfektionsmittel, mit dem hier geputzt wird.«

»Ach so.«

Butch führte sie in die Leichenhalle, und ihr Blick heftete sich auf die Bahre, wo die Tote auf dem Rücken lag, von Kopf bis Fuß bedeckt von einem weißen Laken, das an allen vier Seiten herunterhing.

Die Frau erblasste und geriet ins Wanken. Als Butch sie stützte, schien Havers zu merken, dass seine Anwesenheit überflüssig war, und zog sich taktvoll zur Wand zurück.

»Helfen Sie mir dort rüber«, sagte sie leise. »Ich kann nicht mehr laufen.«

»Halten Sie sich fest.« Butch umfasste ihre Taille. »Ich lasse Sie nicht fallen.«

»Danke.«

Auf diese Weise geleitete er sie zum Kopf der Bahre und spürte den Druck, wo sie sich auf seinen Arm stützte. Er stellte sich vor, wie es Marissa an ihrer Stelle ergangen wäre, auf dem Weg zu einer Bahre, auf der vielleicht ihre gemeinsame Tochter lag.

»Lassen Sie sich Zeit«, sagte er heiser, als sie stehen blieben.

Die Frau holte tief Luft, doch dann verzog sie das Gesicht und rieb sich die Nase, als würde ihr der beißende Geruch zu schaffen machen.

Butch hatte ihr die Wahrheit gesagt: Das Desinfektionsmittel diente zum Putzen, doch darüber hinaus sollten die Angehörigen kein Blut und keine Verwesung riechen. Die Leiche dieser Frau hatte zwar die meiste Zeit in der Kühlung gelegen, doch es hatte auch Momente gegeben, in denen sie nicht bei der erforderlichen Temperatur gelagert worden war.

»Okay«, sagte sie heiser. »Lassen Sie mich sehen.«

Butch fasste das Laken, schlug es vom Gesicht zurück und faltete es so am Hals, dass man keine der Wunden sah.

Die Frau schlug die Hand vor den Mund, jede Farbe wich aus ihrem Gesicht.

Einen kurzen Moment lang schloss Butch die Augen und fluchte. »Es tut mir leid, aber ich muss Sie das fragen: Ist das Ihre …«

»Ja, das ist sie«, sagte die Frau mit brüchiger Stimme. »Es ist … unsere Tochter.«

Als Butch das Laken wieder hochziehen wollte, hielt sie ihn davon ab. »Nein. Noch nicht.«

Sie beugte sich herab, sodass ihr Haar nach vorne fiel und sie es hinters Ohr stecken musste. Mit zitternder Hand berührte sie das kurze schwarz gefärbte Haar an der Schläfe. Streichelte die kalte graue Wange.

Tränen fielen herab und landeten auf dem Laken über dem Arm. Die ersten zwei perlten von der trockenen Baumwolle ab. Die folgenden wurden aufgesogen.

»Wie ist das geschehen?« Die Frau hob verzweifelt den Blick. »Was hat man meiner Mai angetan?«

Jenseits des Hudson, tief im Kampfgebiet der Innenstadt, stapfte Syn durch eine Gasse und suchte nach dem Feind. Prüfend sandte er seine Sinne aus, vorwärts, seitwärts, schließlich nach hinten ... und wieder nach vorn. Es war eine weitere kalte, klare Nacht, kein Lüftchen verwehte den lockeren Schnee, der tagsüber gefallen war, nichts störte die trockene klirrende Kälte, die sich auf Caldwell gelegt hatte.

»... im Keller von diesem Club. Vishous hat die Leiche zu Havers gebracht, und jetzt versuchen sie herauszufinden, wer sie ist und wer sie getötet ...«

Normalerweise hatte Syn nichts dagegen, mit Balthazar unterwegs zu sein. Balthazar war ein tödlicher Killer, der selten den Mund aufmachte, zwei der höchsten Komplimente, die Syn einem Kameraden aussprechen konnte.

Leider war heute nichts von Balthazars schweigsamer Art zu merken. Offensichtlich bedurfte es nur einer Toten in einem Menschenclub, um Balthazars gewinnende Eigenschaft auszuhebeln.

Obwohl es, um fair zu sein, nicht nur Balthazars Geplapper war, das Syn derzeit auf den Sack ging.

Unter seiner Haut rumorte der *Talhman*, wand sich, drängte an die Oberfläche ... angeheizt durch das Gespräch über die tote Vampirin, die man gefunden hatte, nackt aufgehängt im Keller des Pyre.

Unwillkürlich umfasste er einen der stählernen Dolche, die mit den Griffen nach unten an seine Brust geschnallt waren. War es möglich, so fragte er sich, dass die Kehle und die Pulsadern dieser Frau ... mit diesen Dolchen durchtrennt worden waren? Durch seine Hände? Er erinnerte sich, wie er die kalten, feuchten Stufen hinuntergestiegen war, die Beine einer Frau um seine Hüften geschlungen. Genauso, wie er sich erinnerte, sie gegen eine dieser Türen gepresst zu haben, sie bald darauf zu öffnen, während sie mit hastigem, grobem Sex beschäftigt waren. Hatte er die Tür hinter ihnen geschlossen?

Hatte er noch mehr mit ihr angestellt, als sie zu penetrieren?

Er konnte sich nicht erinnern. Und zum ersten Mal seit langer Zeit verspürte er ein warnendes Kribbeln im Nacken.

Er wusste nicht, wie weit der Sex mit ihr gegangen war. Natürlich war er nicht gekommen, das war klar. Sie dagegen mehrfach, dessen war er sich sicher. Aber abgesehen davon? Seine nächste Erinnerung war, dass er den Club verlassen hatte. Allein.

Syn blickte auf seine Hände und überlegte fieberhaft, ob sie blutig gewesen waren, als er aus dem Pyre gekommen war. Dass er auch daran keine Erinnerung hatte, veranlasste ihn zu einem verhaltenen Fluch. Wohin war er im Anschluss daran gegangen? Nach Hause, dachte er. Zum Haus der Bruderschaft, wo er und die Bande mittlerweile wohnten ...

Doch halt, das stimmte nicht. Als er sich dematerialisieren wollte, hatte er den Geruch eines *Lessers* aufgeschnappt. Er war ihm gefolgt und hatte ihn ein paar Blocks vom Club entfernt gestellt.

Und als er zum Haus der Bruderschaft zurückkehrte, war er mit dem schwarzen öligen Zeug beschmiert gewesen, das durch die Adern der Jäger floss. Es hatte an seinen Händen und Unterarmen geklebt. An der Kleidung, den Stiefeln. Und er erinnerte sich, wie er in die Überwachungskamera in der Vorhalle geblickt und ihm wenig später einer der *Doggen* geöffnet hatte. Doch er hatte nicht darauf geachtet, welcher es gewesen war. Hatte ihn jemand reinkommen sehen?

Selbst wenn es mit dem stinkenden Blut eines *Lessers* vermischt gewesen wäre, hätte ihn doch sicher jemand darauf angesprochen, wenn das Blut einer Vampirin an ihm geklebt hätte. Oder?

»... überrascht, dass du nicht zur Versammlung gekommen bist.«

Syn sah zu Balthazar hinüber. »Was?«

»Das Treffen, das Wrath heute einberufen hat. Wegen der toten Vampirin im Club.«

»Ich war beschäftigt.«

Balthazar blieb mitten in der Gasse stehen. »Womit?«

Syns Augen wurden schmal. »Mit dem gleichen Scheiß wie jede Nacht. In den Spiegel starren und den Tag verfluchen, an dem ich geboren wurde.«

»Ernsthaft.«

»Okay, dann eben mit etwas Positivem. Wie wäre es mit Yoga. Pilates. Nein, halt, ich habe auf Amazon Müll bestellt, den ich nicht brauche ...«

»Wo warst du, als das Treffen stattfand, Syn?«

Balthazar stellte die Frage ganz ruhig und gefasst. Ein weiteres typisches Merkmal des Kämpfers. Er sagte geradeheraus, was er dachte – und man musste zugeben, sein Misstrauen war berechtigt. Schließlich wusste er von ... Vorfällen ... aus ihrer Zeit im Alten Land. Vorfällen, die mit Frauen und Blut und Leichenfunden zu tun hatten.

»Ich war es nicht«, sagte Syn trocken. »Ich habe sie nicht umgebracht, wer auch immer sie war.«

Die Lüge klang überzeugend, zumindest in seinen Ohren. Leider traf das auf Balthazar nicht zu.

»Ich verurteile dich nicht, Syn.« Balthazar schüttelte den Kopf. »Das habe ich nie, und das weißt du.«

»Ach, verdammt, ich verschwende doch nicht meine Zeit mit …«

»Ich habe mich nie in deine Angelegenheiten eingemischt. Keine Fragen gestellt. Ich weiß, dass manches für dich … anders ist.« Wieder schüttelte Balthazar den Kopf. »Aber du *kannst* nicht damit weitermachen. Wir sind jetzt in der Neuen Welt. So was fällt auf. Es bringt uns in Schwierigkeiten. Wir sind nicht mehr allein. Wir kämpfen für den König, und Wrath wird kein Verständnis dafür haben.«

»Mach dir nicht ins Hemd. Ich habe alles unter Kontrolle.«

Doch Balthazar ließ nicht locker, selbst als Syn sich wieder in Bewegung setzte. »Das glaube ich nicht.«

Syn blieb erneut stehen und weigerte sich, sich umzudrehen. An die leere Gasse vor sich gerichtet sagte er: »In der Alten Welt hatten meine Taten einen verdammt guten Zweck, ich hatte das im Griff.«

»Mag sein, aber auf dieser Seite des Ozeans gelten andere Regeln.«

Syn blickte starr geradeaus, auf umgeworfene Mülltonnen und eine streunende Katze, die einen aufgeplatzten Müllbeutel durchstöberte. Er sah dem Tier bei seiner Suche nach einem Abendessen zu und dachte an die Frau im Club. Ihm fiel nichts ein, wie er ihren Tod rechtfertigen konnte. Selbst wenn sie eine Verbrecherin gewesen wäre, eine Mörderin, eine Diebin – wie seine anderen Opfer –, hätte es ihm nicht das Recht gegeben, sie zu töten, weil er es nicht gewusst hatte, als er sie in den Keller geschleppt hatte. Wo sie nicht nur ermordet, sondern auch noch geschändet worden war.

Vielleicht war sie unschuldig. Dann hätte er etwas sehr, sehr Schlimmes getan.

Er wollte Balthazar nicht zuhören.

Er hasste diese Löcher in der Erinnerung.

Er wollte … nichts mehr mit dem ganzen Mist zu schaffen haben.

»Tu mir einen Gefallen«, sagte er leise.

»Nein«, erwiderte Balthazar. »Darauf lasse ich mich nicht ein. Wage es nicht, zu fragen.«

Syn drehte sich um. Als seine Augen die Farbe wechselten, wurde die Gasse in Rot getaucht, und sein Cousin erschien in der Farbe von Blut. Hinter ihm fauchte die Katze und sprang mit einem Satz davon, wobei eine Glasflasche ins Rollen geriet.

Seine Stimme klang verzerrt, als er sprach: »Dann hör auf, mir von toten Frauen zu erzählen.«

Balthazar fluchte. »Es muss einen anderen Weg geben.«

»Ich habe es dir schon vor hundert Jahren gesagt. Früher oder später musst du mir eine Kugel in den Kopf jagen. Oder einen anderen finden, der es übernimmt.«

Es wäre ein Dienst an der Allgemeinheit. Und eine Erlösung für ihn.

Bei der Jungfrau der Schrift, er hätte es vor Jahren selbst getan, wäre Selbstmördern nicht der Zutritt zum Schleier verwehrt.

Obgleich er mit seinem Sündenregister ohnehin im *Dhunhd* landen würde.

»Du weißt, es gibt nur einen Weg, um mich zu stoppen«, knurrte er. »Und wenn du es nicht tust, klebt das Blut der geschundenen Frauen auch an deinen Händen.«

15

Als Boone nach Hause kam, blieben ihm noch zwei Stunden bis zur Schleierzeremonie seines Vaters. Seine Laune war auf dem Tiefpunkt. Sich von Helania zu verabschieden war nun wirklich das Letzte gewesen, worauf er Lust gehabt hatte, und dann auch noch wegen Altamere?

Er war nicht geneigt, auch nur eine Sekunde seines Lebens für die Trauerfeier dieses Mannes zu opfern, geschweige denn die kostbaren Momente mit seiner Frau.

Wobei sie das streng genommen gar nicht war. Es fühlte sich nur so an.

Er schloss die Tür, stemmte die Hände in die Hüften und starrte wütend auf den Marmorboden. Der im Grunde nichts verbrochen hatte. Er erfüllte einfach nur den Zweck, dass man darauf laufen konnte, so wie immer.

»Ich muss mich locker machen«, brummte er.

Natürlich wäre ihm das leichter gefallen, wären seine Eier nicht blau angelaufen und aufgebläht wie zwei Heißluftballons gewesen. Fuck. Und er hatte geglaubt, sein verstauchter Knöchel würde ihn zum Hinken bringen? Jeder Schritt fühlte sich an, als hätte ihm jemand Kugelhanteln an die Hoden gehängt.

Verzweifelt blickte er zur Herrentoilette hinter der Treppe. Er konnte sich einsperren, die Hose aufknöpfen und die Sache selbst in die Hand nehmen. Wie die Dinge derzeit standen, würde er bereits bei der ersten Berührung explodieren.

Aber das erschien ihm noch immer respektlos gegenüber Helania. Sie war so viel mehr als YouPorn. Als ein beliebiger weiblicher Körper, den man als Wichsvorlage benutzte. Als eine zweidimensionale Wunschvorstellung, zugeschnitten auf seinen Geschmack, damit er sich einen runterholen konnte.

Sie war eine eigenständige, unglaublich schöne und kluge junge Frau, die er zum Abschied …

… nicht geküsst hatte.

Dabei hatte er sich nichts sehnlicher gewünscht. Auf der Tanzfläche. Zurück an ihrem Tisch. Als sie über den Platz vor dem Remington gegangen waren und dann in die Gasse neben dem Hotel, wo sie sich in eine dunkle Ecke gedrückt hatten, um sich zu dematerialisieren.

Als sie sich während ihres engen, langsamen Tanzes an ihn geschmiegt hatte, hatten bei ihm alle Schalter auf »Ja!« gestanden. Auf »Aber hallo, auf der Stelle!« auf »Hilfe, ich werde betteln«. Er wollte sie bis zur Besinnungslosigkeit, die Begierde war heiß und zäh wie Lava durch seine Adern geflossen. Noch nie hatte er etwas Vergleichbares gespürt. Und ihr war es genauso ergangen. Er hatte ihre Erregung gerochen und in ihren lodernden Augen gesehen.

Was hatte ihn also davon abgehalten? Zweierlei. Zum einen wusste er, dass es nicht bei einem Kuss geblieben wäre, weder von ihm aus noch von ihr, wenn er sie nicht komplett falsch einschätzte – was er nicht glaubte. Ein Kuss wäre der Anfang gewesen, eine Vorstufe zu nackter Haut und vielem mehr, und dafür wollte er sich und ihr Raum und Zeit gönnen.

Und ein *Oh, hey, sorry, aber ich muss meinen Vater in den Schleier schicken* war ein absoluter Stimmungskiller.

Der zweite Grund war, dass sie nicht denken sollte, er wäre nur auf Sex aus. Er war froh, dass sie so viel mehr teilten als Kummer, wie er nun erfahren hatte, und genauso, wie er mit ihr schlafen wollte, wollte er sich auch einfach wieder mit ihr unterhalten. Leider hatten Vampire aus der *Glymera* einen unschönen Ruf. Männer seines Standes tendierten dazu, unverfänglichen Sex mit bürgerlichen Frauen zu haben und sie dann fallenzulassen. Helania durfte niemals auf den Gedanken kommen, dass er sie so schändlich behandeln wollte. Sie hatten zwar nicht offen darüber gesprochen, aber er hatte keinen Hehl aus seinem Akzent oder seiner Herkunft gemacht.

Also hatte er sich in der Gasse wie ein Gentleman verhalten und sie mit einer Umarmung und einem züchtigen Kuss auf die Wange verabschiedet. Dann hatte er ihr den Vortritt gelassen, um sich sicher zu dematerialisieren.

Und jetzt war er hier. In diesem verdammten Haus. Um Gäste zu empfangen, die ihm im Grunde egal waren, zu einer Zeremonie, die sich verlogen anfühlte, um mit einem Tod abzuschließen, der ihn gleichzeitig erschütterte und kalt ließ.

Dabei fiel ihm ein, dass er vermutlich nach den Vorbereitungen sehen sollte.

Wenigstens konnte er bei der Auseinandersetzung mit Marquist ein wenig von seinem angestauten Frust ablassen.

Als Boone das Esszimmer durchquerte und in Richtung Küche ging, stellte er entnervt fest, dass er sich wie sein Vater verhielt. Beim Schleier, Altamere und Marquist hatten immer ein riesiges Tamtam um den Empfang von Gästen gemacht, sei es zur Cocktail-Party, zum Essen, zu einer Feierlichkeit oder einem Besuch über Tag.

Stundenlang hatten die beiden in Marquists Büro über der Verteilung der Sitzplätze und dem Menü, über Wein- und Spirituosenbestellungen gebrütet.

Verrückt.

Durch eine Schwingtür gelangte man zunächst in einen Durchgangsbereich zur Bereitstellung der Speisen und von dort aus in einen Raum zum Silberpolieren und in die riesige Speisekammer. Außerdem ging hier die Tür zu Marquists Butlerkammer ab – an der, wie sich herausstellte, kein Kündigungsschreiben hing. Es standen auch keine Umzugskartons daneben. Und es hing nirgends eine Zielscheibe mit einem Foto von Boone in der Mitte und Einschusslöchern in seiner Stirn.

Anscheinend hatte Marquist noch nicht das Handtuch geworfen. Es war schwer zu sagen, ob das nun gut oder schlecht war.

Die Frage »Wo steckt der Kerl?« erledigte sich, als Boone in die Küche kam: Der Butler stand am Herd. Er hatte das gebügelte Jackett ausgezogen und die Ärmel hochgekrempelt. Seine Aufmerksamkeit galt einem Roastbeef von der Größe eines Golfcarts, das er mit einem scharfen Küchenmesser bearbeitete. Fachmännisch schnitt er die Fettschicht an, dass die Klinge nur so flog.

Er sah nicht auf. »Ja, bitte?«

»Sind wir bereit?«

»Ja.« Das Messer blitzte, als Marquist es in einem anderen Winkel ansetzte. »Alles geregelt.«

»Wo sind die anderen *Doggen*?«

»Ich bringe die Vorbereitungen selbst zum Abschluss.

Es ist das Letzte, was ich im Dienst an meinem Herrn verrichte. Zu dieser heiligen Pflicht hat niemand sonst Zutritt.«

»Die anderen wollen sicher ebenfalls teilhaben. Mein Vater war auch ihr Herr.«

»Nicht auf die gleiche Weise, wie er meiner war.«

Boone verzog das Gesicht. »Seit wann haben Sie mit ihm geschlafen? Hat es begonnen, gleich nachdem er Sie hergebracht hat, oder hat er Sie deshalb überhaupt erst angestellt?«

Marquist fauchte und blickte auf. Doch mit einem Messer war es nicht anders als mit einem Topf auf dem Herd – sobald man wegsah, geriet die Sache außer Kontrolle.

Statt in die dicke Fettschicht schnitt sich der Butler ins eigene Fleisch.

Er ließ das Messer fallen und eilte zur Spüle. Und während Boone zusah, wie er die Wunde unter warmes Wasser hielt und sie mit einem Geschirrtuch verband, konnte er nicht entscheiden, ob es an seiner Abneigung gegen Marquist lag, dass er sich nicht entschuldigen wollte … oder daran, dass er in all den Jahren, in denen seine Manieren überwacht worden waren, aufgehört hatte zu fühlen.

Es war ihm gleich, dass sich der Butler verletzt hatte. Und er würde keinen Hehl daraus machen.

Marquist straffte die Schultern, dann drehte er sich um. Boone sah ihm in die Augen.

»Sparen Sie sich die Mühe, es abzustreiten«, sagte er. »Außerdem ist es mir egal. So wie sich wohl auch meine Stief*mahmen* nicht daran gestoßen hat. Vielleicht war sie der Meinung, Sie täten ihr einen Gefallen.«

Als sich die Augen des Butlers verengten, als würde

er sich eine Antwort zurechtlegen, überlegte Boone, wie es wohl wäre, zugunsten eines Hausangestellten enterbt zu werden. Und tatsächlich wirkte die Vorstellung, dieses freudlose Heim mit all der damit verbundenen Last hinter sich zu lassen, auf ihn eher befreiend als befremdlich.

Marquist setzte die übliche blasierte Miene auf, als stünde er über allen Anschuldigungen. Besonders jenen bezüglich irgendwelcher Intimitäten – obwohl sie beide wussten, was hinter verschlossenen Türen zwischen ihm und Altamere geschehen war.

»Ich würde alles für Ihren Vater tun. Alles.«

»Das kann ich mir vorstellen«, brummte Boone.

»Es hat sich nichts daran geändert. Ich habe ihm auf Arten gedient, die Sie sich nicht vorstellen können, ich habe ihn und dieses Haus beschützt, dafür gesorgt, dass alles zu seiner Zufriedenheit ist. Sein Tod hat nichts an meiner Hingabe geändert.«

Wollen Sie, dass ich Ihnen ein Denkmal setze?, dachte Boone. *Eine Sonderbriefmarke herausbringe. Nein, Moment, ich werde eine Leuchtanzeige auf dem Times Square installieren für all die selbstlosen Blowjobs.*

Okay, das war gemein. Aber was erwartete Marquist?

»Ich werde nichts mehr dazu sagen.« Wieder wurden Marquists Augen schmal. »Nur so viel, dass Ihr Vater und ich exzellente Partner waren. In der Führung dieses Hauses.«

Boone verschränkte die Arme vor der Brust und lehnte sich an die Arbeitsfläche. »Irgendwie ganz praktisch, dass meine leibliche *Mahmen* so kurz nach Ihrer Ankunft unter diesem Dach gestorben ist.«

»Was soll das heißen.«

Es war keine Frage. Und nicht zum ersten Mal rätselte

Boone, wo Marquist eigentlich genau herkam. Seine Motive schienen dagegen klar. Unter normalen Umständen hätte sich kein Zivilist als Diener im Haus seines Liebhabers verdingt. Das käme einer Erniedrigung gleich. Doch es hatte Vorteile, mit einem Angehörigen der *Glymera* zusammen zu sein – und der Schleier wusste, dass einer wie Marquist nur regelmäßig Kontakt mit einem vom Stande Altameres haben konnte, wenn er getarnt als Angestellter bei ihm einzog.

Die *Glymera* duldete keine offen ausgelebte männliche Homosexualität. Die Konvention schrieb vor, dass man sich mit einer Angehörigen des anderen Geschlechts vereinigte, ganz gleich, wie mies es einem dabei ging, und sich mindestens einmal fortpflanzte – vorzugsweise zweimal, wenn die *Shellan* die erste Niederkunft überlebte. Wer von, wie sie es nannten, »sekundärer Neigung« war, konnte sich diskret männliche Liebhaber nehmen, aber diese Beziehungen durften unter keinen Umständen mit der *Shellan*, den Kindern oder der Familie kollidieren – und wehe dem, dessen außereheliche Aktivitäten ans Licht kamen.

Was das weibliche Geschlecht betraf? Vampirinnen der *Glymera* waren lesbische Kontakte untersagt. Strikt. Unter allen Umständen.

Ein weiteres Beispiel für das patriarchalische Diktat der *Glymera*. Die Intoleranz. Die Ungerechtigkeit. Es war einfach so unfair.

»Meine Eltern waren nie glücklich miteinander«, sagte Boone. »Aber sie waren auch beide dazu erzogen worden, nicht mehr oder weniger von ihrer Vereinigung zu erwarten. Trotzdem habe ich mich immer gefragt, ob meine *Mahmen* Selbstmord begangen hat oder ob es etwas anderes war, etwas Unheilvolles, das sie tötete.

Woran ist sie gestorben? Niemand hat es mir je gesagt, denn es wurde nie darüber gesprochen.«

»Das liegt daran, dass es sich gehört, den Schleier der Verschwiegenheit über den Tod auszubreiten. Ihre *Mahmen* war eine wundervolle Frau von Wert, die ihre Pflicht verrichtete, wie es sich gehört.«

»Wow. ›Wie es sich gehört‹. Wohl gesprochen. Kein Wunder, dass mein Vater Sie mit der Planung seiner Feste betraut hat.« Boone nickte in Richtung der Füße des Butlers. »Passen Sie auf. Sie bluten. Sie sollten zu Havers gehen und die Wunde nähen lassen.«

Der Butler sah zu seinem Roastbeef hinüber, als überlegte er, sich wieder an die Arbeit zu machen.

»Oh nein, das kommt nicht infrage.« Boone schüttelte den Kopf. »Sie bluten mir nicht auf den Braten, selbst wenn er noch in den Ofen kommt. Ich rufe die anderen Doggen, sie werden sich um alles kümmern – *wie es sich gehört.* Es war nicht richtig von Ihnen, sie auszuschließen.«

Ein Lächeln legte sich auf Marquists Lippen, und sein Blick bekam etwas Berechnendes. »Nehmen Sie sich in Acht, Master Boone. Ich wäre untröstlich, sollte der Ruf ihrer Familie durch eine Unschicklichkeit befleckt werden. Die *Glymera* ist nachtragend, selbst bei kleinen Ausrutschern. Ein verpatztes Horsd'œuvre oder eine falsch zubereitete Foie gras kann verheerende Wirkung haben. Erst recht Dinge von tieferer Bedeutung.«

»Wissen Sie, es interessiert mich einen Dreck, was diese Leute denken.« Boone senkte das Kinn und blickte Marquist unter finsteren Brauen hervor an. »Und lassen Sie mich das Offensichtliche aussprechen: Sie finden nie wieder Anstellung in einem Haus von diesem Rang, wenn Sie sich indiskrete Dummheiten leisten, wie zum

Beispiel über die Affäre mit meinem Vater zu sprechen. Die *Glymera* lässt Sie nicht einmal mehr ihre Autos waschen oder Dachrinnen reinigen, wenn Sie Gerüchte über Altamere verbreiten.«

»Und das sagt einer, der sich angeblich nicht um die Meinung anderer schert.«

»Ich versuche nur zu helfen, für den Fall, dass Sie noch nicht über Ihre nächste Anstellung nachgedacht haben.«

»Sie gehen davon aus, dass nicht für mich gesorgt wäre. Doch zufällig weiß ich, dass genau dies der Fall ist.«

Ohne Verbeugung wandte Marquist sich ab. Doch wer wollte so kleinlich sein, nachdem er gerade einen ganz anderen Regelverstoß eingestanden hatte – mal abgesehen von jenem, den er angedroht hatte.

Bevor der Butler ins Speisezimmer verschwand, sagte Boone über die Schulter gewandt: »Benutzen Sie nicht die vordere Tür. Sie gehören noch immer zur Dienerschaft, nicht zur Familie.«

Marquist blieb kurz stehen und zog das blutige Geschirrtuch enger um seine verwundete Hand. »Ich stehe über der Familie. Sobald die Schleierzeremonie vorüber ist, werden Sie es erfahren.«

»Ich verlasse dieses Haus nicht«, presste Boone zwischen zusammengebissenen Zähnen hervor.

»Ich auch nicht.«

Butch näherte sich Boones Familiensitz, wo ihn die übliche Kulisse des Wohlstands empfing. Ein Haus, imposant wie ein Botschaftsgebäude und hell erleuchtet wie ein Baseballfeld. Durch das alte, strukturierte Fensterglas sah er Antiquitäten und Ölgemälde, Skulpturen und Blumenvasen. Es war dieselbe Art von anonymem, altehrwürdigem Luxus, die man in allen Häusern der *Glymera* antraf, was bewies, dass Wohnlichkeit nicht durch Reichtum entstand und es verdammt eintönig war, wenn es nur einen anerkannten Einrichtungsstil gab.

Da war ihm seine Höhle, die er mit Marissa, V und Doc Jane teilte, wirklich zehnmal lieber.

»Armer Junge«, sagte Rhage, der auf dem Rasen Gestalt annahm.

»Wohl kaum«, brummte V, der als Nächster erschien. »Boone kann froh sein, dass er ihn los ist. Sein Vater war ein Arschloch.«

Butch warf seinem Mitbewohner einen vorwurfsvollen Blick zu. »Könntest du das für die Dauer der verdammten Schleierzeremonie gefälligst für dich behalten? Das ist taktlos.«

»Ich hasse Benimmregeln.«

»Ach, wirklich?«, schaltete sich Rhage ein. »Warte, ich setze mein schockiertes Gesicht auf.«

Damit wandte er sich ab und wirbelte mit weit aufgerissenen Augen wieder herum, den Mund zu einem erstaunten O geformt.

Als er dazu empört schnaubte und mit den Händen neben dem Gesicht wedelte, sah V ihn wütend an. »Komm nur her.«

»Warum?«

»Damit ich dir das Knie in die Eier rammen kann. Ich würde zu dir kommen, aber dein Gemüse lohnt die Mühe nicht, zwei Schritte nach links zu gehen …«

»Könntet ihr jetzt bitte *aufhören?*«, zischte Butch. »Es ist ein trauriger Anlass. Reißt euch zusammen und tut für zehn Minuten so, als könntet ihr euch benehmen.«

V verdrehte die Augen. »Das muss ich mir vom Besitzer einer Kartoffelkanone sagen lassen.«

Rhage legte Butch einen Arm um die Schulter und beugte sich zu ihm. »Bitte erzähl mir nicht, du willst den miesepetrigen Quasimodo da drüben zur Vernunft bringen?«

Während Butch überlegte, ob er den zwei Komikern mal ordentlich die Hucke vollhauen sollte, materialisierte sich Tohr neben ihnen und sorgte durch seine bloße Anwesenheit sofort für Ruhe. Alle wurden ernst und marschierten zusammen um das Haus herum zum Eingang. Vor der Tür traten sie den Schnee auf einem geflochtenen Fußabstreifer von den Schuhen und betätigten den Messingklopfer. Ein ordentlich gekleideter *Doggen* ganz in Schwarz – wie es sich gehörte – öffnete ihnen und bat sie ins Warme.

In einem - wie zu erwarten - eleganten Foyer standen um die fünfzig, sechzig Personen, und als Butch die Menge absuchte, entdeckte er Phury und Z zusammen mit John Matthew, Qhuinn und Blay. Seine Heimmannschaft stand am Eingang zum Salon und hob die Hände zum Gruß.

Rhage zog einen Kirschlutscher aus der Tasche und wickelte ihn aus. »Wo ist unser Junge?«

Butch deutete mit dem Kinn in Richtung Salon. Durch den Bogendurchgang sah man Boone am Kamin stehen, im Gespräch mit einem offensichtlich betuchten Paar, das er mechanisch zu führen schien. Als er die Brüder über die kunstvoll frisierten Schöpfe hinweg erblickte, stutzte er, dann entschuldigte er sich bei seinen Gesprächspartnern und schlängelte sich zwischen seinen aristokratischen Gästen hindurch auf sie zu.

»Ihr seid alle hier«, bemerkte er leise.

Butch umarmte ihn rau. »Wrath wollte auch kommen,

aber das wäre zu riskant gewesen. Und Xcors Jungs wären auch gern dabei, aber sie bewachen den König.«

Es war ein langer, harter Kampf gewesen. Wrath hatte es gar nicht gefallen, dass er zu Hause bleiben sollte. Da keines der vernünftigen Argumente bezüglich der Gefahr eines geplanten Anschlags gezogen hatte, hatte Vishous angedroht, den letzten reinrassigen Vampir der Welt mit Panzertape an seinen Thron zu fesseln. Da war Wrath so richtig ungehalten geworden, weswegen V darauf hingewiesen hatte, dass dieses Klebeband auch bestens auf Mündern hielt.

Ka-Wumm.

Beth alias »Das große Geschütz« hatte ihren *Hellren* schließlich einigermaßen zur Vernunft gebracht. Dem Schleier sei Dank.

»Wrath ist in Gedanken hier bei dir«, sagte Rhage, während auch die anderen Boone umarmten.

Abgesehen von Sicherheitsbedenken hätte die Anwesenheit des Königs auch zu sehr von der Schleierzeremonie abgelenkt. Es hätte sich alles nur noch um Wrath gedreht – und nach der Feier bei Throe und dem Angriff der Schatten waren die Brüder absolut nicht scharf darauf, von einer Traube von Aristokraten bedrängt zu werden, was denn nun zum Schutz der Spezies gegen diese neue Bedrohung unternommen wurde.

Denn die Bruderschaft konnte kaum etwas über diese neue Bedrohung aussagen.

Die Haustür ging auf, und als die Trainingsschüler mit ihren Partnern hereinkamen, löste sich Boone von den Brüdern, um sich etwas seelischen Beistand bei seinen Altersgenossen zu holen.

»Sie sind eine tolle Gruppe«, kommentierte Tohr.

»Ja, wirklich gut«, stimmte Butch zu.

Paradise, Craeg, Axe, Novo, Peyton und Boone hatten mittlerweile alle ihre Hoffnungen übertroffen. Sie waren widerstandsfähig, aber auch klug und erfinderisch, und sie erwiesen sich als äußerst nützlich, während der Krieg gegen die Gesellschaft der *Lesser* zum Ende kam und dieser neue Feind in Erscheinung trat.

Kopfschüttelnd bahnte sich Butch einen Weg zu den anderen Brüdern. Sie mussten mehr über diese Schattenwesen in Erfahrung bringen, genauso, wie sie herausfinden mussten, was genau in Throes Haus passiert war. Altameres Tod war ein einschneidendes Ereignis, sein Schicksal hatte große Anteilnahme hervorgerufen und für viel Gerede gesorgt. Es hatte die Bedrohung durch die Schatten ins Zentrum der Aufmerksamkeit gerückt. Die vorangegangenen Angriffe waren Einzelfälle gewesen. Doch Boones Vater war vor den Augen von dreiundzwanzig anderen Aristokraten in einem Privathaus ermordet worden. Außerdem hatte es noch Altameres *Shellan* getroffen.

Jetzt zerrissen sich natürlich alle die Mäuler. Sicher waren die Telefonleitungen heiß gelaufen, und früher oder später musste Wrath zu der Situation Stellung beziehen.

Aber das hier war weder der richtige Ort noch der richtige Zeitpunkt dafür.

Butch sah sich unter den versammelten Aristokraten um. Sie hatten die Anwesenheit der Brüder sehr wohl bemerkt, überall wurde unauffällig auf sie gedeutet und getuschelt. Doch es war merkwürdig – oder vielleicht auch gar nicht so überraschend –, dass nicht ein Gast jener schicksalhaften Feier, bei der Altamere das Leben verloren hatte, zu seiner Schleierzeremonie erschienen war. Sicher hatte es ein paar Verletzte gegeben, doch die

Wunden waren harmlos gewesen, und nachdem Vampire rasend schnell heilten, müssten alle diese Dandys eigentlich wieder auf den Beinen sein.

»Nicht einer von ihnen ist gekommen«, bemerkte Rhage mit dem Lutscher im Mund.

»Du kannst wohl Gedanken lesen«, murmelte Butch.

»Die Aristokratie schätzt Skandale nur aus der Ferne.«

»Waschlappen«, schnaubte V. »Das ganze Pack.«

Als die Trainingsschüler sich zu ihnen gesellten und die Bruderschaft begrüßten, wurde Butch bewusst, welchen Spagat Boone zwischen Familie und Ausbildung bewältigen musste. Und wenn man die zusammengepressten Lippen sah, als er sich wieder den Aristokraten im Salon zuwandte, wurde mehr als deutlich, welche Seite er bevorzugte. Trotzdem war es ein guter Zug von ihm, dass er als Sohn …

Ein Schwall kalter Luft kündete einen weiteren, späten Gast an, und Butch sah zur Tür. Eine schlanke blonde Frau mit Jacki-O-Sonnenbrille kam herein, in einem eleganten kaffeebraunen Kaschmirmantel, unter dem ein Paar spektakuläre Beine und brandneue Louboutins hervorsahen. Als sie die Tür hinter sich schloss, fing Butch den Geruch ihrer Tränen auf.

Eine alleinstehende Frau. Stilbewusst. Sichtlich erschüttert?

Und schon kam Boone auf sie zu und begrüßte sie mit einer förmlichen Verbeugung, die sie mit einem anmutigen Nicken erwiderte. Danach verharrten sie einen Moment lang verlegen in ihren Positionen, als würden sie sich in Gedanken umarmen.

Sieh an, sieh an … das warf doch gleich ein ganz anderes Licht auf die Aufmerksamkeit, die Boone der Frau aus dem Club gewidmet hatte. Vielleicht war er einfach ein mitfühlender Zuhörer, was sie betraf. Ganz eindeutig verband ihn eine Vergangenheit mit dieser bezaubernden Lady, die da gerade hereingekommen war – und sie bedeutete ihm etwas. Er schien bestürzt darüber, wie sehr sie der Tod seines Vaters mitnahm.

Rhage beugte sich auf ihn zu und flüsterte: »Liegt dort drüben Liebe in der Luft?«

»Sie würden jedenfalls ein verdammt schönes Paar abgeben«, meinte Butch.

»Absolut«, stimmte V zu. »Ich sehe ganz klar eine Verbindung.«

Rhage verdrehte die Augen. »Kaum schreibt er eine Kummerkasten-Kolumne mit meiner Mary, will er Experte in Beziehungsfragen sein.«

»Pass auf, sonst hol ich die Grillsoße für später raus.«

»Lecker, Grillfleisch«, seufzte Rhage und zerbiss den Schokokern seines Lutschers. »Ich habe Hunger.«

Butch gluckste in sich hinein. Was er an seinen Brüdern so liebte? Man konnte sich darauf verlassen, dass Rhage immer etwas essen wollte, V Gewalt zur Konfliktlösung vorschlug und Tohr alle aufforderte, sich zu beruhigen.

Es war schön, dass es in dieser gefährlichen und verwirrenden Welt, in der sie alle lebten, gewisse Konstanten gab.

16

Ich muss die Schleierzeremonie hinter mich gebracht haben.

Dieser Gedanke ging Boone durch den Kopf, als er den *Doggen* am Rand des Salons signalisierte, das Essen zu servieren. Ja, tatsächlich … irgendwie schien es nun angemessen, die Horsd' œuvres zu bringen, Getränke zu reichen und zum geselligen Teil überzugehen.

Während die *Doggen* mit einer Verbeugung in die Küche verschwanden, lösten sich die Gäste aus der Hufeisenformation, die sie um die Urne gebildet hatten. Boone stellte verwundert fest, dass er sich nicht erinnern konnte, welche Gebete er in der Alten Sprache gesprochen hatte, welche Sätze die Gäste im Chor wiederholt hatten, mit welchen Worten er als einziger Sohn und engster Angehöriger den verstorbenen Vater, den großartigen Altamere gewürdigt hatte.

»Eine wundervolle Andacht. Ganz wie es sich gebührt.«

Er blickte auf die ältere Frau hinunter, die ihn angesprochen hatte. Wer es auch war, sie trug ein schwarzes Cocktailkleid, drei Perlenketten und weiße Handschuhe. Im Großen und Ganzen glich sie also eins zu eins den anderen Frauen ihrer Generation in diesem Salon.

Wer ist sie?, überlegte er panisch.

Eine Antwort kam aus seinem Mund, irgendeine Silbenfolge, und sie mussten wohl schlüssig für sein Gegenüber gewesen sein, denn die Frau erwiderte etwas. Und dann erzählte sie eine Geschichte, und ihr sorgsam angemalter Mund formte Worte mit Bedacht, als wäre sie es gewöhnt – und würde erwarten –, dass ihr Publikum ihr an den Lippen hing.

Dabei verstand Boone kein Wort von dem, was sie sagte. Er spürte auch seine Beine nicht mehr. Geschweige denn … irgendeinen Teil seines Körpers.

Während sich der Salon mit den darin befindlichen Leuten immer weiter von ihm entfernte, fragte er sich, ob er gerade einen Nervenzusammenbruch erlitt. Vielleicht war nichts von alledem real. Was, wenn er in Wirklichkeit allein in diesem Salon stand und diese Leute alle nur in seiner Einbildung existierten, die Ausgeburt einer Halluzination waren, die besonders beängstigend war, weil er keine Kontrolle über sie hatte: Er konnte den Redefluss dieser Frau nicht stoppen, und er konnte diese Leute nicht dazu bringen, zu gehen, und zwar sofort und auf der Stelle.

Gütige Jungfrau der Schrift, jetzt sagte er selbst etwas. Aber was war es?

Es musste »angemessen« gewesen sein, denn die Frau tätschelte seinen Arm und wandte sich ab. Doch ihm blieb keine Zeit, sich von ihr zu erholen. Ein Mann kam auf ihn zu und streckte ihm die Hand entgegen – und Boone staunte, dass er sie tatsächlich schütteln konnte.

Obwohl sie zwei Kilometer voneinander entfernt standen.

Cartoon-Figuren. Die Leute um ihn herum waren nicht nur zweidimensional, sie wirkten eher gezeichnet als fotografiert, sehr grob umrissen und in den Grundfarben koloriert, wie um dem unkritischen Auge eines

Kindes zu gefallen. Sie verströmten keinen Geruch, nicht einmal von Parfum oder Rasierwasser, und ihre Cocktails oder Weine, ihr Wasser … ihr Kaviar oder die Kanapées … ihre Zigarren oder Zigaretten … all das glich einem Flüstern, das im Rahmen eines Konzerts vom Getöse auf der Bühne übertönt wurde.

Er schwitzte in seinem Anzug, und der Kragen und die Krawatte, die in seiner Ankleide im ersten Stock noch so gut gepasst hatten, zogen sich zusammen wie eine Klaviersaite in den Händen eines Mörders.

Er bekam keine Luft mehr.

»… aber natürlich«, hörte er sich sagen. Denn das passte eigentlich als Antwort auf alle Fragen der *Glymera.*

Fehlt Euch Euer Vater? *Aber natürlich.*

Werdet Ihr dieses Haus behalten? *Aber natürlich.*

Ist das Testament schon geregelt? *Aber natürlich.*

Ob er wahrheitsgetreu antwortete, spielte keine Rolle. Schließlich konnte er kaum unterscheiden, mit wem er sich unterhielt, geschweige denn worüber – und das galt auch für seine Mitschüler und die Brüder und anderen Kämpfer, die zu ihm kamen, ihm ihr Beileid aussprachen und sich dann wieder verabschiedeten.

Als sie gingen, wusste er, dass er es nicht eine Minute länger ertrug …

»Boone. Sieh mich an.«

Er blinzelte … bis er die Person klar vor Augen hatte. Vor ihm stand Rochelle. Sie zupfte mit ihrer behandschuhten Hand an seinem Ärmel, als versuchte sie schon länger, seine Aufmerksamkeit auf sich zu lenken.

Er sah ihr ins Gesicht und hörte sich sagen: »Ich muss diese Leute aus dem Haus bekommen.«

Rochelle nahm ihre dunkle Sonnenbrille ab. Ihre Augen waren vom vielen Weinen blutunterlaufen, und er war gerührt, dass sie solche Trauer über den Tod seines Vaters empfand.

»Komm mit«, sagte sie. »Du brauchst etwas Abstand von alldem.«

Sie fasste ihn am Ärmel und zog ihn durch die sich ausdünnende Gästeschar. Alle blickten ihnen nach – *aber natürlich* – wegen ihrer Vorgeschichte. Und wäre er bei Sinnen gewesen, hätte er seine Freundin gewarnt, sich nicht dem Gerede auszusetzen.

Zumal sie ihn schnurstracks zur Herrentoilette im Foyer führte.

Unbeaufsichtigt.

Rochelle sperrte ab. Es war ein mit Onyx ausgekleideter Raum mit einer ledernen Sitzbank, auf die sie ihn nun setzte, neben einem Waschbecken aus Marmor. Dann stellte sie ihre Longchamp-Tasche zur Seite, zog ein mit Monogramm besticktes Handtuch von der Stange und fächelte ihm Luft zu. Kühl streifte sie seine geröteten Wangen.

Geistesabwesend bemerkte er, dass Rochelle keine Wimperntusche aufgelegt hatte und ihr Lidschatten verschmiert war.

Du bist wirklich lieb, dachte er.

»Willst du deine Krawatte nicht lösen?«, fragte sie.

»Das geht nicht«, murmelte er. »Wenn ich ohne Krawatte aus dieser Toilette komme, denken alle, wir hätten Sex gehabt.« Scheiße, das war ungehobelt. »Entschuldige«, sagte er. »Ich wollte nicht unhöflich sein.«

»Nun, es ist mir gleich, was sie denken«, entgegnete Rochelle entschieden. »Und wenn du Bedenken hast, kannst du sie ja hinterher wieder zubinden.«

Boone schüttelte den Kopf, obwohl er nicht wusste, auf welche Frage sich seine Geste bezog. Er wusste einfach gar nichts mehr. Aber zumindest gewann er nach und nach das sichere Gefühl, dass Rochelle tatsächlich vor ihm stand. Und schon bald nach dieser Erkenntnis begann er, seine Füße und Beine wieder zu fühlen: Die Taubheit, die über ihn gekommen war, zog sich langsam von unten nach oben zurück, bis schließlich auch sein Torso wiedererwachte, seine Schultern spürbar wurden, sein Kopf die Arbeit wiederaufnahm.

Langsam stieß er die Luft aus, und Rochelle hörte auf zu fächeln. »Jetzt hast du wieder etwas Farbe im Gesicht.«

»Ich weiß nicht, was da drin passiert ist.«

»Panikattacke«, sagte sie und setzte sich neben ihn. »So etwas kommt vor.«

»Nicht sehr männlich.«

»Das hat damit nichts zu tun. Jeder kann Stress empfinden.« Sie hob ihre Tasche auf ihren Schoß und zog eine Packung Dunhills und ein goldenes Feuerzeug heraus. »Stört es dich?«

»Ich wusste nicht, dass du rauchst.«

»Wenn ich lieber nicht …«

»Nein, nein, ist schon in Ordnung. Es stört mich nicht.«

Als sie sich die Zigarette ansteckte, zitterte ihre Hand. »Die *Glymera* schätzt es nicht, wenn Frauen rauchen.«

Boone stemmte die Ellbogen auf die Knie und rieb sich das Gesicht. »Es ist sehr nett von dir, dass du gekommen bist.«

»Das ist doch selbstverständlich.«

»Du bist wirklich eine Frau von …« Boone runzelte die Stirn. »Du weinst.«

Es war ein dummer Kommentar. Als wüsste sie das nicht selbst. Doch sie schien überrascht.

»Entschuldige.« Sie nahm das Handtuch, mit dem sie

ihm Luft zugefächelt hatte, und tupfte sich die Augen. »Behalt dein Taschentuch. Ich nehme das hier.«

Er sah sie an und dachte an den Freund, den sie verloren hatte. Der sie sitzen gelassen hatte.

Der eine Tracht Prügel dafür verdiente, eine so tolle Frau zu enttäuschen.

»Es ist eine Schleierzeremonie«, sagte sie und seufzte. »Man erwartet, dass ich weine.«

Sie stand auf, trat in die Toilettenkabine und schnippte die Asche ihrer Zigarette in die Schüssel. Dann schaltete sie die Lüftung an, legte den Kopf in den Nacken und blies den Rauch in Richtung Decke.

So verharrten sie, er auf der Bank, sie in der Tür zur Kabine, bis sie zu Ende geraucht hatte und den Filter in die Toilette warf.

Während sie spülte, sagte sie: »Sollen wir zurück ins Getümmel …«

»Ich habe jemanden kennengelernt«, platzte es aus ihm heraus.

Rochelle zog die Brauen hoch. »Ach, wirklich?«

»Ja.«

Er prüfte ihren ruhigen Ton und ihr offenes Gesicht und merkte, dass er das Thema angeschnitten hatte, damit sie sich keine falschen Hoffnungen machte. Er freute sich, Rochelle zu sehen, er war gerührt, dass sie der Tod seines Vaters so traf – und wäre er nicht Helania begegnet, hätte er vielleicht Anstalten gemacht, etwas mit ihr anzufangen.

Aber Helania hatte alles verändert.

»Das ist schön.« Rochelle trat zur Bank, wühlte in ihrer Tasche, zog eine Rolle Pfefferminzbonbons heraus und bot ihm eines an. »Wann habt ihr euch getroffen?«

Er nahm das Bonbon, nur um seine Hände zu beschäftigen, doch tatsächlich belebte ihn der intensive Geschmack ein wenig.

»Es ist noch ganz frisch.« Er schob den Gedanken beiseite, dass er noch in Stunden zählte, nicht in Nächten oder Monaten. »Ich habe das Gefühl … ich glaube, ich habe mich verliebt. Es klingt verrückt, aber so ist es. Ich bin verliebt.«

»Wirklich?« Rochelle lächelte. »Kenne ich sie?«

»Nein.«

Boone zögerte. Er verspürte kein Bedürfnis, die für die *Glymera* typische Arroganz in Rochelles Zügen oder in ihrer Haltung zu sehen. Er wollte nicht, dass sie ihn enttäuschte.

Andererseits wollte er nicht verheimlichen, wem seine Gefühle galten. »Sie ist Zivilistin.«

»Wirklich?«, fragte Rochelle überrascht. »Keine von uns?«

»Nein«, sagte er. »Nicht aus der *Glymera.*«

Rochelle senkte den Blick zu Boden, und er wappnete sich gegen ihre Ablehnung. Verdammt, er hatte gehofft, seine Freundin wäre anders. Nicht so verklemmt wie …

»Genau wie bei mir«, sagte sie gepresst.

Boone sog überrascht die Luft ein, und sie nickte mit einem traurigen Lächeln. »Auch ich habe mich außerhalb unserer Kreise verliebt.«

»Warum hast du das nicht gesagt?«

»Wie hätte ich das tun sollen?« Sie seufzte erneut. »Aber hätte ich gewusst, dass du so offen bist … hätte ich dir vielleicht mehr erzählt.«

»Ist es am Klassenunterschied gescheitert?«

Rochelle schloss die Augen. Und dann begann sie so heftig zu schluchzen, dass es sie schüttelte und er fürchtete, ihr schlanker Leib würde zerspringen.

17

Als zwanzig Minuten vor Sonnenaufgang eine Nachricht auf Helanias Telefon einging, warf sie ihre Stickarbeit von sich und griff nach dem Handy, noch bevor das *Bing!* verklungen war. Sie prüfte, von wem die Nachricht kam, und lächelte. Dann las sie. Einmal, zweimal und ein drittes Mal.

Bedächtig legte sie das iPhone zur Seite und blickte starr vor sich hin. Volle zwei Sekunden lang.

Im nächsten Moment schnappte sie sich das Handy wieder und tippte hastig eine Antwort. Sie drückte auf Senden, sprang vom Sofa auf und rannte ins Bad. Dort knipste sie das Licht an und putzte sich die Zähne, und bevor sie es sich anders überlegen konnte, löste sie ihr Haar und breitete die rot-goldenen Locken über ihren Schultern aus.

Schüttelte sie.

Sie … schüttelte tatsächlich ihr Haar auf. Aber so sah es wirklich besser aus, es umrahmte ihr Gesicht und verlieh ihr Charakter, der ihr, wie sie fand, ansonsten fehlte.

Sie blickte in den Spiegel und dachte an all die Nächte, die Isobel an dieser Stelle gestanden hatte, wenn sie ihr kurzes Haar geknetet hatte, bis es wie Stacheln vom Kopf abstand. Dazu waren immer die Beatles gelaufen. Manchmal auch Bob Dylan. Oder Bob Marley.

Als Justin Bieber aufkam und sie eine seiner Neuerscheinungen gut fand, hatte Isobel gescherzt, dass wohl irgendwo ein B vorkommen musste, damit ihr die Musik eines Interpreten gefiel.

Helania ließ die Hände auf den Waschbeckenrand sinken. Ihr fiel auf, wie viel Zeit sie damit verbrachte, an ihre Schwester zu denken: Was Isobel getan hatte. Was sie gedacht hatte. Was ihr gefallen oder nicht gefallen hatte.

Sich an die Toten zu erinnern, war vermutlich nichts Schlechtes, besonders in der frühen Phase der Trauer. Das Problem war nur: Helania hatte schon immer viel über ihre Schwester nachgedacht. Auch vor ihrem verfrühten Tod hatte Helania lieber vom Rand aus zugesehen und das Leben in einer gefilterten Version erfahren, während ihre Schwester unterwegs war und Geschichten mit nach Hause brachte.

Das war eigentlich kaum anders, als sich Filme anzusehen. Nur mit dem Unterschied, dass die Ereignisse und Leute tatsächlich real waren.

Der Freund, den Helania gehabt hatte, war ihr einziger Vorstoß in ein eigenes Leben fern dieser Wohnung gewesen, und auch darauf hatte sie sich, wenn sie ehrlich war, nur eingelassen, weil Isobel sie dazu gedrängt hatte …

Das Klopfen an der Tür war nur leise zu hören, doch Helanias Herz fing sofort an zu rasen.

Nicht vor Angst.

Nein, definitiv nicht vor Angst.

Schnell wirbelte sie herum und knipste das Licht im Bad aus, um zu vertuschen, dass sie sich mit ihrem Äußeren befasst hatte, obwohl sie auf dem Weg zur Tür die Jeans hochzog und ihren Fleecepullover glatt strich. Dann spähte sie durch den Türspion und sog scharf die Luft ein.

Sie öffnete und bemühte sich gar nicht erst, das Lächeln zu verbergen, das sich in ihrem Gesicht breitmachte. »Hallo.«

Boone sah erschöpft aus. Doch seine Miene hellte sich schlagartig auf. »Hallo.«

Verlegen standen sie sich gegenüber, bis sie sich zusammenriss und einen Schritt zurücktrat. »Komm rein. Aber wie ich dir geschrieben habe, meine Wohnung ist recht einfach.«

»Sie ist perfekt«, sagte er, obwohl er den Blick noch keine Sekunde von ihr gelöst hatte, um sich umzusehen.

Doch als er über die Schwelle trat und die Tür hinter sich schloss, merkte sie, dass sie ihm recht geben musste. Durch seine Anwesenheit wirkte ihre kleine Wohnung plötzlich aufregend und neu. Wie von einem Designer eingerichtet. Als hätte sie Fenster mit einem fantastischen Ausblick statt undurchdringlicher Betonwände, die von Erdreich umschlossen waren.

Er veränderte alles, nicht nur die Wände und die Decke ihrer Wohnung.

Außerdem war er, das fiel ihr nun auf, ihr erster Gast in dieser Wohnung.

»Kann ich dir etwas zu trinken anbieten? Ich habe Milch da.« Moment, er war keine fünf. »Und, äh, ich glaube, es gibt auch noch Orangensaft im Kühlschrank.«

»Danke, ich habe keinen Durst.«

»Ich kann deine Jacke nehmen?« Sie schüttelte den Kopf. »Also, nur wenn du willst. Dass ich die Jacke nehme, meine ich.«

»Oh, ja. Gern.«

Er streifte seine Lederjacke ab, unter der ein feiner Kaschmirpullover zum Vorschein kam. Außerdem trug er schwarze Slacks, keine Hose aus Leder. Als er ihr das schwere Bündel reichte, atmete sie tief ein und nahm seinen Duft wahr, der aus den Falten drang.

»Ich wünschte, ich wäre einkaufen gegangen«, sagte sie und hängte die Jacke über die Rückenlehne eines Stuhls. »Ich hätte …«

Die Jacke war so schwer, dass der Stuhl rückwärts umkippte und krachend auf dem Boden landete.

»Entschuldigung«, sagte Boone. »Die … äh, Taschen sind voll.«

Helania erreichte die Lederjacke vor ihm und legte sie diesmal auf den Tisch.

Eine Pistole, dachte sie. Oder mehrere. Dazu Munition.

Es erinnerte sie daran, womit er seine Nächte verbrachte, und sie fragte sich, wie lange er nach dem Tod des Vaters noch frei haben würde.

Als sie sich nach ihm umdrehte, sah er sie mit einer Intensität an, die nicht schwer zu deuten war. Und als sich ihre Blicke trafen, war sie sich bewusst, dass sie eine Frage bejahte, die er noch gar nicht gestellt hatte.

Das Schweigen zwischen ihnen knisterte vor sexueller Spannung, und Helania wusste, dass er nur auf ein Signal von ihr wartete. Abgesehen davon registrierte sie ein wildes Rauschen in ihrem Kopf, eine verwegene Kraft, die so lebendig wie fremd für sie war. Das alles ging so schnell. Noch vor einer Nacht war Boone ein Fremder gewesen, dem sie nicht zu trauen wagte, und heute hatte sie ihn in ihre Wohnung gelassen, wo sie ganz alleine waren.

Den ganzen Tag lang.

Es sei denn, er ging in den nächsten fünf Minuten.

»Es dämmert«, sagte sie mit rauchiger Stimme.

»Ja.«

»Du kannst gerne bleiben.«

Boone schloss die Augen und atmete erleichtert auf. »Dem Schleier sei Dank. Ich will heute nicht in diesem Haus gefangen sein. Ich pack das einfach nicht.«

»In welchem Haus?«

»In meinem.« Er schüttelte den Kopf. »Ich will im Moment nicht daran denken.«

Helania ging langsam auf ihn zu und war sich dabei jeder Bewegung ihres Körpers bewusst: Wie ihre Füße den Boden berührten, ihre Hüften sich wiegten, ihre Schultern die zielgerichteten Schritte ausbalancierten. Schließlich stand sie vor ihm, blickte zu ihm auf und legte die Hände auf seine Brust.

»Dann lass uns nicht lange reden.«

Sie erkannte sich selbst nicht mehr, als sie das sagte. Es war nicht ihre Art, sich so zu verhalten. Auch nicht, so zu sprechen oder zu denken. Und doch fühlte es sich in Gegenwart von Boone ganz natürlich an.

»Küss mich«, sagte sie.

Boone schloss andächtig die Augen, als würde er irgendeiner Gottheit dafür danken, dass seine Gebete erhört worden waren. Dann zog er sie an sich. Ihre Körper fügten sich perfekt aneinander, obwohl er so viel größer war als sie. Sie legte den Kopf in den Nacken und teilte die Lippen, nicht nur, weil sie bereit für seinen Kuss war, sondern auch, weil ihr Herz klopfte, weil es ihr die Brust zuschnürte vor Verlangen, weil ihr Atem jetzt stoßweise ging.

Er strich mit den Händen an ihrem Hals empor, bis er ihr Kinn mit den Daumen berührte. Dann senkte er den Kopf und neigte ihn dabei leicht zur Seite … und tat endlich, wozu sie ihn aufgefordert hatte. Er küsste sie, ganz zärtlich, und der warme, samtige Druck seiner

Lippen setzte sich durch ihre Adern fort und erfüllte sie mit einer nie gekannten sexuellen Erregung.

So, dachte sie, musste es sich anfühlen. Elektrisierend und verzehrend und so schön, dass man nicht genug davon bekommen konnte.

Sie bog den Rücken durch und presste sich an seine Brust, streckte die Arme nach oben und umfasste seinen Nacken, spielte mit den Fingern in seinem seidenweichen Haar, während sich ihre Zungen trafen. Als sich ihm ihre Brüste entgegendrückten, stöhnte er auf und umfasste ihre Taille fester, während er einen köstlichen Duft von dunklen Gewürzen verströmte. Der verstärkte die Hitze, die sie gemeinsam erzeugten, noch weiter.

Zu viel Kleidung. Es lagen zu viele Schichten Stoff zwischen ihnen.

Zwischen ihrem innersten Kern und seiner Erektion.

Unvermittelt löste er sich von ihren Lippen. Einen Moment lang fragte sie sich, ob sie etwas falsch gemacht hatte, doch als er ihr Haar zurückstrich, erkannte sie an seinem Lächeln, dass er mehr als zufrieden mit ihr war.

»Ich bin nicht nur deswegen hier«, sagte er sehr ernst. »Das darfst du nicht denken.«

»Ich weiß.« *Aber beim Schleier, hör* nicht *auf.* »Sonst hätte ich dich nicht hereingelassen. Aber danke für den Hinweis.«

»Ich musste dich einfach sehen.«

Helania streichelte sein Gesicht und spürte seine glatten Wangen. Er musste sich rasiert haben, bevor er gekommen war, ging es ihr durch den Kopf.

»Es kommt mir vor, als hätte ich mich vor vielen Nächten von dir verabschiedet«, flüsterte sie. »Dabei ist es gerade mal ein paar Stunden her.«

»Das geht mir genauso.«

Dann waren sie also beide berauscht voneinander, dachte sie. Wie beruhigend, dass sie damit nicht allein war.

Boones Verlangen war so stark, dass es drohte, seinen Verstand auszuschalten. Seine Erektion presste sich von innen gegen seine Hose, das Blut rauschte in seinen Adern, sein Hunger nach Helania war scharf wie ein Messer in seinen Eingeweiden.

Er legte ihr die Hand auf den unteren Rücken und drückte die Hüften an sie, während er die Lippen erneut auf die ihren senkte. Und als seine Zunge in ihren Mund drang, fasste er sie fester im Genick und tastete sich immer tiefer vor, zog sich zurück und stieß erneut zu und … zog sich zurück … und stieß zu. Der heiße, feuchte Rhythmus schien sie genauso zu betören wie ihn, denn plötzlich hing sie mit ihrem ganzen Gewicht an ihm.

»Können wir irgendwo liegen?«, fragte er rau.

»Hier entlang.«

Sie nahm ihn bei der Hand, und er versuchte, nicht auf ihre Narben zu achten. Er wollte nicht daran erinnert werden, was sie durchgemacht hatte – nicht jetzt. Denn wenn er zu viel darüber nachdachte, würde er vielleicht von ihr ablassen, und dann würde er, das wusste er, keine zweite Chance bekommen. Sie würde sich zurückziehen. Verschwinden.

Oder vielleicht dachte er das nur aus Angst.

Doch wie dem auch sei, jetzt war nicht der richtige Augenblick zum Nachsinnen. Das hier war eine rein körperliche Angelegenheit.

Das Schlafzimmer, in das sie ihn führte, war schmerzlich schlicht. Kahle Wände, ein schmuckloses schmales

Bett mit einem einzelnen Kissen und einem handgefertigten Quilt. Als sie die Tür schloss, fiel kein Licht mehr vom Wohnzimmer herein. In der Dunkelheit verlor er die Orientierung.

Doch als sie auf ihn zutrat, war es ihm gleichgültig, wo sie sich befanden. Für ihn gab es nur noch eines – sie. Helania war die Schwerkraft, die ihn auf dem Boden hielt, der Sauerstoff in seinen Lungen und das Blut in seinen Adern.

»Und nur, damit du es weißt«, sagte sie mit rauchiger Stimme, »normalerweise mache ich so etwas nicht. Ich weiß auch nicht, was in mich gefahren ist, aber eines weiß ich sicher: Ich will nicht damit aufhören.«

Boone musste die Augen schließen, als es ihn wie ein Stromstoß durchzuckte. Doch er sammelte sich schnell wieder, um sie in einem Punkt zu beruhigen, der ihr gar keine Sorgen zu bereiten schien: »Und nur, damit auch du Bescheid weißt, ich höre auf, sobald du es verlangst. Jederzeit, ganz gleich, wie weit wir schon gegangen sind.«

Sie zog ihn zurück an ihren Mund, und Boone tastete sich mit ihr weiter, bis er mit dem Bein gegen die Matratze stieß. Dann hob er sie an der Taille hoch und legte sie auf die Steppdecke. Als er sich neben ihr ausstreckte, roch er ihren Duft auf dem Kissen und dem Bettzeug.

Wieder küssten sie sich, und seine Hand wanderte von ihrer Taille aufwärts, sanft an ihrer Brust vorbei und weiter bis zu ihrer Schulter. Kurz stießen sie mit den Nasen zusammen, als sie ihre Position wechselten, doch dann fanden sich ihre Münder aufs Neue. Ganz langsam senkte er einen Teil seines Gewichts auf sie und spürte, wie sie in der Matratze einsank. Nur die Hüften hielt er fest.

Beim Schleier, er wollte nicht zu früh kommen, stand aber schon jetzt kurz davor.

In seiner Blindheit verstärkten sich seine anderen Sinne, und er wollte die Kleidung loswerden, so schnell es ging, um noch mehr von ihr zu spüren. Offensichtlich hatte sie seine Gedanken gelesen, denn ihre Hände fassten nach seinem Kaschmirpullover und schoben ihn nach oben. Boone löste sich von ihren Lippen, setzte sich auf und zog ihn sich über den Kopf.

»Das Hemd auch«, sagte sie mit belegter Stimme.

»Sehr wohl, Madam.«

Boone löste die Manschetten und zog sich das Hemd über den Kopf, ohne sich lange mit den Knöpfen aufzuhalten – und als der Stoff riss, kümmerte es ihn nicht im Geringsten. Er warf das gebügelte und gestärkte Hemd mit der gleichen Sorgfalt von sich wie den Pulli: nämlich komplett ohne.

Als er sich wieder auf sie senkte, strichen ihre Hände über seine Rippen, und er erstarrte, als sein Schwanz in der Hose zuckte.

»Ist das okay?«, flüsterte sie in die Dunkelheit.

»Berühr mich, wo immer du willst.«

Er rollte sich auf den Rücken und streckte die Arme über den Kopf. Das Gefühl, sich ihr derart auszuliefern, war aufregend und ein bisschen beängstigend zugleich. Normalerweise zog er es vor, die Kontrolle zu übernehmen, aber bei ihr? Bei ihr gab er sie bereitwillig ein Stück weit auf.

Oder ganz.

Das Erste, was seine nackte Brust berührte, waren ihre Haare, das sanfte Kitzeln fuhr direkt in die geschwollene Spitze seines Glieds. Er biss sich auf die Unterlippe, stieß ein Fauchen aus und bog den Rücken durch, bis es in der Wirbelsäule knackte. Dann wanderten ihre Fingerkuppen über seine Brustmuskeln und hinunter zum Bauch. Während sie seinen Torso erkundete, ging sein Atem schnell und gepresst, und ein zweiter Puls pochte in seiner Erektion und machte ihn noch härter.

Verdammt … je länger sie ihn liebkoste, desto sehnlicher wollte auch er sie berühren, ihre nackten Brüste zum Beispiel – aber nicht mit dem Haar oder mit den Händen, sondern mit dem Mund. Der Drang, sie zu verschlingen, war annähernd unerträglich … doch er hatte das Gefühl, dass sie erst seinen Körper kennenlernen musste, bevor sie sich selbst schwach zeigen konnte …

Als ihre Finger über seinen Bauchnabel strichen, knapp über dem Hosenbund, entrang sich ihm ein gequälter, fast animalischer Laut.

»Darf ich?«

Helanias Stimme schwebte durch die Dunkelheit wie der Ruf einer Sirene, und er war machtlos dagegen. Nicht, dass er sonst abgelehnt hätte.

»Bitte …« Seine Stimme brach. »Gütige Jungfrau der Schrift … *bitte.*«

Er spürte alles mit überwältigender Intensität. Das Zupfen am oberen Knopf. Wie sich der Bund seiner Hose lockerte. Der Reißverschluss öffnete. Seine Erektion, die seitlich eingequetscht war und gegen den Beckenknochen drückte, fungierte als Barometer für das Geschehen, lustvolle Schauer rieselten über den Schaft und fuhren in seine Hoden …

Endlich kam die Erlösung, glücklicherweise nicht in Form eines Orgasmus, sondern als Befreiung aus der Enge. Als er die Hüften hob, zog Helania ihm die Hose über die Schenkel, und seine Erektion schnellte hervor und klatschte auf seinen Bauch. Um sich beim

Entkleiden nützlich zu machen und sich von den Empfindungen abzulenken, die über ihn hinwegspülten, streifte er die Halbschuhe ab – und als die Hose am Fuß des Betts zu Boden fiel, zerrte er die Socken mit den Zehen herunter …

Endlich war er am Ziel.

Obwohl, nicht ganz, aber dass er nackt war, war ein Schritt in die richtige Richtung.

Als Nächstes musste er sie ihrer Kleidung entledigen …

Als sich die Matratze auf einer Seite senkte und er das Rascheln von Stoff hörte, schlug sein Herz unter den Rippen, als wollte es den Brustkorb durchbrechen.

»Ich helfe dir.« Blind streckte er die Hand nach ihr aus. »Ich kann …«

Er verstummte, als sich Helania auf ihn legte, nackt, die beste Decke der Welt. Ihre Hüften drückten sich auf seine Erektion, ihre Brüste drängten wundervoll weich gegen seine Muskeln. Hungrig suchte er ihre Lippen, und dann bewegten sie sich im Einklang, rieben sich aneinander, entfachten eine urtümliche Erotik, die ihre Begierde ins Unermessliche steigerte.

Er schob sie höher auf seine Brust und knabberte an ihrem Hals. Dabei ließ er einen seiner Fänge über ihre Kehle streichen – doch als sie sich versteifte, sagte er: »Keine Sorge, das tue ich nicht. Versprochen.«

»Aber ich will es.«

Boone war wie erstarrt. Doch er wusste, dass die Sache zu heiß für jedes Nähren war. Wahrscheinlich hätte er sie ausgesaugt, obwohl er sich erst vor achtundvierzig Stunden satt getrunken hatte. Anstatt also zuzubeißen, knabberte er an ihrem Schlüsselbein und zog sie weiter hoch, sodass sich ihre Schenkel teilten und sie rittlings auf seinem Oberkörper saß. Und dann hatte er, was er wollte. Als er die Knospe einer ihrer Brüste in den Mund sog, keuchte sie auf, und er hörte ein Klatschen an der Wand, als müsste sie sich abstützen. Zärtlich strich er mit der Hand über ihre Rippen, auf und ab, und verwöhnte sie dazu mit dem Mund, ließ die Zunge um ihre zarten Spitzen kreisen, sog an ihnen und küsste die Stellen darunter.

Dabei ritt sie auf ihm und rieb ihr Geschlecht an seinen Bauchmuskeln, auf und ab. Der Raum war erfüllt von ihrem Frühlingsduft, ihre Erregung brachte ihn um den Verstand.

Er wollte nichts überstürzen. Ehrlich.

Doch als sie sich aufrichtete, sich von seinem Mund befreite und auf seine Hüften setzte, stieß er einen lauten Fluch aus und bog den Rücken so stark durch, dass er mit dem Kopf gegen die Wand krachte und das Bett dabei verrückte.

Alles, was er fühlen konnte, war ihr feuchtes, heißes Geschlecht auf seiner harten Erektion. Es war zu viel.

Der Orgasmus setzte ein, bevor er es verhindern konnte, in einem heißen, zuckenden Strahl, der aus ihm hervorbrach und die Spitze seines Schwanzes sprengte. Er biss die Zähne zusammen und fluchte erneut, diesmal aus einem anderen Grund …

Helanias Lachen klang äußerst zufrieden. Doch sie verlor keine Zeit.

Sie hob das Becken von seinen Hüften, nahm seinen superempfindlichen, zuckenden Schwanz in die Hand und stellte ihn auf.

Als Nächstes spürte er die unglaubliche, feuchtheiße Enge ihres Geschlechts, den süßen Druck von allen Seiten, der sein Lustgefühl abermals steigerte und seinen Orgasmus intensivierte.

Aber verdammt, er wollte die Kontrolle nicht verlieren. Er enttäuschte sie mit seinem vorzeitigen Erguss. Er sollte zärtlich ihre Lust wecken, sie achtsam besteigen, sie langsam und einfühlend reiten, bis sie als Erste zum Orgasmus kam.

Er hatte ihr erstes Mal verpatzt.

So was von verpatzt.

18

Es war wenig überraschend, dass sich Boones beachtliche Größe in allen Körperteilen widerspiegelte.

Besonders in jenem, der ihn als Mann auszeichnete.

Als Helania sich auf seine harte Erektion senkte, füllte er sie vollkommen aus und weitete sie. Und diese Erfüllung galt im wörtlichen Sinne: Er ergoss sich pulsierend in ihrem Inneren, und sie genoss es in vollen Zügen, als sie ihn zu reiten begann: dass sie oben war, dass er die Kontrolle verloren hatte, dass er sie so sehr begehrte. Sie rollte die Hüften aus den Oberschenkeln heraus vor, hob und senkte sich auf der Spitze seines Schafts und bog den Rücken durch, sodass ihre Brüste hin und her schwangen. Dann fuhr sie sich mit beiden Händen ins Haar, hob es hoch und warf es über die Schultern zurück – und ließ im nächsten Moment kraft ihres Willens das Licht angehen.

Der Schein der Nachttischlampe vertrieb die Dunkelheit und badete sie in weichem Licht.

Vom Schein geblendet schloss sie die Augen, ritt ihn weiter, rollte das Becken und nahm ihn wieder und wieder in sich auf, während ihre Brüste auf und ab hüpften. Es war verrückt, dass sie so ungehemmt mit jemandem Sex haben konnte, den sie kaum kannte, aber Boone gab ihr das Gefühl, schön zu sein. Außerdem wollte sie es.

Sie wollte *ihn.*

Als sie die Augen wieder aufschlug, huschte sein verzückter Blick abwechselnd zu den kleinen rosa Knospen ihrer Brüste, ihrem Mund … und der Stelle, an der ihre Körper verbunden waren.

»Gütige Jungfrau der Schrift … *Helania.*« Seine großen Hände umfassten ihre Brüste, seine Daumen strichen über die hypersensiblen Spitzen. »Hör niemals auf.«

»Das habe ich nicht vor.«

Sie ließ die Arme fallen, beugte sich über ihn und stützte sich zu beiden Seiten von ihm ab, um besseren Halt zu haben. Nun schwangen ihre Brüste noch mehr, streiften seine Fingerkuppen, die sie immer näher an den Höhepunkt brachten, den er bereits gefunden hatte.

Sie wollte nicht loslassen. Sie wollte nicht, dass es vorbeiging.

Sie wollte für alle Ewigkeit auf diese Weise mit ihm verbunden sein.

Doch ihr Körper hatte andere Pläne. Binnen Kurzem setzten rhythmische Kontraktionen in ihrem Inneren ein und hoben sie empor, zu einem heftigen Orgasmus, der in seiner Intensität fast schmerzte und in einer Welle der Lust über sie hinwegspülte.

»So ist es gut«, keuchte er. »Komm für mich.«

Die Welt begann sich zu drehen, aber nicht, weil sie bewusstlos geworden wäre – obwohl es bei diesem Strudel der Empfindungen kein Wunder gewesen wäre. Doch nein, sie erlag keiner Ohnmacht. Boone hob sie von sich herunter und rollte sie auf den Rücken. Da es ein schmales Bett war, waren ihre Arme und Beine im Weg, und sie mussten aufpassen, dass keiner von ihnen auf dem Boden landete. Bald schon aber verlor sie keinen Gedanken mehr an die Schwerkraft.

Er senkte sich von oben auf sie, und ihre Schenkel spreizten sich, um ihn in sich aufzunehmen. Sein Schwanz glitt zurück in ihr Geschlecht, als wäre er dazu bestimmt, dort zu sein und nirgends sonst. Einen Moment lang sahen sie einander an, dann küsste er sie sanft.

»Ist es so okay?«, stieß er rau hervor.

»Oh ja«, hauchte sie.

»Du übertriffst alle meine Erwartungen.«

Sie streichelte sein Gesicht. »Dasselbe würde ich über dich sagen.«

Boone fing langsam an, doch schon bald steigerte er sein Tempo und penetrierte sie mit harten Stößen, sodass das Bett gegen die Wand schlug und sich seine Hüften tief in ihr Becken drückten. Sie klammerte sich an seinen Schultern fest und bemühte sich vergebens, ihm nicht die Haut mit den Nägeln zu zerkratzen.

Helania hielt sich krampfhaft an ihm fest, um nicht den Halt zu verlieren, es war einfach unglaublich.

Roh. Kraftvoll. Dominierend.

Genau, wie man sich einen Krieger vorstellte. Mit seiner entfesselten Lust machte er ihre bisherigen sexuellen Erfahrungen, die unbeholfen und meist unbefriedigend gewesen waren, zunichte und übertraf selbst ihre kühnsten Träume. Und während ihr Becken die Stöße empfing, schob es sie wieder und wieder auf dem Kissen auf und ab, sodass sich die Decke über ihr unter seinem rohen Ansturm ruckartig hin und her zu bewegen schien.

Obwohl es noch nicht vorbei war, konnte sie es kaum erwarten, das Ganze zu wiederholen.

Es war unmöglich zu sagen, wie lange es dauerte.

Als Boone die Hüften an Helania presste und sich ein letztes köstliches Mal in sie ergoss, war er völlig verbraucht. Mit einem Schlag verloren seine Arme jede Kraft, und es gelang ihm gerade noch, sich ein wenig zur Seite zu drehen, um sie nicht unter seiner Last zu zerquetschen.

Sie waren beide gänzlich außer Atem und schweißgebadet, und dank seiner Gelenkigkeit brauchten sie sich nicht voneinander zu lösen.

Er hatte sie besudelt. Doch ihrem sinnlichen Lächeln nach zu urteilen, störte sie das kein bisschen.

Er öffnete den Mund, um den perfekten Satz zu sagen. Um dem Staunen und dem Glück in seinem Herzen Ausdruck zu verleihen. Um ihr mitzuteilen, wie viel ihm das alles bedeutet hatte.

Doch nichts kam heraus.

Es gab einfach zu viel zu sagen, und er war so gesättigt, dass er nicht mehr als ein Stammeln zustande brachte.

Also ließ er stattdessen seine Finger wandern.

Er strich ihr die Haare aus dem Gesicht, liebkoste ihren Hals, ihr Schlüsselbein … ihr Brustbein. Mit der Fingerkuppe zeichnete er zarte Kreise um eine ihrer Brüste und dann eine Linie ihren Bauch hinunter. Ihr Körper war so feingliedrig und schön wie ihr Gesicht, ihre Kurven sanft und vollkommen, und er ließ sich Zeit für seine träge, liebevolle Erkundung.

Im Gegenzug begann auch sie, ihn mit den Fingern zu erforschen, strich an seinem Arm auf und ab, verharrte auf der Wölbung seines Bizeps, dem lang gezogenen Trizeps.

Während ihre Körper abkühlten, kommunizierten sie über Berührungen, teilten und akzeptierten alles, offenbarten Gedanken und Gefühle, prägten sich die gemeinsame Erfahrung ein in einem ruhigen, friedlichen Nachspiel …

Ein lautes Poltern ließ ihn auffahren und nach der Waffe greifen, die er nicht trug – denn, hallo, er war verdammt noch mal nackt. Ein zweites Krachen lenkte seinen Blick zur Decke.

Helania lachte. »Das sind die Menschen über uns.«

Quietsch, bum, bum, bum.

»Sie gehen duschen.«

Boone verzog wütend das Gesicht. »Unsinn. Sie tanzen Squaredance mit Bleischuhen.«

»Es wird jetzt acht Minuten ruhig sein.«

Boone warf einen Blick auf die Digitaluhr. »Du hast die Zeit gemessen?«

»Unter der Woche machen sie immer diesen Lärm, ich musste lernen, damit zurechtzukommen. Es hilft, wenn man die verschiedenen Phasen kennt. Man kann fast alles überstehen, wenn man weiß, dass es irgendwann wieder aufhört.«

Er legte sich wieder neben sie, zog sie an sich und streichelte ihren Arm. »Acht Minuten?«

»Duschgel, Shampoo, Conditioner.«

»Ist das ein Mann oder eine Frau da oben?«

»Ein Mann und eine Frau.«

»Beim Schleier, sie könnten sich fortpflanzen. Dann gibt es noch mehr von ihnen.«

»Ich kann mir eine neue Wohnung suchen.«

Boone öffnete den Mund, klappte ihn aber schnell wieder zu. Fast hätte er vorschlagen, dass sie bei ihm einziehen konnte, doch das würde zu schnell gehen. Dafür war es noch viel zu früh.

Er würde bis nächste Woche warten. Oder vielleicht bis morgen Nacht.

Sehr witzig, dachte er.

Aber ganz im Ernst, er hatte oft gehört, wie Craeg, Peyton oder Axe nach dem Training von ihren Partnerinnen sprachen, noch im Trainingszentrum oder wenn sie entspannt im Bus saßen. Es schien sie ständig unterschwellig zu beschäftigen. Wann würden sie ihre Partnerinnen wiedersehen, was würden sie zusammen unternehmen, wie wollten sie ihre Zeit genießen. Er hatte es nie ganz verstanden. Klar wusste er hübsche Frauen zu schätzen. Zum Beispiel Rochelle – obwohl er bezweifelte, dass er ein Leben lang mit ihr hätte glücklich werden können, war er nicht blind für ihre Schönheit und Anmut gewesen.

Aber das, was er bei seinen Freunden sah, hatte er nie auch nur im Ansatz empfunden.

Jetzt verstand er das alles voll und ganz. Und genau wie seinen Kumpels ging es ihm nicht allein um Sex. Er wollte Helania von der Schleierzeremonie erzählen. Herausfinden, wie sie zu der Ermittlung stand. Sie fragen, wie er mit Marquist, dem Haus seines Vaters und dem verdammten Testament umgehen sollte.

Und auch er war, wie seine drei Freunde, erstaunt darüber, eine so tiefe Verbindung zu einer faktisch Fremden zu verspüren. Anstatt allmählich herauszufinden, dass man zueinander passte, Gefühle füreinander zu entwickeln und eine Beziehung aufzubauen, war es mit Helania wie mit einem Banksafe, der sich dank der richtigen Zahlenkombination geöffnet hatte.

Ein Entsperren, so plötzlich wie …

Rumms! Bumm, bumm, bumm.

Boone sah auf die Uhr. »Beim Schleier, acht Minuten. Du hattest recht.«

»Das macht die Erfahrung.« Sie drückte ihm einen Kuss auf die Brust. »Als Nächstes ziehen sie sich an. Das wird noch etwas lauter, weil sie dabei direkt über unseren Köpfen sind.«

Mann, sie hatte nicht untertrieben. Das Rumpeln und Scheppern, Knarzen und Poltern ließ ihn daran zweifeln, dass es da oben nur um Kleidung ging.

»Bist du sicher, dass sie nicht Squash spielen?« Als sie kicherte, sah er sie an. »Hör zu, ich kann das für dich klären. Und dann ist ein für alle Mal Schluss mit dem Lärm.«

»Und wie willst du das anstellen?«

»Ich breche ihnen die Beine.« Er zwinkerte ihr zu. »Und sollten es mehr als zwei sein, erledige ich die auch noch. Schon herrscht Ruhe.«

Helania lächelte. »Du machst Witze, oder?«

»Natürlich.« Er wurde wieder ernst. »Ich würde niemals jemandem unnötig wehtun.«

Noch während er das sagte, wurde ihm bewusst, dass es nicht ganz zutraf. Aber *Lesser* zählten nicht. Sie lebten nicht einmal, verdammt.

»Kann ich dich etwas fragen?«, flüsterte sie.

»Bitte.« Er steckte ihr eine Haarsträhne hinters Ohr. »Was möchtest du wissen?«

»Als du hier angekommen bist und ich die Tür geöffnet habe ...« Sie verstummte kurz. »Da hast du erschöpft ausgesehen. Ist alles in Ordnung?«

Boone wickelte sich eine ihrer rot-blonden Locken um den Finger. »Ich befürchte, ich muss aufpassen, wie ich es formuliere.«

»Warum?«

»Mein Vater ist gestorben, wie du weißt. Aber ich ... ich trauere nicht um ihn so wie du um deine Schwester. Wir hatten kein gutes Verhältnis. Er hat sich für mich geschämt, eigentlich seit meiner Geburt, weil ich nicht aussehe wie ein Aristokrat, so wie er. Ich war schon immer groß und kräftig, nicht hager und feingliedrig, wie es die

Glymera bevorzugt.« Er zögerte, ihr anzuvertrauen, dass er vielleicht das Ergebnis einer Affäre war. »Als meine leibliche *Mahmen* in den Schleier einging, hat er sich einfach eine neue *Shellan* genommen, ohne ein Wort darüber zu verlieren. Als hätte er mal eben ein altes Sofa ersetzt, weil es einen Fleck hatte. Seitdem habe ich sein ganzes gekünsteltes Gehabe nicht mehr ertragen. Ich hatte versucht, seinen Erwartungen gerecht zu werden, aber er war nie zufrieden. Irgendwann muss man sich davon lösen, sonst …«

»Sonst was?«

»Sonst bringt es einen um.« Er zuckte die Schultern, als wäre es nicht weiter schlimm. Was natürlich nicht stimmte. »Die Sache mit meiner Stief*mahmen* hat das Fass für mich zum Überlaufen gebracht. Für ihn war es aus, als ich die vereinbarte Vereinigung aufkündigte und damit Schande über die Familie brachte. Und natürlich, weil ich mich dem Trainingsprogramm der Bruderschaft angeschlossen habe. Sein Tod ist also in vielerlei Hinsicht … eine Erleichterung für mich.«

»Tut mir leid zu hören, dass du so ein schwieriges Verhältnis zu deinem Vater hattest.«

»So etwas kommt vor. Besonders in den Kreisen der *Glymera*, glaube ich.«

»Ich bin mir nicht sicher, was schlimmer ist. Jemanden zu vermissen, den man über alles geliebt hat wie ich meine Schwester … oder unter einem Verhältnis zu leiden, wie du es mit deinem Vater hattest.«

»Beides ist traurig.« Und vermutlich ein Grund dafür, dass sie sich einander so verbunden fühlten. »Kummer gibt es in vielen Formen, nicht wahr.«

Einen Moment lang herrschte Schweigen. »Du wolltest dich vereinigen?«, fragte sie.

»Ja, aber sie hat es beendet, und in Wahrheit war es mir mehr als recht. Ich hätte es durchgezogen, um ihr und meiner Familie die Schande zu ersparen. Aber ich habe sie nicht wirklich geliebt, genauso wenig wie sie mich.«

Helania atmete tief durch. »Entschuldige meine Neugier, aber bei mir ging es noch nie in Richtung einer Vereinigung.«

Boone lächelte. »Du kannst mich alles fragen. Ich wäre auch neugierig, wenn ich wüsste, dass du schon einmal versprochen warst.«

»Dein Vater muss dich im Lauf der Jahre tief verletzt haben.«

»Halb so wild. So war es nun mal.«

Helania schob den Arm unter den Kopf und spielte mit seiner Hand. »Erzähl mir mehr davon, wie du aufgewachsen bist. Und vom Trainingsprogramm. Und … was mit deinem Vater passiert ist, als er in den Schleier einging.«

Statt sich bedrängt oder belästigt zu fühlen, war es für ihn eine Erleichterung, sich jemandem öffnen zu können. Besonders ihr gegenüber. »Tja, wo soll ich anfangen?«

Helanias Lächeln war noch immer voller Mitgefühl, genau wie ihre wunderschönen gelben Augen. »Wo immer du willst. Wir haben den ganzen Tag Zeit.«

Ja, dachte er. *Das haben wir.*

War das nicht wundervoll?

19

Butch stoppte die Aufnahme, die er auf seinem Handy abspielte, und wandte sich Marissa zu, die neben ihm im Bett lag. Sie hatte sich auf die Seite gedreht, sodass ihr blondes Haar über ihre nackten Schultern fiel. Ihre hellblauen Augen wirkten betrübt.

»Ein gutes Verhör«, murmelte er. »Boone ist ein Naturtalent. Ich dachte, ich müsste noch mal mit ihr sprechen, aber er hat alles gefragt, was ich wissen wollte.«

»Die Arme.« Marissa schüttelte den Kopf. »Vielleicht solltest du ihr vorschlagen, mit Mary zu sprechen? Sie hat ganz schön viel durchgemacht. Erst ihre Schwester und dann der Leichenfund.«

Butch legte das Handy auf die Decke zwischen ihnen. »Ich werde es versuchen.«

»Aber …?«

Er zuckte die Schultern. »Nichts.« Doch Marissa sah ihn unverwandt an, bis er fluchend zur Schlafzimmerdecke blickte. »Verdammt, du kennst mich einfach zu gut.«

Und in Momenten wie diesem wusste er nicht, ob das ein Vor- oder ein Nachteil war.

»Du glaubst, sie hat etwas damit zu tun?«, fragte Marissa.

Butch zuckte die Schultern und strich über das schwere Goldkreuz, das er um den Hals trug. »Ich traue niemandem. Es ist zu früh für Spekulationen. Aber nach dieser Aufnahme komme ich mir wie ein Arschloch vor, wenn ich das sage.«

»Das gehört zu deiner Arbeit. Du bist ein Profi.« Sie runzelte die Stirn. »Dann waren es zwei Mordopfer?«

»Drei.« Er richtete den Blick wieder auf Marissa. »Vishous hat sich den ersten Fall angesehen. Das Opfer war eine Menschenfrau. Das *Caldwell Courier Journal* hat mehrfach darüber berichtet. Man hat sie in einem Lagerraum im Keller des Clubs gefunden, genau wie die beiden Vampirinnen, und sie wurde ebenfalls mit einem Messer getötet. Aber sie wurde nicht aufgehängt. Aus dem letzten Update des CPD geht hervor, dass der Fall noch nicht geklärt ist. Die Mordkommission hat den Mörder noch nicht gefasst, aber deswegen muss es noch lange kein Vampir gewesen sein. Es ist schwer zu beurteilen, in welchem Zusammenhang das erste Opfer zu den anderen beiden steht. Entweder haben wir es mit einem Serienmörder zu tun, der nach und nach seine Technik verfeinert, oder der erste Mord hat nichts mit den anderen beiden zu tun.«

»Und dieses dritte Opfer … sind ihre sterblichen Überreste mittlerweile bei ihrer Familie?«

»Nein.« Butch schüttelte den Kopf. »Havers wird sie obduzieren. Mit dem Einverständnis der Familie, zum Glück. Nachdem sie ihre Tochter identifiziert hatten, wollte ich ihnen die Hölle einer erzwungenen Autopsie ersparen, aber sie wollen wissen, wer ihrer Tochter das angetan hat.«

Sie verstummten, und Butch dachte darüber nach, dass es sich ganz normal anfühlte, von Marissas Bruder zu reden wie von einem unbeteiligten Dritten. Havers war eine Koryphäe auf seinem Gebiet und wundervoll im Umgang mit seinen Patienten und seiner Belegschaft. Aber als Bruder? Gegenüber Marissa?

Butch würde ihm nie verzeihen, dass er sie rausgeworfen hatte, obwohl sie nicht wusste, wohin sie gehen sollte. Kurz vor Sonnenaufgang. Er hatte die Erfahrung gemacht, dass Familienzugehörigkeit nicht zwingend mit geteiltem Erbgut zu tun hatte. Und weil es mit den Blutsbanden oft nicht weit her war, konnte man nervige Verwandte getrost durch Freundschaften ersetzen.

»Havers wird sie sehr gründlich untersuchen.« Marissa wandte den Blick ab. »Darauf ist Verlass. Er ist ein erstklassiger Arzt.«

Nach allem, was Havers ihr angetan hatte, besaß Marissa die Größe, seine Vorzüge zu nennen. Aber so war sie. Zu gut für Butch. Zu gut für ihren Bruder.

Butch legte das Handy beiseite und zog sie an sich. »Du bist eine fantastische Frau, weißt du das?«

»Du kannst das nicht neutral beurteilen«, flüsterte sie und küsste ihn auf den Mund.

»Machst du Witze?« Er strich mit dem Daumen über ihre Unterlippe. »Ich halte mich strikt an die Fakten. Ich sage stets die Wahrheit und nichts als die Wahrheit, so wahr mir Gott helfe.«

»Die Wahrheit, ja? Dann sag mir eines, Mr. Wahrheit: Wie fühlt sich das hier an?«

Als ihre Hand einen sehr persönlichen und privaten Teil seines Körpers umfasste, stöhnte er auf und schloss die Augen.

Zwischen zusammengebissenen Zähne presste er hervor: »Kann ich nicht sagen. Vielleicht solltest du etwas fester drücken oder leicht auf und ab streichen … oh … ja … weiter so. Gleich komm ich drauf.«

Marissa lachte tief in der Kehle und knabberte an seiner Unterlippe. »So, so, du kommst?«

»Ja. Definitiv. Nur weiter … was war die Frage?«

Der Tag verflog mit erschreckender Geschwindigkeit.

Zumindest schien es Boone so, als er zur Digitaluhr auf Helanias Nachttisch sah und feststellte, dass es auf achtzehn Uhr zuging.

Scheiße, dachte er. Es kam ihm vor, als wäre er gerade erst durch ihre Tür gekommen.

»Wie konnte die Zeit so schnell vergehen?«, murmelte er.

Helania gähnte. »Wir haben den ganzen Tag geredet.«

Er hatte nie lang überlegen müssen, was er ihr erzählen könnte, und wenn sie gesprochen hatte, war er gebannt an ihren Lippen gehangen. Gut, okay, sie hatten auch noch ein paar andere Beschäftigungen gefunden, die nicht unbedingt mit Reden zu tun hatten.

»Acht Minuten«, murmelte er.

»Was sagst du?«

»Ich habe das Gefühl, der Tag hat nicht länger als die acht Minuten gedauert, die die Menschen in der Dusche …«

Rumms! Bumm, bumm, bumm …

Sie sahen zur Decke. »Wenn man vom Teufel spricht«, sagte sie lachend.

»Sie sind schon wieder zurück?«, fragte Boone entrüstet. »Habe ich sie heraufbeschworen?«

»Der Bürotag der Menschen ist vorbei, und sie haben es nicht weit zur Arbeit.«

Ein leises Bimmeln drang an sein Ohr. Sein Handy. Es steckte in der Jacke, die auf dem Küchentisch lag. »Und bei uns fängt die Arbeit gerade an. Das ist meins. Entschuldige.«

»Klar.«

Er stand auf, streckte sich und spürte, wie sich seine

Wirbel ausrichteten, dann lief er durch die Tür in die Küche und holte das Telefon raus.

»Hallo?«, sagte er. »Ja. Okay, klar. In Ordnung. Äh … gib mir zwanzig Minuten. Okay, danke. Bis dann.«

Er legte auf und starrte das Samsung einen Moment lang an. Dann drehte er sich wieder um. Helania stand in der Tür zum Schlafzimmer, nackt und spektakulär, sodass er völlig aus dem Konzept kam.

»Du musst nichts erklären«, sagte sie sanft. »Natürlich hast du noch ein eigenes Leben, du bist mir keine Rechenschaft schuldig …«

»Es geht um meinen Vater.«

Sie runzelte die Stirn. »Kann ich irgendetwas für dich tun?«

»Ich muss mich nur um ein paar unangenehme Angelegenheiten kümmern, aber ich wusste, dass mir das bevorsteht. Ganz gleich, was kommt, es wird wieder gut.«

Er trat auf Helania zu, umfasste ihr Gesicht und sah sie an, prägte sich jede Nuance ihrer Züge ein, als würden sie für immer getrennt.

»Wann können wir uns wiedersehen?«

Helanias Lächeln war so schön, dass sein Herz anschwoll, bis seine Brust zu platzen drohte.

»Wann immer du willst.« Sie ging auf die Zehenspitzen und küsste ihn auf den Mund. »Ich bin hier.«

»Also, meine Freunde Craeg und Paradise haben gefragt, ob wir uns heute Nacht zu einem späten Ersten Mahl treffen wollen. Hättest du Lust, dabei zu sein?«

»Wirklich?«, fragte sie schüchtern und strahlte. »Ja, das würde ich gerne.«

»Dann sind wir verabredet. Ich schreib dir, wann und wo.«

»Okay, dann treffen wir uns später.«

Boone zog sie an sich und hielt sie einfach nur an seinen nackten Körper gedrückt. Die Berührung elektrisierte ihn, aber er durfte der Versuchung nicht nachgeben. Sonst würde er nicht vor der Morgendämmerung loskommen.

In mehreren Tagen.

Und der Termin, der anstand, erforderte Pünktlichkeit. Außerdem sah er Helania ja nicht zum letzten Mal, wie er hoffte.

»Ich kann es kaum erwarten, dich wiederzusehen«, sagte er und legte das Kinn auf ihren Scheitel. »Ich werde die acht Minuten zählen, bis es wieder so weit ist.«

Sie lachte, und das Beben setzte sich durch seinen Körper fort.

»Okay«, sagte sie und sah zu ihm auf. »Ich mache es genauso.«

20

Boone materialisierte sich auf den Stufen vor seinem Haus, abgelenkt durch die Bilder von Helania, die wie eine Diashow vor seinem inneren Auge aufblitzten. Besonders gut gefiel ihm das, als sie das Licht im Schlafzimmer angehen ließ, während sie sich das erste Mal liebten: sie auf seinen Hüften reitend, den Rücken durchgebogen, das Haar nach oben gehalten, ihre Brüste, die zu den rollenden Bewegungen ihrer Hüften wogten …

Moment, was wollte er?

Ach ja, richtig. Die Tür. Er wollte ins Haus, aber die Tür ging nicht auf.

Verwundert blickte er sich um – nur um sicherzustellen, dass er das richtige Haus erwischt hatte. Ja. Über ihm befanden sich die Fenster zu seinen Zimmern.

Noch einmal drückte er die Messingklinke nach unten, dann versuchte er es kraft seines Willens – aber offensichtlich handelte es sich um ein Kupferschloss, das sich nicht durch Gedanken öffnen ließ. Schließlich warf er sich seitwärts dagegen – kein sonderlich guter Einfall, weil die Tür zu massiv war. Seine Schulter schmerzte.

Er trat ein paar Schritte zurück auf den verschneiten Vorhof und ließ den Blick über die Fenster wandern. Die Jalousien hatten sich geöffnet, und durch die Scheiben sah er all die vertrauten Gegenstände, mit denen er aufgewachsen war. Dann blickte er sich auf dem Grundstück um. Keine besonderen Auffälligkeiten, keine frischen Reifenspuren. Keine merkwürdigen Gerüche.

Boone wandte sich wieder dem Eingang zu. Er würde nicht den Klopfer benutzen, um in sein eigenes verdammtes Haus eingelassen zu werden.

Er drehte sich um und ging zu den Begrenzungshecken der vorderen Beete. Dahinter fand er einen aufgewickelten Gartenschlauch auf einem schweren Metallständer. Der Schlauch war nicht am Hahn angeschlossen, weil es zu kalt war und das Ding vermutlich über den Winter in den Schuppen gehörte. Aber hey, Glück für ihn.

Ächzend hievte er den Ständer hoch und schleppte ihn hinter den Büschen hervor. Dann vergewisserte er sich, dass er ihn fest im Griff hatte, drehte sich wie ein Diskuswerfer um die eigene Achse und schleuderte das zwanzig Kilo schwere Monstrum mitsamt dem grünen Schlauch durch die Luft …

In hohem Bogen.

Oder auch nicht. Das Teil hatte die Aerodynamik eines Armsessels, doch es erfüllte seinen Zweck: Es brach durch das Bleiglasfenster ins väterliche Arbeitszimmer und schuf ein Loch mit einem Durchmesser von fast anderthalb Metern.

Das mit seinen scharfen Zacken ein wenig an ein aufgerissenes Haifischmaul erinnerte. Aber schließlich musste Boone ja nicht hindurchklettern. Durch dieses Loch konnte er sich bequem ins Arbeitszimmer materialisieren, wo er Gestalt annahm, während Marquist schon aus irgendeinem Hinterzimmer angestolpert kam, herbeigerufen durch das Splittern von Glas.

Er trug nicht die Butler-Uniform wie sonst, sondern einen von Altameres maßgeschneiderten Anzügen.

Dazu einen Frack, ebenfalls aus Altameres Garderobe.

»Hübscher Aufzug«, bemerkte Boone und stapfte in Richtung Treppe los.

Als er an Marquist vorbeikam, rammte er ihn mit der Schulter, mit der er sich zuvor an der Tür versucht hatte.

»Wir sehen uns in zehn Minuten«, sagte er, während Marquist noch um Balance rang, ähnlich einem Bowlingkegel. »Und ich verlasse mich darauf, dass Sie die Scheibe reparieren lassen, nachdem Sie sich die Freiheit mit der verschlossenen Haustür erlaubt haben.«

Er erreichte die Treppe und erklomm sie mit großen Schritten. Die Wut schwoll in seiner Brust an und warf ihre giftigen Tentakel aus, vertrieb den glanzvollen Frieden, den er mit Helania gefunden hatte. Am liebsten hätte er sich auf der Stelle zum Audienzhaus dematerialisiert, nur um schneller zu sein als der Butler. Aber er würde nicht mit Helanias Geruch auf der Haut dort hineinspazieren.

Das zwischen Helania und ihm war privat – und das nicht nur, weil er an Butchs Ermittlung beteiligt war.

Als er zu seiner Suite kam, fragte er sich, ob er auch hier die Tür würde aufbrechen müssen, doch sie öffnete sich problemlos.

Drinnen verschwendete er keine Zeit. Duschen, Rasieren, Zähneputzen.

Anschließend überlegte er, ob er einen Anzug anlegen sollte. Doch letztlich entschied er sich für eine lederne Hose und legte die Waffen an, die er draußen im Einsatz trug.

Passend zum Anlass. Schließlich zog er in den Krieg.

Helania gönnte sich eine ausgiebige Dusche, nahm sich Zeit mit Shampoo und Conditioner und mit Seife, setzte sich sogar in die Fußwanne und lehnte sich zurück, um sich vom warmen Regen berieseln zu lassen.

Sie war restlos entspannt, ihre Muskeln und Glieder fühlten sich matt an, ihre Haut strahlte, das Blut zirkulierte träge in ihren Adern. An der Innenseite der Schenkel brannte es ein wenig, je nach Haltung der Beine, und ihr Intimbereich war etwas wund, die Lendenwirbel leicht versteift.

All das zauberte ihr ein Lächeln auf die Lippen.

So verdient! Was für ein Work-out. Sie freute sich schon auf die nächste Einheit.

Als das heiße Wasser zur Neige ging und nur noch laue Brühe kam, blieb ihr keine andere Wahl, als aus der Dusche zu steigen und sich abzutrocknen. Sie wickelte sich in ein Frotteetuch, als ihr Blick durch die offene Badezimmertür auf den Umhang fiel, den sie im Pyre trug.

In jeder anderen Nacht hätte sie sich schwarz gekleidet, den Umhang übergeworfen und wäre in den Club gegangen, um die Gäste zu beobachten. Aber es waren nur vier Stunden bis zu ihrem Treffen mit Boone und seinen Freunden in diesem All-Night-Diner, und sie hatte noch etwas für ihren Redaktionsjob zu erledigen.

Sie tauschte das feuchte Badetuch gegen einen dicken blauen Bademantel, ging ins Schlafzimmer und starrte auf die nackte Matratze. Sie hatte den Quilt und die Laken in die Waschmaschine gestopft, und als sie Waschmittel dazugekippt und das Programm gestartet hatte, war sie ein wenig stolz auf die Sauerei gewesen, die sie mit ihrem Liebhaber angerichtet hatte.

Sie hatte einen *Lover*.

Keinen Freund, zu dem sie sich zwingen musste, einem lästigen, aber leider unverzichtbaren Rucksack mit Proviant auf einer längeren Wanderung gleich, sondern eine heiße sexuelle Beziehung, die kein One-Night-Stand war.

Isobel wäre stolz auf sie gewesen.

Stirnrunzelnd ging Helania in die Küche, setzte sich an den kleinen Tisch, auf den Stuhl, der unter dem Gewicht von Boones Jacke umgestürzt war, zog den Laptop heran und klappte ihn auf. Während sie ihn hochfuhr und Facebook öffnete, bildete sich ein Knoten in ihrer Magengegend.

Sie meldete sich als Isobel an und gab ihr gemeinsam erstelltes Passwort ein: Isolania101

Ihre Augen brannten, als das Titelbild erschien, eine Nahaufnahme ihrer Schwester mit strahlendem Lächeln. Sie sah so glücklich aus. Helania betrachtete das rote Strubbelhaar und hatte das Gefühl, es seit zehn Jahren nicht gesehen zu haben.

Sie selbst hatte dieses Bild aufgenommen. Isobel hatte auf dem Sofa gesessen und war natürlich auf dem Sprung gewesen, die Jacke im Schoß, und Helania erinnerte sich, dass sie das Oberteil auf diesem Bild in eine der Kisten gepackt hatte: ein blau-weiß kariertes Hemd mit kurzem Stehkragen. Lässig, aber mit Stil – das war Isobel gewesen.

Ihre Schwester hatte immer schick ausgesehen, obwohl sie nie viel Geld gehabt hatten. Sie war ein absoluter Shopping-Profi gewesen. In den dunklen Herbst- und Wintermonaten war sie vor Ladenschluss in die Einkaufszentren gegangen und hatte die Angebote durchforstet. Gemeinsam hatten sie gescherzt, dass Isobel mit zwanzig Dollar und den richtigen Aktionsrabatten und Coupons ein Outfit wie von der Fifth Avenue zusammenstellen konnte.

Helania atmete tief durch und scrollte nach unten.

Alles auf dieser Seite schmerzte sie, besonders Isobels Steckbrief, in dem sie als Beziehungsstatus »In einer Beziehung« angegeben hatte.

Helania konnte verstehen, dass Boone dieser Freund verdächtig vorkam, aber sie kannte ihre Schwester. Sie war glücklich gewesen, das hatte man ihr angemerkt.

Oder täuschte sie sich?

Sie scrollte weiter und las, was Isobels Freunde nach ihrem Tod gepostet hatten. Es war hart zu sehen, wie alle ihre Einträge vor acht Monaten jäh endeten, wie abrupt sie aus dem Leben gerissen worden war. Eben noch da, in der nächsten Nacht fort. Sie wurde schmerzlich vermisst.

Es gab viele Trauerbekundungen, obwohl unklar war, von wem sie stammten. Vampire verschleierten ihre Identität in den sozialen Medien, um sich vor der Gesellschaft der *Lesser* und den Menschen zu schützen …

Helania hielt inne. Beugte sich näher auf den Bildschirm zu.

Einer der Posts bestand nur aus sechs Worten: *Ich liebe dich, Issie. Auf ewig.* Keine Bilder, aber darauf achtete Helania nicht. Ihr Blick war auf das Profilfoto geheftet, den kleinen Kreis mit einem Gesichtsausschnitt darin.

Sie klickte den Namen darunter an und landete auf einer anderen Seite.

»Du«, flüsterte sie.

Sie lehnte sich zurück und starrte auf das Bild: Es zeigte nur Teile eines Gesichts, eine Wangenpartie mit Lippen und Kinn. Ein verräterisches Muttermal neben dem Ohr gab Isobel Gewissheit: Es war die Frau, die in jener entsetzlichen Nacht an Helanias Tür geklopft hatte. Die, mit der sie Isobels Leiche für die Schleierzeremonie vorbereitet hatte. Mit der sie das Loch auf der Waldlichtung gegraben hatte.

Manche Leute vergaß man nie.

Kalter Schweiß brach auf ihrer Stirn aus, und sie rieb sich das Gesicht. Mühsam zwang sie sich, ihre galoppierenden Gedanken zu bändigen.

Der Name war merkwürdig: Rocky B. Winkle.

Helania dachte nach. Dann klickte sie auf das Feld »Nachricht senden« und formulierte eine Bitte, die hoffentlich nicht nur verrückt und verzweifelt klang.

Während sie tippte, war sie machtlos dagegen, dass es in ihrem Kopf arbeitete.

Dieser Freund. Wer war er?

Und wo steckte er?

21

Tohr und Rhage geleiteten Boone ins Esszimmer von Wraths Audienzhaus, und natürlich musste er daran denken, wie er vor wenigen Nächten hierhergekommen war, um dem König von der Feier der *Glymera* zu erzählen, zu der auch sein Vater eingeladen war.

Als er jetzt auf dem Orientteppich unter dem großen Lüster stehen blieb, wurde ihm bewusst, wie sehr er befürchtet hatte, dieser Gang könnte seinen Vater das Leben kosten. Und genauso war es gekommen, allerdings nicht, weil sein Vater als Verräter enttarnt worden wäre. Dazu wäre es vielleicht gekommen, wäre der Abend ungestört verlaufen, denn Altamere hatte nie Sympathie für den König empfunden.

»Alles klar, Boone?«

Boone schob die Gedanken beiseite und richtete seine Aufmerksamkeit auf Wrath. Der riesenhafte Vampir saß auf einem Sessel am Kamin, weit zurückgelehnt, damit der große hellbraune Hund auf seinem Schoß Platz fand. George begrüßte Boone mit einem Schwanzwedeln, kam aber nicht zu ihm. Nicht heute.

Das hier war ein offizieller Anlass, und irgendwie schien der Golden Retriever es zu spüren.

»Alles bestens, mein König.« Boone verbeugte sich, obwohl Wrath es nicht sehen konnte. »Danke, dass Ihr uns empfangt.«

Etwas leiser fragte Wrath: »Wo ist der andere?«

»Im Wartezimmer«, meldete Rhage von der Tür aus. »Ich glaube, er unterhält sich mit Saxton.«

Boone hatte Marquist die kalte Schulter gezeigt, als er hier eingetroffen war, und es war ihm nicht entgangen, wie eilig man ihn ins Esszimmer geleitet hatte, so als fürchteten die diensthabenden Brüder, es könnte zu unschönen Szenen kommen.

Schließlich hatte Boone drei Selbstlader und mehrere Munitionsstreifen dabei und sich eine Stahlkette um die Schulter gelegt. Nur für den Fall, dass er jemanden erwürgen wollte.

»Ist wirklich alles klar, mein Sohn?«, hakte Wrath nach. »Antworte ehrlich.«

Boone senkte den Blick. Obwohl die Augen hinter der Panoramasonnenbrille blind waren, konnte er dem König nicht ins Gesicht lügen.

»Ja, alles gut.«

»Meinst du.«

Jemand klopfte gegen den Türrahmen, und Boone sah sich um. Saxton, der königliche Rechtsberater, stand im offenen Durchgang.

»Mein König, dürfen wir eintreten?«

»Ja. Bringen wir die Sache hinter uns.«

Saxton trug ein dickes Dokument mit sich und nickte Boone zur Begrüßung zu, bevor er sich an sein Schreibpult setzte. Seine aristokratische Herkunft spiegelte sich in einem Tweedanzug mit kontrastierendem Hemd, Krawatte und buntem Einstecktuch, doch seine grauen Augen wirkten wachsam – und verengten sich misstrauisch, als Marquist eintrat und die Türen geschlossen wurden.

Boone trat ein paar Schritte zur Seite, um Abstand von

Marquist zu halten, denn die Kleidung seines Vaters an dem Idioten zu sehen, weckte den Wunsch in ihm, einen Ladestreifen in seine Stirn zu entleeren.

»Mein König«, wandte sich Marquist in der Alten Sprache an Wrath, *»es ist mir die höchste Ehre, Euch gegenüberzutreten. Erlaubt mir, Euch meine Treue …«*

Der Butler kam auf Warth zu, doch der wandte sich in Rhages Richtung, und der Bruder reagierte sofort: Er sprang los und packte Marquist bei der Schulter.

»Nicht weiter«, presste er hervor. »Du bleibst schön hier hinten.«

Marquist war gekränkt. »Als Zivilist habe ich das Recht, meinem König Respekt zu zollen.«

Rhage nahm ihn bei den Oberarmen, hob ihn hoch wie einen Toaster und trug ihn zurück zu seinem ursprünglichen Platz. Als er ihn abstellte, bemerkte Boone ein Paar Halbschuhe an Marquists Füßen, das sein Vater erst vor sechs Monaten gekauft hatte.

Gelangweilt sagte Rhage: »Respekt bekundet. Komm zur Sache.«

Marquist blinzelte, als hätte er sich das Treffen anders ausgemalt und müsste sich erst einmal umstellen. Boone war nicht überrascht. Der Butler führte sich auf, als entstamme er der *Glymera*, dabei hatte er nichts als einen geborgten Anzug und ein affiges Gehabe vorzuweisen.

Obwohl … obendrein vermutlich eine Erbschaft.

Saxton räusperte sich. »Wir sind hier, um das Erbe von Altamere, Sohn des Himish, zu klären. Wie sich die Anwesenden erinnern« – der Anwalt wandte sich Boone zu und neigte den Kopf –, »ist Altamere vor drei Nächten in den Schleier eingetreten. Letzte Nacht wurde nach dem üblichen Vorgehen eine Schleierzeremonie mit Zeugen vollzogen. Nachdem dieser Formalität nachgekommen wurde, ist es nun Zeit, den Letzten Willen zu verlesen und zu beglaubigen. Ein als Testament bezeichnetes Dokument wurde mir von Marquist, Sohn des Merihew, übergeben und liegt uns vor.«

Boone starrte gebannt auf Saxton und merkte, wie flach sein Atem ging.

»Was steht drin?«, fragte der König schroff.

Ein verlegenes Schweigen breitete sich aus, und Saxton blickte auf das drei Zentimeter dicke Schriftwerk mit Kordelbindung. Von der Titelseite hingen Satinbänder in Orange und Blau, Boones Familienfarben.

»Mein Vater hat mich enterbt«, sagte Boone. »Habe ich recht?«

Traurig räusperte sich Saxton. »Ja, es hat ganz den Anschein. Das Kodizill wurde vor einem Jahr hinzugefügt.«

»Und er vermacht alles Marquist.«

»Ja.«

Der Butler horchte auf. »Wie bitte? Verzeihung, aber was genau wird mir vermacht?«

»Alles«, erwiderte Saxton. »Sollte sich dieses Dokument tatsächlich als die letzte Version des Testaments erweisen, erben Sie Altameres gesamtes Vermögen, materiell wie immateriell. Darüber hinaus wurden Sie als Begünstigter aller Fondausschüttungen eingesetzt.«

Marquists Erstaunen wich nach und nach einem selbstzufriedenen Lächeln. »Mein Herr war großzügiger, als ich dachte.«

»Ist es gefälscht?«, fragte Wrath. Der Butler öffnete den Mund, doch der König knurrte: »Tu dir selbst einen Gefallen und halt die Klappe. Ich bin echt schlecht drauf, und wenn du niemanden übers Ohr gehauen hast, willst du, dass ich zu deinen Gunsten entscheide, statt jemanden zu beauftragen, dich in einen Organspender zu verwandeln.«

Marquist klappte den Mund so schnell zu, dass die Backenzähne klackten.

Saxton hüstelte in seine Faust. »Boone, ob Sie nun in diesem Testament erscheinen oder nicht, Sie sind Altameres nächster Verwandter, nachdem seine zweite *Shellan* ebenfalls verstorben ist. In dieser Eigenschaft bitte ich Sie, zu mir zu kommen und die Echtheit der Unterschrift Ihres Vaters zu bestätigen.«

Während der Anwalt zum Ende des Dokuments blätterte, sagte Boone: »Wann wurde das Kodizill unterzeichnet?«

Saxton war auf der letzten Seite angelangt und glättete das Blatt. »Die Unterschrift stammt vom siebzehnten Februar letzten Jahres.«

Boone schüttelte den Kopf. »Dann ist sie echt. Marquist hat das Testament nicht gefälscht.«

»Das stimmt«, beeilte sich der Butler zu sagen. »Ich habe nichts dergleichen getan. Altamere deutete an, dass er gewisse Änderungen vorgenommen hatte, die sich zu meinen Gunsten auswirken würden, aber ich wusste nichts Genaues. Ganz bestimmt hätte ich nicht erwartet, dass er mir … das gesamte Erbe vermacht.«

»Was hat es mit diesem Datum auf sich?«, wandte sich Wrath an Boone.

Boone verschränkte die Arme, und als er dabei die Klingen spürte, die er mit den Griffen nach unten an die Brust geschnallt hatte, wurde er von einer inneren Unruhe erfasst.

»Das war vierundzwanzig Stunden nach der Auflösung meiner geplanten Vereinigung«, erklärte er emotionslos. »Daher weiß ich, dass die Unterschrift echt ist. Mein Vater war außer sich vor Zorn, als mich die Versprochene abwies, da ich unwürdig war.«

Okay, das war nicht gelogen, aber es war nur die halbe Wahrheit. Boone hätte gewettet – hätte er noch etwas zu verwetten gehabt –, dass der wahre Grund in seiner zweifelhaften Herkunft lag und in seiner Drohung, sie zum Thema zu machen.

Aber wen kümmerte das heute noch?

Wraths Brauen erschienen über dem Rand seiner Brille, und Saxton räusperte sich. »Wie dem auch sei, könnten Sie herkommen und sich die Unterschrift ansehen?«

Boone trat an das Schreibpult und beugte sich über das Testament, das Saxton für ihn umdrehte. Die verschnörkelte Unterschrift war unverkennbar die seines Vaters – und ganz bestimmt nicht leicht zu imitieren.

»Sie ist echt.«

Saxton sah aus, als wollte er sein Beileid bekunden. »Würden Sie sich bereit erklären, das eidesstattlich zu bestätigen?«

»Klar, kein Problem. Wo muss ich unterschreiben …«

»Nur damit das klar ist«, fuhr Wrath dazwischen, »wenn du das unterzeichnest, verzichtest du auf alles. Du denkst, die Unterschrift wäre echt, weil du deinen Vater enttäuscht hast, aber selbst, wenn du davon überzeugt bist, könntest du das Testament anfechten. Als engster Angehöriger hast du Klageanspruch. Vielleicht kommt durch die Untersuchung etwas ans Licht, das dir im Moment nicht bewusst ist. Unzulässige Einflussnahme zum Beispiel.«

Im Klartext: Der König traute Marquist nicht über den Weg.

Boone schüttelte den Kopf. »Ich werde es nicht anfechten.«

Wrath senkte die Stimme. »Es ist dein Familienerbe. Bei einer Familie wie deiner reden wir vermutlich über wertvolle Kunstwerke und Antiquitäten, die sich im Laufe vieler Jahrhunderte angesammelt haben. Und dann das Geld, die Aktien. Sei nicht dumm, nur weil du wütend bist.«

»Ich bin nicht wütend.« Er wandte den Blick in Richtung Tohr und Rhage, weil er wusste, dass ihn die Brüder am besten kannten und einschätzen konnten. »Ich fühle gar nichts. Marquist kann den Plunder haben. Soll er damit machen, was er will. Spenden, sparen, verkaufen, verschenken. Es ist mir gleich. Nach all der Zeit bin ich lieber frei als finanziell abgesichert.«

Auf diese Worte folgte langes Schweigen, und Boone vermutete, dass mindestens einer der Brüder, vermutlich auch Wrath, überlegte, dass er sich einer psychologischen Beurteilung unterziehen sollte.

Marquist dagegen sah immer mehr so aus, als hätte er das große Los gezogen.

Was ja auch zutraf.

Wrath streichelte den Kopf des Golden Retrievers. »Ich gebe dir zwei Wochen Zeit, um darüber nachzudenken.«

»Ich brauche keine Bedenkzeit …«

»Du bekommst sie trotzdem.« Der König blickte wütend in Marquists Richtung – und obwohl es der Blick eines Blinden war, wischte er das dümmliche Grinsen aus dem Gesicht des Butlers. »Und du wirst ihm erlauben, die nächsten vierzehn Nächte in seinem Elternhaus zu wohnen. Wenn ich von irgendwelchen Zicken erfahre, zerfetze ich dieses Testament und übergebe das Erbe einem Wohltätigkeitsverein, den Boone auswählen darf.«

»D-das könnt Ihr nicht tun«, stammelte Marquist.

Wrath lächelte und entblößte dolchlange Fänge. »Wir sind hier nicht in der Menschenwelt, Arschloch. Ich bin König und kann tun und lassen, was ich will. Ich kann jemanden zu dir schicken, wenn du schläfst, und dafür sorgen, dass du nicht zum Ersten Mahl erscheinst. Tu, was ich sage, und du erbst vermutlich mehrere Millionen und eine hübsche Bude. Also brav sein und Klappe halten, sonst bringe ich dich unter die Erde.«

Tja, das war natürlich auch eine Möglichkeit, dachte Boone.

Doch er wandte sich an Wrath und schüttelte den Kopf. »Ich habe kein Problem mit dem Testament, aber wenn Ihr wollt, dass wir zwei Wochen warten, fein.« Er sah Marquist an. »Nehmen Sie das Geld und den Krempel, aber wenn Sie glauben, Sie könnten in die Fußstapfen meines Vaters treten, nur weil Ihnen seine Schuhe passen, werden Sie sich noch wundern. Die *Glymera* akzeptiert nicht einmal die eigenen Angehörigen. Sie werden nie mehr haben als ein riesiges Haus, in dem Sie einsam herumlaufen können, und Plunder, der Ihnen nicht gehört. Reichtum sieht nur von außen toll aus, das können Sie mir glauben.«

Damit drehte er sich um und ging.

Als er Tohr und Rhage erreichte, machte er sich auf einen Vortrag gefasst, von wegen, dass er nicht in den Einsatz gehen sollte. Dass er noch immer vom Dienst befreit war. Dass er Zeit brauchte, um diese neue, unschöne Enthüllung zu verdauen.

Aber die Brüder öffneten ihm die Türen und traten zur Seite.

War ihnen klar, dass sie ihn nicht aufhalten konnten, oder ahnten sie nicht, was er vorhatte? Er wusste es nicht.

Und es spielte auch keine Rolle.

Wie so vieles in seinem Leben.

22

Boone stapfte durch gefrorenen Schneematsch, irgendwo in einer Gasse in der Innenstadt. Eiskalter Wind brannte auf seinen Wangen und in seinen Ohren. An den Händen. Bei seinem überstürzten Aufbruch zum Audienzhaus hatte er die Handschuhe vergessen, aber es war ihm egal, ob er sich Erfrierungen holte. Oder was bei der Testamentseröffnung herausgekommen war. Oder dass er praktisch obdachlos war.

Oder dass ihn sein Vater aus dem Stammbaum ausradiert hatte. Zugunsten eines fremden Zivilisten, der durch Zufall in ihr Leben geraten war und die Familiengeschichte verändert hatte. Vermutlich in mehrfacher Hinsicht.

Doch nochmals, nichts von alledem war auf seinem Radar.

Zumindest nicht bewusst.

Obwohl sein Kopf vollkommen leer war, wogten Wellen von Aggression durch seinen Körper, und die treibende Kraft seiner Kampfbereitschaft war wie ein Atomreaktor kurz vor der Kernschmelze.

Aber er war nicht wütend auf seinen Vater. Nicht doch, woher denn. Es. Ging. Ihm. Blendend.

Er wollte nur jeden letzten *Lesser* töten, der in der Geschichte des Krieges existiert hatte. Und wenn er damit fertig war, würde er sich einen neuen Gegner suchen müssen, denn im Moment, in seinem gegenwärtigen Gemütszustand, war er unersättlich.

Er kam aus der Gasse auf eine vierspurige Straße und überquerte sie ungerührt, ohne die hupenden Autofahrer, die auf die Bremsen treten mussten, auch nur eines Blickes zu würdigen. Hinter sich hörte er ein Scheppern und Flüche, und bald würden Sirenen folgen. Aber bis dahin wäre er längst fort.

Boone lief durch die nächste Gasse, überquerte weitere Straßen in dieser heruntergekommenen Gegend. Ungefähr eine halbe Meile weiter stieß er endlich auf eine Gelegenheit, auch wenn es nicht das war, wonach er suchte.

Keine *Lesser.*

Es war eine Menschenfrau, die ihm vor die Füße lief, nur halb gekleidet, barfuß und aus mehreren Wunden blutend. Diesmal musste er auf die Bremse treten, so wie die Hondas und Nissans auf den Straßen, die er gekreuzt hatte. Glücklicherweise fanden seine Stiefel besseren Halt auf dem Schnee als irgendwelche Reifen, und er blieb trotz seiner Masse augenblicklich stehen.

Die Frau drehte sich um, erfasste ihn mit einem Blick und schrie wie am Spieß. Verständlich. Schließlich hatte er seit zwölf Blocks die Fänge gebleckt und war ungefähr dreimal so groß wie sie.

Schlitternd und stolpernd floh sie die Gasse hinunter und zog eine Blutspur hinter sich her.

Boone stand einfach nur da und keuchte große weiße Wolken in die Luft. Ach verdammt, er hatte wirklich keine Lust, in irgendein menschliches Drama verwickelt zu werden. Aber es war wie mit dem Hund, der einem vor die Stoßstange lief, wenn man gerade auf dem Weg zu Starbucks war, um sich einen Caffè Latte zu holen …

Natürlich konnte man weiterfahren und sich den dämlichen Kaffee holen.

Aber man würde sich den Rest der Nacht mit der Frage herumschlagen, was aus dem verdammten Tier geworden war.

Und kein Milchschaum der Welt konnte einen davon heilen.

»Ach verdammt«, murmelte er, als sein Traum von geschlachteten *Lessern* zerplatzte und er sich stattdessen Erinnerungen löschen und einen Notruf absetzen sah.

Doch ihm war aufgefallen, dass die Frau von der Hüfte abwärts nackt war … und Blut an der Innenseite ihrer Oberschenkel klebte …

Fünf Meter vor ihm flog eine billige Sperrholztür auf und krachte mit dem knappen Laut einer Axt, die auf Hartholz trifft, gegen das Gebäude.

Der Mann, der herauskam, zog sich im Gehen die Hose hoch und hielt ein Messer zwischen den Zähnen. Im Gegensatz zu seiner Vorgängerin bemerkte er Boone nicht einmal. Er war zu sehr damit beschäftigt, den blutigen Fußabdrücken im Schnee zu folgen – und als er die Geflohene entdeckte, stieß er ein hässliches Lachen aus. Er musste nicht rennen, um sie einzuholen, sondern stakste in Stiefeln hinter ihr her. Sein nackter Oberkörper war mit schwarzen Tattoos überzogen, die Muskeln von einer ordentlichen Fettschicht bedeckt.

»Das ist eine Sackgasse, Schlampe«, rief er aus. »Und hier kommt niemand, um dich zu retten.«

Die Nachricht von dem Trainingsschüler, der auf eigene Faust losgezogen war, erreichte Syn zu Beginn seiner Schicht. Er sprach nicht mit Balthazar darüber, denn das wäre unnötig gewesen. Zum einen hatte sein

Partner die Nachricht selbst bekommen, aber vor allem hatten Syn und die Bande selten mit den jungen Soldaten zu tun, auch wenn sie von Zeit zu Zeit beim Trainingsprogramm aushalfen, wenn es Engpässe bei der Bruderschaft gab.

Dass sich also einer der Jungs in den Straßen herumtrieb, schwer bewaffnet und ohne Partner, ging ihn nichts an.

Also dachte er nicht weiter daran, während er und Balthazar den westlichen Quadranten der Innenstadt abliefen. Dieses verwahrloste Viertel aus leer stehenden Hochhäusern und Crackhöhlen war seine Lieblingsgegend, weil sich die Menschen hier um ihre eigenen Angelegenheiten kümmerten. Ganz gleich wie viele Schüsse oder Schreie oder merkwürdige Gerüche in die Nacht drangen, niemand mischte sich ein.

Natürlich wusste das auch die Gesellschaft der *Lesser*, und so war dieses Viertel aus zehn, fünfzehn Blocks der beste Jagdgrund der Stadt. Und schon nach anderthalb Stunden Pirsch erschienen tatsächlich zwei *Lesser*. Syn hatte seinen schnell getötet – ein Missgeschick, aber so war das nun einmal, wenn man unsauber zustach und dabei die Halsader traf. Eigentlich hatte er auf die Schulter gezielt, um den Tod des Gegners ein wenig hinauszuzögern, aber der Idiot war nach links ausgewichen, als er nach rechts hätte ausweichen sollen.

Das Ergebnis war ein Geysir wie der Old Faithful gewesen, eine Fontäne aus übel riechendem schwarzem Öl.

Anscheinend hatte Omega seine neuen Rekruten auf Gerinnungshemmer gesetzt.

Balthazar dagegen, der alte Glückspilz, hatte einen agilen Gegner mit Kampfgeschick erwischt. Die beiden lieferten sich einen verbissenen Ringkampf, obwohl es jede Menge Pistolen gegeben hätte, zumindest aufseiten von Balthazar. Aber in letzter Zeit traf man immer seltener auf Feinde, also musste man die wenigen Gelegenheiten nutzen, um an seiner Technik zu feilen.

Wer hätte gedacht, dass das Ende des Krieges so langweilig sein würde?

Nachdem Syn seinen lachhaften Gegner durch einen Stich in die Herzgegend zu seinem Boss zurückgeschickt hatte, machte er sich vom Acker, obwohl er Balthazar nur zu gern geholfen hätte. Und mit »helfen« meinte er, dazwischenspringen und den Feind erstechen. Ein paar Hundert Mal.

Doch der Abend war jung, und eine Aktion wie diese würde seinen Partner nachhaltig verstimmen. Und dann musste er eine Ewigkeit mit einem maulenden Balthazar herumlaufen …

Als der Wind die Richtung wechselte, drang der Geruch von rotem Blut an seine Nase, schwach und ziemlich fern. Trotzdem lief ihm das Wasser im Mund zusammen, und seine Fänge fuhren aus. Beides sichere Zeichen dafür, dass er sich viel zu lange nicht genährt hatte – besonders, weil es sich um Menschenblut handelte, nicht das einer Vampirin, und normalerweise interessierte er sich nicht für diese dünnflüssige Plörre.

Doch jetzt hielt er die Nase in den Wind und schnupperte. Der Geruch war frisch. Richtig frisch.

Er pfiff durch die Zähne und wartete auf Antwort von seinem Kameraden – die umgehend kam. Balthazar verpasste seinem Gegner einen fiesen rechten Haken, sodass dieser rückwärts gegen einen Müllcontainer stolperte, dann sah er sich nach Syn um.

Syn tippte sich an die Nase und deutete die Gasse runter.

Balthazar nickte und wandte sich wieder seinem Gegner zu, sprang ihm ins Genick, packte sein Haar und spielte Hüpfball mit seinem Gesicht an der Wand eines Backsteingebäudes, *Padabum, padabum, padabum* …

Beim Schleier, dieser schwarze Spritzfleck sah aus wie ein urbaner Rorschach-Test.

Syn wandte sich ab. Er wusste, dass Balthazar die Sache im Griff hatte, und sollten sich weitere Jäger dazugesellen? Nun, dann wäre Syn nicht weit.

Er folgte dem Geruch, der ihn weiter in die Gasse hineinführte, und nach dreihundert Metern entdeckte er blutige Fußabdrücke im Schnee – begleitet von zwei weiteren Spuren. Dazu drang eine tiefe Männerstimme an sein Ohr. Sie kam aus einiger Entfernung und hallte von den Wänden wider, als stünde der Sprecher am Ende einer Sackgasse.

Etwas blitzte auf in der Dunkelheit vor ihm, etwas Helles.

Syn joggte los, in den dunkelsten Teil der Gasse, doch seine Augen gewöhnten sich schnell an das spärliche Licht: Eine Frau rannte um ihr Leben, nur dürftig bekleidet, mit nackten, blutverschmierten Beinen. Ihre Bewegungen waren unkoordiniert, als litte sie Schmerzen oder stünde unter Drogen. Ihr folgte ein Mann mit großen Schritten, gleichmäßig und unaufhaltsam, wie ein Metronom des bevorstehenden Todes …

Und plötzlich war da eine dritte Gestalt, groß und dunkel. Sie erschien zwischen dem Mann und der Frau wie aus dem Nichts.

Wie es nur Vampire konnten.

Die schwarze Lederjacke und die Haltung erkannte Syn sofort. Beim Gesicht brauchte er länger.

Wer hätte das gedacht, er hatte den vermissten Trainingsschüler gefunden. Boone war ein Muskelberg und versperrte dem Verfolger den Weg.

Ein galanter Zug, wenngleich das Opfer eine Menschenfrau war. Dumm nur, dass der barmherzige Samariter durch dieses Verhalten eine Fülle von Regeln brach, angefangen mit »Misch dich nicht in Angelegenheiten ein, die uns nichts angehen«. So ziemlich dem ersten Punkt auf der Liste.

Doch der Junge hatte Glück. Das, was er zweifellos gleich abziehen wollte, war an diesem abgelegenen Ort kein Problem.

Denn wer wäre Syn, ihm diesen Spaß zu verderben?

23

Boones unerwartetes Erscheinen zwischen dem Mann und seinem Opfer löste bei beiden Parteien heftige Reaktionen aus: Die Frau kreischte, und der Angreifer mit dem Messer in der Hand machte einen Satz zurück und landete auf dem Hintern.

Boone sah sich über die Schulter um und wandte sich an die Frau: »Machen Sie die Augen zu.«

Ihr blasses Gesicht war aufgeschürft, in ihrem Haar klebte Blut, aber sie zitterte nicht, trotz eisiger Kälte, was kein gutes Zeichen war.

»Halten Sie sich die Augen zu. Ich sage Ihnen, wenn Sie sie wieder öffnen können. Vertrauen Sie mir, ich lasse nicht zu, dass Ihnen etwas zustößt, aber das hier wollen Sie nicht sehen.«

Ihre Brust hob und senkte sich unter schweren Atemzügen, ihre Augen waren weit aufgerissen. Doch seine Worte schienen zu ihr durchzudringen, denn sie nickte ruckartig, ging in die Hocke, zog den Kopf ein und hob die blutigen Hände vors Gesicht.

Als wäre sie es gewöhnt, vor Schlägen in Deckung zu gehen.

Boone wandte sich dem Angreifer zu und bleckte die Fänge.

Der Mann grub die Hacken in den gefrorenen Schnee und schob sich auf allen vieren rückwärts, wobei ihn das

Messer in der Hand behinderte. Fort war die männliche Prahlerei, die Aggression, das siegesgewisse Allmachtgebaren.

Er hatte sich eingenässt.

Boone ging auf ihn zu und wusste, mit welcher Waffe er ihn töten würde.

»Sie ist doch nur eine billige Schlampe«, sagte der Mensch. »Was soll der Scheiß.«

Es sagte noch mehr, aber Boone hörte nicht hin.

Stattdessen machte er einen Satz und griff frontal an. Mit einer Hand packte er den Mann am Hals, mit der anderen griff er nach dem Arm, mit dem er das Messer hielt. Es fand kein nennenswerter Kampf statt. Menschen, selbst männliche, hatten der Kraft eines Vampirs wenig entgegenzusetzen, und Boone hatte ihm den Arm in Sekundenschnelle ausgekugelt, sodass sein Messer in den Schnee fiel.

Der gellende Schmerzensschrei aus dem Mund des Angreifers war wie Musik in Boones Ohren, aber er durfte ihn nicht so viel Lärm machen lassen.

Er zwängte ihm die Finger in den offenen Mund und zerrte mit solcher Kraft an seinem Unterkiefer, dass der Oberkörper mitangehoben wurde. Dann rammte er ihn mit dem Hinterkopf in den vereisten Schnee. Der Aufprall versetzte sein Opfer in die benommene Reglosigkeit, auf die er es abgesehen hatte: Der Mann lebte noch – seine Brust hob und senkte sich, die Adern an seinem Hals pulsierten –, doch sein Geist war benebelt.

Das würde sich bald ändern.

Nicht, dass es für ihn noch einen Ausweg gab …

Aus dem Augenwinkel sah Boone das Messer, mit dem der Mann sein Opfer verletzt hatte. Es lag etwas abseits im Schnee, und die verschmierte Klinge glänzte matt.

Cool, dachte Boone. Mit einer stumpfen Klinge machte die Sache gleich noch mal so viel Spaß.

Er umfasste den Griff, ging in die Hocke und wartete ab, bis sich die blutunterlaufenen Augen des Mannes wieder klärten. Es dauerte nicht lang, Beleg dafür, dass der Kerl noch relativ jung war und der Schnee den Aufprall abgepolstert hatte. Als Boone sicher war, dass der andere ihn wahrnahm, beugte er sich über ihn und hielt ihm das Messer vor die Nase.

Ein Murmeln. Der Mann stammelte etwas Unverständliches vor sich hin. Dann folgte, etwas deutlicher, verzweifeltes Betteln.

»Ich will, dass du hinsiehst«, sagte Boone genüsslich. »Okay? Bist du dabei? Ärger mich nicht, das wäre unklug. Bist du bereit? Antworte.«

Als er mit dem Kopf nickte, deutete Boone auf die Spitze des Messers. Dann schwenkte er den Zeigefinger in Richtung der Leistengegend des Mannes.

Der stöhnte und schob eine schützende Hand über die empfindliche Stelle.

»Nicht doch«, sagte Boone leise. »So kommen wir nicht weiter.«

Er langte in die Jackentasche und zog ein Halstuch heraus, das er immer als Notbehelf für einen Druckverband bei sich trug. Dann rammte er das Messer mit einem schnellen Stoß in den Rücken der schützend vorgehaltenen Hand.

Der Mann öffnete den Mund zu einem Schrei, doch Boone stopfte ihm das zusammengeknüllte Stück Stoff zwischen die Zähne.

Danach formte er eine Faust und stieß sie dem Mann so fest gegen die ausgerenkte Schulter, dass man Knochen brechen hörte. Es war ein Belastungstest für den

Knebel – den dieser problemlos bestand. Der Schrei wurde gedämpft, als hätte der Gemarterte einen Leinensack über dem Kopf. Das Gestrampel der Beine war dagegen lästig, es wühlte den Schnee auf, verschob den Oberkörper – und Boone hätte sich der Sache angenommen, doch er machte sich Sorgen um die Menschenfrau, die immer mehr auskühlte und zu viel Blut verlor.

Also zog er das Messer aus dem Handrücken des Mannes und wartete, bis sich dessen Augen einmal mehr klärten. Dann hob er den Bund der Hose an und schob das Messer mit der Spitze darunter. Es war eine dunkelblaue Arbeitshose, wie sie Hausmeister trugen, und der uringetränkte Stoff war zäh, aber irgendwann gab er der stumpfen Klinge nach.

Darunter keine Unterwäsche. Welch Überraschung.

Boone drängte sich zwischen die zuckenden Beine des Mannes und drückte sie mit den Knien auf den Boden. Kurz bevor er die Klinge anlegte, hielt er inne und überlegte, ob er zu weit ging.

Doch dann dachte er an die Frau, die hinter ihm kauerte.

»Das ist für sie«, knurrte er.

Kurz vor Mitternacht dematerialisierte sich Helania zu dem Vierundzwanzig-Stunden-Diner, in dem sie mit Boone verabredet war. Als sie in den Schatten des Parkplatzes Gestalt annahm, musste sie grinsen. Der Laden hieß tatsächlich The 24 Hour Diner.

Der Name war Programm.

Sie trat auf den Fußweg, der um das Gebäude herum zum Eingang führte. Die Verkleidung aus Stahlpaneelen und die geschwungenen Fenster gefielen ihr, auch dass eine überraschend große Anzahl von Menschen in den Sitznischen an den Fenstern und auf Hockern am Tresen saß.

Sie trat ein und blieb zögernd gleich hinter der Tür an der Kasse stehen. Das Dekor war ganz auf Fünfzigerjahre getrimmt, alles in Rot und Weiß, karierte Servietten und Vorhänge, Kellnerinnen mit weiten Röcken, Rüschenblusen und Schürzen. Über dem Tresen hing eine große Tafel mit den Angeboten, neben einem Getränkespender gab es eine Glasvitrine mit verschiedenen Kuchen, und jeder Tisch hatte eine eigene kleine Jukebox.

Boone war nirgends zu sehen, und sie erkannte auch sonst niemanden als Angehörigen der Spezies.

Das Gefühl, hier nicht hinzugehören, rief eine irrationale Panik in ihrer Brust hervor, und sie überlegte, ob sie kehrtmachen und gehen sollte. Doch dann straffte sie die Schultern und sagte sich, dass sie bleiben würde, selbst wenn sie versetzt wurde und es hieß, dass sie allein ein Stück Kuchen essen musste.

Es war höchste Zeit, ihren Horizont auszuweiten. Selbst wenn er nur bis in eine Sitznische im 24 Hour Diner reichte.

Eine ältere Frau kam auf sie zu, auf ihrem Namensschild stand »Ruth«. »Guten Morgen, Darling, suchen Sie einen Platz?«

Ihr Akzent überraschte Helania, sie hatte noch nie jemanden aus den Südstaaten getroffen.

»Äh, ich bin mit Freunden verabredet?«, sagte sie unsicher.

»Sind sie schon da?«, erkundigte sich die Kellnerin.

Helania sah sich erneut um. Als hätte man drei Vampire inmitten von Menschen übersehen können. »Äh, nein. Sieht nicht so aus.«

»Wie viele werden Sie?«

Zumindest glaubte sie, dass die Kellnerin das sagte. »Verzeihung?«

Helania verfiel zurück auf alte Gewohnheiten und las ihre Lippen, als die Frau ihre Frage wiederholte: *Wie viele werden Sie?*

»Drei?« Okay, ihr fragender Ton ging ihr langsam selbst auf den Wecker. Als könnte die Kellnerin hellseherisch bestätigen, mit wie vielen Leuten Helania verabredet war. »Ich meine vier. Insgesamt. Mit mir zusammen.«

Das Lächeln, das ihr entgegenstrahlte, war so unerwartet und so … freundlich, dass Helania den Tränen nahe war.

»Sie sind nervös«, sagte die Kellnerin. »Treffen Sie sich mit einem Mann?«

»Ich … äh … ja. Wir … kennen uns noch nicht lang. Ich treffe ihn und seine Freunde – ein Paar. Ich meine, es kommt noch ein anderes Paar. Mit ihm.«

»Oh, ein Pärchenabend! Nur mir nach, kommen Sie, da drüben ist es ruhig.«

Helania folgte der Kellnerin zu einer Sitznische im hinteren Bereich gegenüber der Theke. Während sie sich so hinsetzte, dass sie die Tür im Blick hatte, brachte Ruth vier Gläser Wasser und lehnte sich mit der Hüfte an die Polsterbank ihr gegenüber.

»Dann erzählen Sie mir mal von Ihrem Beau«, sagte sie.

Nun ja, er ist Vampir und verdient seinen Lebensunterhalt mit dem Abmurksen von Untoten. Außerdem küsst er toll.

»Wir lernen uns gerade erst kennen.« Äußerlich wie auch tiefer gehend, dachte sie und errötete. »Und er ist sehr nett.«

»Honey, dann haben Sie den Richtigen erwischt. Ich war fünfzig Jahre lang mit meinem Merv verheiratet, und am Grab habe ich ihn noch genauso geliebt wie am Traualtar.« Ruth beugte sich zu ihr rüber und senkte die Stimme. »Denken Sie an mich, suchen Sie sich einen Netten. Die schlimmen Jungs brechen Ihnen das Herz, darauf lässt sich eine Frau nur einmal ein, wenn sie klug ist. Aber die Netten? Mit einem netten Kerl kann man sich niederlassen.«

Ruth zwinkerte Helania zu und richtete sich auf. »Möchten Sie Kaffee?«

Möchte ich?, fragte sich Helania.

»Gerne?« Verflixt, schon wieder dieser fragende Ton. »Ich meine, ja. Bitte.«

»Milch, Zucker? Wir führen hier allerdings keine Mandelmilch oder dieses Sojazeug, also fragen Sie erst gar nicht danach. Unsere Milch kommt von Kühen. Mit dem anderen Quatsch verdirbt man sich nur den schönen Kaffee.«

Helania wusste nicht, wie sie ihren Kaffee wollte, und entschied sich letzten Endes einfach für schwarz. Als Ruth loszog, um ihn zu holen, rieb sie ihre verschwitzten Hände an der Jeans ab. Vermutlich trug der Parka nicht unerheblich zu ihren Hitzewallungen bei, also zog sie ihn aus und stopfte ihn neben sich in die Ecke der Sitzbank. Schließlich hatte sie bald Hände zu schütteln.

Gerade inspizierte sie die Mini-Jukebox, als sie etwas witterte und den Kopf hob.

Ein sehr sympathisch aussehendes Paar kam durch die Tür. Sie war blond und auffallend hübsch, eine von diesen Frauen, die selbst in Jeans und Wollmantel einen eleganten Eindruck machten. Ihr Begleiter war sehr groß und trug eine Syracuse-Baseballkappe. Seine Haltung wirkte entspannt, obwohl er den Blick durch das Diner streifen ließ, als wäre er bereit, einen tödlichen

Angriff abzuwehren, nur für den Fall natürlich, dass es nötig war.

Als sie Helania entdeckten, war ihr erster Gedanken: *Was hätte Isobel getan?* Und die Antwort war klar: Ihre Schwester wäre aufgesprungen, auf sie zugeeilt, hätte sie umarmt, obwohl sie sich nicht kannten, und sie zum Tisch geführt, um sich daran zu machen, zu ihrer besten Freundin und Vertrauten zu werden.

Okay, all das schied für Helania aus. Verflixt, sie war so nervös, dass sie vermutlich stolpern und auf der Nase landen würde, wenn sie aufstand. Und bevor sie sich einen Plan B ausdenken konnte, winkten die beiden und kamen auf sie zu.

Helania schluckte und schielte zum Fenster neben ihr. Sie konnte sich noch immer nach draußen dematerialisieren. Es den beiden überlassen, die Erinnerung der Kellnerin zu löschen. In ihre Wohnung zurückkehren und so etwas nie wieder versuchen.

Unter keinen Umständen.

Doch dann kam ihr eine Erkenntnis. Es ging gar nicht darum, was Isobel tun würde.

Die Frage war, was Helania tat. Und nur weil sie nicht auf die beiden zulief und sich spontan mit ihnen anfreundete, war sie noch lange nicht durch irgendeine Prüfung gerasselt. An ihrer schüchternen Art war nichts falsch.

Als das Paar vor ihr stand, holte sie tief Luft. Und dann sagte sie mit überraschend fester Stimme: »Hallo, ich glaube, wir sind zum Essen verabredet. Ich bin Helania.«

Ängstlich wartete sie ab, wie die beiden reagieren würden …

Die Vampirin lächelte und schob sich ihr gegenüber auf die Sitzbank. »Schön, dass wir uns kennenlernen!

Ich bin Paradise, und das ist mein *Hellren* Craeg. Boone hat von dir geschwärmt.«

»Ja«, bestätigte der Vampir. »Er ist verrückt nach dir.«

Paradise sah ihn vorwurfsvoll an. »Bring sie doch nicht in Verlegenheit …«

»Ich sag ja nur.« Craeg zuckte die Schultern. »Komm schon, *Lielan*, ihm geht es wie mir mit dir. Es schadet doch nicht, wenn sie es weiß.«

Paradise sah sie über den Tisch hinweg an und lächelte. »Hör zu, wenn wir Boone gerade verraten haben, entschuldigen wir uns später bei ihm. Aber es stimmt: Er schien ziemlich aufgeregt, als er uns schrieb, dass du kommst.«

»Viele Emojis.« Craeg trank einen Schluck Wasser. »Und er schickt sonst nie Emojis.«

Als Ruth mit dem Kaffee und Speisekarten kam, hatte Helania schon wieder feuchte Augen. Hektisch blinzelte sie dagegen an und atmete auf. Sie war erleichtert … und glücklich.

Wie cool sie war. Sie traf sich mit Leuten. Fand vielleicht Freunde.

Und wartete auf einen Typen, der »verrückt« nach ihr war.

Alles in allem konnte diese Nacht kaum besser laufen.

24

Wer hätte geahnt, dass sich das stumpfe Messer des Angreifers so gut für ein Gemetzel eignen würde? Oder musste es Geschnetzeltes heißen?

Ha, ha, ha.

Boone schien sich zu erholen, nachdem er in Gedanken schon wieder schlechte Witze reißen konnte. Ganz anders als der Mensch. Der würde sich nie mehr erholen. Aber vermutlich fühlte er nichts mehr, nachdem sich seine Brust nicht mehr hob und senkte.

So schnell vorbei, dachte Boone, als er von seinem Opfer abließ und sich auf die Hacken sinken ließ. Aber er hatte schnell arbeiten müssen – und jetzt musste er die Sauerei beseitigen. Der Schnee war rot, die Haut des Mannes war rot, eigentlich war alles …

Boone blickte auf. Das Ende der Sackgasse war in rotes Licht getaucht, die Mauer, die Rückseiten der Gebäude, der Unrat, der sich angesammelt hatte und nun unter Schnee begraben lag. Die Frau, die noch immer in der Ecke kauerte, mit eingezogenem Kopf, die Hände vor den Augen.

Er sprang auf, nahm das billige Messer in die Linke und zog mit der Rechten eine seiner Pistolen. Das merkwürdige Licht kam aus dem Schatten ungefähr zehn Meter von ihm entfernt, wo zwei Laserspots zu sehen waren …

Ein kalter Windhauch trug den Geruch eines Vampirs

zu ihm, und Boone runzelte die Stirn. »Wer ist da? Gib dich zu erkennen, oder du wirst was erleben …«

»Harte Worte von einem Trainingsschüler.«

Boone ließ die Waffe sinken. Er kannte diese Stimme. Und er kannte auch den Geruch. Er löste eine vage Erinnerung in seinem Hinterkopf aus, die er nicht greifen konnte.

»Zeig dich«, sagte er.

Die riesenhafte Gestalt, die hervortrat, trug die gleiche schwarze Lederkleidung wie er selbst. Aber wegen des roten Lichts, das von seinen Augen auszugehen schien, war sein Gesicht nicht zu erkennen.

»Hübsche Arbeit«, sagte der Kerl aus dem Schatten heraus. »Du könntest Chirurg werden. Nur das Reinemachen wird kein Spaß.«

Boone zuckte zusammen. »Syn?«

Ein durchdringendes Heulen durchschnitt die Nacht, es kam ein paar Blocks entfernt aus der anderen Richtung.

Augenblicklich erlosch das rote Glühen, und da sah Boone den anderen endlich richtig: den Irokesenschnitt, das harte, grobschlächtige Gesicht, die breiten Schultern.

»Gib mir das Messer.« Syn kam auf ihn zu. »Schnell.«

»Was? Warum?«

»Weil ich es verdammt noch mal sage.« Als Boone nicht reagierte, fluchte Syn und sprach lauter. Als hätte er was an den Ohren. »Gib mir das Messer von dem Typ und kümmre dich um die Frau. Oder möchtest du, dass ich das übernehme?«

Oh nein, ganz bestimmt nicht. Nichts gegen Syn, aber wer gerade um sein Leben gerannt war, brauchte keinen Retter wie ihn.

Also warf er Syn das Messer zu, trat auf die Frau zu und ging neben ihr in die Hocke. Sie hielt sich noch immer die Augen zu und … Scheiße, unter ihr hatte sich eine Lache aus Blut gesammelt.

»Alles ist gut, Sie sind in Sicherheit.« Er steckte die Pistole ins Holster und griff in seine Taschen. »Wir holen Hilfe.«

Er zog eine eingeschweißte Rettungsdecke heraus, riss die Verpackung auf und schüttelte sie auf. Als er sie ihr um die Schultern legen wollte, schrie sie auf und versuchte, vor ihm zurückzuweichen. Doch weil sie sich nicht festhalten konnte, fiel sie seitlich in den dreckigen Schnee.

»Nein, nein, Sie sind in Sicherheit.« Er legte ihr die Decke mit der silbernen Seite nach innen um und richtete sie vorsichtig auf. »Hier. Das hilft gegen die Kälte.«

Boone hielt die Decke fest, damit sie nicht runterrutschte, und sah sich nach Syn um.

Jemand kam die Gasse herunter, und so, wie Syn mit dem Messer in der Hand vor der blutigen Leiche stand, konnte man nur hoffen, dass es ein weiterer Vampir war …

»Gütige Jungfrau der Schrift«, war eine verärgerte Stimme zu hören. »Was hast du jetzt schon wieder angestellt?«

»So was kommt vor«, gab Syn zurück.

»Aber immer nur, wenn du dabei bist.«

Boone zog die Stirn kraus. Er erkannte Balthazar, noch einen von Xcors Männern. Was er nicht verstand, war das Thema der Unterhaltung.

»Du hast eine verdammte Schlachtplatte angerichtet.« Balthazar blieb am Fuß des Menschen stehen. »Und wie bekommen wir das wieder weg?«

Boone öffnete den Mund, um den kläglichen Zustand der Leiche zu erklären, aber Syn kam ihm zuvor.

»Der Penner hat es verdient. Und tu nicht so, als hättest du dir mit deinem Jäger nicht auch Zeit gelassen. Oder glaubst du, man schickt die *Lesser* zurück zu Omega, indem man ihnen die Schädel einschlägt? Falls nicht, sah es für mich verdammt so aus, als würdest du dich mit dem Burschen vergnügen …«

»Lenk jetzt nicht ab …«

»Du hättest den Kerl auch einfach erstechen können. Also komm mir nicht blöd, nur weil ich genau das Gleiche getan habe wie du.«

Boone öffnete den Mund, um die Sache klarzustellen, aber die beiden ignorierten ihn.

»Das da« – Balthazar deutete auf den Toten – »ist ein Mensch. Kein stinkender, explodierender *Lesser* …«

»Wer sind Sie?«

Inmitten des Streits, der um den Toten entfacht war, meldete sich die Frau zu Wort, und Boone sah sich nach ihr um. Sie hatte die Hände ein Stück weit heruntergenommen und starrte ihn aus schwarzen Augen an.

»Ich bin hier, um Ihnen zu helfen.« Er sorgte dafür, dass er ihr die Sicht auf das, was in der Gasse lag, verbaute. »Sie brauchen einen Sanitäter …«

»Nein«, flüsterte sie.

»Sie bluten. Innerlich.«

»Woher kommen Sie? Ist das ein Traum?«

Boone holte sein Handy raus und verschickte eine codierte Nachricht an alle, die im Einsatz waren. »Ich lasse jemanden kommen …«

»Nein!« Sie riss sich von ihm los. »Ich will nicht ins Krankenhaus …«

»Das sind keine menschlichen Sanitäter. Keine Sorge.«

»Menschlich …?«

Scheiße, dachte Boone.

»Hören Sie, bleiben Sie bei mir«, sagte er und zog die Rettungsdecke zurecht. »Sie dürfen nicht einschlafen.«

»Er hat noch nicht geantwortet.«

Craeg legte sein Handy mit dem Display nach unten auf den Tisch, und Helania verspürte schon wieder den Drang zu fliehen. Fast halb eins – und von Boone keine Spur.

Ein wenig erträglicher wurde es nur dadurch, dass er offensichtlich auch seine Freunde versetzte. Mittlerweile schon um dreißig Minuten.

»Tja«, sagte Paradise und lehnte sich zurück. »Ich bin am Verhungern. Wie wäre es, wenn wir bestellen und hoffen, dass er noch auftaucht?«

»Klingt gut.« Craeg schlug eine Speisekarte auf. »Die Kälte macht mich hungrig. Außerdem: Riecht hier außer mir jemand die Cheeseburger?«

Als Paradise sie über den Tisch erwartungsvoll ansah, wusste Helania nicht recht, was sie tun sollte. »Denkt ihr, Boone könnte etwas zugestoßen sein?«

Aber er hatte gesagt, er sei beurlaubt. Vermutlich suchte er nicht nach ärztlicher Behandlung wegen einer Kampfverwundung.

»Du meinst, verletzt im Einsatz?«, sagte Craeg hinter einem laminierten Reuben-Sandwich und einem Stück Kuchen hervor, die auf der Vorderseite der Speisekarte abgebildet waren. »Keine Sorge. Wir tragen immer Positionsanzeiger bei uns. Aber er ist ohnehin beurlaubt. Er wird jeden Moment aufkreuzen. Verlass dich drauf.«

Paradise nickte. »Ich glaube, Craeg hat recht. Bestellen wir. Er wird kommen. Was sagst du, Helania? Isst du mit uns?«

Ihre Kehle schnürte sich zu, und sie blickte erneut aus dem Fenster. Doch als sie den Mund öffnete, um »nein, danke« zu sagen, kam Ruth auf sie zu.

»Sie warten noch immer auf den letzten Mann?«, erkundigte sie sich. »Wollen Sie Kaffee, um sich die Zeit zu vertreiben?«

»Ich glaube, ich weiß, was ich möchte.« Craeg ließ seine Karte sinken. »Aber Ladies first.«

»Na, das ist mal ein Gentleman.« Ruth zwinkerte ihm zu und zückte ihren Block. »Wer möchte was?«

Alle Augen richteten sich auf Helania.

Sie holte tief Luft und stellte sich vor, wie sie allein in ihre Wohnung zurückkehrte. Um dort zu sitzen und zu warten. Und zu bangen, was Boone zugestoßen war.

Mit einem Räuspern schob sie ihren unberührten Kaffee in die Mitte des Tisches. »Ich hätte lieber eine heiße Schokolade. Das hätte mir vermutlich einfallen sollen, bevor ich Kaffee bestellt habe. Außerdem möchte ich zwei gewendete Spiegeleier mit weißem Toast und Speck – einer doppelten Portion Speck.«

»Ich nehme deinen Kaffee«, sagte Craeg.

»Er ist kalt«, warnte Helania.

»Koffein ist Koffein.«

Helania lächelte schwach und schob den Becher weiter in seine Richtung. »Es gibt Milch und Zucker, wenn du willst.«

»Aber nichts von diesem neumodischen Zeug«, fügte Ruth hinzu.

Während die Kellnerin ihren Text über den Unsinn von Laktosealternativen herunterleierte, fragte sich

Helania, worüber sie mit Boones Freunden reden sollte. Als sich ein Paar in die angrenzende Nische setzte und laut lachte, kehrte ihre alte Angst zurück, nicht richtig hören zu können.

Lippen, dachte sie. Sie konnte noch immer Lippen lesen. Während Craeg und Paradise bestellten, widerstand sie dem Drang, sich über die Stirn zu wischen. Unter dem Tisch begann ihre Ferse zu wippen, und ihre Hände schwitzten …

»Dann erzähl mal, wie habt ihr euch kennengelernt«, fragte Paradise. »Boone ist immer so schweigsam, aber wir wollen Details.«

Helania blinzelte und schob ihre Gedanken beiseite. Ruth war verschwunden, die Speisekarten waren weggeräumt, und Craeg hatte ihren kalten schwarzen Kaffee zur Hälfte ausgetrunken.

»Äh …« Der Gedanke, von ihrer Schwester und der ermordeten Frau zu erzählen, verschlimmerte das nervöse Gefühl in ihrem Magen. »Im Pyre's Revyval.«

»Ah, der Club.« Paradise hakte sich bei Craeg ein. »Ich wusste gar nicht, dass Boone auf so was steht. Er ist immer so schweigsam, aber das hätte er doch mal erwähnen können. Andererseits kenne ich ihn erst seit Kurzem, obwohl sich rausgestellt hat, dass wir sogar entfernt verwandt sind. Er hat sich immer von gesellschaftlichen Ereignissen ferngehalten.«

»Du bist auch aus der *Glymera?*«, brach es aus Helania hervor.

Paradise lachte und öffnete den Kragen ihres schlichten Fleecepullovers. »Kaum zu glauben, oder?«

Nicht, wenn man nach den hohen Wangenknochen geht, dachte Helania.

»Boone und ich sind Cousins dritten Grades oder so.«

Paradise zuckte die Schultern. »Aber eigentlich ist ja jeder irgendwie mit jedem verwandt, oder nicht?«

»Ich bin auch eher still.« Helania errötete und fragte sich, warum sie das erzählen musste. »Falls ihr es noch nicht bemerkt haben solltet.«

»Daran gibt es nichts auszusetzen«, bemerkte Craeg.

»Finde ich auch«, bestätigte Paradise.

Helania betrachtete die entspannten Schultern und die offenen, einladenden Gesichter der beiden. »Wie habt ihr euch kennengelernt?«

»Beim Trainingsprogramm«, antwortete Paradise. »Aber ich wusste schon davor, als er durch die Tür kam … dass er der richtige Mann für mich ist.«

»So ging es mir auch«, stimmte Craeg zu. »Und hör mal, mach dir keine Gedanken wegen der Verspätung. Boone ist ein anständiger Kerl. Er tut immer das Richtige, übernimmt Verantwortung und hält sich an Verabredungen.«

Paradise nickte. »Das stimmt. Ich kenne kaum jemanden, der so zuverlässig ist wie er.«

25

Boone stand im roten Schein der Rücklichter des mobilen Feldlazaretts und starrte auf die verschlossenen Hecktüren, als könnte er dort die Lösung aller Rätsel des Universums finden. Dr. Manello hatte sich sofort bereit erklärt, die Menschenfrau zu behandeln, und damit niemand Fragen stellte, woher das viele Blut in der Gasse kam, hatte Boone sie kurzerhand hochgehoben und vier Blocks weit getragen, um sie untersuchen zu lassen.

Dr. Manello hatte ihr in den Behandlungsraum im Wageninneren geholfen und die Türen geschlossen.

Nun sah Boone zu, wie sich der Qualm aus dem Auspuff im Licht der Scheinwerfer kringelte, und dachte an Syns verrückten Augentrick, der alles in Freddy-Krueger-Rot getaucht hatte. Wer hätte geahnt, dass Vampiraugen zu so etwas fähig waren. Aber natürlich gab es innerhalb seiner Spezies auch jede Menge Unterarten.

Vielleicht hatte Syn noch Anteile anderer Arten in den Adern. Wer konnte das schon sagen. Aber es gab noch ein dringlicheres Problem, das Syn betraf – und zwar nicht nur, dass er aus unerfindlichen Gründen die Verantwortung für die verstümmelte Leiche im Schnee auf sich genommen hatte.

Boone hatte versucht, die Sache richtigzustellen. Doch Syn war ihm über den Mund gefahren, und dann waren sie mit dem Opfer beschäftigt gewesen. Die falsche Zuschreibung von dessen Kastration und anderen Spielereien musste er noch klären.

Doch zurück zu Syn. Als er in der Gasse erschienen war, hatte sich bei Boone eine Erinnerung geregt, die er erst nicht einordnen konnte. Jetzt war es ihm wieder eingefallen. Als er in der vergangenen Nacht im Pyre nach Helania Ausschau gehalten beziehungsweise auf sie aufgepasst hatte, hatte er noch einen anderen Vampir in der Menge gewittert, den er nicht einordnen konnte.

Es war Syn gewesen. Er war sich absolut sicher.

Im Grunde wäre das nicht weiter der Rede wert gewesen. Syn mochte ein Vollblutkrieger sein, doch das hieß nicht, dass er nicht auch unter Menschen Dampf ablassen konnte. In dem Laden tummelten sich immer wieder Angehörige der Spezies. Nur … warum hatte er nicht auf die Nachricht reagiert, die Butch an alle abgesetzt hatte? Der Bruder hatte sie auf den neuesten Stand der Ermittlung gebracht und ausdrücklich danach gefragt, ob noch jemand im Pyre's Revyval sei.

Aber vielleicht hatte Syn die Nachricht nicht bekommen. Oder hatte er sich privat mit Butch unterhalten? Die Hecktüren des mobilen Feldlazaretts gingen auf, und Dr. Manello stieg heraus. Er schloss die Türen und schüttelte den Kopf.

»Kann ich mal was fragen?«

»Ja?«

»Hast du das Schwein geschnappt, das ihr das angetan hat?«

»Habe ich. Die Sache ist geregelt.«

»Gut. Denn das arme Mädchen …« Der Arzt schüttelte den Kopf. »Sie wurde übel zugerichtet. Ich gebe ihr gerade eine Infusion mit Flüssigkeit und Antibiotika. Ich habe sie genäht, wo es nötig war, aber sie muss zur Nachversorgung, um die Fäden ziehen zu lassen. Vor allem aber braucht sie einen sicheren Ort, und ich glaube nicht, dass sie den hat. Wir können sie nicht einfach hierlassen.«

»Was schlagen Sie vor?«

»Ich weiß nicht.« Der Arzt starrte auf die geschlossene Tür. »Ich geh wieder rein. Ich gebe dir Bescheid, wenn sie Besuch empfangen kann – jemand muss ihre Erinnerung löschen.«

Wie weit soll man dabei gehen, fragte sich Boone, während der Arzt zurück in den Wagen kletterte.

Er stand noch immer im Schein der Heckleuchten, als er schwere Schritte hörte und sich umdrehte. Syn kam auf ihn zu.

»Das Massaker ist beseitigt«, erklärte er.

»Was habt ihr mit der Leiche gemacht?«, wollte Boone wissen.

»In eine Plane gewickelt und weggeschafft. Dann haben wir Müll auf dem blutigen Schnee angezündet. Aber es wird ohnehin niemanden interessieren …«

»Warum hast du mich gedeckt?«, fragte Boone barsch. »Und mich nicht zu Wort kommen lassen?«

Syn verschränkte die Arme und schwieg. Als Boone seine Frage wiederholen wollte, nickte der Bastard über die Schulter in Richtung des Blutbads.

»Wie oft machst du das.«

Es klang nicht nach Frage. Und obwohl Boone wusste, worum es Syn ging, sagte er: »Mache ich *was?*«

»Lauthals Weihnachtslieder singen«, blaffte Syn. »Was glaubst du denn, wovon ich rede?«

Boone wandte den Blick ab. In Wahrheit war ihm klar, dass er zu weit gegangen war – und das war nur ein Teil des Problems. Dass er nicht aufhören hätte können, war noch viel schlimmer.

Aber er hatte keine Lust, darüber zu reden. »Ich habe ihn getötet. Ich habe ihr das Leben gerettet und ihren Angreifer …«

»Du hast das Arschloch außer Gefecht gesetzt und bei lebendigem Leibe kastriert. Und dann hast du ihn scheibchenweise filetiert, bis er tot war.«

»Balthazar hat das Gleiche gemacht. Das hast du selbst gesagt.«

»Das ist kein Vergleich. Er hat mit einem Jäger gespielt. Du hast einem Menschen bei vollem Bewusstsein Schmerzen zugefügt.«

»Haarspalterei.«

»Findest du? Du hattest ein hilfsbedürftiges Opfer, aber du wolltest jemanden quälen, habe ich recht? Obwohl sie dringend einen Arzt brauchte, musstest du dir Luft machen, sonst hätte dich das Toben in deinem Inneren zerrissen. Habe ich recht.«

Wieder keine Frage. Und Boone war sich schmerzlich bewusst, dass jederzeit ein Bruder aus dem Nichts erscheinen konnte.

Boone verfluchte sich insgeheim. Für das, was er getan hatte. Dafür, dass Syn ihn komplett zu durchschauen schien.

Syns Stimme senkte sich und klang fast verführerisch. »Als du heute Abend losgezogen bist, obwohl du beurlaubt bist, hattest du vor, so lange zu suchen, bis du etwas zum Spielen gefunden hättest. Bis du dich von dem Gift befreit hättest. Bis du deinen Blutdurst gestillt hättest.«

Langsam drehte sich Boone nach Syn um. »Woher weißt du so viel über …«

Doch der Kerl war wie ausgewechselt. Der schlangenhaft wissende Blick war fort, als hätte er nie existiert.

»Ich verrate dir, was ich von deiner Performance halte«, sagte Syn trocken. »Wir sollen euch Trainingsschülern nämlich Feedback geben.«

Blödsinn, dachte Boone. *Du wusstest genau, was ich in dieser Gasse getan habe. Deine Augen haben aufgeleuchtet, weil du weißt, wie gut es sich anfühlt, wenn einem etwas hilflos ausgeliefert ist.*

Plötzlich wusch eine Welle der Angst über Boone hinweg. »Warst du je im Pyre's Revyval?«

Der Krieger verzog keine Miene. Regte sich nicht. Sein Blick war fest.

»Nein«, sagte er ungerührt. »Noch nie.«

Helania war zurück in ihrer Wohnung und saß im Pyjama an ihrem kleinen Küchentisch. Vor ihr stand ihr aufgeklappter Laptop, ausgedruckte Seiten ihrer Arbeit lagen um sie ausgebreitet. Nicht, dass sie mit ihrer Redaktion groß weiterkam. Wie lange saß sie jetzt schon auf diesem Stuhl und starrte ins Leere?

Seit zwei Stunden. Es war kurz nach vier.

Nach einem netten Essen im 24 Hour Diner hatte sie sich gegen ein Uhr dreißig auf dem Parkplatz hinter dem Gebäude von Paradise und Craeg verabschiedet und sich nach Hause dematerialisiert. Dort hatte sie sich aufs Sofa gesetzt, das Handy in der Hand wie eine Kristallkugel, die ihr die Zukunft weisen sollte.

Nachdem sie diesen Unsinn eine halbe Stunde lang durchgehalten hatte, hatte sie sich gezwungen, aufzustehen, sich umzuziehen und an den Tisch zu gehen. Als wäre das produktiver. Ihre Arbeit lag unberührt vor ihr, ihr Bildschirmschoner spuckte Blasen über das Word-

Dokument, das sie bearbeiten sollte, ihr Hintern wurde langsam taub.

Sie streckte sich, blickte zur Tür und richtete ihren Wunsch ans Universum, es möge endlich klopfen. Und dabei dachte sie nicht an die Avon-Vertreterin.

Der schwarze Umhang, der neben ihren anderen Jacken an der Tür hing, erinnerte sie daran, dass sie ihre wahre Aufgabe vernachlässigte. Zeit verschwendete. Dinge schleifen ließ.

Alles wegen Boone. Und noch immer hatte sie nichts von ihm gehört.

Schwerfällig schob sie den Stuhl zurück und legte die Hände auf den Bauch. Sie hatte sich den Magen in dem Diner vollgeschlagen, aber nachdem sie sich nicht erinnern konnte, wann sie davor das letzte Mal gegessen hatte, musste sie sich vermutlich keine Sorgen um ihr Gewicht machen. Außerdem sah es nicht so aus, als wollte sie heute noch jemand nackt sehen.

Gütige Jungfrau der Schrift, wo war Boone? Was hatte ihn aufgehalten …

Ihr Handy summte und vollführte einen kleinen Zittertanz neben ihrem Laptop. Hastig griff sie danach. Als sie sah, wer anrief, stieß sie einen leisen Fluch aus.

»Boone …«

»Helania, es tut mir so leid.« Die Stimme am anderen Ende war das Schönste, was sie je gehört hatte. »Ich wollte dich nicht versetzen …«

»Geht es dir gut …?«

»… aber ich hatte einen Notfall …«

»Ich will nur wissen …«

»… es geht mir gut.«

»… dass dir nichts passiert ist.«

An diesem Punkt verstummten sie beide und holten

gleichzeitig Luft. Helania war grenzenlos erleichtert. Ihre Muskeln lösten sich, ihr Kopf geriet ins Schwimmen, sie fühlte sich wie schwerelos. Sie hatte gedacht, er wäre tot und läge irgendwo am Rande einer vereisten Straße. In einer Gasse in der Innenstadt. Auf dem Badezimmerboden, nachdem er sich den Kopf am Badewannenrand aufgeschlagen hatte.

Der Tod kannte so viele Gestalten, und nachdem sie ihre Schwester verloren hatte, fürchtete Helania, ein Fluch könnte auf ihr lasten und alle töten, die sie liebte …

Mochte, verbesserte sie sich. Sie konnte Boone unmöglich *lieben*, nach so kurzer Zeit … oder doch?

»Kann ich zu dir kommen?«, fragte er. »Es muss nicht über Tag sein, ich will nur …«

»Ja, bitte. Ich würde dich gern …« Es klopfte an der Wohnungstür, und sie schreckte zusammen. Dann drehte sie sich um. »Bist du das?«

»Ich bin's«, war seine Stimme über das Handy und durch die dünne Tür zu hören.

Helania ließ das Telefon fallen, eilte zur Tür und riss sie auf. Sie hielt sich nicht damit auf, ihn anzusehen, sondern warf sich einfach an seinen Hals, während er die Arme um sie schlang und sie an sich drückte.

Er roch frisch geduscht und trug Freizeitkleidung wie in der vergangenen Nacht – nicht, dass es sie kümmerte, was er anhatte. Für sie zählte allein das Herz, das gleichmäßig in seiner Brust schlug, der starke Puls. Er war gesund. Er lebte.

»Komm, lass uns reingehen«, sagte er und schob sie in die Wohnung.

Dann schloss er die Tür und verriegelte sie, während sie die Hände an die Wangen presste. Ihr war ganz schwindlig geworden. Sie setzte sich aufs Sofa und ließ den Kopf hängen. Da erschienen seine Halbschuhe in ihrem Sichtfeld.

»Alles okay bei dir?«, erkundigte er sich.

»Bitte halte mich nicht für verrückt, aber ich hatte Angst, du könntest tot sein.« Sie schüttelte den Kopf. »Mir ist klar, wie abwegig das klingt …«

»Es tut mir so leid.« Seine Knie knackten, als er vor ihr in die Hocke ging. »Ich wurde im Einsatz in eine Sache verwickelt, die ich zu Ende bringen musste. Ich habe sofort angerufen, als es ging.«

Helania hob den Blick und streichelte sein Gesicht. »Was ist passiert?«

»Es war schrecklich.« Er setzte sich zu ihr aufs Sofa inmitten bestickter Kissen. »Eine Menschenfrau. Übel zugerichtet. Ich war in der Innenstadt, da lief sie mir direkt vor die Füße. Ich wollte mich nicht einmischen, wirklich nicht, aber dann tauchte dieser Kerl auf und verfolgte sie mit einem Messer. Ich konnte nicht wegsehen.«

»Hast du sie gerettet?«

»Ja. Und nachdem ich die Sache mit dem Mann … geregelt hatte, rief ich den Chirurgen der Bruderschaft. Letztlich wurde sie ins Trainingszentrum gebracht, aber dort kann sie nicht lange bleiben. Ich glaube, sie suchen in der Menschenwelt nach einer Bleibe für sie. Hoffentlich finden sie etwas. Sofern ihre Erinnerungen ordentlich beseitigt werden, wird sie sich nicht an uns erinnern und zumindest einen Teil des Traumas vergessen, das sie durchlitten hat.«

Helania griff nach seiner Hand. »Sie hatte großes Glück, dass sie dir begegnet ist. Was hast du mit dem Mann gemacht? Ihn der Polizei übergeben?«

»Er wird ihr keine Probleme mehr bereiten. Das ist die Hauptsache.«

Helania blinzelte, als sie verstand. »Tja … ich schätze, es wäre schwer gewesen, das Verbrechen zu melden.«

»So etwas führt leider nur zu Komplikationen. Eigentlich ist es verboten, sich in die Angelegenheiten der Menschen einzumischen, aber ich konnte es nicht zulassen. Jemand musste ihr helfen.«

Helania dachte an die Worte von Craeg und Paradise. Er tue immer das Richtige, hatten sie über Boone gesagt.

»Ich bin froh, dass du eingegriffen hast.« Sie lächelte. »Wir haben dich beim Essen vermisst, aber du warst da, wo du gebraucht wurdest.«

»Ich wollte dich nicht enttäuschen«, sagte er ernst. »Oder dir Sorgen bereiten.«

»Jetzt ist alles wieder gut. Solange dir nichts passiert ist.«

Als sie einander ansahen, spürte Helania, wie sich ihre Verbindung vertiefte, wie sich die Verknüpfung zwischen ihnen verstärkte. Sie hatte sie von Anfang an wahrgenommen, obwohl sie sich nicht erklären konnte, woher sie kam. Und doch schwiegen sie beide zu diesem bedeutsamen Moment.

Es war zu früh, um irgendetwas in Worte zu fassen. Zu beängstigend. Und doch war es ganz real, was zwischen ihnen vorging. Vielleicht schwiegen sie deshalb. Wenn man einen Schatz entdeckte, wollte man nicht zu laut jubeln, bis man ihn in Sicherheit gebracht hatte.

Selbstschutz hatte viele Formen, und nicht alle waren feige.

Boone flüsterte eine Zärtlichkeit und zog sie an seine Brust. Es war so schön, seine starken Arme um Schultern und Taille zu spüren. »Wie war es mit Craeg und Paradise? Sie sind wirklich nett, nicht wahr?«

»Es war tatsächlich sehr schön. Es fällt mir nicht leicht, mit neuen Leuten Bekanntschaft zu schließen, aber die beiden waren so umgänglich, dass ich keine Probleme hatte, mich ihnen zu öffnen.«

»Worüber habt ihr gesprochen?«

Helania legte den Kopf in den Nacken und blickte in seine Augen. »Craeg meinte, du wärst verrückt nach mir.«

Das sinnliche Lächeln, das sich auf Boones Lippen legte, sah nach großen Plänen aus. Aber nicht im Sinne einer Unterhaltung. »Das hat er gesagt?«

»Stimmt es denn?«

»Nun, wenn du dich an gestern erinnerst …«, seine große Hand fuhr die Kurve ihrer Taille nach, »glaube ich, ›verrückt‹ trifft es ziemlich genau.«

»Tjaaa …« Ihr Blick fiel auf seinen Mund. »Wenn meine Erinnerung mich nicht trügt, halte ich es durchaus für möglich, aber vielleicht solltest du sie nochmal auffrischen.«

»Mit Vergnügen.«

Er schmeckte nach Zahncreme, als er sie küsste, und sie atmete tief ein, um sein Aftershave zu riechen. Dass er sich gewaschen hatte, bevor er zu ihr gekommen war, entlockte ihr ein Lächeln.

»Können wir uns auf etwas Flacheres verlagern?«, fragte er mit einem verführerischen Lächeln. »Und Nackteres?«

Sie stand auf und wurde von einem überwältigenden Verlangen erfüllt. Mit einem Ruck zog sie ihn vom Sofa hoch. »Beeilen wir uns.«

»Deine Einstellung gefällt mir.«

Im Schlafzimmer setzte sie sich aufs Fußende des Betts und riss sich das Pyjamaoberteil vom Leib. Bevor sie sich an ihrer Boxershorts zu schaffen machen konnte, kniete Boone schon zwischen ihren Beinen.

»Darf ich dir behilflich sein?«

Als er sich aufrichtete, um sie zu küssen, schlang sie die Arme um seine breiten Schultern und hob die Hüften an. »Zieh mich einfach nur aus.«

Das Knurren, das sich seiner Kehle entrang, war überaus befriedigend, und er verschwendete keine Zeit, sondern zog ihr hastig die Shorts über die Knie und von den Füßen. Dann strichen seine großen, rauen Hände über ihre Oberschenkel, während er sie küsste und mit der Zunge neckte. Ihr Verlangen steigerte sich ins Unermessliche. Tatsächlich nahm sie alles überdeutlich wahr, jede Verlagerung seines Körpers, jeden Berührungspunkt zwischen ihnen – und jedes Lecken seiner Zunge.

Sie ließ sich auf die Matratze zurücksinken, damit sie zur Sache kommen konnten, doch Boone hatte offenbar andere Pläne. Er ragte über ihr auf, ließ die Hände über ihre Brüste streichen, drückte sie zusammen und hielt sie fest, sodass sich die Spitzen fast berührten. Dann nahm er sie nacheinander in den Mund, wechselte hin und her zwischen den hochempfindlichen, geschwollenen Knospen. Er sog, er leckte, er …

Der Orgasmus, der sie durchzuckte, traf sie wie ein Schock, und sie riss den Kopf hoch, noch während sie stöhnte.

Boone sah sie über die Schwellung ihrer Brüste hinweg an, mit schweren Lidern und ausgefahrenen Fängen, dazu enorme Schultern, die ihr die Sicht auf das Zimmer hinter ihm verbauten.

»So gefällt es mir«, stieß er rau hervor. »Komm für mich.«

Der Anblick seiner rosa Zunge, die einen Kreis um eine ihrer festen, dunklen Knospen zog, reichte, um sie erneut in Bann zu schlagen. Beim Schleier, sie hatte keine Ahnung, woher diese Reaktion kam, und es war ihr auch egal. Vielleicht hatte sie durch den vielen Sex der letzten Nacht ihre Befangenheit verloren. Vielleicht hatte er sie als Frau erweckt.

Vielleicht lag es auch einfach daran, dass er höllisch heiß war und sie ebenso sehr begehrte wie sie ihn.

Als Boone von ihren Brüsten abließ, war sie überzeugt, dass er sie als Nächstes besteigen würde – und sie war mehr als bereit dafür. So unglaublich ihre Orgasmen gewesen waren, sie wollte ihn mit einer Gier in sich spüren, die so erschreckend war wie der erste rohe Orgasmus.

Doch … es kam anders.

Er kletterte nicht höher. Er ging tiefer.

Viel tiefer.

Seine Hände umfassten ihre Hüften, während er sich über ihre Rippen … den Bauch … den Nabel nach unten küsste …

Als sie begriff, wohin er unterwegs war, rieb sie ungeduldig die Beine aneinander und bog den Rücken durch. Sie drehte den Kopf so, dass sie zusehen konnte. Aber verdammt, es gab Momente, da wollte man geneckt werden, es gab Momente, da sehnte man sich nach Spielchen, da konzentrierte man sich darauf, auf sinnliche Weise Vorfreude aufzubauen. Aber das hier war keiner dieser Momente. Und sie flehte im Stillen, dass er es insgeheim spürte.

Sie wollte keine Spielchen. Ihr Hunger war zu groß.

Boone strich an ihrem Bein hinab und schob es zur Seite, öffnete sie. »Helania …«

Kein Vorspiel. Der Jungfrau der Schrift sei Dank. Er machte sich über ihren Kern her, huldigte ihr mit dem Mund, sog ihr Geschlecht ein, stieß die Zunge in sie, neckte sie mit der Zunge. Sie kam auf der Stelle, rief seinen Namen, vergrub die Finger in der Decke und ballte sie zu Fäusten, wand sich vor Lust. Und während sie sich an seinem Gesicht rieb, nahm er alles auf, was sie zu geben hatte, und seine feuchte Zunge, sein heißer Atem, seine unaufhörliche Zuwendung bestimmten ihre Welt.

Helania schloss die Augen. Keuchte und stöhnte. Musste die Augen wieder öffnen, um ihm zuzusehen.

Als wüsste er, dass sie ihn erhitzt und voller Staunen ansah, leckte er sich genüsslich durch ihre Mitte nach oben und fing ihren Blick ein. Seine rosa Zunge, die weißen, ausgefahrenen Fänge, diesen Anblick würde sie nie vergessen.

Aber was war mit ihm? Er musste doch auch …

Alle Gedanken waren wie weggewischt, als sie ein weiterer Orgasmus durchzuckte. Ihr bebendes Becken erzeugte Reibung an seinem Mund und verstärkte nur noch alles.

Boone mochte nicht darauf aus sein, sie lange zu necken, aber er ließ sich dennoch Zeit. Er schien zufrieden damit zu sein, den Rest der Nacht und den darauffolgenden Tag zwischen ihren Beinen zu verbringen, und das Schnurren, das aus seiner Kehle drang, deutete darauf hin, dass es ihm genauso viel Lust bereitete wie ihr.

Aber irgendwann richtete er sich auf und machte sich daran, seine Hose zu öffnen.

»Gütige Jungfrau der Schrift … ja …«, hauchte sie. Sie hätte sich aufgesetzt, um ihm zu helfen, doch sie war restlos ermattet, ihr Körper vollkommen gesättigt und bereit für mehr.

Als Nächstes spürte sie, wie sein harter, heißer Schwanz in sie drang, und mehr war nicht nötig, um sie erneut zum Höhepunkt zu bringen. Schon als er sich das erste Mal zurückzog und zustieß, war sie abermals am Ziel: Wellen der Lust spülten über sie hinweg und verstärkten sich, als er zu pumpen begann – außerdem bekam sie eine sagenhafte Show geboten, als er sich Sweatshirt und Hemd über den Kopf zog und seine Brust und die muskulösen Arme zum Vorschein kamen, als die letzten Hüllen fielen.

Jetzt hielt er sie wieder bei den Hüften, zog sie an sich und schob sie von sich im treibenden Rhythmus seiner Stöße. Immer schneller und roher, bis ihre Brüste ruckhaft wogten und sich das Echo ihrer Verbindung von unten bis in die hyperempfindsamen Knospen fortsetzte, als würde er sie auch dort berühren.

Boones Augen loderten, seine Fänge blitzten, als er sich unvermittelt im Rücken durchbog und die Hüften an sie presste. Sein Orgasmus war so gewaltig, dass die Sehnen an seinem Hals und seinen Schultern scharf hervortraten und sich dicke pulsierende Venen abzeichneten. Seine ganze Kraft war darauf ausgerichtet, ihr zu dienen.

Boone war absolut atemberaubend.

Und er hörte nicht auf, sich in sie zu ergießen.

Über lange Zeit hinweg.

26

»Ich muss sagen, die Nacht hat besser geendet, als ich erwartet hätte«, murmelte Helania und schmiegte sich enger an ihn.

Boone lächelte. Sie lagen nackt auf ihrem kleinen Bett, sie quer über seine Brust. Ihre Körper strahlten so viel Wärme ab, dass an Decken nicht zu denken war – obwohl sie vor über einer Stunde nach dem Sex ermattet zusammengebrochen waren.

Der Geruch von dunklen Gewürzen lag schwer in der Luft, und er fragte sich, ob sie es auch bemerkte.

Die Bindung des männlichen Vampirs ging nicht subtil vonstatten. Dennoch war vieles zwischen ihnen ungesagt geblieben. Nichts Schlimmes, im Gegenteil, Dinge, die zu schön waren, um wahr zu sein.

»Ich gebe dir recht«, sagte er sanft, »ich denke, wir sind beide auf unsere Kosten gekommen …«

Sie hatten endlos Sex gehabt, und zwar von der harten, heißen Sorte. Aus irgendeinem Grund – vielleicht, weil sie unter Stress gestanden hatte und aufgestaute Spannung freigesetzt wurde – war es eine Marathonsession geworden. Sie hatten sich so lang geliebt, dass er fürchtete, sie wundgescheuert zu haben.

Und es gab da noch ein Problem. Die Sauerei.

»Sollen wir …« Er räusperte sich. »Ich habe dich ziemlich besudelt.«

Helanias tiefes, verführerisches Glucksen gab ihm das Gefühl, der Mann des Jahres zu sein. »Sprich doch nicht von Besudeln. Außerdem ist das Meiste in mir drin – wo es auch bleiben kann.«

Er lächelte so breit, dass seine Wangen schmerzten. »Du bist unglaublich. Ich weiß, das klingt nach hohler Phrase, aber ich meine es ernst. Du zwingst mich in die Knie und hebst mich gleichzeitig empor. Das ist der Inbegriff von Magie.«

»Ich würde sagen, wir passen gut zusammen.« Sie gähnte so herzhaft, dass ihr Kiefer knackte. »Sehr gut.«

Boone küsste sie aufs Haar, und sie verstummten beide. Einen Moment später stöhnte sie, rollte sich von ihm hinunter und legte sich flach auf die Matratze neben ihn.

»Brauchst du mehr Platz?«, fragte er und rückte ein Stück von ihr ab.

»Ich glaube, ich habe die Heizung zu hoch aufgedreht. Moment.«

Als sie aus dem Bett stieg und zum Thermostat an der Wand ging, bewunderte er den Anblick ihrer Schulter, ihrer Taille … ihrer wunderschönen unteren Körperhälfte … und dachte daran, wie er zwischen ihren Beinen gekniet und sie mit dem Mund befriedigt hatte. Er hatte sich Zeit gelassen – und konnte kaum erwarten, es wieder zu tun. Ihr Genuss zu bereiten, zu hören, wie sie heiser seinen Namen ausstieß, ihre intimste Stelle an den Lippen zu spüren …

Er konnte nicht genug davon bekommen.

»Sie ist auf zwanzig Grad eingestellt«, sagte sie verwundert. »Vermutlich erzeugen wir selbst zu viel Wärme.«

»Das kannst du laut sagen.«

Als sie sich umdrehte, wanderte sein Blick zu ihren

Brüsten. Ihre Nippel waren von einem tiefen Rosa und scharf umrissen, die Spitzen standen aus ihren weichen Schwellungen hervor und wippten mit der Schwingung ihres Körpers, als sie auf ihn zuging.

Wieder regte sich Verlangen in seinen Lenden, und sein Schwanz verhärtete sich. Aber so gern er mit ihr schlafen wollte, er war zu erschöpft.

Helania blieb neben dem Bett stehen und starrte auf seine Erektion. »Nimm es mir nicht übel, aber wie kannst du noch immer …«

»Hart sein?«, fragte er gedehnt. »Das ist einfach deine Wirkung auf mich.«

Obwohl er selbst kaum glauben konnte, dass er schon wieder einen Ständer hatte. Doch im nächsten Moment war seine Verwunderung vergessen: Helania bestieg ihn, spreizte ihre weichen Schenkel über seinen Hüften und verharrte knapp über seinem steifen Glied.

»Sei ehrlich«, bat sie und stützte die Hände rechts und links von seinem Oberkörper auf. »Sag, wenn du nicht willst …«

»Wie könnte ich«, stöhnte er und hob die Hüften, als sein unersättlicher Schwanz um Aufmerksamkeit bettelte.

»Wenn ich die Arbeit übernehme …«

»Bitte, nimm mich.« Er biss sich mit einem seiner Fänge auf die Unterlippe und bog sich ihr entgegen. »Ich werde betteln. Ich werde dich anflehen …«

Sie beugte sich hinunter und küsste ihn. »Nicht nötig.«

Damit legten sich ihre Hände um seine Erektion und richtete sie auf. Dann senkte sie sich auf ihn herab, und sie bewegten sich im Einklang, nahmen einen Rhythmus auf, als hätten sie es nicht gerade zwei Stunden durchgehend getan. Und aus irgendeinem verrückten Grund dauerte es nicht lang, bis er abermals kam. Und sie auch.

Es war die schönste Form des Wahnsinns.

Nachdem sie erneut auf seiner Brust zusammenbrach, atmeten sie eine Weile im selben Rhythmus, dann ließ sie sich von ihm heruntergleiten und rollte sich auf den Rücken. Er rückte ein Stück zur Seite und sorgte dafür, dass sie genug Platz auf der Matratze und auf dem Kissen hatte, und als sie seine Hand nahm, drückte er ihre zur Antwort.

Er war rundherum zufrieden ... für eine Weile. Glückselig ... eine Zeitlang.

Aber die Wölfe, die nach seinen Fersen schnappten, kehrten zurück, die Wirklichkeit drang in den heiligen Raum ein, den er mit Helania geschaffen hatte, als hätte sie es nicht ertragen, von der Leidenschaft ausgesperrt zu werden: der Tod seines Vaters. Dessen Liebhaber. Sein Testament. Und so viel mehr.

Er schloss die Augen und entschied, einfach nicht darüber nachzudenken, was im Audienzhaus geschehen war. Oder mit der Frau, die er gerettet hatte. Oder was er ihrem Verfolger angetan hatte – was, wie er jetzt offen zugab, vollkommen unangemessen gewesen war und nie wieder vorkommen würde.

Und dann war da die Sache mit Syn ...

Trotz guter Vorsätze wurde Boone bald rastlos, Stress baute sich auf, eine frische Welle Adrenalin strömte durch seine Adern, als wären die Ruhe und der Frieden von Helanias Schlafzimmer der Nährboden für eine giftige Pflanze.

Aber verdammt, man sollte doch meinen, die vielen Orgasmen hätten ihn vollkommen ausgelaugt. Andererseits hatte er sich von dieser Auserwählten genährt, nachdem er sich im Einsatz verletzt hatte. Angeblich verlieh das Blut von Auserwählten Männern Superkräfte ...

»Übrigens habe ich Isobels Freundinnen angeschrieben«, murmelte Helania.

Boone schlug die Augen auf und drehte den Kopf auf dem Kissen zu ihr. »Ach, wirklich?«

»Auf Facebook. Ich habe die Seite von dieser Frau gefunden, die damals zu mir kam und mir von Isobel erzählte – die, mit der … ich meine Schwester begraben habe. Jedenfalls habe ich ihr eine Nachricht geschickt. Und dann dachte ich mir, warum nicht gleich an alle? Also habe ich alle angeschrieben, die etwas zu ihrem Tod auf der Pinnwand gepostet haben.«

»Hat schon jemand geantwortet?«

»Ein paar.« Es entstand eine Pause. »Ich habe alle nach dem Freund gefragt. Einem Namen. Einer Telefonnummer. Wo er wohnen könnte.«

Boone zwang sich, ruhig zu bleiben. »Und? Kannte ihn jemand?«

»Nein. Sie hatten von ihm gehört, aber niemand kannte ihn oder war ihm begegnet.« Sie schwieg. »Und seitdem hat auch niemand von ihm gehört.«

Boone verbiss sich einen Fluch. »Vielleicht gibt es eine logische Erklärung dafür.«

»Das dachte ich auch immer.« Sie seufzte. »Aber wenn er sie misshandelt hat … dann verstehe ich nicht, warum Isobel mich hätte anlügen sollen. Und ich weiß, wie ich sie hier erlebt habe. Ich habe mein Leben lang mit ihr zusammengewohnt, niemand kannte sie so gut wie ich. Sie war glücklich.«

Boone konnte nur den Kopf schütteln. Er wollte das Thema mit diesem Freund vorsichtig behandeln, aus Respekt gegenüber ihr und ihrer Schwester, aber verdammt, bei ihm schrillten alle Alarmglocken: Selbst wenn ihre Schwester glücklich gewesen war, manchmal tickten Männer einfach aus. Das war ihm selbst gerade so gegangen, in dieser Gasse.

»Wir müssen weiter graben«, sagte er. »Was ist mit der Frau, die zu dir kam? Hat sie geantwortet?«

»Noch nicht. Sie benutzt ein Pseudonym, wie die meisten Vampire. Deshalb weiß ich nicht, wie sie in Wirklichkeit heißt.«

Als sie ein Zittern durchfuhr, hob er den Kopf und sah nach der Decke, die auf den Boden gefallen war. »Ist dir kalt?«

»Ich weiß nicht«, sagte sie erschöpft. »Ich weiß nur, dass ich froh bin, dass du da bist.«

Boone streichelte ihren Arm. »Ich auch. Ich bin auch froh, dass ich hier bin.«

Eine Weile schwiegen sie, und Boone vertrieb sich die Zeit damit, seinen zuckenden Oberschenkelmuskel zu bändigen. Doch nicht nur seine Beine waren hellwach. Er war schon wieder hart, sein Schwanz zuckte, sein Blut lief zähflüssiger in seinen Adern. Aber egal, Mr Happy aus dem Intimbereich konnte sich seine Ideen an den Hut stecken. Sex war das Letzte, woran Boone jetzt dachte, auch wenn seine Libido anderer Meinung war. Er hatte Helania genug beansprucht, und hoffentlich, mit dem Segen der Jungfrau der Schrift, waren ihnen noch viele gemeinsame Tage und Nächte vergönnt, auf die er sich freuen konnte.

»Deine Freunde schätzen dich wirklich sehr«, sagte sie.

»Ich mag sie auch gern.« Er versuchte, sich auf etwas zu konzentrieren, egal was. »Du solltest auch die anderen aus meiner Klasse kennenlernen. Wir gehen mindestens zweimal im Monat zusammen aus. Ich finde heraus, wann wir uns das nächste Mal treffen, und gebe dir Bescheid – und ich werde zusehen, dass ich es nicht verpasse.«

»Es klingt schön, wenn du über die Zukunft redest.«

Apropos Zukunft, er verspürte die Versuchung zu fragen, ob er bei ihr einziehen konnte, da er in vierzehn Tagen keine Bleibe mehr haben würde – und dann konnte er scherzhaft sagen, na, das wäre doch mal eine Zukunft. Aber er behielt seine Sorgen für sich. Helania hatte genug eigene Probleme …

»Fändest du es schlimm, wenn ich arm wäre?«, platzte es aus ihm heraus.

Helania wandte ihm den Kopf zu, sodass sie sich von Angesicht zu Angesicht gegenüberlagen. Das war der Inbegriff von Bettgeflüster, kam es ihm in den Sinn.

»Ich wusste nicht, dass du reich bist«, sagte sie. »Ich meine, man hört dir an, dass du zur *Glymera* gehörst, aber ich hatte nicht darüber nachgedacht, was das in finanzieller Hinsicht heißt.«

Er drückte ihre Hand noch einmal. »Aber würde es dich stören, wenn ich kein Geld hätte?«

»Nicht im Geringsten. Ich war nie reich und weiß nicht, wie sich das anfühlt. Wenn du also auch nicht reich bist, ändert sich nichts für mich. Ich bin mit meiner Situation zufrieden.«

Boone fiel ein Stein vom Herzen, und es überraschte ihn nicht, dass ihm ihre Antwort so viel bedeutete. »Das ist eine Erleichterung. Die meisten Frauen der *Glymera* interessieren sich sehr für Konten und Kreditkarten.«

»Wie war das mit deiner arrangierten Vereinigung?«, fragte Helania zögerlich. »Warum hat die Vampirin sie aufgelöst?«

Die Frage schien ihr unangenehm zu sein, also lächelte Boone, um ihr zu signalisieren, dass sie über alles reden konnten. »Dabei ging es nicht um Geld. Rochelle war verliebt, aber nicht in mich. Das war der Grund. Übrigens auch in einen Zivilisten. Du lernst sie sicher eines Tages kennen. Sie ist erstaunlich bodenständig für ihre Herkunft, und sie war mutiger als ich, als es drauf ankam. Damit hat sie uns beiden einen Gefallen getan.«

»Hättest du dich sonst mit ihr vereinigt?« Helania verstummte für einen Moment. »Aber bitte sag mir, wenn ich zu persönlich werde …«

»Ich habe nichts vor dir zu verbergen.«

Als das Bett zu beben begann, blickte er über seinen nackten Körper hinweg zum Fußende. War da etwa ein Hund ins Bett gehüpft und wedelte mit dem Schwanz? Doch es war sein Fuß, der unablässig hin und her wippte, als gehörte er zu jemand anderem.

Durch schiere Willenskraft zwang er ihn, still zu halten, und wandte sich wieder ihrer Frage zu. »Ich wusste damals, dass ich nicht in sie verliebt war, aber ich hätte mich mit ihr vereinigt. Nach den Regeln der *Glymera* hätte es ihr gesellschaftliches Aus bedeutet, hätte ich die Vereinbarung gelöst. Man hätte sie lebenslang geächtet, und sie wäre für keinen anderen Mann infrage gekommen. Ihre Familie hätte ihr die Schmach niemals verziehen. Sie wäre ruiniert gewesen.«

»Nur wegen einer aufgelösten Vereinbarung?« Er nickte, und sie sah ihn entsetzt an. »Das ist grausam.«

»Und wie. Zum Glück konnte ich sie davor bewahren. Ich sagte meinem Vater und damit dem Rest der Gesellschaft, dass sie mich für unwürdig befand. Auf diese Weise blieb ihr die Schmach erspart.«

»Aber was war mit dir?«

»Ich bin ein Mann.« Er verdrehte die Augen. »Für uns gelten andere Regeln. Klar war ich unten durch, aber das war nichts im Vergleich zu dem, was auf Rochelle zugekommen wäre. Es ist nicht fair, aber in den Kreisen der *Glymera* trifft man überall auf diese Doppelmoral, und üblicherweise geht sie zu Lasten der Frauen.«

»Sie muss dir sehr dankbar gewesen sein.«

»Ich glaube schon – und sie ist es bis heute. Aber es war auch nicht ihre Schuld, dass wir zusammengebracht wurden, genauso wenig wie meine. Es war einfach die Situation, und unter den Gegebenheiten war es besser, meinen Ruf zu opfern und ihr die Möglichkeit zu schenken, ihrem Herzen zu folgen, als sie zum Gespött der Gesellschaft zu machen und sie als alte Jungfer enden zu lassen.«

Helania lächelte. »Genau das haben deine Freunde über dich gesagt.«

»Was?«

»Paradise und Craeg sagten, du würdest immer das Richtige tun.«

Ein Bild des getöteten Menschen erschien vor seinem geistigen Auge, blutüberströmt und aufgeschlitzt. *Nicht immer*, dachte Boone.

»Aber deinem Vater hat es nicht gefallen, dass du das Arrangement gelöst hast«, hakte Helania nach. »Du sagtest, ihr hattet ein schwieriges Verhältnis.«

»Er war außer sich vor Zorn. Deshalb komme ich auf die Sache mit dem Geld. In zwei Wochen verliere ich mein Zuhause und stehe weitgehend mittellos da. Mein Vater hat mich enterbt. Ich habe es erst vorhin erfahren.«

Helania hob erneut den Kopf, und er betrachtete verzückt ihre geröteten Wangen. Ihre samtige Haut in Verbindung mit dem roten und blonden Haar war so schön, dass er sie voller Ehrfurcht ansah. Und je länger er das tat, desto stärker brannte sein Verlangen, suchte es nach einem Ausweg.

Männer sind Schweine, dachte er.

»Ich verstehe es nicht«, sagte sie. »Wie kann ein Mann wegen einer solchen Sache seinen eigenen Sohn enterben.«

»So ist das in der *Glymera*. Aber es gab auch noch andere Probleme.«

Zum Beispiel, dass er möglicherweise nicht der leibliche Sohn von Altamere war. Und er hätte Helania die ganze traurige Geschichte erzählt, aber auf einmal hatte Boone keine Lust mehr, über seinen Vater zu reden. Er hatte ihm schon viel zu viel Zeit gewidmet, und außerdem war er tot. Er hatte ihn enterbt. Warum sollte er seine Energie in etwas stecken, das der Vergangenheit angehörte?

Helania sah ihn an. »Bist du deshalb durch die Stadt gezogen? Um einen klaren Kopf zu bekommen?«

Boone dachte an Syns glühende Augen in dieser Gasse. Und daran, was er diesem Menschen angetan hatte.

»Ja«, bestätigte er. »Ich bin noch beurlaubt, aber ich musste … ich musste eine Weile raus und allein sein. Durch die Straßen laufen. Kalte, frische Luft atmen. Ich kam aus dem Audienzhaus und musste den Kopf wieder frei bekommen, auch wenn es nur für kurze Zeit war.«

Und am besten hatte ihm geholfen, diesen Messerstecher zu töten. Syn hatte absolut recht. Boone hatte ein Ventil gesucht, um Dampf abzulassen, bevor er sich zutraute, wieder unter Leute zu gehen. Oder Helania gegenüberzutreten.

»Und bei diesem Streifzug ist mir dann die Menschenfrau vor die Füße gestolpert.«

Helania ließ den Kopf zurück auf das Kissen sinken. »Wie ich schon sagte, sie hatte Glück, dass sie an dich geraten ist. Genau wie ich.«

Boone küsste Helania aufs Haar und lächelte zur Zimmerdecke empor.

Eine Weile schwiegen sie, und doch fand keiner von ihnen Ruhe. Helania suchte immer wieder erfolglos nach der richtigen Position, und ihm ging es nicht besser.

Schon merkwürdig, dass er inmitten dieser Unruhe erkannte, dass er sie wirklich liebte.

Er *liebte* Helania.

Ja, der Zeitpunkt war nicht ideal. Ja, es war schnell gegangen. Aber wenn man es wusste … dann wusste man es. Und der nächste Schritt bestand darin, es der Betreffenden zu sagen …

Helania ließ ein leises Schnarchen vernehmen, und als ein zweites folgte, schloss Boone die Augen und nahm sich vor, es ihr gleichzutun. Ihm blieb noch Zeit für diese Eröffnung. Vielleicht machte er es sogar ganz romantisch mit Rosen und bei Kerzenschein.

Oder sollte er es lieber langsam angehen und seine Erkenntnis noch eine Weile für sich behalten? Eine Woche lang vielleicht. Höchstens.

Vorausgesetzt, er konnte sich beherrschen.

Kurze Zeit später erlag auch er seiner Erschöpfung. Sein Bewusstsein trübte sich und wurde von trägen Gedanken, Gefühlen und Träumen ersetzt. Doch noch während er über diese Klippe taumelte, lag ein Lächeln auf seinen Lippen.

Er konnte kaum erwarten, ihr seine Liebe zu gestehen. Und zwar auf anständige Weise.

27

Erst wusste Boone nicht, was ihn geweckt hatte. Er war sich nicht einmal sicher, ob er nicht vielleicht noch schlief. Er hatte das Gefühl zu schweben, und alles war wie in Watte gepackt und sehr weit entfernt. Sein Körper, seine Umgebung, alles schien einem Traum anzugehören, nicht der Wirklichkeit. Und doch war da etwas sehr, sehr Reales inmitten des Nebels …

Sein Name. Undeutlich nahm er wahr, wie er aus der Ferne gerufen wurde.

Etwas rief ihn … nach Hause.

Jemand.

Ein Gefühl der Dringlichkeit schärfte sein Bewusstsein, weckte den Impuls zu rennen. Doch er schien körperlos zu sein: Er hatte keine Glieder, keine Füße, die er heben, keine Arme, die er schwingen konnte. Außerdem gab es keinen festen Boden, auf dem er hätte laufen können.

War er gestorben und in den Schleier eingegangen?

Wer rief nach ihm?

Verzweiflung jagte seine Herzfrequenz nach oben, und in diesem Moment bemerkte er die Hitze. Irgendwo in der Nähe brannte ein Feuer, so intensiv, dass seine Haut zu schmelzen begann …

Boone fuhr hoch und stieß zischend die Luft aus, während er sich von dem Traum losriss – oder war es ein Albtraum gewesen?

Hektisch sah er sich um. Er war in einem schwach beleuchteten Schlafzimmer, das weitgehend leer war. Nackte Wände. Laken, die sich um seine Waden gewickelt hatten.

Es dauerte einen Moment, bis ihm einfiel, wo er war. Endlich war er wieder klar im Kopf und tastete nach Helania …

Er war allein im Bett.

»Helania?«

Ein gequältes Stöhnen drang aus einem anderen Teil der Wohnung an sein Ohr, und Panik ergriff ihn. Er sprang aus dem Bett und stürzte zur offenen Tür, wobei seine Füße kaum den Boden berührten. Doch sie war auch nicht im Wohn- oder Küchenbereich, das Sofa und die Stühle um den kleinen Tisch herum waren leer …

Dann sah er an sich herab und zuckte zusammen. Er war schmerzhaft erregt, so heftig, dass seine Erektion stramm nach vorne abstand.

Er würde im nächsten Moment kommen.

Ein Gefühl unbestimmter Angst überkam ihn, als er merkte, dass er keuchte und erhitzt war. Er hob die Hände und sah, dass seine Haut von einem Schweißfilm überzogen war, und als er durch die Nase einatmete und den Geruch registrierte, der in der Luft lag, schrillten seine Alarmglocken nur noch lauter.

Wie in Zeitlupe drehte er sich nach der offenen Badezimmertür um. Helania lag bäuchlings auf dem gefliesten Boden und hatte den Duschvorleger zur Seite geschoben, als versuchte sie, sich auf möglichst großer Fläche abzukühlen.

Selbst von seinem Standpunkt aus sah er ihr feucht glänzendes Geschlecht – und eine Welle übermächtiger Begierde zwang ihn in die Knie.

Als er zu Boden ging, versuchte sie, die Tür zu schließen. Dabei murmelte sie etwas Unverständliches.

»Gütige Jungfrau der Schrift«, flüsterte er. »Die Triebigkeit.«

Befeuert von dem Wunsch, ihr zu helfen, obgleich er nichts gegen die hormonelle Flut ihrer fruchtbaren Phase ausrichten konnte, rappelte Boone sich auf und taumelte auf sie zu, unkoordiniert und wacklig, als wäre er betrunken. Er rempelte gegen das Sofa, musste sich an der Wand abstützen, am Tisch, am Türrahmen, an allem, was er finden konnte – bis er erneut zu Boden ging und auf allen vieren vorwärtskroch.

»Helania …«

»Sperr mich ein … sperr mich ins Badezimmer … geh, wenn du kannst … ich wusste es nicht, ich schwöre es dir …«

Er ließ den Arm vorschnellen und hielt die Tür fest, bevor sie ihr Bein traf, das sie nicht mehr als ihr eigenes wahrzunehmen schien. Dann ließ er sich gegen den Türrahmen sinken und versuchte, durch den Schleier seiner eigenen fast überwältigenden hormonellen Reaktion Zugang zu seiner Vernunft zu finden.

Vampirinnen gingen nur alle zehn Jahre durch eine fruchtbare Phase, und das war ein Segen. Denn wenn ihre Triebigkeit einsetzte, wie es bei Helania offensichtlich der Fall war, litten sie unter einer unerträglichen sexuellen Begierde. Die Qual war so groß, dass sich die meisten Vampirinnen narkotisieren ließen, wenn sie nicht schwanger werden wollten. Neben der Betäubung durch medizinische Mittel gab es nur eine Möglichkeit, das Leid einer triebigen Vampirin zu lindern: Ein Vampir musste ihr dienen, indem er ihre Begierde auf fleischliche Weise befriedigte.

Indem er sie wieder und wieder bestieg.

»Geh …«, murmelte sie durch ihr zerzaustes Haar. »Es tut mir so leid, geh …«

»Ich lass dich nicht allein.« Abgesehen davon, dass draußen Tag war. »Soll ich den Heiler rufen?«

Manny konnte zu ihnen kommen, er war ein Mensch. Er konnte ihr ein Betäubungsmittel verabreichen. Ihr Leid schmälern …

Oder lieber Doc Jane. Ja, besser eine Frau.

Boone wollte aufstehen, doch er war zu durcheinander, um auf die Füße zu kommen. Also kroch er zurück ins Schlafzimmer. Er fand seine Hose und durchsuchte die Taschen. Kein Handy. Wo war das verdammte Ding? Er hatte es in der Hand gehalten, als er hier angekommen war, verdammt.

Auf allen vieren kehrte er ins Wohnzimmer zurück, suchte auf dem Boden herum, verschob die Teppiche, versuchte nicht darauf zu achten, wie sein Schwanz dabei auf und ab hüpfte, biss die Zähne zusammen, um das sexuelle Verlangen zu unterdrücken. Er krabbelte zurück zum Sofa. Tastete zwischen den bestickten Kissen herum …

Als er das Telefon endlich fand, zitterten seine Hände so stark, dass er es kaum halten konnte. Und dann fiel ihm ein, dass er die Nummer der Klinik nicht hatte.

»Verdammt!«

Schon merkwürdig, dass einem Lebende fehlen konnten, als wären sie tot.

Butch saß allein in einem der Verhörzimmer im Trainingszentrum, an einem am Boden festgeschraubten Tisch. Der Stuhl dagegen, auf dem er seinen Hintern geparkt hatte, war beweglich – aber nur, weil er ihn mit einem Schraubenzieher von seiner Vierpunktverankerung gelöst hatte. Es gab noch drei weitere befestigte Stühle, die er ebenfalls losschrauben würde, als Höflichkeitsgeste gegenüber jedem, der ihm hier unten Gesellschaft leistete.

Dass er allein in diesem provisorischen Think Tank saß, war Anlass dazu, an seinen ehemaligen Partner José de la Cruz zu denken.

Oder besser gesagt, seinen ehemaligen Partner zu *vermissen*. Okay, vielleicht musste es *um ihn zu trauern* heißen.

»Du solltest hier sein, José«, sprach er laut vor sich hin.

Er blickte an die Wand ihm gegenüber und ließ den Blick über die schaurige Schautafel streifen, die er zu den drei Mordfällen im Pyre erstellt hatte. Von links nach rechts hatte er mit dem ersten Mord begonnen. Unter der römischen Ziffer I hatte er die Artikel aus dem *Caldwell Courier Journal* in der Reihenfolge ihres Erscheinens aufgehängt, den jüngsten ganz oben. Keine Fotos. Kaum Notizen.

Das war die Krux an der Sache: Wäre er noch im Caldwell Police Department gewesen, hätte er mit dem Vorfallbericht und allen dazugehörigen Aufzeichnungen arbeiten können. Mit den Fotos vom Fundort. Den Beweisstücken. Den Namen von Zeugen, Verdächtigen und so weiter.

Nicht hier.

Unter der römischen Ziffer II hatte er einige Details zum zweiten Mordfall aufgelistet: »Vampirin Isobel, Tochter des Eyrn, gefunden von ??? in Lagerraum ???, abtransportiert durch unbekannte Vampirin(nen). Leiche begraben??? (auf Staatsgelände). Per Anruf gemeldet in der folgenden Nacht von Helania, zweite Tochter des Eyrn.«

Die Frage war, ob sie bei Helania, der engsten Angehörigen des Opfers, Erlaubnis einholen sollten, die Leiche zu exhumieren. War es die Sache wert? Doch das führte zu gewissen Problemen. Wenn man die Tote nach dem Vollzug einer üblichen Schleierzeremonie begraben hatte, dann war sie nur in Tücher eingewickelt und mittlerweile stark verwest. Vermutlich waren nicht mehr als ein paar Knochen von ihr übrig.

Außerdem musste man mögliche Beweise gegen die Belastung abwägen, die es für Helania bedeuten würde. Wenn die Chance bestand, anhand der Überreste etwas Substanzielles herauszufinden, würde er sie auf der Stelle exhumieren – wenn nötig, erzwungen durch ein Dekret von Wrath. Aber er wusste nicht, wonach er suchte oder was er zu finden hoffen konnte, und der Boden war gefroren. Also erschien es einfach nur grausam.

Unter der römischen Ziffer III hingen die scheußlichen Hochglanzfotos. Darüber waren die gleichen grundsätzlichen Fakten aufgelistet: »Vampirin Mai, Tochter des Roane, gefunden von Helania, Tochter des Eyrn, am 23. Januar. Vierter Lagerraum auf der rechten Seite. Leiche entfernt durch V.«

Unter den Fotos, die Butch aufgehängt hatte, waren auch ein paar, die V am Tatort gemacht hatte: Nahaufnahmen des Gesichts, auf denen man den Haken sehen konnte. Eine Ganzkörperaufnahme der hängenden Leiche. Eine Ansicht des Lagerraums durch die offene Tür. Und dann waren da Butchs eigene Bilder, die er in Havers' Leichenhalle aufgenommen hatte: Der aufgeschlitzte Hals, die geöffneten Pulsadern. Die Prellungen. Die Schürfwunden, die beim Schleifen über den Boden entstanden waren. Der kleine Nagel, den Boone bemerkt hatte.

Wie er Marissa gesagt hatte, hatte Mais Familie einer Autopsie zugestimmt. Havers würde sie am Abend vornehmen, sobald er mit seiner Runde fertig war.

Im Moment blieb ihm also nichts als abzuwarten.

Er kippte den Stuhl und balancierte auf den hinteren Beinen, dabei verschränkte er die Arme vor der Brust und starrte auf die Tafel.

So, wie er es unzählige Male zusammen mit José getan hatte: Alle Informationen zu einem Fall an einer Wand zusammentragen, damit man sie anstarren konnte, bis es bei einem von ihnen Klick machte. Gott … all die Mordfälle, die sie zusammen untersucht hatten. All die Toten, für die sie Gerechtigkeit gesucht hatten, und sei es nur im Kleinen. All die Angehörigen, denen sie schlechte Nachrichten überbringen mussten.

Mütter, Väter, Schwestern, Brüder. Großeltern. Tanten und Onkel und Cousins und Cousinen.

Und die ganze Zeit über hatte er versucht, sich selbst ins Grab zu saufen.

Ganz anders José: Er war Familienvater und ein guter Katholik gewesen, er hatte Frau und Kinder geliebt.

»Ich frage mich, ob du etwas entdecken würdest, was ich übersehe, José«, sagte er in die Stille des Raums hinein.

Er hatte so wenig Material, und das vertraute Gefühl, sich den Kopf zu zermartern, immer wieder durchzukauen, was er herausgefunden hatte und was nicht, was er wusste und was ihm Rätsel aufgab, versetzte ihn zurück in sein früheres Leben, in die zehn Jahre bei der Mordkommission. Als Mensch.

Die umwälzende Veränderung in seinem Leben, in seiner Identität, war ihm längst zur Gewohnheit geworden. Vermutlich, weil ihm so gut wie alles an seinem neuen Dasein gefiel: seine *Shellan*. Seine Freunde. Seine Arbeit, sein Lebenszweck, sein Lifestyle.

Anders als in den Märchen, die man sich über Blutsauger erzählte, gab es nur ganz wenige Mischlinge, die sich von einem Menschen in einen Vampir »verwandelten«. In Wirklichkeit wurden keine keuschen Jungfrauen durch den Biss eines »Untoten« zu einer Ewigkeit als blutdurstige Jägerinnen verdammt. Man wurde als Vampir geboren oder eben nicht. Außer im Fall von Butch und einer Handvoll anderer.

Und so undurchlässig die Grenze zwischen den Vampiren und den Menschen war, sosehr lebten sie auch in verschiedenen Welten. Deswegen hatte er José nicht mitnehmen können, als er auf diese Seite gewechselt war. Und er hatte sich auch nicht verabschieden können. Oder erklären, wohin er gegangen und was aus ihm geworden war.

Dass er einfach so aus dem Leben seines früheren Partners verschwunden war, bereute er wie sonst kaum etwas im Leben. Obwohl es José nicht überrascht haben dürfte. Man hätte blind und taub sein müssen, um nicht zu ahnen, dass Butch auf sein Verderben zulief.

Butch starrte Mais sterbliche Überreste auf einem der Fotos an und fühlte sich schuldig. Eine Leiche war schlimm. Den Tod eines Angehörigen zu bezeugen oder von einem Polizeibeamten davon zu erfahren, brach den Betroffenen das Herz. Schlimmer war eigentlich nur eines: Wenn es keinen Leichnam gab. Keine Antwort auf die Frage nach dem Wo. Keinen Hinweis auf ein Wie oder Warum. Keine Möglichkeit, mit dem Trauerprozess zu beginnen und damit auch keine Chance, den Kummer jemals zu verarbeiten und irgendeine Form von Frieden zu finden.

Es tat ihm leid. Zweifellos war José in die verwahrloste Wohnung von Butch gekommen – so, wie er es immer getan hatte, wenn Butch zu verkatert war, um aufzustehen –, ohne etwas zu finden. Keinen nach Scotch stinkenden Partner, der bewusstlos auf dem Bett lag. Keinen schlecht gelaunten Kotzbrocken in der Dusche, der sich beim Rasieren schnitt, weil seine Hände zu stark zitterten. Keinen Idioten, der ungelenk versuchte, in seine Hose zu steigen.

Nichts.

Keine Leiche. Keine Nachricht. Keine Antworten.

Dabei war José genau die Art von Mann, den so etwas auffraß. Butch hatte erlebt, wie unnachgiebig er die Fälle Fremder verfolgt hatte. Wie musste es da für ihn erst gewesen sein, als Butch verschwand, sein Partner, mit dem ihn aus unerfindlichem Grund eine langjährige Freundschaft verband?

Ohne Zweifel hatte José nach Antworten gesucht.

Hartnäckig. Über eine lange Zeit hinweg.

Manchmal war Butch nachts unterwegs und nahm dabei, obwohl es nicht gut war, das Risiko in Kauf, José über den Weg zu laufen. Eines Abends hatte er sogar mit Marissa in einem schicken Restaurant gegessen, in dem auch José gewesen war.

Butch war zu ihm gegangen und hatte mit ihm gesprochen.

Danach hatte er seine Erinnerung gelöscht.

Aber das reichte nicht aus. Immer wieder gab es Momente, in denen er José nur zu gern anrufen wollte, um irgendein Problem zu besprechen. Oder, wie in diesem

Fall, einen Mord. Oder zwei Mordfälle – vorausgesetzt, der erste gehörte nicht zur Serie.

Ein weiterer Punkt, über den er gern mit José geredet hätte.

Er dachte an seinen früheren Partner und versuchte sich vorzustellen, was er sagen würde – und fast glaubte er seine Stimme zu hören: *Wenn du die Punkte nicht verbinden kannst, besorge dir mehr Punkte.*

Vielleicht musste sich Butch an die Vampirwelt wenden und über die sozialen Medien um Hilfe bitten. Er konnte eine Telefonleitung und eine Adresse für vertrauliche E-Mails einrichten und auf Reaktionen warten. Natürlich musste er Mais Familie bei Anbruch der Nacht darüber in Kenntnis setzen, aber dann konnte er einen Aufruf in der Facebookgruppe der Spezies posten und eine Rundmail an alle versenden, die schon mal im Audienzhaus gewesen waren.

Und dann?, fragte er sich …

Als sein Handy klingelte, kippte er fast nach hinten um. Und während noch unklar war, ob er auf die vier Stuhlbeine zurück oder auf den Hinterkopf fallen würde, überkam ihn der verrückte Gedanke, José könnte seinen Hilferuf auf magische Weise aufgefangen und die Nummer seines neuen Handys gewählt haben.

Der Stuhl kam zum Glück sicher auf dem Boden auf, und Butch schnappte sich das Samsung. Er drehte es um und …

Oh.

»Hallo Boone, was gibt es …«

Der Wortschwall, der an sein Ohr drang, war so wirr und unverständlich, dass er nur eines denken konnte: *Fuck.* Boone war so ein vernünftiger, ausgeglichener Typ. Wie zum Beispiel heute Nacht in dieser Gasse:

Während Syn einen Menschen zerfleischt hatte, hatte sich Boone geistesgegenwärtig um eine verletzte Frau gekümmert.

Was es also war, es musste ernst sein.

»Langsam«, fiel ihm Butch ins Wort. »Du musst deutlicher sprechen.«

Es waren mehrere Anläufe nötig, bis Butch verstand. Und dann schloss er die Augen und fluchte. Verdammt. Die Lage war ernst. Und überhaupt, was hatte der Junge am helllichten Tag in Helanias Wohnung zu suchen?

Ach verdammt, wem machte er etwas vor? Er wusste genau, warum Boone bei ihr war. Und jetzt hatten sie den Salat. Die beiden steckten in der schwierigsten Situation, die Angehörige unterschiedlicher Geschlechter betreffen konnte.

Überraschung!

Er öffnete die Augen und sah auf die Uhr. Ein Uhr Mittag, was sonst.

»Okay, Boone, ich will, dass du Folgendes tust – oder vergiss es, ich kümmre mich drum. Aber wenn du sie nicht schwängern willst, musst du dich in einem anderen Zimmer einsperren – was? Ja, ich weiß, dass sie leidet, aber wenn du zu ihr gehst, stehst du in achtzehn Monaten mit einem Kleinen da. Du musst dich von ihr wegsperren. *Jetzt.* Sonst wird alles nur noch schlimmer. Ich rufe Doc Jane an und schicke sie zu euch.«

Es folgten ein paar weitere unverständliche Worte, doch Butch würgte ihn ab. »Sperr dich ein. Ich kümmere mich um den Rest.«

Kopfschüttelnd legte er auf und wählte die Nummer der Höhle. Da sah man es wieder …

Das kam dabei heraus, wenn man sich mit Zeugen einließ.

So etwas konnte binnen weniger Stunden von einem Ärgernis zur Katastrophe werden. Obwohl er zugeben musste: die Triebigkeit?

Damit hätte er nun wirklich nicht gerechnet. Auch nicht mit zehn Jahren Erfahrung in der Mordkommission.

28

Boone wollte glauben, dass Bruder Butch sich irrte. Er hätte sich gern als Gentleman gesehen, der über absolute Selbstbeherrschung verfügte und sich um Helania kümmern konnte, die sich auf den kalten Fliesen im Badezimmer wand. Der über ihre Triebigkeit erhaben war und ihr mit einem Badehandtuch kühle Luft zufächeln konnte.

Sie bedeutete ihm so viel, da musste es doch möglich sein, ihre Bedürfnisse über die eigenen zu stellen, bis Hilfe kam.

Doch letztlich wurden die hormonellen Schübe, unter denen sie sich krümmte, so intensiv, dass ihm keine Wahl blieb. Er musste der Anweisung des Bruders folgen. Und es wurde so schlimm, dass er sich nicht nur ins Schlafzimmer zurückzog und die Tür schloss, sondern auch noch das Bett vor die Tür schob, um sich vor dem Unheil zu schützen.

Was, wenn man darüber nachdachte, total beknackt war. Wenn er stark genug war, das Bett vor die Tür zu schieben, war er auch stark genug, es wieder wegzuziehen.

Aber darum ging es nicht.

Und so rollte er sich auf dem Boden im Schlafzimmer zusammen, schlang die Arme um die angezogenen Knie und zitterte am ganzen Leib, aber nicht vor Kälte, sondern wegen des überwältigenden sexuellen Verlangens, das ihn zu ersticken drohte. Er kniff die Augen zu und betete, dass er nicht zu ihr ging.

Nicht, weil er sie nicht schwängern wollte.

Sondern eben, weil er es wollte.

Der Gedanke, von dem Vermächtnis seiner Familie befreit zu sein und eine eigene Familie zu gründen, zusammen mit Helania – davon hätte er niemals zu träumen gewagt. Und jetzt, wo diese Chance zum Greifen nahe lag?

Nur ein Zimmer weiter?

Eine glückliche Familie war das Einzige, woran er denken konnte. Sie war alles, was er wollte. Die einzige Möglichkeit, in dieser Leere zu bestehen, die er seit Neuestem empfand. Vereinigt mit Helania, ein Kind … das hieße, er hätte eine Aufgabe. Ein Fundament. Einen Platz und eine Familie, die er durch Liebe geschaffen hatte, nicht indem er hineingeboren worden war.

Doch leider wusste er nicht, wie Helania dazu stand. Und solange das nicht klar war, konnte er kein Risiko eingehen. Die Triebigkeit einer Vampirin wirkte sich auf alle Vampire in ihrem Umfeld aus – wenn aber einer ohnehin schon emotional an sie gebunden war, quälte ihn das sexuelle Verlangen fast so schlimm wie die Betroffene …

Ein plingendes Geräusch ließ ihn aufhorchen. Er hob den Kopf und sah auf sein Handy.

Doc Jane. Sie stand vor der Wohnungstür.

Stöhnend rappelte er sich auf und wäre um ein Haar zum Höhepunkt gekommen, als sein Schwanz dabei hüpfte, sein Bein streifte und den Boden berührte.

Verdammt, er war noch immer nackt. Kraft seines Willens ließ er das Licht angehen, tastete nach seinen

Slacks und schlüpfte schwankend hinein. Dann zog er sein Hemd über, schaffte es aber nicht, es in den Bund zu stecken. Seine Hände zitterten zu stark.

Schließlich schob er das Bett zur Seite und stolperte aus dem Schlafzimmer, die Augen fest auf die Wohnungstür geheftet. Er erlaubte sich keinen Blick in Richtung Bad. Er atmete nicht durch die Nase. Er verbot seinen Füßen, den Weg zu Helania einzuschlagen, damit er sich nicht auf sie werfen und zwischen ihren Beinen Erlösung finden konnte.

Er ging nicht zur Wohnungstür, sondern stürmte vielmehr mit dem Kopf voraus darauf los, auf wackligen Beinen, die ihn kaum zu tragen vermochten. Als Nächstes kämpfte er mit der Klinke. Leider vergebens. Er riss daran.

Die Tür blieb verschlossen. Offenbar verriegelt.

Irgendwie bekam er sie schließlich auf, und dann …

»Was für ein Segen«, brabbelte er, als er die Ärztin im Flur stehen sah.

Als Doc Jane hereinkam und die Tür hinter sich schloss, trat er zurück … oder besser gesagt, er stolperte über seine nackten Füße und fiel auf den Hintern. Er war in einem erbärmlichen Zustand.

Und der Miene der Ärztin nach zu urteilen, stimmte sie ihm zu.

»Betäuben Sie mich«, bat er. »Gleich als Erstes, damit Sie es nicht mit mir zu tun bekommen. Ich habe Angst, dass ich Ihnen gefährlich werden könnte. Ich kann nicht … klar denken.«

Die Lippen der Ärztin bewegten sich, doch es war wie bei der Schleierzeremonie seines Vaters: Jemand erklärte ihm augenscheinlich etwas, doch er verstand kein Wort.

Was er allerdings mitbekam, war die Tatsache, dass sie die altmodische Arzttasche auf dem Tisch abstellte. Dass sie eine Spritze und ein kleines Fläschchen mit Gummistopfen herausholte, in dem sich eine klare Flüssigkeit befand. Dass sie eilig die Spritze aufzog.

Schließlich kniete sie neben ihm und sagte: »Können Sie den Ärmel hochkrempeln?«

Ärmel. Hoch. Krempeln.

Verstanden, dachte er.

Er zerrte an dem Ärmel, sodass er an der Schulter abriss, und warf ihn achtlos beiseite. Dann streckte er ihr den nackten Arm entgegen und sah zu, wie sie mit einem alkoholgetränkten Tupfer über seinen Bizeps rieb und dann zustach.

Boone öffnete den Mund, um ihr zu danken.

Aber das Zeug wirkte schnell. Sehr schnell.

Helanias Körper war ein Strick, und die Hormone in ihrem Blut waren Hände, die wütend an beiden Enden zogen und zerrten, bis sie das Gefühl hatte, ihre Fasern würden reißen. Sie lag mit dem Gesicht nach unten auf den Fliesen und verbrannte innerlich. Nichts konnte sie von der Qual erlösen, dem verzehrenden Verlangen, dem unerträglichen, nutzlosen Begehren.

Sie hatte keine Ahnung, wo Boone war. Er hatte sie allein gelassen, nachdem sie ihn fortgeschickt hatte.

Mittlerweile wusste sie nicht einmal mehr, wo sie selbst war.

Mühsam öffnete sie die Augen, doch ihre Sicht war verschwommen. Nur langsam schälten sich die Umrisse eines kleinen Waschbeckens heraus, als sie ein paarmal blinzelte. Badezimmer. Sie war im Badezimmer.

Sie rollte sich auf den Rücken und spürte, wie ein

kühler Hauch über ihren Bauch strich. Doch für ihre Schultern gab es keine Abkühlung. Der Ofen in ihrem Inneren hatte die Bodenfliesen erwärmt.

Linderung, es musste irgendeine Form der Linderung geben.

Wieder drehte sie sich auf den Bauch. Auf die Seite. Streckte die Beine aus. Zog sie wieder an. Streckte eines aus und zog das andere an. Drückte die Schultern flach auf den Boden, rollte die Schultern ein.

Nichts half. Aber das war die Natur der Triebigkeit.

Wie hatten ihr die Anzeichen entgehen können? Rastlosigkeit. Hitzewallungen. Hunger auf Speck und Kakao, obwohl sie beides gar nicht mochte.

Zum ersten Mal in ihrem Leben Sex mit einem Mann, den sie kaum kannte. Plötzlich ergab ihre für sie untypische Forschheit einen Sinn. Es waren die Vorboten ihrer fruchtbaren Phase gewesen.

Wann war ihre letzte Triebigkeit gewesen? Sie konnte sich nicht erinnern.

Gütige Jungfrau, Boone. Sie hätte ihn gebeten, sich von ihr fernzuhalten, hätte sie klar denken können, hätte sie die Zeichen erkannt …

Der kühle Hauch kam aus dem Nichts, als hätte jemand ein Fenster geöffnet und frische Luft von draußen hereingelassen. Aber in ihrer Wohnung gab es keine Fenster, die man öffnen konnte …

Sie hob den Kopf und blickte auf, doch sie verstand nicht, was sie da sah. Es machte den Eindruck, als säße ein Engel an ihrer Seite und hätte sie in eine weiße Wolke gehüllt. Moment … es sei denn, es war einfach ein Laken?

»Hallo«, sagte der Engel. »Ich bin Doc Jane. Ich bin hier, um Ihnen zu helfen.«

Helania blinzelte, um zu testen, ob sich an der Vision etwas änderte. Nein. Es war noch immer ein Engel mit kurzem blondem Haar, tiefgrünen Augen und … blauer Klinikbekleidung?

Sie gab es auf, die Situation zu verstehen, und ließ den Kopf zurück auf die Fliesen sinken. »Helfen … Sie … mir …«

»Ich prüfe Ihre Vitalwerte, danach kann ich Ihnen ein Medikament geben, wenn Sie einverstanden sind.«

Medikament? Welcher Engel redete von Vitalwerten? Und sollte Helania bereits im Schleier sein, dann wäre sie für alle Ewigkeiten tot, und diese Fragen wären überflüssig.

Eine neue Hitzewelle stieg in ihr auf, und sie stöhnte. Plötzlich war es ihr egal, was es mit dem Engel auf sich hatte. Alles war besser als diese schreckliche zermürbende Begierde.

»Ja, bitte. Danke.«

Sie hatte keine Ahnung, was sie da faselte.

Jetzt wurde an ihr herumhantiert. Etwas legte sich um ihren Arm, zog sich zusammen, löste sich wieder. Dann drückte sich eine kühle Scheibe auf ihre Brust. Kurz darauf piepste es neben ihrem Ohr … nein, Moment, in ihrem Ohr.

»Helania? Mit Ihrer Erlaubnis gebe ich Ihnen eine Spritze mit Morphin. Das verschafft Ihnen Linderung und macht die Sache sehr viel erträglicher. Sind Sie damit einverstanden?«

Die Stimme des Engels war jetzt näher, und Helania versuchte, die Augen zu öffnen. »Ja. Ganz gleich, was …«

Mittlerweile wäre sie, wenn nötig, in eine Wanne voll Trockeneis gesprungen …

Wieder wallte Hitze in ihr auf, und sie schrie. Die Intensität der Anfälle verstärkte sich, obgleich es unmöglich schien, und es wurde immer schlimmer …

Die Erleichterung traf sie wie eine Flutwelle und durchströmte ihren ganzen Körper, mäßigte das Brodeln, als hätte man einen Topf vom Herd gezogen. Aber sie traute der Erlösung nicht, und eine Zeitlang wappnete sie sich noch gegen den nächsten Ansturm.

»Alles ist gut«, sagte die Frauenstimme. »Entspannen Sie sich. Ich bleibe bei Ihnen und passe auf, dass nichts passiert.«

Jetzt waren die Schleusen geöffnet, und Helania weinte. Es gab keinen eigentlichen Grund dafür, es war die pure Erschöpfung.

»Die Natur ist manchmal grausam zu Frauen«, sagte die Stimme.

Helania wischte sich die Tränen aus den Augen und drehte sich um. Die rätselhafte Gestalt trat nun deutlicher hervor, und Helania runzelte die Stirn. Keine Flügel. Kein Heiligenschein. Keine Geistergestalt. Stattdessen …

»Sie sind kein Engel.«

Die Frau lachte, und ihre grünen Augen blitzten. »Oh, glauben Sie mir, bei Weitem nicht. Fragen Sie meinen *Hellren*.«

Helania sah an sich herab. Was sie für eine bauschige Wolke gehalten hatte, entpuppte sich als eines ihrer Laken. Sie erkannte das verblasste Muster aus kleinen roten und gelben Blumen.

»Wie geht es Ihnen jetzt?«, fragte die Ärztin.

»Wo ist Boone?«

»Er liegt schlafend vor dem Sofa. Ich habe auch ihm etwas gegeben.«

Helania schloss die Augen. »Ich schwöre, ich wusste nicht, dass es bevorstand. Die Triebigkeit.«

Was hatte sie gesagt? Sie hatte das Gefühl, wirres Zeug zu reden.

»Soweit ich weiß«, sagte die Ärztin, »lässt sich der Zeitpunkt der Triebigkeit nicht immer vorhersehen. Butch erzählte mir, Sie stünden unter großem Stress. Auch das kann den Rhythmus durcheinanderbringen.«

»Sie sind keine Vampirin?«

»Nein.«

Aber natürlich. Wie hätte sie sonst tagsüber zu ihr kommen können. Oder Moment ... war überhaupt Tag?

Egal. Es spielte keine Rolle.

»Ich hätte es ahnen sollen.« Helania schloss die Augen. »Ich hätte ...«

»Was denken Sie, sollen wir Sie ins Bett bringen? Der Boden hier ist kalt und unbequem.«

War er das? Unter dem Einfluss des Morphins fühlte er sich kuschelweich an. Trotzdem ergriff Helania die Hand, die ihr die Ärztin entgegenstreckte, und bemühte sich, beim Aufstehen mitzumachen.

Als sie auf den Beinen war, legte die Ärztin einen Arm um ihre Taille und stützte Helania auf dem Weg durchs Wohnzimmer, während die Enden des Lakens hinter ihr herschleiften.

Als sie die Kurve zum Schlafzimmer nahmen, sah sie Boone. Er lag auf dem Boden vor dem Sofa, die Arme und Beine in merkwürdigen Winkeln von sich gestreckt, der Oberkörper verdreht, sodass er halb auf dem Rücken, halb mit dem Gesicht zum Boden lag. Er sah aus, als wäre er nach einem K.O.-Schlag zu Boden gegangen.

»Es geht ihm gut«, sagte die Ärztin. »Ich habe ihm eine leichte Dosis gegeben, er ist eingeschlafen. Und bevor Sie fragen, ich habe seine Vitalwerte überprüft. Er ist nur müde.«

»Sind Sie sicher?«

»Ja. Er hat sich vor drei Nächten von einer Auserwählten genährt.«

Einer Auserwählten, dachte Helania.

»Es war eine rein medizinische Maßnahme«, erklärte die Ärztin freundlich. »Keine Sorge. Da war nichts.«

»Es geht mich nichts an.«

»Das müssen Sie entscheiden.« Die Ärztin lächelte. »Kommen Sie, bringen wir Sie ins Bett. Wenn Sie in Ohnmacht fallen, kann ich Sie vielleicht nicht halten.«

Helania ließ sich zum Bett führen – das aus irgendeinem Grund verschoben worden war. Aber was kümmerte sie das. Als sie sich hinlegte, merkte sie, dass es eine gute Entscheidung der Ärztin gewesen war, sie zurück in die Horizontale zu bringen. Plötzlich drehte sich alles, und sie fühlte sich so matt, dass sie sich fragte, ob sie einen Schlaganfall erlitten hatte.

Sie starrte an die Wand und dachte an Boone, der vor dem Sofa lag, gefangen in ihrer Wohnung für den voraussichtlich längsten Tag ihres Lebens. Selbst mit der freundlichen Hilfe der Ärztin.

Aber wenigstens war sie nicht schwanger. Soweit sie wusste, hatten sie keinen Sex gehabt, nachdem ihre Triebigkeit eingesetzt hatte.

Andernfalls hätte sie sich noch schlechter gefühlt.

Trotzdem … was für ein Schlamassel.

29

Boone kam zu Bewusstsein, erstaunlicherweise auf dem Sofa. Aber wenigstens wusste er, wo er war. In der Wohnung von Helania, die in der Triebigkeit war … obwohl er sich nicht erinnerte, wann er vom Boden hier hochgeklettert war. Vielleicht, als Doc Jane ihm die zweite Ladung verpasst hatte. Oder die dritte.

Wie spät war es …

»Nach Mitternacht.«

Er riss den Kopf hoch. Doc Jane saß an Helanias Küchentisch, vor sich ein aufgestelltes Tablet, auf dem ein Spielfilm lief.

»Habe ich laut gesprochen, oder können Sie Gedanken lesen?«, fragte er und versuchte schwerfällig, sich aufzurichten.

Mann, sein Hemd hatte mehr Falten als eine Landkarte am Ende einer Reise, ganz zu schweigen von dem abgerissenen Ärmel.

Die Ärztin lächelte und hielt ihren Film an. »Du hast laut gesprochen.«

Boone streckte sich und ließ die Schultern knacken. Dann wanderte sein Blick zum Schlafzimmer. Die Tür stand offen, doch dahinter war es dunkel, sodass er Helania nicht sehen konnte.

»Keine Sorge, es geht ihr gut. Ich habe vor zwanzig Minuten nach ihr gesehen.«

Stöhnend beugte er sich nach vorn und stemmte die Ellbogen auf die Knie. »Ich fühle mich, als hätte mich ein Laster überfahren.«

»Das ist normal. Die Hormone, dazu die Opiate – du wirst dich noch eine Weile lang wie erschlagen fühlen.«

»Damit hatte ich nicht gerechnet.«

»Sie auch nicht.« Doc Jane schüttelte den Kopf. »Weibliche Körper sind bei jeder Spezies so eine Sache, aber bei Vampiren geht es wirklich ungerecht zu.«

»Ist es überstanden?«

»Schwer zu sagen. Soweit ich informiert bin, stand sie unter enormem Stress, das könnte sich auf die Dauer der Triebigkeit auswirken. Es könnte sie in die Länge ziehen oder verkürzen. Oder sie verläuft mehr oder weniger normal. Ich würde sagen, ihr Zustand hat sich in der letzten Stunde verbessert. Vermutlich hat sie das Schlimmste überstanden. In weiteren sechs Stunden wird es ihr viel bessergehen.«

»Dem Schleier sei Dank.«

»Sie muss sich nähren. Und sie muss sich morgen Abend untersuchen lassen.«

»Wozu?«

»Auf eine Schwangerschaft.«

Boone erstarrte. »Aber wir haben nicht miteinander geschlafen.«

Doc Janes Gesicht nahm einen professionellen, undurchdringlichen Ausdruck an. »Während der Triebigkeit oder in den letzten vierundzwanzig Stunden?«

»Äh …« Er wurde rot und musste sich räuspern. »Während der Triebigkeit.«

»Wann hattet ihr das letzte Mal Geschlechtsverkehr?«

Boone schloss die Augen und rief sich ins Gedächtnis,

dass der Geschlechtsakt für Doc Jane in die Krankenakte gehörte, als rein biologisches Ereignis. Aber verdammt, es fühlte sich ein bisschen so an, als würde ein Sohn mit seiner *Mahmen* sprechen.

»Boone«, sagte die Ärztin ruhig, »diese Information ist wichtig. Für ihre Gesundheit und ihr Wohlbefinden wäre es besser, wenn wir den Zeitpunkt kennen. Aber wenn es dir lieber ist, frage ich sie persönlich, sobald es ihr besser geht …«

»Ungefähr sechs Stunden, bevor die Triebigkeit einsetzte. Mindestens vier.«

Doc Jane nickte. »Okay, dann sollte sie untersucht werden. Wenn sie schwanger ist, braucht sie auf der Stelle die entsprechende Betreuung.«

Boone blinzelte. Dann sagte er hektisch: »Wenn sie schwanger ist, werde ich mich mit ihr vereinigen.«

Doc Jane lächelte beruhigend. »Eins nach dem anderen. Das kannst du dir dann immer noch überlegen.«

Helania kam langsam zu sich. Ihr erster Gedanke war, dass sie noch stark unter dem Einfluss des Morphins stehen musste: Sie spürte weder Arme noch Beine, und ihre Matratze hatte übertrieben viel Auftrieb, sodass sie sich fühlte, als läge sie in einem Kanu auf einem stehenden Gewässer, nicht auf einem Bett.

Sie wälzte sich auf die Seite, blickte zur offenen Tür des Schlafzimmers und fragte sich, wie spät es wohl war. Ob die Ärztin noch immer in ihrer Wohnung war? Ob Boone …

Als hätte sie ihn gerufen, erschien er in der Tür. Er sah so erschlagen aus, wie sie sich fühlte, sein Haar stand ihm wirr in alle Richtungen ab, sein Hemd war völlig verknittert, und abgesehen davon fehlte ein Ärmel, die

Hose hing ihm auf der Hüfte, als hätte er fünf Kilo Gewicht verloren.

»Wie geht es dir?«, fragte er.

Seine Stimme klang belegt. Als er ins Zimmer kam, wappnete sie sich für einen Anfall von schmerzhaftem Verlangen.

»Ich glaube, ganz gut.« Als sich ihr Körper nicht verkrampfte, atmete sie auf. »Schon viel besser. Wo ist …?«

»Doc Jane? Sie musste zurück in die Klinik. Aber ich habe ihr gesagt, ich würde sie sofort wieder rufen, wenn du etwas brauchst.«

Helania versuchte, sich aufzusetzen. Erst begann sich das Zimmer zu drehen, und sie überlegte, ob sie es lieber sein lassen sollte, doch dann kehrte ihr Gleichgewichtssinn zurück. Sie wickelte sich das Laken um den nackten Oberkörper und schob ihr Haar aus dem Gesicht.

»Wie spät ist es?«

»Vier Uhr.«

»Nachmittags? Es hat nur drei Stunden gedauert?«

»Morgens.«

»Oh.«

Boone ließ sich vorsichtig zu ihr aufs Bett sinken, als wollte er die Matratze nicht zu stark mit seinem Gewicht belasten. Als sie einander ansahen, war es genau das Gegenteil von ihrem Abend im Remi's: Statt sich unbeschwert mit ihm unterhalten zu können, fiel es ihr jetzt extrem schwer.

Aber sie musste etwas sagen: »Es tut mir so leid.«

Er zuckte zusammen. »Aber wieso? Du kannst doch nichts dafür.«

Okay, das stimmte theoretisch. Trotzdem fühlte sie sich schuldig, wenn sie daran dachte, dass Boone betäubt auf dem Wohnzimmerboden vor dem Sofa gelegen hatte.

Helania sah ihm in die Augen. »Es ist mir wichtig, es zu sagen. Ich wusste nicht, dass meine Triebigkeit anstand. Hätte ich es geahnt, hätte ich dich wieder weggeschickt oder gar nicht erst reingelassen. Du musst mir glauben.«

»Helania, ich glaube dir …«

»Wirklich?«

Verwirrt schüttelte Boone den Kopf. »Was ist denn in dich gefahren? Ich habe nie an deinen Worten gezweifelt.«

Die Erschöpfung machte sie ehrlicher, als sie es unter anderen Umständen gewesen wäre. »Ich will nur klarstellen, dass ich nicht die Absicht habe, dich zu einer Vereinigung zu zwingen oder dergleichen.«

»Wow …« Er beugte sich vor, als könnte er sie vielleicht besser verstehen, wenn der Abstand zwischen ihnen kleiner war. »Warum sollte ich so etwas glauben?«

»Du gehörst der *Glymera* an, du hast Geld. Du sollst nicht denken, ich wäre auf eine gute Partie aus.«

»Bist du … erinnerst du dich an unser Gespräch von gestern? Als ich dir erzählte, dass ich vielleicht bald arm bin, und ich dich fragte, ob das ein Problem für dich wäre?«

Beim Schleier, er hatte recht. Ihr Kopf funktionierte wohl noch nicht so richtig. Trotzdem wollte sie Klarheit in diesem Punkt.

»Ich finde, man muss offen über diese Dinge sprechen.«

Boone presste die Fingerkuppen aneinander und legte das Kinn darauf. »Okay.«

Eine Weile schwiegen sie verlegen, und sie dachte nur,

wie sehr sie sich wünschte, die letzte Nacht hätte anders geendet. Hätte der Notfall mit der Menschenfrau ein wenig länger gedauert, wäre nichts von alledem passiert.

»Doc Jane möchte, dass du in unsere Klinik kommst«, sagte er schließlich.

Helania schüttelte den Kopf. »Das ist nicht nötig. Es war nicht meine erste Triebigkeit, und danach ging es mir immer gut.«

»Du musst untersucht werden.«

»Warum?« Während er sie nur ansah, kam ihr Gehirn nur langsam auf Touren. »Ich bin nicht schwanger.«

»Wir haben kurz davor miteinander geschlafen.«

»Ich bin nicht schwanger.«

»Du könntest es sein.«

»Ich bin es nicht.«

Wieder verstummten sie. Ihr war klar, dass sie sich irrational verhielt, aber sie konnte nicht nachgeben. Die Vorstellung, für ein anderes lebendes Wesen verantwortlich zu sein, war zu viel für sie. Sie weigerte sich, darüber nachzudenken. Denn solange sie den Gedanken nicht zuließ, konnte es sie auch nicht betreffen.

Sie war eine Einzelgängerin, die kaum für sich selbst sorgen konnte. Wie um alles in der Welt sollte sie …

»Musst du dich nähren?«, fragte er.

Helania sah zu ihm auf. »Nähren?«

Als er die Brauen hob – als fragte er sich, ob er sich Sorgen wegen ihrer Aussetzer machen musste –, schüttelte sie den Kopf. »Nein, nicht nötig.«

»Wann hast du dich das letzte Mal genährt?«

»Vor Isobels Tod. Sie hatte einen Freund, bei dem wir uns nähren durften, aber seither war ich nicht mehr mit ihm in Verbindung.«

»Acht Monate?«

»Ich muss mich nicht öfter als einmal im Jahr nähren, wirklich.« Tja, und wenn das nicht bewies, wie selten sie aus dem Haus kam. »Es geht mir gut …«

»Helania, du musst …«

»Ich bin nicht schwanger.«

»Keine Widerrede.« Boone stand auf. »Morgen um Mitternacht stehst du vor diesem Haus, dann hole ich dich ab und wir fahren zusammen ins Trainingszentrum.«

»Ich muss mich nicht untersuchen lassen …«

»Doch, das musst du. Denn wenn du schwanger bist, dann ist es mein Kind, und ich werde sicherstellen, dass in jeder Hinsicht für euch beide gesorgt ist.«

Damit stakste er aus dem Schlafzimmer, und Helania sah ihm nach. Sie wollte ihn zurückrufen, aber wozu? Damit sie noch einmal über etwas stritten, was nicht war? Sie hatten beide eine Tortur hinter sich, sie brauchten Essen, Schlaf und eine Pause. Es brachte nichts, weiter zu diskutieren.

Außerdem gab es nichts zu bereden.

Sie war nicht schwanger.

30

Boone erreichte das Haus seines Vaters – oder Marquists Haus, um genau zu sein – in miserabler Stimmung. Er hasste Streit, und besonders, das merkte er jetzt, Streit mit Helania.

Der Abschied von ihr war komplett in die Hose gegangen.

Aber verdammt. Sie wollte auf keinen Fall ein Kind von ihm, deshalb setzte sie ihre eigene Sicherheit aufs Spiel? Was sollte das?

Er stapfte durch den Schnee und hoffte, dass die Haustür erneut verschlossen war. Er wollte sich gegen eine Scheibe werfen, Blutflecken auf dem Holz hinterlassen, sich an Scherben schneiden.

Dummerweise öffnete sie sich problemlos.

Also ging er auf direktem Weg zur Küche, folgte dem Duft von frisch gebackenem Brot, der das ganze Haus durchzog. Auf seinem Weg durch Polierzimmer und Speisekammer blieb er vor der Butlerkammer stehen, die ausnahmsweise offen stand. Er ging hinein.

Und sieh einer an, wer ausgezogen war.

Mehrere ausrangierte Pappkartons und eine Rolle Klebeband lagen auf dem ausgeblichenen Orientteppich, ein Stapel ledergebundene Bücher wartete auf dem Sessel am Kamin darauf, eingepackt zu werden. Die Wirtschaftsbücher für die Haushaltskasse lagen noch immer aufgeschlagen auf dem Tisch, daneben das Tintenfass und der altmodische Füller, mit dem der Kopf der Belegschaft immer geschrieben hatte. Aber die vergilbten Schwarz-Weiß-Fotografien von, wie Boone immer vermutete hatte, Marquists Vater und *Mahmen* waren fort. Genau wie seine persönlichen Habseligkeiten auf dem Beistelltisch.

Boone ging weiter in den Schlafbereich. Den vorderen Teil der Kammer kannte er – aus den Nächten, in denen er wegen seines Taschengelds zum Butler hatte gehen müssen –, doch weiter war er nie vorgedrungen. Schließlich hatte man ihn von Geburt an gelehrt, die Privatsphäre anderer zu achten. Aber nachdem der Butler offensichtlich nicht mehr als solcher zur Verfügung stand, gab es keinen Grund, sich nicht einmal umzusehen.

Im Schlafbereich stand ein schmales Bett aus den Fünfzigern an der Wand. Der Bettüberwurf aus Matelassé war akkurat darüber ausgebreitet und über dem Kissen zurückgeschlagen. Auf den Nachtkästchen standen eine Lampe, ein Glasuntersetzer und eine Ladestation, die man vermutlich in der Eile vergessen hatte, als man ein Stockwerk höher in die beste Suite des Hauses gezogen war.

Boone ging zur Kommode und zog die oberste Schublade auf. Säuberlich gefaltete Boxershorts und Unterhemden. Die darunter war gefüllt mit gestärkten Hemden. Ganz unten unzählige Paare schwarzer Socken.

Marquist hatte seine Butleruniform zurückgelassen.

Um die Vermutung zu bestätigen, obwohl es Boone im Grunde egal war und er die Antwort schon zu kennen glaubte, ging er über die nackten Holzdielen an den schmalen Schrank. Und richtig, hier hingen an die zehn schwarze Anzüge. Ein paar Überzieher. Ein schwerer schwarzer Mantel.

Vermutlich hatte er alles für seinen Nachfolger dagelassen. Ein klares Statement.

Vom Butler zum Hausherrn und Arbeitgeber.

Eine ganze Weile stand Boone einfach da und starrte in den Schrank. Vermutlich wartete er darauf, dass ihn irgendeine Form von Wut überkam. Er hatte das deutliche Gefühl, dass ihn diese Wendung stärker erschüttern sollte.

Besonders unter dem Aspekt, dass er vielleicht bald für die nächste Generation seiner Familie sorgen musste.

Doch je länger er über alles nachdachte, desto mehr stellte er infrage, was ihm seine erlauchte Herkunft eingebracht hatte. Gewiss, das Geld war angenehm gewesen, aber es hatte nie ihm gehört. Und das Haus war schön, wenn man Museen mochte oder Bühnenbilder, die darauf ausgerichtet waren zu imponieren. Aber er konnte nicht sagen, dass es ihm große Vorteile gebracht hatte.

Fluchend verließ er die Butlerkammer und ging in die Küche. Die Doggen, die das Letzte Mahl bereiteten, erstarrten in ihren Bewegungen, ob sie nun schnitten, rührten oder kneteten.

Da überkam ihn Trauer. Er kannte diese wundervollen Bediensteten sein Leben lang. Ein paar von ihnen hatte seine *Mahmen* eingestellt, andere noch seine Großeltern. Und sie blickten ihm mit einer Mischung aus Panik und Bedauern entgegen.

»Alles ist gut.« Er lächelte in die Runde. »Es kommt alles in Ordnung. Er wird Sie behalten müssen, also wird sich für Sie nichts ändern.«

Thomat, der Koch, ließ das Messer sinken. »Dürfen wir Euch etwas zubereiten, Sire?«

Euch. Sire. Die Anrede für den Herrn des Hauses.

»Nicht doch, Thomat, das bin ich nicht.« Boone trat weiter in den Raum hinein und ging auf den *Doggen* zu, der Tresen, der sie trennte, eine Metapher für den Standesunterschied zwischen ihnen. »Aber ich danke Ihnen für die Ehre. Sie waren … Sie waren alle wundervoll mir gegenüber.«

»Dieses Haus gehört Euch, Sire.« Thomat schüttelte den Kopf. »Niemandem sonst. Und nun wäre es uns ein Vergnügen, Euch ein Essen zu servieren.«

»Ich bin nicht einmal Gast hier. Ich verbringe allein auf Befehl des Königs hin die nächsten dreizehn Nächte unter diesem Dach. Also werde ich mich selbst bedienen.«

Als er Thomat als Zeichen des Respekts die Hand entgegenstreckte, starrte der *Doggen* sie an. Dann trat er einen Schritt vom Tresen zurück und verbeugte sich so tief, dass seine Kochmütze beinahe das Lamm streifte, das er zubereitet hatte.

Boone sah sich um und stellte fest, dass noch andere Bedienstete in die Küche gekommen waren. Und alle verbeugten sich vor ihm.

Er schloss die Augen und hätte ihnen am liebsten gesagt, dass sie ihn vergessen mussten. Doch er hatte nicht die Kraft dafür. Dennoch war er überrascht, wie sehr ihn ihre Geste rührte.

Sie wärmte ihm das Herz.

Helania verbrachte die restliche Nacht in einem Putzrausch und reinigte alles, was ihr in die Hände fiel. Sie fing mit dem Bett und den Handtüchern an, zog alles ab und lud es in ihre Waschmaschine. Dann machte sie sich über das Badezimmer her und schrubbte die Fliesen auf Händen und Knien, bis der Beton darunter durchschien. Sie räumte den Kühlschrank leer, nahm die Fächer heraus und spülte sie mit Schwamm und heißem Wasser, bis sie funkelten. Außerdem wischte sie den Küchenboden, die Schranktüren und alle Schubladen.

Sie holte sogar den Besteckkasten heraus und saugte die Schublade. Und als das noch nicht reichte, leerte sie Gabeln, Messer und Löffel aus und reinigte den Besteckkasten selbst.

Im Wohnzimmer zog sie die Decke vom Sofa und steckte sie in die Waschmaschine. Sie saugte den Teppich und ordnete ihre Stickutensilien. Als sie die Trittleiter holte und ein Spinnennetz aus der Ecke entfernte, beschämte es sie, wie lange sie ihre Wohnung vernachlässigt hatte.

Schon seit vor Isobels Tod.

Vor ihrer *Ermordung*, verbesserte sie sich. So wie sie Boone verbessert hatte.

Irgendwann gegen Morgen ging ihr die Puste aus. Sie setzte sich auf das nackte Sofa, lauschte dem Trockner, in dem sich die Decke drehte, und kämpfte gegen die Gefühle an, die direkt unter der Oberfläche lauerten.

Isobel hätte gewusst, wie man sich in dieser Situation verhielt, dachte sie und legte die Hände auf ihren flachen Bauch.

Hätte ihre Schwester noch gelebt ... dann hätte sie gewusst, was zu tun war. Wie man damit umging, dass sie womöglich schwanger war. Und mit diesen Tränen, die offensichtlich unbedingt ihre Beherrschung durchbrechen wollten.

»Warum musstest du gehen?«, presste sie mit bebender Stimme hervor.

In dem Moment, als sie das sagte, fiel ihr Blick auf den Umhang, den sie im Pyre immer trug. Ärger kam in ihr hoch, als ihr bewusst wurde, dass sie die Suche nach dem Mörder ihrer Schwester in letzter Zeit vernachlässigt hatte.

Der noch immer frei herumlief. Helania sah sich in ihrer funkelnden Wohnung um. Eine Nacht zu pausieren war in Ordnung, aber nicht länger. Sie war nicht schwanger, und ganz gleich, welch fürsorgliche Gefühle Boone hegte, morgen Abend würde sie wieder in den Club gehen.

Sie musste Vergeltung für ihre Schwester üben. Auf dem Sofa zu sitzen und herumzuheulen, brachte sie nicht weiter.

Sie griff in die Tasche ihres Sweatshirts und holte ihr Handy raus. Sie hatte es auf stumm gestellt, weil sie Zeit gebraucht hatte, um ihre Gedanken zu ordnen – was irgendwie zu einem Ordnen der Wohnung geführt hatte.

Sie drehte es um und machte sich auf eine Reihe verpasster Anrufe und Nachrichten gefasst. Sie war sich nicht sicher, wie sie darauf reagieren würde. Einerseits wollte sie mit ihm reden. Andererseits …

Kein verpasster Anruf. Keine Nachricht.

Sie starrte auf das Display und spürte einen dumpfen Schmerz in der Brust. Aber was hatte sie erwartet? Sie wollte Abstand.

Er gewährte ihn ihr.

31

Am nächsten Abend richtete Helania den Lauf ihrer Neunmillimeter auf die Zielscheibe am Ende des Schießstands. Sie war auf Bahn vier, auf den Ohren ein Gehörschutz, eine offene Schachtel Patronen vor ihr auf dem Tresen, eine leere auf dem Boden.

Sie konzentrierte sich auf das Fadenkreuz – das auf einen Torso gezeichnet war –, streckte die Arme gerade vor sich und drückte ab. Eins … zwei … drei … vierfünfsechs …

»… schließen in fünfzehn Minuten. Wir schließen in fünfzehn Minuten. Bitte packen Sie Ihre Sachen zusammen.«

Sie ließ die Waffe sinken, drückte den Schalter an der Kabinenwand, und die Zielscheibe rauschte auf sie zu wie ein herbeigepfiffener Hund, wobei sich die Unterseite im Luftzug nach hinten bog. Sie löste das dicke Papier von den Klammern und betrachtete ihre Treffer.

Sie saßen alle in der Mitte der konzentrischen Kreise, nur einen, höchstens zwei Ringe von der Mitte entfernt.

»Sie schießen verdammt gut.«

Ein Mitarbeiter war auf sie zugekommen, und sie staunte einmal mehr darüber, wie gut der Gehörschutz Schüsse dämpfte, während Stimmen problemlos zu ihr durchdrangen.

Sie nahm ihn ab. »Ich bin ganz passabel.«

»Besser als die meisten.«

Sie lächelte, weil sie sich dazu verpflichtet fühlte, aber tatsächlich hatte sie nichts gegen den Kerl. Es war der nette ältere mit dem US-Veteranen-Käppi. Dazu trug er immer irgendwelche Band-T-Shirts mit Tournee-Daten aus den Achtzigerjahren und ausgebeulte blaue Jeans. Seinem wettergegerbten Gesicht nach schätzte sie ihn auf Ende sechzig, Anfang siebzig, und er sah aus, als wäre er wohl vertraut mit körperlicher Arbeit, Überstunden und der Musik von AC/DC.

»Soll ich Sie zum Auto bringen?«, bot er an. »Es ist spät.«

»Nicht nötig, danke.«

»Dann behalten Sie Ihre geladene Waffe draußen. Ich sehe wie immer auf dem Monitor zu. Ein so nettes Mädchen wie Sie – ich bin froh, dass Sie schießen können.«

Er nickte knapp und hinkte zurück entlang der leeren Schießbahnen. Sie war sich ziemlich sicher, dass ihm ein Bein fehlte und er eine Prothese trug, aber sie hatte nie gefragt. Und sie wusste seine Fürsorge zu schätzen. Normalerweise.

Heute war es ihr unangenehm, aber nicht, weil sie sich durch ihn bedroht gefühlt hätte. Sie fragte sich nur, warum er ihr gegenüber so aufmerksam war. Lag es daran, dass er eine Schwäche bei ihr witterte?

Diese Frage ließ sie lieber unbeantwortet. Innere Stärke erschien ihr plötzlich sehr wichtig.

Sie steckte die Pistole ins Hüftholster, packte die unbenutzten Patronen in eine Nylontasche, warf die leere Schachtel weg und zog ihren Parka an. Auf dem Weg zum Ausgang kam sie an dem Aufseher in seiner verglasten Kabine vorbei und winkte ihm zu. Er deutete auf einen Monitor mit körnigem Schwarz-Weiß-Bild, das den Parkplatz zeigte, und reckte den Daumen hoch. Sie nickte zur Antwort.

Draußen stand ihr zehn Jahre alter Toyota Pick-up. Um ihn zu kaufen, hatten sie und Isobel ihre Ersparnisse zusammengelegt. Obwohl sie sich überallhin dematerialisieren konnten, war ihnen ein Auto – besonders eins mit Pritsche – wirklich praktisch erschienen, für Großeinkäufe, Wohnungsumzüge und die seltenen Gelegenheiten, da man einfach mal drauflosfahren wollte.

Sie setzte sich ans Steuer, trat die Kupplung und startete den Motor. Dann lenkte sie den Wagen auf die Straße und schlug den Heimweg ein … wobei sie sich fragte, ob sie es überhaupt in ihre Wohnung schaffen würde. Sie hatte Boones Abschiedsworte nicht vergessen. Und wenn sie sich ein anderes Ziel suchte? Sie konnte zum Supermarkt fahren. Sie konnte zum Drogeriemarkt, der rund um die Uhr geöffnet war, und neue Putzmittel kaufen. Sie konnte einfach durch die Gegend kurven, bis ihr das Benzin ausging.

Und dann konnte sie tanken und weiter herumkurven.

Doch sie wusste, dass Boone nicht gehen würde, ehe sie zurückkehrte. Er hatte zwar noch nicht versucht, sie zu erreichen, doch er war der Typ Mann, der Verabredungen einhielt. Abgesehen von dem Essen im Diner natürlich, aber dafür hatte es einen sehr guten Grund gegeben.

Er würde vor dem Haus stehen, so wie angekündigt.

Verflixt … sie wäre wirklich gern weit weggefahren. Die Vorstellung, in irgendeiner Klinik untersucht zu werden, war alles andere als erfreulich, und sie haderte mit den widerstreitenden Interessen. Es war ihr Körper, aber auch Boone hatte nicht unrecht. Sollte sie schwanger sein, dann war das in ihrem Bauch zur Hälfte seins.

Ein Teil von ihm.

Also hatte er ein Mitspracherecht.

Nicht, dass sie glaubte, schwanger zu sein. Wie wahrscheinlich war das schon? Klar hatten sie miteinander geschlafen, aber das war Stunden davor gewesen.

Mindestens vier. Vielleicht sechs.

Scheiße.

Zehn Minuten später bog Helania auf den Parkplatz hinter ihrem Haus. Sie stieg aus, schulterte ihre Nylontasche und eilte über den festgetretenen Schnee zum Hintereingang. Dort sperrte sie auf, bog nach rechts und stieg die Treppe hinunter zu ihrer Kellerwohnung.

Unten öffnete sie die Stahltür …

Boone stand neben der unscheinbaren Tür zu ihrer Wohnung. Er lehnte mit gesenktem Kopf an der Wand, die Hände in den Taschen seiner ledernen Hose. Als er sie bemerkte, richtete er sich auf, und an der Art, wie er seine Lederjacke glattstrich, war zu erkennen, dass er genauso befangen wie sie war.

»Hallo«, begrüßte sie ihn.

»Ich wusste nicht, ob du …« Er räusperte sich. »Hallo.«

»Du wusstest nicht, ob ich komme?«

»Draußen wartet ein Wagen auf uns.«

»Ich würde gern meine Sachen ablegen.«

Seine Nasenflügel weiteten sich. »Du warst schießen.«

»Ja.« Sie legte die Stirn kraus. »Ich muss in Form bleiben.«

»Ich sage nichts dagegen. Immerhin nehme ich an einem Trainingsprogramm teil, schon vergessen? Die Brüder betonen ständig, wie wichtig Übung ist.«

Sie sahen einander an, und Helania musste daran

denken, wie ungezwungen sie sich an ihrem Tisch im Remi's unterhalten hatten. Mit ihm zu reden hatte sich so natürlich angefühlt wie atmen, leicht und lebenserhaltend. Und jetzt standen sie sich gegenüber und brachten kaum eine Silbe heraus.

Helania ließ die Schultertasche auf den Boden fallen und verschränkte die Arme. Es dauerte, bis sie die richtigen Worte fand.

»Ich weiß nicht …« Sie holte tief Luft und sah ihm direkt in die Augen. »Ich weiß nicht, ob es für uns je wieder werden kann wie davor. Ich habe den Anschluss verloren. Dabei ist es lächerlich, weil wir nicht lang zusammen waren. Anschluss woran? Trotzdem war es schön, wie es davor war. Im Moment ist alles nur noch schrecklich.«

Der Hausflur verschwamm vor ihren Augen, als ihr die Tränen kamen, und sie fluchte und dachte an den Schießstand. Kein Wunder, dass die Leute meinten, sie beschützen zu müssen. Sie war ein Häuflein Elend …

»Helania. Komm her.«

Sie hob abwehrend die Hand. »Nein. Nein, ich will mich nicht anlehnen. Ich will nicht … ich muss auf eigenen Beinen stehen. Zum ersten Mal in meinem Leben will ich stark sein.«

»Aber das eine schließt das andere doch nicht aus. Du kannst stark sein *und* dich auf Freunde und Familie verlassen.«

»Da bin ich mir nicht so sicher. Aber vor allem bin ich es leid, das Leben anderer zu ruinieren. Isobel hat sich jahrzehntelang um mich gekümmert, und weißt du was? Ich habe heute viel nachgedacht und mich gefragt, was sie in ihrem viel zu kurzen Leben vielleicht alles erreicht hätte, hätte sie all diese Stunden zur Verfügung gehabt. Wäre sie mit ihrem Freund zusammengezogen?

Hätten sie sich vereinigt und Kinder bekommen? Hätte sie ihn vielleicht gar nicht getroffen, weil sie sich vor zehn Jahren nicht zusammen mit mir einen Truck gekauft hätte, sondern ein Haus zusammen mit einem anderen Mann? Ihr hatte so vieles offengestanden, stattdessen hat sie Jahre an mich verschwendet, Jahre, die sie gar nicht hatte.«

»Du kannst die Schuld an ihrem Tod nicht auf dich nehmen«, sagte Boone. »Und du weißt nicht, was die Zukunft gebracht hätte, so oder so.«

»Aber die vergeudeten Jahre. Sie waren meine Schuld.«

Boones Gesicht verfinsterte sich. »Sei mir nicht böse, aber was hat das mit uns zu tun?«

»Sollte ich schwanger sein, willst du dich sicher mit mir vereinigen.«

»Natürlich. Wie könnte ich das nicht wollen?«

Helania schüttelte den Kopf. »Aber das will ich nicht. Ich will nicht, dass du dir die nächste Verpflichtung ans Bein bindest.«

»Aber so ist das nicht.«

»Wirklich? Meinst du? Was unterscheidet die Situation einer möglichen Schwangerschaft von einer arrangierten Vereinigung?« Er biss die Zähne zusammen. Sie hatte recht und erkannte an seiner versteinerten Miene, dass er es wusste. »Du tust immer das Richtige. Ich verstehe es. Aber sollte ich mich einmal vereinigen, dann möchte ich …«, ein Stich fuhr in ihre Brust, »dann möchte ich aus Liebe gewählt werden, nicht, weil sich jemand dazu verpflichtet fühlt – und bitte sag jetzt nicht, du liebst mich. Diese drei Worte sind heilig und kein Allheilmittel, um jemanden zu schonen oder eine Situation zu kitten. Wir kennen uns kaum, das weißt du selbst. Trotzdem steht uns etwas bevor, das unser Leben für immer verändern könnte.«

Er schüttelte den Kopf und fluchte. »Du redest wie von einem Autounfall.«

»Das ist es.«

Er rieb sich das Gesicht. »Schön, dann lass uns in die verdammte Klinik fahren. Das macht man doch nach einem Unfall.«

Helania wandte den Kopf ab. Und endlich brachen die Worte aus ihr hervor, die sie zurückgehalten hatte: »Ich will nicht schwanger sein.«

»Ja«, brummte Boone. »Du hast mehr als deutlich gesagt, dass du kein Kind von mir willst. Trotzdem wird dich Doc Jane untersuchen, und wir werden tun, was immer sie sagt, denn wir sind erwachsene Leute in einer erwachsenen Situation, die wir selbst verursacht haben.«

»Du wusstest nicht, dass ich in die Triebigkeit komme. Also trage ich die Schuld.«

»Als hättest du es in der Hand, wann sie einsetzt. Außerdem ist es nun einmal geschehen. Du warst in der Triebigkeit, und wir haben unmittelbar davor miteinander geschlafen. Da gibt es nichts mehr zu streiten, genauso wenig wie über den Besuch in der Klinik.«

Er klang so verbittert, dass sie ihn forschend ansah. Sein Gesicht wirkte angespannt, die Brauen tief in die Stirn gezogen, den Blick in unbestimmte Ferne gerichtet.

Ihn so unglücklich zu sehen, verstärkte ihr schlechtes Gewissen. Wenn sie so weitermachte, würde sie ihn und sich zerstören. Vielleicht gleich hier auf der Stelle.

Außerdem … gab es vielleicht gar keinen Anlass dazu.

»In Ordnung«, sagte sie. »Gib mir eine Minute, dann können wir gehen.«

Boone nickte, ohne sie anzusehen. »Wir sehen uns beim Wagen. Er steht vor dem Haus.«

Boone verließ den Wohnblock durch den Hinterausgang, um ein wenig frische Luft zu schnappen. Auf dem Weg zur Straße, wo Fritz mit dem schwarzen Mercedes der Bruderschaft wartete, schmerzte es so in seiner Brust, dass er sich fragte, ob Kummer einen Herzinfarkt verursachen konnte – doch eigentlich war es ihm egal.

Denn wenn er jetzt tot in den Schnee sank, brauchte er sich wenigstes nicht mehr so beschissen fühlen.

Als er um die Ecke kam und das Auto sah, war er versucht, Fritz wieder wegzuschicken und Helania zu schreiben, dass er sie zu nichts zwingen würde. Danach konnte er von einer Brücke springen und eine Runde im Hudson schwimmen.

Und sich dann irgendwo betrinken.

Was er dagegen *nicht* tun würde, war, seinen Frust an einem Jäger oder Menschen auszulassen. Während er sich den ganzen Tag über hatte zurückhalten müssen, um nicht bei Helania anzurufen, weil sie Abstand brauchte, hatte ihn sein Verhalten in dieser Gasse beschäftigt. Es ging nicht darum, wie sehr dieser spezielle Mann das verdient hatte, was Boone mit ihm angestellt hatte. Erschreckend war die Frage, die Boone nicht zu stellen wagte.

Was, wenn er es *nicht* verdient hätte? Was, wenn Boone einem Unschuldigen über den Weg gelaufen wäre, der nur zufällig auf der Straße war?

Er wollte glauben, dass er nichts getan hätte. Er hoffte zu seinem eigenen Besten, dass er weitergelaufen wäre, bis er einen *Lesser* oder einen Schatten gefunden hätte.

Aber er war sich nicht sicher, und nun fragte er sich, ob Helania vielleicht etwas über ihn wusste, das ihm selbst nicht klar war. Vielleicht wollte sie deshalb kein Kind von ihm.

Fritz stieg aus, als er auf den Mercedes zukam, doch Boone schüttelte den Kopf. »Danke, ich bekomme die Tür allein auf.«

Das Gesicht des Butlers zog sich in die Länge, als hätte Boone die Ehre seiner *Mahmen* infrage gestellt.

»Ich meine …« Boone rieb sich den schmerzenden Kopf. »Ich meine, okay. Danke.«

»Stets zu Diensten, Sire!«

Für einen alten Mann bewegte sich Fritz erstaunlich schnell – doch er schien vieles schnell zu tun. Auf dem Weg hierher war er gefahren, als dienten Verkehrsregeln und Tempolimits in erster Linie dazu, ihm andere Verkehrsteilnehmer vom Hals zu halten.

»Wo ist Eure Vampirin?«, erkundigte sich der Butler höflich, während er Boone die Hintertür aufhielt.

Ich weiß nicht, wohin sie verschwunden ist, dachte Boone. *Selbst wenn sie vor mir steht, weiß ich nicht, wo sie abgeblieben ist.*

»Sie kommt gleich.«

Hoffentlich.

Im nächsten Moment erschien sie tatsächlich. Er hatte sich gerade hingesetzt, als Helania aus dem Haus trat. Einen Moment lang zögerte sie, als sie den uniformierten Butler und den S65 sah, doch dann straffte sie die Schultern und kam über die geräumten Wege zu ihnen. Sie trug eine Jeans und den Parka, den sie auch im Remi's getragen hatte, dazu knöchelhohe, ausgetretene Stiefel. Mit dem nach hinten gebundenem Haar und ohne Make-up wirkte sie frisch und natürlich.

Wie jemand, den er beschützen musste – doch er wusste, dass sie das nicht wollte.

»Guten Abend, Mistress«, sagte der Butler mit einem strahlenden Lächeln und verbeugte sich. »Es ist mir eine Ehre, Euch dienen zu können. Ich bin Fritz Perlmutter.«

»Ähm … danke?«, murmelte sie.

»Bitte steigt ein«, sagte Fritz gutgelaunt, »dann fahren wir unverzüglich los.«

Als sich Helania neben ihn setzte, wandte Boone den Blick ab. »Es wird nicht lang dauern.«

Fritz sprang hinters Steuer und drehte sich zu ihnen um. »Ich werde nun die Trennwand hochfahren! Bitte schnallt Euch an.«

Während die schwarz getönte Scheibe hochfuhr, schoben sich auch Scheiben vor die Fenster, sodass man nicht mehr nach draußen sehen konnte. Toll. Nun konnte er nicht mehr so tun, als würde er die verschneite Landschaft betrachten. Aber das gehörte zu den Sicherheitsmaßnahmen rund um das Trainingszentrum der Bruderschaft. Eines Tages bekamen er und die anderen Trainingsschüler vielleicht uneingeschränkten Zugang, aber noch war es nicht so weit. Außerdem durfte Helania natürlich nicht erfahren, wo die Einrichtung lag.

Um seine Hände zu beschäftigen – und zwar nicht nur mit zwanghaftem Knacken der Knöchel –, zog er den Gurt über die Brust und steckte ihn in die Schnalle, während ein sehr kräftiger Motor leise zu schnurren begann und es einen leichten Ruck gab.

Tja, und was sagst du zum letzten Spiel der Mets, dachte er bei sich.

»Übrigens«, sagte er, »Butch hat einen Ermittlungsraum im Trainingszentrum eingerichtet. Er möchte, dass du nach deinem Besuch in der Klinik bei ihm vorbeischaust.«

»Okay.«

Sein Handy summte in der Lederjacke, und er dankte der Jungfrau der Schrift für die Ablenkung. Doch als er es rauszog, runzelte er die Stirn. Rochelle hatte ihm eine Nachricht geschickt. Er würde sie später lesen. Im Moment konnte er sich auf nichts anderes konzentrieren.

»Konntest du den Tag in deinem Haus verbringen?«, fragte Helania.

Boones Herz machte einen Satz, als er unerwartet ihre Stimme hörte. Er betrachtete ihr Spiegelbild im glatten Glas der Trennscheibe. »Ja, ich habe in meinem Zimmer geschlafen. Der König hat angeordnet, dass ich noch vierzehn Nächte dortbleibe.«

»Und danach?«

»Craeg und Paradise haben mir ihr Gästezimmer angeboten. Aber ich suche mir schnellstmöglich etwas Eigenes.«

Es hatte mal eine Zeit gegeben, vor guten vierundzwanzig Stunden, da hatte er sich gefragt, ob er vielleicht bei ihr einziehen könnte. Doch diese Möglichkeit war nun dahin. Und genau wie sie wusste auch er nicht, wie er an diese Zeit anknüpfen konnte.

»Das mit deinem Vater tut mir wirklich leid …«

Boone riss den Kopf herum. »Okay, lass uns aufhören mit dem Quatsch. Wir haben zu viele Sorgen, um uns mit meiner Wohnungssituation oder meinem verdammten toten Vater zu beschäftigen. Ich weiß, dass ich nicht gut mit der Situation umgehe, aber ganz ehrlich, ich verstehe nicht, was los ist. Ich kapier es einfach nicht. Ich kann deine Stimmung nicht nachvollziehen, aber natürlich zeigt mir das nur, dass ich dich kaum kenne. Wir hatten diese fantastische Chemie zwischen uns, und ich hatte mich wirklich darauf gefreut, die Sache weiterzuverfolgen, bis … nun ja, solange es eben gegangen wäre. Aber ich verstehe die Situation nicht, und ich verstehe dich nicht, und mir platzt bald der Schädel. Also entschuldige, wenn ich im Moment keinen Nerv für Smalltalk habe, erst recht nicht über die großen Themen in meinem Leben.«

Er erwartete, dass sie zornig kontern würde. Ihm vorhalten, dass er ein emotionaler Krüppel war. Sich nochmal dagegen auflehnen, dass sie vielleicht schwanger war.

Stattdessen nickte sie. »Das stimmt. Du hast recht.«

Boones Blick wanderte zu der schwarzen Scheibe neben ihm. Als er spürte, wie das Auto eine weite Kurve fuhr und dann beschleunigte, sodass er in den Sitz gedrückt wurde, wusste er, dass sie auf den Northway gefahren waren.

»Ich hatte gehofft, du würdest mich anschreien«, hörte er sich sagen.

»Tut mir leid, dass ich dich enttäusche.«

Nach einem Moment spürte er eine sanfte Berührung am Arm und sah sie an. »Was ist?«

»Wie soll ich für ein Kind sorgen, wenn ich doch kaum für mich selbst sorgen kann?«

Boone blinzelte. »Wie bitte?«

Helania zog ihre Hand zurück und schob sie unter ihren Oberschenkel. »Ich will nicht untersucht werden, weil ich nicht hören will, dass ich schwanger bin. Und ich will nicht schwanger sein, weil ich panische Angst davor habe, die Verantwortung für ein Kind zu tragen.«

Er öffnete den Mund, um etwas zu sagen, klappte ihn jedoch wieder zu, als sie sich beeilte weiterzureden.

»Ich bin nicht in der Lage, Freundschaften aufrechtzuerhalten. Ich habe Angst, alleine in den Supermarkt zu gehen. Ich lebe in ständiger Furcht, die Menschen über mir könnten das Haus in Brand stecken, und ich wüsste nicht, wie ich tagsüber der Sonne aus dem Weg gehen sollte. Ich schlafe seit acht Monaten schlecht, weil ich es in Wahrheit hasse, allein zu wohnen. Und ich mache mir die ganze Zeit Sorgen, dass ich niemanden habe, den ich anrufen kann, wenn etwas ist.« Sie schüttelte den Kopf und blickte auf ihre Hände. »Jemand wie ich kann doch nicht für ein Kind sorgen. Ich bin nicht stark genug, um eine *Mahmen* zu sein.«

Sie sah ihn an. »Und du hast recht. Meine Stimmung ist eigenartig. Vielleicht ist es die nachlassende Wirkung der Hormone, aber selbst wenn es zum Teil daran liegt, ändert die Sache mit der Triebigkeit nichts an meiner Situation. Ich meine, gütige Jungfrau, ich weiß noch immer nicht, wer meine Schwester umgebracht hat. Ich weiß nur, dass diese Person eine zweite Frau auf die gleiche Weise getötet haben könnte. Ich bin einfach … ich bin es einfach leid, Boone, alles – inklusive meiner selbst. Das hier soll die Ära der Girlpower sein, aber weißt du was? Ich bin das Gegenteil einer starken, widerstandsfähigen Frau, und das ärgert mich so. Es ärgert mich, aber es gibt kein Entkommen, denn ganz gleich, wohin ich gehe, kann ich doch nicht aus meiner Haut heraus.«

Boone blinzelte. Dann räusperte er sich. »Ich habe das Gefühl, du redest deine Leistungen klein. Es gibt nicht viele Leute, männlich oder weiblich, die jede Nacht ins Pyre gehen würden, um einen Mörder zu suchen.«

»Ich war zu spät, um das Leben dieser anderen Frau zu retten.«

»Aber dafür bist du selbst mit dem Leben davongekommen. Und du hast die Brüder eingeschaltet. Du hast dich an die richtige Stelle gewandt.«

»Das reicht nicht aus«, sagte sie, und ihre Stimme brach. »Ich konnte diese Frau nicht retten. Ich konnte Isobel nicht retten.«

Boone hob die Hand und wischte ihr eine Träne von der Wange. Er wollte sie an sich ziehen und in die Arme nehmen. »Du tust, was du kannst. Du bist uns eine große Hilfe bei den Ermittlungen.«

»Ich gehe wieder ins Pyre. Nur, dass das klar ist.«

Boone neigte den Kopf. »Ich weiß. Daran habe ich nie gezweifelt.«

»Selbst wenn ich schwanger sein sollte.«

Sein Magen zog sich zusammen, doch er weigerte sich, seine Angst zu zeigen. Oder dem aggressiven Beschützerinstinkt nachzugeben, der ihn erfasste. Er wusste nur zu gut, wie es war, von jemandem bevormundet zu werden, der besser zu wissen glaubte, wie man sein Leben zu gestalten hatte. Diese Erfahrung wollte er nicht an Helania weitergeben, nur weil er ein Kerl und ihr körperlich überlegen war.

»Solange es aus medizinischer Sicht keine Einwände gibt«, sagte er, »würde ich nicht versuchen, dich aufzuhalten.«

»Meinst du das ernst?«

»Ja.« Er beugte sich zu ihr rüber und wünschte, er könnte ihre Hand nehmen. Aber er wollte sie nicht bedrängen. »Weil ich dir vertraue. Weil ich an dich glaube. Du bist mutiger, als dir selbst bewusst ist, und stärker, als du denkst. Ich stehe hinter dir.«

Als er diese Worte aussprach, begriff er, dass sie absolut der Wahrheit entsprachen. Und manchmal musste einem jemand die Augen öffnen, damit man an sich selbst glauben konnte. Das hatte er von den Brüdern gelernt. Von seinen Mitschülern.

»Ich dachte, du würdest mich auffordern, zu Hause zu bleiben«, flüsterte sie.

»Und damit würdest du deine Schwester verraten, habe ich recht?«

Tränen schimmerten in ihren Augen. »Es fällt mir so schon schwer, mit dieser Schuld zu leben. Ich kann jetzt unmöglich auch noch die Suche nach ihrem Mörder aufgeben.«

»Das verstehe ich.« Boone schüttelte den Kopf und dachte an seine eigene Vergangenheit. »Sieh mal, ich habe selbst erlebt, was die *Glymera* Frauen antut. Ich kenne mich aus mit diesem Albtraum. Ich würde auch nicht wollen, dass jemand über mich bestimmt – warum sollte das bei dir anders sein? Wie gesagt, solange es keine gesundheitlichen Bedenken gibt, habe ich kein Recht, dich wie einen Gegenstand zu behandeln, nur weil du schwanger bist. Das würde ich auch gar nicht wollen.«

Die Veränderung begann in ihren Augen. Ihr Blick wurde weicher, und das feindselige Funkeln verblasste. Dann entspannten sich ihre Gesichtszüge, gefolgt von den Schultern und den Armen, die sie vor der Brust verschränkt hatte.

»Danke«, sagte sie.

»Ich erkläre dir nur, wie ich es sehe.« Er wollte sie *so* gern an sich ziehen, doch er hielt sich zurück. »Und ich verlange nur eins.«

»Und das wäre?«

»Frag mich das nächste Mal einfach, was ich denke, bevor du mir eine Meinung andichtest, die dir nicht gefällt. Ich verspreche dir, immer ehrlich zu sein. Vielleicht werden dir einige meiner Positionen nicht gefallen, aber wenigstens streiten wir dann über echte Differenzen statt über erfundene.«

Helania holte tief Luft. »Weißt du noch, wie du mit mir im Remi's warst?«

»Das ist gerade mal drei Nächte her.« Er lachte. »Ja, ich erinnere mich. Aber auch wenn es drei Jahre her wäre, würde ich mich an jede Sekunde mit dir erinnern.«

Helania errötete und sah dabei wunderschön aus.

»Als ich dir sagte, ich sei nicht gut in so was«, sie deutete abwechselnd auf sich und auf ihn, »war das nicht gelogen. Ich bin nicht gut in zwischenmenschlichen Dingen.«

Boone zuckte die Schultern. »Wer ist das schon? Besonders, wenn man jemanden anziehend findet?«

»Ich weiß nicht. Bei Craeg und Paradise schien alles so harmonisch.«

»Ja, aber du siehst sie jetzt. Du hättest sie am Anfang erleben sollen. Der war alles andere als reibungslos.«

»Ernsthaft?«

»Ja. Du könntest sie fragen, aber sie würden sich wahrscheinlich kaum erinnern. Die Liebe ist wie ein Schwamm, der alle unangenehmen Erinnerungen fortwischt. All die Hürden und die Mühe, die es kostet, um eine Beziehung in Gang zu bringen, sind vergessen, wenn es erst einmal läuft.« Boone zuckte erneut die Schultern. »Aber was weiß ich.«

Er verstummte, ließ den Kopf gegen die Nackenlehne zurücksinken und schloss die Augen. Er war kein bisschen müde, aber vielleicht würde sie denken, dass er schlief …

Helanias Hand schob sich in seine.

Er sah zu ihr. Auch sie hatte den Kopf an die Nackenlehne gelehnt und atmete langsam und gleichmäßig. Aber sie schlief genauso wenig wie er.

Er wusste es, weil sie seine Hand drückte. Dann ließ sie sich ein Stück in seine Richtung sinken und lehnte den Kopf an seine Schulter.

»Helania?«, fragte er leise.

»Hm?«

»Ich wollte dir nur sagen, dass du meinetwegen nicht gut in Beziehungen sein musst. Sei du selbst. Ich werde ich sein, und solange wir miteinander reden, sollte es mit uns klappen.«

Ihre Lider hoben sich, und unter ihren Wimpern leuchteten ihre Augen so intensiv wie nie zuvor. »Das wäre schön.«

»Wenn wir reden?«, murmelte er und strich ein verirrtes Haar aus ihrer Stirn.

»Wenn es klappen würde«, sagte sie leise. »Ich fände es schön, wenn es mit uns … klappen würde.«

32

Helania dämmerte mehrfach weg auf dieser Fahrt. Sie war froh, nichts zu träumen, denn sie hatte Angst vor dem, was aus ihrem Unterbewusstsein emporsteigen könnte. Aber wenigstens hatte sie das Gefühl, dass sie mit Boone wieder einigermaßen im Reinen war.

Als sie mehrmals kurz hintereinander anhielten, löste sie den Kopf von seiner Schulter und setzte sich auf.

»Nähern wir uns dem Trainingszentrum?«, fragte sie.

Auch Boone richtete sich auf. »Ja.«

Helania streckte Nacken und Arme. »Hierher gehst du also zum Training.«

»Ja. Die Einrichtung ist ziemlich beeindruckend. Hier fehlt es an nichts.«

»Nun ja, schließlich gehört sie der Bruderschaft.«

Ihr war klar, dass sie es mit diesem belanglosen Geplauder vermieden, tiefergehende Themen anzuschneiden. Dennoch ging es ihr schon deutlich besser, nachdem sie ihre schlimmste Angst ausgesprochen hatte. Es war erstaunlich, wie gut es tat, sich jemandem anzuvertrauen, der einen mochte.

Jetzt würde es ihr leichter fallen, eine neue Verbindung zu Boone aufzubauen. Zumal sie nun wusste, dass er sie nicht davon abhalten würde, noch einmal ins Pyre zu gehen.

Vorausgesetzt, die Ärzte hatten nichts dagegen einzuwenden. Gütige Jungfrau der Schrift, was, wenn sie doch schwanger war?

»Danke«, sagte sie, »dass ich mir das alles von der Seele reden durfte.«

Als er sie ansah, blickte sie in sein wunderschönes Gesicht … und stellte sich vor, wie es bei einem kleinen Jungen mit ihrer Haarfarbe und seinem Körperbau aussehen würde.

»Ich werde immer für dich da sein.«

Sie schob die Hand unter den Parka auf ihren Bauch und dachte, dass dieser Satz eigentlich fast einer Liebeserklärung gleichkam.

Der Mercedes kam ruckartig zum Halt, der Motor verstummte, und im nächsten Moment öffnete der Butler mit den Hängebacken und einem Lächeln, so strahlend wie die Sonne über Kalifornien, die Tür.

»Wir sind am Ziel, Mistress!« Er sagte es, als präsentierte er ihr das gelobte Land. »Willkommen!«

Helania stieg aus und erwiderte sein Lächeln. »Vielen Dank.«

Der Butler verbeugte sich tief, doch dann verzog er das Gesicht, denn Boone rutschte über die Bank und schälte seinen breiten, turmhohen Körper aus dem Wagen.

»Ich wäre auf Eure Seite gekommen, Sire.«

»Das weiß ich. Danke, Fritz, dass Sie uns hergebracht haben.«

Einen Moment schien der *Doggen* verdrossen, weil es ihm nicht gegönnt war, Boone die Tür zu öffnen, doch dann kehrte seine gute Laune schlagartig zurück.

»Erlaubt mir, Euch nach drinnen zu geleiten«, sagte er und ging auf eine schwere Stahltür zu. »Kann ich Euch vielleicht eine Erfrischung bringen?«

Er sagte es so, als würden sie ihm einen Gefallen tun, wenn sie um etwas zu Essen baten.

Während sich Boone mit dem Butler unterhielt, sah sich Helania um. Sie befanden sich in einer großen Parkgarage, wie man sie in der Innenstadt fand, und sie war nicht leer. Gegenüber parkten ein Bus mit verdunkelten Scheiben und ein paar Wagen, darunter ein sehr schicker tiefergelegter Audi, an dem noch Schnee hing.

Wow, kaum zu glauben, dass sich jemand damit auf die winterlichen Straßen wagte. Krass war der richtige Ausdruck …

»Helania?«, sagte Boone. »Möchtest du etwas essen?«

Seine Stimme riss sie aus ihren Gedanken. »Oh, danke, nein, ich habe keinen Hunger.«

Mühelos hielt ihnen der Butler die schwere Tür auf, und ihr ging durch den Kopf, dass er kräftiger sein musste, als sein Alter vermuten ließ. Sie trat durch die Tür und staunte. Boone hatte erwähnt, dass das Trainingszentrum vom Feinsten sei, aber sie hatte erwartet, dass es groß und gut ausgestattet wäre. Aber … wow. Vor ihr erstreckte sich ein scheinbar endloser Korridor, sie konnte kein Ende ausmachen, und davon gingen unzählige Türen ab, von denen manche offen standen. Sie kamen an Unterrichtssälen vorbei, wie man sie an großen Universitäten fand, und an Räumen, die nach Verhörzimmern aussahen. In der Luft hing ein leichter Chlorgeruch, als gäbe es irgendwo ein Schwimmbad, und als der Butler an der geöffneten Tür zu einem ärztlichen Behandlungszimmer stehen blieb, drang das Klirren von Hanteln und das Dribbeln von Basketbällen an ihre Ohren.

»Ich hole Doktor Jane«, erklärte Fritz mit einer tiefen Verbeugung. »Und halte mich bereit, um Euch zurückzufahren.«

Wieder dankten sie und Boone dem Butler, und dieser entfernte sich mit federndem Schritt. Helania warf einen Blick in den Behandlungsraum. In der Mitte stand eine gepolsterte Patientenliege unter medizinischen Leuchten. Sie war mit dünnem Papier bedeckt und am Ende mit zwei Beinhaltern versehen, daneben stand eine schwenkbare Stehlampe.

Gynäkologische Untersuchungen waren so ein Spaß.

»Was werden sie mit mir anstellen?«, fragte sie laut.

»Heute nicht viel«, kam die Antwort.

Helania drehte sich um und erkannte die Frau, die geantwortet hatte, auf Anhieb wieder. Es war die Ärztin, die sie für einen Engel gehalten hatte. Ihr fiel ein Stein vom Herzen, dass sie die Untersuchung übernahm.

»Willkommen in unserem bescheidenen Reich«, sagte die Ärztin, kam auf sie zu und streckte ihr die Hand entgegen. »Ich bin Jane. Bringen wir die Sache hinter uns, dann können Sie sich wieder Ihren nächtlichen Aufgaben zuwenden.«

Helania schüttelte die Hand der Ärztin und bemerkte ihr kurzes blondes Haar und die grünen Augen. Ja, sie erinnerte sich, wie freundlich diese Frau gewesen war, auch wenn sie kaum etwas mitbekommen hatte.

»Sie waren gestern meine Rettung«, sagte sie. »Ich danke Ihnen sehr für Ihre Hilfe.«

Eine beruhigende Hand legte sich auf ihre Schulter. »Das habe ich gern getan. Ihnen ging es wirklich nicht gut.«

Sie begrüßte Boone mit einer Umarmung und lotste Helania ins Untersuchungszimmer. »Heute prüfen wir nur Ihre Vitalwerte und nehmen etwas Blut ab, um den Hormonspiegel zu messen. Danach können Sie wieder gehen.«

Helania schielte zu den Beinhaltern und atmete erleichtert auf. »Wundervoll.«

Sie ging in den Untersuchungsraum, streifte ihren Parka ab und legte ihn auf einen der Stühle an der Wand, dann hüpfte sie auf die Liege. Als Boone draußen auf dem Korridor stehen blieb, zog sie die Stirn kraus.

»Kommst du nicht mit?«

Boone beobachtete alles von einem der drei Stühle aus, die an der Wand gegenüber der Untersuchungsliege standen. Blutdruck. Herzfrequenz und Sauerstoffgehalt. Körpertemperatur. Stethoskop auf der Brust. Und die ganze Zeit über redeten die beiden Frauen übers Sticken. Wie Helania dazu gekommen war; dass die Mutter von Doc Jane auch gestickt hatte; wo es den besten Kanevas und die besten Garne gab.

Er war froh, dass ihn niemand in dieses Gespräch miteinbezog. Erstens hatte er keine Ahnung vom Sticken, zweitens ließ sich seine erhöhte Atemfrequenz viel einfacher verbergen, solange er den Mund nicht öffnete. Ach ja, und drittens war er sich nicht sicher, ob er überhaupt noch eine Stimme hatte.

Das klinische Umfeld erinnerte ihn zu sehr an die vielen Risiken, die Schwangerschaften mit sich brachten, besonders gegen Ende, wenn es auf die Geburt zuging. Entbindungen waren bei Vampiren besonders gefährlich, für *Mahmen* wie Kind. Viele starben, und so langsam dämmerte ihm, dass Helania all diesen tödlichen Gefahren ausgesetzt sein würde.

Aus evolutionärer Sicht war es kein Wunder, dass die Triebigkeit so drastisch verlief. Ohne dieses überwältigende Verlangen würde sich vermutlich keine Vampirin freiwillig den Risiken einer Schwangerschaft ausliefern.

»In Ordnung«, sagte Doc Jane, »jetzt muss ich Sie kurz piksen.«

Boone schluckte und griff nach Helanias Parka auf dem Stuhl neben sich – als könnte er ihr dadurch irgendwie beistehen. Aber weder Messungen noch Blutabnahme waren ein Problem. Doc Jane schob einen kleinen Rollwagen neben die Liege, betrachtete Helanias Armbeuge, säuberte sie mit einem Wattebausch, stach eine Nadel hinein, und kurz darauf füllte sich das Röhrchen mit Blut. Dann zog Doc Jane die Nadel wieder heraus und bedeckte die Einstichstelle mit einem weiteren Wattebausch. Sie beugte Helanias Arm, nahm das Röhrchen und klebte ein bedrucktes Etikett darauf.

»Werden Sie …« Helania musste sich räuspern. »Werden wir das Ergebnis gleich erfahren?«

»Nein. Dazu ist es noch zu früh.« Die Ärztin hielt das Röhrchen hoch. »Aber das hier liefert uns einen Ausgangswert. In achtundvierzig Stunden müssen wir noch einmal Blut abnehmen. Wenn die Hormonwerte steigen, sind Sie schwanger. Sinken sie, sind Sie es nicht.«

»Und was passiert, wenn ich es bin?«

»Dann vereinbaren wir regelmäßige Untersuchungstermine. Oder ich überweise Sie an Havers, wenn das einfacher für Sie ist. Dann müssen Sie nicht jedes Mal hierher eskortiert werden.«

»Ich möchte niemandem Umstände bereiten …«

»Sie wird hier behandelt«, hörte Boone sich sagen.

»Mir ist beides recht.« Doc Jane lächelte. »Ich halte es für wichtig, dass Sie selbst entscheiden, wie Sie mit der Sache umgehen wollen. Ich bin Ihnen auch nicht beleidigt. Bei einer Schwangerschaft wird einem so vieles aus der Hand genommen, da ist es wichtig, die Kontrolle zu behalten, wo man kann.«

»Ich stimme Boone zu. Ich würde mich lieber hier behandeln lassen.«

Boone nickte. »Gut. Dann ist es entschieden.«

»Es wäre mir eine Ehre, Sie bis zur Geburt zu begleiten, falls Sie schwanger sind.« Doc Jane nickte zur Tür. »Soweit ich weiß, wartet Butch auf Sie. Sie können jetzt zu ihm gehen. Wir sehen uns übermorgen Nacht, wenn Ihr Terminplan es zulässt.«

»Das passt. Aber können Sie mir die Ergebnisse von heute bitte telefonisch mitteilen?«, bat Helania.

»Selbstverständlich. Aber nochmals, der Wert sagt nichts über eine Schwangerschaft aus, bis wir einen Vergleichswert haben.«

»Okay.« Helania rutschte vom Tisch herunter und ging auf den Stuhl zu, auf dem ihr Parka lag. »Danke.«

»Ich melde mich«, sagte die Ärztin, hielt ihnen die Tür auf und wartete mit einem geduldigen Lächeln.

Boone reichte Helania den Parka, dann waren sie wieder auf dem Korridor, und er führte sie zurück in Richtung der Klassenräume. »Wir müssen hier entlang.«

Auf dem Weg hätte er gern den Arm um sie gelegt. »War die Untersuchung erträglich für dich?«

»Ich mag Doc Jane.«

»Ich auch.«

»Jetzt können wir nur warten.«

Sie verfielen erneut in Schweigen, aber er war sich sicher, dass sie beide das Gleiche dachten: Heilige Scheiße, was, wenn sie neues Leben gezeugt hatten? Und Helania musste es austragen?

Die Sache hätte unermessliche Konsequenzen, und er war froh, als sie vor der Tür zu einem der Verhörzimmer standen.

»Ich glaube, hier sind wir richtig.« Er klopfte an. »Butch?«

Von drinnen war eine Stimme zu hören, und Boone öffnete die Tür. Als er die Fotos an der rechten Wand bemerkte, zuckte er zusammen. Hinter ihm schnappte auch Helania nach Luft.

Butch saß am Tisch über einen Stapel Notizen gebeugt und blickte bei ihrem Eintreten auf. »Oh, entschuldigt bitte. Ich hätte euch vorwarnen sollen.«

Boone schob sich vor die Fotowand, sodass er die Bilder verdeckte.

»Wir müssen uns nicht hier unterhalten«, schlug Butch vor.

»Schon gut.« Helania schüttelte den Kopf. »Ich kann das nicht ausblenden oder so tun, als wäre nichts von alldem geschehen.«

»Wie kommen Sie mit dem Tod Ihrer Schwester zurecht?«, fragte Butch sanft. »Bitte entschuldigen Sie, dass ich so direkt fragen muss.«

Boone wollte Einspruch gegen diese Form der Befragung erheben, aber Helania kam ihm zuvor. Sie sah den Bruder unverwandt an und sagte: »Ich bin froh, dass Sie so offen sind. Wie ich mit ihrem Tod zurechtkomme? Heute nicht viel besser als in der ersten Nacht.«

»Ich weiß, wie Ihnen zumute ist.«

»Das kann ich mir vorstellen. Sie hatten sicher mit vielen Mordfällen zu tun.«

»Auch ich habe meine Schwester verloren.«

Überrascht sah Boone den Bruder an. »Das wusste ich nicht.«

Butch kippte seinen Stuhl und balancierte auf den hinteren Beinen. Dann tippte er mit einem blauen Kugelschreiber auf seinen Oberschenkel und blickte auf den Aushang, den er erstellt hatte. »Meine Schwester wurde entführt, vergewaltigt und ermordet, und ich war der Letzte, der sie lebend gesehen hat, als sie mit den Jungs davonfuhr, die ihr das antaten. Ich war zwölf. Sie war fünfzehn.«

Helania ging auf den Tisch zu und wollte sich einen Stuhl herausziehen, runzelte aber die Stirn.

»Sie sind festgeschraubt«, erklärte Butch und richtete sich auf. »Ich habe einen Schraubenzieher …«

»Nicht nötig«, sagte Helania und schob sich in den Raum zwischen Tisch und Stuhl, mit dem Rücken zu den Fotos und Notizen. »Können Sie mir sagen … können Sie mir sagen, wie Sie mit ihrem Tod zurechtgekommen sind?«

Jetzt tippte Butch mit dem Kugelschreiber auf den Block, auf den er alles Mögliche gekritzelt hatte, blaue Kreuze, Pfeile, die von Satz zu Satz zeigten, und Skizzen von … Golfcarts?

»Ich will ehrlich sein, ich bin noch immer nicht darüber hinweg. Wenn ich an Janie denke, ist es genau, wie Sie sagten: Der Schmerz ist so frisch wie in dem Moment, als ich davon erfuhr. Es dauert seine Zeit, bis man sich nicht mehr jeden Augenblick des Tages und der Nacht grämt. Es dauert länger, als es einem lieb ist. Aber ich verspreche Ihnen, eines Abends werden Sie aufwachen und beim Zähneputzen vor dem Spiegel feststellen, dass Sie den Tag durchgeschlafen haben und sich nicht vorkommen, als steckten Sie in der falschen Haut.«

Boone kam zu ihnen an den Tisch. Als er sich zwischen den festgeschraubten Stuhl und den Tisch quetschte, sah das bei ihm nur halb so elegant aus wie bei Helania, doch es gelang ihm.

»Der Tod ist immer hart«, murmelte Butch an sie

beide gewandt, »aber er ist besonders schlimm, wenn man denkt, man hätte ihn verhindern können.«

Boone nickte. »Das stimmt.«

»Fühlst du dich denn wirklich verantwortlich für den Tod deines Vaters?«, fragte Helania.

»Ich habe an jenem Abend versucht, ihn dazu zu bewegen, zu Hause zu bleiben.« Boone hatte noch deutlich vor Augen, wie sein Vater an seinem Schreibtisch im Arbeitszimmer saß und ihn wütend ansah, als er ihn warnen wollte. »Aber er ließ sich nicht davon abbringen, und seitdem frage ich mich ... Was, wenn ich ...« Boone räusperte sich. »Was, wenn ich genau das wollte? Was, wenn ich ihn loswerden wollte und deshalb nicht hartnäckig genug versucht habe, ihn von dieser Feier fernzuhalten?«

»Aber du hast mit ihm geredet, oder?«, fragte Helania. »Du hast ihm gesagt, er solle nicht gehen.«

»Vielleicht hätte ich nicht so schnell aufgeben dürfen.«

Butch schüttelte den Kopf. »Ich war dabei, als du Wrath aufgesucht hast. Ich habe dein entschiedenes Gesicht gesehen, als du von deinem Vater gesprochen hast. Könnte ich dir meine Erinnerung vorspielen, würdest du sehen, was ich gesehen habe: Einen guten Sohn, der im Privaten versucht hatte, das Richtige zu tun, und sich an seinen König wandte, als er nicht weiterkam. Und hättest du uns nicht von dieser Zusammenkunft erzählt, wäre die Bruderschaft nicht vor Ort gewesen, um all die anderen zu retten.«

»Was ist passiert?«, fragte Helania.

Boone schilderte in möglichst sachlichem Ton die Ereignisse jener Nacht und wünschte, er könnte glauben, was der Bruder sagte. Doch seine Zweifel blieben bestehen – und das Gleiche schien für die anderen beiden zu gelten.

Sie alle hatten auf gewaltsame Weise einen Angehörigen verloren, und jeder von ihnen fühlte sich dafür verantwortlich.

Boone blickte in die Runde und hatte das Gefühl, sich bei einem Clubtreffen zu befinden. Wie passend, dass auch die Bilder an der Wand gewaltsame Tode zeigten.

Nach einer Weile sah Butch an Helania vorbei zu den Fotos. »Als einer, der schon ein Stückchen weiter auf dem Weg ist, den Sie gerade beschreiten, kann ich nur sagen, dass es ein langwieriger Prozess ist. Um den schlimmsten Schmerz zu überwinden, bleibt einem nichts anderes übrig, als einen Fuß vor den anderen zu setzen. Es gibt verschiedene Phasen, aber leider kein Ende. Man wird die Toten immer vermissen. Doch der Anfang ist das Schlimmste. Sie werden eine Weile jeden Stein umdrehen und nach Antworten suchen. Das müssen Sie durchstehen. Solange Sie sich nicht in irgendwelche Süchte flüchten, so wie ich. Ich habe es drei Jahrzehnte lang versucht, und der Alkohol und die Drogen haben mir nichts weiter gebracht als eine Leberzirrhose. Es ist besser, sich der Trauerarbeit zu stellen und sie hinter sich zu bringen, als den Kopf in den Sand zu stecken und den Scheiß auch noch in die Länge zu ziehen.«

»Isobel fehlt mir so«, sagte Helania.

Ohne nachzudenken, griff Boone nach ihrer Hand. Als ihm aufging, was er getan hatte, fragte er sich, ob er sie lieber wieder loslassen sollte. Doch sie hielt seine Hand fest, und als sich ihre Blicke trafen, spürte er eine Verbindung zwischen ihnen, auch wenn die Ursache denkbar traurig war.

Wie viel schöner wäre es gewesen, hätten sie zum Beispiel das Sticken gemeinsam gehabt.

Dennoch tat es gut zu wissen, dass er nicht allein war und dass sie ihn verstand. Genau wie der Bruder.

Er schob den Daumen in ihre Hand und strich über das feine Netz aus Narben in ihrer Handfläche, ein Souvenir an das Schaufeln des Grabes.

Sie lächelte ihn traurig an. Dann wandte sie sich an Butch. »Also, haben Sie etwas Neues?«

Der Bruder kippte mit seinem Stuhl zurück und verschränkte die Arme. Seine braunen Augen richteten sich erneut auf die Fotografien, Artikel und Notizen an der Wand und wurden schmal.

»Nein«, brummte er. »Im Moment verlaufen sich die Spuren. Aber Boone sagte, Sie hätten ein paar Freundinnen Ihrer Schwester über die sozialen Medien kontaktiert?«

»Ich kann Ihnen die Zugangsdaten zu Isobels Accounts geben, dann können Sie selber nachsehen.« Helania zuckte die Schultern. »Leider glaube ich nicht, dass Sie dort auf viel Hilfreiches stoßen. Aber vielleicht fällt Ihnen etwas auf, das mir entgangen ist. Sie sind der Profi.«

»Es gibt immer eine Schwachstelle«, flüsterte Butch vor sich hin. »Wir müssen sie nur finden, bevor es weitere Opfer gibt.«

33

Helania diktierte Butch Benutzername und Passwort des Facebook-Accounts ihrer Schwester und sah zu, wie er sie auf einem leeren Blatt notierte. Sie hätte nie gedacht, dass er etwas Ähnliches durchgemacht haben könnte wie sie. Dass auch er eine Schwester verloren hatte, ermöglichte es ihr, ihm freien Zugriff auf alles zu geben, was ihm weiterhelfen könnte.

Sie waren fast wie verwandt. Durch vergossenes Blut.

»Im Büro gibt es einen Computer. Ich logge mich nachher ein, wenn Sie weg sind.«

»Kann ich noch irgendetwas tun?«, fragte Helania.

»Sagen Sie mir Bescheid, wenn sich jemand auf einer der anderen Plattformen meldet. Im Moment müssen wir weiter graben, bis wir auf etwas stoßen. Es taucht immer etwas auf. Leider entscheidet Gott darüber, wann wir fündig werden, und manchmal lässt er uns warten.«

»Ich weiß nicht, ab wann ich wieder im Dienst bin«, meinte Boone. »Aber bis dahin gehe ich jede Nacht ins Pyre und halte die Augen offen.«

»Dann tragen wir dich auf der Überwachungsliste ein. Von heute Nacht um Mitternacht an haben wir Brüder und Kämpfer dort, solange der Club geöffnet ist. Nur für alle Fälle.«

»Dann sind die Leute sicher«, sagte Helania erleichtert.

»Sie achten in erster Linie auf Vampire, aber natürlich greifen sie auch ein, wenn ihnen etwas auffällt, was Menschen betrifft.«

»Beruhigend.« Helania stemmte sich von ihrem Stuhl hoch. »Ich werde heute Nacht dort sein.«

Butch verzog das Gesicht, und sie wappnete sich für einen Vortrag darüber, wie unvernünftig sie sich verhielt.

»Das halte ich für unnötig«, sagte er. »Außerdem ist es riskant, da Sie eng mit der Ermittlung in Verbindung stehen.«

»Ich war dort zu keiner Zeit in Gefahr.«

»Meinen Sie? Jemand könnte es allein schon deshalb auf Sie abgesehen haben, weil Sie die Morde gemeldet haben.«

»Aber die Leitung ist vertraulich.«

Butch schüttelte den Kopf und stand auf. »Halten Sie mich bitte nicht für paranoid, aber in Bezug auf meine Zeugen vertraue ich niemandem. Fälle wie dieser nehmen ganz schnell unerwartete Wendungen. Ich möchte nicht, dass Ihnen etwas zustößt, also halten Sie sich bitte vom Pyre's Revyval fern.«

Nun stand auch Boone auf. »Wir können ihr nicht vorschreiben, was sie zu tun oder zu lassen hat. Sie ist Zeugin, keine Verdächtige, das hast du gerade selbst gesagt.«

»Und deswegen möchte ich, dass sie am Leben bleibt.«

»Wie wäre es, wenn ich sie begleite?«

Der Bruder sah abwechselnd Boone und Helania an. Dann griff er nach seinem Block. »Okay. Damit kann ich leben.«

»Ich lasse nicht zu, dass ihr etwas zustößt.«

Helania hätte eingewendet, dass sie allein zurechtkam, aber der Bruder hatte recht: Sie wollte bei der Ermittlung helfen, als engste Angehörige von Isobel. Und vielleicht lauerten Gefahren im Club, die sie nicht einschätzen konnte. Warum sollte sie sich also querstellen. Außerdem … wieder wanderte ihre Hand zu ihrem Bauch. Vielleicht gab es noch einen weiteren Grund, warum sie am Leben bleiben wollte …

Aus irgendeinem Grund wurde ihr in diesem Moment bewusst, dass Isobel ihre Kinder nie kennenlernen würde, sollte sie je welche bekommen.

Eine neue Welle der Trauer riss sie fort, und sie sagte: »Ich hoffe wirklich, dass wir den Täter finden.«

Mit ernstem Blick griff der Bruder in den Kragen seines Seidenhemds und zog ein schweres Goldkreuz hervor. »Ich schwöre bei meinem Schöpfer, *niemals* aufzugeben, bis der Mörder Ihrer Schwester gefasst ist und bestraft wird. Das verspreche ich Ihnen und Isobel. Ich lasse nicht locker und gebe die Suche nicht auf. Gott wird mir den Weg weisen, so wie er es immer tut.«

Helania sah zu Butch auf. Und dann vergaß sie jede Zurückhaltung und fiel ihm um den Hals.

Anschließend blickte sie in sein überraschtes Gesicht. »Sie behandeln jedes Opfer, als wäre es Ihre Schwester, habe ich recht? Und jeder Täter ist auch der Mörder Ihrer Schwester.«

Der Schmerz in seinen Augen war schwer zu ertragen – weil sie den eigenen darin wiedererkannte. »Ja«, sagte er. »Sie alle sind meine Schwester.«

»Sie werden ihn finden.« Sie sah sich nach Boone um. »Und wir beide unterstützen Sie dabei.«

Der Bruder drückte sie, dann trat er zurück. »Danke.«

»Wofür?«

»Dass Sie an mich glauben.«

Sie betrachtete das kleine Kreuz. »Es ist immer eine Frage des Glaubens, habe ich recht?«

Sie traten auf den Korridor, wo sich Boone und Butch abklatschten, dann gingen sie getrennter Wege.

Boone zückte sein Handy. »Ich schreibe Fritz, dass wir zur Abfahrt bereit sind.«

»Keine Eile.«

Helania lehnte sich an die kühle Betonwand und fragte sich, ob sie wohl noch öfter hierherkommen würde. Zu Untersuchungszwecken. Während ihr Bauch anschwoll und ein Leben in ihr heranwuchs.

Eine leise, zaghafte Vorfreude erwachte tief in ihrem Herzen.

Ein Kind. Jemanden, den man lieben konnte. Ein neuer Inhalt, um den sich das Leben drehte, statt immer nur um sie selbst und ihren Kummer um Isobel …

Ein Stück hinter dem Behandlungsraum, in dem sie untersucht worden war, öffnete sich eine Tür, und zwei Männer mit nackten Oberkörpern traten heraus. Sie kamen offensichtlich aus einem Kraftraum, denn sie waren verschwitzt. Ohne Helania oder Boone Beachtung zu schenken, liefen sie in die entgegengesetzte Richtung …

Plötzlich stand Helania kerzengerade da, ohne ihrem Körper den Befehl dazu gegeben zu haben. Ihre Nasenflügel weiteten sich, und sie tat einen stolpernden Schritt nach vorn. Dann einen zweiten.

Der Geruch von einem der Männer war ihr vertraut, obwohl sie ihn nicht kannte. Und dann fiel ihr ein, wo sie ihm schon einmal begegnet war.

Boone schreckte hoch. »Helania? Was ist …?«

Sie deutete auf den großen Mann links, den mit dem Irokesen, und schrie: »Du! *Du* warst es!«

Tief in Gedanken versunken lief Butch zum Büro des Trainingszentrums. Es wühlte ihn jedes Mal auf, an Janie erinnert zu werden, ganz gleich in welcher Situation, aber da war noch mehr. Irgendwie hatte es ihn zutiefst berührt, in Helanias gelbe Augen zu blicken, als sie ihr Vertrauen in ihn gelegt hatte, so wie er auf Gott vertraute.

Sie behandeln jedes Opfer, als wäre es Ihre Schwester. Und jeder Täter ist ihr Mörder.

Natürlich war es nicht sonderlich schwer, darauf zu kommen. Hallo? Ein Kindheitstrauma als Weiche für das Erwachsenenleben? Im Leben anderer richtigstellen, was im eigenen schiefgelaufen war? Man musste kein Einstein sein, um diese Folgerung zu ziehen. Dennoch hatte es ihn aufgewühlt, es aus Helanias Mund zu hören.

Es weckte die Lust auf einen Scotch in ihm. Oder auf fünfzehn.

Aber diesem Impuls würde er nicht nachgeben. Gefühle in Alkohol zu ertränken war eine Strategie aus seinem alten Leben, und er wollte verdammt sein, wenn er auch nur für eine Nacht auf dieses Verhaltensmuster zurückfiel.

»… *Du* warst es!«

Butch blieb stehen und drehte sich um. Helania lief auf zwei Kerle aus Xcors Bande zu, die gerade aus dem Kraftraum gekommen waren, den Zeigefinger anklagend nach vorn gestreckt, am ganzen Leib zitternd.

Während sich Syn und Balthazar nach dem Schrei umdrehten, sprang Boone vor Helania und breitete die Arme aus, um sie davon abzuhalten, den beiden Männern zu nahe zu kommen.

Fluchend griff Butch nach der Halbautomatik, die er an der Hüfte trug, drückte sie an den Oberschenkel und joggte auf das Drama zu.

»Was ist hier los?«, fragte er und schaltete sofort in den Polizistenmodus.

Ein kurzer Blick auf die beiden Männer von Xcor sagte ihm, dass ein Angriff von ihrer Seite unwahrscheinlich war. Balthazar schien zu perplex, als verstünde er gar nichts, und Syn?

»Er hat die Frau im Club getötet! Er hat meine Schwester getötet!«

Helania sprach schnell, aber deutlich, und zeigte mit dem Finger auf Syn, eine Identifikation wie aus dem Bilderbuch. Und Syns Reaktion war interessant – weil es keine gab. Der Krieger blickte Helania an, ohne eine Regung zu zeigen.

»Du hast mit der ermordeten Frau im Club rumgemacht!«, sagte Helania. »Ich erkenne deinen Geruch. *Du* bist mit ihr in den Keller gegangen, dein Geruch lag in der Luft. Das warst du!«

Syn blickte ihr weiterhin ungerührt, ja beinahe gelangweilt entgegen. Aber Balthazar? Der sah seinen Kameraden wütend an, fast so, als passierte das hier nicht zum ersten Mal.

Butch wandte sich an Boone: »Tu mir einen Gefallen, bring sie zurück ins Ermittlungszimmer. Ich möchte mich mit Syn unterhalten …«

»Er war es!« Helania stürzte sich auf Syn, doch Boone hielt sie zurück. »Du Schwein! Du verdammtes Schwein!«

Butch stellte sich vor Helania, und als er ihre Aufmerksamkeit hatte, senkte er die Stimme. »Ich glaube Ihnen. Ich glaube Ihnen, dass Sie ihn mit der Toten gesehen haben. Aber jetzt müssen Sie mich mit ihm reden lassen, okay? Und danach möchte ich noch einmal mit Ihnen sprechen.«

Helania atmete schwer, sie war blass geworden, ihre

Augen waren weit aufgerissen. Aber sie schien sich tatsächlich zu beruhigen.

»Lassen Sie ihn nicht entwischen«, sagte sie rau. »Wagen Sie nicht, ihn entkommen zu lassen.«

»Keine Sorge, das werde ich nicht. Ich schwöre es. Bei Janie.«

Helania tauschte einen Blick mit Boone. Nach einem angespannten Moment ließ sie sich von ihm wegführen, zurück zum Verhörzimmer. Doch auf dem Weg dorthin sah sie sich wütend über die Schulter um, und selbst als sich die Tür geschlossen hatte, glaubte Butch, ihren vorwurfsvollen Blick durch die Betonmauer zu spüren.

Butch wandte sich an Syn und Balthazar. Interessanterweise war Balthazar näher an seinem Kameraden herangerückt, als fürchtete er, Syn könnte etwas Dummes tun. Dabei gab es keine Möglichkeit, zu entkommen.

Syns hartem Blick nach zu urteilen, gab es allerdings noch andere potenzielle Dummheiten, um die man sich Sorgen machen musste.

»Nun, das kam unerwartet«, sagte Butch in lockerem Ton. »Möchtest du etwas zu diesem Vorfall sagen?«

»Nein«, erwiderte Syn gedehnt. »Darüber redest du besser mit ihr.«

»Ich fürchte, das sehe ich anders.« Butch ging auf ihn zu und sah ihm fest in die Augen. »Du wurdest soeben als der Mann erkannt, der mit dem Mordopfer zusammen war, und zwar in ihrer Todesnacht und in dem Club, in dem sie umgebracht wurde. Und so angepisst wie dein Kumpel gerade aus der Wäsche schaut, steckst du nicht das erste Mal in dieser Art von Schwierigkeiten. Habe ich recht?«

Syn zuckte mit den Schultern. »Ich habe nichts zu sagen.«

»Gar nichts?«

»Was sollen die Spielchen? Willst du so tun, als wären wir in der Menschenwelt? Mir ein paar Rechte vorlesen, bevor du mir Handschellen anlegst und mich in eine Zelle steckst?«

Butch hielt es für wenig hilfreich zu erwähnen, dass es für Vampire keine Gefängnisse gab, zumindest nicht in Caldwell. Draußen im Westen gab es Möglichkeiten, aber die Wüste von Nevada war weit entfernt. Andererseits … vielleicht konnten sie den Kotzbrocken in eine FedEx-Kiste packen, ein paar Löcher reinstechen und ihn zur Strafkolonie verschicken.

Aber erst, wenn Butch herausgefunden hatte, was genau passiert war.

Balthazar sah seinen Kameraden wütend an. »Wenn du nicht redest, rede ich.«

»Ich habe es dem Kerl erklärt: Ich habe nichts zu sagen.«

Längeres Schweigen trat ein. Dann heftete Balthazar den Blick auf Butch. »Mein Kumpel hat ein Problem mit Leichen. Sie tauchen in seinem Umfeld auf, und nicht immer sind es erwünschte.«

»Der Typ in der Gasse hat es nicht anders gewollt«, murmelte Syn.

»Aber musste es auf diese Art sein?« Balthazar schüttelte den Kopf und verschränkte die Arme. »Wenn im Pyre etwas war, musst du es erzählen.«

Syn zog eine Braue hoch, dann zuckte er die Schultern. »In Ordnung. Ich war im Club und hatte was mit einer, aber ich weiß nicht, ob es die war, die getötet wurde.«

Butch zog die Stirn kraus. »Und warum hast du das nicht früher erzählt? Ich habe alle gebeten, mir zu sagen, ob jemand im Club war.«

»Ich dachte nicht, dass es von Bedeutung wäre.«

Butch schob das Kinn vor. »Ich habe eine Tote auf einer Bahre, Havers nimmt in diesem Moment eine Autopsie an ihr vor. Und du meinst, das wäre nicht von Bedeutung?«

»Ganz genau.«

»Sieh mal, mein Problem ist folgendes: Hättest du mir von Anfang an davon erzählt, hätte ich jetzt nicht den Eindruck, dass du etwas zu verbergen hast.«

Syn verdrehte die Augen und wandte sich zum Gehen. »Die Sache langweilt mich …«

Butch war schnell. Er packte Syn, stieß ihn gegen die Wand und drückte ihn mit dem Unterarm dagegen, dabei ließ er seinen Block fallen und hielt ihm die Pistole an die Schläfe.

»Hältst du das für einen verdammten Witz?«

Aus dem Augenwinkel sah Butch, dass Boone und Helania von der Tür des Verhörzimmers aus zusahen, aber darum konnte er sich jetzt nicht kümmern. Wenn er schießen musste, um an Antworten zu kommen, würde er den Abzug drücken. Ein Streifschuss am Ohr konnte ziemlich schmerzhaft sein. Oder eine Kugel im Oberarm. Im Knie. Es gab viele Stellen, an denen es wehtat, ohne dass es lebensbedrohlich war, und Schmerz war oft ein Türöffner.

Doch Syn schien nicht im Geringsten beeindruckt von der Waffe. Seine schwarzen Augen glommen intelligent, aber absolut emotionslos.

»Es gibt eine Tote«, presste Butch hervor, »und du wurdest soeben beschuldigt, sie ermordet zu haben. Hast du dazu nichts zu sagen?«

»Zu sagen nicht, aber zu tun.« Syn lächelte verschlagen, und plötzlich flammten seine dunklen Augen auf und leuchteten rot wie ein Blutmond. »Wie wäre es mit zwei Toten zum Preis von einem?«

Er war zu schnell für Butch. Unvermittelt packte er die Waffe und schob sich den Lauf in den Mund.

Und in seinen Augen, seinen rotglühenden Augen stand eine unmissverständliche Botschaft: *Drück ab.*

34

Boones größte Sorge war, wie er Helania vor eventuellen Blindgängern schützen konnte, sollte einer durch den Gang schwirren. Das allerdings erübrigte sich, als Syn nach der Waffe von Butch griff, um sie sich in den *Mund* zu stecken.

Und so standen sich die beiden Männer gegenüber, zitternd, die Waffe schussbereit. Syns nackter Oberkörper zeichnete sich scharf als Relief ab, und Butch hatte die Statur eines Profiboxers unter seiner schicken Kleidung. Und wie durch einen stummen Alarm gerufen, kamen in Sekundenschnelle Brüder aus der Turnhalle, dem Büro … den anderen Räumen der Klinik gestürzt. Kurz darauf steckte die Waffe nicht mehr in Syns Mund, die Kontrahenten waren getrennt, und Vishous führte Butch an Boone und Helania vorbei ins Verhörzimmer.

Boone überlegte gerade noch, ob er ihnen etwas Zeit geben sollte, aber Helania war nicht zu stoppen. Sie marschierte schnurstracks hinter den Brüdern in den Raum – also folgte auch Boone.

Vishous wirbelte herum und durchbohrte sie mit eisigem Blick. »Gebt mir eine Minute mit ihm. Ihr müsst nicht rausgehen, aber verhaltet euch ruhig.«

Boone nickte und zog sich mit Helania an die Wand zurück. Von dort aus sahen sie zu, wie V seinen Freund auf einen Stuhl drückte und ihn mit schwerer Hand unten zu halten schien. Dabei sprachen sie leise miteinander, und aus Respekt wandte sich Boone ab, um nicht mitzuhören.

»Alles okay bei dir?«, flüsterte er Helania zu, die sehr blass aussah.

Sie schüttelte langsam den Kopf und sprach mit leiser, belegter Stimme: »Ich weiß, dass er es war. Gütige Jungfrau der Schrift … er war in jener Nacht mit der Toten zusammen. Vielleicht hat er auch Isobel auf dem Gewissen.«

Tränen stiegen in ihren Augen auf, und er legte schützend die Arme um sie, als sie an seine Brust sank. Da sahen die Brüder zu ihnen herüber.

»Tut mir leid«, brummte Butch. »Das war unprofessionell. Es kommt nicht wieder vor.«

Helania hob den Kopf. »Machen Sie Witze? Ich will ihn genauso gern erschießen wie Sie.«

»Niemand erschießt hier irgendjemanden«, fuhr Vishous dazwischen. Dann verdrehte er die Augen. »Und wenn ich so etwas sage, ticken wieder alle aus.«

»Sind Sie sicher, dass er es war?«, fragte Butch. »Sie haben keine Zweifel?«

»Ich weiß, was ich gerochen habe. Ich lasse mich gern an den Lügendetektor anschließen. Oder mache eine Gegenüberstellung mit verbundenen Augen. Ich würde ihn jederzeit erkennen.«

»Okay.« Butch sah zu Vishous auf. »Ich will, dass Syn bis auf Weiteres hier unten bleibt. Unter Bewachung, in einem der Patientenzimmer. Er ist vielleicht suizidgefährdet, also haltet alles von ihm fern, womit er sich erstechen, aufschlitzen oder erhängen könnte. Ich sehe mir jetzt sein Zimmer im Haus an, und dann müssen wir uns mit ihm unterhalten. Schafft Xcor her. Wenn ihn einer zum Reden bringt, dann sein verdammter Boss. Und ich will, dass das Ganze aufgezeichnet wird.«

Vishous nickte. »Geht in Ordnung.«

»Aber zuerst musst du Wrath von der Sache in Kenntnis setzen. In der Zwischenzeit kläre ich noch ein paar Punkte mit Helania.«

Vishous machte sich auf den Weg, und Boone hatte keinen Zweifel daran, dass alles exakt so ausgeführt wurde, wie Butch es angeordnet hatte. Das wär gut.

Unfassbar, dass einer ihrer eigenen Leute der gesuchte Mörder sein sollte. Boone konnte es nicht glauben … und doch, als er an das rote Leuchten von Syns Augen dachte, an seine Worte, als sie vor der verstümmelten Menschenleiche gestanden hatten, zweifelte er nicht daran, dass Syn zum Vergnügen töten konnte.

Butch blickte suchend um sich und fluchte. »Verdammt, mein Block liegt noch draußen auf dem Gang.«

»Soll ich ihn holen?«, bot Boone an und verbaute Helania einmal mehr den Blick auf die Bilder an der Wand.

»Nein, ist schon in Ordnung.« Der Bruder wandte sich an Helania. »Können Sie mir noch einmal genau berichten, was Syn an dem Abend trug, als Sie ihn mit Mai im Club gesehen haben?«

Helania nickte, quetschte sich auf den Stuhl und legte die Hände vor sich auf den Tisch, als wollte sie zeigen, dass sie nichts zu verbergen hatte.

»Er trug eine schwarze Strickmütze, die er tief in die Stirn gezogen hatte. Eine dunkle Sonnenbrille. Schwarze Kleidung.«

»Können Sie beschreiben, welche Art von Kleidung? Einen Umhang wie Sie? Oder …«

»Lederhose. Schwarzes Achselshirt, glaube ich. Darüber eine Lederjacke.«

Boone zeigte auf sich. »So wie meine?«

»Ja, genau wie die.«

»Und was für Schuhe? Stiefel?«, fragte Butch.

»Ich weiß es nicht, tut mir leid.« Sie schüttelte den Kopf. »Und bevor Sie fragen: Sein Gesicht habe ich nicht gesehen, das muss ich zugeben. Aber sein Geruch ist unverkennbar.«

»Sie machen das sehr gut. Sie haben mir äußerst wertvolle Informationen geliefert, viel mehr, als ich mir für heute Nacht zu erhoffen gewagt hätte.« Wieder fischte der Bruder das Goldkreuz aus dem Kragen. »Sehen Sie? Genau wie ich sagte: Immer zu seiner Zeit.«

Helania lehnte sich zurück und sah sich nach Boone um. »Ist doch verrückt. Wäre ich heute nicht zu dieser Untersuchung hergekommen, wäre ich ihm vermutlich nie begegnet.«

»Es sollte wohl einfach sein«, meinte Boone.

Helania wandte sich wieder an Butch. »Was passiert jetzt mit ihm?«

»Er bleibt hier unten, während ich sein Zimmer durchsuche und sehe, was ich herausfinden kann. Sollte ich Spuren von Mais Blut oder von ihrem Geruch finden oder irgendwelche Beweisstücke wie Fleischerhaken in seinem verdammten Schrank oder ein Stück Kleidung von einem der Opfer, dann gehe ich damit zu Wrath. Zusammen mit Ihrer Aussage. So, wie ich es einem Richter vorlegen würde. Wrath entscheidet über das Schicksal von Syn.«

Helanias Augen wurden schmal. »Und was geschieht dann mit ihm?«

Der Bruder schwieg einen Moment. »Wenn Syn die Frauen ermordet hat? Dann wird auch er am Ende nicht mehr leben. So viel kann ich Ihnen versprechen …«

»Ich will dabei sein, wenn er hingerichtet wird.« Helania beugte sich vor und packte Butch am Ärmel. »Verstehen Sie? Das ist die Hauptsache für mich. Ich will sehen, wie er stirbt. Nur so kann meine Schwester in Frieden ruhen.«

Butch rieb sich übers Gesicht, als hätte er Kopfschmerzen. »Wir wissen noch nicht sicher, ob Syn Ihre Schwester getötet hat.«

Jetzt meldete sich Boone zu Wort: »Aber es könnte eine Verbindung geben. Sie ist sogar ziemlich wahrscheinlich.«

»Ja.« Butch erhob sich. »Ich habe das Gefühl, so könnte es sein.«

»Ich will dabei sein«, wiederholte Helania. »Bei seiner Hinrichtung.«

»Darüber wird Wrath entscheiden. Wenn es auf ein Todesurteil hinausläuft, müssen Sie den König bitten, als Zeugin dabei zusehen zu dürfen, und abwarten, was er dazu sagt.«

Der Bruder legte ihr eine Hand auf die Schulter. »Aber wie ich ihn kenne, wird er Ihrem Wunsch nachgeben.«

Die Rückfahrt zu ihrer Wohnung in dem schicken Mercedes verging rasend schnell.

Und es gab noch eine weitere Zeitverzerrung. Als der ältliche Butler ihr die Tür aufhielt und sie aus dem warmen Wageninneren kletterte, hätte sie nicht sagen können, ob es Tage oder Sekunden her war, seit sie und Boone in diesen Mercedes gestiegen waren, um zum Trainingszentrum der Bruderschaft zu fahren, wo immer es lag.

Während sie über die Relativität der Zeit nachsann,

stieg auch Boone aus, und wie in der Tiefgarage im Trainingszentrum brachte es den Butler aus der Fassung, dass er nicht die Gelegenheit bekam, zur anderen Seite des Wagens zu gehen, um auch ihm die Tür zu öffnen.

Boone und Fritz wechselten noch ein paar Worte, dann dankte Helania dem *Doggen,* und der Wagen brauste davon.

»Ich möchte dich nur zur Tür bringen«, sagte Boone. »Ich muss nicht bleiben.«

»Schon okay.« Sie schüttelte den Kopf. »Ich meine, ich würde mich freuen, wenn du reinkommst. Wenn du eine Minute Zeit hast.«

So viel zu ihrer angestrebten Unabhängigkeit, dachte sie, als sie auf den Eingang zu ihrem Wohnhaus zugingen. Aber sie wollte, dass Boone mit in ihre Wohnung kam, nicht nur, weil sie nicht allein sein wollte. Sie brauchte ihn … und nicht zwingend in sexueller Hinsicht.

Sie musste sich vergewissern, dass all das tatsächlich geschehen war. Dass sie den Krieger auf dem Korridor wiedererkannt hatte, dass sie mit Butch über den Verlust der Schwestern und des Vaters gesprochen hatten …

Im Eingangsbereich des Hauses blieben sie bei den Briefkästen stehen, während sie den Schlüssel herauskramte.

»Ich hätte nie gedacht, dass der Mörder mit der Bruderschaft in Verbindung stehen könnte.« Sie steckte den Schlüssel ins Schloss und sperrte auf. »Ich meine … er ist doch ein Bruder, oder nicht?«

»Nein, er kämpft nur Seite an Seite mit den Brüdern.« Boone half ihr, die schwere Tür aufzudrücken. »Ein großer Unterschied.«

Schweigend gingen sie in den Keller, wo sie die Tür zu ihrer Wohnung öffnete.

»Wow«, sagte er, als sie eintraten. »Wie sauber es hier ist.«

»Ich musste mich tagsüber irgendwie beschäftigen.«

Sie zog ihren Parka aus und hängte ihn neben ihren schwarzen Umhang. Einen Moment lang legte sie ihre Hand auf die Falten des Kleidungsstücks, das sie ausschließlich im Pyre's Revyval trug. »Es hat mich vom Grübeln abgehalten.«

Sie sah sich nach Boone um. Er hatte sich aufs Sofa gesetzt und eins ihrer bestickten Kissen in den Schoß genommen. Seine flinken Finger wanderten über die sauber gearbeiteten Linien, fuhren eine Hyazinthe nach.

»Das war sicher viel Arbeit«, murmelte er.

»Eine weitere ausgezeichnete Ablenkung.« Helania ging zum Sofa und setzte sich zu ihm. »Das beschäftigt die Gedanken gerade so weit, dass sie nicht zu tief gehen können.«

»Vielleicht sollte ich es auch mal versuchen.« Er legte das Kissen zur Seite. »Ich könnte sie verkaufen und von den Einnahmen leben.«

»Es hilft mir, über die Runden zu kommen.«

»Ich habe mir das Schlafen abgewöhnt, ich hätte also Zeit zur Verfügung.«

Sie sahen einander an. Und als sie sich auf ihn zubeugte, tat sie es, ohne zu wissen, wie er reagieren würde. Es stand wieder besser zwischen ihnen als direkt nach der Triebigkeit, aber es gab so viele Ungewissheiten.

Boone legte ihr den Zeigefinger auf die Lippen. »Bist du sicher, dass du das willst?«

»Ich habe Doc Jane gefragt, ob, naja … ob die Fruchtbarkeit länger anhält als die Symptome, für den Fall, dass ich nicht schwanger bin. Sie sagt Nein. Wir müssen uns also keine Sorgen machen.« Sie runzelte die Stirn. »Es sei denn, für dich hat sich etwas geändert.«

»Du meinst, ob ich dich noch will?« Er strich mit dem Daumen über ihre Unterlippe. »Für mich hat sich nichts geändert. Ich könnte dir niemals widerstehen. Weder jetzt noch in Zukunft.«

Sie hätte etwas darauf erwidern können, ihm sagen, dass ihre Situation kompliziert war, nicht aber ihre Gefühle für ihn.

Doch sie ließ es ihn ohne Worte wissen, indem sie seinen Finger zwischen die Lippen sog und ihn mit der Zunge umkreiste.

Das Schnurren, das aus seiner Kehle drang, war genau, was sie hören wollte. Boone zog den Finger aus ihrem Mund und ersetzte ihn durch seine Zunge. Der Kuss war alles, was sie brauchte, und sie bog den Rücken durch und presste sich an ihn, schlang die Arme um seinen Hals. Als er sie nach hinten drückte, bis sie auf dem Sofa lag, ließ sie es geschehen.

Aber sie musste ihm mitteilen, dass sie ihn nicht nur als Ablenkung benutzte. Es stimmte zwar, sie wollte gerade wirklich nicht nachdenken, aber es gab noch so viele andere Gründe, warum sie ihn jetzt brauchte.

»Boone …«

»Du musst mir nichts erklären.« Er löste sich von ihr. »Ich will dich, und ich nehme dich, wie ich dich bekommen kann.«

Helania streichelte sein Gesicht und roch die dunklen Gewürze, die sie mittlerweile mit ihm verband. »Ich habe dich nicht verdient.«

»Dito.«

Ihre Münder verschmolzen zu einem noch innigeren

Kuss, und sie lösten sich nicht mehr voneinander, während sie sich auszogen und die Kleidung von sich warfen. Als sie nackt waren, teilte sie die Schenkel und hieß ihn willkommen.

»Ich werde vorsichtig sein«, sagte er. »Falls du noch wund bist.«

»Okay.«

Sie zuckte tatsächlich kurz zusammen, doch dann füllte er sie aus, tief, pochend und heiß. Und doch bewegte er sich nicht.

»Helania …«, flüsterte er. »Trink von meinem Blut.«

Unwillkürlich fiel ihr Blick auf die pulsierende Schlagader an seinem Hals. Sie hatte sich so lange nicht genährt, und der Stress der letzten Tage rief einen plötzlichen zehrenden Hunger hervor.

Außerdem bestand die Möglichkeit, dass sie schwanger war.

»Bist du sicher?«, hauchte sie.

»Muss ich darum betteln?«

Ruckartig fuhren ihre Fänge aus, und er stöhnte, als sich ihre Lippen teilten, um die beiden Spitzen zu entblößen. Mit einer schnellen Bewegung positionierte er sie über sich, sodass sie auf seinen Hüften lag, die Kontrolle hatte, ihn dominierte.

»Nimm mich«, sagte er. »Benutz mich.«

Ein Fauchen entfuhr ihr, wie sie es von sich selbst nicht kannte, und als sie ihn biss, schrie Boone ihren Namen, presste die Hüften empor und drang noch tiefer in sie ein. Sein Geschmack in ihrem Mund und in ihrer Kehle war ein betörender Rausch, und als sie trank, begann er, die Hüften zu bewegen.

Und während sie sich an ihm sättigte und sich ihr Magen füllte, erfüllte er auch ihr Geschlecht, denn der süße Schmerz ihres Bisses brachte ihn zum Orgasmus. Mehr war nicht nötig. Auch sie kam zum Höhepunkt, und die Lust breitete sich in Wellen von ihrem Kern aus und vereinte sich mit dem Hochgefühl, das sie durch seine Kraft empfing.

So überwältigend die Empfindungen waren, so versucht sie war, sich in tiefen Zügen an ihm satt zu trinken, so achtete sie doch darauf, ihn nicht auszusaugen. Vermutlich hätte er viel mehr geben können, da er von reinem Blut war und sich erst kürzlich von einer Auserwählten genährt hatte – etwas, das sie noch von keinem gehört hatte –, doch lieber blieb sie hungrig, als sein kostbares Leben zu gefährden.

Als sie sich gestärkt hatte, verschloss sie die Bisswunde mit der Zunge, dann küsste sie seinen Mund. Und noch immer bewegten sich ihre Körper im Einklang, erbebten unter immer neuen Orgasmen, ihre Vereinigung ein Ausdruck all dessen, was sie anscheinend nicht in Worte fassen konnten.

Es gab so viele unbeantwortete Fragen. So viele lose Enden, die es zusammenzuführen galt. So viele Weggabelungen lagen vor ihnen.

Doch immerhin hatten sie diesen Moment, und sie konnte nur hoffen, dass es nicht ihr letzter war.

35

Als Xcor mit seiner Bande in das Haus der Bruderschaft gezogen war, hatte man einen bis dahin ungenutzten Trakt mit Zimmern für sie vorbereitet. Die Räume lagen über Küche, Speisekammer, Waschküche und Garage und waren durch die hintere Tür im Sitzbereich im ersten Stock zu erreichen.

Butch lief durch den äußerst hübsch gestalteten Gang, doch er hatte keine Augen für die englischen Landschaften auf den Ölgemälden an der getäfelten Wand, auch nicht für die Vasen auf Konsolentischen, in denen trotz Winter frische Blumen steckten, oder für die Büsten, die vereinzelt auf den Fenstersimsen standen.

Sein Blick war starr auf Fritz gerichtet, der mit fragender Miene im hinteren Abschnitt vor einer verschlossenen Tür stand.

»Sire?«, erkundigte er sich, als Butch auf ihn zukam. »Der König deutete an, ich solle diese Tür für Euch aufsperren?«

»Ja.«

»Der König meinte, Ihr würdet die Zimmer inspizieren? Auf seinen Befehl hin?«

»So ist es.«

Und übrigens: Danke, Wrath.

Vielleicht war es die alte Polizeiroutine. Oder er wollte sich dagegen absichern, dass in diesem Haus Unmut entstand. Oder er hatte es aus Achtung vor seinem Cousin getan, der die Herrschaft über diesen Haushalt – und die Spezies – besaß. Jedenfalls hatte er sich verpflichtet gefühlt, Wrath um Erlaubnis zu bitten, bevor er Syns Zimmer durchsuchte.

Und weil Helania mit ausgestrecktem Zeigefinger auf Syn gedeutet hatte, war es ihm gestattet worden.

Butch blieb vor dem Butler stehen. »Ich möchte, dass du die Untersuchung bezeugst.«

»Bezeuge?«

»Damit ich Syn nichts unterschieben oder sein Eigentum beschädigen kann.«

Fritz verbeugte sich tief. »Es ist mir eine Ehre, von Nutzen zu sein, auf welche Art auch immer.«

»Sehr gut. Danke. Also öffnen wir die Tür und sehen nach, was es zu finden gibt.«

Der *Doggen* steckte einen Kupferschlüssel, der fast so groß wie seine Hand war, in das altmodische Schloss, und es klackte vernehmlich. Doch die Tür öffnete sich ohne das leiseste Quietschen, denn so etwas gab es in einem von Fritz geführten Haus nicht.

Licht vom Gang fiel in das Zimmer, und Butch runzelte die Stirn, als er die Einrichtung sah – oder besser gesagt: die fehlende Einrichtung.

»Was ist denn hier los?«, murmelte er.

»So wünscht es Syn.«

Butch schüttelte den Kopf und trat ein. Das Zimmer war vollkommen leer. Kein Teppich, kein Bett, kein Nachttisch und keine Kommode. Kein Schreibtisch und keine Sitzgelegenheit. Keine der Antiquitäten, wie sie den Rest des Hauses füllten, als hätte Darius unter einem Kaufzwang gelitten, den er nur bei Christies befriedigen konnte.

Butch blickte über die Schulter. »Wo hat Syn die Möbel hingestellt?«

»Er bat mich, sie zu entfernen, also habe ich ein paar davon in anderen Zimmern untergebracht und den Rest im Keller gelagert. Ich bot ihm an, eine Einrichtung zu bestellen, die mehr nach seinem Geschmack ist, doch er meinte, er sei als Soldat aus der Alten Welt daran gewöhnt, in Verschlägen und Höhlen zu schlafen und nicht mehr zu besitzen als das, was er auf dem Rücken tragen kann. Selbst die spartanischste Einrichtung enge ihn ein.«

Butch lief über die nackten Dielen, und seine Schritte hallten von den kahlen Wänden wider. »Und du bist sicher, dass es seit seinem Einzug so aussieht? Es besteht nicht die Möglichkeit, dass er in den letzten Tagen etwas weggeräumt hat?«

Fritz machte ein bestürztes Gesicht, und Butch erkannte leider zu spät, wie taktlos seine Frage war. Er eilte auf den Butler zu und hob die Hände – ließ sie aber wieder sinken, weil er alles nur noch schlimmer gemacht hätte, hätte er ihn berührt.

»Es tut mir leid«, beeilte er sich zu sagen. »Das war gedankenlos von mir. Ich wollte dir nicht unterstellen, du würdest dich nicht erinnern. Ich weiß, dass du die Grundrisse und Einrichtungen aller Zimmer, Abstellkammern, Flure und Kellerräume in diesem Haus kennst.«

Fritz zögerte, als fürchtete er, Butch wollte ihn nur beruhigen.

»Ich schwöre bei meinem Herrn und Schöpfer«, sagte Butch und zog sein Kreuz aus dem Kragen. »Es ist mir nur herausgerutscht, weil es entscheidend ist, dass ich dieses Zimmer exakt so sehe, wie es vor drei Nächten war, und keine Spuren verwischt wurden, indem man etwas entfernt hat.«

»Steht Syn unter Verdacht, etwas gestohlen zu haben?«, erkundigte sich Fritz.

Ja, dachte Butch. *Ein Leben. Oder zwei. Vielleicht drei.*

»Es ist kompliziert.« Butch sah sich um. »Nun, ich schätze, hier komme ich nicht weiter – das heißt, Moment, das Badezimmer und der begehbare Schrank. Es muss doch ein Ankleidezimmer geben.«

Er ging zum Bad und sah hinein. Es war marmorgefliest und leer geräumt wie der Rest, all die Luxusartikel, an die sich Butch mittlerweile gewöhnt hatte, fehlten: Es gab keine Duschvorleger, keine flauschigen Handtücher, keinen Bademantel. Nur eine Zahnbürste und eine Tube Zahnpasta. Eine gängige Marke aus dem Supermarkt.

Als duldete Syn auch bei der Zahnpflege keine Kapriolen.

Butch öffnete die Schubladen. Die Schränke. Warf einen Blick in die Toilettenkabine.

Rasierer und Rasierschaum, mehr gab es nicht.

Er sah Fritz an. »Wo schläft er?«

»Ich glaube, das werdet Ihr gleich sehen.«

»Im begehbaren Kleiderschrank?«

Butch ging zu einer Flügeltür, öffnete sie und blinzelte, als das Licht anging.

»Okay, das ist sträfliche Verschwendung«, sagte er, als sein Blick über die leeren Kleiderstangen wanderte, die auf Schulterhöhe rings um die Ankleide verliefen. »Hier könnte ich mindestens die Hälfte meiner Garderobe unterbringen.«

Oder die von Marissa, Jane und Vishous zusammen – und sein Golfcart.

Doch jetzt sah er, was Fritz gemeint hatte: In der hinteren Ecke lagen Pistolen und Messer, in einem Halbkreis, der ungefähr Syns Körperlänge hatte. Das bisschen vorhandene Kleidung lag als Stapel am Fußende des Arrangements.

Butch zückte sein Handy und filmte den Raum von der offenen Tür aus. Nachdem er noch ein paar Fotos und Nahaufnahmen gemacht hatte, brachte er Nitrilhandschuhe zum Vorschein, zog sie über und ging den Kleiderstapel durch.

Er fand eine schwarze Strickmütze. Eine schwarze Sonnenbrille.

Und zwei Lederhosen, die so rochen, als würden sie häufig getragen.

Er sah sich nach Fritz um, der in der Tür stand und die alten Hände knetete, als wollte er unbedingt in irgendeiner Weise helfen.

»Wie viele solcher Hosen besitzt Syn?«, fragte Butch.

»Zwei. Ich habe Ersatzhosen in seiner Größe bestellt, aber sie liegen noch verpackt im Lager. Er wollte sie nicht annehmen, bis eine der alten aufgetragen ist.«

Butch breitete die beiden Hosen auf dem Teppich aus und zog die langen Beine glatt. Nachdem er sie separat fotografiert hatte und dann zusammen, drehte er sie um und fotografierte auch die Rückseiten. Dann wiederholte er die Prozedur mit der Lederjacke, bevor er die Taschen untersuchte.

Munition. Klappmesser. Eine Kette.

Zuckerfreier Kaugummi mit Zimtgeschmack. Okay, frischer Atem und gesunde Zähne waren offensichtlich ein Thema für Syn.

Butch ließ sich auf die Fersen sinken und fluchte.

»Gibt es ein Problem?«, erkundigte sich Fritz.

Butch hätte den Butler gern gefragt, ob er absolut sicher war, dass nichts aus diesem Schrank entfernt worden war.

Aber das konnte er sich nach seinem Fauxpas von vorhin nicht leisten.

Stattdessen drehte er die Hosen wieder um, sodass man die Vorderseiten sah. Er betrachtete die abgeriebenen Stellen. Die Flecken. Die Schrammen. Dann beugte er sich hinunter und atmete durch die Nase ein, prüfte die Gerüche.

Okay, jede Menge *Lesser*blut. Etwas männliches Vampirblut, das von Syn selbst stammen musste. Dreck. Schweiß. Schießpulver. Sex.

Aber … nirgends das Blut einer Vampirin. An keiner der Hosen.

Und wenn stimmte, was Fritz sagte, hatte Syn keine blutige Hose weggeschmissen und zu Hause eine frische angezogen. Es sei denn, er bestellte sie heimlich selbst und ließ sie sich an einen Ort in der Stadt liefern.

Hätte Butch Zugang zu irgendwelchen Kontodaten gehabt, hätte er sie auf verdächtige Überweisungen prüfen können. Auch wenn es ihm bei einem Mann mit derart spartanischem Lebensstil unwahrscheinlich schien. Doch wenn man einen Mord vertuschen wollte? Dann konnte man doch wohl auch mal ein verdammtes zweites Paar Hosen bestellen.

Oder etwa nicht?, dachte er.

»Wie steht es mit Oberteilen?«, fragte Butch. »Gibt er seine Shirts regelmäßig in die Wäsche?«

Fritz verbeugte sich. »Ja. Außerdem besitzt er zwei Sweatshirts, die er im Wechsel trägt, sowie etwas Trainingsbekleidung.«

»Ich würde gern mit der Waschfrau sprechen.«

Fritz verbeugte sich erneut. »Unverzüglich, Sire. Wartet hier, ich hole sie.«

Als Fritz fort war, setzte sich Butch auf den Boden

und ließ die blau behandschuhten Hände von den Knien hängen. Sein Blick ruhte auf den Kleidungsstücken, während er über das fehlende Indiz nachsann. Warum rochen die einzigen zwei Hosen, die Syn zu besitzen schien, nicht nach Tod oder dem Blut einer Vampirin?

Vielleicht hatte sich Syn für die Morde etwas von jemandem geliehen und danach weggeschmissen. Vielleicht … hatte sich Fritz verzählt.

Letzteres war allerdings unwahrscheinlich.

Butch beugte sich zur Seite und blickte in das leere Schlafzimmer. So karg. So einsam. So gar nicht der Rückzugsort eines ausgeglichenen Charakters. Aber ein leeres Zimmer belegte nicht, dass Syn ein Mörder war.

Auf der anderen Seite war sich Helania absolut sicher, ihn mit der Toten gesehen zu haben, und hier waren die dunkle Sonnenbrille und die Strickmütze, die sie beschrieben hatte …

»Sire? Das hier ist Lilf.« Fritz führte eine *Doggen* in die Kammer. »Sie beantwortet Euch gern alle Eure Fragen.«

Lilf verbeugte sich tief, und Butch fiel auf, dass ihre gemangelte grau-weiße Uniform perfekt zu ihrem grauen Haar passte.

»Sire«, sagte sie, »wie kann ich Euch dienen?«

»Hallo Lilf. Danke, dass du gekommen bist.«

Butch stand auf und deutete auf den Kleiderstapel: Drei Muscleshirts, alle gebügelt, drei Unterhemden, ebenfalls gebügelt, ein schwarzes Sweatshirt. Außerdem sechs Paar dicker schwarzer Socken und ein Suspensorium.

»Wäschst du die Kleidung von Syn?« fragte er.

»Ich wasche die Kleidung von allen, Sire.«

»Aha. Dann danke ich dir für die hervorragende

Pflege meiner Wäsche. Kannst du mir sagen, ob in den letzten fünf Nächten irgendein Shirt, eine Hose, Socken, Fleecejacke – ein Kleidungsstück in diesem Haus nach Vampirblut gerochen hat? Und damit meine ich Vampirblut, das nicht vom Besitzer des Kleidungsstücks selbst stammte?«

»Erlaubt mir, nachzudenken.« Lilfs Augen wanderten in der leeren Kammer umher. »Nun ja, von Bruder Vishous hatte ich ein Shirt mit Blut darauf, das nicht sein eigenes war. Es war das Blut einer Vampirin.«

Sicher das Blut von Mai, nachdem er sie aus dem Club gebracht hatte. »In Ordnung. Sonst noch etwas?«

»Balthazar und Zypher hatten das gleiche Blut auf ihren Shirts. Ich konnte es am Geruch erkennen.«

Sie haben V geholfen, dachte Butch.

Es folgte längeres Schweigen. »Es tut mir leid, Sire, anscheinend bin ich heute etwas langsam.«

»Nimm dir Zeit, Lilf. Wichtig ist, dass du dir hundert Prozent sicher bist.«

Lilf verschränkte die Arme, senkte das Kinn und schloss die Augen, als verfiele sie in eine Art Trance. Butch betete, dass sie sich erinnern würde …

»Sonst fällt mir nichts ein«, meinte sie schließlich und öffnete die Augen. »Nur bei diesen dreien ist mir Blut aufgefallen. In den letzten fünf Nächten.«

»Aus dem gesamten Haushalt?«, hakte Butch nach.

»Ja, Sire.« Sie schielte zu Fritz. »Habe ich etwas falsch gemacht?«

Fritz tätschelte ihren Unterarm. »Aber nein, meine Liebe. Sie machen es goldrichtig – solange Sie sich sicher sind.«

»Das bin ich.« Sie wandte sich wieder an Butch. »Ich wasche die Kleidung der einzelnen Hausbewohner der

Reihe nach, Zimmer für Zimmer. Auf diese Weise weiß ich immer, welche Wäsche zu wem gehört.«

»Besteht die Möglichkeit, dass die Kleidung von V, Balthazar oder Zypher mit der anderer vermischt wurde?« Butch sprach behutsam, weil er Lilf nicht beleidigen wollte. »Wäre es theoretisch möglich, dass du die Oberteile durcheinanderbringst?«

Vielleicht hatte V seines weggeschmissen, und Syns war das dritte der Shirts, die sie zählte. Das würde zwar nicht erklären, warum Mais Blut nicht auch an seiner Hose klebte, aber es wäre ein Anhaltspunkt.

»Nein«, sagte Lilf fest. »Alle Ladungen, ganz gleich wie klein, werden separat behandelt, da die einzelnen Bewohner unterschiedliche Vorstellungen haben, wie ihre Kleidung gewaschen werden soll. Manche mögen Weichspüler, andere lehnen ihn ab. Manche mögen Duft, andere nicht. Manche bevorzugen ein ganz bestimmtes Waschmittel. Wenn ich also die Wäschekörbe erfasse …«

»Du erfasst den Inhalt der Wäschekörbe?«

»Aber natürlich. In meinem Buch.«

Butch starrte die Waschfrau an. »Du führst Buch über jedes Kleidungsstück, das in die Wäsche kommt, geordnet nach Besitzern?«

»Ja, und ich notiere mir sämtliche Flecken. Deswegen bin ich mir auch so sicher, was das Blut betrifft.« Sie legte den Kopf schief. »Wie sollte ich sonst anständig waschen?«

Wow. Butch hatte den Jackpot geknackt. »Wie weit reichen diese Aufzeichnungen zurück?«

»Bis zur ersten Ladung, die ich in diesem Haus für den König gewaschen habe.«

Sieh an, sieh an … da habe ich es, dachte Butch.

»Darf ich dieses Buch einmal sehen?«, fragte er. »Nicht, weil ich an dir zweifle, ich bin nur neugierig, wie so etwas aussieht.«

Und natürlich würde er dabei ihre Aussage prüfen.

»Selbstverständlich, Sire. Folgt mir.«

Butch verließ hinter den beiden *Doggen* Syns Zimmer, lief mit ihnen den Gang entlang und über eine Hintertreppe in die Waschküche hinunter. Sie gingen schweigend, aber in seinem Kopf war es alles andere als still.

Er überlegte fieberhaft, wie es Syn gelungen war, Mais Pulsadern und Kehle aufzuschlitzen und ihren Schädel mit einem Fleischerhaken zu durchbohren, ohne seine Hose mit Blut zu besudeln. Seine Mütze. Sein Shirt.

Butch dachte daran, wie Syn aus dem Kraftraum gekommen war, schweißnass. »Moment!«, entfuhr es ihm.

Die *Doggen* zuckten zusammen und blieben stehen, doch er wedelte mit der Hand. »Entschuldigung, ich habe nicht euch gemeint. Die Spinde im Trainingszentrum! Ich habe die Spinde vergessen.«

Dort würde er den Beweis finden, den er brauchte.

Davon war er überzeugt.

Boone lag nackt auf dem Rücken in Helanias Bett, die Decke über sich ausgebreitet, Helania eng an sich gezogen. Er war sich ziemlich sicher, dass sie schlief. Nachdem sie sich von ihm genährt hatte und sie in diesem Zimmer noch einmal miteinander geschlafen hatten, war sie sehr träge geworden, und er hatte ihr gern als Kissen gedient, während ihre Muskeln sich entspannten und sie sich dem Schlaf hingab.

Nun starrte er an die Zimmerdecke und dachte über ihre neue Situation nach. Sie waren in Wartestellung, das war ihm bewusst.

Sex war wieder möglich, und das war schön. Aber die Frage, welche Art von Beziehung sie miteinander verband, hatten sie vertagt.

Und in einem Punkt hatte sie recht: Sollte sie schwanger sein, würde er sich mit ihr vereinigen, darüber gab es keine Diskussion. Er würde sie und sein Kind nicht sich selbst überlassen – und das nicht, weil es die Familienehre gebot. Scheiße, so wie es aussah, war er nicht mal mehr Teil seines Stammbaums.

Enterbt zu werden war ein ziemlich deutliches Signal.

Doch ihm war es persönlich wichtig, sich um sie und ihr Kind zu kümmern, sicherzustellen, dass das Kleine in einem stabilen, liebevollen Umfeld aufwuchs und nicht dem ganzen Mist ausgeliefert war, den er als Kind ertragen musste. Altamere stand für Boone als Negativbeispiel für alles, was er als Vater nicht sein wollte …

»Ich muss diese Frau finden.«

Boone hob den Kopf. »Was?«

Helania rieb ihr Gesicht an seiner Brust, als versuchte sie, wach zu bleiben. »Die Vampirin, die in jener Nacht bei mir klopfte und mir von Isobel erzählte. Die mir half, sie zu beerdigen. Ich muss ihr sagen, dass der Mörder gefunden ist, damit sie entscheiden kann, ob sie bei seiner Hinrichtung ebenfalls dabei sein möchte.«

»Verstehe.« Boone runzelte die Stirn. »Was wissen wir von ihr?«

»Ich kenne ihr Haus. Das Haus, zu dem sie mich brachte. Ich muss es finden, hilfst du mir dabei? Ich versuche, mich zu erinnern, wo es war. Ich war auf ihrer Facebook-Seite, aber da steht natürlich keine Adresse. Kein richtiger Name. Kein Hinweis darauf, wer sie ist. Ihr Profilbild zeigt nur einen Ausschnitt von ihrem Gesicht, verdammt.«

»Hat sie auf deine Nachricht nicht reagiert? Du sagtest, du hättest ihr geschrieben.«

»Noch nicht, aber ich habe nicht nachgesehen, seit wir aus dem Trainingszentrum zurück sind.« Helania stützte das Kinn auf die Hand und sah ihn an. »Ich fühle mich ihr gegenüber verpflichtet. Sie war genauso aufgelöst wie ich. Vollkommen von Trauer überwältigt. Sie war eindeutig eine sehr gute Freundin von Isobel.«

»Wir werden sie finden.« Er strich Helanias Haar zurück und küsste sie auf die Stirn. »Morgen Abend fangen wir an und suchen nach dem Haus. Wir suchen so lang, bis du mit ihr reden kannst.«

Helania musste gegen Tränen anblinzeln, und er wünschte, er könnte ihr den Schmerz abnehmen. Er hätte alles getan, um ihr die Trauer zu erleichtern, deshalb – ja, verdammt – würde er dieses Haus für sie finden und diese Frau, und wenn es das Letzte war, was er tat.

»Danke«, flüsterte sie. »Du hilfst immer, wenn dich jemand braucht, habe ich recht?«

»Ich versuche es.«

»Wie ist es möglich, dass dein Vater nicht stolz auf dich war?«

Boone zuckte die Schultern. »Unterschiedliche Wertvorstellungen. Sehr unterschiedlich.«

Es gab eine Pause. Dann sagte sie: »Was ist?«

»Hm?«

Sie fuhr mit den Fingerkuppen über seine Brauen und glättete seine Stirn. »Du verziehst das Gesicht. Woran denkst du?«

Es war vermutlich nicht der beste Moment, aber aus irgendeinem Grund musste es raus. Vermutlich lag es an seinem Gespräch mit Butch im Verhörzimmer.

»Manchmal glaube ich, mein Vater hat meine *Mahmen* ermorden lassen.«

Helania fuhr hoch und sah ihn mit großen gelben Augen an. »Ist das dein Ernst?«

»Es ist okay.« Er streichelte besänftigend ihre Schultern. »Alles gut.«

»Nein, das ist nicht okay. Was ist passiert?«

»Ich weiß es nicht. Sie war weder krank noch alt. Sie war auch nicht schwanger. Eines Abends war sie einfach tot.« Er schüttelte den Kopf. »Ich stand ihr nicht näher als meinem Vater, aber selbst ein Fremder hätte bemerkt, dass sie todunglücklich war.«

»Hat sie … hat sie Selbstmord begangen?«

»Selbstmördern ist der Zutritt zum Schleier verwehrt, zumindest sagt man das – und ich weiß, dass sie daran glaubte. Ich habe sie einmal mit meiner Tante reden gehört. Sie sagte, ihr einziger Trost sei, dass am Ende des Leidensweges die Ewigkeit auf sie warte. Vorausgesetzt, sie unternehme nichts Dummes.«

»Woran ist sie gestorben?«

»Das habe ich nie erfahren. Ich kam zum Ersten Mahl nach unten, und mein Vater erklärte mir, dass sie tot sei. Als würde er mich über das Wetter informieren. Damit war das Thema erledigt. Ich habe nie erfahren, woran sie gestorben ist. Ich hätte fragen sollen, auch wenn ich vermutlich keine Antwort bekommen hätte. Aber ich bereue, dass ich es nicht einmal versucht habe.«

»War dein Vater traurig?«

Boone schüttelte den Kopf. Und war ein wenig überrascht, wie schwer ihm die Worte über die Lippen gingen: »Mein Vater liebte jemand anderen.«

»Er ist fremdgegangen?«

»Mehr als fremdgegangen, glaube ich. Es war eine dauerhafte Beziehung.«

»Aber er hat sich nicht von deiner *Mahmen* getrennt, weil Trennungen in der *Glymera* verpönt sind?«

»Nein, ich glaube, es lag daran, dass seine Liebe einem Mann galt. Marquist, dem Butler, dem er sein gesamtes Erbe vermacht hat.«

Helanias Mund klappte langsam auf. »Wusste deine *Mahmen* davon?«

»Bestimmt. Obwohl man seine Laster in der *Glymera* sehr gut versteckt und diese Art von Beziehung verboten war – und ist –, muss es offensichtlich für sie gewesen sein, als Marquist einzog. Wie hätte es ihr entgehen sollen?« Er zuckte mit den Schultern. »Außerdem bezweifle ich, dass Marquist der erste Mann für meinen Vater war. Vielleicht war das der Grund, warum auch sie ihn betrog.«

»Das hat sie?«

»Ich bin mir nicht einmal sicher, ob ich sein leiblicher Sohn bin.« Wieder weiteten sich Helanias Augen, und Boone lachte verbittert. »Ja, ich fürchte, die Welt, aus der ich komme, macht nur nach außen hin den Anschein, als wäre sie perfekt. Aus diesem Grund hat mein Vater unmittelbar nach dem Tod meiner *Mahmen* eine andere ›adäquate‹ Frau ins Haus geholt. Der zweiten *Shellan* erging es nicht besser als der ersten, aber zumindest schien meine Stief*mahmen* besser mit dieser Situation leben zu können.«

»Boone … ich hatte keine Ahnung, dass du in solchen Verhältnissen aufwachsen musstest.«

»Das ist schon in Ordnung.«

»Nein, ist es nicht.« Helania rieb sich die Brust, direkt über dem Herzen. »Meine Eltern hatten nicht viel, was Geld betraf, aber ihre Liebe war das Fundament im Leben meiner Schwester und mir. Ich kann mir nicht vorstellen, wie es sein muss, ohne ein solches Vorbild aufzuwachsen. Man braucht doch ein Beispiel, an das man glauben, nach dem man sich richten, auf das man selber hoffen kann.«

Der Gedanke, dass ihre Eltern so eine liebevolle Beziehung zueinander gehabt hatten, verstärkte Boones Wunsch, sie zur *Shellan* zu nehmen.

»Es tut mir so leid«, flüsterte Helania. »Es klingt so abgedroschen, aber ich wünschte …«

»Schon gut«, sagte er und küsste sie. »Es ist ein gutes Gefühl, das alles mal rauszulassen. Ich habe es noch niemandem erzählt – und was den Tod meiner *Mahmen* betrifft, weiß ich nicht, wer von den beiden es getan hat.« Er lachte rau. »Aber wie ich meinen Vater kenne, wollte er sich nicht die Finger schmutzig machen. Und Marquist kann hervorragend mit einem Messer umgehen. Du hättest sehen sollen, wie er das Roastbeef tranchiert hat – doch seine Nächte in der Küche sind gezählt, seit er selbst Herr des Hauses ist.«

»Kannst du denn nichts dagegen tun? Vielleicht kann dir Butch helfen?«

»Es ist zwanzig Jahre her, und ich habe nichts vorzuweisen als einen Verdacht. Außerdem würde ich als befangen gelten, weil ich zugunsten von Marquist enterbt wurde. Sollte er mit dem Mord an meiner *Mahmen* zu tun haben, könnte er das Erbe vermutlich nicht antreten. Schließlich war sie mit meinem Vater vereinigt und hätte alles behalten, wäre sie noch am Leben – und in dem Fall wäre ich ihr einziger Erbe.«

»Aber wenn du mit deinem Verdacht richtig liegst, könnte Marquist mit einem Mord davonkommen. Und mit deinem Erbe.«

Boone dachte eine Weile darüber nach. Dann sah er Helania an. »Nun, dann kann sich dieser ehemalige Butler auf die eigene Schulter klopfen und sich an dem Geld und an dem Haus erfreuen. Ich schaue nicht zurück, ich blicke nur noch nach vorn.«

Und während er dies sagte, merkte er, wie sehr er sich wünschte, dass Helania wirklich schwanger war.

Er wollte ein neues Leben beginnen. Mit Helania und ihrem gemeinsamen Kind.

Und zwar auf die richtige Weise, so wie ihre Eltern.

36

Die Tür zum Patientenzimmer öffnete sich, und Syn blickte auf. Er saß am Fußende des Krankenbetts. Als er sah, wer da hereinkam, fluchte er und senkte den Kopf. Jeden. Er hätte wirklich jeden anderen vorgezogen, und das war zweifellos der Grund, warum die Brüder ihn schickten.

Aber Xcor kam nicht allein. Hinter ihm schob sich Vishous in den Raum und verschloss die Tür.

»Sie schicken dich«, murmelte Syn. »Ich hätte es wissen müssen.«

Xcor setzte sich auf einen der Stühle, die aufgereiht an der Wand standen und viel zu klein für ihn waren. Er hatte sich das Haar kurz rasiert, sodass sein Nacken noch massiger erschien, die Schultern noch breiter, die Brust noch kräftiger. Sein Ausdruck war wie immer freudlos. Eine Hasenscharte verwandelte sein Gesicht in eine verächtliche Fratze, dabei war es nur eine Missbildung der Oberlippe.

Oder er war wirklich angepisst.

»Als wäre ich nicht von selbst gekommen«, sagte er leise.

Der Akzent aus der Alten Welt, so ähnlich seinem eigenen, erinnerte Syn daran, wie viele Jahre sie zusammen durchs Land gezogen waren. Im Kampf gegen den Feind, ums Überleben, wütend auf das Schicksal. Aber nun hatte Xcor ein neues Kapitel aufgeschlagen. Er war glücklich vereinigt und hatte sogar zwei Stiefkinder.

Damit hätte nun wirklich niemand gerechnet, dachte Syn, als er in die Augen seines Mentors blickte, seines Anführers … seines Freundes.

Doch der Blick, der ihm begegnete, war fest und gefühllos, ein Schlag in die Magengrube, den Syn resolut ignorieren musste. Er gestand es sich nur ungern ein, aber im Moment waren sie auf unterschiedlichen Seiten, und das machte ihm zu schaffen.

Xcor sah sich nach Vishous um. »Kannst du uns allein lassen?«

Der Bruder schüttelte den Kopf und hob sein Handy. »Ich zeichne das Gespräch auf.«

»Alles so offiziell hier«, sagte Syn.

»Das ist es.« Xcor lehnte sich zurück, und der Plastikstuhl ächzte unter seinem Gewicht. »Wir haben es mit einer toten Vampirin zu tun.«

»Waren es nicht zwei?«

»Sagst du das, um zu prahlen?«

»Nein, nur fürs Protokoll, nachdem es hier so korrekt zugeht.« Syn nickte in Richtung Vishous, der finster an der Tür stand wie ein Gefängniswärter. »Damit sein Handy was zu tun hat.«

Schweigen breitete sich aus. Natürlich glaubten sein Anführer und die anderen, dass Syn der Mörder war. Die Gegenwart wurde immer anhand der Vergangenheit beurteilt, und seine Taten sprachen nun einmal für sich.

Oder sollte man sagen, seine Toten.

Nach einer Weile ergriff Xcor das Wort: »Es sieht dir nicht ähnlich, Leichen zurückzulassen. Normalerweise tauchen sie erst später auf, und dann ist es schwer, sie zu identifizieren.«

»Das klingt, als wärst du enttäuscht von mir.«

»Es hätte die Angelegenheit leichter gemacht«, murmelte er trocken.

Syn hob die Brauen. »Nur für die arme Vampirin hätte sich nichts geändert. Genau wie für die andere. Bu-hu.«

»Dann gibst du zu, dass du es warst.«

»Was bekomme ich dafür?«

»Das weißt du.«

Er dachte daran, wie ihm Bruder Butch die Waffe an die Schläfe gedrückt hatte, und lächelte. »In Ordnung. Können wir es gleich tun, oder müssen wir warten, bis es dunkel ist und wir in den Wald gehen können. Damit die Sauerei sich im Rahmen hält und die *Doggen* nicht so viel putzen müssen.«

Xcors Fuß begann zu wippen, und sein Stiefelabsatz tappte rhythmisch auf den gefliesten Boden. »Die Abstände werden kürzer. Vor acht Monaten. Vor sechs Nächten. Vorgestern der Kerl in der Gasse. Der Zyklus beschleunigt sich.«

»Dann lass es uns jetzt beenden.« Syn nickte in Richtung der Waffe, die an Vs Hüfte hing. »Soll er es tun. Oder du, wenn du willst.«

Bruder Vishous zog die Stirn kraus, sodass sich die Tätowierung an seiner Schläfe verzog. »Ich habe noch nicht aus deinem Mund gehört, dass du die Frauen getötet hast.«

Syn schloss die Augen und dachte an die Nacht im Club … die Frau mit der Perücke und dem Bustier, ihre Brüste und Lippen. Er erinnerte sich, wie sie sich aus dem Gedränge von Leuten herausgekämpft hatte, die sich hin und her geschoben und gestritten hatten. Sie war auf ihn zugekommen und hatte mit ihm gespielt, bis er sie hochgehoben und in den Keller getragen hatte.

Er hatte sie gegen eine Tür gepresst und gevögelt. Die Tür war aufgegangen, und sie waren in die Finsternis des Lagerraums getaumelt.

Das Monster hatte sich unter seiner Haut geregt. Es war umhergestrichen und hatte nach Freiheit geschrien.

Dann war er vor dem Club gewesen, die Kälte beißend im Gesicht, sein Körper erhitzt unter der Kleidung, sein Schwanz noch immer hart.

Er war das alles so leid, so unendlich müde, sein Wesen, diesen Drang, dieses Ding, das ständig aus ihm herausmusste. Er hatte sich bemüht, zumindest in der Alten Welt, sich Opfer zu suchen, die es verdienten, aber jetzt … jetzt war ihm einfach alles egal.

»Natürlich war ich es«, sagte er und sah den Bruder an. »Ich habe die Vampirinnen getötet und an Fleischerhaken in die Lagerräume gehängt. Und wenn ihr mich nicht aufhaltet, werde ich es wieder tun.«

Stunden später, als die Sonne ihren Dienst als Lichtquelle einstellte und am Horizont versank, war Butch zurück in seinem Ermittlungsraum und starrte gegen die Wand, den Stuhl auf den Hinterbeinen balancierend. In seinen Händen wanderte der Kuli, mit dem er sich Notizen über Notizen machte, um seine Finger, kreisend, sich drehend, in einem endlosen Tanz, hin und her.

Die Tür ging auf, doch er sah nicht auf. Unnötig. Ein Hauch von türkischem Tabak verriet ihm auch so, wer hereingekommen war.

Er ließ sich nach vorne kippen und räumte eine Fläche auf dem Tisch frei, für den Fall, dass Vishous sich setzen wollte. »Wie läuft es?«

»Das wollte ich dich gerade fragen.«

Die Tür schloss sich. Sein bester Freund stellte sich

vor die Wand und betrachtete die Aufnahmen von Mai. Sie schwiegen beide, doch Butch war froh über den Besuch. Sein Mitbewohner war der klügste Kopf, der ihm je begegnet war. Wenn jemand ein System in dem Tohuwabohu aus Ungereimtheiten erkennen konnte, dann V.

Denn irgendwie passte das Ganze nicht zusammen. Die Rechnung ging nicht auf, und er kam nicht drauf, warum. Oberflächlich betrachtet deutete alles auf Syn hin, aber eben nur auf den ersten Blick. Es gab keine Beweise für seine Schuld, und warum er sich zu einem Mord bekennen sollte – oder zweien –, wenn er sie gar nicht begangen hatte, war schwer zu begreifen. Butch hatte noch ein paar andere Ansätze, die er verfolgen konnte, aber wenn diese Ermittlung weiterhin so verlief wie bisher, würden sie auch keine besseren Antworten liefern.

»Stört es dich, wenn ich rauche?«, fragte V und trat ein paar Schritte von der Wand zurück, als verspräche die Panoramaansicht tiefere Eingebungen als eine Nahaufnahme.

»Nein. Im Moment spiele ich mit dem Gedanken, selbst anzufangen.«

Vishous zog an einem der Stühle. Als er nicht nachgab, beugte sich Butch vor und griff nach seinem Schraubenzieher. »Warte, schrauben wir ihn …«

V riss den Stuhl gewaltsam nach oben, unter dem durchdringenden Knirschen von Metall, das seine Belastbarkeitsgrenze überschritt. Butch zuckte zusammen, doch im nächsten Moment kullerten Schrauben über den Boden, und V drehte den Stuhl herum und betrachtete die verbogenen Beine.

»Das war wohl nicht ganz durchdacht«, brummte er.

Um die Instabilität zu beheben, ließ er den Stuhl

mehrfach auf den Boden krachen, bis er einigermaßen gerade stand.

»Na also«, meinte er und setzte sich. »Schon repariert.«

Ihn darauf hinzuweisen, dass er ziemlich schief saß und Löcher in den Betonboden gerissen hatte, erschien Butch kleinlich.

»Gut gemacht«, lobte er.

»Ich könnte auch die anderen beiden …?«

»Ich glaube, das reicht für den Anfang. Aber danke für das Angebot.«

Vishous nickte und holte Papers und Tabakbeutel aus der Tasche. Butch sah zu, wie er sich eine Zigarette drehte, mit starken Händen, einer mit und einer ohne Handschuh.

»Also, was meinst du?«, fragte V, feuchtete das Papier an und verschloss es.

Butch schüttelte den Kopf und wandte sich wieder den Bildern zu. »Der Obduktionsbericht ist da.«

»Irgendwelche Überraschungen?«

»Nein.« Butch rieb sich die Schulter und ließ sie kreisen. »Die toxikologische Untersuchung wird noch eine Weile dauern, aber was soll sie schon groß ergeben? Dass sie Drogen im Blut hatte? Dass er sie vielleicht betäubt hat, bevor er ihr die Kehle aufgeschlitzt hat? Selbst wenn, ich war in Syns Zimmer. Er bewahrt dort nichts auf außer Waffen und einem Häufchen Kleidung, mit dem ich gerade mal über einen Nachmittag kommen würde. Da waren keine Drogen oder Utensilien.«

»Er könnte alles weggeworfen haben.« V blies den Rauch von Butch weg, obwohl sie in einem geschlossenen Raum saßen. »Vielleicht hat er Lederjacke und Hose verschwinden lassen. Und etwaige Betäubungsmittel.«

Butch zuckte mit den Schultern. »Von seinen Hosen fehlt keine. Ich war am Vorratsschrank. Die Ersatzhosen, die Fritz für ihn bestellt hat, passen zum Beleg. Die Anzahl in der Wäscherei ist auch korrekt. Alles ist erfasst.«

»Dafür könnte es alle möglichen Erklärungen geben. Er könnte sich selbst Kleidung bestellt haben.«

»Er besitzt keine Kreditkarte. Ich habe seine Kontodaten – oder besser gesagt, die nicht vorhandenen Kontodaten – von Balthazar.«

»Vielleicht hat er ein Konto, von dem wir nichts wissen.«

Butch neigte den Kopf. »Das könnte natürlich sein.«

V pulte einen Tabakkrümel von der Unterlippe und zog einen halb leeren Kaffeebecher zu sich heran, um hineinzuaschen. »Syn war es. Er hat gestanden. Du hast die Aufzeichnung gehört.«

»Ja.« Butch griff in sein Seidenhemd und umfasste das Kreuz, rieb an dem schweren Gold. »Ich weiß …«

Es klopfte laut an der Tür, nur ein einziges Mal.

»Herein«, brummte V.

Balthazar trat ein und schloss die Tür. Er hatte die Lederkleidung an, die sie im Einsatz trugen, aber ohne Jacke oder Waffen, und Butch fragte sich, ob es ein Zeichen des Respekts war. Balthazar war zwar als notorischer Dieb bekannt, war aber trotzdem ein anständiger Kerl – gegenüber der kurzen Liste von Personen, die er achtete. Was den Rest der Welt betraf, stahl er alles, was nicht niet- und nagelfest war.

Er erinnerte Butch an einige der Gangster der irischen Mafia in Southie, dem Süden von Boston, und seltsamerweise konnte er ihn aus diesem Grund respektieren.

»Hi«, sagte Balthazar. »Ihr wolltet mich sprechen?«

Butch stand auf und streckte ihm die Hand entgegen. »Wie steht's? Danke fürs Kommen.«

»Kein Problem.«

Vishous hielt ihm die Hand über die Schulter hin, und Balthazar ergriff sie. »Zigarette?«

Balthazar zwängte sich auf den Stuhl auf der anderen Seite. »Wow, sind die eng. Ja, gern Zigarette.«

»Soll ich deinen Stuhl reparieren?«, bot V an.

»Nein«, ging Butch dazwischen. »Genug Raumumgestaltung. Meine Ohren ertragen das kein zweites Mal.«

V warf ihm einen beleidigten Blick zu, dann machte er sich daran, eine Zigarette für Balthazar zu drehen.

Butch beugte sich vor und verschränkte die Finger um den Kuli. »Ich glaube, du weißt, warum ich dich zu mir gebeten habe.«

»Wegen meinem Cousin Syn.«

»Ja. Ich habe ein Problemchen mit ihm.«

»Ich weiß.« Balthazar blickte auf seine schwieligen Hände. »Ein harter Fall. Traurig.«

Einen Moment herrschte Schweigen, während V Balthazar eine frisch gedrehte Zigarette und sein Feuerzeug reichte. Butch dachte an die kahlen Räume, in denen Syn hauste. »Traurig« war der richtige Ausdruck für diese Behausung, selbst wenn er damit nur eine Gewohnheit aus dem früheren Leben aufrechterhielt.

»Oh ... guter Tabak«, murmelte Balthazar, der einen ersten Zug genommen hatte. »Schön weich«

V lächelte, als hätte Balthazar ihm zu seinem Auto gratuliert. »Wenn du willst – jederzeit, okay?«

»Danke.« Balthazar stieß eine lange Rauchfahne in die Luft und wandte sich dann wieder an Butch. »Also ... Syn. Wie kann ich helfen?«

»Erzähl mir, was in der Alten Welt los war«, sagte Butch.

Balthazar drehte die Zigarette um und betrachtete die Glut. »Ich liebe meinen Cousin. Ich fühle mich ihm gegenüber verpflichtet. Er ist kein schlechter Kerl, aber er … er hatte eine harte Jugend. Das waren damals andere Zeiten. Junge Zivilisten wurden zur Feldarbeit erzogen, um Nahrung zu produzieren – sie galten als Arbeitsgerät auf dem Hof, nicht als Segen. Sein Vater war ein Suffkopf, der immer was zum Prügeln brauchte, und Syn hat schon in jungen Jahren beschlossen: lieber er als seine *Mahmen*. Also hat er die Schläge kassiert.«

Butch schüttelte den Kopf. »Ich kenne solche Familien unter den Menschen.«

»Arschlöcher gibt es überall, ganz gleich, welche Spezies.« Balthazar zuckte mit den Schultern und tippte sich an den Kopf. »Eines Nachts jagte ihn sein Vater mit einem Kupferkessel in die Speisekammer. Dort hat er ihm das Ding so fest über den Kopf gezogen, dass er sich verformte. Danach war Syn nie mehr der Alte. Krampfanfälle. Gedächtnislücken. Und … Wut.«

»Ein klassisches Schädelhirntrauma«, brummte V.

»Auch ohne diesen Vorfall hätte Syn vermutlich jede Menge Wut mit sich herumgeschleppt, aber dieser Schlag hat ihn verändert.«

»Wie ist er diesem Zuhause entkommen?«, wollte Butch wissen.

»Er hat seinen Vater getötet.« Balthazar rieb sich die Augen, als wollte er die Bilder in seinem Kopf vertreiben. »Ich habe die Leiche gefunden. Sein Vater war nicht mehr zu erkennen. Ausgeweidet und enthauptet. Ich erkannte erst, wer es war, als ich seinen Kopf unter einem verdammten Busch hervorzog. Syn saß einfach nur da, inmitten des Massakers, besudelt mit dem Blut seines Vaters, und starrte auf das Messer in seinen Händen. Als wäre er überrascht, was er damit angestellt hatte.«

»Zum ersten Mal Blut geleckt«, flüsterte V.

»Ich habe es ihm nicht verübelt.« Balthazar schüttelte den Kopf und stippte die Asche in den Becher. »Sein Vater musste weg. Doch nach der Transition folgten andere. Eine Menge andere.«

»Frauen?«

»Ja, auch Frauen. Man muss ihm zugutehalten, dass er sich Leute suchte, die es nicht anders verdient hatten. Mörder, Betrüger ... Diebe.« Sein Mund verzog sich zu einem verächtlichen Lächeln. »Ich blieb verschont, weil ich zur Familie gehöre.«

»Klingt, als hättest du Glück gehabt«, bemerkte Butch.

»Allerdings.« Balthazar zog an seiner Zigarette. »Wenn er austickt, wird es eklig. Er ist sehr einfallsreich.«

»Dann tragen die Morde an den beiden Frauen unten im Pyre also seine Handschrift?«

Balthazar erhob sich und trat vor die Fotos von Mais Leiche. »Scheint eher ein wenig harmlos für seine Verhältnisse.

»Für meinen Geschmack reicht's.« Butch schüttelte den Kopf, während er den Aushang betrachtete, den er geschaffen hatte. »Die Autopsie hat ergeben, dass er nach ihrem Tod noch Sex mit ihr hatte.«

Balthazar riss den Kopf herum und sah ihn über die Schulter an. »Er hat sie penetriert, meinst du.«

»Nicht nur penetriert, sondern das volle Programm, wie man so schön sagt.«

Balthazar kam zum Tisch zurück und wirkte verstört. »Sicher?«

Butch wühlte in den Papieren auf dem Tisch und zog

den Bericht heraus. »Ja, das hier ist gerade reingekommen. Hier steht es.« Er blätterte das Deckblatt um und kam zu den Notizen. »In der Vagina wurde Sperma entdeckt, anhand von Gewebeuntersuchungen konnte Havers feststellen, dass es nach ihrem Tod dorthin gelangte. Ich werde Syn um eine Spermaprobe bitten, wenn nötig mit Gewalt. Vielleicht liefert das den endgültigen Beweis, der mir noch fehlt.«

»Moment, bist du dir sicher? Was das Sperma betrifft?«

Butch tippte auf die Seite. »Steht im Bericht. Ich halte zwar nicht viel von meinem Schwager, aber ich hatte nie Anlass, an seiner ärztlichen Kompetenz zu zweifeln.«

»Wenn es nach ihrem Tod war, kann Syn nicht der letzte Mann gewesen sein, der mit ihr Sex hatte.«

Butch runzelte die Stirn und ließ den Obduktionsbericht sinken. »Wie meinst du das?

Balthazar stieß eine Rauchwolke aus. »Syn ejakuliert nicht. Er ist nicht dazu in der Lage. Wenn ihr sicher seid, dass der Geschlechtsverkehr nach ihrem Tod stattfand, dann hat sich in dieser Nacht noch jemand anderes an ihr vergangen.«

37

Am nächsten Abend materialisierte sich Boone von Helanias Wohnung zum Haus seines Vaters. Dort stand er in der Kälte und blickte auf das Fenster des Arbeitszimmers, das er mit dem Gartenschlauchhalter eingeworfen hatte. Durch die Plane, die man provisorisch über das Loch gehängt hatte, hörte er die Stimmen von zwei Handwerkern, die sich unterhielten.

Trotz des Pläuschchens machten sie Fortschritte. Die gesplitterten Scheiben waren entfernt worden und wurden nach und nach durch neue ersetzt. Boone wollte wetten, dass bis zur Morgendämmerung alles wieder ganz war.

Doch Marquist war schon immer sehr effizient in der Erledigung von Arbeiten gewesen …

Helanias Frühlingsduft war der erste Vorbote ihrer Ankunft, im nächsten Moment folgte ihre Gestalt, als sie sich neben ihm materialisierte. Da sie sich von ihm genährt hatte, konnte sie ihn überall finden. Er hatte ihr nicht einmal die Adresse nennen müssen.

Ihre Augen weiteten sich beim Anblick der imposanten Eingangstür. Sie trat ein paar Schritte im Schnee zurück und blickte an der eleganten Fassade des Gebäudes empor.

Ihr Staunen wurde abgelöst durch einen schockierten Gesichtsausdruck. »Du sagtest, es wäre ein großes Haus, aber ich hatte ja keine Ahnung.«

Boone schüttelte den Kopf und ging auf die Haustür zu. »Letztlich ist es auch nicht mehr als ein Kasten mit vier Wänden.«

Er trat ein und hielt ihr die schwere Eichentür auf. Sorgsam stampfte sie den Schnee von den Stiefeln, bevor sie über die Schwelle trat. Sie kam nicht weit.

Ihr Blick streifte durch das Foyer, über die Treppe mit dem verschnörkelten Geländer, den Salon, in dem sie die Schleierzeremonie abgehalten hatten, schließlich zum offenen Bogendurchgang, hinter dem das Arbeitszimmer seines Vaters lag. Und während sie die Pracht auf sich wirken ließ, wollte sich Boone am liebsten für die prahlerische Zurschaustellung von Reichtum entschuldigen.

»Das bin nicht ich«, hörte er sich sagen. »Dieses Haus entspricht überhaupt nicht meiner Persönlichkeit.«

Helania sah ihn an und brauchte eine Weile, um wieder ein Wort rauszubekommen. »Aber hier bist du groß geworden. Das ist die Welt, in der du lebst.«

»Nicht mehr.« Boone zuckte mit den Schultern. »Komm, wir nehmen einen Wagen und machen uns auf die Suche nach diesem Haus. Ich will schleunigst wieder weg hier …«

Er nahm ihre Hand und führte sie durch das Foyer in den hinteren Teil des Hauses. Sie kamen durch das Polierzimmer, wo sie ins Stocken geriet, als sie die aufgereihten Silbertabletts und die uniformierte *Doggen* sah, die sie mit einer pinken Paste einrieb, die sich nach und nach grau verfärbte.

»Oh, Master Boone!« Das Hausmädchen ließ ihr Poliertuch fallen und verbeugte sich tief vor ihm. »Es ist mir eine Ehre …«

»Schon gut, keine Umstände, alles bestens …« Boone

unterbrach sich und wünschte, die *Doggen* würde sich wieder aufrichten. An Helania gewandt sagte er: »Das hier ist meine …«

»Freundin«, sagte Helania und streckte der *Doggen* die Hand entgegen. »Ich bin seine Freundin.«

Wie versteinert starrte die *Doggen* auf die Hand, dann sah sie Boone hilfesuchend an. »Master Boone?«

Boone trat diskret einen Schritt nach vorn und drückte Helanias Hand nach unten. »Du machst das wundervoll, Susette. Vielen Dank. Wir sind auf dem Weg nach draußen.«

Damit zog er Helania weiter durch die Speisekammer, doch sie zupfte ihn am Ärmel. »Was habe ich denn falsch gemacht? Ich verstehe nicht.«

Boone blieb im Durchgangsraum stehen, wo Speisen und Geschirr zum Servieren bereitgestellt wurden. Überall stapelte sich kostbares Porzellan. Sein Blick streifte über die Teller, dann dachte er an die Silbertabletts, die nebenan auf Hochglanz poliert wurden. Vielleicht wollte Marquist eine Glückwunschparty für sich selber schmeißen.

Viel Spaß dabei, dachte Boone und wandte sich an Helania.

»Bist du schon jemals einem *Doggen* begegnet? Abgesehen von Fritz?«, fragte er. »Und bitte versteh mich nicht falsch, das soll nicht herablassend klingen.«

»Äh … nein. Ich war noch nie in einem solchen Haus.«

»Okay, also, *Doggen* sind nach der alten Schule erzogen und wollen nichts anderes, als für das Wohl der Familie zu sorgen. Sie halten sich nicht für ebenbürtig, deswegen wissen sie nicht damit umzugehen, wenn du ihnen die Hand anbietest. Sie sind diese Art der Anerkennung nicht gewohnt. Das ist unvorstellbar für sie. Ich persönlich war nie damit einverstanden, aber sie haben diesen Weg gewählt, und ich habe nie mit ihnen diskutiert, aus Respekt vor ihren Traditionen.«

»Oh. Das wusste ich nicht.«

»Ist schon gut. Vergessen.« Er lächelte finster. »Außerdem habe ich jetzt nichts mehr damit zu tun, also brauchen wir uns keine Gedanken darüber zu machen.«

Er zog sie in die Küche und war froh, dass er ihr den Umgang mit den *Doggen* erklärt hatte, denn hier waren gleich mehrere von ihnen mit der Zubereitung des Letzten Mahls beschäftigt.

Boone warf einen prüfenden Blick auf die Mengen. Sie ließen nicht auf eine größere Anzahl von Gästen schließen, aber er fragte sich, wie lange es noch dauern würde, bis es so weit war.

»Wo ist der Herr des Hauses?«, fragte er Thomat, der am Herd stand.

Der Koch verbeugte sich. »Ich denke doch, dass er vor mir steht, Sire.«

Fast hätte Boone die Augen verdreht, doch er versagte es sich. »Ich meine Marquist.«

»Er ist oben mit seinem Personal Trainer, danach bekommt er eine Massagebehandlung. Soweit ich unterrichtet bin, kommt bald ein Schneider, gefolgt von einem Schuhmacher.«

»Er putzt sich heraus. Schätze, die Garderobe meines Vaters genügt ihm nicht mehr, und Schuheputzen ist für ihn passé, was?«

»Es ist eine Schande.«

Boone ließ diese Bemerkung unkommentiert stehen. »Ich brauche meinen Wagen. Ach, und das ist Helania. Meine Freundin.«

Als sich Thomat in Richtung der Vampirin verbeugte, steckte Helania die Hände unter die Arme und sagte: »Erfreut, Sie kennenzulernen.«

»Es ist mir eine Ehre.« Der Koch richtete sich auf. »Sollten Sie etwas benötigen, Mistress, lassen Sie es mich bitte wissen.«

»Danke.«

Helania schielte zu Boone, und der streckte unauffällig den Daumen hoch. »Wir sind in ein paar Stunden zurück, Thomat, um ein paar von meinen Sachen zu holen.«

»Sehr wohl, Master Boone.«

Es lag Boone auf der Zunge, dem *Doggen* zu sagen, dass er diese Anrede besser nicht in Hörweite von Marquist verwenden sollte, aber das erklärte sich von selbst. Oder es war dem Koch egal.

Könnte ein spannender Zweikampf werden, dachte Boone. *Ehemaliger Butler gegen gegenwärtigen Koch.*

Bei gleichen Bedingungen – was nicht zutraf – hätte er sein Geld auf Thomat gesetzt.

Boone führte Helania hinaus in die Garage und schaltete die Beleuchtung an. Die vergitterten Deckenleuchten warfen ihr grelles Licht auf ein halbes Dutzend Fahrzeuge. Helania sog scharf die Luft ein, und Boone dachte bei sich, dass auch er beeindruckt von diesem Reichtum sein sollte. Aber die Gewohnheit hatte ihn unempfänglich dafür werden lassen.

»Der Bentley ist meiner«, sagte er und deutete ans Ende der Reihe.

»Welcher ist es?«

»Der goldene. Von hier aus der Vierte. Er läuft mit Allradantrieb.«

Es war ein Continental GT Speed, und als er sich hinter das Steuer setzte und prüfte, ob der Schlüssel noch immer in der Mitte der Konsole lag, fiel ihm ein, dass er ihn verkaufen konnte. Der Wagen war sicher über Hunderttausend wert, was als Anzahlung für ein kleines Häuschen am Stadtrand reichen würde.

Natürlich zog er dort gedanklich bereits mit Helania ein, und gemeinsam verbrachten sie die achtzehn Monate bis zur Geburt ihres Kindes in einem seligen Taumel der Frischvereinigten, wie er in Büchern beschrieben wurde.

Ach ja, die Fiktion. Sie war so viel besser als die Wirklichkeit.

Helania stieg neben ihm ein und zog die Tür zu. »Wow.«

Andächtig strich sie mit den Fingerkuppen über die Armaturen aus Eschenholz, und er fragte sich, warum er nie darauf geachtet hatte. Die Maserung war wirklich hübsch und sollte gewürdigt werden.

Stattdessen war seine Wahl einzig und allein aus dem Grund auf dieses Auto gefallen, weil er einen fahrbaren Untersatz brauchte und sein Cousin einen Typ in Manhattan an der Hand hatte, der in vierundzwanzig Stunden liefern konnte.

Farbe und Ausstattung hatten dabei keine Rolle gespielt. Nichts an dem Bentley war ihm bemerkenswert erschienen … dabei war es ein zauberhaftes Gefährt mit edelstem Interieur. Wohlhabende Leute tendierten dazu, den Reichtum um sie herum nicht mehr zu beachten.

Er ließ das Garagentor hochfahren, sah sich nach hinten um und setzte rückwärts in den schneebedeckten Hof. »Wo sollen wir anfangen?«

Helania bestaunte das Haus durch die Scheibe, während er wendete und zur Straße fuhr.

»Es ist nur ein Haus«, murmelte er. »Das soll nicht heißen, dass du es dir nicht ansehen sollst. Ich mag nur nicht, was es repräsentiert.«

»Entschuldige, aber ich kenne so was nur aus Filmen. Ich meine, es ist größer als das Elternhaus von Jake Ryan.«

»Wessen Haus?«

»*Sixteen Candles.* Der Film. Jake ist der Schwarm der Hauptfigur.«

»Den sollten wir uns mal zusammen ansehen.«

»Ja, irgendwann«, murmelte sie und beugte sich vor, um das Haus noch ein wenig zu bewundern.

Er fuhr in das kleine Zentrum des Viertels mit seinen exklusiven Läden und Boutiquen, wo sich, wie er vermutete, die Damen aus der Nachbarschaft die Nägel maniküren ließen, Geschenke füreinander kauften und ihre Raumausstatter und Haarstylisten trafen.

»Erinnerst du dich, in welcher Gegend das Haus war?«, fragte er.

Helania musste sich erst aus ihren Gedanken lösen und lehnte sich zurück. »Ich wünschte, ich hätte damals besser aufgepasst. Aber ich weiß, dass wir am Beth-Shalom-Tempel vorbeigekommen sind. Weißt du, wo das ist?«

»Du meinst draußen in Richtung der kleinen Bibliothek. An der Sheffield Road?«

»Ganz genau.«

»Kenne ich«, sagte er und setzte den Blinker.

Eine Stunde später blickte Helania aus dem Seitenfenster und hörte auf, die Straßen, Häuser und Gegenden mit einer acht Monate alten Erinnerung abzugleichen. Stattdessen beobachtete sie skeptisch die Schneeflocken, die vom Himmel fielen.

»Es gibt ein Unwetter«, sagte sie.

Boone schaltete die Scheibenwischer ein und fluchte. »Ist das der Blizzard, den sie angekündigt haben?«

»Wer?«

»Ich weiß nicht.«

Er klang erschöpft, aber nicht, als wollte er schon das Handtuch werfen. Sie war sich nicht sicher, wie lange sie noch durchhalten würde. Natürlich war es wichtig, dass sie das Haus fanden, doch bisher fuhren sie einfach nur ziellos durch die Gegend, verschwendeten Benzin – und jetzt zog auch noch ein Sturm auf.

Verflucht, sie wünschte, sie könnte ihr Gehirn zu besserer Leistung antreiben.

Der Bentley wurde langsamer und blieb am Straßenrand stehen. Boone beugte sich über das Lenkrad zur Frontscheibe und betrachtete mit zusammengekniffenen Augen ein Straßenschild. »Manchester Avenue. Kommt dir das bekannt vor?«

Helania sah sich um. Doch die Umgebung war ihr fremd. »Nein. Und diese Häuser … ich weiß nur noch, dass es ein weißes Gebäude war, mit vielen Sträuchern davor. Das Gebüsch war hoch, sodass man nicht viel erkennen konnte. Ich bin mir nicht sicher. Ich befürchte langsam, wir vergeuden hier nur unsere Zeit.«

»Ich bin mir sicher, dass unsere Suche nicht umsonst ist. Lass uns weitersuchen.«

Fünfzehn Minuten später gingen die Scheibenwischer schneller, und dichter Schnee wirbelte im Licht der Scheinwerfer.

»Ich glaube, wir sollten zurückfahren«, sagte Helania. »Der Sturm legt zu.«

»Na schön. Aber morgen ist auch noch eine Nacht.«

Boone wendete in einer Schneewehe, und Helania

war froh über den Allradantrieb. »Danke für deinen Einsatz.«

»Es ist mir ein Vergnügen«, sagte er beiläufig, aber sie erinnerte es an die *Doggen*, das Haus … die Welt, in der er aufgewachsen war.

»Bist du dir sicher, dass du all das aufgeben kannst?«, fragte sie. »Das Vermögen, das Haus …«

»Darüber habe ich in den letzten vierundzwanzig Stunden intensiv nachgedacht, und ich kann dir sagen, Hand aufs Herz, ich bin mir sicher. Ich war in dieser Welt nie glücklich. Du sagtest, du kennst es nicht anders und bist zufrieden mit dem, was du hast. Bei mir ist es genau andersherum. Ich war reich, aber fast immer unglücklich, deshalb fühle ich mich jetzt leichter und befreit.«

»Das mit deiner *Mahmen* tut mir wirklich leid. Du hattest viel mit dem Tod zu tun.«

»Nicht mehr als andere im Laufe ihres Lebens …«

Ein Klingeln tönte aus mehreren Lautsprechern im Wageninneren. Helania fuhr erschrocken zusammen. »Was ist …«

»Tut mir leid, Bluetooth. Mein Handy«, sagte Boone und runzelte die Stirn. »Was dagegen, wenn ich rangehe?«

»Nein, natürlich nicht.«

Boone nahm den Anruf entgegen und sprach in die Luft. »Hallo, Rochelle.«

Eine körperlose Stimme antwortete. »Boone?«

»Hallo«, sagte er und machte vor einem Stoppschild halt, bevor er die Kreuzung überfuhr. »Ich wollte dich gestern Nacht noch zurückrufen, aber es war etwas … hektisch. Alles okay bei dir?«

»Bist du unterwegs?« Die Stimme wurde abwechselnd lauter und leiser. »Der Empfang ist schlecht.«

»Das muss der Sturm sein. Aber du hast recht, ich sitze im Auto.« Seine Brauen zogen sich zusammen. »Ist alles in Ordnung?«

Helania rutschte auf ihrem Sitz herum. Das war also die Frau, mit der er sich fast vereinigt hätte. Wenn sie sich nicht dagegen entschieden hätte, weil sie angeblich einen anderen liebte.

Es war schwer zu leugnen, dass sie außergewöhnlich interessiert daran war, die Stimme deutlich zu hören. Dabei war es Schwachsinn, eifersüchtig zu sein, nach allem, was ihr Boone von dieser Frau und ihrer Beziehung erzählt hatte.

»... dir kommen?«, sagte Rochelle gerade. »... dringend ... reden.«

»Du willst zu mir kommen? Klar, aber ...«

»Soll ich ... se kommen?«

»Zu mir nach Hause?«

»Ja?«, kam die verzerrte Antwort. »Jetzt?«

Boone blickte auf die Armaturen. »Ich brauche eine halbe Stunde bis nach Hause. Treffen wir uns in dreißig Minuten?«

»... Minuten?«

»Dreißig«, sagte er laut. »In dreißig Minuten.«

»Ja ... dreißig.«

Er beendete das Gespräch und sah Helania an. »Ist es okay für dich, wenn wir zu mir zurückfahren? Ich wollte ohnehin ein paar Kleidungsstücke und Bücher ins Auto packen.«

»Klar, sicher.« Helania stellte fest, dass sie die Hand auf den Bauch gelegt hatte. »Ich würde Rochelle gern kennenlernen.«

»Du wirst sie mögen. Sie ist eine tolle Frau.«

Helania lächelte gezwungen und blickte wieder in

die wirbelnden Schneeflocken im hellen Scheinwerferlicht.

Bei all den Ereignissen um sie herum war sie nicht in der Verfassung, Boones aristokratischer Beinahe-*Shellan* gegenüberzutreten. Aber sie würde es tun, und sei es nur, um sich zu beweisen, dass sie auf eigenen Füßen stehen konnte.

Sie hatte sich vorgenommen, unabhängig zu sein, rief sie sich ins Gedächtnis.

Es war Zeit, danach zu handeln.

»Was ich noch sagen will«, meinte Boone, »ich muss nicht bei dir einziehen, wenn diese vierzehn Tage vorbei sind. Ich hole nur schon mal einen ersten Schwung meiner Sachen und behalte sie bei mir. Marquist wird mich nicht noch einmal aussperren, nachdem Wrath ihm gedroht hat. Aber man weiß nie, und ich sollte besser früher als später mit dem Umzug beginnen.«

Helania stellte sich vor, wie er bei ihr einzog, seine Männerkleidung in ihrem Schrank, seine großen Stiefel gleich neben der Tür auf der Matte, zwei Kaffeebecher in der Spüle nach dem Ersten Mahl statt einem.

»Du kannst sehr gern bei mir wohnen.«

38

Als Wrath auf dem Korridor des Trainingszentrums erschien, musste sich Butch eingestehen, dass dieser König noch immer das Zeug dazu hatte, einen erwachsenen Vampir das Fürchten zu lehren. Besonders mit seiner Aura der schlechten Laune, die ihn umgab wie eine dunkle Wolke. Links von ihm lief Vishous, rechts von ihm Tohr, Xcor kam dahinter … und … oh, verflucht.

Wrath hatte den Golden Retriever zurückgelassen.

Er stellte sich also darauf ein, laut zu werden.

Butch stieß sich von der Betonwand ab, an der er lehnte. »Wie läuft es.«

»Wo ist er?«, blaffte Wrath.

»Hier drüben.«

Butch führte die düstere Prozession zu dem Patientenzimmer, in dem sie Syn gefangen hielten wie ein wildes Tier mit einer ansteckenden Krankheit. Vishous klopfte an die Tür und stieß sie auf, bevor eine Antwort kam.

Als sich Wrath zwischen seinen Begleitern hindurchschob und in den Raum trat, wurde deutlich, dass Blindheit nicht immer ein Hindernis war, wenn es um räumliche Orientierung ging. Doch es gab Grenzen.

»Dreht mich in seine Richtung«, bellte er.

Tohr trat wortlos auf den König zu und drehte ihn so herum, dass er auf Syn ausgerichtet war. Dann zog er sich zurück, wie um vor Granatsplittern in Deckung zu gehen.

Syn, dessen Haltung zwischen Gleichgültigkeit und Verachtung geschwankt hatte, setzte sich auf der Liege auf und schnitt zur Abwechslung keine Grimasse. Wrath konnte es zwar nicht sehen, doch er besaß die Gabe, vieles zu riechen, und hätte die Respektlosigkeit vielleicht bemerkt. In seiner gegenwärtigen Verfassung war er abgesehen davon sichtlich geneigt, jeden zu vermöbeln, der ihm blöd kam.

»Lass hören, Butch«, knurrte Wrath und hielt den Blick auf Syn gerichtet.

Butch hatte sich auf diese Gegenüberstellung vorbereitet, seit er veranlasst hatte, den König zu holen. Der Fall war auf bizarre Weise festgefahren. Was Syn betraf, gab es kaum Ecken, die er noch nicht ausgeleuchtet hatte, und sie konnten den Kerl nicht ewig festhalten, wenn es keinen triftigen Grund dafür gab.

Syn verdiente es, freigelassen oder durch einen Kopfschuss hingerichtet zu werden. Oder zumindest eine Vorstellung davon zu bekommen, welches Schicksal ihm beschieden war. Das war nur fair – und diese Art der Entscheidung konnte allein der König fällen.

Butch räusperte sich und beschränkte sich auf das Wesentliche: Helanias Anschuldigung und Identifizierung. Syns Geständnis. Die Sache mit der Wäsche. Die Anzahl der Hosen. Syns Schließfach im Trainingszentrum, das entgegen seiner Erwartung keine für den Fall relevanten Gegenstände enthalten hatte. Syns Unfähigkeit, zu ejakulieren.

Als Letztes gab er wieder, was Balthazar über Syns Leben im Alten Land berichtet hatte. Nur die Familienverhältnisse und das Schädeltrauma ließ er weg.

Streng genommen war der letzte Teil über die Morde im Alten Land und den massakrierten Menschen in der Gasse unzulässig. Belege früherer Verbrechen waren vor menschlichen Gerichten nicht erlaubt. Aber das hier war die Welt der Vampire, also galten andere Regeln, und Wrath war so viel vernünftiger als jeder menschliche Richter …

»Also, hast du es verfickt noch mal getan oder nicht«, knurrte er.

Okay. Fein. »Vernünftig« war vielleicht nicht der richtige Ausdruck.

»Du hast Butch gehört«, meinte Syn.

Wrath beugte sich auf ihn zu, sodass sein langes Haar über die kräftigen Schultern fiel und herabhing wie ein Leichentuch. »Ich will es aber aus deinem Mund hören.«

Syn zuckte die Schultern. »Wozu die Anstrengung. Butch hat es so schön formuliert …«

Jemand stürzte nach vorn. Butch bemerkte die Bewegung aus dem Augenwinkel und griff blitzschnell ein. Vishous fühlte sich offensichtlich in seiner Position als Klugscheißer des Hauses durch die Haltung von Syn bedroht und wollte sich auf das Krankenbett werfen.

Butch hechtete los und hielt seinen Freund fest, bevor es zum Eklat kam.

»Das bringt uns nicht weiter«, zischte er V ins Ohr und zerrte ihn zurück. »Entspann dich.«

»Hör auf deinen Busenfreund, V«, brummte Wrath, »halt dich hier raus.«

Eine Weile herrschte Stille, während Syn dem blinden Blick des Königs auswich – und Butch V weiter im Klammergriff um die Brust festhielt. Denn wie er seinen Mitbewohner kannte, stand er kurz davor, ein Geständnis aus Syn herauszuprügeln.

Und das wäre falsch gewesen. Aber vor allem schien es genau das zu sein, was Syn bezweckte.

»Ich will es ganz deutlich machen«, sagte Wrath scharf. »Du spielst hier nicht Selbstmord durch Cop mit uns. Wenn du Sterbehilfe benötigst, fein, aber meine Männer gebe ich nicht dafür her. Wenn du dich nicht selbst umbringen möchtest, musst du eben warten, bis der Sensenmann bei dir anklopft. Wage es ja *nicht*, die Morde im Pyre zu nutzen, um dich von uns in den Schleier schicken zu lassen.«

Syn verschränkte die Arme vor der nackten Brust und biss die Zähne zusammen.

»Also«, fuhr Wrath fort, »ich frage dich noch einmal: Hast du diese zwei Frauen im Pyre getötet?«

Ein bleiernes Schweigen folgte auf diese Frage. Butch wollte gerade losbrüllen, da öffnete Syn den Mund.

»Ja, ich habe sie umgebracht. Beide.«

Die Nasenflügel des Königs blähten sich, und das ganze Patientenzimmer hielt die Luft an. Tatsächlich hatte Butch den Eindruck, dass auch der Rest von Caldwell innehielt.

»Warum lügst du mich an«, sagte der König finster.

Gemessen an den Wetterbedingungen kam Boone schneller nach Hause als erwartet, obwohl selbst der Bentley mit seinem Allradantrieb kämpfen musste, um die Anhöhe zu seinem ehemaligen Zuhause zu bezwingen. Doch schließlich bog er in die Einfahrt und fuhr direkt bis vor die Haustür, damit sie seine Sachen nicht so weit schleppen mussten.

Er stellte den Motor aus und sah Helania an. »Wir suchen weiter. Morgen Nacht.«

Sie nickte. »Ja, bitte.«

Dann stiegen sie aus, und während er um den Wagen herum zu ihr ging, betrachtete er das zauberhafte Bild, das sich ihm bot: wie der Schnee um sie wirbelte und sich in ihrem wunderschönen Haar verfing. Boone trat auf sie zu, nahm ihr Gesicht in die Hände und blickte ihr tief in die Augen. Es gab so vieles, was er sagen wollte, doch er würde es für sich behalten, solange sie noch auf Nachricht warteten. Für ihn änderte sich nichts, ob sie nun schwanger war oder nicht, doch um das unter Beweis zu stellen, meinte er auf das Ergebnis warten zu müssen, bevor er ihr seine Liebe gestehen konnte.

Wenn sie nicht schwanger war, wäre es eine Enttäuschung, aber auch eine gute Gelegenheit, ihr zu zeigen, dass es ihm wirklich ernst mit ihr war.

Und sollte sie schwanger sein, war es so, wie Doc Jane gesagt hatte: Dann würden sie sehen.

Boone strich mit dem Daumen über ihre Wange. »Mit dir zusammen fällt es mir so viel leichter, hier zu sein.«

Helania legte die Hände auf seine Unterarme. »Das freut mich sehr.«

Er senkte den Kopf und küsste eine Schneeflocke von ihrer Unterlippe. »Gehen wir rein, es ist kalt.«

Als er auf die Tür zuging, fegte ihnen eine Bö in den Rücken, und er musste sie auffangen und ihr die Treppen hochhelfen. Es war eine Erlösung, ins Foyer zu kommen und den Sturm hinter sich zu lassen, doch als die Lichter dunkler wurden und dann flackerten, schüttelte er den Kopf.

»Ich glaube, es wird schlimmer«, murmelte er und schob die schwere Tür gegen den Wind zu. »Wenn das möglich ist.«

Helania blickte auf ihre Stiefel. »Ich bin voller Schnee.«

»Dieser Teppich hält es aus.« Boone stampfte ein paarmal auf, damit sie sich besser fühlte. »Keine Sorge.«

Sie bestand darauf, die Schuhe auszuziehen, danach legte sie vorsichtig den Parka ab. »Gibt es hier vielleicht eine Damentoilette? Und eine Tasse Tee …«

»Willkommen zu Hause, Master Boone.« Thomat kam aus dem hinteren Teil des Hauses. »Möchten die Herrschaften vielleicht einen Kaffee? Oder eine heiße Schokolade?«

»Oh ja, eine heiße Schokolade, bitte.« Helania lächelte den Koch an. »Und ich helfe Ihnen dabei.«

Als er zusammenzuckte, fluchte sie leise »Oh nein, ich habe es schon wieder getan. Ich soll nicht helfen, oder?«

Thomats Lippen hoben sich zu einem Lächeln, und er wandte sich an Boone. »Wenn Sire es gestattet, dass sein bezaubernder Gast bei der Zubereitung von heißer Schokolade und einem kleinen Teller mit Sandwiches hilft, würden wir Ihre Teilnahme sehr zu schätzen wissen. Mit der Erlaubnis meines Herrn.«

Boone erwiderte das Lächeln des Kochs. Dann formte er lautlos mit den Lippen: *Sie sind der Beste.*

»Hey.« Helania stieß ihm in die Rippen. »Ich kann Lippen lesen, schon vergessen?«

»Ja, das kannst du.« Boone zog sie an sich und küsste sie. An ihrem Mund flüsterte er: »Möchtest du übersetzen, woran ich gerade spontan denke?«

Sie errötete und sagte: »Nicht vor Zeugen, nein. Aber ich freue mich sehr auf etwas Warmes.«

Thomat unterdrückte ein Grinsen, dann verbeugte er sich und wies ihr den Weg in die Küche. »Folgen Sie mir, Mistress. Ich glaube, Sie haben sich außerdem nach einer Toilette erkundigt? Ich zeige Ihnen gern die Örtlichkeiten.«

»Sehr gut. Ach ja, und ich sorge dafür, dass wir auch für Rochelle etwas vorbereiten.«

»Danke«, sagte Boone und wurde von einer Wärme erfüllt, die nichts mit der Hitze im Haus zu tun hatte.

Helania winkte ihm kurz zu, dann gingen der Koch in seiner weißen Schürze und die Frau in Jeans und Sweatshirt durch das elegante Esszimmer davon.

Der Türklopfer hallte im Foyer wider.

Boone eilte zur Tür und machte auf. »Rochelle, komm rein – der Sturm ist scheußlich.«

Rochelle trat ein und trat sich den Schnee von den hochhackigen Stiefeln, während er die Tür wieder zudrückte.

»Schrecklich«, sagte sie. »Einfach schrecklich …«

Wieder wurde es dunkler, und sie blickten beide zu den Lampen über ihnen auf. Draußen toste der Sturm noch lauter.

»Ich glaube, es wird schlimmer«, sagte sie und nahm den Kaschmirschal ab, der ihr sorgfältig frisiertes Haar bedeckte.

»Lass mich deinen Mantel nehmen.«

Nachdem er ihr aus einem zitronengelben Mantel geholfen hatte, der überraschend schwer war, zog Rochelle ihre Handschuhe aus und glättete ihren blonden Chignon. Ihre Wangen waren gerötet von Wind und Kälte, ihr Lippenstift ein eleganter Nudeton, ihr Make-up dezent und geschmackvoll. Und sie trug ihren Lieblingsduft, Cristalle von Chanel.

Ihr Blick war merkwürdig aufgewühlt.

Boone runzelte die Stirn, als er ihren Mantel aufhängte und dann seine Lederjacke ablegte. »Komm, gehen wir rein und setzen uns an den Kamin.«

Er führte sie in den Salon, doch sie ging nicht auf das

fröhliche Feuer im Kamin zu, sondern stellte sich vor die Fenster und blickte nach draußen in den Sturm. Unweigerlich musste Boone an jene Nacht vor einem Jahr denken, als sie auf die gleiche Weise in die Dunkelheit hinausgestarrt hatte.

»Was ist los?«, erkundigte er sich nüchtern. »Erzähl es mir.«

Rochelle holte tief Luft. Ihr Spiegelbild im Fenster war der Inbegriff von unermesslichem Kummer. »Hier hat alles angefangen.«

»Bitte, was?«

Sie sah sich über die Schulter zu ihm um. Sie trug eine schneeweiße Hose mit passender Jacke und eine »Bird on a Rock«-Brosche mit Zitrin von Tiffany auf dem linken Aufschlag.

»Hier in diesem Raum«, sagte sie. »Hier haben wir uns das erste Mal allein gesehen … und alles hat sich verändert.«

Boone neigte den Kopf und ließ sich aufs Sofa sinken. »So war es. Das Gleiche dachte ich auch gerade.«

»Ich muss dir endlich die ganze Wahrheit sagen.«

»Okay.« Er klopfte neben sich auf das Polster. »Setz dich zu mir, du siehst blass aus.«

Aber Rochelle rührte sich nicht von der Stelle. Sie schlug die Hände vors Gesicht und holte tief Luft. »Ich weiß nicht, wie ich anfangen soll. Dabei habe ich es wieder und wieder geübt. Aber jetzt, wo ich dir gegenüberstehe …«

»Rochelle, nichts, was du sagst, könnte meine Meinung von dir ändern. Verstehst du? Nichts.«

Sie ließ die Arme sinken, kam zur Couch und setzte sich auf die äußerste Kante. Nach langem Schweigen fing sie mit leiser Stimme an zu sprechen.

»Als ich damals herkam und dir sagte, ich könne mich nicht mit dir vereinigen, habe ich dich getäuscht.«

»Wie das?« Nicht, dass es eine Rolle spielte. »Aber was es auch ist, es ist in Ordnung.«

»Ich sagte dir ... ich sagte dir, ich würde jemanden lieben.«

Boone berührte ihre schmale Schulter. »Es ist gut, sag mir einfach ...«

»Es war kein Vampir.«

»Dann war es ein Mensch?« Boone lehnte sich zurück und zuckte mit den Schultern. »Du sagtest, er sei Zivilist. Hattest du Angst, du könntest mir nicht sagen, dass er ...«

»Es war kein ›er‹.«

»Ich verstehe n...« Boone zog die Brauen hoch. »Oh.«

Rochelle schlug die Beine übereinander und verschränkte die Hände über dem Knie. »Ja, oh. Es war eine Frau. Ich habe ... eine Frau geliebt.«

Als seine Überraschung allmählich verflog, konnte er sich den Rest schnell selbst zusammenreimen. »Kein Wunder, dass du es geheim gehalten hast. Die verdammte *Glymera* ...«

»Ändert das etwas an deiner Meinung von mir?« Ihr Blick war auf das Kaminfeuer geheftet, als würde sie es nicht ertragen, Ablehnung in seinem Gesicht zu sehen. »Du kannst ehrlich sein. Bitte.«

Boone wich zurück. »Natürlich nicht. Hast du deine Meinung von mir geändert, weil ich mich in eine Zivilistin verliebt habe?«

»Meinst du das ernst?« Rochelle runzelte die Stirn.

»Natürlich nicht. Ich war froh, dass du glücklich warst. Glücklich bist, meine ich.«

»Und ich will, dass auch *du* glücklich bist. Das ist alles, was für mich zählt.«

Rochelle vergrub das Gesicht in den Händen und begann zu zittern, und Boone streichelte ihre Schultern und ließ ihr Zeit für ihre Erleichterung.

»Sie ist tot«, sagte Rochelle. »Meine Freundin ... ist tot.«

»Gütige Jungfrau der Schrift.« Boone beugte sich zur Seite und zog ein Taschentuch aus der Gesäßtasche seiner Lederhose. »Sie ist tot?«

Schniefend nahm Rochelle das Taschentuch entgegen und drückte es auf ihre Augen. »Sie ist tot, und ein Teil von mir ist mit ihr gestorben. Seitdem bin ich nicht mehr ich selbst. Ich werde nie mehr dieselbe sein.«

»Beim Schleier … Rochelle. Sag mir, was passiert ist.« Wieder streichelte er ihren Rücken. »Von Anfang an. Ich kann mir nicht einmal vorstellen, wie das sein muss, so etwas für sich zu behalten.«

Rochelle holte bebend Luft. »Als ich vor einem Jahr hierherkam, um das Arrangement mit dir aufzulösen, hatten wir beide beschlossen, nicht mehr gegen unsere Gefühle anzukämpfen und uns auf eine Beziehung einzulassen. Ich hatte Angst, dass meine Familie davon erfahren könnte, aber sie … sie war mein Ein und Alles. Ich bin noch nie so glücklich gewesen, so erfüllt. Aber sie wusste nichts von dir. Sie wusste nicht von dieser Welt, in der wir leben, und was damit einhergeht.« Rochelle deutete auf den steifen Salon. »Ich konnte mich nicht mit dir vereinigen. Ich hätte es weder ihr noch dir antun können. Ihr beide habt mehr verdient. Und sie verdiente meine Achtung und meine Liebe. Sie durfte kein schändliches Geheimnis bleiben.«

»Also bist du hergekommen …«

»Ich sagte dir, dass wir uns nicht vereinigen können, und du hast meinen Mut gerühmt.« Wieder schniefte Rochelle und tupfte sich die Nase. »Aber ich bin nicht mutig. Ich wollte die Beziehung mit ihr und gleichzeitig an meiner Familie festhalten. Ich wusste, meine Eltern würden es niemals verstehen oder sie akzeptieren, und außerdem bin ich ein Einzelkind. Ich bin das letzte Glied des Stammbaums. Also habe ich gezögert und überlegt, bis …«

Der Duft von heißer Schokolade drang an seine Nase, und Boone richtete sich auf. Vielleicht sollte er Helania bitten, einen Moment zu warten? Er hätte ihr sein Leben anvertraut, aber für Rochelle war sie schließlich eine Fremde.

»Äh … hör zu, Rochelle.« Er griff nach ihrer Hand. »Ich möchte nur kurz …«

Doch er erstarrte, als er die Hand seiner Freundin spürte, und eine Welle der Fassungslosigkeit spülte über ihn hinweg. Während Rochelle schniefend zu ihm aufsah und darauf wartete, dass er den Satz zu Ende führte, drehte er langsam ihre Hand um.

In ihrer Handfläche war ein Netzwerk aus Narben, die mit Salz in die Haut geätzt worden waren.

»Was ist?«, fragte sie.

Boone schluckte und starrte auf die Narben. »Woher hast du die?«

»Ich habe meine Freundin begraben. In einem Staatspark. Zusammen mit ihrer Schwester …«

Die Stille wurde durch das Scheppern eines herabfallenden Tabletts zerrissen, und Boone sprang auf. Helania stand im Durchgang zum Salon. Ihr Gesicht war kreideweiß, ihre Hände zitterten, die Becher mit heißem

Kakao und Teller mit Sandwiches lagen in Scherben vor ihren Füßen.

»Was tust du hier?«, fragte sie Rochelle mit erstickter Stimme.

39

Wie betäubt starrte Helania die Frau an, die in gefasster Haltung auf Boones biederer Couch saß. Ihre Kleidung und der Schmuck waren ihr fremd, genauso wie Make-up und Frisur, aber das Gesicht … das Gesicht würde sie nie vergessen. Und das Erkennen beruhte auf Gegenseitigkeit.

Die Frau stand langsam auf, ihre Hand glitt aus der von Boone, alle Farbe wich aus ihrem Gesicht. »Du?«

Helania wollte einen Schritt nach vorn tun, doch sie stolperte über zerbrochenes Porzellan und musste sich am Türrahmen festhalten. Als sie wieder aufsah, stand die Frau direkt vor ihr.

»Ich verstehe nicht«, sagte Helania.

Die Frau sah sie lange an. »Du siehst ihr so ähnlich, dass es schmerzt.«

Als Nächstes lagen sie einander in den Armen, wie Familienangehörige, die über eine Generation hinweg getrennt gewesen waren. Und in diesem Moment war Helania alles gleich, abgesehen davon, dass diese Fremde, die sie an einem traumatischen Wendepunkt in ihrem Leben getroffen hatte, *hier* war.

»Isobels Mörder wurde gefunden«, sagte sie hastig. »Wir haben ihn. Ich habe versucht, dich zu erreichen, um es dir zu sagen.«

Rochelle löste sich von ihr. »Er wurde gefunden?«

»Ja. Die Bruderschaft hat ihn.«

»Der Jungfrau der Schrift sei Dank.«

»Ich habe versucht, dich über Facebook zu kontaktieren. Er hat nicht nur Isobel getötet. Es gab noch eine andere …«

»Ich weiß.« Die Frau drehte sich nach Boone um. »Deswegen wollte ich dich heute sprechen.«

In diesem Moment zählte Helania eins und eins zusammen. »Moment, du … du solltest dich mit Boone vereinigen. Du solltest seine *Shellan* werden.«

»Ja.« Es gab eine längere Pause. »Ich bin Rochelle.«

»Rocky B. Winkle. Auf Facebook.«

»Ja.« Rochelle ließ den Blick zwischen Boone und Helania hin und her wandern. Dann trat sie zurück. »Helania … wie viel hat Isobel dir über uns erzählt?«

»Sie sagte, du seist ihre beste Freundin. Das hast du selber auch zu mir gesagt.«

Rochelle wich einen weiteren Schritt zurück. »Hat sie … dir von ihrem Freund erzählt?«

»Ja. Gütige Jungfrau der Schrift, kennst du ihn? Weißt du, wie man ihn erreichen kann?«

Helania deutete mit einem Nicken auf Boone, der reglos auf der Couch saß. »Wir beide waren an den Ermittlungen zum Mord an Isobel beteiligt – und an dem zweiten Mordfall. So haben wir uns kennengelernt. Und wir haben gehofft, den Mann zu finden, der Isobel so viel bedeutet hat.« Sie wandte sich an Boone: »Siehst du, ich habe dir doch gesagt, dass er es nicht war. Sie war so glücklich mit ihm.«

Schweigen breitete sich aus, und Helania blickte fragend zu Rochelle, doch die sah Boone an. Der wiederum Helania ansah.

»Was ist?«, fragte Helania schließlich.

Rochelle holte tief Luft und ließ sich auf die Knie sinken, um die Scherben einzusammeln und auf das Tablett zu legen, das Helania und Thomat so liebevoll zusammengestellt hatten.

»Wir brauchen einen Lappen, um hier sauber zu machen«, murmelte Rochelle. »Vielleicht sollte wir einen *Doggen* rufen …«

»Du kannst ihr sagen, was du mir gerade gesagt hast«, meinte Boone leise. »Es ist okay.«

Rochelle erstarrte mit einem halben Teller in den Händen. Sie hob den Blick und sah Helania an. Dann flüsterte sie: »Deine Schwester war ... meine große Liebe.«

Helania öffnete den Mund, um etwas zu sagen – doch dann blinzelte sie. Schüttelte den Kopf. War sich sicher, dass sie die Worte nicht gehört, sondern die Lippen der Frau falsch gelesen hatte.

»Isobel und ich …«, wiederholte Rochelle, »haben uns geliebt. Was wir hatten, ging weit über eine Freundschaft hinaus.«

Tränen schimmerten in Rochelles schönen Augen … dann rollten sie über ihre Wangen und fielen auf das zerbrochene Porzellan.

»Ich wusste nicht …«, hörte sich Helania sagen, »ich wäre nie darauf gekommen …«

… *dass meine Schwester lesbisch ist,* dachte sie.

»Ich habe sie gebeten, es niemandem zu erzählen.« Rochelle legte den halben Teller auf das Tablett und setzte sich auf die Hacken ihrer Stiefel. »Sie musste mir versprechen, kein Wort darüber zu verlieren. Wegen meiner Familie. Das war der erste Fehler von vielen, die ich bereue, seit sie fort ist.«

»Ich wäre nie darauf gekommen«, wiederholte Helania. »Sie sprach von dir als ihr …«

»... Freund. Ich weiß. Ich habe sie darum gebeten.«

»Aber Moment.« Helania ging in die Knie, um auf Augenhöhe mit Rochelle zu sein. »In der Nacht, als du zu mir kamst und mir sagtest, dass sie tot sei …«

»Ich wusste, wo sie wohnte. Sie hat mir eure Adresse gegeben. Als wir sie in diesem Club fanden … es war unbeschreiblich. Ich wusste, sie würde wollen, dass du es auf der Stelle erfährst – statt dich zu sorgen, was mit ihr los war, wenn sie nicht heimkam. Also habe ich sie in mein geheimes Versteck gebracht, das Haus, das ich allein gekauft habe. Dorthin gehen meine Eltern nie …«

»Das weiße Haus.«

»In der Macon Avenue. Wo wir sie für die Schleierzeremonie zurechtgemacht haben.«

Helania sah sich nach Boone um. »Dann waren wir heute Nacht ganz nah dran.« Sie wandte sich wieder Rochelle zu. »Wir haben heute nach dem Haus gesucht. Ich konnte mich nicht an die Adresse erinnern, aber ich wollte dich unbedingt finden.«

»Ich wohne mittlerweile ganz dort.« Rochelle ließ sich nach hinten sinken und setzte sich mit dem Hintern auf den Boden. Dass ihre makellos weiße Hose dabei Kakaoflecken bekam, schien sie nicht zu kümmern. »Als wir Isobel damals vorbereitet haben, wollte ich dir die Wahrheit sagen. Aber ich war zu feige – außerdem wusste ich nicht, wie du reagieren würdest. Ich wollte auf keinen Fall dein Andenken an deine Schwester beschmutzen. Sie hat dich so geliebt. Sie hat die ganze Zeit an dich gedacht. Sie wollte immer für dich sorgen. Ich wollte dir die Erinnerung an sie nicht verderben … ich konnte es dir nicht sagen, weil ich nicht wusste, wie du über uns denken würdest.«

Helania rief sich Isobels letzte Monate ins Gedächtnis. Wie glücklich sie gewesen war, wie optimistisch, wie sie gestrahlt hatte. Sogar noch mehr als je zuvor.

Sie legte Rochelle die vernarbte Hand auf die Schulter und sagte laut und deutlich: »Ich sage dir, was ich denke: Du warst ihre große Liebe. Mit dir war sie glücklich wie nie.«

Frische Tränen traten in Rochelles Augen, und sie fasste nach Helanias Hand auf ihrer Schulter.

Mit belegter Stimme presste sie hervor: »Ich kann dir nicht sagen, was das für mich bedeutet. Es ist, als hätte Isobel aus dem Grab zu mir gesprochen.«

Boone saß auf der Couch und hatte Mühe, dem Gespräch zu folgen, doch er war sehr stolz auf diese beiden Frauen. Inmitten von Scherben aus dem Besitz der *Glymera* schlugen sie eine Brücke über den Graben aus Fehlinformation, unterschiedlichen Lebensstilen und Tod … und fanden Trost beieinander.

Er hatte Isobel nicht gekannt, doch er war sich sicher, dass sie jetzt aus dem Schleier herabsah und von Glück erfüllt war, weil die beiden Frauen, die ihr am meisten bedeutet hatten, ein wenig Frieden fanden.

Nachdem sie sich ein zweites Mal umarmt hatten, sah sich Rochelle nach Boone um. »Aber es gibt noch etwas. Deswegen wollte ich zu dir, Boone.«

Boone stand auf und setzte sich zu dem kaffeelosen Kränzchen auf den harten Boden. Es war ein gutes Gefühl, Konventionen und Standards über Bord zu werfen und hier im Durchgang zwischen Scherben zu hocken, wo Geheimnisse gelüftet und Fragen beantwortet wurden.

Ein Heilungsprozess begann.

Er nahm den Griff eines Bechers und spielte damit herum. »Erzähl.«

»Die Sache geht noch weiter zurück. Bis in die Zeit, in der unsere Vereinigung beschlossen wurde.« Rochelle verzog das Gesicht und schüttelte den Kopf. »Kurz nachdem ich dich kennengelernt hatte, überkam mich immer öfter das Gefühl, dass ich beobachtet werde. Verfolgt. Ich konnte es nicht festmachen, aber manchmal sah ich zu Hause bei meinen Eltern aus dem Fenster und hätte schwören können, dass dort jemand war. Es war unheimlich. Eines Nachts war ich mit Isobel im Pyre und hatte das Gefühl, dass mir ein Mann in den Club folgte.« Sie sah Helania an. »Das Pyre war unser Treffpunkt, weil wir uns dort nicht verstecken mussten. Zwischen den Masken und Umhängen waren wir frei. Aber ich weiß noch, in dieser Nacht – wir waren mit meinem Auto da, weil ich es neu bekommen hatte und es ausprobieren wollte. Aber ständig hatte ich dieses merkwürdige Gefühl, verfolgt zu werden.«

»Dieser verfluchte Syn«, murmelte Boone.

»Das ging über längere Zeit so. Bis ... Isobel ermordet wurde.« Rochelle schloss die Augen. »Danach war ich nicht mehr im Club, und es hörte auf. Das Gefühl ... verschwand. Ich dachte nicht mehr daran, bis ...« Sie sah abwechselnd Boone und Helania an. »Bis Mai getötet wurde.«

Boone zuckte zusammen. »Mai? Moment, du weißt von ihrem Tod, dem zweiten Mord?«

»Mai war unsere Freundin. Isobels und meine. Sie war die Einzige, die von uns wusste.«

»Sie war die andere Frau in jener Nacht?«, stammelte Helania. »Dort in deinem Haus? Aber Moment ... natürlich habe ich sie nicht erkannt, als ich sie fand. Sie trug eine Maske. Und die schrecklichen Bilder im Ermittlungsraum habe ich mir nie richtig angesehen, weil ich es nicht ertrug.«

»Mai war die zweite Tote im Pyre.« Rochelle sah Boone an. »Ich erfuhr es von einem Freund, in der Nacht …«

»… als wir die Schleierzeremonie für meinen Vater abgehalten haben«, führte Boone den Satz zu Ende. »Deswegen warst du so aufgelöst.«

»Sie nun auch noch zu verlieren, war zu viel für mich.«

Eine Orkanböe warf sich gegen das Haus, sämtliche Lichter flackerten und erloschen. Doch als sich Boone auf die Suche nach einem Kerzenständer machen wollte, gingen sie wieder an.

Rochelle legte sich die Hand auf die Brust. »Als ich von Mai erfuhr, wusste ich nicht, was ich tun sollte. An wen ich mich wenden konnte. Ich wusste nicht, ob die beiden Morde miteinander in Verbindung standen, obwohl …«

»Sie hängen zusammen«, sagte Boone. »Und es muss derselbe Mann sein, der dich verfolgt hat. Es gibt zu viele Parallelen.«

»Mein Gefühl sagt dasselbe. Zwei Morde am selben Ort, so kurz hintereinander. Aber ich habe gezögert, etwas zu sagen, weil ich die Sache mit Isobel geheim gehalten hatte. Ich hab überlegt und überlegt, als ich den Post der Bruderschaft in den sozialen Medien sah. Und kurz darauf bekam ich deine Nachricht.« Sie nickte Helania zu und wandte sich wieder an Boone. »Ich habe dir gestern Nacht eine SMS geschickt, weil ich mich mit dir treffen wollte, um zu beraten, was zu tun ist.«

»Wir waren im Trainingszentrum. Ich wollte dir antworten. Es tut mir so leid.«

»Kein Problem, dafür unterhalten wir uns jetzt. Du sagst, sie hätten den Mörder gefasst?«

Boone nickte. »Ja, es ist einer der Kämpfer, die sich der Bruderschaft angeschlossen haben. Er hat auch schon in der Vergangenheit Frauen verfolgt und getötet.«

»Dann ist er über mich an Mai und Isobel herangekommen? Aber wie kommt er auf mich?«

»Er war im Pyre. Genau wie du. Vermutlich hat er dich deshalb verfolgt.«

»Möglich. Also wäre ich die Nächste gewesen?«

Doch ihr Blick verlor sich in der Ferne, bevor er antworten konnte, und er runzelte die Stirn. »Was noch?«

»Da ist diese Sache mit Mai.« Rochelle holte tief Luft und schielte zu Helania. »Ich glaube, sie hatte Kontakt zu ihm. Telefonisch.«

»Wie das?«, fragte Boone.

»Nach Isobels Tod zog Mai zu mir in die Macon Avenue. Sie sagte, sie bräuchte eine Bleibe, aber ich glaube, sie tat es aus Sorge um mich. Ich war dazu übergegangen, die meisten Tage dort zu verbringen, denn ich weinte mir die Augen aus dem Kopf und konnte meinen Eltern nicht erklären warum. Sie sind gute Leute, aber sehr traditionell eingestellt. Jedenfalls habe ich in den letzten ein, zwei Wochen mehrmals gehört, wie Mai sich tagsüber am Telefon laut mit jemandem stritt. Als ich fragte, was los sei, wollte sie es mir nicht sagen. Aber sie war sehr aufgebracht, das war nicht zu übersehen. Vielleicht war es dieser Mann.«

»Syn hat ein Handy. Und ihre Nummer könnte er über irgendein Adressverzeichnis herausgefunden haben. Die Bruderschaft verfügt über jede Menge Daten über die Spezies.«

»So muss es gewesen sein.« Rochelle sah Helania an. »Ich bin immer wieder draußen an Isobels Grab. Du auch?«

»Natürlich.« Helania runzelte die Stirn. »Weißt du was, ich habe alle ihre Sachen aufgehoben. Möchtest du zu mir kommen und sie durchsehen? Vielleicht willst du etwas davon haben?«

»Das würdest du tun?«, fragte Rochelle mit erstickter Stimme. »Mir … ein paar ihrer Sachen geben?«

»Ja.« Helania lächelte. »Ich bin mir absolut sicher, das hätte sie gewollt.«

»Wann können wir gehen?«

Helania sah zu Boone. »Wir wollten eigentlich jetzt zu mir fahren. Komm doch mit. Wenn du möchtest, können wir von dort aus die Bruderschaft informieren. Dort hättest du definitiv mehr Privatsphäre.«

Boone stand auf und klopfte seine Lederhose ab. Dann bückte er sich nach dem Tablett. »Wir haben einen Plan. Ich packe nur frische Kleidung und ein paar Bücher ein, dann können wir von hier verschwinden.«

Rochelles Züge wurden weich. »Zieht ihr zwei zusammen?«

»Äh, in gewisser Weise«, bestätigte Boone, als Helania schwieg.

»Das freut mich für euch.«

»Danke, Rochelle.« Er deutete mit dem Kinn in Richtung Tablett. »Ich bin gleich zurück.«

Im Gehen hörte er noch, wie Helania und Rochelle über Isobel sprachen. Es war bedauerlich, dass er Helanias Schwester nie getroffen hatte … und Rochelles große Liebe.

Sie musste eine tolle Frau gewesen sein.

In der Küche kippte er die Scherben vom Tablett in

den Müll und bat Thomat, jemanden zu schicken, um den Boden zu wischen, allerdings nicht gleich, denn er wollte den Frauen noch ein wenig Zeit geben. Dann ging er zurück durch die Speisekammer und blieb vor der offenen Tür zur Butlerkammer stehen.

Umzugskartons. Genau, was er brauchte …

Sein Handy klingelte, und er holte es aus der Tasche. Butch. »Ich wollte dich gerade anrufen. Wir haben Isobels Freundin gefunden, sie ist …«

Er zögerte, weil er nicht wusste, wie viel Rochelle preiszugeben bereit war. Außerdem konnte sich Marquist in der Nähe herumtreiben. »Sie hat Helania geholfen, Isobel zu begraben, Helania hat sie gesucht …«

»Syn war's nicht.«

Boone nahm das Handy vom Ohr und starrte es an. Dann hob er es wieder. »Was hast du gesagt?«

»Er hat gelogen. Wrath hat es gerochen.« Der Bruder lachte rau. »Der große blinde König ist zuverlässiger als jeder Lügendetektor.«

»Warte, das kann doch nicht sein. Helania hat ihn mit Mai gesehen, mit der Frau, die er getötet hat.«

»Er war mit Mai zusammen. Aber nicht als *Letzter.*«

»Das ist unmöglich. Warum sollte er lügen?«

»Sieh mal, ich habe keine Ahnung, warum sich dieser Vollidiot zu einem Verbrechen bekennt, das er nicht begangen hat. Ich kapier es auch nicht, aber um ehrlich zu sein, ist er ziemlich kaputt in der Birne. Wie dem auch sei, er hat keine der beiden Vampirinnen getötet und auch nicht die Menschenfrau, die als Erste im Pyre gefunden wurde.«

Boone dachte an den Mann in der Gasse, den er kastriert und gefoltert hatte … auch das hatte Syn auf seine Kappe genommen.

Bevor er das erwähnen konnte, fuhr Butch fort: »Letztlich liegen ohnehin keine konkreten Beweise gegen ihn vor. Keine blutverschmierte Kleidung. Keine Fleischerhaken unter dem Bett. Abgesehen davon hat er nicht mal eins.«

Boone schüttelte den Kopf. »Das ergibt keinen Sinn.«

»Doch, das tut es, wenn du daran denkst, was ich dir über die Bestätigungstendenz gesagt habe. Es passiert mir immer wieder – verdammt, es passiert mir jetzt. Ich dachte, es würde dich interessieren, und Helania sollte es auch erfahren. Am besten kommt ihr hier runter.«

Boone warf einen Blick über die Schulter. »Sie ist gerade bei mir. Wir haben der Freundin von Isobel versprochen, dass sie ein paar von ihren Sachen haben kann, die in Helanias Wohnung stehen. Danach können wir ins Trainingszentrum kommen, aber ich würde diese Freundin gern mitbringen. Es ist noch etwas anderes herausgekommen, aber das kann ich im Moment nicht sagen.«

»Okay. Ruft Fritz an. Er holt euch selbst bei diesem Wetter.«

Boone legte auf und hätte das Handy am liebsten an die Wand geschmettert. Doch er hielt sich zurück, weil der Mörder noch auf freiem Fuß war und er das verdammte Ding vielleicht noch mal brauchte.

Er betrat Marquists ehemalige Butlerkammer und ging auf die Umzugskartons zu …

Das Licht ging aus, diesmal ohne vorher zu flackern. Orientierungslos krachte Boone gegen einen Stuhl, dann stieß sein Fuß gegen etwas Niedriges, Schweres, das kippte und seinen Inhalt über den Boden verteilte.

Während er noch mit seinem Handy hantierte, um die Taschenlampe anzustellen, wurde es wieder hell, und er sah zu Boden.

Was er umgestoßen hatte, war ein hölzerner Schuhputzkasten, der jetzt auf der Seite lag. Der Deckel mit der darauf montierten Fußstütze war aufgegangen, und Schuhcremedosen, ein fleckiger Lederlappen sowie ein Röhrchen mit kleinen Schusternägeln waren wie Blut und Organe aus einem aufgeschlitzten Bauch hervorgequollen, fächerförmig verteilt durch die Wucht eines Stiefeltritts mit Stahlkappe.

Natürlich hatte Marquist den Schuhputzkasten zurückgelassen. Er würde nie wieder Schuhe polieren …

Boone runzelte die Stirn, als ihm etwas ins Auge fiel. Er bückte sich. Die winzigen Schusternägel, die sich auf dem Teppich verteilt hatten, erinnerten an kleine Dornen. Er hob einen auf und inspizierte ihn.

Ein kurzer Silberstift mit kleinem Kopf. Genau wie der Nagel, den sie unter Mais Haut gefunden hatten.

Aber … hier konnte es keine Verbindung geben.

Er richtete sich auf und sah sich mit neuen Augen in der Butlerkammer um. Unsinn, als erwartete er einen Fleischerhaken hinten an der Tür?

Er begab sich zur Schlafnische und betrachtete den Nachttisch, schaute unter den Bettüberwurf – eine weitere fleischerhakenfreie Zone – und öffnete die Truhe in der Ecke.

In der natürlich Bettzeug lag.

Als er sich nach dem offenen Schrank umdrehte, lief die Klimaanlage an, und ein sanfter Luftstrom zog durch den Raum, ein Vorbote von Wärme – vorausgesetzt, der Strom fiel nicht erneut aus.

Da schnappte er den Geruch auf. So schwach, dass er ihn kaum wahrnahm.

Aber wie der Hai im Meer, so war auch der Vampir evolutionär darauf ausgelegt, Blut zu wittern.

Ohne sein Zutun drehte sich sein Kopf, dann setzte sich sein Körper langsam in Bewegung.

Aus dem Foyer hörte er, wie die Haustür zufiel, aber er achtete nicht darauf. Seine ganze Aufmerksamkeit galt dem Schrank.

Wie ein unbeteiligter Dritter sah er sich dabei zu, wie er die Hand ausstreckte und ein Kleidungsstück aus schwerem, schwarzem Stoff herauszog.

Als er in der vergangenen Nacht in diesen Schrank gesehen hatte, hatte er sich getäuscht. Was er für einen schwarzen Mantel gehalten hatte, war in Wirklichkeit … ein schwarzer Umhang. Er hob ihn an die Nase.

Blut. Getrocknet zwar, aber unverkennbar. Das Blut einer Vampirin.

Was zum Henker?

40

Im Foyer von Boones Familiensitz trat Helania einen Schritt zur Seite, als Rochelle einen weiten zitronengelben Mantel überzog – der vermutlich mehr gekostet hatte als der Truck, der hinter Helanias Haus stand. Trotzdem war Rochelle kein bisschen überheblich.

»Mittlerweile weiß ich«, sagte Rochelle, »dass es falsch von mir war, Isobel um Verschwiegenheit zu bitten. Ich habe sie in eine schreckliche Situation gebracht, und alles wegen meiner Angst. Aber damit ist jetzt Schluss. Ich verstecke mich nicht mehr. Wenn es mich sonst nichts gelehrt hat, dann zumindest, dass das Leben kurz ist, ganz gleich, wie viele Nächte uns gegeben sind, und ich verschwende keine Zeit mehr. Ich werde mich gegenüber meinen Eltern outen und ganz in mein Haus ziehen – und natürlich seid du und Boone dort jederzeit willkommen.«

Helania lächelte traurig, dann murmelte sie: »Man weiß nie, was die Zukunft bringt.«

Sie legte die Hand auf den Bauch und dachte über Pflichten und Verantwortung nach – und über Leute, die ständig zugunsten des Allgemeinwohls zurücksteckten. Irgendwann mussten sie und Boone über ihre Beziehung sprechen, aber sie fürchtete sich davor, wie ihre Zukunft aussehen könnte. Sie wollte gern mit ihm zusammen sein, ganz gleich, ob sie schwanger war oder nicht, aber sein übertriebenes Pflichtbewusstsein bereitete ihr Sorgen.

Seine Tendenz, sich zu opfern, koste es, was es wolle.

Natürlich war der Sex mit ihm fantastisch. Aber dafür durfte man nicht seine Zukunft aufs Spiel setzen.

Wieder erlosch das Licht, und sie wartete, wie lange es diesmal dunkel sein würde. Als es wieder hell wurde, blickte Rochelle sie erwartungsvoll an, als hoffte sie auf eine etwas klarere Aussage, wie es um sie und Boone bestellt war.

»Ich weiß nicht«, sagte Helania, »wie es mit uns beiden weitergeht.«

Die hübsche Aristokratin runzelte die Stirn. »Er liebt dich.«

Helania zuckte zusammen, doch gleichzeitig regte sich ein leises Flattern an einem geheimen Ort in ihrem Herzen. Ihre Verwunderung versteckte sie nicht, doch ihre Freude versuchte sie zu mäßigen.

»Das ist unmöglich. Ich weiß nicht, ob er es dir erzählt hat, aber ich bin neulich durch die Triebigkeit gegangen. Sollte er dir gesagt haben, er wolle sich mit mir vereinigen oder dergleichen, dann war es allein deshalb …«

»Er hat nichts von einer Triebigkeit erwähnt. Bei der Schleierzeremonie seines Vaters erzählte er mir, dass er sich in dich verliebt hat.«

Helania rechnete zurück, wie viele Tage das her war. Moment … das war vor ihrer Triebigkeit gewesen. »Wovon redest du?«

»Da drin.« Rochelle deutete durch das Foyer. »In der Herrentoilette. Bei der Zeremonie machte er den Eindruck, als würde er im nächsten Moment zusammenklappen, also schleifte ich ihn in diesen Waschraum, damit er sich erholen konnte. Dort erzählte er mir, dass er sich in dich verliebt habe. Sieh mal, ihr beide macht, was ihr für richtig haltet, aber männliche Vampire binden sich in Sekundenschnelle, wie man so schön sagt. Und Boone ist sicher einer der besten Männer, die ich …«

Der Hieb auf Helanias Kopf kam aus dem Nichts. Eben noch versuchte sie, eine völlig neue Situation zu begreifen, im nächsten Moment sah sie, wie Rochelle entsetzt zurückwich. Bevor sie fragen konnte, was los sei, traf sie ein donnernder Schlag auf den Schädel, Schmerz explodierte in ihrem Kopf, und sie taumelte zur Seite, stolperte … fiel.

Und als sie zu Boden ging, verschwamm ihre Sicht, und ihr Gehör setzte ganz aus. Doch offensichtlich war sie nicht das Hauptziel. Rochelle wich zurück bis an die Wand, während jemand bedrohlich mit einem langen Messer auf sie zuging.

Mit aller Willenskraft konzentrierte sich Helania auf ihren Sehsinn und versuchte, ein scharfes Fenster in der verschwommenen Umgebung zu schaffen – und endlich klärte sich der Nebel. Sie sah das Gesicht des Angreifers, obwohl sie nicht viel über seinen Körper oder seine Gliedmaßen sagen konnte.

Ein Mann in steifem Anzug, das grau melierte Haar nach hinten gekämmt und ein mörderischer Ausdruck in einem sonst ebenmäßigen Gesicht. Als er sprach, verfiel Helania auf ihre alte Gewohnheit und las seine Lippen.

… hätte dich töten sollen statt die anderen beiden. Das wäre effizienter gewesen, aber ich wollte kein Gerede. Mein Sire hat die Schmach durch dieses aufgelöste Arrangement nicht verdient. Ich weiß, was du mit dieser Frau gemacht hast. Ich habe euch gesehen, ich habe euch beobachtet.

Helania versuchte, den Kopf zu heben, den Arm zu bewegen, die Haltung zu verändern, zu schreien.

Deine Freundin wollte es nicht anders. Sie hat gewagt, mir zu drohen. Irgendwie hat sie herausgefunden, dass ich es war, und …

Isobel. Mai.

Das war der Mörder!

Adrenalin schoss durch Helanias Adern, und eine Welle der Wut erfasste sie. Mühsam hob sie den Kopf und sah sich nach einer Waffe um. Ganz gleich was. Der Kerl war verrückt und gefährlich, er redete immer noch auf Rochelle ein, ohne dass sie ein Wort verstand …

Das Messer, das er jetzt in die Luft hob, war heimtückisch scharf, und das Licht vom Lüster über ihnen schimmerte auf der polierten Stahlklinge.

Helania rappelte sich auf und …

Boones Lederjacke lag auf einem nahen Stuhl. Sie erinnerte sich, wie ein Stuhl in ihrer Wohnung unter dem Gewicht der Jacke gekippt war, weil so viele Waffen darin steckten.

Sie bewegte sich so schnell wie noch nie in ihrem Leben. Irgendeine gigantische innere Kraftreserve wurde mobilisiert und steuerte ihren Körper. Sie stürzte sich auf die Jacke, kurz bevor das Licht wieder ausging.

Dolchhand, dachte sie, als sie die Jacke herumdrehte, mit zitternden Händen. Boone war Rechtshänder …

Sie griff tief in die Tasche auf der rechten Seite, ertastete Boones Pistole und entsicherte sie. An ihrem Gewicht erkannte Helania, dass sie geladen war, und siehe da, es war der gleiche Hersteller und Typ, den sie benutzte.

Als das Licht wieder anging, hatte sie den Lauf auf

Marquist gerichtet und drückte den Abzug, in dem Moment, als das Messer in einem Bogen herunterfuhr.

Die Kugel traf ihn in die Schläfe. Genau, wo Helania hingezielt hatte.

Ein Schuss reichte.

In einer schrecklichen Bilderserie, die sie nie vergessen würde, trat ein feiner Nebel aus Blut und Bröckchen von Gehirnmasse auf der anderen Seite seines Kopfes aus und bespritzte die schwere Haustür, während der ehemalige Butler in sich zusammensackte.

Helania schlotterte am ganzen Leib. Doch die Pistole lag fest in ihren Händen und blieb auf diesen Mann gerichtet.

»Komm hinter mich, Rochelle«, befahl sie.

Rochelle taumelte auf Helania zu und ging in Deckung, während sich Helania nicht von der Stelle rührte.

»Hol Boone …«

»Ich bin hier!«, rief er. »Ich komme.«

Helania nickte, während er mit donnernden Schritten durch das Foyer auf sie zukam, zweifellos aufgeschreckt durch den Schuss. Ihr Gehör war zurückgekehrt, doch sie bewegte sich nicht. Der Angreifer zuckte hier und da, und sie war sich nicht sicher, ob er nicht noch einmal aufstehen würde.

Sie registrierte vage, wie Boone telefonierte. Aus dem Augenwinkel sah sie, wie andere im Foyer erschienen, Angehörige der Hausbelegschaft, den Uniformen nach zu urteilen.

Auf einmal stand Boone ganz dicht bei ihr, neben ihren nach vorn gestreckten, stocksteifen Unterarmen. »Helania, du kannst die Waffe jetzt runternehmen …«

»Ich weiß nicht, ob er tot ist«, krächzte sie. »Woher weiß ich, ob er tot ist.«

»Du hast ihn erwischt«, kam die sanfte Stimme. »Du hast Rochelle das Leben gerettet, und du hast ihn erwischt. Aber jetzt musst du die Waffe runternehmen. Die Brüder sind auf dem Weg hierher, und wir wollen nicht, dass noch jemand verletzt wird.«

Sie blickte auf die roten Spritzer an der Tür … und das kleine Loch im Holz, wo die Kugel ihre Reise beendet hatte, nachdem sie lebende Materie durchdrungen hatte.

»Ich wollte dabei sein, wenn Isobels Mörder stirbt«, sagte sie heiser. »Ich musste dabei sein.«

»Du hast noch eins draufgesetzt. Du hast Vergeltung für deine Schwester geübt. Du hast ihm das Leben genommen, so wie er ihres genommen hat.«

Und mit diesen Worten brach er den Bann. Schlagartig erschlafften ihre Hände und Arme und begannen zu zittern, und als ihr die Waffe zu entgleiten drohte, fing Boone sie auf und sicherte sie.

Helania sank in seine starken Arme und weinte.

Um Isobel.

Um Mai.

Um all das, was beinahe geschehen wäre … hätte sie ihr Ziel verfehlt.

Boone drückte Helania an sich und versuchte zu begreifen, was passiert war. Marquist lag auf dem Boden, Hirnmasse und Blut klebten an der Haustür. Rochelle hing matt auf einem Stuhl, die Hände vors Gesicht geschlagen, als wollte sie einen Schrei unterdrücken. Thomat und die *Doggen* waren aus der Küche herbeigeeilt und drängten sich zusammen.

Um das Haus wütete ein Sturm, die Läden klapperten, Schnee wurde gegen die Fenster getrieben, doch das war nichts im Vergleich zu dem erstarrten Chaos im stillen, reglosen Foyer.

Rochelle sah auf, und in ihren Augen stand das blanke Entsetzen. »Er wollte mich umbringen. Helania … hat mich gerettet …«

»Aber warum?«, fragte Boone. »Warum, verdammt …«

»Er sagte, er täte es für seinen Sire.« Rochelle sah die Leiche an, die mittlerweile nicht mehr zuckte. »Er sagte … er würde nicht zulassen, dass Schande über dieses Haus kommt.«

»Dann hat er dich also verfolgt?« Boone zog Helania ein Stück auf die Seite. »Er muss von …«

»… Isobel erfahren haben«, führte Rochelle zu Ende. »Aber du und ich hatten die Vereinigung bereits abgesagt. Isobel wurde danach getötet. Warum musste er sie zu diesem Zeitpunkt noch umbringen?«

Boone schüttelte ratlos den Kopf. »Er sagte mir, er würde alles tun, um dieses Haus und meinen Vater zu schützen. Vielleicht fürchtete er, die Wahrheit könnte herauskommen, wenn man dich mit Isobel sieht, und es wäre nicht nur für dich eine Schande.«

Helania hob den Kopf von seiner Brust. »Er hat meine Schwester wegen gesellschaftlicher Konventionen getötet?«

»Und Mai«, fügte Rochelle hinzu. »Er sagte, Mai habe gedroht, Details über den Mord ans Licht zu bringen, Details, die seine Schuld belegten. Sie war wild entschlossen, herauszufinden, wer mich verfolgte. Offensichtlich hatte sie ihn über die Garderobiere aufgespürt. Irgendwie kannte ihn diese Menschenfrau aus einem Selbstverteidigungskurs, den sie zusammen belegt hatten. Er sagte, es wäre Ironie … er redete wirres Zeug.«

»Arme Mai«, sagte Helania. »Sie war so gut zu meiner Schwester.«

»Sie war eine wundervolle Freundin.« Rochelle schüttelte den Kopf. »Sie wusste, dass ich niemals über Isobels Tod hinwegkommen würde und dass es auch daran lag, dass ich nicht wusste, wer sie getötet hatte und warum. Offensichtlich hat Mai versucht, das Rätsel zu lösen und mir Antworten zu liefern.«

»Ich wünschte, sie hätte sich Hilfe geholt«, sagte Boone traurig.

»Es gibt zu viel Geheimniskrämerei in der *Glymera*«, sagte Rochelle gepresst. »Zu vieles, worüber man nicht sprechen darf. Dieses Schweigen ist tödlich …«

Ein Klopfen an der Tür war zu hören.

»Noch nicht reinkommen!«, rief Boone. »Wartet!«

Er blickte auf Helania herab und strich ihr das Haar aus der Stirn. »Kannst du stehen?«

»Ja«, antwortete sie. »Ich habe zwei Beine, die mich tragen.«

Boone küsste sie kurz auf den Mund, löste sich von ihr und ging ins Arbeitszimmer. Die Handwerker hatten das Fenster zum größten Teil repariert, aber der Schaden war noch nicht vollständig behoben. Vermutlich waren die Männer aufgrund des Sturms frühzeitig nach Hause gegangen. Die blaue Plastikplane hing vor der Scheibe, und Boone riss sie ab.

»Hier drüben – kommt hier rein!«, rief er durch das Loch nach draußen.

Dabei hätten sich die Brüder natürlich überall ins Haus materialisieren können – aber wenn Boone bei dieser Ermittlung eines gelernt hatte, dann wie man Tatorte sicherte. Daher war es besser, wenn sich die Brüder, so viele es werden mochten, im Arbeitszimmer sammelten.

Und da erschienen sie auch schon, einer nach dem anderen: V kam als Erster. Dann Tohr und Phury. Als Letzter Qhuinn. Butch kam durch eine Balkontür in den Salon, die V für ihn öffnete.

Der ehemalige Cop blickte ins Foyer. »Scheiße, was ist denn hier passiert?«

Boone sah fragend zu Rochelle. Als sie nickte, erzählte er alles: von dem aufgelösten Arrangement. Von Rochelles Beziehung zu Isobel. Wie man sie verfolgt hatte. Vom Mord an Isobel, um das Geheimnis zu wahren. Dass Mai Marquist gedroht hatte und er sie wutentbrannt ermordet und geschändet hatte.

Noch während er erzählte, gingen Butch und die Brüder zu Marquist und betrachteten seine Leiche.

»Und dann ist Marquist auf Rochelle losgegangen«, schloss Boone. »Aber Helania ... hat ihn aufgehalten.«

Helania blickte auf. Sie hatte sich neben Rochelle auf den Boden gesetzt, blass und zittrig, aber sie war so tapfer gewesen. So stark. So ... sicher ... als es drauf angekommen war.

Boone war noch nie in seinem Leben so beeindruckt von jemandem gewesen. Er wollte sie in die Arme schließen und sich vergewissern, dass sie noch lebte. Obwohl sie doch vor ihm saß. Doch der Schreck in seinem Herzen saß tief. Er war so entsetzt von der Vorstellung, sie zu verlieren, dass er die Sorge nicht loswurde, es könnte anders geendet haben und er sich nur weigern, die Wahrheit zu erkennen.

»Helania hat ihn mit einem einzigen Schuss getötet«, beendete er seinen Bericht. »Volltreffer.«

Butch blickte in Richtung der Frauen. »Geht es Ihnen beiden gut?«

Helania fasste sich an den Hinterkopf. »Er hat mir etwas über den Kopf gezogen.«

»Das war der Griff des Messers.« Rochelle streckte die Hand nach ihr aus. »Ist alles in Ordnung mit dir? Ich hätte ihn aufhalten sollen, aber ich wusste nicht, wie.«

»Wir werden Sie gleich untersuchen lassen«, sagte Butch und beugte sich über die Leiche. »Doc Jane müsste jeden Moment hier sein.«

Während der Bruder in die Hocke ging, um die Schusswunde zu inspizieren, schüttelte Vishous den Kopf und steckte sich eine selbst gedrehte Zigarette an.

»Heilige Scheiße«, brummte er. »Es war der *Butler*?«

41

Bestätigungstendenz war das eine, dachte Butch, als er den Kühlraum von der Größe einer Garage verließ.

»Aber Beweis ist Beweis«, murmelte er und betrachtete den Fleischerhaken in seiner Hand.

Er warf einen Blick zurück in die Kühlung und schüttelte den Kopf. Zwei Rinderhälften hingen in der Mitte, bereit, aufgetaut und zerlegt zu werden. Die Haken waren exakt die gleichen wie der, an dem Mai gehangen hatte.

»Habt Ihr gefunden, wonach Ihr gesucht habt, Sire?«, erkundigte sich der Koch.

Butch nickte. »Ja, allerdings.«

Der *Doggen* verbeugte sich. »Wünscht Ihr sonst noch etwas zu sehen?«

Thomat war fantastisch: Er hatte Butch in die Butlerkammer geführt und ihm den Schrank gezeigt, aus dem Butch vorsichtig einen blutverschmierten Umhang gezogen hatte. Neben einem umgestürzten Schuhputzkasten hatte er ein Röhrchen mit Schusternägeln entdeckt. Außerdem hatte er das Messer aus dem Foyer und Zeugenberichte von Helania und Rochelle, die ursprünglich Boones *Shellan* hätte werden sollen.

»Ich glaube, ich habe alles, was ich brauche«, sagte Butch, als sie zurück in die Küche kamen. »Danke für die Papiertüten.«

»Mit Vergnügen, Sire. Soll ich noch eine für Euch aufhalten?«

»Ja, das wäre großartig. Danke.«

Der Koch schüttelte eine Tüte und öffnete sie, und Butch steckte den Fleischerhaken hinein. Dann nahm er die zwei anderen Taschen mit Umhang und Messer an sich und kehrte ins Foyer zurück. Rhage war mittlerweile ebenfalls eingetroffen und machte seine Verspätung wett, indem er mit dem Handy Fotos von Leichnam und Haustür schoss.

Aber auch die waren im Grunde überflüssig, genau wie die Beweisstücke in den Papiertüten. Der Fall war geklärt, das Vertrauen in die göttliche Macht der Enthüllung belohnt, die Abläufe lückenlos rekonstruiert. Aber die berufliche Routine wurde man eben nicht so leicht los.

Butch stellte die Tüten ab und ging in den Salon, wo Boone mit den beiden Frauen saß und Helania von Doc Jane untersucht wurde.

»Sie haben da eine ordentliche Beule«, sagte die Ärztin. »Vermutlich haben Sie eine Gehirnerschütterung, obwohl mir hier die Mittel fehlen, das eindeutig zu diagnostizieren. Aber Ihre Pupillen sind gleich groß und reaktiv, und die neurologischen Tests haben Sie gut bestanden. Ich denke, dass Sie bald wieder auf dem Damm sein werden. Sagen Sie mir nur Bescheid, wenn Sie plötzlich doppelt sehen oder Ihnen übel wird, oder wenn Sie Probleme haben, wach zu bleiben, okay? Und was die andere Sache betrifft: In dieser Hinsicht müssen Sie sich keine Sorgen machen.«

»Danke«, sagte Helania, während ihre Hand zum Unterleib wanderte. »Das beruhigt mich.«

Die Ärztin umarmte sie nacheinander, dann ging sie.

Butch schüttelte den Kopf. »Ihr beide steht sicher unter Schock.«

»Das ist wohl leicht untertrieben«, murmelte Boone und streichelte Helanias Rücken.

»Hört zu, ich habe bereits eine recht genaue Vorstellung davon, was heute Nacht passiert ist, aber um den Fall abzuschließen, muss ich euch alle bitten, ins Trainingszentrum zu kommen. Aber es hat Zeit. Morgen Nacht reicht auch noch.«

»Danke«, sagte Rochelle. »Ich kann im Moment nicht klar denken.«

»Das verstehe ich. So etwas steckt man nicht so leicht weg. Haben Sie jemanden, der Sie abholen kann?«

Rochelle verzog das Gesicht. »Ich kann mir nicht vorstellen, jetzt nach Hause zu gehen …«

»Dann bleib bei uns«, sagte Boone.

»Ja«, pflichtete Helania ihm bei. »Bitte. Was meinst du, Boone … können wir alle einfach über Tag hierbleiben? Da draußen wütet ein Sturm, und meine Wohnung ist so klein.«

»Natürlich«, erklärte Boone sich einverstanden. »Mir ist es gleich, wo wir bleiben, Hauptsache wir sind zusammen.«

»Danke«, sagte Rochelle, hob die Hände und fing an, Nadeln aus ihrem Chignon zu ziehen. »Das wäre … danke.«

Erleichtert schüttelte sie ihr Haar aus, streifte ihre hochhackigen Stiefel ab und zog die Beine aufs Sofa. Butch lächelte. Es ging doch nichts darüber, es sich im Kreis von Freunden, die wie Familie waren, gemütlich zu machen.

Das wusste er aus eigener Erfahrung.

»Nun gut«, sagte er. »Wir werden jetzt die Leiche

abtransportieren. Ich möchte, dass ihr alle hierbleibt, wenn das okay ist.«

»Kein Problem«, sagte Boone, während Helania und Rochelle nickten.

»Außerdem setze ich mich noch vor Ende der Nacht mit Mais Eltern in Verbindung. Ich werde sie persönlich aufsuchen. Sie wollen sicher erfahren, was geschehen ist.«

»Natürlich«, sagte Rochelle. »Das ist sehr freundlich von Ihnen. Und bitte scheuen Sie sich nicht, die ganze Wahrheit zu sagen. Ich habe nichts zu verbergen. Nicht mehr.«

»In Ordnung.« Butch wandte sich an Boone und zögerte. »Du weißt, dass dieses Haus nun dir gehört, oder?«

»Was?«, fragte Boone überrascht.

»Marquist ist tot. Du bist der nächste lebende Verwandte deines Vaters, das heißt, das Erbe fällt an dich. Ich weiß, dass jetzt nicht der richtige Moment dafür ist, aber so lautet das Gesetz.« Butch winkte ab. »Wie gesagt, es ist der falsche Zeitpunkt. Keine Ahnung, warum ich es erwähne.«

Der letzte Satz war dreist gelogen. Der Junge war ein feiner Kerl und hatte sich immer absolut korrekt verhalten, während ihn sein Vater und dieser Butler so was von verarscht hatten.

Verdammt, manchmal wollte man einfach, dass das Gute am Ende siegte.

»Ruft an, wenn ihr mich braucht«, sagte Butch.

Damit wandte er sich zum Gehen, doch jemand hielt ihn am Arm zurück. Als er sich umsah, stellte er fest, dass es Helania war.

»Ihre Schwester muss gerade sehr stolz auf Sie sein«,

flüsterte sie. »Sie haben wieder einmal dazu beigetragen, dass eine Gruppe von Leuten ein wenig Frieden findet und anfangen kann, nach vorne zu blicken.«

Butch blieb für einen Moment die Luft weg. Was sollte er darauf sagen?

Aber es war im Grunde keine Antwort nötig. Helania umarmte ihn fest, und eine solche Geste sagte manchmal mehr als alle Worte.

Als er den Kopf senkte und die Umarmung erwiderte, spürte er, wie sich tief in seiner Brust etwas löste, wie sich der schwelende Schmerz, den er stets mit sich herumtrug … ein wenig besserte.

Das war für dich, Janie, dachte er.

So wie jeder Mörder, den er stellte. Sie waren alle für sie.

Boone sah zu, wie sich Helania und Butch umarmten. Die Worte des Bruders hatten ihn aus der Bahn geworfen, doch wahrscheinlich hatte er recht, was das Testament betraf. Nachdem Marquist tot war und sein Vater sonst niemanden als Erben eingesetzt hatte … war er der nächste Angehörige.

Boone erhob sich vom Sofa und tat, als würde er den Rücken durchstrecken, doch das war nicht der Grund, warum er aufstand. Er sah sich mit neuen Augen im Salon um und freundete sich mit dem Gedanken an, hier zu bleiben.

Doch das war verrückt. Er wollte nichts mit dem ganzen *Glymera*-Scheiß zu tun haben. Er war noch nie ein Fan davon gewesen, aber nach den Schrecken, die Rochelle und Helania durchmachen mussten, hatte er absolut kein Interesse …

Sein Blick fiel auf die Dienerschaft des Hauses, die

noch immer zusammengedrängt im Foyer stand. Thomat und die anderen *Doggen*, ungefähr ein Dutzend, bildeten eine Traube, und alle Augen waren auf ihn gerichtet. Offensichtlich hatten sie gehört, was Butch gesagt hatte.

Denn in ihren Gesichtern stand Hoffnung.

In ihren Blicken … Treue … Boone gegenüber.

»Ich glaube, sie wollen, dass du bleibst«, sagte Rochelle leise.

Als Helania auf ihn zukam, breitete er die Arme aus, und sie schmiegte sich an ihn. So blieben sie stehen, während Marquists sterbliche Überreste entfernt wurden, sich die große Haustür öffnete, der Wind hereinstob und die Wärme durch Kälte ersetzte. Doch dann verabschiedeten sich die Brüder, und Boone sah durch das Fenster des Salons zu, wie das mobile Feldlazarett zurückstieß und aus der Einfahrt fuhr.

Danach herrschte eine merkwürdige Stille im Haus, eine Leere, die zugleich erschreckend … und befreiend war.

»Möchtest du vielleicht etwas essen?«, fragte Helania. »Das wollten wir doch tun, bevor …«

»… alles aus den Fugen geriet?«, murmelte er.

»Genau.«

Rochelle stand auf. »Ich glaube, wir sollten der Sache mit der heißen Schokolade noch einmal eine Chance geben.«

»Vielleicht bringt es Unglück«, meinte Boone. »Sollen wir es lieber mit etwas anderem versuchen?«

»Nein, ich bin nicht abergläubisch«, meinte seine Freundin lachend, und zu dritt verließen sie den Salon.

Im Foyer zögerte Boone und sah die Belegschaft an. »Thomat, ich glaube, wir alle könnten eine ordentliche Mahlzeit vertragen. Etwas zu essen, etwas zu trinken.

Und damit meine ich … den gesamten Haushalt. Alle zusammen.«

Dabei sah er dem Koch fest in die Augen und war sich bewusst, dass er soeben mit alten Regeln brach. Ein neues System einführte. Einen alternativen Weg für dieses Haus beschritt.

Und wenn sich der Koch nicht darauf einließ? Nun, dann würde Boone gehen, das war ihm plötzlich vollkommen klar. Er würde das Haus und den ganzen Krempel verkaufen. Einen Schlussstrich ziehen unter das kranke, verkorkste, giftige Erbe der Gesellschaft, in die er hineingeboren worden war.

Thomat blickte in die Runde der Dienerschaft. Hier und da wurde getuschelt. Dann verbeugte sich der Koch.

»Das würde uns das höchste Vergnügen bereiten, Master Boone. Vielleicht sollten wir in die Küche gehen und gemeinsam entscheiden, was es geben soll?«

Ein Lächeln breitete sich langsam auf Boones Lippen aus, und er legte den Arm um Helanias Schultern. »Ein guter Gedanke. Ganz genau so … würde ich es mir wünschen.«

Als lockerer Verband durchquerten sie das Esszimmer und gingen durch Polierzimmer und Vorratskammer. Als Boone an der offenen Butlerkammer vorbeikam, beugte er sich hinein und zog die Tür zu.

Eine Stunde später saßen sie gemeinsam um den Esstisch und reichten Silbertabletts und Porzellanschalen herum, bei einem zusammengewürfelten Mahl aus Resten und einfachen Beilagen, zubereitet von ihnen allen zusammen, und alle bedienten sich gegenseitig, auf allen Tellern lagen die gleichen Speisen.

Boone saß am Kopf der Tafel, Helania nicht am anderen Ende, sondern neben ihm. Rochelle nahm einen Platz seitlich in der Mitte ein, zwischen Thomat und einem der Hausmädchen. Alle unterhielten sich, gelegentlich wurde gelacht, obwohl sich Boone durchaus bewusst war, dass sie sich alle noch lange nicht von den schockierenden Ereignissen erholt hatten.

Er lud sich eine zweite Portion Kartoffelbrei auf den Teller und sah Helania an.

Ob sie wohl ein Kind von ihm erwartete?

In diesem Fall könnte er sich mit diesem Haus arrangieren. Wenn sie beide ein Kind ...

Er verzog das Gesicht und verbannte den Gedanken aus seinem Kopf, denn ihm war wieder eingefallen, was sie über eine Vereinigung mit ihm gesagt hatte. Die Situation war verfahren. Er liebte sie. Er hatte es an allen möglichen Zeichen und bei so vielen unterschiedlichen Gelegenheiten bemerkt, aber durch diese mögliche Schwangerschaft waren ihm die Hände gebunden. Denn er konnte ihr jetzt nicht seine Liebe gestehen oder sie fragen, ob sie sich mit ihm vereinigen wollte. Sie hatte ihm klipp und klar erklärt, dass es ihr das Gefühl geben würde, er würde es aus reinem Pflichtgefühl tun. Und das Problem war ... auch wenn es ihr selbst vielleicht noch nicht aufgefallen war, registrierte er bereits eine leichte Veränderung an ihrem Frühlingsduft.

Er hatte so das Gefühl ... dass sie ein Kind von ihm erwartete.

»Alles gut?«, fragte sie und nahm seine Hand.

»Ja, alles bestens.« Er lächelte gezwungen. »Der Kartoffelbrei ist ausgezeichnet.«

»So haben wir ihn bei uns zu Hause immer gegessen. Das Geheimnis liegt im Frischkäse.«

»Ist nicht wahr«, murmelte er und rieb sich das Brustbein über der hohlen Stelle. »Frischkäse. Wer hätte das gedacht.«

Helania folgte Boone durch einen langen, formell dekorierten Flur, betrachtete all die geschlossenen Türen und hörte bei sechzehn auf zu zählen.

Unfassbar, wie groß dieses Haus war.

Schließlich blieb er stehen. »Hier sind wir. Mein Zimmer.«

»Ich bin gespannt.«

»Es ist nichts Besonderes.« Er unterbrach sich und lachte verlegen. »Ich meine, es ist nicht ... ach, was soll's, gehen wir einfach rein.«

Er öffnete die Tür, und sie betrat ... »Moment, ist das ein Wohnzimmer?«

»Das ist der Sitzbereich.«

»Oh.« Sie schüttelte den Kopf. »Wow, okay ...«

Sie verstummte, als sie durch einen Bogendurchgang in der hinteren Wand blickte. Angezogen von dem, was sie sah, ging sie in den angrenzenden Raum. Es war ein traumhaftes Schlafzimmer. Das Bett war groß genug für Boone, also gigantisch, die Laken waren mit Monogrammen bestickt, und der Überwurf hatte eine Art Wappen in der Mitte. Aber das war es nicht, was ihre Aufmerksamkeit erregt hatte.

Es waren die Bücher.

Sie standen in Regalen, die ganze Wände bedeckten, Hunderte davon, manche modern, manche alt, manche in Leder gebunden, andere in Leinen. Als sie darauf zutrat und die Titel auf den Buchrücken las, lächelte sie in sich hinein. Sie hatte sich in ihrer stillen Art mit Filmen beholfen, er offensichtlich mit Büchern.

Und es gefiel ihr sehr, dass sie beide so introvertiert waren.

»Das ist toll«, hauchte sie über die Schulter. »Ich hatte ja keine Ahnung, dass du …«

Sie ließ den Satz verklingen, als sie sein ernstes Gesicht bemerkte … und seine traurigen Augen. Denn sie musste nicht fragen, was ihn beschäftigte. Sie dachte an das, was Rochelle ihr an der Tür gesagt hatte, kurz bevor das Chaos ausgebrochen war.

So viele Rätsel waren in dieser Nacht gelöst worden, doch eine Frage war noch immer unbeantwortet. Und es war von großer Bedeutung für sie beide.

Aber sie kannte auch die Lösung. Eigentlich schon fast die ganze Zeit, obwohl sie Angst gehabt hatte, es sich einzugestehen.

Sie ging auf ihn zu, nahm seine Hand und führte ihn zu seinem Bett. Dort setzten sie sich nebeneinander, und er strich mit dem Daumen über ihr Handgelenk … doch er mied ihren Blick. Und seine Trauer brach ihr das Herz.

Helania schluckte. »Ich bin so froh, dass ich dir begegnet bin.«

Er brummte, ohne damit etwas preiszugeben.

»Und ich bin dankbar für alles, was du in diesen letzten …« Nächten? Gütige Jungfrau der Schrift, es fühlte sich an wie Jahre. »… du weißt schon, seit ich dir begegnet bin, für mich getan hast. Wegen Isobel. Und dem Fall.«

Sie rang um Worte. Ihr Gehirn kam einfach nicht in die Gänge.

Doch ihr Herz wusste genau, wo sie stand.

Sie setzte sich vor, ging auf ein Knie und nahm seine Hände. Dann blickte sie in sein überraschtes Gesicht und … und plötzlich waren all die Worte da, die sie brauchte.

»Weißt du noch, wie ich dich bat, mich nicht zu fragen, ob ich mich mit dir vereinigen will?«

Er schloss die Augen und versteifte sich. »Ja.«

»Weil ich dann nie sicher sein könnte, ob du es nicht nur aus reinem Pflichtgefühl heraus tust.«

»Das hast du gesagt.«

»Ich sagte, ich möchte aus freien Stücken gewählt werden.«

Er stieß die Luft aus und öffnete die Augen. »Nimm es mir nicht übel, aber wir müssen das nicht alles noch einmal durchkauen. Es war eine schmerzhafte Unterhaltung, ich werde sie so schnell nicht vergessen …«

»Nun, ich habe etwas entschieden.«

Er hob die Hand und unterbrach sie. »Wir wissen nicht, ob du schwanger bist. Also gibt es nichts zu entscheiden. Du sollst nur wissen, dass ich …«

»Ich liebe dich und möchte wissen, ob du mein *Hellren* sein willst.«

Boone blinzelte. Dann wich er überrascht zurück. »Was? Moment, was hast du …«

Helania lächelte. »Ich frage *dich.* Siehst du, das ist etwas anderes. Auf diese Weise bist du zu nichts verpflichtet, weil wir gar nicht wissen, ob ich schwanger bin. Ich *entscheide* mich für *dich.* Ich sage dir, dass ich dich liebe und dich will und …«

Weiter kam sie nicht.

»Ich liebe dich auch«, beeilte Boone sich zu sagen, ließ sich vom Bett auf den Teppich gleiten und küsste sie. »Oh, gütige Jungfrau der Schrift … ja, bitte, ich will mich mit dir vereinigen. Es ist mir egal, ob du schwanger bist …« Er zuckte zusammen und korrigierte sich rasch.

»Ich meine natürlich, es ist mir *nicht* egal. Ich wünsche es mir sogar von ganzem Herzen.«

Helania blinzelte gegen die aufsteigenden Tränen an, als sie seine große Dolchhand ergriff und sie sich auf den Bauch legte. »Ich wünsche es mir auch.«

»Was hat sich geändert?«, hauchte er.

Sie dachte an die Ereignisse der letzten Nächte und daran, wie sie die große Liebe ihrer Schwester durch einen gezielten Schuss vor einem Irren bewahrt hatte. Seufzend hob sie die Schultern.

»Als du mich vorhin gefragt hast, ob ich alleine stehen kann« – sie sah in seine schönen Augen –, »da habe ich etwas Wichtiges begriffen. Ich muss nicht Wonder Woman sein, und ich muss nicht alles richtig machen … solange man weiß, wer man ist und dass man auf eigenen Beinen stehen kann, hat man die Freiheit zu lieben, wen immer man möchte. Aufrichtig und ohne Einschränkungen. Ganz gleich ob Frau oder Mann … oder ein Kind, das man selbst zur Welt bringt.«

Boones Lächeln glich einem Sonnenaufgang, der nicht nur sein Gesicht erstrahlen ließ, sondern auch seine Seele zum Leuchten brachte.

»Nun«, flüsterte er an ihren Lippen, »wenn das keine weisen Worte sind … dann weiß ich auch nicht.«

Epilog

Zwei Nächte später …

Boone bewegte sich als Wolke von Molekülen durch die Winternacht auf Helanias Spur, was nicht weiter schwer war, weil sie sich voneinander genährt hatten. Als er Gestalt annahm, stand er in einem schneebedeckten, bewaldeten Tal zwischen dichten Kiefern, die sich nach wenigen Schritten zu einer kreisrunden Lichtung teilten.

Dort stand Helania mit gesenktem Kopf, den ernsten Blick auf den Boden gerichtet, während ihr rot-blondgesträhntes Haar in der leichten Brise flatterte.

Als sie ihn bemerkte, wich ihr trauriger Ausdruck einem Lächeln. »Hallo.«

»Hallo.«

Er stapfte durch den unberührten Schnee und hinterließ Spuren mit seinen mächtigen Stiefeln. Als er hinter sie trat, lehnte sie sich mit dem Rücken an ihn. Er schloss die Arme um sie, blickte auf die gleiche Stelle am Boden und wartete geduldig ab, bis sie das Wort ergriff.

»Hier haben wir Isobel begraben«, sagte sie nach einer Weile. Dann lachte sie auf. »Solltest du das nicht von allein erraten haben.«

Boone küsste sie auf den Scheitel. »Danke, dass du mich hierhergebracht hast.«

»Ich wünschte, du hättest sie kennengelernt.«

»Das wünschte ich auch. Ich denke, ich hätte sie sehr gemocht.«

»Oh, davon bin ich überzeugt.«

Der Wind, der über die Lichtung strich, war sanft und gar nicht mal so kalt, wie aus Respekt vor der Toten.

»Ich würde gerne glauben, dass sie im Schleier ist«, sagte Helania, »und nicht nur … unter der Erde.«

Unwillkürlich blickte Boone zum Himmel und betrachtete die Sterne, die in der tiefschwarzen Dunkelheit über ihnen funkelten. Es war schon ein verrückter Zufall, dass er und Helania einander begegnet waren und sich Rochelle als diejenige entpuppt hatte, die sie war.

»Es ist, als hätte Isobel eine letzte Möglichkeit gefunden, auf mich aufzupassen«, murmelte Helania.

»Was?«

»Ich weiß nicht. Aber ist es nicht erstaunlich? Die Art, wie wir uns kennengelernt haben. Dass Rochelle …«

»… Isobels große Liebe ist«, führte er zu Ende. »Das Gleiche habe ich gerade auch gedacht.«

Helania lehnte sich zur Seite und lächelte zu ihm auf. »Ich liebe es, wenn wir das tun.«

»Ich auch.«

Sie setzte sich wieder gerade hin und blickte auf den Boden. »Mir kommt es vor, als hätte meine große Schwester irgendwie die Hände im Spiel gehabt.«

Wie aus dem Nichts drang ein Hauch von französischem Parfüm an ihre Nasen, und da war sie: Plötzlich stand Rochelle vor ihnen im Schnee. Sie trug einen himbeerroten Mantel und schwere, pelzgefütterte Stiefel, und als sie auf sie zustapfte, blickte auch sie auf diese eine Stelle am Boden der Lichtung.

Helania streckte ihr die Hand entgegen. »Hallo, Freundin.«

»Hallo, Freundin.« Rochelle seufzte traurig. »Es tut mir leid. Es schmerzt, hierherzukommen.«

»So geht es mir auch.« Helania blickte wieder zu Boden. »Aber heute ist eine wichtige Nacht.«

»Wir haben Neuigkeiten«, ergriff Boone das Wort. »Und du sollst sie als Erste erfahren.«

Rochelles Kopf fuhr zu ihm herum, und ihr Gesicht hellte sich schlagartig auf. »Nein. Im Ernst? Im Ernst!«

»Wir erwarten ein Kind«, sagte Helania. »Wir haben es gerade erfahren.«

Rochelle stieß einen Triumphschrei aus und scheuchte eine Eule auf. »Ihr erwartet ein Kind!«

Sie warf Helania mit ihrer Umarmung fast um, dann drückte sie Boone so fest, dass ihm die Luft wegblieb. »Das ist wundervoll! Gütige Jungfrau der Schrift! Ihr bekommt ein Kind!«

»Danke.« Boone trat einen Schritt zurück. »Aber natürlich sind es nicht ›wir‹. Helania trägt die komplette Last. Dieses ganze Wir-Getue ist Unsinn. Ich bin der größte Glückspilz der Welt, und es ist mein Kind in ihrem Leib, aber es spielt sich in ihrem Körper ab, nicht in meinem.«

Rochelle warf den Kopf zurück und lachte. »Ich sehe schon, du sagst, wie es ist. Aber mir gefällt deine Einstellung, Boone.«

Helania hakte sich bei ihm ein. »Ja, mir auch. Was soll ich sagen, er ist ein Traummann.«

»Wir nennen sie Isobel«, sagte er. »Wenn es ein Mädchen ist. Aber ganz gleich, was es wird, wir wollen es nach Art der Menschen machen und hätten dich gern mit im Boot. In der Menschenwelt gibt es …«

»Es nennt sich Patenschaft«, führte Helania den Satz zu Ende. »Wir möchten dich als Patentante für unser Kind, ganz gleich, was es wird.«

Rochelle hob die behandschuhten Hände an die Wangen. »Mir kommen gleich die Tränen, womit habe ich das verdient?«

»Bitte?«, sagte Helania. »Du bist die letzte Verbindung, die ich zu meiner Schwester habe, deshalb möchte ich, dass du ganz offiziell als Familienmitglied zum Leben dieses Kindes gehörst.«

»Nicht, dass du es nicht ohnehin tun würdest«, fügte Boone hinzu.

»Stimmt genau.« Helania ließ den Blick über die Lichtung schweifen. »Deswegen wollte ich es dir hier sagen. Es ist, als ob Isobel bei uns wäre, weißt du? Denn wenn sie noch am Leben wäre, hätten wir es euch zusammen gesagt. Also, was denkst du?«

Rochelles Antwort war eine innige Umarmung für sie beide.

Die beste Bestätigung, die man kriegen konnte.

Als Boone die Arme um die beiden Frauen schloss, die gleichzeitig lachten und weinten, und er darüber nachdachte, dass er damit den Grundstein für eine eigene Familie legte, bemerkte er etwas am Nachthimmel über ihnen.

Hoch oben am Firmament zog eine Sternschnuppe ihre Bahn … beschrieb einen Bogen wie ein Lächeln, direkt über ihnen.

Boone hob die Hand und winkte, bis der Schweif verblasste, dann flüsterte er: *Freut mich, dich kennenzulernen, Isobel.*

Etwas sagte ihm, dass es nicht das letzte Mal sein würde, und er war froh darüber. Denn schließlich war der Tod nicht stärker als die Liebe, und Zeichen von Engeln gab es überall.

Man musste nur die Augen offen halten … und wissen, dass große Schwestern immer ihre Pflicht erfüllten, und sei es vom Schleier aus.

Entdecken Sie
die magische Welt von
J. R. Ward

BLACK DAGGER

Sie sind eine der geheimnisvollsten Bruderschaften, die je gegründet wurde: die Gemeinschaft der BLACK DAGGER. Und sie schweben in tödlicher Gefahr: Denn die BLACK DAGGER sind die letzten Vampire auf Erden, und nach jahrhundertelanger Jagd sind ihnen ihre Feinde gefährlich nahe gekommen. Doch Wrath, der ruhelose, attraktive Anführer der BLACK DAGGER, weiß sich mit allen Mitteln zu wehren …

Erster Band: **Nachtjagd**
Wrath, der Anführer der BLACK DAGGER, verliebt sich in die Halbvampirin Elisabeth und begreift erst durch sie seine Verantwortung als König der Vampire.

Zweiter Band: **Blutopfer**
Bei seinem Rachefeldzug gegen die finsteren Vampirjäger der *Lesser* muss Wrath sich seinem Zorn und seiner Leidenschaft für Elisabeth stellen – die nicht nur für ihn zur Gefahr werden könnte.

Dritter Band: **Ewige Liebe**
Der Vampirkrieger Rhage ist unter den BLACK DAGGER für seinen ungezügelten Hunger bekannt: Er ist der wildeste Kämpfer – und der leidenschaftlichste Liebhaber. In beidem wird er herausgefordert …

Vierter Band: **Bruderkrieg**
Als Rhage Mary kennenlernt, weiß er sofort, dass sie die eine Frau für ihn ist. Nichts kann ihn aufhalten – doch Mary ist ein Mensch. Und sie ist todkrank …

Fünfter Band: **Mondspur**
Zsadist, der wohl mysteriöseste und gefährlichste Krieger der BLACK DAGGER, muss die schöne Vampirin Bella retten, die in die Hände der *Lesser* geraten ist.

Sechster Band: **Dunkles Erwachen**
Zsadists Rachedurst kennt keine Grenzen mehr. In seinem Zorn verfällt er zusehends dem Wahnsinn. Bella, die schöne Aristokratin, ist nun seine einzige Rettung.

Siebter Band: **Menschenkind**
Der Mensch und Ex-Cop Butch hat ausgerechnet an die Vampiraristokratin Marissa sein Herz verloren. Für sie – und aufgrund einer dunklen Prophezeiung – setzt er alles daran, selbst zum Vampir zu werden.

Achter Band: **Vampirherz**

Als Butch, der Mensch, sich im Kampf für einen Vampir opfert, bleibt er zunächst tot liegen. Die Bruderschaft der BLACK DAGGER bittet Marissa um Hilfe. Doch ist ihre Liebe stark genug, um Butch zurückzuholen?

Neunter Band: **Seelenjäger**

In diesem Band wird die Geschichte des Vampirkriegers Vishous erzählt. Seine Vergangenheit hat ihn zu der atemberaubend schönen Ärztin Jane geführt. Nur ist sie ein Mensch, und ihre gemeinsame Zukunft birgt ungeahnte Gefahren …

Zehnter Band: **Todesfluch**

Vishous musste Jane gehen lassen und ihr Gedächtnis löschen. Doch bevor er seine Hochzeit mit der Auserwählten Cormia vollziehen kann, wird Jane von den *Lessern* ins Visier genommen und Vishous vor eine schwere Entscheidung gestellt …

Elfter Band: **Blutlinien**

Vampirkrieger Phury hat es nach Jahrhunderten des Zölibats auf sich genommen, der Primal der Vampire zu werden. Hin- und hergerissen zwischen Pflicht und der Leidenschaft zu Bella, der Frau seines Zwillingsbruders, bringt er sich in immer größere Gefahr …

Zwölfter Band: **Vampirträume**
Während Phury noch zögert, seine Rolle als Primal zu erfüllen, lebt sich Cormia im Anwesen der Bruderschaft immer besser ein. Doch die Beziehung der beiden ist von Zweifeln und Missverständnissen geprägt, und Phury glaubt kaum daran, seiner Aufgabe gewachsen zu sein.

Sonderband: **Die Bruderschaft der BLACK DAGGER**
In zahllosen Interviews, Diskussionsbeiträgen und Hintergrundinformationen gewährt J. R. Ward ihren Lesern einen einzigartigen Blick hinter die Kulissen ihrer Mystery-Erfolgsserie. Eine exklusive BLACK DAGGER-Kurzgeschichte rundet diesen einzigartigen Materialienband ab.

Dreizehnter Band: **Racheengel**
Der *Symphath* Rehvenge lernt in Havers' Klinik die Krankenschwester und Vampirin Ehlena kennen und fühlt sich sofort zu ihr hingezogen. Doch er verheimlicht ihr seine Vergangenheit und seine Geschäfte, und Ehlena gerät dadurch in große Gefahr …

Vierzehnter Band: **Blinder König**
Die Beziehung zwischen Rehvenge und Ehlena wird jäh zerstört, denn Rehvs Geheimnis steht kurz vor der Enthüllung, was seine Todfeinde auf den Plan ruft – und die Tapferkeit Ehlenas auf die Probe stellt, da von ihr verlangt wird, ihn und seinesgleichen auszuliefern …

Fünfzehnter Band: **Vampirseele**
Der junge Vampir John Matthew ist in Leidenschaft zu der mysteriösen Xhex entbrannt, doch diese verbirgt ein Geheimnis, das die Bruderschaft der BLACK DAGGER in tödliche Gefahr bringt …

Sechzehnter Band: **Mondschwur**
Xhex wendet sich von John ab, um ihn zu schützen. Doch als der Kampf gegen das Böse ihr alles abfordert, erkennt sie, dass man dem Schicksal der Liebe nicht entkommen kann …

Siebzehnter Band: **Vampirschwur**
Jahrhundertelang war die ebenso schöne wie unerschrockene Vampirin Payne auf der Anderen Seite gefangen. Als sie mit ihrer Bestimmung bricht und ins Diesseits kommt, verliebt sie sich in den Arzt Dr. Manuel Manello – doch der ist ein Mensch …

Achtzehnter Band: **Nachtseele**
Schweren Herzens hat sich Payne von Manuel getrennt, um ihn zu schützen. Doch dann gerät Payne im Kampf gegen die Vampirjäger in tödliche Gefahr. Manuel ist der Einzige, der ihr jetzt noch helfen kann …

Neunzehnter Band: **Liebesmond**
Seit dem Tod seiner geliebten *Shellan* Wellsie ist der mächtige Krieger Tohr nur noch ein Schatten seiner selbst – und ausgerechnet jetzt braucht ihn die Bruderschaft am

dringendsten, denn ein gefährlicher Feind hat es auf den Thron ihres Königs abgesehen. Doch als die schöne No'One auftaucht, schöpft Tohr neue Hoffnung …

Zwanzigster Band: **Schattentraum**
Die Beziehung zu No'One hat Tohr neue Lebensfreude geschenkt, und doch kann er Wellsie nicht vergessen. Und während die Bruderschaft in den Straßen Caldwells ihre härteste Schlacht schlägt, ist Tohrs Herz entzweigerissen: Wem gehört seine Liebe – Wellsie oder No'One?

Einundzwanzigster Band: **Seelenprinz**
Der mächtige Vampirkrieger Blay ist seit einem Jahr mit dem attraktiven Saxton zusammen. Doch eigentlich liebt Blay seinen besten Freund Qhuinn, der gerade dabei ist, mit der Auserwählten Layla eine Familie zu gründen …

Zweiundzwanzigster Band:
Sohn der Dunkelheit
Die beiden Vampirkrieger Blay und Qhuinn sind füreinander bestimmt, doch sie können ihre Gefühle nicht zulassen. Erst als die BLACK DAGGER in Gefahr geraten, begreifen Blay und Qhuinn, was wahrer Mut bedeutet: sich auf die Liebe einzulassen …

Dreiundzwanzigster Band: **Nachtherz**
Die schöne Vampirin Beth wusste schon immer, dass es schwierig sein würde, mit Wrath, dem König aller Vampire, verbunden zu sein. Aber ihre Liebe zu ihm war stärker, doch nun droht Beths größter Wunsch, genau diese Liebe zu zerstören …

Vierundzwanzigster Band: **Königsblut**
Die Herrschaft und das Leben des mächtigen Vampirkönigs Wrath sind in Gefahr. Und ausgerechnet seine große Liebe Beth wird im Kampf gegen seine Widersacher zu seiner Achillesferse …

Fünfundzwanzigster Band: **Gefangenes Herz**
Trez Latimers Schicksal ist seit seiner Geburt vorherbestimmt: der künftigen Königin der Schatten als Liebessklave zu dienen. Um frei zu sein, floh er einst aus dem Reich der Schatten und lebt seither in Caldwell – immer auf der Flucht vor den Häschern der Königin. Erst als er der schönen Auserwählten Selena begegnet, schöpft Trez neue Hoffnung …

Sechsundzwanzigster Band: **Entfesseltes Herz**
Für seinen Bruder Trez würde iAm Latimer alles tun. Um ihn vor der Königin zu schützen, hat iAm seine Heimat und ein Leben in Sicherheit aufgegeben – und die Liebe: Mit mehr als dreihundert Jahren ist er immer noch Jungfrau. Doch dann begegnet er einer geheimnisvollen Frau, die sein Schicksal und das seines Bruders für immer verändern könnte …

Siebenundzwanzigster Band:
Krieger im Schatten
Alte Allianzen wurden gelöst und neue geschlossen, und doch sind die Feinde der BLACK DAGGER mächtiger als jemals zuvor. Während die Brüder sich zum Kampf rüsten, ahnen sie nicht, dass einer aus ihrer Mitte mit seinen eigenen Dämonen ringt: Rhage. Denn plötzlich ist seine tiefe und leidenschaftliche Liebe zu Mary in Gefahr …

Achtundzwanzigster Band: **Ewig geliebt**
Rhage und Mary sind einander auf ewig verbunden. Weil Mary ein Mensch ist, wurde ihre Lebenskraft an Rhages geknüpft. Doch nachdem er in der Schlacht verwundet wurde, sieht sich der mächtige Vampir plötzlich mit ganz neuen Gefühlen und einer dunklen Zukunft konfrontiert. Wird Mary ihm auch auf diesem Pfad folgen?

Neunundzwanzigster Band: **Die Auserwählte**
Sie sind füreinander bestimmt und dürfen doch nie zusammen sein: die schöne Auserwählte Layla und der Verräter Xcor, der den Vampirkönig Wrath am liebsten tot sehen würde. Hin- und hergerissen zwischen Loyalität und ihren Gefühlen, muss Layla sich entscheiden: für die BLACK DAGGER oder Xcor, den einzigen Mann, den sie jemals lieben wird.

Dreißigster Band: **Der Verstoßene**
Die Beziehung zwischen der schönen Auserwählten Layla und dem Verräter Xcor droht die Bruderschaft der BLACK DAGGER zu spalten. Und als dann auch noch ein uralter Feind erneut aus den Schatten tritt, ist nichts mehr sicher in der Welt der Vampire. Nicht einmal mehr die wahre Liebe – oder Schicksale, die einst in Stein gemeißelt schienen.

Einunddreißigster Band: **Die Diebin**
Sola Morte ist Einbrecherin aus Leidenschaft. Nicht die finanzielle Not, sondern die pure Lust am Nervenkitzel treibt sie nachts in die Villen reicher Leute. Aber als sie den geheimnisvollen Assail kennenlernt, ist sie diejenige, der etwas gestohlen wird – nämlich ihr Herz. Sola ahnt nicht, dass Assail ein Vampir ist …

Zweiunddreißigster Band: **Der Spion**
Seit seine große Liebe Sola die Stadt verlassen hat, schwebt Waffenhändler Assail zwischen Leben und Tod. Um ihren wichtigsten Verbündeten im Kampf gegen die Lesser zu retten, setzen die BLACK DAGGER alles daran, Sola zurückzuholen, denn die Vampirkrieger wissen sehr genau um die heilende Kraft der Liebe.

Dreiunddreißigster Band: **Der Erlöser**
Einst wurde der mächtige Vampirkrieger Murhder aus der Bruderschaft der BLACK DAGGER verstoßen. Nach Jahren des Exils und der Einsamkeit kehrt er nun nach Caldwell zurück. Als er der schönen Wissenschaftlerin Sarah Watkins begegnet, schöpft er neue Hoffnung. Gibt es vielleicht sogar für ihn eine zweite Chance auf Glück?

BLACK DAGGER
LEGACY

Kuss der Dämmerung

Die junge, hübsche Aristokratentochter Paradise will sich von der Bruderschaft der BLACK DAGGER zur Kämpferin ausbilden lassen – ein Skandal in der Vampirgesellschaft. Und dann begegnet Paradise bei den BLACK DAGGER auch noch dem attraktiven Craeg und verliebt sich in ihn. Doch Craeg gehört nicht dem Vampiradel an, und seine Liebe zu Paradise ist verboten …

Tanz des Blutes

Ein tragischer Schicksalsschlag machte d
jungen Vampirkrieger Axe einst zu e
melancholischen Einzelgänger. Das
sich an dem Tag, an dem er der
tentochter Elise als Bodyguard zu
und sich mehr und mehr zu
Vampirin hingezogen fühlt. D
sich die erotische Leidensch
beiden in Liebe zu verwand
ein dunkles Geheimnis a
heit alles zu zerstören

Zorn des Geliebten

Der attraktive Peyton stammt aus einer der ältesten Adelsfamilien des Landes, ist reich, und die Frauen liegen ihm zu Füßen. Bis auf eine: Novo. Die ebenso schöne wie toughe Vampirin wird zusammen mit Peyton von den BLACK DAGGER für den Kampf gegen die Feinde der Bruderschaft ausgebildet. Sie hat den Körper einer Göttin und das Herz einer Kriegerin – und für einen verwöhnten Schnösel wie Peyton hat sie so gar nichts übrig. Doch Peyton ist ihr bereits mit Haut und Haaren verfallen, und zum ersten Mal in seinem Leben muss er um die Liebe einer Frau kämpfen ...

Schwur des Kriegers

Nach einem tragischen Schicksalsschlag wird der junge Vampirkrieger Boone Ex-Cop Butch O'Neal zugeteilt. Gemeinsam jagen sie einen Serienkiller, der es auf junge Vampirinnen abgesehen hat. Eine Spur führt die beiden in einen Club für Live-Action-Rollenspiele. Dort begegnet Boone der charismatischen Helania und vom ersten Augenblick an ist er der schönen jungen Vampirin verfallen. Doch dann gerät auch Helania ins Visier des Killers ...